# 森遊びの日々　森博嗣

Thinking everyday
in the forest 2

MORI Hiroshi

contents

カバー＋本文デザイン
坂野公一
(welle design)

本文カット
コジマケン

2018年

# 1月
January  005

# 2月
February  085

# 3月
March  157

# 4月
April  229

# 5月
May  303

# 6月
June  381

# 1月
January

2018年1月1日月曜日
# 正月に相応しいのは平和

　2018年ですか、そうですか。新年が明けると「おめでたい」のはどうしてなのか、と考えてしまいますが、そうではなく、「おめでたいと良いですね」という励ましなのですね、きっと。

　しかし、これを書いている今日は、まだ12/27なのです。あとまだ数日もあります。朝に雪が降ったので、地面は真っ白になりましたが、乾いた雪のため、風で飛ばされて、流れていってしまいました。積雪はほとんどありません。お昼頃には、庭園鉄道を運行しました。

　ゲストが2名いらっしゃいました。講談社の編集者M氏とK城氏です。2時頃でしたが、気温はもちろん氷点下。庭園鉄道に1周だけ乗ってもらいました。凍える体験だったのではないでしょうか。

　来年や再来年の打合わせをしました。といっても、来年の小説はもう書き上げていて、編集者も既読でした。シリーズものについては、その後の話です。エッセィに関しては、『森博嗣に吹かれて（仮）』の進行状況などの確認。

　もう1つ、このブログ「店主の雑駁（ざっぱく）」を書籍化する計画ですが、当初はダイジェストにしよう、という話だったのですが、そうではなく、時系列でそのまますべて本にした方が良いのではないか、という提案がありました。そうなると、もの凄い（すご）量になりますから、文字を小さくして、レイアウトを工夫しないと収まりません。それでも、久し振りに分厚い本になりそうな気がします。これについては、この方向で進めることを承諾しただけで、発行時期などは未定。そのあたりの見通しは、後日発表になるかと思います。たぶん、1冊に入る量は、せいぜい半年分ではないかな、と思います。

　本にはしないで気楽に書こう、と思って始めたブログでしたが、話が変わってきましたね。でも、大勢の方が読む本には、たぶんならないでしょう。ファン向けというか、これこそファンサービス（学習した言葉）なのかな、と感じています。

夜は、また工作室に籠もって、あれこれ作業の続き。同時進行のものが沢山あるので、それらを少しずつ進めています。厭きないから、この方法が合っています。工作室は、地下にあるボイラの真上になるためか、やけに暖かく、ストーブなどはまったくいりません。ドア一つで屋外に出られる場所なのですが、とにかく暖かい。超快適です。

　さて、もう今年になるわけですが、2018年は、どんな年にしましょうか。9月くらいだったか、友人と話をしたときには、年明けの冬から春にかけては核戦争になっているかもしれない、なんて話題でしたけれど、どうも日本は平和なままです。まだまだ世界中に、もの凄い数の核ミサイルが存在するのに、それらの数さえなかなか減らないのに、日本国内は平和なんですよね。忘れてしまえる能力が凄い。世界中を探しても、なかなか珍しい地域かもしれません。

　アメリカの大統領がどこかへ出張するたびに、核ミサイルの発射ボタンが入ったアタッシェケースを持っている人が、常にすぐ側にいる、という話をたびたび耳にします。でも、発射のボタンだけで、何ができるのでしょうか。どこへ何発撃つのか、そういった詳しい条件は誰が決めるのでしょうか。おそらく、大統領とは別に決める人がいて、ただ最終判断を任せられているだけなのでしょうか。どうも、虚仮威しのように思えてしかたがありません。

　たとえば、悪の組織があって、世界を滅ぼそうとしていて、世界中に何千発も一度にミサイルを発射する、そのボタンを常に持ち歩いている、というなら話はわかります。それはボタン1つで充分です。

　実際、アメリカは7000発でしたっけ、9000発でしたっけ、よく覚えていませんが、そういう数の核ミサイルを持っているので、世界中を全滅させることは充分に可能なのです。

　もし、アメリカが核攻撃を受けて、それに報復するために撃った国を滅ぼすことを想定しているなら、何千箇所も攻撃する場所を設定して、プログラムしているのかもしれません。でも、そのうちどれとどれを発射すると決める人がいないといけません。誰かが大統領に許可を求める手筈なのでは？　だったら、相手は、最初の核ミサイルは、大統領がいる（滞

在している) 国へ撃つのではないでしょうか。少なくとも自国を滅ぼしたくないなら。

相手に核を撃たせないために、核を装備するのだ、という理屈が正しいのか、それとも間違っているのか、僕にはよくわかりません。そのどちらも間違っていないし、どちらも正しいのかな、と思うときがあります。核を持つべきだという人たちは、今まで平和だったのは、核の抑止力のおかげだ、と言いますし、核廃絶を訴える人は、核の抑止力が有効だという根拠はない、と主張しています。どちらも、ただ自身の願望を述べているだけにも聞こえてしまいます。

誰だって、戦争がない平和な世界を望んでいるのは、だいたいそうかな、と思いますけれど、それについてさえ、完全に正しいのかどうか、わかりません。僕は、誰かが望んでいるから戦争が起こる、と思っています。少しずつでも、核兵器を減らしていくことは、平均的にはみんなの利益になりますが、局所的には、損をする人たちがいて、今も反対をしているのでしょう。だから、存在するのです。

なにも知らずにこういうことを考えたり、話したりすることが、ときどきありますけれど、平和だからこそできるわけですね。今年も人類が滅びないことを願います。

 自爆テロが、いつかミサイルテロになる、と思って30年くらい。

2018年1月2日火曜日

## 人間は基本的に馬鹿です

「こんにちは」という挨拶は、もともとは、そのあとに「誰某(だれそれ)様におかれましては、ますますご健勝のこととお喜び申し上げます」みたいな口上が続いたのを、最初だけに省いてしまった、いかにも日本的な文化だと思います。年始の挨拶も、このパターンに倣(なら)って、「ほんねんも」とか「ことしは」にすれば良いのに。

6月刊予定の『天空の矢はどこへ?』の初校ゲラが届いています。

「まだまだ余裕がありますので、いつでもけっこうですから、適当なときにご確認下さい」と言われています。作家の側が努力をすれば、編集者の対応は、神様みたいに優しくなるのですね（神様が優しいかどうか知りませんが）。

　Wシリーズは、もう完結してしまったので、ちょっと振り返ってみますと、僕としては、非常にわかりやすいストーリィを書いたな、という印象を持っています。ただ、編集者は、「難しい物語ですね」とか「深いお話ですね」と言います。

　おそらく、主人公が思考する様が描かれているためだと思います。彼が存在する社会においては、悩ましい問題があって、それは考えるとかなり難しく、解決策がすぐに出てくるようなものではない。しかし、そもそも社会の問題というのは、どの時代であっても難しいものです。こうすれば良いと簡単に答が出るのなら、問題にはなっていないはずだし、あれこれ悩んだりするテーマにもならないことでしょう。

　現代社会においても、まだ性差別や人種差別がたしかに残っています。昔よりはましになっていて、解決の方向へ向かってはいますが、すっぱりと問題が消えることはありません。苛め、あるいはハラスメント（同じですが）も、依然としてなくなりません。増えてはいないと思いますけれど、目立つ場所に出てくるようになったため、増えているように感じる人も多いと思います。

　ただ、あまりに酷い場合には、泣き寝入りしないで、告発したり裁判にしたりできる、という自由さは、昔よりは現代の方が広がったと思います。悪くはなっていない、ということです。

　これらの問題はすべて、そもそも人間が持っている欲望に端を発しているはずです。差別したり、苛めたりすることが気持ちが良いと感じるからやっていた。そうすることで自身に利益があった。だから、長い歴史の間、ずっと続いていて、守られてきたのです。

　でも、そうではない、それではいけないという理屈が考えられ、しだいに社会にそれが浸透しました。つまり、感情ではなく、理性によって社会を築いていこうというわけです。全体的に、その方向へ人類は向かっ

ている途中です。

　でも、今でも、欲望のせめぎ合いはあります。ほとんどの争い、そして戦争は、つまりは自分たちの有利さを確保しようとするもので、いろいろ理念とか宗教とかが絡みますが、結局は、富（あるいは富を産む権利や土地）の奪い合いです。欲望を理性で抑えられる人ばかりだったら、こうはなっていないはず。そこが、人類のジレンマというか、性(さが)というか、哀れな部分だと思います。簡単にいえば、人間は馬鹿なのです。

　今日も、相変わらず工作室へ行くのが楽しみでした。1時間くらい没頭したら、書斎に戻って一服し、ブログを書いたり、メールを読んだりします。コーヒーを淹れることもありますが、カップが空にならないうちに、また工作室へ行ってしまいます。戻ってきたら、コーヒーが冷たくなっているので、温め直してカフェオレにしたりします。

　ネットで注文した部品などが散発的に届いていて、書斎の机の上は、それらが山積み。フィギュアも30体くらいありますし、模型の部品も溢(あふ)れ返っています。ときどき工作室へ持っていくのですが、工作室も飽和状態に近いので、書斎がバッファとなっているわけですね。

　編集者が話していましたが、同年輩の作家さんでも、座敷に腰を下ろして、ペンで原稿を書いている方がいるそうです。机の周囲に各種の資料を並べて、仕事をされているらしい。その点、森博嗣は、フィギュアと部品をどけないとマウスが動かせない、キーボードも埋もれている、みたいなところで仕事をしているので、隔世の感があります（不適切な用法）。

　そもそも、書斎に書棚がなかった時代がずっと続いていました。今は自著だけは書棚に飾ってありますが、引き出すことはまずありません。床には毎月十数冊届く見本が平積みされていて、半年まえの新刊さえ見つけることができません（僕自身も含め、家族の誰も読みませんからね）。そろそろ片づけて、地下倉庫へ入れないといけないなあ（感嘆）と思うこの頃です。

　机の上の面積の25％くらいがワーキングエリアになっています。

2018年1月3日水曜日

## お年玉の思い出

　毎日夜に雪が舞っているみたいで、朝は地面が真っ白。でも、積雪と呼べるほどではありません。いつもは黒い森が白くなるので、風景は「おっ」と思うほど綺麗(きれい)ですが、こう毎日だと、だんだん慣れてきます。でも、朝の散歩は、まだまだ見たこともない光景に出会うことはあります。自然は本当に万華鏡みたいに、同じ模様にはけっしてなりません。

　これを書いているのは、まだ12/28なので、大晦日(おおみそか)まで、今日を入れて4日あるのですが、全然年末だなあ、という気がしません。周囲はまるで普段どおりです。ただ、講談社の編集者たちが年末年始（たしか30日から）休むそうなので、彼女たちに合わせて、仕事を進行させました、というだけです。しばらく、講談社経由の荷物、郵便物も来ないので、その点では静かかもしれません。

　子供の頃のお正月というのは、もうお年玉で頭がいっぱいでした。両親の兄弟が7人と5人だったので、伯父さん、叔父さん、伯母さん、叔母さんからお年玉がもらえて、大金になります。祖父も1人だけ生きていて、この人は、普段からよくお小遣いをくれました。

　それで、そのお年玉を貯めて、1年の予算にすれば良いところを、なかなかそうはいかず、欲しいものはもう決まっていて、お年玉をもらったらすぐに買いにいきたい、でも、お店が開くのは5日か6日からなので買えない、そこで悶々(もんもん)として時間が経(た)つのを待つ、というのが正月の思い出です。

　買いたいものは、たいていは、電子パーツとか、模型のパーツで、ちょっと贅沢(ぜいたく)をして、トグルスイッチを買おうとか、メータとかトランスに投資するか、みたいな感じだったと思います。

　これは、小学生のときの話。中学生になってからは、遠方通学で普段が忙しくなったから、休みのときは、なにかをせっせと作っていました。材料を用意し、設計図も描いて、休みになったら、「いざ」と作りだす感じです。ですから、どこかへ出かけるとかは嬉しくない。留守番

が良い、と思っていました。

　中学生でも、まだお年玉がもらえましたが、この年齢になると、もっと大きな目的があって、貯金をするようになっていたかも。そうして買うのは、やっぱり無線機とかだったように思います。

　そういう思い出から、子供のときの僕は、誰がいくらくれたからとか、沢山もらったから感謝するとか、そういう具合にはならなかった、というのが事実です。良い悪いではなく、単なる現象として認識していたのです。感謝の言葉はもちろん述べますが、ただお金が自分のものになって嬉しい、という感覚がすべてでした。

　これは、犬なんかも同じで、おやつをもらったら嬉しいし、おやつをくれる人に近づくし、一見懐いているように見えるのですが、おやつをくれる人が優しいと思うとか、その人に感謝している、ということはなく、ただ、「好意的な人」と見ているだけです。他者に対して、好意的なことを示すには、プレゼントはわかりやすいサインなのですが、でも、それを「恩」だと感じる気持ちは、生じる人と生じない人がいると思います。

　スポーツ選手のインタビューでは、必ず「応援してくれた皆さんに感謝します」という決まり文句が出てきますけれど、ほとんど挨拶程度の意味しかないように感じられますね。実際に、活動費などを出してくれるスポンサのことを念頭にしゃべっているのだと思います。ファンは、入場料を払ってくれるから、その点では不可欠な大勢かもしれませんが、「そのおかげ」というほど大袈裟なものとは思えません。違いますか？

　大学入試に合格した高校生にきいてみましょう。バックアップしてくれた両親のおかげ、くらいはそのとおりかな、と思いますけれど、「応援してくれた先生や友達のおかげです」なんて言ったら、白けませんか？

　「応援」というのは、応援する人が自分のためにするものです。応援することで自分が元気になる。そこで収支が合っている。与えているわけでも、受けているわけでもない。だから、選手も応援を「もらって」いるのではない、と僕は思います。同様に、お年玉も、子供たちにあげたい大人たちがいて、手渡したときの子供の笑顔で、既に収支が取れている。子供は、「叔父さんのおかげで、今の僕があります」なんて言わ

ない。それでよろしいのではないでしょうか。

「もらい得」と「もらい損」なら、前者が圧倒的多数ですね。

---

2018年1月4日木曜日
## 気楽なフィクション

　まだ遊んでいます。ただ、1月に執筆する『ジャイロモノレール』について、少しずつ頭が切り替わっていて、何を書くか、何を書かないか、という思案をしています。それから、『MORI Magazine 2』もそろそろ執筆なので、2017年にどんなニュースがあったかな、と振り返ったり……。世界中がトランプ大統領にかき回された一年だったのでは。彼は、アジテータとしては一流です。

　どこかに書いたと思いますが、小説は、とにかく、何を書こうかと考えたことを書けばそれで作品になります。非常にストレートな創作です。エッセィになると、書こうと考えていたことを全部書いたら大変だな、という気持ちが湧き、わかってもらえるのはここまでだろう、という自制が働きます。

　これが、学術的な文章（たとえば論文）になると、何が書けないか、何を切り捨てるか、ということを考えて、残った僅かなものを文章にする感じになります。書けないのは、まだ確信が持てないとか、まだ問題が残っているとか、書いたら論点がずれかねないとか、なのですが、つまり、書いてしまったら、他者と議論をしなければならないわけで、今これを言い切ってしまって良いのか、という保身なども働くし、確実なものだけを、誤解されない表現で、と考えると、どうしても、頭にあるもの、知っているものの1割くらいしか出せない結果になるのです。

　小説は、良いですよね。何を書いても突っ込まれません。全部フィクションですから。どうしようが作者の勝手なのです。自由といえば自由。その小説であっても、シリーズものになると、書いている途中でいろいろ派生したストーリィを思いつくわけですから、その中で作品を続けていく

には、なにかを書かない、なかったことにする、という作業になるわけです。最初はこうしようと思っていたけれど、書いているうちに、どうもそれは無理だな、と気持ちが変わってきます。この点でも、小説は自由にできます。気が変わればそのとおり変更するだけです。

　ノンフィクションの場合は、ある程度の整合性が必要で、気が変わったからこの本ではこう書こう、という自由度はさほどありません。もし気が変わったのなら、それを論述し、過去のものを否定する立場を明確にしなければならないのです（そういうことはよくあります）。

　ゴーグルみたいに被って見るモニタを購入（5000円くらいのやつ）。庭園鉄道にカメラを搭載した車両があって、それをラジコンでコントロールし、暖かい室内で外の映像を見ようというわけです。もちろん、カメラを上下左右に動かす操作もできますが、僕が頭を右に向けたり、上を見たりするのに同調しているわけではないから、まだVRとはいえません。それをするのは、実に簡単で、加速度センサをゴーグルに取り付けるだけなのですが、面倒なのでそこまでしません。

　驚くべきなのは、こういったハイテクの機器が、もの凄く安くなっていること。昔は、ラジコンというだけで高価な代物だったのに、今では当時の100分の1の値段で高性能のものが買えてしまうのです。本当に、現代の技術というのは、一言でいうと「安価」に尽きます。

　これだけ、ものが安くなったのですから、相対的に自分が持っている金の価値が上がっているわけで、みんながお金持ちになっているのです。ありがたいことです。でも、安くなっていないものもありますね。たとえば、エネルギィとかがその代表格でしょう。これは、もともと限りがあるものだからです。食品もエネルギィといえます。

　かつては、ものの値段は、人間の労働によって決まるものだという感覚が（マルクス主義?）ありましたが、今は、それがエネルギィに代わったわけです。ものの値段は、最終的には、生産に必要なエネルギィ量に行き着く。そこへ行き着くまでが技術力かな、と。

 多くの庶民が、デフレを喜ばないのはどうしてなのでしょうか？

2018年1月5日金曜日

## ノウハウとは単なる知識である

まだ1月ですね。冬はまだ3ヵ月くらいあります。長いのです。早く春にならないかなぁ……（そろそろ厭きてきた）。

近所で、早朝に飛行機を飛ばしました。普段は牧草地なのですが、冬はただの空き地だからです。雪が降るとずっと雪原になって、狐の足跡だけがときどき増えます。飛ばした機体は、グライダタイプのものに、プロペラがついていて、モータグライダといいます。モータがついていたらグライダではないのでは、とおっしゃる方もいますが、そうではありません。グライダは無動力だからグライダなのではなく、普通の飛行機とは設計思想が違います。

庭園鉄道も、毎日運行ができて、つまり荒れた天候になっていない、ということ。今年は、今のところ雪は少ないといえると思います。だいたい、雪は滅多に降らない地域なのです。毎日晴天で、夏よりも天気は良いのではないかと思います（夏は、森の下になって、天気がよくわからなくなるため?）。

工作室では、塗装作業を始めるために態勢を整えました。吹付けをする場所を作るのです。換気扇の側で、しかも塗料がつかないように、大きな紙でカバーしたりします。新聞紙を使うのが普通ですが、このところ、新聞紙を滅多に見なくなりましたので、梱包用の紙を丁寧に伸ばして、このときのために温存しているのです（貧乏性）。

吹付け作業には2種類あって、スプレィ缶の塗料を使うときと、ピースコンなどの道具を使うときです。前者は手軽なのですが、高いし、綺麗な仕上がりは望めません。垂れやすいし、失敗も多い。後者は、もの凄く面倒ですが、やる価値はあります。模型マニアの方はよくご存じのことでしょう。

10年くらいまえに出た本で、『How (not) to Paint a Locomotive』という名著があります。今、Amazonで見てみたら、日本円では新品で2万2000円でした（高すぎ!）。機関車の色を塗るためだけの本です。しか

も本物ではなく模型の機関車。これだけでも、奥の深さがわかります。
　ちなみに、僕はこの本を買いませんでした。書いてあることは知っているのです。知識では知っていても、上手くできないのは、ひとえに「せっかち」だからです。気持ちの問題というか、精神のコントロールが弱いから失敗してしまうのですね。しかたがない、と諦めています。仕事ではありませんから。
　小説の書き方みたいな本も無数に出ているのですが、そこに書いてある知識は、既に皆さんもお持ちのことでしょう。問題は、やる気になれるか、という精神的なコントロールなのです。本を読めば、やる気になれるのかもしれませんが、その程度で出るやる気は、すぐに消えてしまうので、効果は持続しません。
　工作法に関する本も沢山あって、何冊も熟読しました。そこで、知識としては得ることができましたが、それらの大半は、「そこまで面倒なことをしないといけないのか」というレベルのものでした。プロは手間をかけているのだな、ということがわかったのです。
　自分は、もっと手軽に趣味として工作を楽しんでいるので、仕上がりは一流である必要はない。楽しく作れれば良い、という方針です。ですから、一か八かでやってしまい、失敗することが多々あるのですが、「やっぱり駄目だったか」と笑えてしまうのも、また楽しいものです。どうしても失敗したくないときは、知識を活かして、セオリィどおりやります。そうすると、たしかに成功するのです。でも、なんとなく労働したみたいな感覚が残ってしまう。時間をかけてやったから当然良い結果になったことが、再確認されるだけなのです。
　だから、この頃は、自分なりの作り方で良いではないか、と開き直っているのです。誰かに褒めてもらおうとか、コンテストに出して評価してもらうために作っているのではありません。楽しく作り、できたものに、自分が満足できればそれで充分なのです。
　まとめると、作り方を知っていることは知識ですが、知識があるから、それができるわけではありません。物理的にはできますが、やりたくない場合もあります。これも、一種のギャンブルかもしれません。

作る楽しさは、知識が不足していたときの方が、大きいのかも。

2018年1月6日土曜日

## 「滑らか」とはどういう意味か

　朝は曇っていて寒かったのですが、しだいに天気が回復し、暖かくなりました。庭園鉄道も運行。線路に異状はありません。でも1周で充分です。メインラインは現在、エンドレスで520mあります。さらに30m以上新しい線路を買って、塗装も済ませているので、春になったら延長工事を始めます。今後はメインラインではなく、引込み線などの充実を図る予定で、1周の長さにはしばらく変わりはありません。

　今日は、風が少し出てきたので、飛行機は断念しました。ドローンなら飛ばせるかもしれません。ドローンの方が本来は不安定ですが、コンピュータ制御で安定装置が付属している分、操縦が楽だというだけです。ラジコンの飛行機やヘリコプタは、外乱に対して、いかに早く当て舵（傾いた方向と反対に舵を切ること）を打てるかが重要で、これは遠くから見て操縦する場合には限界があります。自動制御は、この点で非常に有利なのです。

　ラジコンの操縦に限りませんが、ほとんどのものは「大きく傾いてからの復元」は難しくなります。早めの修正が、そのシステムを維持する最も合理的な方法です。

　ヘリコプタは、危なくなったら、その場で落とせば回収できますが、飛行機の場合は、その場には落ちません。風に流されて遠くへ行ってしまい、機体を回収できない最悪の事態になる可能性があります。墜落は最悪ではない、ということが大事な視点です。実機の場合でも、機体や乗員・乗客が絶望的であっても、地上の人や施設に被害を与えないことが、「墜ち方」の基本です。

　今日は、家族でドライブに出かけ、スーパに寄ってきました。犬の散歩もその近くでします。スーパに付属しているカフェがあって、ここでカプ

チーノを飲みました。クリスマスが終わって、少しお店は空いている感じがします。いつ雪が積もるかわからないので、スバル氏は最近は食料品を買溜めしていて、ゲストハウスの冷蔵庫も食材でいっぱいになっています。屋外に出しておけば、冷蔵庫よりも冷えるため、飲みものなどはこれで充分。凍ってしまうのですが、少しまえに部屋に入れておけば良いだけです。夜ならば冷凍室にもなります。ただし、温度調節ができないのと、野生の動物が来るかもしれないので、実際に冷凍庫として使用することはちょっとできません。

　4月刊予定の『読書の価値』の再校ゲラが、1月中旬に届く予定、との連絡がありました。3月刊までは、昨年のうちに校了しているので、今年最初の仕事になりそうです。もちろん、9月刊予定の新書の執筆も今月の予定。来週くらいから、ぼちぼちと仕事モードを再インストールしようかな、と思っています。

「滑らか」という言葉があります。この漢字は、「すべる」とも読みます。滑らかな状態とは、滑るように抵抗感のない状態です。英語だとsmooth（「スムーズ」が発音的に近いが、日本では「スムーズ」と「スムース」のどちらが正しいともいえない）。では、どういう場合が滑らかで、どうなると滑らかではないのでしょうか？

「連続」という言葉が、同じような意味に使われることがあります。「連続的に」といえば、つながっている様ですが、つながっていても、つなぎ目で違和感を感じることがあります。それ以前に、（よく見ると）連続していない、つまり「ギャップ」がある場合もあります。

　線路でいうと、レールどうしが少し離れているとか、あるいは高さなどが僅かに異なり段差があるような場合、ガクンと衝撃が車輪に伝わり、揺れたり、音がしたりします。一般的に、線路にはこのようなギャップがあるから、電車が「がたんごとん」と音を立てるのです。

　ギャップも段差もないように、きっちりと線路をつなぎ、通過するときの音がしなくなったとしても、まだ滑らかとはいえません。

　たとえば、直線の線路とカーブの線路をつないだ場合を考えましょう。鉄道模型などでは直線線路、カーブ線路があり、自由につなげるこ

とができます。ここで大事なことは、カーブレールの端の傾きが、直線レールの傾きと一致していること。「折れ曲がっていない」ように表現できる状態が望ましい（数学でいうと「微分」で表現できるのですが、難しいと思われる方が多いので差し控えます）。

この「折れ曲がっている」状態にもならず、カーブの端の接線方向と直線が一致するようにつないだとします。これならば「もう完璧」「完全に滑らかだ」と思われる人が多いと思います。ところが、そうではありません。

直線では横方向の加速度（遠心力）は作用しませんが、カーブでは、半径と速度で決まる加速度が働きますから、乗っている人は横方向に（重力のような）力を感じます。この力は、直線では0だったのに、カーブではある一定値になりますから、直線からカーブに入った瞬間に、がくんと力が一気に作用するのです（その後はカーブのうちは一定）。つまり、どんなに精確につないでも、まだ「滑らか」に通過できるとはいえないのです。

そこで、カーブの曲がり方を、直線から少しずつ大きくするようにします。カーブの「急さ」を連続的に変化させるのです。最初は大きく回り（半径大）、だんだん小さく（半径小）曲がるようにします。こうすると、横方向の力も連続的に変化するので、がくんとはきません。車体も一気に傾かず、少しずつ傾きが大きくなります。実際の鉄道では、このようにしているのですが、カーブと直線がユニット化された模型では不可能です（自分でレールを曲げて設置すればできますが）。

僕の庭園鉄道では、残念ながら、そうはなっていません。直線とカーブの線路を、工場で作ってもらい、それを使っているからです。可能なかぎり、直線とつなぐカーブは半径の大きいものにして、乗り心地を改善している程度です。でも、ユニット化されていると、引越のときに線路をばらばらにして、また敷き直す場合には便利なのです。

　僕の庭園鉄道では、1本の線路が2〜3mくらいの長さです。

2018年1月7日日曜日

## 体現しない作家

　まだ、朝の散歩のときスニーカで歩くことができます。今日は、お昼まえに近くで飛行機を飛ばすことができました。天候に感謝します（と書いても、心掛けが良いから、暖かい冬にしてやろう、と冬将軍が手加減するとは思えません）。

　年末の「近況報告」を書いた時点では、「店主の雑駁」のダイジェスト版が秋頃出版予定と考えていたため、「ブログからエッセィ分だけを遠心分離で抽出して」としていたのですが、その後、講談社から「ダイジェストではなく全編掲載の方向で」との提案があり、急遽この表現を削って秘書氏にアップしてもらいました。せっかく考えた森博嗣風表現で、名残惜しかったので、ここに書いておきましょう（ただでは転ばない作家）。

　今日は、出かけたのが朝夕の犬の散歩の2回だけ。夕方の方は、ドライブも兼ねて、5kmほどの距離にある自然公園まで行きましたが、べつに普段と変わったところはなにもありませんでした（それが自然）。

　日本だったら、この時期どこかで凧揚げをしているのでしょうか？　今どき、そんなことはしませんか。寒いし、電線ばかりですからね。日本ほど電柱が多いところって、あまりないように思います。どんなに風光明媚な場所へいっても、絶対に電信柱があるのが、日本の美的感覚なのかな、と呆れます。でも逆に、外国人には電柱や電線が珍しいらしく、どことなく退廃的というかパンクというかスチームというか、そういうイメージだそうです（結局、褒めているようには聞こえませんが）。

　まあ、地震が多いのと、地面が湿っているのと、メンテナンスが楽なのと、いろいろ条件的な理由もあるのでしょう。僕は、小池都知事の政策の中では「電柱ゼロ」が一番素晴らしいと感じましたけれど（あくまでも個人的な感想です）。

　昨日書いた、「連続」の話で、「折れ曲がっている」の表現のときに「屈折」という言葉が出てこなかったことが悔やまれます。6文字も節約できたのに残念。今からこっそり書き直す手もあるのですが、そうする

と、今書きつつあるこの文章が全削除になるのです。このように、残念で恥ずかしいことであっても書けるのです。書くことが仕事だからです。

　土屋賢二先生のエッセィと森博嗣のエッセィは、いずれも人間がいかに愚かか、ということを書いている点では共通しているのですが、最大の違いは以下の一点にあります。

　たとえば、「人間というのは、とにかく間違える生き物だ」と書いたとしましょう。土屋先生は、この文章のあとに、必ず、「しかし、間違えることにかけて私の右に出る者がいるだろうか」という自虐を述べられます。これを何段階もかけて怒濤の如く落とし続ける手法です。一方、森博嗣は、観察結果を書く場合には、自分がどうであるかを書かないことが多い。もちろん、たまには書くこともあります。でも、書いてしまうと、自分がよく間違える人間だから、そういう知見が得られたのだろう、と受け止められ、言っていることの一般性が薄れてしまいます。森博嗣はたいてい、「多くの人は」とか、「という人がいる」みたいに他人事として書きます。

　しかし、言っていることは同じなのです。土屋先生は謙遜を入れて、ショックを和らげている。森博嗣は、それを入れないから突き放している（ように見える）。

　読み手は、どう受け取るでしょうか。土屋先生の書き方だと、おそらく大勢は、最初の一般論を頭に入れず、「土屋先生って間違えてばかりいるんだ」と笑うことでしょう。それでエッセィの目的としては達成されていて、完璧です。一般論に意味などない、ということも真実です。

　一方、森博嗣の文章を読んだ人の中には、一般論から気づきが得られた、と喜ぶ人もいますけれど、「そういうお前は間違えたことがないのか、なにを偉そうなことを」と怒りだす人も少なくない。ここに、森博嗣のマイナスの理由があるわけです。けっして大勢に受け入れられる作家ではない、ということ。

　ところで、昔の人は今の人よりも謙遜家でした。自分の家族のことを褒めるような言動は絶対にしませんでしたし、自分がどれだけ成功しても、けっして自慢をしませんでした。自己PRなんて恥ずかしい振舞いで

あって、大人のすることではない、という文化があったからです。

なにかの傾向を発見して述べるときには、土屋先生のように、必ず「そういう私は、全然駄目なんですけれど」とつけ加えました。そうでないと、「お前はどうなんだ?」ときかれるからです。

　奥様どうしの会話は、相手の子供の褒め合いになったものです。

---

2018年1月8日月曜日

## 「わかる」と「知る」は全然違う

年末年始もまったく変化がなく過ごしました。ようやく編集者から連絡が来たり、書類や荷物が届く平常となりました。日本の正月のニュースといえば、渋滞、福袋、餅を喉に詰まらせる、といったところが毎年必ずありますね。今年はいかがだったのでしょうか。

僕はといえば、工作に明け暮れていて、とにかく、作る、作る、作るの毎日。ときどき書斎に戻って、工作に必要な材料や消耗品をネット注文します。あとは、コーヒーを飲んで読書。外が暖かければ、鉄道に乗ってきますが、チャンスはお昼頃だけです。一度、ホームセンタへ材木を買いにいきましたか……。

福袋を買うため徹夜で行列に並ぶ人たちがいるみたいなのですが、この種のことについて、僕はよく「不思議だ」と書きます。また、あるときは「理解できない」とも書くかもしれません。

しかし、これらの行為を非難しているつもりは、僕にはまったくないのです。同様に、誰かに「森博嗣が言っていることは理解できない」と言われても、全然非難だと感じません。

「不思議だ」とは、自分にはその道理がわからない、という意味です。理解できないから、不思議なのです。ただ、理解したいかどうか、道理を知りたいかどうか、という欲求は、「不思議だ」「理解できない」には含まれていません。どちらの場合もあるということ。

多くの方は、自分が理解されない、自分が不思議だと思われること

に、おそらく抵抗をお持ちなのでしょう。その価値観からすれば、不思議だ、理解できないと言われることは、自分に対する悪い評価のように感じることになります。

　僕の場合はそうではなく、「たぶん、その人なりの価値観があるのだろうな」と思う程度です。僕が不思議に思ったからといって、その人の価値観には無関係である、と思っています。その価値観が多数派か少数派かも、問題外です。

　文字どおり、ただ僕にはそれがわからない、という、それだけの意味なのです。言葉を言葉どおり受け取っていただければ、それでけっこうです。

　もともと、「わからない」という言葉の定義が、多くの方と僕では違っているようです。一例を挙げると、クイズの答が「わからない」とおっしゃる方が多いのですが、それは「わからない」ではなく「知らない」ではないでしょうか。僕にとっては、知らないことと、わからないことは、まったく違います。

　壬申の乱が何年に起こったのか、僕は知りません。でも、それは「わからない」ことではありません。そのデータを覚えていることが、「わかる」だとも思えません。また、わかりたいとも思っていません。もし、壬申の乱に興味を持てば、どんな出来事だったのかを調べて、「わかる」状態になりたいと思うかもしれません。けれど、よほど研究して、知り尽くさないかぎり、わからないのではないかな、と想像します。

　アインシュタインの相対性理論を、皆さんは知っているはずです。クイズで問われれば答えられる人は多いでしょう。でも、正解できる人であっても、相対性理論を「わかっている」わけではないかもしれません。その名称を知っているだけではないか。では、彼の論文をすべて読めば、どうでしょうか？　とても短い論文ですから、すぐに読めるはずです。読めば、少なくとも「知った」ことになると思います。でも、まだわからないのでは？

　こういったときに、「読んでみたのですが、私には相対性理論がわかりません」と言えると思いますが、それは、相対性理論を非難しているわ

けではないはずです。どちらかというと、なにか自分にはまだ足りない知識か理屈があるから、理解ができないのだ、と感じられることでしょう。つまり「わからない」というのは、こういったときに使う言葉であって、データとして知ったけれど、自分が知らないものの理屈に気づいた状態でもあって、けっして悪いわけでもありません。むしろ、理解のための出発点に立ったといえるのです。

それなのに、多くの人は「君の言っていることはわからない」「あいつはどうもわからん」というふうに、相手を非難する言葉として、「わからない」を使うのです。「数学はわからん」も、まるで数学が「大勢に認められるほどのものではない」と非難するような響きが込められるときがあるように感じます。

したがって、森博嗣が、「不思議だ」「理解できない」と書くと、森博嗣はそれが嫌いだ、否定しているのだ、と受け取るのでしょう。でも、そうではありません、ということを改めて書いてみました。

最後に大事なことを。相手の意見に反対する場合には、まずその意見をわかる必要があります。わかったうえで、私の意見は違う、と述べる。これが「反対する」という行為です。「わからない」では、非難にはならないし、また非難する資格もない、ということになります。ですから、「福袋を買うなんて、僕には理解できない」と僕が書いても、僕はそれを反対していないし、嫌ってもいません。また、理解したいとも思っていないので、反対する資格もありません。

「わかりません」のほとんどは、「考えていません」でしょう。

---

2018年1月9日火曜日

## 事故のニュースなど

もうお正月気分も抜けた頃でしょうか。1月といえば、成人式ですか？ 僕はこれを体験したことも見たこともないので、どんなイベントなのかわかりません。いったい何をする式なのかなと。卒業式だったら、学校が卒

業を認めてくれるわけですが（それでも大学の卒業式とか出ませんでしたけれど）、成人は、市町村が認める認めないの資格ではないように思います。そうでなくても、「式」がつくイベントはゼロにしてほしい、と考えています。やりたい人がいるから続いているのはわかりますが、でも、正直やらなくても良いのでは？　無駄なものに、時間や金を消費することもないと思うのですが。

　僕は、1月といえば、模型ショーですね。そういえば、年末はドイツでライブスチームの大きなイベントがありました。人それぞれ、違う世界に生きているということです。そうか、「式」ではなくて「ショー」にすれば良いのですね。「卒業ショー」とか「入社ショー」とか。

　今のところ、仕事はまったくしておりません。ゲラは届いていますが、もう少し遊び呆けていたいと思います。昨日、ホームセンタで木材を沢山買ってきたので、今日からまた新しい工作を始めています。

　中国から、小さな電子部品が届きました。注文して半月くらいかかりますが、とにかく安い。品物の価格も安ければ、送料も安い。しかも、どんどんサイズが小さくなっていくのです。凄いなあ、と感心します。

　本ブログ「店主の雑駁」も半年続けてきたわけですが、読者傾向を調べてみたところ、システムでは、iPhoneが43％で1位でした。2位のAndroidが27％で、まだまだ差がありますね（日本ですからね）。一方で、MacやWindowsなどのパソコンは、それぞれ10％前後で、パソコン離れは本当なんだな、と思いました。ちなみに、ブラウザでは、Safariが46％で1位、Chromeが39％で2位です。Internet Explorerは1％以下でランク外だったのが印象的です。廃れるのが早かったですね。

　アクセスのあった国別では、もちろん日本がダントツの1位ですが、以下、アメリカ、チェコ、カナダ、イギリス、インドネシア、ドイツ、香港、オランダ、フランスの順となっております。チェコには、いったいどんなグループがいるのでしょうか。ファン倶楽部の支部でもあるのでしょうか。

　日本の交通事故死が統計史上最少の記録を更新した、とのニュースがありました。多かった頃に比べて4分の1以下まで下がってきました。救命措置の進歩や車や道路の整備が効いているのでしょう。多かった

のは、1970年だそうですが、この頃には「交通戦争」なんていう言葉が流行りました（その後、「受験戦争」が流行りました）。それでも、自殺で亡くなる人の半分くらいだったのですけれどね（自殺者も減少傾向にあり）。

自殺といえば、鉄道の人身事故を連想してしまいますが、これは交通事故死には入っていないみたいです。数的には交通事故より1桁少ないとはいえ、それでも、けっこう多いな、という印象。特に関東地方が多く、鉄道事故の半分以上が鉄道自殺だそうです。

交通事故で亡くなる人は、高齢者が多いようですが、交通事故の加害者は、まだ若い人の方がずっと多く、人口割合で見ると、10代が最多（続いて20代）だそうです。まあ、そうでしょうね。

そういえば、昨年はジェット旅客機が墜落事故を起こさなかった、というニュースも流れていました。これは世界中で、という意味です。飛行機の事故は、今や圧倒的にプロペラ機か、ヘリコプタだということです。僕が若い頃には、「プロペラがない飛行機は危ない」なんて言う老人が沢山いましたけれど、時代は変わったのですね。

あと、九州の地震で崩落した阿蘇大橋ですが、地震の震動で壊れたのではなく、断層が動いたことで、橋に大きな力が作用した結果だ、と報告されていました。活断層の上に原発を作るな、と喧しい昨今ですが、断層を跨いで、橋も架かっているし、トンネルもあるし、高速道路も新幹線も通っているのです（だから気にするな、という意味ではなく）。

それにしても、昨年は、雨の被害が多かったように感じます。特に、九州方面は酷かったですね。一方では、来るぞ来るぞと言われて数十年経つのが東南海地震です。どうなっているのでしょうか。僕は、35年くらいまえから講義で、「絶対に来るから」と教えていたのですが、このままでは嘘を語ったことになってしまいます（だから、早く来てほしいという意味ではなく）。

 ほとんどの災害、事故で、死者は出にくくなっているようです。

2018年1月10日水曜日
## 同じものから違うものを受け取る

　朝起きて一番にすることは、犬の散歩です。そのあとは、たいてい1時間ほど読書（頭が冴えている時間なので、難しいものを読みます）。その後は工作室へ行きます。最近は塗装をしているので、工作室に入ったら、まず換気扇を回します。そこで、塗料をシンナと混ぜて吹付け。終わって、その掃除をしたら、1時間ほど経っているので、書斎に戻ってコーヒーを飲みます。これで、だいたい10時くらい。

　次は、屋外の気温を見てから、庭園鉄道を運行。また、工作室で別の作業をします。3つくらい作業を終えたら、書斎に戻って読書。するとだいたい、このあたりでランチになります。

　とにかく、庭仕事をしないというだけで、ほかの季節よりも5時間くらいは持ち時間が長くなりますから、いろいろなことができます。といっても、結局ほとんどは読書か工作。この範疇に入ってしまうのです。ただ、工作の中でも、その半分くらいは「調査」か「設計」だし、残りの半分の半分は「試行」ですから、「作業」と呼べるものは、1/4くらい。しかも、作業のうちの半分は「片づけ」です。残りの1/8も、「製作」と「補修」に分かれると思います。

　今書いているこのブログですが、1日の文字数は、『つぶさにミルフィーユ』などの見開き2ページの文章よりもずっと多いのです。クリームシリーズは1年に1回しか出ませんけれど、このブログの量は、その4倍以上あるということですね。そうなのか、書きすぎているのかな、とちょっと思いました。だいぶ無駄なことも混ざっているので、各自が精製して、利用できるところだけを掬い取って下さい、としか言いようがありません。

　そもそも、ブログのダイジェスト版を出したいと編集者K城氏から言われたときには、「え、そうなんだぁ〜」と少し驚きました。そんなつもりがなかったからです。それでも、無駄話を書いているから、有用な部分を取り出せば、ちょっとは価値が高くなるかも、と希望的に考えました（しっかり考察せずに）。次に、編集者K城氏に会ったときには、ダイジェストで

はなく、全文を収録した本にしたい、という話になりました。これを聞いたときには、一瞬で、「うーん、そう言われてみれば、そうかも」と感じました。

　何故そう思ったのかというと、どこが無駄で、どこが有用なのか、決められないからです。読む人にとって、それぞれ価値がある部分が異なっている。ここが良いから「ここだけ」とは、なかなかいかない。そういうものです。

　小説でも同じこと。探偵と助手の会話が読みたい、という読者が多くても、では事件なんかいらないのか、というわけにもいきません。探偵と助手の恋愛なんかやめてほしい、という人もいます（デビュー当時散々言われました）。

　読者によって読みどころが違っていることだけは確かなのです。主人公の風貌一つに絞っても同じで、読者によってそれぞれ抱いているイメージが違うので、映像化したら、絶対に「私の犀川(さいかわ)先生じゃない」が大多数となります。この点、ラノベはそのギャップが比較的ありません。それがラノベの定義だから（『つばさにミルフィーユ』参照）。先入観のある既読のファンだけが、この理由で映像化作品を否定します。

　ダイジェストもそれと同じで、どこを取り上げても、「肝心の部分がカットされている」と言われることでしょう。

　かつて、日記をそのまま出版したことがあります（幻冬舎でした）。あれでも、削除した部分があるのですが、膨大な量になってしまいました。庭園鉄道のレポートを本にしたときも、もの凄く大量に削った記憶があります。そういった経験を踏まえて、『MORI LOG ACADEMY』は、本になることを前提として書いたので、わりと編集が楽だったかと。

　それから、ネットで無料で読んでいたものを出版しても、お金を払って買う人はいないのではないか、という問題も昔からありました（昔の方が絶大な問題でした）。でも、何度も同じことを繰り返してきましたけれど、その理由で売れないということはない、というのが僕の結論です。もの凄く大勢を相手にしたビジネスではそもそもないから、こうなるのだと思います。最近だと、『道なき未知』がそうでしたが、ちゃんと本は売れました。お

そらく、読む人が違う、読み方が違う、ということではないかと想像します。

　僕自身の話をすれば、一度読んだものは買いません。ついでに書いておくと、原作を読んだことがあれば、それを映像化した作品に僕は興味がありません。よほどのことがないかぎり、見にいかないと思います。どうせ見るなら、自分が知らない物語を見たい、と考える方です。同様に、さきに映画を見てしまったら、原作は読みません。ネタばれを聞いたりしたら、読まないし、こういう話だと知ったら、見にいきません。ようするに、読みたくなくなる、見たくなくなる、という意味です。さらに、大勢が読んだとか、評判が良いとかも、読みたくなくなる要因です。逆に、評判が悪いと聞くと、じゃあ見てみようか、と思うことはありますけれど。

　同じく、行列ができていたら、その店には絶対に入りません。

---

２０１８年１月１１日木曜日
## 攻撃は最大の防御か？

　今朝は氷点下15℃でした。これはこの冬の最低気温かもしれません。でも、朝から晴れ渡っていたので、平原の方へ下りていきました。草はすべて凍っていて、ところどころに不思議な氷の結晶のようなものもあります。植物の水分が凍るのでしょうか。10時頃には、氷点下2℃くらいまで上昇し、ぽかぽかとした暖かい日になりました。

　工作室はこのところ、塗装部屋になっていて、シンナの匂いが立ち込めていますから、まずは換気扇を回します。換気扇を回すと、母屋とつながっているドアが開いてしまい（きちんと閉めてないからですが）、母屋の暖かい空気が工作室へ流れ込み、一気に工作室の室温も上がるのです。母屋のどこかで室温が低下していると思いますが。

　お昼頃には、さらに暖かくなったので、外で小さい機関車を2時間ほど走らせて遊ぶことができました。遊んでいる間は、寒いとは感じないの

ですけれど、片づけるときは寒いのでした。

　だいぶまえに真空管アンプに嵌った時期がありましたが、そのとき、真空管ラジオも何台か手に入れました。キットから自分で作ったものもあります。アンティークな電化製品が流行っていた時期がありましたね。今でも、白黒のテレビなどが「昭和レトロ」ともて囃され、人気があると聞きます。でも、かつてほどの勢いはなく、その証拠に当時よりも値段がだいぶ下がりました。今はむしろ買い時かな、とも観察されます。

　物品を減らそうという断捨離が人気らしく、物欲世代はもう高齢者になっているし、高齢故に「今から物を増やしても」と躊躇する時代になったといえるかも。置いておく場所がない、と都会人は言うことでしょう。だったら、まずその「都会」を断捨離しなさい、というのが僕の個人的意見です。満員電車に乗っている時間、人ごみで買いものする時間、並んだり、待たされたりする時間を切り捨てる生活が、一つの解決になるはずです。

　「攻撃は最大の防御」という言葉があります。たいていの場合、スポーツなどでよく語られるのですが、実社会でもほぼこのとおりだと思います。なにしろ、攻撃する側は、方法も時間も場所も自分で決められるのに対して、防御する側は、いつ、どこで、どんな攻撃があるのかわからないのですから、条件が違いすぎます。最近増えているテロが、その一つの証拠といえます。

　当然、費用もこの影響を受けるため、攻撃費と防衛費を比べたら、おそらく1：10以上（僕の感覚では、1：100以上）に差が出ることでしょう。あの国が核ミサイルに拘るのも、これが理由です。守る体力がなくなったら、こうするしかありません。

　まえにも書きましたけれど、武器というものはほとんど、攻めるための道具です。守るための武器というのは非常に少ない。そもそも「守る」というのがどんな行為なのか、よくわからないくらい曖昧でもあります。だから、「どこまでが自衛」なのか、と議論になるわけです。

　本来の「自衛」とは、避ける、逃げる、隠れる、ということです。だから、自衛隊とは、弾を避けて、戦地から逃げて、安全な場所に隠れ

る部隊のことだ、と海外ではイメージされる。そういう名称だ、ということです。

　部隊が生き延びる力を持っていることも、もちろん必要ですが、「自衛隊」として国家が編成しているわけですから、国民を守ることが任務です。そうなると、自衛隊は、国民を安全な場所に移動させる輸送能力とか、安全な場所を建設するとか、そういった活動をしないといけませんね。これだったら、誰も憲法違反だとは言わないと思います。これまで、自衛隊が国民のために作った防空壕(ぼうくうごう)などが、どこかにあるのでしょうか？
「戦争反対」「子供たちを戦場に送りたくない」という主張は間違っていないと思います。しかし、自衛はしなければならないというのも間違っていないと僕は思います。もし、自衛隊が、安全な場所を建設し、国民をそこへ誘導する部隊だとしたら、徴兵制で大勢が参加しても良い、と思えるのではないでしょうか？　僕が20歳くらいのときに考えていたことは、そういった案でした。けれど、それから40年経ちましたが、それらしい自衛策は実施されませんでした。最近のJアラートくらいで、やっと、どうにか「自衛策かな」と思ったほどです。

　おそらく、そんなこと（防空壕など）に労力と費用をかけるよりも、「攻撃は最大の防御」の理屈のとおり、武器を買って、攻撃能力を高めることが「抑止」になる、これが一番安上がりだ、と考えたのかもしれません。しかし、核やミサイルへと武器がエスカレートする中で、その抑止は本当に安上がりで効果的だったのでしょうか？

　今までかけてきた費用と労力を、シェルタ建設に使っていたら、今頃、国民全員が避難できる場所が、各家のすぐ近くにできていたのではないかな、と想像します。これくらいのことを、「国策」と呼ぶのではないか、とも思います。

　短期的(刹那的(せつなてき))に見れば、攻撃は最大の防御なのですが、長期的（将来的）に見た場合、防御こそが攻撃に勝る力となることがありそうな気がします。

「自衛隊」と聞いて、ぶっと吹き出した外国人がいました。

2018年1月12日金曜日
## 人間はできているのか？

　まだまだ寒くなっています。朝の散歩には、ついに手袋をしていくようになりました。でも、靴が普通のスニーカなので、まだだいぶましです。道路に氷がなくて、普通に歩けるなら、気温がどれだけ下がっても問題ないと思うほどです。

　さて、まだ仕事をしていません。そろそろ執筆かな、ゲラ校正でもしようかな、しないといけないかな、と思っているのですが、なにもしない時間というのは、実に心地良いもので、ちっとも仕事モードになりません。一度復帰すれば、またそれに慣れてきて、続けられるのですね、きっと……。そういうふうに人間が作られているのでしょう（「人間ができている」と書こうと思ったのですが、別の意味に取られそうなのでやめました）。

　今でもセンタ試験があって、この寒い時期に実施していると想像しますが、僕にとっては、センタ試験というと試験官としての記憶が絶大で、毎年あれは憂鬱な行事でした。長時間拘束されますし、緊張を強いられます。受験生は座っていられるけれど、監督は立っていることがほとんどです。雪が降ろうが遅刻はできないし、秒単位で時間厳守でなければならないし、台本どおり一字一句間違いなく読み上げないといけないし。幸い、大きなトラブルに見舞われた経験はありませんが、もしそんなことがあったら、本当にトラウマになっていたのでは、と思えるほどです。

　試験監督をするときには、工学部の他学科の先生たちや、場合によっては他学部の先生たちともチームを組むことになります。顔だけ知っているとか、顔も知らないという先生と、1日か2日、ずっと同じ行動を取ることになります。これもプレッシャでした。助手のうちは、補佐の立場なので、責任はあまりないのですが、助教授ともなると、その試験場（つま

り教室)では主監督になるので、責任も重大です。集めた答案の数が1枚でも足りなかったら一大事なのです。枚数も多いし、確認している時間は短いし、みんな待っているし、という緊張感。今思い出しても、「もうやらなくて良いのだ」という解放感が味わえます。

さらに、試験は終わっても、そのあとに採点作業などがあるのです(センタ試験ではありませんが)。もっと大変なのは、問題を作る作業です(センタ試験の問題も、大学の先生が作っているのです)。おまけに、1年に何度もいろいろな試験があります。二次、前期、後期、編入、推薦とか、それに、大学院前期、後期、留学生、社会人など。1年間で10くらいは軽くあって、毎月入試をしている気分になります。面接なんかも、多かったですね。受ける人も大変ですが、受け入れる側も大変なのです。いったい、誰がこんな制度にしたのか、とよく思いました。職場はブラック感が漂う結果となるのです。

さきほど、誤解を招きそうになった「人間ができている」という言葉ですが、これは良い意味で使われているように観察されます。別の言葉にすると「大人である」「人格者」くらいでしょうか。「できている」とは、「完成している」の意味であり、反対の場合は、「人間ができていない」と表現するのです。しかし、自分も含めて、誰かが作っているわけでもないのに、時間さえ経過すればいずれ人間ができてくるみたいな言回しになっているのが不思議です。「成熟」みたいなイメージなのでしょうか。なんとなく、味噌とか酒の仕込みみたいですね。

人間の外見は、観察すればわかりますから、未成熟な人のことを「まだ人間ができていない」とは言いません(言ったら面白いか、あるいは問題になると思いますが)。そうではなく、見えないもの、つまり精神的な成熟度、社会における振舞い、常識のわきまえ度、みたいなことを問題にしているわけです。

一方で、人柄が良い、親しみが持てる、という場合には、「人間ができている」はあまり用いられません。根っからのお人よしではなく、我慢ができる人格みたいな感じなのでしょう。相撲協会が目指しているものも、「横綱ができている」「親方ができている」といった状態なのではな

いかな、と（これは揶揄です）。

　よく他者のことを話題にするとき、散々悪口を言っておきながら、「でも、あいつは良い奴だよな」とつけ加えることがあります。いったい、何が良いのかを言わないのですが、どことなく、憎めない部分がある、というイメージでしょう。逆に言えば、賢くて立派に振る舞っている人は「良い奴」ではない、ということです。見るからに優秀ならば、わざわざ「良い奴」と述べる理由がないからです。こういうときは、「鼻につく」などと理由のない嫌悪感を示したりします。

　このように、各自の印象をいちいち示さなくても、ただ性情というか傾向だけ語れば良い、と僕は思うのですが、律儀に自分の立場を示すことが、日本人にありがちな傾向のようです。報道の記事の最後に、「この好感度がいつまで続くだろうか？」と疑問文を入れたがる心理と同じで、語り手の立場を示すことが、日本では挨拶のように大事なサインとなっているようです。

「人が悪い」は、「人は悪い」とは言いません。意味が違う？

---

2018年1月13日土曜日
## コンピュータ翻訳について

　今朝は少し曇っていて風がなかったので、近所の空き地（といっても、10ヘクタールほどありますが）で、飛行機を飛ばして遊びました。エンジンで飛びますが、マフラ（消音機）が2段階についていて、とても静か。空へ上がると、モータよりもむしろ音が小さいかもしれません（プロペラの風切り音はします）。10分か15分くらいで着陸させます。燃料は半分も減りませんが、送信機のスティックを持っている指が凍えるからです。送信機ごとビニルカバーの中に入れて、操縦する人もいますね。

　ラジコン飛行機は、現在ではモータが主流になったので、エンジンを搭載しているだけで驚かれることがあります。「凄いですね、エンジンなんて」と言うのは若い人。20年以上まえには、「え、モータで飛ぶ

の?」とびっくりしたものです。それくらい、モータでの飛行は、異次元の技術だったのです（不正確な表現）。

このところ、工作室では主として塗装作業をしているのですが、ちょっと厭きてきました。それに、乾燥させる時間ばかりになったこともあり、次のプロジェクトへ移りたいと考えています。既に5つくらい進行中のものがありますが、もっと新しいこともしたい。我が儘なのですね。

それにしても、毎日同じことをしている人間が、こうして毎日ブログを書いているのですから、全然新しい話題というものはない、というふうに皆さんも厭きてくることでしょう。本当にそのとおり。というか、デビューした頃から、ずっとこのとおり、同じなのです。どこかへ出かけていった話とか、エッセィで書いたかな、そんなことがありましたっけ、ああ、チボリ公園とかの話は書いたかな、とおぼろげに思い出す程度。スペースワールドもなくなったのですね。今は昔となりました。

最近はネットでニュースなどを見るようになったから、これでも世間話ができる人に成り上がったと感じているくらいです。以前はそういうことは一切なかったので、本当に局所的で抽象的な思考からしか発想がなく、よくブログなんか書いていたものだ、と思います。当時は、執筆はほぼ小説でしたから、それで良かったのかもしれません。エッセィや新書を書き始めたのは、作家活動としては後半のことですから。

最近のことですが、クロゼットの中にある開かずの段ボール箱のうち2つほどを、ついに開けました。まえのまえの引越のときに梱包したもので、10年以上箱の中にありました。どれも模型雑誌（洋書）なのですが、あの写真はどこで見たのだっけ、というものを探していて見つけました。つまり、10年以上も、そういった1枚の写真を人間は覚えていることができるのです。

写真がもう一度見たかったわけではなく、記事が読みたかったのです。フランス語で書かれていたので、当時は諦めていたのですが、今はコンピュータに翻訳させることが簡単になりました（そのかわり、訳した日本語を読解することは簡単ではありませんが）。

こういう話を、友達のドイツ人にすると、英語をドイツ語に翻訳させた

ときは、それほど違和感がない、とのことです。それはそのとおりで、仏語や独語の場合、日本語に訳させるよりも、英語にしてみた方が理解しやすいものになります（変な日本語よりも英語の方がましという意味）。つまり、コンピュータ翻訳のソフトは、日本語が下手なのですね。ここにもっと注力した方がよろしいのではないか、と思います。

　一方で、日本語を英語にする方はどうでしょうか。僕は、この需要を感じないので、使うことはありませんが、ときどき、友人のブログなどで、英語に訳しているものを目にすることがあります。本人が英語に堪能で、コンピュータが翻訳したものを直すことができるなら、まったく問題がありませんが、訳したそのままだと、やはり変な英語になっている場合が多いようです。

　でも、僕が自分で何度か試したときには、そういった誤変換があまり起こりませんでした。けっこう上手に訳すな、という印象を持っています。ここで最も大事なことは、翻訳ソフトに対して、わかりやすい日本語をインプットすることです。そもそも日本語が誤解されやすい文になりがちなので、そういうことがないように、読点を多用し、何がどこにかかっているのかを明確に示す必要があります。

　いずれにしても、翻訳が最も難しいのは、普段に行われる会話です。話し言葉を訳すのが最も難しい。もともとの意味を理解しにくいし、またそれを会話らしい文章にするのも難しい。それなのに、会話というのは、誰でも最初に覚えるものですね。子供でも話すことができて、意思疎通ができます（多くは、場の雰囲気や、表情や仕草に補助されているからでしょうけれど）。

　先日のブログで、僕は「Jアラーム」と書いたのですが、スタッフに「Jアラート」だと指摘されて直しました。そういえば、「alarm」と「alert」って、どう違うのかな、と一瞬首を捻りました。日本語だと、それで目が覚めたら「アラーム」でしょうか。

　電子辞書も古いのを使っています。でも不便は全然感じません。

2018年1月14日日曜日

## ミキサが欲しいなぁ

　夜のうちにまた雪が舞って、朝は真っ白でした。植物は水分が欲しかっただろうと思います。積雪というほどでは全然なく、日が出れば消えそうだし、鉄道も運行しようと思えば可能です。でも、寒かったので運行するかどうか迷いました。ほかにやりたいことが沢山ありますし。お昼頃には天気が良かったので、小さい機関車を2台ほど走らせて遊びました。ガスで走るのと、アルコールで走るもの。いずれも初めて走らせるものです。

　まだ一度も走らせていない機関車が、順番待ちしているのです。たいてい、冬に走らせることが多いのです。夏は、大きい機関車がメインになるためです。

　いよいよ出版社も仕事が始まったようで、メールとか荷物が届くようになり、鉄道でいうと平常運行となりました。来月発売予定の『血か、死か、無か？』のあらすじで、若干の変更があったという連絡とか、秋に予定している『森博嗣に吹かれて（仮）』に収録するエッセィや記事がだいたい集まったとか、そんな連絡がありました。僕自身は、まだ仕事をしていません（ブログは書いていますけれど）。まあ、そろそろかなとは思っていますが、1月は後半だけ仕事をしようかな、と今は考えています。

　ハンダごての先の話を先日ここで書いたのですが、友人が送ってくれました。500円もしなかったそうです。これで、また1年か2年は大丈夫ですね。ハンダごては、今は5本持っていて、用途によって使い分けています。もちろん、すべて用途はハンダづけなのですが、電気配線に使うものが3つ。金属工作に使うものが2つです。それぞれ、大きさやパワーなどによって、向き不向きがあるわけです。

　夕方に、雪が1時間ほど降って、夜の雪が消えかけていたのに、再度辺り一面が真っ白になりました。積雪というほどではありません。軽くしゅっとスプレィした感じです。

　建築屋さんが、久し振りに遊びにきて、この頃の景気についておしゃ

べりしました。天気が良いから仕事が捗る、というような話だけでした。ときどき来て、なにか仕事はありませんか、とご用聞きをするのですね。

そのあとまた天気になったので、犬たちも家族もみんなで散歩をしました。風が冷たいのですが、しっかり防寒していれば大丈夫。家に帰ってきたときには、「暖かいなあ」と感激します。

ちょっとした工事を春に予定しているのですが、その基礎部に大量のコンクリートが必要です。大量といっても、せいぜい100〜200リットル（230〜460kg）くらいなのですが、それでも、この量のコンクリートを人力で練るのは大変です。いつも、コンクリートやモルタルを使うときは、一輪車のパンの上で（水、セメント、砂、砂利を）調合して、スコップを使って練っているのです。せいぜい3リットルくらいですね。コンクリートって、少しずつ打ち足すわけにいきません。全部を一気に入れて、コテで均さないといけないので、ある程度は量が必要なのです。

コンクリートミキサは、小さいものだと50リットルくらいのものが売っていて、この頃安くなって、2万円くらいで買えます。でも、たぶんモルタル用でしょうね。コンクリートを混ぜるだけのパワーがあるかどうか、やや心配（モルタルに砂利が混ざったものがコンクリートです）。あと、ミキサを使うと、使い終わったあとに掃除をしなければなりませんが、どこでそれをするのか、という問題があります。

ミキサを掃除するときは、水を中に入れて、空回しをします。水とセメントが流れ出ますが、排水溝へは流せません（詰まってしまうし、アルカリ性で産業廃棄物）。自分の庭の地面に染み込ませるのが一番良いと思いますが、苔や草があると枯らしてしまう危険があります。

そんなに何度もこれから使うとは思えないのに、ミキサを買うことにも、抵抗があります。だったら、生コンを業者に頼んで持ってきてもらったら良いのかな。日本だと、生コン車って1000リットルで1万円くらいなのです。掃除もしなくて良いし。建築屋さんに相談するのが簡単かもしれません。専門なのに、こんなことで悩むとは……。

これから何度も使うと思えないのに買ってしまうものって、多いですよね。でも、買ったらやる気が出て、楽しめることも確か。なんでも自分の

手で持ってみないと、使えるか使えないかわからないし、使ってみて初めて視野が広がる感覚もあるとは思います。

 やはり僕の場合、確実に「道具道楽」だと思われます。

---

2018年1月15日月曜日
## 便利さの普及

朝の犬の散歩のときに、スバル氏が急に言いだして、午前中はドライブに出かけました。往復で4時間。3回ほど車から降りましたが、それぞれ5分以内で、ほぼずっと走っていました。道は空いていて、気持ちの良いドライブでした。

このため、今日は庭園鉄道は運休としました。帰宅後、ゲストハウスへ行き、薪ストーブを焚きつつ読書。明日はゲストがいらっしゃるので、前日から暖めておこう、という魂胆です。薪は、昨日のうちに運んでありましたので、ただ火をつけて、ストーブの前でずっと本を読んでいただけです。静かだし、落ち着きます。

工作室では、小さな機関車の整備。どうも上手く走らないものがあったのですが、いろいろいじっているうちに原因がわかりました。「ああ、ここがこうなってしまうわけか」という納得があって、こういった感覚は本当に楽しいものです。まるで、自分の技術レベルが1ポイント上がったみたいに感じますね。たぶん、幻想ですが。

大和書房の編集者T氏から、『MORI Magazine 2』の資料として、昨年のニュース記事のリストが届きました。これが、仮想のインタビュアの台詞になります。執筆は来月の予定なので、グッドタイミングです。また、そろそろ、質問もファン倶楽部で募集しようかな、と思っています。

講談社タイガの2月刊『血か、死か、無か?』のことでメールがありました。森博嗣の本は、電子版が比較的多く売れている、とのことです。少なくともAmazonでは、ほとんどのタイトルで電子版の方が順位が上になります。講談社タイガが全部こうなのではないそうですが、いず

れはそちらへシフトしていくことでしょう。

　来週くらいから仕事をしようかなと、ほのぼのと思う今日この頃です。

　中国製のモータコントローラが2つ届きました。安い（安かったから2つ買ってしまった）。しかも小さい。びっくりします。昨年だったか、ラジコンの送信機と受信機が安かったので通販で買ってみたら、送信機だけしか届きません。初めての通販トラブルかな、と疑いかけましたが、送信機を触ってみると、かたことと音がします。何の音かな、と思いつつ、電池ボックスを開けたら、その中に受信機が入っていました。つまり、電池よりも小さかったのです。

　日本の製品だったら、こんな送り方はまずありえないでしょう。受信機は専用ケースに入っているはずです。それから、説明書が付属します。取扱いの説明や付属品のリストや注意点などが、ぎっしり書かれているはずです。そういったものは、この安価な中国製品には一切ありません。つまり、「初心者は買うな」「わからなかったら、ネットで検索しろ」という商法なのです。逆に言うと、そういう部分にコストがかかっているから日本製は高いのかな、とも思います（それ以外に、保証の差がありますが）。

　ゲストハウスで、昨年は水道管の破裂事故がありました。バスルームのシャワーの取付口が壊れて、水が漏れていたのです。幸いバスルームだったので、水浸しになっても大丈夫でした。もちろん、原因は室温が氷点下になったからです。このときは、屋外の水道管にヒータがついていることを知らず、そのスイッチが、たまたま入っていなかったのです。今年は秋からスイッチオンにしたので、もう大丈夫。

　そういった原因がわからないうちに、朝だけでもバスルームを暖めよう、と考えて、電気オイルヒータを買いました。このヒータに24時間のタイマがついていて、何時から何時までオンにする、という指定ができます。ところが、最近になってわかったのですが、そのタイマが壊れていました。ヒータ自体は作動します。1万円もしない安い製品だったので、「こんなものかな」と思いましたけれど、ネットで調べたら、500円くらいで24時間タイマが売っていたので、取り寄せてみました。

すると、そのオイルヒータについているタイマと、そっくり同じなのです。「なるほど、安いパーツを使っていたのだな」と納得しました。ちなみに、その新しく買ったタイマで、オイルヒータはその後は、順調に朝だけバスルームを暖めています。また壊れるかもしれませんが。でも、1年で壊れても、500円なら元が取れたと感じますよね。大事なことは、そういうマイナなパーツが1日か2日で自宅へ届くという点であり、この便利さは素晴らしい。

　欲しいものがなんでもすぐに買える、ということが今では普通になりましたけれど、かつてはそうではなかったのです。欲しくても、そういう製品がない。あるいは、欲しい製品が店になかなか入荷しない。それが当たり前でした。品物だけではなく、情報もそうだったのです。

　また、以前は品物も情報も都会へ出ていかないと入手できませんから、人々は都会に集まりました。この都会の優位性が今はなくなったことに、まだ都会人は気づいていないように思います。

 都会の便利さや魅力は、ネットの普及で崩壊しつつあります。

---

2018年1月16日火曜日

## 「空気」は薄くなった

　今日も相変わらずの晴天。もう、2カ月くらいずっと晴れている気がします。ゲストがあるので、庭園鉄道の準備をしておきます（具体的には、メインラインを一周して、異状がないか確かめるだけ）。この時期は、ポイントが凍りついて動かないことがありますが、今は地表に水がないので、凍るものがありません。

　線路が凍っていても、お湯をかけたりするのは、場所によりけりです。地面が凍っているので、水があっても土に染み込まないから、お湯がどこへ流れるのかを考えてかけなければなりません。低いところへ流れて、そこで凍るからです。普段は、どれだけ雨が降っても、水溜りはできないほど水捌けが良い土地ですが、冬は水が通らないのです。

今日も、ゲストハウスで朝から薪を焚きました。薪ストーブは、火をつけてから、部屋が暖まるのに3時間くらいかかります。それまでは、灯油のファンヒータ2台が頑張ります。逆に、薪がなくなっても、しばらく暖かいですね。それから、薪ストーブは、消すことができません。燃えているものがなくなって自然に消えます。いつ消えるのかは、わかりません。

　お昼頃にゲストが2人いらっしゃって、庭園鉄道にも乗っていただきました。日差しがあって比較的暖かいのですが、気温はほぼ0℃です。どれだけ着込んでいても、長くはもちません。結局、1周しただけで片づけました。

　工作室などで、いろいろ見せましたが、散らかっているままです。ゲストハウスで、ランチやケーキなどをいただきました。ところで、ゲストハウスには、けっこう大きなバスルームがあるのですが、僕はまだ一度も入ったことがありません。スバル氏は入ったそうです。ゲストハウスに泊まったこともありませんが、スバル氏はあります。僕の妹が来たときに、おしゃべりをしつつ、一緒に泊まったのです。冬でも、寒いということはないそうです。

　日本人は「空気」に支配されている、というのは各方面で昔から言われている（書かれている）ことです。最近では、その「空気が読めない」人が増えてきたのか、その言い回しをよく耳にするようになりましたが、「空気」そのものが薄くなってきたため、「読みにくく」なっているのではないか、と僕は感じています。

　昔の「空気」というのは、もっと濃厚で強力で、「読まない」わけにはいかなかったし、ほとんどの日本人を支配していたように思います。たとえば、変な例ですが、わかりやすいものとして、適齢期になったら結婚しないといけないとか、結婚したら子供を産まないといけないとか、そういう「空気」がありましたけれど、この「空気」はだいぶ薄くなりましたよね。

　ここで言っている「空気」というのは、これといって理屈のない「習わし」というか、社会の「勢い（つまり慣性）」みたいなものです。たとえば、今の日本には、軽々しく原発に賛成したりできない空気がけっこう

（さほど濃くはありませんが）充満していると思いますし、また、ついこのまえまでは、東北の悪口を言ってはいけない、熊本の悪口は言えない、という空気があったように感じます。

　町内会やPTAに参加しないことはできない「空気」でしたし、中学では部活に熱心にならない生徒は認められない「空気」がありました。現在でも、（どんなに危険で事故を連発していても）伝統の祭を非難してはいけない「空気」がありますし、「庶民」とは、絶対的に「善人たち」であるし、また、「市民活動」や「ボランティア」も、清く美しいものだという「空気」があります。

　スポーツマン精神は、邪念のない人間らしく清々しいものだし、音楽は政治や宗教を越えて世界を一つにするものだという「空気」がときどき流れます。

　ネットの普及で、「空気」は薄まるのかな、と思われましたが、クレームがつけられ、炎上する「空気」を新たに作り出しました。まるで、気圧を常に保つためにネットが働いているようにさえ見えます。

　それでも、僕が若いときよりは、日本人を支配していた多くの「空気」は薄まりました。ブログにも、初期の頃にはいろいろ社会における矛盾点に対する憤りを書いていたと思いますが、たとえばJRや役所の対応も良くなったし、宅配便も遅れないようになったし、何度も電話をかける必要もなくなったし、だいぶ良くなってきているように感じます。

　結局、僕が反発していたもの、今もたまに反発しているものは、この「空気」だったのです。この頃、この種の不平不満を書かなくなったのは、僕が丸くなったのではなく、社会の「空気」が薄くなったためでしょう、きっと。

　同様に、森博嗣みたいな発言をする人が、方々で増えましたね。

2018年1月17日水曜日

## 自撮りはちなんでいる

　2、3日まえの雪が僅かに残っているだけで、また庭園は、苔や枯れた草の地面が現れています。今日は、朝から工作です（ほぼ毎日ですけれど）。また別のプロジェクトを進めていますが、詳しい説明はしません。説明が面倒なだけです。レストアのような、スクラッチビルドのような、そんな感じです。

　読書も進んでいます。やはりこのところ外が寒いせいもあって、文化的な作業が進みますね。寒いところほど文化的な傾向であるとは、今では差別になったりして言いづらくなりましたが、自分の感覚としては確かにあるようです。つまり、夏の比較的開放的な生活では、人間は文化的になりにくいのではないか。これは、孤独が文化につながっていることにも類似している気がします。

　先日会ったある方（日本人です）が、ある著名人と会ったことがある、という話をされました。その著名人が誰なのか（名前を聞いても僕には）わからなかったので、スマホに記録されている写真を、その方は探そうとしました。その著名人の顔写真を出して、僕にわからせようと努力されているのです。けっこう手間取っていたので、僕は「名前で検索したらすぐに出るのでは」と言ったのですが、彼女は、「え？　私が撮った写真なので、検索では出ません」とお答えになりました。このようなやり取りがもう一度あって、結局、彼女は目当ての写真を探し出し、僕に見せてくれました。「ああ、この人か」と僕はすぐにわかりましたが、どうして彼女が検索しなかったのか、その理由がわからなかったのです。

　しかし、その後の話からようやく理解したのは、その写真が、著名人と彼女が一緒に写っている写真だったからです。彼女が探していたのは、著名人の顔写真ではなく、その人に会ったという証拠写真だったのです。でも、僕にしてみれば、既に著名人と彼女が会ったことは話で聞いているわけですから、その著名人の顔さえわかれば良かったのです。僕の目的と彼女の目的に差異があったことが理解できました。

なんとなくですが、世間の人たちが「自撮り」なる行為をする理由が、仄かに理解できました。僕にはまだその価値は完全にはわかりませんが、そういうものに価値があると思っている人がいることは理解できたかもしれない、という意味です。

　どうして、わざわざあちらこちらで自分の写真を撮るのか、という理由です。その場に自分がいたという証拠を残しているのですね。でも、「行った」と言えば済むことです。その言葉を信じてもらえないのでしょうか。だったら、写真だって（いくらでも加工、捏造できますから）信じてもらえないと思いますけれど、その中間辺りの落としどころの心理なのでしょうね。

　思い出を記録しているつもりかもしれませんが、時間が経過すれば、そういった証拠写真もデータとしてどこかへ消えていくことでしょう。今の人たちは、写真を撮りすぎているから、結局、見せたいときには出てこないし、探し出せなくなるし、そのうち自分で写真を見ても、何の写真だったか思い出せなくなるはずです。

　由緒のある場所へ行って、そこで写真を撮ってくるわけですが、その由緒については説明を聞きません。ただ、自分の写真を撮るだけです。周囲を見ていないし、周囲で説明しようとする人の話も耳に入っていません。そういった説明は頭に入らない。ただ、「由緒ある」という言葉に引っ張られているだけで、その由緒と自分の関係をつけるために写真を撮るのです。世間にはそういうことがとても多いのではないでしょうか。

　なんというのか、皆さん、「ちなんでいる」のです。その由緒にちなんで、写真を撮っている。ちょっと、そこで自分がその由緒と関われたように錯覚できるのだと思います。

「ちなむ」といえば、作家になってよくそれを感じました。編集者の方たちは、僕の作品のなにかに「ちなんだ」ものを持ってきたりするのです。たとえば今だったらミルフィーユをお土産に持ってこようとするかもしれません。これは、一種の洒落なんですね。作家になったばかりの僕は、その洒落がわかりませんでした。「どうして、そんなことをするのだろう？」「それで、僕が喜ぶと考えているみたいだな」と思いました。不思

議な行動ですが、文系の方には自然なのでしょうか？

　おそらく、ちなむほどの愛情がある、ということを示しているのです。僕としては、「べつに、ちなまなくても良くないですか？」と言いたくなります。ちなんだら、どんな良いことがあるのでしょう。まるで、平安時代みたいな風習にも思えます。言葉に魂がある、という日本文化の名残りとも言えなくもありませんが、言っても意味はありません。

　日本には、季節や年齢やいろいろなものにちなんで、数々の催しがあって、そのつど、みんなでそれを祝ったりします。ですから、自撮りも、やっている人たちは、懸命に「ちなんでいる」つもりなのでしょう。なんというのか、その場に立って、「ここで一句」みたいにして、駄洒落の句でも詠んでいる感じでしょうか。面白い趣向であるかもしれませんが、みんながみんな、同じことをしていると、ちょっと引いてしまう、というのが、傍(はた)から見ていて僕が感じるところです。

自分の写真は、おそらく20年以上自分では撮っていませんね。

2018年1月18日木曜日

## 話をわかってもらえない

　朝から工作です。仕事をしないのって、本当に楽しいですね。やっていることが、やりたいことばかりである、という状況の素晴らしさ。やらなくてはいけないことを、やらなくて良い、という無重力のような解放感は、スケジュールに追われて、ノルマをこなす生活を長年続けてきた人だけが味わえる感覚ではないかな、と思ったりします。赤ん坊や幼児には、味わうことのできない醍醐味(だいごみ)です。

　犬も、ずっとつながれていると、広場などでリードを放すと喜んで走り回りますね。うちの犬は、家の中でも庭でもノーリードですから、ドッグランへ行って、リードを外しても、べつにどこへも行きません。飼い主の近くをずっと歩くだけです。犬は、「来い」はわかるのですが、「行け」は意味がわからないのです。「こっち」はわかるけれど、「あっち」がわか

らない。呼ばれる方へ来ることしかできないように見受けられます。

というわけで、まだ仕事をしていません。本を読むだけ。文章を書くのは、ブログだけです。ほとんどインプットですから、太ります。

長年大学の教官だったし、その後も作家になったので、大勢に対してアウトプットすることが仕事です。インプットは自分でするので、理解できたかどうかの手応えがすぐわかりますが、アウトプットは、相手が理解したかどうか、顔を見ただけではわかりません（読者の場合は顔も見えません）。そのかわり、大勢いるので、その中の一部の人たちが理解した、と思うしかありません。大学だったら、学生と話をしたりすれば理解度がわかるので、それが手応えです。作家の場合は、ネットで一部が観察できますし、なによりも本の売上げで手応えが得られます。でも、アウトプットしたことの数パーセントが伝わったのかな、という程度のものでしかありません。

幾度か書いていることですが、インプットする受け手がわかりたいと思っているかどうか、が伝達効率の一番大きな影響要因となります。その次は、受ける側の知識とか思考力とか、そういったポテンシャルが影響すると思います。そして、3番めくらいには、アウトプットする側の表現のし方が問題になるのかな、という程度の認識を持っています。教え方の上手い下手は、受ける側の諸条件よりは、大きく影響しない、ということです（こういうことを書くと、言い訳をしているように聞こえるかもしれませんが、言い訳をする理由が僕にはありません）。

学生が質問をしてきます。それに対して答える、という機会が非常に多かったのですが、そこで経験することで、印象的な現象があります。

まず、質問をしてくるのですから、受け手はそれなりにわかりたいと思っているわけです。ここで既に、一番の条件をクリアしているので、授業などに比べれば、格段に効率が高い、伝わるかもしれない、という期待を持たせます。そこで、相手の知識や理解力を測りつつ、説明のし方に頭を使いつつ、答えていくことになります。

説明をしているときに、相手の反応から、今はわかっている、ここまでは理解してもらえた、ということがほぼわかります。もし、伝わっていな

いようだったら、その時点で表現を変え、速度を落とし、別の表現に切り換えたり、別の例を挙げたりしながら、アウトプットします。そうすることで、どこで相手がわからなくなるのか、を知ることができて、何が難しいのか、どの説明が悪いのかもわかります。このように同じ問題について何度も説明をしているうちに、人間の理解の特徴、知識の傾向、理解度の表れ方などが、だいたい把握できるのです。

　印象的な現象とは、結局説明しても伝わらない場合に見られるものです。この場合、何が原因かというと、やはり第一の条件なのです。質問をして、わかりたいと思っているはずなのですが、こちらが説明をするうちに、聞いている話の途中で、「あ、これは自分にはわからない理屈だ」と相手が判断し、その瞬間から耳を閉ざしてしまう。そういう場面を何度も経験しました。説明をしているうちに、相手が「もう私にはわからない」という顔に変わってしまう、ということです。これは、非常にがっかりさせられる現象であって、こちらからは手の打ちようがありませんでした。

　そうならないように、もの凄く易しいところから話せば良いのかな、と最初は工夫をしたのですが、どうもそれでは解決しません。何度か経験するうちに、主原因がだんだんわかってきたのです。

　それは、質問する人が、そもそも最初から「こんな感じの答だろうな」と期待している、ということなのです。それが、話を聞いているうちに、思っていたものと違うとわかる。そこで、耳を閉ざすのです。ようするに、「知りたくないこと」だと「わかった」のです。本人は、それで「もう良い」という判断をしているのです。アウトプット側の問題ではない、というだけの救いはありますが、「話は伝わらないものだ」という思いを強くするには充分の経験といえます。

 この現象を、僕は「遮断」とよく書いたり言ったりしています。

2018年1月19日金曜日

# 実験の難しさと面白さ

　今朝はまた氷点下15℃でした。しかし、白い森、青い空と、景色はとても綺麗です。幻想的といっても良いほど（写真は撮りませんが）。

　午前中はずっと工作室に籠もって、スチームトラムを製作。古いおもちゃと、ジャンクの機関車を組み合わせて、1つの模型にしようとしています。ジャンクというのは、壊れていたり、作りかけだったり、とにかく不完全なガラクタのことですが、これを購入するのが楽しみの一つです。なんとか再生したり、再利用したりできると、死んだものを生き返らせたような嬉しさを味わえます。もう、ここ10年以上、この趣味に嵌っている感じがします。

　夕方に、どうしても走らせてみたくなり、完成したばかりのスチームトラムを外に持ち出して、寒い中、試運転をしました。結果はまずまず。快調に走りましたが、3点ほど不備が見つかりました。このように、実験をしないと判明しないような部分が必ずあるものです。実験をせずにそれを見つけようとすると、おそらく10倍以上の時間がかかるはずです。だから、核爆弾もミサイルも実験を繰り返すのですね（鉄道模型から類推するにはギャップが大きすぎる？）。

　僕は、研究者だったときには、数値実験（つまり、コンピュータ解析）が専門でしたが、それでもやはり実験をしてみないと確信が持てないことが沢山ありました。さらに、実験をして初めてわかるような事象というものがあるのです。頭の中で考えているだけでは、人間は隅々まで見通せない。でも、自然現象は、どんな些細なことでも見逃さず、結果を出してくれるのです（こういった擬人化は、校閲に直されることが多いと思います）。

　スバル氏と一緒にスーパへ行きました。自分の飲みものとかをカゴに入れます。お茶、ヨーグルト、フルーツジュースなどです。それから、パンを選んだりします。パンというのは、毎日食べるもので、毎日のように買っているのです。ご飯を炊くよりも、パンを焼く方が難しいのか、それとも種類が多すぎるということなのか、自宅で簡単に焼きたてのパンを作

る装置が炊飯器ほど普及していないのは、何故なのでしょうか。

　これから執筆する予定ですが、ジャイロモノレールの研究について少し書きましょう。

　ジャイロモノレールの理論は、100年もまえに確立されています。どんな機構にすれば、この装置が実現するのかもわかっています。また、それを開発した人は、100年まえに実験を繰り返したので、その結果を大勢が目撃しています。ただ現在、その装置自体は残っていませんし、模型が博物館で保存されていますが、稼働はしません。

　これを実際に作ってみて、本当に機能するのか、ということを確かめたいと思って、2009年に実験を始めました。ところが、実験をすると、理論上は無視されていたような現象が邪魔をします。たとえば、ちょっとした摩擦、あるいは振動です。現実の世界には、滑らかな平面はありませんし、完全な円も、完全な直線もない。必ず左右非対称であり、材料は不均質です。これは、「雑」な外乱とでも呼べるものです。

　ちょっとした不具合が幾つも重なって、上手くいかないことも多い。さっきはできたのに、今度はできない、という現象も起こります。何故なら、1回めの実験のときと、既に条件が異なっているからです。機械は稼働すれば僅かに変形し、電池は消耗します。では、いつも新しいものを使えば良いのですが、新しければ同じ条件であることが、保証されていません。

　簡単な例を挙げれば、サイコロを振る実験をしたとき、最初に投げたことによって、サイコロの形が変わります。まったく同じように投げることもできません。よく「同条件で試験を行う」と言いますが、「同条件」は実際には実現不可能です。

　ジャイロモノレールは、電子的な回路やセンサなどを一切用いず、歯車による機械的な仕組みだけで、1本のレールの上を走ります。左右に倒れないように自動的にバランスを取ります。カーブになれば、オートバイのようにカーブの内側に傾いて走り抜けます。横風が吹いたら風上に傾いて抵抗します。乗客が片側に寄っても、自動的にバランスを取ります。

1本のレールで走れるので、ロープを渡ることもでき、橋の工事が簡単になります。また、どんな急カーブでも、乗っている人は遠心力を感じません。2本レールでは左右の車輪で差動（カーブでは、左右の車輪が走る距離が異なり、軸と車輪が固定されていると、いずれかでスリップが生じる）が問題になりますが、モノレールの車輪は中心にあるので、この問題も生じません。

　そういう夢のような鉄道を、100年以上まえに発明したのです。ただ、1つだけ欠点があって、実用化されませんでした。その欠点は、エネルギィ的に無駄があることです。バランスを取ることに費やされるエネルギィは、左右に車輪のある2本レールの鉄道では不要なものです。この差が致命的となりました。

　ジャイロモノレールの技術は、1930年くらいで途絶え、その後は誰も実現できないものになってしまったのです。僕が2009年に、模型で成功したとき、世界中から驚きのメールが来ました。「本当に実現可能だったのか」という声を聞くことになったのです。

　現代では役には立たないので、既に「技術」とはいえませんが、人間が考え出した「art」であることは確かです。

 ジャイロモノレールについては、是非検索して動画をご覧下さい。

---

2018年1月20日土曜日

## 馬鹿なことをする人の認識

　今朝も氷点下15℃でした。晴れ渡って明るい朝ほど気温が低くなります。日差しが強いので、日焼けしそうですが、そんなに長時間は外にいられません。

　それでも、午前中から機関車を外に沢山出して、順番に走らせました。不具合が見つかると、そこで工作室へ持って帰り、修理をします。それでまた復活させて走らせる、というのが面白い。

　線路はどれも庭に出しっ放しなので、雨や雪に晒（さら）されて傷みます。

昨日の夕方、寒かったのですが、延長コードを作業現場まで引き、ハンダごてを使って線路の補修をしました。これは、人が乗る大きさのものではなく、小さい機関車を走らせるための32mmゲージ（ゲージというのは、2本のレールの間の内法(うちのり)、つまり幅です）の線路です。昨年だったか、隣接する建物の屋根から雪が落ちて、それに押されて線路が変形してしまいました。適当に直して使っていたのですが、機関車が小さいだけに、ときどきぎくしゃくするので、直さないといけないな、とずっと思っていたのです。

　この修理のおかげで、今日はやる気が出て、沢山の機関車を走らせることができました。ただ、昨日作って試運転をした、スチームトラム（欠伸(あくび)軽便のブログ参照）は、ボイラに水漏れがあることが判明しました。どうも、経年劣化が原因です。この際だから、新しいボイラを作ってやろうかな、と考えているところ。

　ボイラは、銀ロウづけをして作るのですが、なかなか大掛かりな工作となります。小さい機関車ならばできますが、人が乗る大きさの機関車になると、ボイラを自作することは、かなり困難。たぶん毎日作業をして、1年を費やしてもできないと思います。成功するのに3年かかるという話も聞きます。それくらい難しい。プロに依頼して作ってもらうと、1つ50万〜100万円ですから、3年の苦労が水の泡となるようなチャレンジを避け、誰も自分で作ろうとしなくなりました。

　そろそろ、NHK出版から『読書の価値』の再校ゲラが届くはずです（講談社経由で1週間ほどかかる）。

　今月発行予定の『暗闇(くらやみ)・キッス・それだけで』の見本もできたと連絡がありました（これも講談社経由でそのうち届く）。『ダ・ヴィンチ』誌に載せる宣伝について問合わせがありました。本の一部を宣伝に使うそうで、「ここを載せて良いですか？」ときかれましたので、問題ありません、とお答えしました。

　明日くらいから、執筆を始める予定ですが、途中でゲラ校正が割り込むかもしれません。明日は、まず爪を切りましょう。

　よく書いていることですが、人間はみんな、自分が望むとおりの行動

を選択します。傍から見ていて、「どうして、あんな馬鹿なことをやっているのだろう?」と首を傾げたくなるような場合であっても、本人は、それがしたい、面白い、楽しいと思っているからやっているのです。やりたくなくて嫌々やっている場合であったとしても、やらないよりはやった方が得だという計算が必ず働いています。

「しかたがない」と言いながらすることも多く、この言葉は、それ以外に選択肢がない、という意味ですが、実は選択肢はほかにもあるのです。それらのどれと比べても、やる価値があると考えて選んでいるはずです。本当になんの価値もなく、まったくの無駄で、やるだけ損だということは、人間は絶対にやりません。客観的にそう見えても、本人の観測では、最善の道として選ばれるのです。

馬鹿なことをしている人を見たら、「それが馬鹿なことだと教えてやろう」と思うのが普通です。でも、それは少しずれているかもしれません。その人は、「それが楽しいことだ」と思ってやっているのですから。

認識すべき大事なことは、「そんなものを楽しいと思う人がいる」という現実です。何故、馬鹿げたことなのに楽しいと思えるのか、という点を考慮する必要があります。そこには、もしかしたら自分が見落としていた視点があるかもしれません。

また人間は、「馬鹿なことはやめなさい」という指導では、方針変更をしにくいものです。自分では、馬鹿なことだと思っていない行為をやめるのでは、自身に利益がありません。ただ、怒られなくて済む、という程度の弱い報酬で自重するしかなく、この場合、指導した人の目が離れれば、たちまち再発します。

人の目を盗んでやる、隠れてやる、匿名でやる、というのは、怒られるリスクを避けているだけで、やっていること自体は「楽しい」と感じているのです。

そういう馬鹿なことを続けていると、いずれは大損をする羽目に陥るし、馬鹿なことをしている時間、有益なことが疎(おろそ)かになるので、結局周囲から見放されてしまいます。それをしないことで大きな得がある、ということを明確に指導しないと、こういったものは直りません。

褒めて育てよ、ということが教育の現場で叫ばれますが、褒められるためにやるのだ、という価値観が通用するのは、本当に幼いときだけです。指導というのは、これをやるな、ではなく、こうすると得があるかもしれない、という可能性を見せることではないか、と思います。それを信じるか信じないかは、人によりますけれど。

 動物は、自己利益に向かって進むもの。自分ファーストなのです。

---

2018年1月21日日曜日
## スペシャルな工具

　清涼院氏からのメールで、彼が英訳してくれた本の売上げ報告があり、印税が銀行に振り込まれていました（感謝）。講談社からは、タイガの「のんた君」抽選発表を行った、との報告がありました。当選したのが、どなたなのかは知りませんが、超ラッキィですよね。のんた君の発送は、少しあとになるそうです（ただ今、生産中）。

　NHK出版から再校ゲラが届きました。2月下旬までに、とのこと。余裕があります。集英社からは、『暗闇・キッス・それだけで』の見本が届きました。オビには、解説を書いていただいた和希沙也氏の写真があります。カバーが抽象画なので、目を引きたいのでしょう（人間は、人間の姿や顔に目を留める習性があります）。

　午前中はドライブに出かけ、午後からは犬も家族もみんなでショッピングモールへ行きました。スバル氏たちが店に入っている間は、僕は外（通路）で待っているのです。大勢の人たちが犬を見て、なにか一言ずつ言葉を発していくのですが、残念ながら聞き取れません。何語かもわかりません。少なくとも、犬にも通じないようです。

　工作室では、ボイラの修理をしました。修理できれば、新たに作らずに済みます。だったら、一か八か直してみよう、と思いました。小さい機関車は、ボイラにかかる圧力も小さく、比較的簡単な処理で漏れを止めることができます。たとえば、バスコークで直せる場合もあります

（バスコークが何かわからない人は聞き流して下さい）。

　ボイラというのは、完全に密閉された容器ですから、内部に手が届きません。なにか工作を追加したくても、外側からしか手出しができないので、根本的な修理が困難です。たとえば、新しい部品を取り付けたくて、穴をあけ、ネジを通したとしても、内側にナットを付けられません。

　こういった場合に、ブラインド・リベットという方法があります。穴をあけて、外側からリベット（釘みたいなもの）を差し込み、内部に入った部分のリベットが広がって、抜けないように止めることができます。一般の方にまず知らないものだと思いますが、僕も知ったのは10年ほどまえです。こんなに便利なものがあるのか、と驚きました。でも、それほど用途が広いわけでもありません。取り外しが面倒だという欠点もあります。

　工具の中には、非常にマイナな用途のものがあります。極めて限られた場面にしか使われない。たとえば、チェーンカッタという工具は、ある特定のサイズのチェーンを切るためのものです。滅多に使わないのですが、これがないと困ります。

　こういった工具は、たまに出番が回ってきたときに、どこに仕舞ってあるのかを思い出し、探し出すのに時間がかかります。持っていることは覚えているのですが、なかなか見つからない。苦労して見つかって、たった1回使って、そしてすぐにまた仕舞うことになります。さきほど書いたブラインド・リベットを打つためのリベッタという専用工具がありますが、最後に使ったのは5年くらいまえです。昨日、それを探し出して、2回だけ使いました。

　オメガリングとかスナップリングと呼ばれる金具を付けたり外したりするためのペンチ（プライヤ）もありますね。あれも、数年に1度くらいしか使いません。

　このまえも書きましたが、ネジ穴を切るタップという工具は、ある径であるピッチのネジを切るためのもので、頻繁に使う径やピッチのものばかり消耗し、滅多に使わないものは10年に1度も出番がないかもしれません。だから、中古の工具が流通していて、人間の一生よりも道具が長く利用されるようです。

よく使うのは、普通のプラスドライバ、マイナスドライバ（これらにもサイズがいろいろあります）、ナイフ、ピンセット、ハンマ、そして万力だと思います。ヤスリもよく使いますが、ヤスリは種類が多く、ある特定のものの頻度はさほど高くないかも。ペンチも、よく使うものは5つくらいです。全部で50個くらいは持っていますが、ほとんど使わないものも中にはあるはずです。

　特定のサイズにだけしか使えないのでは、工具が増えてしまって困る、ということから、ユニバーサルな工具が考案されます。たとえば、モンキィレンチなどがそうです。もともと、スパナやレンチは、合うサイズが決まっていますが、モンキィは顎を動かして、広い範囲のサイズに使えるのです。そうなると、モンキィさえあればOKなのか、というとそうでもありません。

　いつも決まったサイズのボルトを扱うなら、いちいちサイズを合わせるのが面倒です。それに、スパナやレンチの方が、狭いところで使いやすく、また力を入れやすい。結局、使う可能性があるサイズは、揃えてしまうことになるのです。

　このあたりは、ジェネラリストかスペシャリストか、という人間の職種を連想させます。ジェネラリストの方が広い範囲で仕事ができますが、決まった仕事で即戦力とはなりにくい、ということ。また、人間は道具と違って、それぞれが成長しますから、スペシャリストだったのに、いろいろな仕事を任されているうちにジェネラリストになったり、ジェネラリストが特定の職場に長くいてスペシャリストになることも多いようです。

　かつて、『工作少年の日々』というエッセィを出しましたが、あのとき工具の絵を自分で描いて、それがカバーになりました。内容は、さほど工具に関するものではなく、文系向けだったかと思います。逆に、『森博嗣の道具箱』というエッセィは、かなり理系寄りの内容でした。エッセィがまだあまり売れない時期でしたが、思い入れのある本として覚えています。

 エッセィは、物語を期待している読者に受け入れられないのです。

2018年1月22日月曜日

## 誤解あるいは「ちなみ」について

　ようやく、執筆を始めました。幻冬舎新書になる『ジャイロモノレール』です。今日は6000文字を書きました。小説と違い、書くテーマが明確なので、最初からトップスピードが出せます。ただ、小説のように勢いがつかないので、日々の執筆量は伸びないと思います。それでも、今月中に書き上がる予定。

　大和書房の編集者T氏から、人生相談が10項目届きました。これは来月の『MORI Magazine 2』の執筆で使います。いよいよ仕事モードに突入しましたね、といった気分。

　先日、2月に退院して2回めの血液検査がありました。血を抜かれていろいろ調べられるのですが、どの値も正常値でした。コレステロールも血糖も異常なし。腎臓も肝臓も（どうしてわかるのか知りませんが）問題ないとのことでした。血圧もまったく正常で、上は110台、下は70台です。血圧は、この1年間、毎日4回測って、ノートに記録しているので、それを主治医の先生に見せましたが、こんなに几帳面な人は滅多にいない、と言われました（そういう測定だったのか）。

　工作室では、また新しいプロジェクトに手を出しています。10年まえにできなかったものなのですが、今だったらできそうな気がして、再チャレンジです。またできないかもしれません（その確率が高い）。

　昨日、講談社タイガの編集部から、のんた君ぬいぐるみプレゼントの当選者を発表しました、との報告を受けましたが、その後、僕の知合いのうち少なくとも2人が当たったことを知りました。運の強い人たちです。しかし、世の中にはこういう意味での「強運の人」が必ず存在します。もし存在しなかったら不正行為になります。

　先日、土屋先生を例に出して（陳謝）、「僕はこれを書かない、書くと誤解されてしまうから」みたいな言い分を書きました。かように、ものを説明する場合には、主題と違う部分だけが伝わりやすいものです。どうしてそうなるのかというと、受け手が、そこならばボールを取れる、とミット

を構えて待っているからなのです。

　たとえば、大学の講義で、ここを覚えてほしい、ここだけは理解してほしい、という本題は伝わらず、ちょっと冗談で交えた雑談だけは、ストレートに聞いて、あとから「先生がこう言っていた」と一言一句そのまま覚えていたりするのです。それを覚えるならば、何故肝心のことを頭に入れなかったのか、というのは教育者が誰でも経験する事象だろうと思われます。

　説明をしているときに、説明にたまたま出てきた無関係な単語に反応し、そちらに興味を示す、ということがよく見られます。説明している側は、「その話ではない」と苛立つことになります。この無関係なことに反応するというのは、漫才などでよく用いられる手法ですね。「え、そこ?」というギャップが面白い。芸人というのは、これをするのが仕事というか、そういう技術を日頃から磨いているはずです。でも、日常的に行うものではないし、まして、真面目なテーマで説明を聞いているときには、してはいけないボケではないか、と思います。

　たとえば、プレゼントをあげたら、その箱を褒め、包装紙の絵を褒めて、ちっとも箱を開けようとしないみたいな感じでしょうか。でも、そういった脱線がいけないわけではなく、少しはあっても悪くない。むしろ好ましいかもしれません。あくまでも脱線であることがわかっていれば、ちょっとしたユーモアになります。

　このまえ書いた「ちなむ」のも、「本筋ではない、脱線しているけれど」というユーモアのはずです。そこで微笑むことができれば、余裕があるし、大人なのですね。でも、それが肝心のことだと熱心に迫るものではない、ということを忘れないようにしたいものです。

　いつだったか、全然知らない人から、「私の孫が四季という名前なんです」と突然言われました。「そうですか」と僕は頷いただけです。「それがどうかしましたか?」とまでは聞きませんでしたが、そういう顔をしていたと思います。全然知らない人がそんな話を突然しても、ユーモアにもならないし、嬉しくもなんともない話題です。その人が親友だったら、ほんの少し、微笑んだかもしれません。でも、だから何だという話には変わり

ありません。話題にする価値があるとも思えない内容です。

わからない人が多いかもしれないので、別の例を挙げてみましょう。「私の孫は、四季という名前ではありません」と言ったら、いかがでしょうか？　やはり、「それがどうかしましたか？」と同じ反応に（僕は）なります。「四季」という言葉を使ったことで、森博嗣へのオマージュにはなっている点では、両者に違いはありません。僕には、同じ価値に思えます。数ある名前の中で偶然にも四季だったわけですけれど、その偶然に、どんな価値があるのでしょうか？　いかがですか？

 小説の読者は、どうしてそんなに固有名詞に拘るのでしょうか。

---

2018年1月23日火曜日
## 「弱い人気」による妥協

今日も朝から工作に精を出しました。せっせ、せっせ、という感じです。サラスポンダレッセッセ、という歌がありましたね（いい加減）。楽しい毎日の始まりです（毎日楽しいのは健康のおかげです）。お昼頃には、外に機関車を持ち出して、走らせました。もちろん、すんなりとはいきません。ちょっとした不具合が見つかって、そのつど対処する。そういった作業をしているうちに、ようやく走るのです。スイッチを入れたらすぐに楽しめるゲームではありませんが、ここが面白いわけです。それから、一人で遊んでいることも、楽しさの要素だといえます。誰かのために走らせていたら、つまらないことでしょう。

2台ほど走らせたところで、スバル氏が呼びにきて、出かけたいというので、大急ぎで片づけ、家族と犬を乗せて近所の遊歩道までドライブ。そこで、川のせせらぎを聞きながら、2kmほど散策しました。風がないので、比較的暖かいといえるでしょう。でも、歩いている人はほとんどいませんでした。この季節だから当然かもしれませんが。

『ジャイロモノレール』は、今日も6000文字を書いて、1万2000文字になりました。たぶん9万文字くらいの本になるので、完成度は、13％くら

いでしょうか。文章だけでなく、説明に必要なイラストも何枚も描く必要があります。けっこうやっかいな作業になるかも。とりあえず、今月中に文章だけは終わらせましょう。

　教師という仕事を長くしていたので（といっても、大学の教官は教師というには、少々不完全だと思いますけれど）、その影響かもしれませんが、「良い先生だ」と褒めてもらうよりも、「理屈がわかった」と学生が理解してくれることの方がずっと嬉しい、という感覚がありました。自分は、理屈を説明している。単語を教えているのではない。そこが理系の特徴といえるかもしれません。また、人気を得るために教師をしているのではありませんから、褒められても嬉しくはありません。この価値観は、結局は仕事の達成度が手応えだ、と解釈できると思います。

　小説家になって、少しこの方向性が違ってきました。第一に、小説は理屈を述べているものではない、という点が違います。わかった、わからない、という理解を求めているのではない。小説を読んで、「わかった」と思いますか？　たぶん、そういう人もいるかもしれないし、一部の推理小説などでは、そういった要素があるかもしれません（問題を解くみたいに考えているファンもいることでしょう）。でも、一般的な小説は、そういった「理解」の有無で評価されるものではないように思います。

　読者は、小説を読んで自分なりのイメージを抱きます。そのイメージの中で、なにかを感じるのですが、その感じたことが、自身にとって楽しかったのかどうか、そのイメージの経験が有意義に感じられたかどうか、ということが評価ポイントになるはずです。

　ですから、単純化すれば、「面白かった」というのが最大の評価といえるはずです。面白いと感じてもらえたら、書き手は、書いた甲斐があったと感じますし、また、結局はこれが小説家というビジネスの重要な成立要素となります。この「面白かった」をどれだけ生み出せるかが、すなわち需要となります。それこそが、次の本のビジネスにもつながるのです。

　このビジネスは、作家のブランドをいかに明確に形成するか、という点に核心があるように感じています。というのは、同じ消費者に、同じ

ような商品を続けて届け、集金するシステムだからです。けっして消費者の総数は多くはありません。一般的な流行とか、人気沸騰ということはありえません。ただ、一度消費してくれた人が、また同じ作家の本を読んでみたい、と思ってくれたら小さな成功であり、これを数多く集めることがブランドの意味です。

　理系の教師は、理屈を理解してくれれば役目が果たせますが、作家は、ブランドの価値を維持しつづけることが役目のようです（と最近わかってきた）。それは、一般的には「人気」という言葉で社会で認識されているものですが、そのイメージは、かなり限定的であり、「弱い人気」と呼んでも良いでしょう。

　僕自身、人気者になりたくて作家になったわけではないので、非常に抵抗のある言葉です。僕は、個人的には「人気」というものが嫌いで、そういった立場を可能なかぎり避けてきました。うっかり作家になってしまったので、この矛盾を抱えることになりましたが、普通の人気ではなく、「弱い人気」であれば、多少は許容できるかな、とも考え直しています。

　ただ、褒めてもらうよりも、理解してほしい、という教師のときの価値観とは、明らかに違うのだな、ということはそのとおりです。当初から薄々わかっていましたし、ときどき許容しなければならないかな、と諦めもしました。すなわち、理解してもらうより、褒めてほしい、というのが商売では、ある程度は重要だということです。なかなか、そうはならない人間ですから、けっこう葛藤があるのです。したがって、「弱い人気」という概念は、その妥協点といえるものかもしれません。

 理系の人ならば、「弱い力」というものを連想したことでしょう。

---

２０１８年１月２４日水曜日

## なりたくなかったものになってしまった

講談社文3（文芸第三出版部）から、『φ(プサイ)の悲劇』の再校ゲラが届きま

した。これでゲラが3つ溜まりましたが、いずれも急ぎではないので、現在の執筆を優先するつもりです。『ジャイロモノレール』を今日は1万文字を書いて、2万2000文字になりました。イラストが多く入る本なので、文字量を少なめにした方が良いことに気づき、8万文字くらいを目指します。ですから、完成度は28%になりました。

集英社文庫『暗闇・キッス・それだけで』が書店に並んだようで、既に感想メールをいただいています（感謝）。この小説は、『ゾラ・一撃・さようなら』と登場人物が同じなので、2作だけですがシリーズといえます。3作めは、今のところ予定していませんけれど、いつでも書ける感じではあります。僕にとって、これはハードボイルドなのですが、一般的にはそうは認識されないみたいです。いえ、ジャンルが何なのかは大して意味はありませんが。

自分が好きで読みたいもの、自分が得意で書きやすいもの、読者や出版社が求めているもの、これら3つは完全に異なっています。3つめが最も優先される条件ですが、その理由は「仕事だから」です。でも、ときどき2つめをこっそり書くことがあります（案の定、売れませんけれど）。1つめを書くことは、まずありえません。自分が読みたいものは書店で探せば良いだけで、自分で書く理由があるとは思えません。

朝から工作室で作業をして、大変嬉しいことがありました。それで元気が出て、庭園内に落ちている枯枝を拾い集めて燃やしました（前後のつながりがわからない?）。

15年ほど探し続けていた品物をようやく発見し、これを入手しました。これも嬉しいことですね。待てば海路の日和あり、という言葉のとおりです。しかし、これを信条にして専念すると、待てば海路の日和見主義となり、いわゆる「待ちぼうけ」状態となり危険です。期待しつつも、それに囚われずに待つことが大事、ということでしょう。

このまえ、学生に説明をしてもわかってもらえない、という話を書きました。また、エッセィなどで幾度か書いたと思いますが、僕は、学校の先生にだけはなりたくなかったのです。ほかには、嫌な職業というと、政治家くらいしか思いつきません。人前でリーダ的に振る舞う人間が嫌い

で、その最たるものが先生や政治家だと思っていたので、ああいうのは自分は避けたいな、と考えていました。それが、あっさり先生になってしまったのですから、人生は皮肉なものです。

ついでにいうと、国語が大の苦手で、作文が死ぬほど嫌いで、学校が推薦する課題図書ほどつまらないものはないと思っていたのに、作家になってしまったのですから、人生とは本当に皮肉……。

人間というものは、ちょっとやそっとのことで変わるものではない、と思っている人が沢山います（そう観察されます）。基本的に頑固だということのようです。特に歳を重ねるほどより頑固に磨きがかかります。自分の認識と違っていることは頭に入れようとしないし、一度自分はこうだと判断したら、反対の意見を聞こうともしません。

子供でも、ある程度の年齢になるとそうなります。自分の好きなものはこれだ、と思い込んで決めてしまうため、興味のないものには見向きもしなくなります。そういう人たちに向かって、「これを覚えなさい」「これを理解しなさい」という余計なお世話をするのが、教師という職業なのです。もちろん、子供は好奇心をまだ（大人よりは）持っていますから、その隙を上手く突いて説明をするしかありません。

作家でもほぼ同じことです。本を買ってくれるのだから、受け入れてくれるだろう、というのは甘い考えで、読者はほぼ例外なく、自分が好きなものを期待して待っているのです。新しいものを知りたいのでもなく、新しい理屈を取り入れたいのでもありません。そういうところへ、余計なお世話をしているのが、森博嗣のような職業です。

ですから、世話が余計でなく有効になるなんて、どだい無理な話なのです。そういう諦めを持ってかからないと、ストレスになりかねませんから、深く考えないようにはしていますけれど、大勢いるうちの一部には、奇跡的に伝わることもあったり、なにかの弾みでこちらを向いてくれる偶然のタイミングもあったりするので、その隙を突いて押し込むしか方法はない、ということです。

でも、「人間は変わらない」というのを、僕は信じていません。僕は、自分にとって新しい理屈を理解したとき、これまでの信念が覆る経

験を何度かしました。理屈とは、そういう力を持っているものだと僕は信じています。ですから、「ここだけはわかってほしい」という最低限のものを、ときどきアウトプットしています。「そんなこと言われても、人間、直らないものだから」と皆さんおっしゃるのですが、僕は「頭が理解して、納得したものを、どうして体現できないのですか?」と逆にききたくなります。明日、もう少し具体的に書きましょうか。

 多くの人が自分を甘やかそうとします。その部分が頑固の中心。

---

2018年1月25日木曜日

## アルファベットが付く名称

『ジャイロモノレール』を1万2000文字書いて、トータルで3万4000文字になりました。完成度は43%です。まずは、図などは一切描かず(頭の中で描いていますが、作図は後回しにして)、文章だけをアウトプットしています。数式は一切出さず、数学も工学も工作もなにもわからない文系の人たちが読むことを想定して説明をしています(一般書ですからね、当然こうなります)。

午前中は、スバル氏とスーパへ買いものにいきました。パンとかヨーグルトをカゴに入れました。今は、普通に歩けるし、車も乗れるのですが、いつ雪が降って道路が凍結するかわかりませんから、いろいろ買溜めをして、3日くらいは孤立しても生活できるようにしておく、というのが冬の常識です。一度停電したら、3日くらい復旧しないことがあるそうです(僕の経験では半日程度でしたが)。

工作室では、旋盤を回してネジを3つ作りました。ネジなんか買ってくれば良いのですけれど、径やピッチが特殊な規格だと、ネジも取り寄せになりますし(つまり誰かが注文を受けてから作るのでしょう)、1本だけ欲しいという買い方もできません(できますが、馬鹿高い)。自分で作れば1本ずつです(1本に30分くらいかかります)。ただ、ネジを作るための工具を持っていることが前提で、これが安くはありません。欠伸軽便のブログに、ネジ作りの

写真をアップしましたので、ご興味のある方はどうぞ。

　パッキングなどに使われるゴム質のリングで、Oリングという名称のものがあります。もの凄く広く使われているから、たぶん、どの家庭にも100個は存在しているはずです。僕も機関車を作ると、1台につき20個以上はこれを使います。1つ10円くらいの安いものですが、サイズがいろいろあるし、材質も各種あって、予備としてストックしていても、適したものがない場合が頻繁にあります。それで買うときに10個くらいはまとめて買うので、どんどん数が増えてしまいます。

　ところで、「Oリング」は、どうして「O」なのかわかりますか？　輪になっているから、と考える人が多いと思いますが、それだったら「リング」で既に形状が示されているわけで、重複します。リングといえば、たいていはO形ですからね。実は、そうではなく、この「O」は、リングになっているゴムの断面形が丸いことを意味しているのです。たとえば、ワッシャのような部品（ワッシャがわからない人は、土星の輪を想像して下さい）であれば、断面形は長方形です。パッキングに使われるリングも、たいていは平たいものが一般的。Oリングは丸いけれど、押しつぶされて平たくなる、というわけです。どうでも良い知識でした。

　ちなみに、Eリングという、これまた広く普及している金具がありますが、これは断面ではなく、平面形が「E」です。

　アルファベットが名称についているものは、ほかにも沢山あるように感じます。

　鋼材などでは、H形鋼、C形鋼、L形鋼、など、やはり断面の形状がそのまま名称になっています。H形は、プロポーションによっては「I形」になります。

「Uターン」とか「T字路」などもそうです（T字路は、もともとは丁字路だったのかな?）。そうそう「S字カーブ」なんか、ほかに言いようがない表現で秀逸です。ただ、当然あるべき、交差点を示す「X字路」がないのは、不満が残りそう。英語では、クロスですが。日本語では「十字」になってしまうからですね。

　漫画を描く人がよく使っている「Gペン」のGは何の意味なのか知りま

せん。AペンとかBペンがあったのでしょうか。だとしたら、鉄人28号と同じで、7番めにGとつけたのか。

サイズを示す記号は、普通はS、M、Lだと思いますが、スターバックスなんかでカップの大きさは、「トール」ですね。それは、高さではないのか、と誰も突っ込まないのでしょうか。大きい紙で、B紙というのがありますが、あれはビッグのBではないそうです。

国鉄が民営化した頃から、日本には「J」がつく名称が溢れかえるほど急増したように思います。それまで、あまり「J」は見なかったし、マイナな文字だったという印象。曲がったら、その先で行止りになる道を「J字路」と言っても良いし、釣針とか、クレーンのフックのことを「J具」とか言いそうなのに。

そうそう、ラジコンのサーボにリンケージの針金を取り付ける際に、針金の先を直角に曲げて、さらにまた直角に曲げる必要があるのですが、これを普通のラジオペンチでやろうとしても、上手く曲げられないことが多く、失敗すると、材料が無駄になります。そこで、この特殊なケースの加工のためだけに開発されたペンチが発売されました。針金をそれで挟むと一発で2回折れ曲がります。アニメに出てくる悪者とか怪物の顎みたいな形をしたペンチです。このペンチの名前が「Zベンダ」といいます。針金をZ字形に曲げる（ベンドする）からです。ただ、アルファベットのZは、それぞれの角が鋭角ですね。サーボに取り付けるには、どちらも直角にするのがベストで、それがZベンダの機能です。だけど、理屈で言わしてもらうと、「どうしてNベンダではないの?」となります。この疑問を、ラジコンの仲間の誰に話しても、「そう言われてみれば、そうだな」との返事しか得られませんでした。

どうでも良い話をしているうちに、昨日、「明日もう少し具体的に書く」と予告したネタを書けなくなってしまいました。

 左右対称に分岐する鉄道のポイントを、Yポイントといいます。

2018年1月26日金曜日

# 欠点を指摘されたら得をする

『ジャイロモノレール』を1万2000文字書いて、トータルで4万6000文字、完成度は58%になりました。書き始めて5日めですが、まあまあのペース。作家の仕事に慣れてきたのかもしれません。

朝から、また新しい工作を始めてしまい、工作室は散らかり放題。ガレージもだんだん足の踏み場が少なくなってきました。庭園鉄道も平常運行。少しだけ日が長くなったし、太陽の位置が高くなったので、日差しがより暖かく感じられます。

庭園鉄道は、かれこれ18年ほど続けているので、最初の頃に作った車両は、傷んでいるところの修復や、消耗部品の交換など、メンテナンスが必要です。そういった整備をする時間も（一人でやっていることですから）馬鹿になりません。もちろん、線路も長くなるほど、その維持が大変になるので、あるところで、それ以上は発展できない飽和状態に至ります。

次々と新しいものを築いていくときの楽しさは格別ですけれど、こうしてやや落ち着いてしまうと、維持の作業もまたそれなりに楽しめるので、長く続けられる趣味として、けっこうなことではないかと思います。まるで、古い鉄道の保存をしているボランティアになった気分にもなれます。

今日は、除雪車の点検もできました。エンジンをかけてみて、異状がないことを確かめました。この冬はまだ出動の機会がありませんが、2月になったら、やはり雪の庭園になるものと予想しています。

ランチは、スバル氏が作ったガレットでした。ガレットって、日本ではあまり見かけない食べものですが、ご存じでしょうか？

一昨日書いたこと。「頭が理解して、納得したものを、どうして体現できないのか」問題について、もう少し具体的に書きましょう。

たとえば、他者から「貴方の欠点はここです」と指摘されたとき、その指摘が適切かどうかは、冷静になってみればすぐわかります。誰よりも自分のことですから一番わかっている立場だからです。でも、思いもし

なかった欠点であるほど、指摘されたときには驚いてしまうし、反発してしまう傾向にあるといえます。これが「保身」という行為で、生き物の本能。自分の思想というのは、自身を正当化しようとします。正しいと思っているから、行動している場合が多いのです。

　それでも、自分以外の視点から観察して初めて明らかになることもありますし、また、行動に相手がある場合には、相手の受け取り方を知っていることも重要ですので、自分以外の意見も参考にしなければなりません。

　いろいろなケースがあるとは思いますが、敵対する相手でないかぎり、少なくとも「改善を求めて」指摘した、ということを理解すべきです。また、言われて驚くくらい自分は意識していなかった場合には、まずは「修正してみよう」と決意することが大事です。同時に、相手にも、その決意を早く伝えるべきでしょう。アドバイスした方は、改まってほしいのではなく、この改めようという意思を期待しているので、その対応は、指摘した相手を満足させることでしょう。

　ただ、長く習慣であったこと、無意識であったことは、なかなか直せません。ここが、「人間は変わらない」という所以です。つい決意を忘れてしまうこともあると思いますが、そのつど自身で振り返るべきものであるし、指摘してくれた人に、「また気づいたら指摘して下さい」とお願いすることで、自分自身も楽になるうえ、相手にも好印象となります。相手に頼っているけれど、これは「甘え」とは違う姿勢だと思われます。

　最も重要なことは、指摘されたら「自分の得になる」と考えることではないでしょうか。何故か「人から言われるとかちんと来る」という感情によって、この素直さが排除されてしまうのです。まず、この傾向を改めること。それだけで、けっこう生きやすくなるはずです。考えてもみて下さい、欠点を指摘されることで、何故腹を立てなければならないのか。怒る理由がありますか？

　おそらく、子供の頃に言われたかもしれない「悪口」と混同しているのです。欠点の指摘を「非難」と勘違いするから、腹が立つのでしょう。たとえば、身体的な特徴をからかわれたり、能力的なことを指摘さ

れたりした場合、それはすぐには直せないことですから、「非難」と受け取っても間違いではありません。でも、気づいたときに直せる欠点であれば、非難ではなく、アドバイスだ、とまずは考えてみる。そういう受け止め方をすると、世の中には、ほとんど非難なんてものは存在しない。少なくとも面と向かって、直接言ってくるものは、すべてアドバイスだと思えるようになるはずです。

　蛇足かもしれませんが、意見の食違いは、ここでの話とはまったく別です。意見の違いの指摘は、アドバイスでも非難でもありません。論理的な議論の対象となるもので、相手の意見が正しいと思えば、自分の意見を変えて賛同する。相手が間違ってると判断すれば、自分の意見を堅持する、というだけの対処になります。

　欠点を指摘されたときも、それが相手の単なる意見である場合もあります。指摘されても、自分では欠点だとは思えない、という場合です。これは、意見の相違になるので、自分の意見を述べて反論するか、あるいは受け流すしかありません。もちろん、この場合も、腹を立てる理由は存在しません。理由がないのに怒ってしまう人がいますが、やはり「悪口」と混同しているとしか思えません。

世の中には、とにかく理由もなく怒りだす人が沢山いるのです。

---

2018年1月27日土曜日

## 家族の理解を得て死ぬ

『ジャイロモノレール』を1万2000文字書いて、トータルで5万8000文字、完成度73％になりました。あと2日で（1/24に）書き上がるでしょう。すぐに手直しをするか、それとも、NHK新書の『読書の価値』の再校ゲラを挟むか、で迷っています。

　今日は、かなり気温が下がって、風が冷たいので、庭園鉄道は車両の入換えをしただけに終わりました。いちおう車庫から出したのですが、2両の位置を入れ換えた（次に走らせたいものを前に出した）だけで、ま

た車庫に仕舞った、ということです。

　工作室は、大変な散らかりようで、そろそろ整理・掃除をしなければなりません。次から次へと新しいことを始める人が一人いるし、率先して片づける人は一人もいないので、どうしてもこうなってしまうのです。作りかけの機関車が、工作台の上に10機くらいぎゅうぎゅう詰めになっているし、ばらばらのパーツやネジなどもあちらこちらに置かれています。作業をしているときは、「これはここに並べておくことにしよう」と覚えているのですが、別の作業になると人が変わったように忘れてしまい、うっかりものを動かすから、そのうち大事なものが出てこなくなります。

　さらに、今日の午後は、オシロスコープのキットを作り始め、細かい回路のハンダづけをしました。宝石職人とか時計職人が目に付けるレンズが必要な作業でした（老眼鏡で充分ですが）。虫眼鏡で拡大しないと、そこにパーツがあるのかないのかもわからないほどなのです（オーバな表現ではありません）。「はたして、これは人間が作るものなのか？」と哲学的に思ったほどでした。

　ついこのまえ講談社新書で読んだ本の作者が自殺した、というニュースがネットに流れました。この人について、親交のあったという元都知事が、「突然の訃報で驚いた」と書いていました。彼の本を集めていたとも書いてありました。少なくとも、最新刊を読んでいれば、自殺することはわかりそうなもので、「突然」「驚く」ことではないのでは、と感じました。きっと、本を集めただけで、まだ読まれていなかったのですね。僕は、その本を1週間くらいまえに読みましたが、確実に自殺される決意が読み取れる内容でした。ですから、ニュースを聞いたときは、「では、まだ生きておられたのか」と思いました。

　個人的な意見ですが、この年齢（78歳だったそうです）になって、しっかりした思考ができる人であれば、自分の意志で死のうと決断した場合には、法律で許容して良いように感じます。もちろん、現在も自殺は法律で禁じられてはいません。そうではなく、合法的な死に方を公的な機関が用意する、という意味です。そうすれば、入水などして、救助や医療で他者の手を煩わせることもなく、安楽な死に方ができるのではないで

しょうか。

　自殺を禁じている宗教もあります。日本は、そういった束縛は歴史的にも少なく、自殺に対して、過去においても現在でも比較的寛容な社会だというのが、僕の印象です（具体的なデータは持っていませんが）。むしろ、死を美化していると疑われるほど、抵抗がないようにも感じられます。データとしてあるのは、自殺者の人口比ですが、日本は世界でも高い国になるようです。これを社会に対する批判として用いる人もいますが、少し方向性が違うだろう、と思っています。

　アイドルが自殺したことを受けて、後追いする自殺者が多数出たこともありました。潜在的な人も含めて、自殺願望というのは、いつの時代にも無視できない割合で存在するようにも想像します。

　相談を受けたこともあるし、友人で自殺した人も数人います。しかし、自身にとってはどうであれ、その人が生きているだけで嬉しいという人が身近にいたのではないでしょうか（たとえば、一般的には両親がそうでしょう）。そういう人に対して、ダメージを与える目的で自殺が選ばれることもありますから、「その人たちの気持ちを考えて、死ぬな」とも言えないのです。すべてがケースバイケースで、一般論はありません。

　ただ、「死ぬな」と言えない場合であっても、「早まるな」くらいは言えるのではないか、とは思います。「もう少しだけあとにしてくれ」という意味です。でも、これさえも、生きているだけで辛いという人には、受け入れられない要求かもしれません。

　そういうわけで、自殺について僕は「なんとも言えないな」というのが本心です。もちろん、自分の身近で親しい人だったら、やっぱり止めるでしょうね。それでも、最初に書いた人のように、80歳くらいの年齢になっていて、しかも頭もしっかりとしていて、自身の信念で死を選びたいという気持ちは理解できます。死ねば周囲に少なからず迷惑をかけることになるものの、このまま生き長らえる迷惑の方が大きい、との考えによるものでしょう。おそらく、この方の家族も既に覚悟をされていたはず、と想像します。というのは、最後の著書の執筆は、手が不自由になり文字が書けないため、家族の方に口述筆記してもらった、と書かれている

のですから。

　ところで、僕は墓というものが不要だと書いたことがあります。僕の両親は2人とも墓には入っていません。それから、亡くなった方に、「安らかにお眠り下さい」と言うのも僕は抵抗を感じます。死者には、「安らか」はありえない。安らかになるべきは、遺された人たちでしょう。ですから、周囲に「安らかに見送ってくれ」と言って死ねたら、それは小さな幸せかな、とは思います。自身の死に対して「家族の理解を得る」というのは、相当な信頼関係がなければ難しいことでしょう。

 せめて死ぬときくらい、と言えるのは、生きているからでしょう。

---

2018年1月28日日曜日
## 「理屈を頭で展開しない！」の術

　『ジャイロモノレール』を今日も1万2000文字書いて、トータルで7万文字、完成度88％となりました。明日書き上がります。既に、ジャイロモノレールの解説は終わって、「個人研究のすすめ」みたいな章を書いています。あとは、あとがきを書くくらい。しかし、図面を揃えるのに数日かかるし、実際にペンを入れて清書すると、さらに時間がかかりますが、とりあえずは、推敲をさきにするつもり。

　そのまえに、『読書の価値』の再校ゲラをチェックします。これは、3、4日くらいで読めると思います。

　講談社文庫からは、『夏のレプリカ』が重版になるとの連絡がありました。第43刷になります。

　朝から、オシロスコープのキットを組みました。電子工作です。部品がもの凄く細かいので、拡大鏡で見ないと判別できないのですが、これをハンダづけで基板に取り付けていくという地獄の作業です。工具さんになったつもりで頑張りました。やり甲斐のある仕事という幻想を抱くのも、たまには良いかもしれません。

　特に抵抗（電子パーツの1つ）が小さい。直径が1mmもありません。そ

こにカラーコードという色の表示が（5つ）記されているのですが、これを拡大鏡で見ても、なかなか色が判別できず、しかたなく、テスタで測定すると、弾けてどこかへ飛んでいき、これをまた、鑑識官のようにライトを片手に探し回ることになります。どうにか取り付けましたが、まだ明日も続きます。

　庭園鉄道は、寒いので運休として、機関車の修理をしました。でも、寒い車庫にあるので、まず分解して工作室まで運び入れました。ここで、パーツを交換することになりますが、まだ手をつけていません。運ぶだけで一仕事した感じになったようです。

　日本人は、いくら理屈を説明され、それに頷いたり納得したように見えても、結局自分からは行動を変えることはなく、これまでどおりの行動を維持し、場の空気に流されて生活をします。そうした結果として、ちょっとショッキングな現実を目の当たりにした途端、驚き急いで対処するのですが、そのときの切換えの速さでは群を抜いて素早い。なにかの事象をきっかけに大勢が同時に行動を起こすため、傍（はた）から見ていると、完全に集団パニックのように観察されます。

　そもそもそのまえに、言葉や理屈というものを頭の中で自分の未来として展開できないから、目撃した結果によって、この反動が起こるわけです。そういう習性というか、文化が日本人にはある。これは、大勢の人が何十年もまえから指摘していることであり、僕が気づいたことでもないし、言いだしたことでもありません。

　身近なところでは、「今夜は大雪になりそうだ」という科学的データによる予測をいくら聞いても、「そうなるとはかぎらない」「そうなったときはそのときだ」とみんなが受け流して、普段どおりの生活を維持します。それで、実際に大雪になると、「早く帰らなきゃ」と一斉に目が覚めるので、傍から見ていると、大勢が同時に行動するパニックになっているように観察されます。実際には、パニックではないのですが、マスコミはパニックが大好きなので、とにかく大袈裟（おおげさ）に報道します。日本人は、使いやすいエキストラみたいな存在といえます。

　自然災害に対してもそうだし、人災に対してもそうです。たとえば最近

だと、芸能人の不倫報道についても同じで、いくら「べつに不倫って犯罪ではないし、自分には関係のないことなのでは?」と聞いて理解していても、なんとなく「やっぱり駄目なものは駄目」とばかりに、どんどん過熱していきます。そのうち、ちょっとショッキングな結果が目の前に現れると、急に冷めてしまって、「そんなこといちいち報道する方が悪い」と別の立場でまた過熱します。水を差されて空気が一転する感じですね。少しまえの、選挙のときの希望の党で、これが顕著でした。最初から大きな変化はなかったのに、あるとき急に大衆が冷めてしまうのです。

　目が覚めて反転するのですが、結局は以前と同じような共通の幻想にまた包まれます。そもそも、最初に理屈を聞かない状況だったことが集団催眠にかかっているような状態であり、ここから覚めるためには、別の催眠術をかけてもらうしかない。よく催眠術を解くときに、「手を叩いたら、あなたは目が覚めます」と言われて、そのとおりに目を覚ます見世物がありますが、それって、また別の催眠術をかけたのではないか、と思いませんか?

　理屈を頭で展開しない、というのは何故なのか?　まず一番に考えられることは、言葉による支配です。ある言葉に絶対的なイメージを抱いて、それを信仰してしまう。たとえば「不倫」という言葉に、もの凄い嫌悪感を抱く。「原発」という言葉にも恐怖を抱く。それを神のように信じる。絶対視するから、相対的に捉えるべき現実の理屈が通らなくなります。その言葉が登場する議論に耳を塞ぐのです。まるで、戦時中の「鬼畜米英」みたいなもので、何故それがいけないのか、どうして拒否するのか、反対する理由は何か、という理屈はありません。それから解放されるためには、新たな言葉による支配しかない、というわけです。

　どうすれば良いかって?　さあ、僕は知りません。僕は絶対的なものの存在を信じられないので、対処の方法も思いつきません。ただ普通に自分の頭を使って理屈を考えるだけで、催眠術にはかからないはずなのですが……。一つ思うのは、多くの人が、この催眠術にかかりたがっているように見えること、くらいでしょうか。

催眠術は、言葉でかけるのです。言葉が通じるのが条件なのです。

2018年1月29日月曜日
## 「濃い空気」の作用について

　東京の様子を編集者M氏が写真で知らせてきました。けっこう雪が降ったみたいですね。なかには、「さらさらした雪」「パウダ・スノー」などの呟きや報道が見受けられましたが、それはパウダ・スノーではありません（少なくとも、僕の定義では）。
　パウダ・スノーとは、乾いた雪のことで、お互いにひっつかないから非常に粒子が細かく、かなり低温でないと降りません。日本では見たことがありません。北海道（旭川辺り）へ行けばあるのかも。まず、乾いているので、雪玉とか雪だるまが作れません。握り締めても形が崩れてしまいます。砂糖か小麦粉みたいな感じです。降り積もると、滑らかな曲面になります。地面にあった凸凹はわからなくなります。降ったあとでも風で移動するので、吹き溜まりで雪が深くなります。雪の上を歩いたとき、足跡はできません。足の跡が残るのは、雪が湿っている証拠なのです。降った直後であれば、ブロアファンで吹き飛ばして除雪ができます。「軽い雪」と呼んだりするのはこのため。ただ、1日も経過すると湿ってきて締め固まるので、もうパウダ状ではなくなることが多いようです。
　『天空の矢はどこへ？』のカバーに掲載する英文の元になる引用文の候補が届いたので、選択しました。6月刊予定で、今、初校ゲラが届いています。2月の初旬に読むことができる見込み。
　『ジャイロモノレール』は、あとがきも書き、執筆はいちおう終了。文字数は8万文字弱となりました。図面のポンチ絵（わからない人は検索）を描きながら、本文の手直しを数日後にする予定。
　今日は、さきに『読書の価値』の再校ゲラに取りかかりました。まずは、1時間ほどかけて、初校の修正箇所が正しく直っているかどうかを確認しました。5箇所ほどミスを見つけました。文章は、再度（3日ほどか

けて）通して読むつもりです。

　庭園鉄道は、普通に運行できました。そのあと、暖かい工作室で、車両の点検。小さい機関車の工作。電子回路のキット組みの続き、などをしました。2000円ほどの新しいテスタを買ったのですが、とてもインテリジェントになっていてびっくりしました。凄いですね。僕が小学生のときに最初に買ってもらったテスタは、1万円以上しましたが、今でもときどき使っています。メータがアナログの方が都合が良い場合があるからです。

　既に、チョコレートが幾つか届いていて、そういう季節なのかな、と思いました。コーヒーを飲むときに、少しずつ消費したいと思います（感謝）。

　昨日の話題の続きかもしれません。

　人々は何故、理屈の妥当性を理解しても、自分の行いを修正できないのか。この点について、「頭で展開できていない」とか「耳を塞ぐ」みたいな表現を使って指摘しましたが、理解しているのだから、もう耳で聞いているはずだし、少なくとも言葉だけは頭で展開もしているはずなのです。だから、表現が少々不適切だったかもしれません。

　では、何が彼らを止めているのでしょうか。たぶん、それは「感情」だと思います。そして、その感情がグループや社会で集まっているように機能する場合に、それを「空気」と呼ぶのです。まず、感情には理屈がありません。したがって、空気にも理屈がありません。なんとなく逆らえないものとして、人々の行動を抑制しているのです。

　感情といっても、喜怒哀楽のように、明確に区別できる形で表に出るものだけではありません。もっとわかりにくいもの、たとえば、もやもやする、ぴんと来ない、なんか変な感じ、みたいな気持ち、そういうものが行動を止めているようなのです。

　「お墓はいらない」という意見を聞いたら、「それは、いくらなんでも駄目でしょう」と反発される方が多い。そこで、「どうして、そう思われるのですか？」と尋ねてみても、明確な答は返ってきません。ただなんとなく、それはいけないような気がする、ということらしく、「でも、人それぞれ

ですから」くらいに妥協される方もいらっしゃいました。

　しかし、かつての日本人だったら、そういう非常識なことをする人は、非国民だ、村八分だ、と排除したのです。何故非難するのか、その理由は定かではありません。でも、そうやって敵対のレッテルを貼ろうとする。そんな「濃い空気」に社会は支配されていました。

「濃い空気」の作用とは、どんなものか。たとえば、挨拶をしない人は、「何を考えているのかわからない奴」になり、危険な人物として排除されます。笑顔を見せなければ、やはり「仲間ではない」「不満を持っているようだ」と見なされます。飲み会を断っただけで、反逆者扱いなのです。

「空気」には、「同調」や「一致団結」以外に目的がなく、それを強いる理屈がないので、少しでも反発すると、理屈もなく「敵」になり、もうそうなったら、コミュニケーションを取ろうともしません。こういったシステムだから、人々は、敵にされては堪らない、と空気に従う、それが大人だ、となる。そうすることで、空気はますます濃くなっていく。こんなメカニズムです。

　最近の日本は、少し理屈が通るようになり、空気は薄まりました。この原因は、科学的な知識の普及や、海外の影響による個人主義でしょう。薄まったことは、大変良いことだと思います。でも、古い体質はすぐには改善されません。たとえば、戦争の是非について議論しようとするだけで、「非国民だ！」と言われたように、憲法について議論しようとするだけで、「戦争反対！」と叫ぶ人たちがいます。まだ理屈が通らない「空気」が残っています。

　この空気に支配されている人たちは、意見が違う人に対して、「無知」「偽善者」などのレッテルを貼り、人格攻撃をします。理屈ではなく、感情による反発をする傾向にあります。こんなふうに議論を封殺して、かつて日本は戦争に突入したのだな、と思わされます。

　少なくとも、現在そういう空気が薄まってきていることは、素直に喜ばしいと思います。戻らないように、注意をしていたいものです。

改憲に賛成というわけではなく、議論はした方が良いのでは?

2018年1月30日火曜日

# 犬のソックスと賢い人間たち

　NHK新書『読書の価値』の再校ゲラを読んでいます。今日で半分読めそうなので、明日終了する予定。今頃になって気づきましたが、子供の頃に「TVはNHKしか見なかった」と書いている部分があって、そのあと「でも、面白いものがあった」と、まるでNHKはつまらないのが当たり前みたいに読める文章がありました。そのままにしましたけれど。

　今朝は晴れていたのですが、めちゃくちゃ気温が低くて、頭が痛くなりそうな感じでした。だいたい、マイナス14℃くらいから、このようになるそうですね、人から聞いた話なので真偽のほどは不明ですが。それで、犬の散歩から帰ってきてから、ゲストハウスへ行き、水道管が破裂していないか確かめてきました。異状ありませんでした。昨年の今頃破裂したのです。現在は、バスルームの近くにオイルヒータを置いて、朝の3時間くらい暖房しています。また、屋外の水道管にはヒータが装備されていて、これが稼働しているはずなので、大丈夫だとは思います（昨年は、このヒータのスイッチが入っていなかったのが原因）。

　東京が、氷点下4℃になって、48年振りだとか。その温度は、こちらでは暖かい日になります。東京の写真を見ましたが、つららができている様子でした。つららというのは、寒かったらできないのです。だって、水がありませんからね。滴るものがないのです。つららができたら、「ああ、春になったなあ」とほのぼのとします。

　ゲストハウスの室温は氷点下2℃まで下がっていました。それでも屋外よりは10℃以上高いのです。ちなみに、母屋の室内は（どの部屋でも）20℃以上あります。Tシャツでも大丈夫なくらいです。

　日差しが暖かいので、思い切って庭園鉄道を運行させましたが、やはり走っていると寒い。昨日の夜にほんの少し雪が舞ったみたいです

が、これが完全にパウダ・スノーでした。昨日、パウダ・スノーだと足跡がつかないと書きましたけれど、足跡らしきものは残ります。丸くなんとなく凹(へこ)んでいるだけで、形がつかない。靴の跡とか、犬や狐の足だとわかるような形は残りません、という意味でした。誤解のないように。そのパウダ・スノーは、日中の風で飛ばされて、午後にはどこかへ行ってしまいました。今日は、最高気温が氷点下5℃くらいでしょう。

　雪があるときは、犬の足にバンドを着けます。事務員がよく着けている腕抜きみたいなものです。シェルティは足に長い毛があって、湿った雪だと毛に雪玉が沢山できるので、あとで取るのが大変なのです。これを防止するためのバンドです。着けるのは前脚。スバル氏は「ソックス」と言っていますが、「手袋じゃないかな」と指摘しておきました。

　ときどき、散歩の途中でこれが脱げてしまうのです。犬は黙っていて、「取れましたけど」とは言いません。人間が気づくしかないのです。先日は、スバル氏が外れないようにしっかりと着けていたにもかかわらず、やはり途中で外れました。そのときは手編みのセータも着ていました（僕ではなく犬がですよ）。このセータも防寒の目的ではなく、胸の毛に雪玉がつかないためのものです。雪道では、自分が転ばないようにと注意して歩かないといけません。ちょっと目を離したあと、犬がバンドをつけていないことを発見しました。「やっぱり、どこかで落としたみたいだ」とスバル氏と話し合い、そのまま歩いていたら、さらにもう片方も取れました。そちらは回収。戻ってくる道では落とした1つめを探したのですが、見つかりません。色は赤いので目立つはずです。では、庭園内か、と家の周辺を見て回ってもありません。寒いので、スバル氏と犬たちは中に入ってもらい、僕だけでもう一度探しにいこうとしたとき、後ろから声がかかりました。

　なんと、取れたのではなく、セータの袖の奥にあって、見えなかっただけでした。人間たちが大騒ぎしているのに、犬たちは、黙ってなにも言わないのです。というか、黙っていたのが正しかったわけです。

　オシロスコープが組み上って、いろいろ測って遊んでいます。この勢いで、動歪(どうひずみ)計とかファンクション・ジェネレータとかも、安くキットで出して

くれないかな、と思って探したら、ありますね。ファンクション・ジェネレータは6000円くらいでした。これは、大学にいたときに300万円くらいしました。世の中、技術が進み、発展しているのですね。だから、何千キロもミサイルを飛ばすくらい、誰だって簡単にできるようになっても不思議ではないわけです。

たとえば、自動運転が可能になったら、もう自爆テロとかしなくても、自動車に大量の爆弾を積み込んで突入させられるわけです。ぶつからない安全装置を外すために、プログラムの変更が必要かもしれませんけれど、基本的な機能としては充分といえます。

技術というのは、誰にでも使える、という点に最大の特徴があって、これが社会のためにもなるし、また使い方によってはリスクにもなります。鉄砲なんて発明したからいけないのだ、という理屈は、鉄砲で猛獣などから人を守った歴史を無視しているわけです。銃を規制する法律もまた、社会を守るための一種の「武器」といえます。

つくづく、人間というのは賢いなあ、と感心し続けて生きてきたように思います。馬鹿だなあ、と思うことの10倍は、賢いなと思います。そういう感想を人に話すと、たいてい逆だとおっしゃるのですが、その人の周囲に馬鹿な人が多いということなのか、それとも、その人が賢すぎるからなのか、どちらなのでしょう。

ファン倶楽部でもうすぐ『MORI Magazine 2』のための質問と相談を募集する関係で、「森先生はTwitterをしないのですか?」とか「LINEをされないのですか?」という（少数ですが）メールが届きます。答えておりませんが、「しません」が回答です。Facebookもしません。あ、そうそう電話も手紙もファックスもしていません。ヨガもダイエットも食事療法もしていません。メールで間に合っています。そのうち、ブログもやめて、メールもやめて、引き籠る方向へ前進中です。

 **YouTubeは活用しています。ほかに必要なものはありません。**

2018年1月31日水曜日

## 論文はわかりやすく書かない

　今朝は、氷点下17℃でした。たぶん、今年の最低になるのではないかな、と思います。帽子を被っていないと頭が痛くなります。手袋はしていますが、マフラはしていません。家の中にいるときは、Tシャツの上にフリースを着ているので、2枚です。それで、外へ出ていくときはダウンを着るから3枚になります。下はズボンだけ。どちらかというと、脚の方が寒いかもしれません。外には長時間いません。せいぜい10分程度です。

　今日は、9時頃に車を運転して、スバル氏と2人でスーパへ行きました。僕の車は、シートにヒータがついているので、寒いときはこれがとてもありがたい。エンジンが暖まらないとエアコンは効かないので、助かります。でも、ハンドルが冷たいのです。ハンドルにヒータをつけてほしいですね（エンジンが暖まれば、エアコンが効くから問題ありませんが）。

　パンと飲みものをカゴに入れました。スバル氏は、野菜と肉を買っていました。帰ってきてからは、工作室で、あれやこれやと活動しました。旋盤もこのところ毎日回しています。今日は、ガスバーナで銀ロウづけをしました。

　お昼頃には、日差しが暖かそうだったので、庭園鉄道で一周してきました。今日は、中に乗り込む車両だったので、ボディが風除けになって比較的寒くなかったので、もう一周しようかな、と思いましたが、やめておきました。

　工作中に、バンドエイドで大丈夫な程度ですが、左の人差し指を怪我してしまいました。キーボードはやや不自由なので、ゲラの仕事が向きます（ペンは、左右どちらも使えます）。工作にはまったく支障はありません。『読書の価値』の再校ゲラを最後まで見ました。3校は、指摘箇所の確認だけになるかと。続いて、タイガの6月刊『天空の矢はどこへ?』の初校ゲラを読むことにします。4日くらいかかるかと。そのあとは、講談社ノベルス5月刊の『$\phi$の悲劇』の再校ゲラを読みます。余裕があるから

大丈夫でしょう。執筆は、少し先送りします。

　作家になって文章を書くときに、一番注意をしていることは、相手が読み取れる、理解できる文章を書く、ということです。そんなの当たり前ではないか、と思われる人が多いと思いますが、研究者として論文を書いているときは、そうではありませんでした。論文というのは、自分が世界で初めて発見した知見を記すわけですから、誰も知らないことですし、確かめた人もいないし、そもそも大多数の人は、自分の研究とは関係がないし、細かいところまで逐一理解しようという姿勢で読まないのです。

　ただ、論文が発表されて、何年か、あるいは何十年かすると、その論文を真剣に読む人が現れます。まさに、ここが知りたかったのだ、という人が現れて、そのとき初めて論文の文章を細かく理解し、そこから実現象なり理屈なりを読み取ろうとするのです。実際、僕も古い論文を必死になって読みました。ですから、論文とは、ほぼそういう未来の誰かに伝える文章だということです。

　そうなると、「わかりやすい」といった文章ではなく、誤解がないように、詳細に精確に、という表現になります。文章としては、おおかた「わかりにくい」ものになります。でも、読み手は全力を傾けて解読するし、その内容を死ぬほど知りたがっているのだから、絶対に読み取ってくれます。

　さらに、もし反論などをされた場合に備えて、少しでも自信がない部分は、そのとおり曖昧さを残す書き方をします。たとえば、「AはBである」とは書かず、「AはBである確率が高い」とか、「AはBだと思われる」とか。

　実験をした結果であれば、「今回の条件では、AはBだった」と、成立する環境を限定し、一般論ではないかもしれないことを強調します（そうでなくても、ある研究の結論というのは常に、「その人がやった限りでは」という条件下のものだと認識されます）。このように書いておけば、のちに自分の説が間違っていたとわかったとき、条件がどう違うかを示して、言い訳をすることができます。

どちらにしても、研究論文というのは、読み手に「わかってほしい」という欲求で書かれたものではないということです。特に、理系の分野では、「主張」ではないことがほとんどです。「私が正しい」と言っているのではなく、「私が調べた限りでは、どうやら例外なくそれが観察される」というだけなのです。それが「正しい」という言葉の定義だといえます。

　そもそも、論文を書きたくて研究者になったという人はいないのではないか、と思います。論文を書いても、褒められたり、認められたり、といったこともまずありません。逆に、貶されたり、反論されたりすることも、すぐにはありません（忘れた頃に、あったりしますが）。

　研究職も、最近は少し変わってきたようです。まず、合理化の波が押し寄せているせいか、論文をいくつ書いたかとか、共同研究をいくつ行ったかとか、そういう「数」で評価されるようになりました。論文が他の研究者にどれだけ引用されたか、ということを数えたりしています。このようにして、業績を定量化して評価し、優秀な人をピックアップする、そうでない人を居づらくさせる、というわけでしょう。これは、アメリカ式なのか、たぶんどこかの真似をした結果だと思います。それで、今の人たちは、「論文を書きたい」と思っているかもしれませんし、嘘で良いから論文にして業績を上げよう、となるかもしれません。

 小説やエッセィよりも、発表論文数の方がはるかに多いのです。

## 2月
February

2018年2月1日木曜日

## 危険な作業をしていたものだ

『天空の矢はどこへ?』の初校ゲラを読み始めました。4、5日かかる予定。なんとか、1月中に終わります（これを書いているのは、1/27）。指はもう痛くありません。バンドエイドも小さいのにしたので、キーボードも打てますが、しばらくゲラに集中しましょう（集中している時間内に限ってですが）。

今朝も、氷点下15℃以下でしたが、普通に犬の散歩に出かけました。最近は、8時頃に散歩をしているので、日がもう高いところに上っていて、気温よりはだいぶ暖かく感じられます。お日様は本当にありがたい。おまけに今年は雪が少なく、道路も普通の靴で歩けます。もう少し暖かくなると、逆に雪や氷が解けるから、それがまた朝には凍って危ないのです。4月くらいになると、地面の中の水も解けて、泥濘んだりして、散歩のあとに、犬の脚を洗ってやるのが大変です。

午前中は、ずっと工作をしていました。切ったり削ったり穴をあけたり。先日キットで作ったオシロスコープでも遊びました。安くて小さいわりに、サンプリングが速くて、なかなかの優れものです。サンプリングというのは、どんなタイミングで値を読み取るか、という意味ですが、きっと説明してもわからないことでしょう。それどころか、「お城を偵察する望遠鏡」だと思っている一部の人たちがいることを確認しています。

ここ数日、銀ロウづけをちょくちょくしているのですが、これはハンダづけと何が違うかというと、ずっと高温である点です。ハンダづけは350℃くらいですが、銀ロウづけは700℃くらい。ですから、ハンダごてのような熱い物体を当てるのではなく、ガスバーナで直接熱します（ハンダづけも、ガスバーナを使うときがありますけれど）。あとは、接着したものの強度が全然違います。銀ロウづけは、酸洗いに希硫酸を使うので、これもちょっと危険な感じがしますが、それは濃硫酸を希釈する最初のときだけです。希硫酸になれば、手にかかったくらいでは大丈夫。

ボイラは、火で熱して使うものですが、中に水が入っているから（空焚きしないかぎり）それほど高温にはなりません。それでも、炎が直接当た

る部位は、やはりハンダづけでは（溶けて外れてしまうから）不安なので、銀ロウづけをすることになるのです。もっとも、模型で使う銀ロウは低温で溶けるものを使うのが一般的です。これよりも高温のものは、いわゆる溶接になります。

溶接もときどきしますが、小さいものには向かないし、下手をすると母材を台無しにすることがあります。プロがやれば強度が確保できますが、素人の溶接は信頼性が今一つで、力がかかる部分には恐くて使えません。庭園鉄道でも、どうでも良い飾りとかオブジェは溶接していますが、人が乗るようなものは、ボルトで組み立てることにしています。

昨日、工作中に怪我(けが)をしたので書きますが、大学でも実験で工作をしたり、大きな試験体をクレーンで動かしたり、危険が伴う作業をしていました。とにかく、学生が怪我をしないように、ということに大変な注意を払っていました。幸い、僕がいる間に、実験室では大きな事故はなく、怪我をした学生もいませんでした。一番大きな怪我は、だいたい僕自身がしていたくらいです。

最も危険なのは、高速で回転する電動工具です。鉄を切ったりする高速カッタなどは、刃が割れたりしたら危険なので、それを想定して、危ない範囲にいないように、と指導しました。ただ、怪我をするのは、そういった危ない器具とか、重量物を扱っているときではなく、ナイフとかドライバでのちょっとした手作業のときです。危なくないと思ってやっているから油断しているのです。

大学では、事故がけっこう頻繁にあります。教授会のときに報告されますが、工学部でほぼ毎月負傷者が出るような事故が起きていました。大きいものでは、化学実験室での爆発とか、なにか重量物が倒れたとかですね。

そのほかには、危険な化学物質とか放射性物質の管理などが、ときどき話題になりました。僕が助手の頃は大して煩(うるさ)くなかったのですが、助教授になった頃には、法人化の時期でもあって、厳重さが増してきました。管理しろと急に言われても、大学って、以前そこにいた先生から引き継ぎとかしてもらっていないから、何がどこにあるのかなんてわからな

い状態でした。調べてみると、これは危ないな、と思うものが沢山出てきたりするのです。

　硫黄を温めて溶かして、コンクリートの試験体のキャッピングをしていましたが、ときどきガスコンロの上の硫黄が燃えたりすると、もう息を止めて、とにかく全員退避です。実験室から一旦外に出て、息を吸ってから、消しに戻るしかありません。今思うと危険な作業をしていたものですが、でも、このときも、幸い事故は一度もありませんでした。危ないことがわかっている、ということが大事なのです。

僕は子供のときに、骨折や縫うような切り傷を何度もしています。

---

2018年2月2日金曜日

## 夏用と冬用について考える

　『天空の矢はどこへ?』の初校ゲラは、50%まで読みました。あと2日で終わります。指のバンドエイドは取れました。まだ触ると少し痛いのですが、作業に支障はありません。

　今朝は、氷点下10℃くらいだったので、だいぶ暖かく感じました。人間の感覚というのは相対的なものです(というか、ほぼすべてが相対的ですが)。もう1年で一番寒い時期は越えたのではないか、これから降る雪はたぶん湿った雪だ、と思います。ある程度は降ってくれた方が、春の植物の生育には嬉しいのです。一方、毎朝リスが庭を走り回っていて、雪がないから団栗が食べやすくて嬉しそうです(そんな気がするだけですが)。

　ゲストハウスへ行ってきたスバル氏が話していましたが、友人とお茶を飲もうとして、ミネラルウォータをペットボトルから鍋に出したら、その瞬間に凍ったそうです。温度が低くても凍らず、衝撃があると凍る現象ですね。冷蔵庫の中のものは凍っていなくて、家の中で冷蔵庫内が一番暖かく、冷蔵庫の戸を開けると、中の暖かい空気が感じられるとか。しばらくゲストハウスは閉鎖することにして、水道をすべて水抜きしておきまし

た。

　一方、母屋はとても暖かく、非常に快適です。停電するとボイラが止まるから、それだけが心配です。雪が降ると、樹の枝が下がって、電線が切れる事故があるのです。そういうときは、薪ストーブが頼りとなります。薪ストーブは、焚き続けていれば家中が暖まりますが、暖まるまで時間がかかり、その間が寒いのです。

　クルマのタイヤを夏と冬で履き替えるのが面倒で、オールシーズンのタイヤを出してくれたら2倍の価格でも買うのに、とは何度も書いていることですが、いろいろ商売絡みで、利権もあったりして、難しいのでしょうか。

　だいたい、夏用と冬用は何が違うのかというと、以前は主にスタッドの有無だったわけですが、スタッドレスが主流になった現在は、「夏用タイヤだってスタッドレスじゃん」と言われそうです。これは、そもそもゴムの軟らかさの違いです。冬用の方が軟らかい。夏用タイヤは、冬の低温では硬くなりすぎてグリップしないのです。だから、たとえ雪や氷がない普通の道路でも、夏用タイヤで走ると、冬は滑りやすくなります。一方、冬用タイヤは夏には軟らかすぎて、減りやすい。だから、もったいないということらしい。ですから、温度で軟らかさがあまり変わらない材質のものを開発すれば、この問題が解決します。

　日本の家は、古来夏用に造られていました。夏に過ごしやすいものにしておけば、冬は着込んだり、火を焚いたりしてなんとか過ごせる、という方針でした。だから、南の庇を長く張り出して、部屋の手前に縁側を配置して、部屋には日差しや外の空気が入らないようにしたのです。いつの間にか、夏はクーラを使えば良い、となって、縁側も庇もなくなり、南側の部屋が良い、という観念だけが残ってしまいましたが、南は暑いだけです。北向きの方がよろしいでしょう。

　エアコンという暖房も、かなり古い思想というか、無駄の多い方法です。どうして、部屋中の空気を暖めるのか、という疑問がまずあります。たとえば、人間が着ている服にヒータがあれば、少しの電力で快適になるはずです。これに近いものが、炬燵です。僕は炬燵を使わな

い人なのですが、あれは省エネだな、と思います。クルマに装備されているシート・ヒータのことを、このまえ書きましたが、エアコンよりもすぐに効いて、しかも充分に暖かいのです。

　タイヤを履き替えるときには、普通はホイールも一緒です。つまり、ホイールも夏用と冬用の2組用意しないといけません。ホイールがついたタイヤなら、ジャッキアップして、素人でもタイヤの交換ができます。でも、そのホイールが高い場合もあって、そうなると、ホイールは1組だけ持っていて、1年に2回、工場でタイヤだけ替えてもらう方が（工賃も含めて）安くつきます（かつて僕はそうしていました）。

　いっそのこと、夏用と冬用でクルマを替えたら良いのではないか、とも考えました。そうすれば、タイヤを履き替える工賃が不要になりますし、時間も節約できます。冬はたしかに4WDが欲しいですしね。ここまで行くと、ではずっとレンタカーで良いのではないか、という考えに行き着くかもしれません。

　それだったら、夏用と冬用の家を持ったら良い、とも思います。つまり別荘ですね。こうすると、暖房費や冷房費が浮くことになりますし、クルマもそれぞれの家に置いておけば良いことになります。2つ持つのは、最初は高くつきますが、維持費はそれほどかかりません。エネルギィ代は2倍にならないからです。また、消耗しないので、長く使えます。

　人によっては、夏は暑いところで泳ぎたい、冬は寒いところでスキーがしたい、という方もいらっしゃいますし、また、夏は暑いところで、冬は寒いところで商売をしている人も多いと思いますので、そういう人たちと組んで、家を交換すると、どちらもハッピィになります。渡り鳥なんか、ずっとこの賢い行動を取っているのです。こういう理屈を、システム的に実現・支援する商売がこれから出てくることでしょう。

　**今住んでいるところは、とにかく気候が良い。これに尽きます。**

2018年2月3日土曜日
# 未来、宇宙、ロケットの話

『天空の矢はどこへ?』の初校ゲラを一気に最後まで読みました。これを書いているのは1/29ですから、3日ほど予定よりも早く終了。この勢いで『φ(ブサイ)の悲劇』の再校ゲラを今日から確認します。まずは、初校の訂正箇所のチェックをしました。最近、ゲラを読むのが速くなりました。22年まえのデビュー当時に比べたら、5倍以上速くなっていると思います（もっとかな……）。まだ成長の余地があるのでしょうか。

　この分でいくと、2月の初めから『ジャイロモノレール』の手直しができて、2月の中旬に『MORI Magazine 2』が執筆できると思います。昨年は、2月上旬にこれを執筆して、大和書房へ送ったあと、例のトラブルで入院する羽目になったのでした。

　3月は、『森博嗣に吹かれて（仮）』の執筆に当てたいと思います。たぶん、ゲラも押し寄せてくることでしょう。このブログの書籍化もそろそろ具体的なスケジュールが上がってくるはず。あとは、来年1月発行予定の幻冬舎新書を書くかもしれません。12月末のクリームシリーズもそろそろ書きます。

　今年発行の本については、執筆がこれくらいで終了して、4月後半くらいから長い夏休みになることでしょう。来年は、小説も書下ろしは3冊の予定なので、10、11、12月に書けば良いのかな、くらいにのんびりと構えております。今年は良い休暇になるかもしれませんね。まあ、今でもかなりそれに近い状態なのですが。

　今日は、午前中から庭園鉄道を運行。小さい機関車も、現在製作中のものの試験走行を行いました。夜の間に少し雪が舞ったようで、地面には白いところがちらほら。しかし、風で飛ばされて移動したらしく疎(まば)らな感じです。屋根の上にもずっと白いものが見えますが、つららなどは一切ありません。

　先日、講談社を通して、あるTV番組が僕の本から引用して使いたいが、いかがか、という問合わせがあり、問題ないと返事をしました。小

説の中で未来予測みたいな文章があって、ときどきTwitterなどでも話題になっている例の部分です。それくらいの予測なら誰でもするだろう、といえばそれでお終いですけれど。ロボットとか宇宙旅行を最初に書いた人を取り上げた方が良いのではないか、とも。

　火星人が攻めてくるような話もありましたね。たいてい、火星人はなんらかの機械（円盤とか）に乗っているのです。そこへいくと、生身の怪獣が宇宙から飛んでくるのは、日本だけではないでしょうか。どうやって推進しているのでしょう。竹取物語みたいに月へ牛車で帰っていくのもあって、銀河鉄道999に受け継がれているところが、凄いですよね。牛車とSLの推進方法は何でしょうか。ギリシャ神話の場合は、あれは神様ですから、なんでもありかなとは思います。

　宇宙ロケットというのは、30年くらいまえまでは、ときどきニュースになる話題で、人が月面を歩いたり、クルマに乗って月面を移動したり、宇宙空間でドッキングしたり、宇宙遊泳をしたり、といった映像をみんなで見ていたのです。この頃は、宇宙ステーションの狭い内部の映像ばかりになって、ややスケールが小さくなっていませんか？

　遠くへ飛ぶのは無人の探査機だけですし、何年も何十年もかかるから、いつ打ち上げたものなんだ、と大衆の関心を集められない雰囲気になって、しばらく経ちます。やはり、スペースシャトルの事故から、流れが変わったのでしょうか。現代の経済状況、安全意識、人命尊重からいくと、月面へ人を送るのは、相当ハードルが高くなっている気もします。どこも予算が下りにくくなったし、しかもやりたいことは高くつくし、と悩まされていることでしょう。

　エッセィにも書いたことがありますが、小学生の頃にロケットの実験がしたくて、材料を集めようとしたことがあります（当然、実現しませんでした）。ロケットエンジンは、ジェットエンジンよりも機構が簡単です。ただ、燃料をどうするか、という問題が大きい。ジェットエンジンは、機械工作に高い精度が要求されます。戦争末期に、日本はロケットエンジンとジェットエンジンの戦闘機をそれぞれ作りました。いずれも飛行しています。大多数の人は、両者を同じものだと認識しているようですが、ロケットエン

ジンは宇宙へ行けますが、ジェットエンジンでは行けません。でも、ジェットエンジンだと燃費が良くて、長く飛ぶことができます。

模型のジェットエンジンの話は、以前に書きましたが、模型のロケットエンジンもあります。しかも、ジェットエンジンに比べて、格段に安い（2万円くらい）。でも、制御が難しく、また機体が燃えてしまうほど熱くなるし、音がめちゃくちゃ煩い（ジェットエンジンも煩いですが、その何倍も煩い）。そういうわけで、まだ始動したことはありません（近くで見たことがあるだけ）。

 ジェットエンジンの方は、1年に1回は始動し、楽しんでいます。

---

2018年2月4日日曜日
## 人知れず楽しむ＆個人情報

節分ですか、違いますか？ 節分が何日なのか、よく知らないので、いい加減なことを書いています。だいたい、なにも知らずに、いい加減なことを書いている作家なので、今に始まったことではありません。

『ψの悲劇』の再校ゲラを読んでいます。ほとんど直していません。明日くらいに読み終わるでしょう（これを書いているのは1/30）。快刀乱麻、一気に3つのゲラを片づけた気分。このブログを書いているのが、本当に作者なのか、とお疑いの方もいらっしゃるかもしれませんので、ネタばれを書いておきましょう。この作品にはマウスが出てきます。

森博嗣によると、作者によるものならば、いかなる情報もネタばれにはならない、とのこと。これは逆に言うと、作者以外の人が内容に触れることを書けば、それがなんだろうとほとんどネタばれになる、ということです。わかりやすい定義ですよね、これ。

数日まえから、少し鼻がぐずついていて、花粉かな、と思っていましたが、もう治りました。もしかしたら、単純に鼻風邪だったかもしれません。寒いところで機関車で遊んでいるからです。いけませんねぇ。犬の散歩が一番寒いですが。犬たちは、風邪を引きません、今のところ。

今日も、午前中に屋外で機関車の燃焼実験をしました。気温が低

いのでガスタンクが冷えて圧力が下がり、バーナの火力が落ちてしまうようで、対策としてはガスタンクを温めるしかないかな、との結論に。熱効率の悪いおもちゃなので、しかたがありません。

　ここ最近、夜はだいたい旋盤を回しています。小さな金属部品を作っているのです。まあ、とにかく、これが面白い。ものを作ることは、できたものがどうこうよりも、作っている最中が一番面白くて、それだけで充分に元が取れます。このあたりは、スポーツや音楽なんかも同じではないでしょうか。

　ところが、人が見ていないと満足できないようになると、少し捩じれてきます。自分一人で楽しんでいるうちが純粋だし、最も面白い時期なのです。だから、なにか新しいことを始めて、面白いなと感じたら、誰にも言わず、一人で楽しむこと。これが、楽しさを持続するコツです。

　今は、なんでもすぐに人に見せようとするから、あっという間に自分は醒めてしまいます。素晴らしい景色も、写真を撮ってネットにアップしたらそれでお終い。その素晴らしさも忘れてしまう。本を読んでも、そのあらすじとかネタばれを書いて、それでお終い。すぐに内容もストーリィも思い出せなくなってしまう。結局、入れたものをすぐ出してしまうから、自分に留まるものがない、考える時間がない、という簡単な原理です。

　個人情報の管理が喧しくなってきました。これについて、僕は若いときから周囲に訴えていたのです。たとえば、同窓会の名簿や、学校の職員名簿などでも、住所や電話番号を非公開にする選択が可能なようにしてほしい、と言い続けてきました。でも、20年くらいまえまで、まったく相手にされませんでした。住所録は全員の住所が揃っていることが重要なのだ、それが存在意義だ、と言われました。どうして、そんな変な結束が必要なのか意味がわかりませんでした。でも、よくよく思い出すと、当時から商売に利用しようという人たちが（同窓会内や職員内に）いたということです。なんらかの利益があったから固執していたわけです。

　その後、あっという間にこの空気は消えて、今では逆に、個人情報を教えることに過敏になっている人が増えているのではないでしょうか。PTAとか町内会とか、そういった連絡網も構築が大変だと聞きます。SNS

に入らないと駄目だとかも聞きます。SNSだったら、個人情報が守れると考えている点が不思議なところです。

電話詐欺などで利用されて、初めて「いけない」と気づいた人も大勢いるみたいです。しかしまだ、まっとうなセールスに使うならば、その情報は必要なものだ、と考えている向きも一部にあります。これもかなり甘い考えで、年配者には多いことでしょう。

たとえばちょっと前だったら、TVや新聞に自分の顔が出る（映る）と喜ぶ人ばかりでしたが、今はそうではありません。放映するなら映っている全員に承諾を取らないと、あとからクレームが来ます。「有名になるから良いじゃあないか」というのが、以前の社会常識だったのですが、今は、「有名になりたくない」個人の権利が認められるようになりました。

土地だって、表通りに面している場所、あるいは角地、というだけで高かったのですが、商売をするわけでもないから奥まった場所の方が静かで良い、という考えが浸透してきました。商売だって、表通りでない方が有利な場合が多いのです。今はネットの時代ですから、さほどハンディキャップになりませんし。

 社会が奥床しく上品になることが、「文化的」だと思います。

---

２０１８年２月５日月曜日

## 頭打ちの技術革新

『φの悲劇』の再校ゲラは、あと1日かかりそう。明日終わります。今日は、いろいろ遊びに夢中で、ゲラが進みませんでした。

午前中は、ずっと工作室で旋盤を回して、小さな部品を削っていました。少し削っては組み立てて様子を見て、またばらして削る、という作業の繰り返しで、手がオイルで真っ黒になりました。旋盤という加工機器は、材料を回転させて、そこにバイト（刃）を当てて削ります。今日使ったバイトはカッタナイフの刃から自作したもので、0.5mm幅で溝を彫るためのもの。この溝を、0.1mm深くしては、当たりを確かめ、また

0.1mm削って、と繰り返し、一番良いところを見つけました。

　お昼頃に、近所のドイツ人が遊びにきたので、外で機関車を走らせました。昨年末に買った新しい機関車で、初走行のものです。新品を買って、まだ走らせていないものと、中古を買って、まだ走らせていないものが、それぞれ10台くらいずつ溜まっていて、なんとかこの冬に走らせるつもりでしたが、一つ問題が発生すると、それについて時間が取られて、なかなか進みません。新しい機関車は、そういう問題はありませんから、最初からよく走ります。

　アメリカから、中古の機関車がまた2台届きました。もう数日で、今度はドイツから5台ほど届く予定です。ストックが増えてしまいますね。読んでも読んでもつぎつぎ新刊を出す作家のファンになったみたいな気持ちです。

　ドイツ人は2時頃に帰っていき、そのあとは家族で近所を散歩しました。もちろん犬たちも一緒。3kmくらい歩いてきました。1時間ほどです。日差しがとても暖かくて、散歩日和だったからです。

　月食の話題がネットで盛り上がっています。月面からライブ映像が撮れたら、綺麗な日食になりますね。天気もずっと良いわけですから。TV局もそれくらいの投資をしてもらいたかったな、と。

　もう長い間、月面の映像がないのは、ちょっと寂しいですね。人間は送り込まなくて良いから、長期間活動できるカメラとか、ロボットとかを送り込めば良いのに。日本は、どういうわけか月面には不熱心な方針に見えます。やっぱり、米ソが既にやっている領域に出ていくと二番煎じだと言われるから、避けているのでしょう（実際に、理学部の先生がそうおっしゃっていましたが）。

　子供の頃は、星を見たりするのは好きでしたが、厭きました。だって、ずーっと変わりなく、全然同じですからね。大学にいたときには、月面でコンクリートを練る研究をしようかと思い、少し調べたことがありますが、何が難しいのかというと、水を持っていくことだ、と言われていました。その後、水は現地で調達できるんじゃないか、という話になってきましたが、まだはっきりとしません。

月面基地は、宇宙線を防ぐために、地下に建設されることになりそうです。だから、月の地面を掘らないといけなくて、それはユンボみたいなものを持っていけばできますが、地下がどうなっているのか、あまりはっきりとはわかっていません。何度か行っているわりには、広範囲な探索をしていないのが実情のようです。

やはり、壁とか柱とか、構造物も必要ですから、コンクリートみたいに、現場で形になるものは有利です。バブルの頃だったか、ゼネコン各社が、月面基地のPR画を作って発表していました。その後30年くらい、まったく進んでいませんね。

若い方は、ここ最近で技術の進歩が目覚ましい、と思っているようですが、僕は、ここ30年くらいは、ほとんどのものが、さほど劇的に進歩していないな、と感じています。なにしろ、そのまえの50年が凄かったから（さらにそのまえの50年も凄かったのですが）。今ある技術は、ほとんど30年以上まえから存在したもので、ただ、それが一般に普及したというだけです。普及したのは、安くなったことと、経済が頭打ちになって、もうそれくらいしか需要がなくなったからですね、たぶん。

もちろん、研究も開発も行われているのですが、技術というもの自体が成熟しているから、飛躍的に進歩する余地がない、ということはあります。ほんの少し改善するのに、もの凄い労力と経費がかかる、という具合なので、進歩が必然的に遅くなってしまうのです。

飛行機も原理的に新しくはなっていないし、鉄道の車輪も線路もそのまま、自動車もずっとタイヤで4輪です。エンジンもモータも、全然変わっていません。100年まえとほとんど同じです。半世紀まえに電子技術が台頭して、アナログからデジタルになって、ソフト的な仕組みが、機械的なものを圧倒してしまいました。ただ、それだけです。やりやすくなった、作りやすくなった、ということだけ。

でも、生活は快適になりましたね。社会は平均的に豊かで自由になりました。いったい誰のおかげなんだろう、と思いませんか？

 エネルギィと環境の問題が、これからクローズアップされますね。

2018年2月6日火曜日

## 電信柱や赤電話を懐かしむ

『φの悲劇』の再校ゲラは読み終わりました。これでゲラがなくなりました（ゲラ消失トリック）。『ジャイロモノレール』の文章の手直しをしつつ、図面をぼちぼちと描いていこうかな、と考えています。また、『MORI Magazine 2』の執筆も、すぐにもスタートできる状態です。編集部からの資料は既に届いていますし、ファン倶楽部の皆さんからも質問と相談をいただきました（感謝）。

　朝から、工作室で機械いじりに熱中。ネジを締めたり緩めたりの繰り返しです。組んでは動かして、またばらして加工し、また組んで動かす。こうしているうちに、じわじわと真理へ近づいていくような感覚になります。自分の仮説が正しければ、望む結果が少しずつ現れてくるのです。こんなに面白いことは滅多にありません。

　家に引き籠もって、庭園鉄道の工事を一人でしている、という話を書くと、どうしてもっと社会へ出ていかないのか、もっと相応しい仕事ができるのではないか、と言われることがあります。「結局、偉そうなことを書いているのに、やっているのは趣味ですか」という目で見られるわけですね。ええ、そのとおり、と笑ってしまいますが。まず、偉そうなことを書いているのは、仕事だからです。また、そうおっしゃる方は、「社会で認められる立場」に価値を見出しているわけで、結局は誰かに認められたい、と思っているから、そのような価値観に囚われるのです。「自己満足ではいけない」と子供の頃から頭に叩き込まれているのです。これは、「お国のために」と言って大勢が亡くなった悲しい歴史を連想させる価値観でもあります。

　といって、「お国や社会のため」という生き方も、僕は立派なことだと思います。全然否定しません。でも、そうじゃない価値観もありますよ、というだけです。いろいろな満足があるわけで、自分の満足と少し違っていても、それを過小評価してはいけないのではないですか、というだけのことです。

僕は今、社会貢献しているかな、とも普段は考えません。実際に今10秒ほど考えてみました。していますね、そういえば。あと、今までの人生では、もちろん社会貢献をしてきたつもりです。職業に就いて働くことは、まちがいなくすべて社会貢献だし、職業に就いていなくても、ほとんどの活動は、社会に還元されます。よほど悪いことをして人を陥れないかぎり、社会のためになっている、と考えて良いと思います。身近な話をすれば、税金を払っているし、ゴミを捨てないようにしているし、誰か困っていれば助けるでしょう？　ごく普通のことです。

　お昼過ぎに、スバル氏とスーパーへ行きましたが、帰り道は雪が降っていました。明るいときに雪が降る景色は久し振り。たちまち、辺りは真っ白になりましたけれど、大した量ではなく、出かけられなくなるほどでは全然ありません。出かけられなくなるというのは、たとえば積雪1mくらいのことです。出かけるまえに、まずスコップで道を作らないといけませんから。

　そういえば、1年ほどまえになりますが、ゲストハウスまでネットのLANケーブルを引きました。100mのケーブルを買って、パイプの中に通して地面に埋めました。元は母屋のルータに、先はゲストハウスの中でルータにつながっています。こうして、ゲストハウスでもWi-Fiが使えるようにしました。事前に調べたら、100mまでは大丈夫とあったので、その限界だったのかもしれません。

　実際、庭園内には埋設管と電線を通しています。その主なものは、庭園鉄道の信号機のためのケーブル。あとは電源とかアンテナ線とかです。既に、どこに何を埋めたのか（図面とか残していないから）わかりません。いずれにしても、これまでトラブルはまったくなく、地中というのは安定しているものだな、と好印象です。

　以前に住んでいたところで、門に付けたインターフォンが通じなくなったことがあって、埋設管の中に水が入り、電線がショートしていたことがわかりました。その埋設管は、そのときに20年以上経っていたので、寿命はそれくらいなのでしょうか。

　ところで、日本に沢山ある電信柱ですが、実際には、電力柱で

ね。一緒になっているものももちろんあります。電信柱というのは、電話線などをつなぐ柱で、電力柱は電力線をつなぐ柱です。「電信柱にしみついた夜」という歌詞があったように、かつては電信柱とみんな言っていました。最近は、電柱と言うことが多いかな。これからは、電話線はいらなくなる方向ですが、光ケーブルは必要なので、その意味では電信柱です。英語では、テレフォン・ポールが一般的。

　是非、埋設して、風景を良くしていただきたい、と政治家には言いたいところです。田舎の風光明媚なところほど、電柱や電線が目立ちますから。

　電話ボックスが減っていませんか。つい20年くらいまえには、どこにでもありました。レストランとかカフェとかには、赤電話や緑電話があって、コインを入れて電話をかけられましたが、もう今は見かけなくなったのではないでしょうか。「リダイヤル」という言葉がありましたけれど、もう全然通じませんね。

　ボタンもダイヤルもなかった昔は、交換手に相手先を告げたりしたのです。僕は経験がありませんが、昔の映画を見ていると出てきます。25歳のとき初めてアメリカへ行ったのですが、空港で電話をかけようとしたら、交換手が出るのです。コインをいくら入れろ、と言っていることがわかって、そのコインを入れたら通じました。相手が要求する金額を入れないといけなかったのです。

　それでも、海外へ行って日本へ電話をすると、めちゃくちゃ安いのに驚きました（日本から海外が、めちゃくちゃ高かったからですが）。電話料金が距離に比例して高くなる時代でした。宅配便でも全国ほぼ同料金の今からしたら、まったく不思議な料金体系でしたが、当時は誰も文句を言わなかったのです。そういう「空気」だったのですね。

 いわゆる「公社」がのさばっていた時代でした。国鉄とかもね。

2018年2月7日水曜日

## 雪遊び

　出版社からの書類を整理して、数値をエクセルに入力する作業をしました。小説関係の仕事では、今日はこの事務処理だけ。講談社からは、『血か、死か、無か?』電子版の見本をiPadで送ったとの連絡がありました。今月の新刊ですね。

　税理士さんから連絡があって、いよいよ確定申告の季節だな、と思いました。今年は、収入はいつも通りですが、支出が少ないような気がします。クルマも不動産も買っていないし、大きな買いものをしていません。あ、パソコンを1つ買ったかな。これは経費で落とせますね。

　昨日、夕方にまた1時間くらい雪が降って、積雪が10cmほどになりました。スバル氏が大喜びですが、なにが嬉しいのかわかりません。犬が喜ぶことが嬉しいみたいですけれど。でも、乾燥しきっていたから、植物は嬉しいことでしょう。

　それで、今朝はスノーブーツを履いて、犬の散歩に出かけました。転ばないように注意して歩きました。スバル氏が一度だけ転びそうになりましたが、大丈夫でした。全然パウダ・スノーではなく湿っています。気温が高いから（氷点下5°Cくらい）です。道路は既に除雪車が通ったあと（だから滑るのですが）。自動車もたまに走っています。これくらいの雪だと、庭園内を除雪する必要はないので、除雪車（これは鉄道車両ではない方のキャタピラの除雪車）は出動させませんでした。

　スバル氏のクルマが昨年の今頃に雪道でスタックしましたが、そのときも積雪は10cmくらいでした。彼女は行けると思ってクルマを出したのです。ところが、パウダ・スノーに近い乾いた雪だったため、風で飛ばされて溜まっているところがあったらしく、動けなくなってしまったのです（この顛末は、『つぶさにミルフィーユ』参照）。

　お昼過ぎに、氷点下2°Cくらいまで暖かくなったので、庭園鉄道の除雪をしました。これも除雪車（こちらは鉄道車両の方）を出すほどのことはなく、プラスティックのスコップを持って、押していっただけ。人力ラッセル

です。520mのメインラインを1周してくるのに、1時間くらいかかりました（途中で2回休憩あり）。

　1年まえに、空気を入れて膨らませるドームを買って、ずっと庭に置いたままにしてあります。雪が降ったらカマクラになるだろう、と期待していたものです。ところが、乾いた雪は全然着雪しないみたいで、これまでは期待外れでした。今日は、これが見事にカマクラになっていました。1年経過したし、寒さもあって、だいぶ萎んでいるのですが、それでも入口から中に入れます。犬が入ったところの写真を撮りたかったのですが、お尻を押しても、どうしても入りませんでした。写真を撮っても、全体が白いから何があるのか、わからないでしょう。

　工作室で、いろいろ活動したあと、外に出て、小さい機関車を走らせました。こちらの線路の除雪は、ラッセル車を手で押して一周するだけで、あっという間でした。面白かったので、ドイツ人からもらったプラスティックのおもちゃの機関車を走らせ、ラッセル車を押しているところの動画を撮りました。このおもちゃは、蒸気機関車の音を出して走るのですが、それが煩い。黙って走れないのか、と言いたくなります。ラジコンなのですが、3000円もしないとか。今度、黒く塗って、おもちゃらしくない見かけにしようと思います。不思議ですね、いつもは派手な色に機関車を塗っているのに。

　気温が低いので、雪が解けることはなく、ぐちゃぐちゃにはなりません。そうそう、今日、機関車で遊んでいるときに、土手の斜面ですべって転びましたが、雪の上に倒れたので、全然ダメージがありませんでした。服に雪がついても払い落とすだけです。軍手をしていましたが、雪が解けないので染み込んできませんから、冷たくなりません。寒くても、そういう良い点はあります。この雪は、1カ月程度はこのままではないかな、と思います（じわじわと締め固まっていきますけれど）。

　外で遊んでいた時間は、トータルで1時間半くらいでしょうか。工作室の床は暖房されているから、軍手などはコンクリートの床に置いておくと、付着した雪が解けて、たちまち乾きます。室内では、蒸気エンジンの試運転をしました。ガスを使うので、換気扇を回して行いました。

> 「森の雪遊びの日々」にすれば良かったかも、とは思いませんが。

2018年2月8日木曜日

## 散らかる書斎

　昨日に引き続き、今日も晴天ですが、昨日よりも少し気温が高いのか、お昼頃には、雪がだいぶ解けて（消えて）いました。珍しい。もう春かもしれませんね。

　朝は、氷点下10℃くらいで、樹には2日まえの雪がそのまま残っていたのです。犬の足に着ける例のバンドですが、今日も雪道で1つ落としました（すぐに気づいて拾いましたが）。モスグリーンの手編みのセータも着て散歩をします。

　犬は手が小さいですね。躰（からだ）の大きさが半分になると、長さが2分の1ですから、足の裏の面積は4分の1になります。ところが、体重は（体積に比例していると仮定して）8分の1になりますから、足はもっと小さくても大丈夫ということです。虫とかになると、足が針の先くらい細くなりますね。

　工作室で、機関車の工作をあれこれしたあと、試運転をしたくなり、外に出ました。すると、やけに暖かいのです。昨日除雪した線路の雪が一部解けているところもあります。屋外で水を見かけることは、この時期滅多にないので驚きました。でも、とにかく試運転をしました。納得のいく走りだったので気持ち良く後片づけをしていたら、スバル氏が買いものにいきたい、と言うので、クルマを出すことにしました。

　もう1日くらいはクルマに乗らないつもりでしたが、気温が上がっているし、麓（ふもと）の街は大丈夫だろう、と思い出発。走っているクルマは疎（まば）らでしたが、道路は特に問題なく走れました。とにかく、日差しが暖かい。雲一つない天候で、これもこの時期は多いのです。

　『ジャイロモノレール』の文章の手直しを、今日から始めました。図面のスケッチを描きながら進めようと思います。

　書斎が大変な散らかりようです。工作室もそうなのですが、工作室は

まだ汚くて当たり前の場所ですし、自分一人しか見ないので、さほど気にしていません。書斎も、使うのは僕一人ですが、犬がときどき遊びにきますし、スバル氏もときどき入ってきます。そろそろ、足の踏み場がなくなってきましたから、気にしつつあります。

　散らかる理由は簡単で、毎日宅配便で届く荷物（平均3箱）が、一旦はここに入るからです。作家の仕事関係では、見本とか贈呈本とかが届きます。これらはほとんどそのまま床に積まれていきます。それから、ゲラが沢山来て、どんどん積もります。積雪ならぬ、積ゲラは、現在130cmくらいでしょうか。

　模型関係の買いものも、一旦は書斎で荷解きしています。僕は、新品を買った場合でも、箱から出して、箱はすぐ捨てる習慣です。つまり、箱に入れたままにしない。そういった箱は、ゴミになりますから、すぐに部屋から出ていきます。でも、中身はしばらく書斎に留まるのです。今も、床に20台くらい機関車が並んでいます（だから足の踏み場がない）。Nゲージとかの機関車ではなく、もっと大きくて、1つで最低15cm×40cmくらいの面積を占有します。

　1年くらいすると、もうどうしようもなくなり、段ボール箱に本やゲラを収めて、地下倉庫へ持っていきます。模型なども、地下倉庫に相当収まっています（こちらは、箱に入れず、棚を並べて、そこに収納）。この地下倉庫は、まだまだ容量があるので、しばらくは大丈夫だと思いますが、それでも、入口近くはもういっぱいです。

　ものを捨てない、というのは母譲りかもしれません。スバル氏は、服を沢山持っていますが、それでも処分を頻繁にしているようです。僕は、服をほとんど買わないから、さほど増えません。増えるのは、書籍（模型雑誌など）と模型です。

　一番頭が痛いのは、部品です。これは絶対に必要になるだろう、との見込みで買うわけですが、そのときは使わずにストックされる部品が無限に近い状態で存在します。しかも、いざそれが必要なときに出てこない。部品がコンピュータで検索できたら、どんなに便利かな、と思いますが、それには、買ったときにデータを入力して、移動するごとにそれを

入力しないといけません。

たとえばの話ですが、金属の板を切り抜いて、なにか作ったときに、切り抜かれた板の残りの部分がありますね。これは、捨てられませんよね。また、小さいものを切り出すのに使えるかもしれないからです。そう考えていくと、捨てられるものなど、ほとんどないといえます。ヤスリやノコギリで削ったり切ったりしたときの屑（切子）くらいですね、捨てても良いのは。もし、溶かして元の金属に戻せるなら、取っておきますが。

お菓子を食べても、ケーキを食べても、必ずゴミが出ます。そういった箱、ケース、カップなどは、子供のときは捨てませんでした。工作に使えるからです。プラスチックも発泡スチロールも捨てませんでした。今は捨てています。燃やしてエネルギィを取り出すくらいしか利用方法を思いつきません。

 リサイクルというのは、ゴミの場所が変更されるだけのことです。

---

２０１８年２月９日金曜日

## 子供の質問、大人の質問

『ジャイロモノレール』の手直し作業は10％ほどの進捗。知っていることの10％くらいを書いている感じですね。もっと少ないかな。全部書いてしまうと、むしろ伝わりにくくなるためです。

相変わらず低温ですが、だいぶ躰が慣れてきました。太陽は高くなったため、日差しがとても暖かく、もう春も近いのだな、と感じます。もちろん、まだ雪が降るかもしれません（雪は4月末でも降ります）。朝の犬の散歩は、凍った路面で滑らないように歩くことに神経を使います。どうしてもゆっくりになりますし、遠くへは行けません。いちおうスパイクのついた靴を履いていますが、それでも完璧とはいえません。

午前中に、荷物を出しにスバル氏とクルマで出かけました。税理士さんに領収書やカードの明細などを送りました。そのあと、マックへ寄って、ドライブスルーでランチ。クルマの中で食べる（つまり揚げたての）フライ

ドポテトは美味しいですね。

　戻ってきてから、小さい機関車を走らせました。ずっと、ああでもないこうでもないといじっていたもので、ようやくだいたい完成して立派に走りました。良い感じでした。一段落ついたので、また新しいことを今夜から始めましょう。

『MORI Magazine 2』の執筆のために、ファン倶楽部の皆さんから質問と相談を受け付けました。3日ほどまえに突然「募集します」と告知して、1/31に24時間だけメールを受け付けたのですが、大勢の方からきっちりフォーマットに従ったメールをいただくことができました。今日、その半分くらいを読みました。全員のものをすべて使うには量が多すぎますので、落選があることをあらかじめご了承いただいたうえでの募集です。ですから、掲載されない方の質問と相談は、ブラックホールへ吸い込まれるみたいな感じになると想像していただいてけっこうです。

　全員ではないし、また全然悪くもないのですが、皆さん、質問も相談も、わりと長文です。それぞれ200文字、300文字をリミットと規定をしたので、もちろんだいたい収まっているのですが、そのリミットをいっぱいに使おうとチャレンジしているのか、長いなあ、と感じるものが多かったように思います。

　普通質問だったら、「○○は何ですか？」「○○はどうしてですか？」と一文で足りると思います。相談になると、やや事情を説明するための文章が必要ですが、それでも、相談の論点をピンポイントで、「○○はどうしたら良いでしょう？」になるはず。僕が読んだところ、いずれも3分の2は、余分な文章だと感じました（余分が悪いという意味ではないので、あしからず）。

　では、その余分な文章に何が書いてあるのか、というと、個人の事情、あるいは気持ちです。これは、ようするに、何故こんな質問をするのか、何故このような相談をするに至ったのか、という動機が書かれている文章なのです（動機は、「募集があったから」ではないのですね）。もう少し言えば、その質問や相談の意味付けをし、物語性を醸し出そうとしている。「ふっと思いついて、全然関係のない疑問をぶつけたわけではあり

ませんよ」ということを示そうとしているのです。

　たとえば、「空は何故青いのですか?」という質問は、子供相談室で出てくるものの典型ですが、非常に端的で、知りたいことを良く示しています。この質問を大人がすると、何故か恥ずかしく感じるのでしょうか、「この間、近所のお友達と初めて裏山に登ってみたのです。ピクニック気分というか、童心に返るといいますか。そうしたら、頂上で見上げた空の、それはそれは青いこと。もう感激いたしました。そこでも話題になったのですが、どうして空って青いのでしょうか？　今までに理由を聞いたことがあったはずなのですが、何故か頭に入らなかったのか。それとも、もともとぽんこつで、しかも寄る年波には勝てず、笊のように漏れてしまったのかもしれません。でも、この歳になっても、知りたいことがあるって幸せではないでしょうか。よろしくお願いいたします」くらいになってしまうわけですね。これが、大人ですね。何をきいているのかもわかりにくくなるのです。

　これに対して、ずばり答だけを返すと、子供は喜びますが、大人はそうはいきません。「回答者も、実はつい最近山に登ったのです。雪山だったのですが、そこで体験した天空の高さ、青さは、また格別でした。空の青さも、そのときどきで違いますね。あなたの見た青さは、きっとあなたにしか見えない貴重な青さだったのではないでしょうか」とか書いたりするのが、大人向けの無難なサービスというものです。ただ、こういう前置きをしてから科学的理屈を語っても、肝心の部分は一切伝わらず、「あなただけの青さだって言われちゃった」だけが頭にインプットされるので、また10年くらいしたら、同じ質問を誰かに投げかける人になることでしょう。

　子供は理由を知りたくて質問しますが、大人は相手との距離感を測りたくて質問するのです。

「空が何故青いか知って何になるんだ?」と皆さんお思いですね。

2018年2月10日土曜日

## 靴に関する一考察

『ジャイロモノレール』の手直しは、25%くらいまで進みました。図面は、ボールペンでラフスケッチ。今のところ、図面の数は15枚かな。全体で50枚以上図が入ると思います（もっとかも）。これらは、僕が定規などを使わずフリーハンドで描きます。歪んで曲がった線で見苦しく描かれることでしょう。

iPadで見本が届いたので、『血か、死か、無か?』の電子版の確認をしました。問題ないようです。この頃、電子版がとても良く売れています。そういった話題が出なくなったときこそ、定着したといえるでしょう。

昨夜も、少し雪が舞ったみたいで、朝は一面真っ白。森も真っ白でした。遠くまで見晴らしが良く、とても幻想的な風景でした。でも、滑りやすいので下を見ながら歩かないといけません。全然除雪するような量ではなく、線路は、午後には露わになりました。

遠方から荷物が届き、模型の機関車がまた書斎に並びました。工作室では、吹付け塗装をしました。新聞紙がないから、梱包紙を伸ばして使っている、と書いたためか、ファンの方がわざわざ新聞紙を沢山送ってくれて、これを敷いて吹付けをすることができました。今年必要な分はあると思います（だから、もういりません）。日本の新聞なんて、かれこれ20年くらい見たこともありませんから珍しかったのですが、全然一文字も読まずに使いました。

お昼頃に突然の停電がありました。15分くらいで復旧して、特に困ったこともありませんでした。停電には慣れっこになっていて、消えたくらいでは誰も騒ぎません。昼間だったら、暗くなるわけでもないので、そのまま作業を続けます。1時間しても復旧しないときは、まず、薪小屋へ薪を取りに行きますね。薪ストーブを焚くためです。今回は、そうはならずに済みました。雪が原因かどうかもわかりません。

それにしても、メイ首相が予想外に長く持ち堪えていますね（突然関係のない話）。

安全靴というものをご存じでしょうか？　工事現場や工場などで履くことが多いのですが、強度の高い靴で、足の上に重いものを落としても、足が潰れたりしない。つまり、足のヘルメットみたいな靴です。具体的には、爪先の上をカバーするように鉄板が入っているので、この靴を履いていると、クルマのタイヤに踏まれても大丈夫です（試したことはありませんが、クルマによると思います）。

　建築学科の実験室では、本来安全靴を履かなければならないのですが、残念ながら、教官も学生もみんなサンダルでした。今だったら、こんなことは許されませんが、ずっと以前は、その程度の意識でした。

　今も、安全靴を1足持っていて、これは雪道を歩くときに使っています。たぶん、寒い地方の工事現場のために作られた安全靴なのでしょう。見た目は、普通の（ちょっと派手なラインの入ったスポーツ向けっぽい）靴ですが、じっくり見れば、多少大きめです。僕がそれを履いている理由は、靴底の溝が深くて、滑りにくいからです。この靴でも駄目な場合は、スパイクのある靴を履きますが、たいていは、この安全靴で間に合います。鉄板が入っていることで、ほんの少し重いかもしれませんが、気になるほどではありません。

　普通、靴を買うときには、軽いものを選びます。今まで履いた靴の中で、最も重いと思ったのは、ワンゲル部で履いていたキャラバンシューズでした。今の安全靴は、これに匹敵するかも。

　ある雑誌の編集長だったI氏が、もの凄く重い靴を履いていました。ちなみに、I氏は女性です。片方で1kgあるのです。そんな重い靴を履く理由は、「脚を鍛えるため」だそうですが、ほかでは聞いたことがありません。重い靴を履いているから、倒れにくいという効果もありません。ボールを蹴ると、少し飛びやすいかもしれませんね。軽い靴に履き替えたときに、空を飛べるほど軽くスキップができるかもしれませんが、I氏がそんなことをするとは思えません（とても真面目な方なので）。

　ディズニーのネズミの動きを見ていると、「靴が重そうだな」と思います。思いませんか？　なんか、地面に靴がぴたりと吸い付いているようです。だいたい、靴が異様に大きい。手も大きいけれど（アニメの話です

よ)。そんなこと言ったら、耳も大きいか。逆に、サザエさん一家は、靴が異様に小さい。手も小さい。玄関に並んでいる靴が、子供用か、という小ささです。頭が大きすぎるから、それに比べてしまうのかもしれません。

昔は、大きい靴を履いていると、馬鹿だと言われましたね。理由は定かではありません。僕は、25cmなので大きくありませんが、けっこう余裕のあるサイズの靴を履いています。運動会に出る機会ももうありませんから、脱げやすい靴が良いのです。靴下は、年中同じ厚さのものを履くから、影響は靴のサイズには及びません。夏でも靴下を履かないことはありませんし。

靴下は左右が同じなのに、靴は左右同形のタイプを見たことがありません。スリッパは左右同形なのに、サンダルは左右がありますね。どうも不思議です。サンダルも靴も、左右を同形にしたら良いのでは? そうすると、靴底の減り方が満遍なくなる効果があると思います。

蛇足ですが、靴と鞄は、漢字が覚えにくいですね。片方だけ見て、読み方がわからないことがあります。靴だって包み込むものだし、鞄だって、ワニが化けたりしているし。

 サザエさんたちは、帽子の中に靴が20足は入る世界観なのです。

---

2018年2月11日日曜日

## 人にものをすすめること

『ジャイロモノレール』の手直しは、40%まで進みました。スケッチした図面が、30枚以上になりました。あと数日で一旦は作業を終えられると思います(文章は完成ですが、図面の清書が残ります)。そのあとは、『MORI Magazine 2』の執筆にかかります。

スズキユカ氏が、Twitterで『赤目姫の潮解』の単行本は3/24に発売予定だ、と告知されていました。先月末に出た号が最終回でしたので、今頃、手直しなどをされているのでしょう(出版社からは、こちらへまだ

連絡がありません)。

　午前中に、スバル氏とクルマで出かけて、隣町のスーパまで行きました。滅多に行かない店なので、珍しいものが沢山ありました。レジを通ると、買ったものを袋に店員が入れてくれるサービスがあって、びっくり。スバル氏は、「これからは、ここにもっと来ることにしよう」とおっしゃっていました。シュークリームを買ったので、僕はそれを食べてから正式な評価を下したいと思います。

　日差しが強く、暖かいのですが、それでも最高気温は氷点下5℃くらいです。朝は、さらに10℃くらい低くなります。でも、それほど寒いとは感じません。道路には雪も氷もないから、普通に歩けるし、今日は庭園鉄道で一周しましたが、風もなく、寒くは感じませんでした。どこにもつららはありません。地面は凍っています。樹の枝にのっていた雪は、風で落ちてきますが、まだのっているところもちらほら。

　クルマで走っていると、畑の雪はなくなっていますが、牧草地は真っ白のままです。これは、畑には堆肥を混ぜているから、発酵の熱が出るからだそうです(聞いた話で真偽のほとは不明)。

　今、シュークリームを食べたのですが、この世の物とは思えないほど美味しかったので、またあのスーパへ行こうと思います(オーバに書いてみました)。

　このように、わざとオーバに書かれた文章を読むと、食べてみたくなりますか？　すすめられているように感じる人も、多いのではないでしょうか？

　人にものをすすめる人、ときどきいますよね。それが普通なのかもしれませんが、僕自身は、あまり人にものをすすめないし、また人からすすめられても、ぴんと来ない人間です。

　昔は、お見合いの話を持ってくる人がいました。どういう動機で人に結婚をすすめるのか、意味がわからなかったのですが、「良い人がいたらお願いします」という依頼を受けている場合もあるし、また、紹介料みたいに有料の場合もあったようです(そうでなくても、お礼に幾らかもらえたりしたでしょう)。

たとえば、自分が食べたものを、もの凄く美味しいと感じたら、それを人に、「これ食べてごらんなさい」とすすめる人は多いようです。僕はすすめません。また、人からそうすすめられても、では食べてみようか、とあまり思いません。自分が美味しいと感じたものを、他人も美味しいと感じる現象を確かめることに、どんな価値があるのかもわかりません。美味しいと感じる自分の味覚の一般性を確認しても、自分が食べるものの美味しさは変わりませんからね。それとも、なにか食べるたびに「みんなも美味しく食べているのだな」と想像できて嬉しいとか？

　ちょっと話は違うかもしれませんが、料亭などで食事をすると、仲居さんが、鍋などの中のものを個人の皿へ入れてくれたりします。僕はあれがとても嫌で、自分が好きなものを自分で取るから余計なことをしないでほしい、と思う人間です（好き嫌いが激しいからかもしれませんが）。

　家族で食事をしているときに、親が子供の皿に食べものを入れたりする光景も、あまり良い印象ではありません。子供が幼稚園くらいまでなら、ありかもしれませんが、小学生以上になったら、やめた方が良いのではないか、と感じます。中学生以上だったら、みっともない光景に見えてしまいます（人の家のことですから、言いませんけれど）。

　作家になって、ネットでこの界隈（かいわい）の様子を見るようになり、一番驚いたのは、人に本をすすめる人がとても多いことです。そういえば、図書館や書店へ行くと「おすすめの本」が展示されていたりしますが、あれは「商売だから」と解釈していました。読者が本を人にすすめるのは、その人の利益になりません。にもかかわらず、他人にすすめるという感覚が、とても不可思議に思えたのです。さきほどの、味覚の確認みたいな動機なのでしょうか？　ちなみに、僕は自分の本もけっして人にすすめません。

　味は、だいたい万人が同じ傾向の感覚を持っているはずです（化学的、生物学的に想像して）。事実、美味しいものと評判であれば、それほど大きくずれてはいません。しかし、本はもっと幅広く、人それぞれ感じるものに違いがあるのでは？

　もちろん、結婚相手を選ぶときには、自分の感覚を優先することでしょ

う。食べものや本は、実際に食べたり読んだりしないかぎり、どのようなものかわからないから、経験した人のおすすめに頼るのかもしれません。

　クルマのデザインだって、それぞれ格好良いと感じるものは違いますよね。自分が好きなデザインは、見てわかりませんか？　おすすめのクルマを買いたい、という人がいるのかな。いるかもしれませんね。自分のクルマは、運転していたら外側は見えないわけですから、みんなに好かれる外観のクルマを選びたい、という博愛主義の方もいらっしゃることでしょう。

 人から好かれることに快感を覚える本能は、人間的でしょうか。

---

2018年2月12日月曜日
## 母に買ってもらった機関車

『ジャイロモノレール』の手直しは、55％まで進みました。今日は、あまり進んでいません。後半は、写真が少なくなるから、手直し作業も楽になるはずです。

　例の、なんとかタインの関係でプレゼントが幾らか届いています。もちろん、大半はチョコレートなのですが、ちょっとした小物やおもちゃの類もあって、今年一番多いのはミニオンズ関連ですね。もう間に合っていますので、けっこうですから、どうか気にしないで下さい。

　昨夜は、新しい機関車を分解して、ラジコンで操縦ができるようにサーボを組み込む作業をしました。ところが、プロポ（送信機や受信機のこと）とサーボ（動力装置）の相性が悪いのか、動くときと動かないときがあります。イギリスのメカは、日本やアメリカと互換性がないことが多く、今回使ったプロポがイギリス製だからかな、と思い、ネットで調べたのですが、明確に書かれていない。よくわからないので、とりあえずは、相性が良いプロポを使うことにしました。

　最近のラジコン関係のメカは、基板などはほとんど中国製です。送信機の中を開けてみると、もの凄く小さな基板が入っているだけで、

空っぽに近い状態です。だったら、この大きさは何なのか、と不思議になるほど（もちろん、手で持って操作しやすい大きさになっている、という理由はありますが）。

そういった新しい基板の特徴は、スイッチ類が可能なかぎり省略されていること。壊れやすい部品は嫌われているのです。だから、切換えをどうやってするのかわからない。マニュアルも一切ありませんから、その基板の製造元のウェブへアクセスして、仕様を調べるしかないのです。たいていそこには、図面ではなく文章で、どことどこを短絡して、同時にどこをいじると、ここが切り換わる、みたいなことが書いてあって、そんな重要なことが、ここまで読みにこないとわからないのだな、と驚くことになりますが、それが現代の当たり前のやり方のようです。そういうことをするのはプロの技術者だけだから、本当に知りたい気持ちがあるなら、ここまで調べにきなさい。プロなら、この文章が読解できるはずだ、という鬼コーチみたいな姿勢ですね。僕は、プロじゃないのですが……。

さらに、そういうわかりにくさがあっても、親切な世界の誰かが、わかりやすくYouTubeとかでやり方を広めるのが、現代文明のあり方らしい。

とにかく、朝から機関車を走らせて遊びました。屋外は氷点下です。蒸気が白く見えて、それが視覚的に楽しめます。ラジコンで操作ができますが、レールの上を走っているわけですし、走らせるコースはカーブも緩やかなので、同じ速度で放っておいても大丈夫。だから、わざわざラジコンにする必要は（ここでは）ありません。でも、狭いところに線路を敷き回して遊ぶ人は、カーブで減速したり、坂道でパワーを出したり、などの操作が必要で、鉄道模型もラジコン化がしだいに進んでいます。

もともと、線路に電気を流して走らせていた鉄道模型ですが、機関車にバッテリィを載せて、ラジコンで走らせる方が、接触不良もないし、また、線路がどれだけ複雑になっても電気的な処理が必要ないので、これからは主流となるでしょう。ラジコンの装置が安くて小さくなったからです。

Nゲージの大きさでも、無線機を積んだりすることは可能。カメラを載

せて、運転席から見た映像をモニタで見ながら走らせるのも、近頃では普通になりました。もっとも、Nゲージが主流なのは日本くらいです。あれは、小さすぎるという意見も多いのです。

このNゲージが日本で発売されたのは、僕が中学生くらいのときだったかと思います（普及はもう少しあと）。小学生のときには、Nゲージはドイツ製しかなく、めちゃくちゃ高かったので、ショーウインドウに並ぶドイツの機関車を眺めることしかできませんでした（場所は、デパートのおもちゃ売り場です）。

中学に上がったとき、無事に入試に合格したお祝いとして、母がなんでも買ってあげると言いました。これは大変珍しいことで、熟考したのち、そのドイツのNゲージの機関車に決めました。長さが10cmほどのものですが、当時8000円でした。小学生のときには、既にHOゲージ（Nゲージの倍くらいの大きさ）を幾つか持っていた（お年玉で買ったりしていた）ので、「これが欲しい」とデパートで指差したときに、母は「いつものより小さいじゃないの」と言いました。そんな小さいものを選ぶのか、という驚きだったのでしょう（でも、高いのです）。

今でも、その機関車は模型の棚に飾ってあります。Nゲージで持っている機関車は10台もありませんが、飾っているのはその1台だけ。ドイツのE03という黄色と赤で卵みたいな顔の機関車で、当時の最新型でした。その機関車の同型を、今外で走らせているゲージの大きさ（1番ゲージ）で欲しいなぁ、とときどき思うのですが、1台が30万円以上するので、なかなか買えません（ノスタルジィにその金額を出すなら、欲しいものがほかにあるとの判断）。

母が、鉄道模型を買ってくれたのは、あとにもさきにも、その1回だけでした。

 実はこの8カ月後に、E03の機関車を注文してしまいました。

2018年2月13日火曜日
## そ〜れのスパゲッティ

『ジャイロモノレール』(忘れた頃かなと思い、書きますが、幻冬舎新書で9月刊予定)の手直しは、75%まで進みました。図面は(写真も含めて)既に70枚を超えました。文章の手直し自体は、あと1日で終われるかもしれません。

建築屋の社長が訪ねてきて、ゲストハウスの水道は大丈夫か、と心配していました。あと、ガレージなどの様子も見ていきました。冬は仕事がないから、営業に回っているのかもしれません。

今日も、相変わらずの晴天で、庭園鉄道で一周だけ走りました。特に異状はなく、雪はもう1週間ほどそのままです。雪が積もると、夜の間に活動する動物の足跡が観察できて、それがなかなか面白い。人間の足跡はありません。犬とキツネの足跡の違いもわかるようになりました。

冬のオリンピックの話題が多いようですが、僕は、オリンピックを見なくなってもう30年以上になるので、さっぱりわかりません。どこでオリンピックがあったのかも記憶にないし、どんな選手がいて、何の競技があるのかも、わかりません。そもそも、オリンピックとは、どんなイベントを示すのか、知らないくらい疎いのです。しっかり覚えているのは、小学生のときの東京オリンピックだけです。あのときも、競技は見ていませんでしたが、コカコーラが競技のフィギュアを作って、ジュースを買うとそれがもらえるので、幾つかもらって、「こういう競技があるのだ」と覚えました。そうそう、マラソンはアベベが金メダルでしたね。エチオピアという国もそのとき初めて知りました。長距離走=マラソン、なのでしょうか？

スバル氏が作ったランチが、名古屋の「そ〜れ(店の名前)」でよく食べたパスタでした。

このそ〜れのスパゲッティは、僕が高校生や大学生のときに、東新町にあった店でよく食べたものです。スバル氏も1度だけ(僕と一緒に)入ったことがあるそうですが、そのときの印象は、「変なの」だったとか。

当時は、これと同じスパゲッティを出す店は、ほかにありませんでし

た。でも、そのうち少しずつ広まり、あちらこちらの店が似たものを出すようになりました。微妙に味が違うので、まったく同じというわけではありません。また、これらを総称する名前もありませんでした。

しかし、それから10年以上経過した頃には、「あんかけスパゲッティ」という名称で呼ばれていることを知りました。この「あん」というのは「餡子」のことではなく、どろっとしたソースのことです。まるで、天津飯とかにかかっている「あん」のようだからでしょう。でも、名古屋には、トーストに餡子をのせたりする店があるので、名古屋以外の人が「あんかけスパゲッティ」と聞いたら、きっと誤解することでしょう。誤解して、広まらない方が良い、と僕は考えていますので、それでけっこうです。

自分の好きなものがメジャになることは、あまり嬉しいことではありません。そういう感覚は、皆さんはお持ちではないかもしれませんが、名古屋には昔からある感覚で、行列ができる店は嫌われ、本当に美味しい店は、常連客たちが秘密にするので、噂が広まらないのです。店もそれで良いと考えています。客が増えたら、品質が落ちる、と心配しているからです。おそらく、この伝統は、今は消滅しているのではないか、と想像します。

そ〜れのスパゲッティは、その料理の名前も「そーれ」でした。トッピングするものによって、名前が変わって、値段も高くなりますが、スタンダードなそーれが、一番安く、一番売れていました。大盛りには、「1.2」と「1.5」がありました。そーれは、最初は200円でしたが、少しずつ値上げされました。

そ〜れのオレンジ色のソースは、野菜と肉を煮込んだもので、野菜や肉は跡形もなく溶けてしまい、なにも入っていないただのソースに見えます。しかし、カウンタの奥にある厨房を見たことが何度もありますが、ドラム缶の半分くらいの大きさの鍋が7つ並んでいて、1週間かけて煮込んでいる、とのことでした。またパスタは、最後は油の中に通してから皿にのせていました。

初めて食べた人は、美味しさはわからないと思います。辛いといえば辛い。スパイシィではありますが、食べるうちに甘く感じられます。僕の

友人の言葉ですが、「あらゆる料理は最初の一口が最も美味いが、それは最後の一口が最も美味い」とのことです。チャーチルみたいな発言です。

今では、「ヨコイのソース」などのレトルトのパスタソースが発売されていますし、専用の太めのパスタも出ているようです。日本の方は、たぶんネットですぐに手に入ると思います。

 友人数名が送ってくれるおかげで、今も週一で食べているかも。

---

2018年2月14日水曜日

## 過去を書く、未来を書く

毎日晴天が続いていますが、庭園は真っ白のままで、眩しいくらいです。日焼けしますね。

久し振りにゲストハウスへ行きました。水道管は大丈夫でした。室内は、氷点下6℃でした（外よりは暖かい）。

庭園鉄道も、ほぼ毎日運行しています。雪が少ないので、今年の冬は除雪車がいらないだろう、と判断し、除雪車用に準備をしていたシャーシを、またレールカーに戻しました。同じシャーシで、レールカーになったり除雪車になったりするのです。無駄を最小限にしようという方針です。北海道のJRもこれができたら合理化できますが。

枯枝を集めて、ドラム缶で燃やしました。ドラム缶の中にも雪が積もっていますが、構わず燃やしました。この時期は、枯枝はそれほど多くはありません。ガレージの中に落葉が集まっていたので、それも燃やしました。

久し振りに、模型のエンジンを回しました。星形7気筒のものです。木材で組んだフレームに取り付け、プロペラを軸に固定して回します。プロペラの長さが40cmくらい。燃料はガソリンです。ただ回るだけ。音を楽しむだけのことですが、面白いから、ときどきやります。エンジン自体が好きですね。模型飛行機に取り付ければ、ラジコンで飛ばすことも

できますが、機体が大きくなり、作ったり、運んだりするのが大変です。だったら、鉄道の車両に取り付けて、プロペラで推進する機関車にしても良いのですが、危ないですからね。プロペラに当たらないように扇風機みたいな網のカバーが必要になります。それから、音が煩いから、普通の人はやろうともしないはずです。イギリスでは、これをやっている人がいましたが、日本では見たことがありません。

『ジャイロモノレール』の文章の手直しは終了しました。明日1日は休憩して、明後日から『MORI Magazine 2』の執筆を始めたいと思います。2月中に脱稿する予定です。

　ここ2日は、思い出話をしました。過去の話をすると、どうしても内容がかぶります。なにしろ、今の人生がまだ1回めですし、それを覚えている頭も古いものが1個しかないからです。

　小学校の3年生か4年生だったと思いますが、国語の授業で、「我が生い立ちの記」というのがあって、自分の人生を振り返り、それを作文にしてみましょう、という課題が出ました。10歳の子供に「振り返れ」ですよ。しかも、生まれてから1、2年間のことは、しっかりとした記憶もありませんしね。それでも、書いてみたら、これがいくらでも書けてしまって、自分でも驚きました。幼稚園の話を書くだけで、原稿用紙を30枚以上使ってしまい、この比率でいくと、100枚を超えるのは必至だ、と危ぶまれるほどになったのです。

　当時から、読むのは駄目だけれど、書く方はさほど苦手ではなかった、ということですか。結局、途中で原稿用紙が足りなくなりそうなので、そこで打ち切りました。あと、恥ずかしいから、簡単なダイジェスト版を書いて、それを宿題として持っていきました。あまり、赤裸々に描いてもいかがか、と思ったのです。小学生が「いかがか」とは思わないだろう、と思われるかもしれませんが、それくらいは思うのです。

　ここでわかったことは、「人間、自分のことだったら、いくらでも書けるのだな」ということでした。もう一つ思ったのは、「もし自分のことでなかったら、この何倍も書けそうだ」ということでした。自分のことだから恥ずかしいし、控えめになるし、嘘は書けないし、辻褄が合っていない

といけないわけですから、不自由です。小学生が「辻褄」なんか考えるか、と思われたかもしれませんが、その言葉を知らなくても、同じ意味のことは考えるでしょう。

　そういう経験があったから、作家にはいつでもなれるだろう、とずっと思っていた節があります。しかし、作家になって初めてわかったこともあります。それは、「嘘とか辻褄の合わないこととか、全然関係のないこととか、はちゃめちゃなことは、むしろ書くのが難しい」ということです。ようするに、頭がそういうことを考えられないようになってしまっている。子供の頭だったら、きっとできたと思いますが、大人になると頭が固くなっているから、めちゃくちゃなことを思いつかないようになるのです。その点は、多少誤算だったかな、と今になって振り返っています。

　ネットを見回して、小説に関するブログとかを拝見したかぎりでは、皆さん、書けるのは「あらすじ」だけのようです。あらすじというのは、つまり自分がたった今読んで経験したことですから、書きやすい。そこから、何を考えたかは、ほとんど書かれていない。あとは、複数の作品の関係とか、類似性を挙げる評論的な文章もありますが、何がどう足りない、どこをどう直せばもっと良い作品になる、といった意見は皆無です。

　ようするに、未知のこと、未来のことを書くのは、そうとうに難しいみたいだ、ということがわかります。想像して書く、創りながら書く、ということを、小学生以来これまでにしていない人が多い。記録として書くだけ、あるものをまとめるだけ、写すだけ、という「書く」では、やはり文章家にはなれないということなのでしょうか。よく知りませんけれど……。

　創作とは、今ここに存在しないものを書くことです。

 工作が楽しいのも、存在しなかったものが生まれるためです。

2018年2月15日木曜日
## オリンピックについてぼやく

　3月刊予定の『集中力はいらない』(SB新書)のカバーとオビのデザインが届き、OKを出しました。14冊めの新書になります。最近、新書が売れていて、エッセィ集や小説の単行本よりも初版部数が上回っていることもしばしばです。小説の初版は、かつてに比較すれば、だいぶ下がってきましたからね。一方で、エッセィ集はじわじわと伸びています(それでも、新書ほどではない)。

　もうすぐ発行になるWシリーズ第8作『血か、死か、無か?』に始まり、2月〜7月は、毎月書下ろし新刊が続きます。そのうち半分(3冊)が小説です。

　Wシリーズをシリーズ作品だと知らずに、途中から読んだ、という方が多いようです。実は、これまでのシリーズでもそういう方は沢山いましたが、今よりは情報が行きわたっていたのか、それとも森博嗣のシリーズがまだ少なかったからか、ごく少数だったのです。

　カバーなどにシリーズ名が大きく記されているわけでもないので、わからないといえます。もちろん、わからなくても良い、つまり、途中から読んでもらってもかまわない、というのが基本的なスタンスで、これはデビュー以来まったく変わっていません。最初から順番に読まないとわからないだろう、と思うのは、最初から順番に読んだ方だけで、途中から読んだ方は、意味がわからなかったというふうには感じないことが、いただくメールなどでわかります。

　なにしろ、デビューして22年になるのです。小説作品はどれくらいあるのでしょう。約100作だと、誰かが言っていたのを聞いたことがあります(自分で数えたことはない)。単純に考えて、発行された順番に読んでいる読者というのは、今やおそらく5％以下のはず。

　今日は、作家の仕事はほとんどしていません(編集者のメールに応えるくらい)。『MORI Magazine 2』のためにいただいている質問・相談をまた少しだけ読みました。まだ残りの半分も見ていませんが、明日から回答

などを書いていくつもりです。

　午前中は、庭園鉄道で遊びました。朝は、氷点下13℃でしたが、お昼頃には0℃になりました。日差しが暖かく、みんなで公園まで出かけて、散歩をしてきました。

　どこかでオリンピックをしているようなので、無理にちなんで書いてみましょう。まず、僕はスキーをしたことがないので、いったいどこが凄いのかわかりません。陸上競技だったら、自分も走ったり、ジャンプした経験があるから、なんとなく想像ができますが、スキーは、重力を利用して滑り降りているだけのような気がするのですね（体重が重い人が速度では有利でしょう）。テクニックは必要でしょうけれど、体力的なものはあまりいらないのではないかな、とか、勝手に思ってしまいます。

　スケートは、ローラスケートをした経験があるので、意外に筋力が必要なことがわかります（スキーみたいに斜面を滑り下りるわけでもないし）。だけど、たとえばボブスレィとかは、どうなんでしょう。あれに乗っている人は何をしているのでしょうか。ブレーキをかけているのかな、そのかけ方がテクニックなのかな。それとも、乗るまえに押すことが技なのでしょうか。

　フィギュアスケートも、よくわかりません。体操に似ているのかな。どうも、審査員が点数をつける競技というのが、スポーツらしくない、と感じます。どんなスポーツにも審判はいますけれどね（いないのは、ゴルフくらい）。

　それから、冬季といっているのに、冬に行う競技が入っていませんよね。マラソン、サッカ、ラグビィなどは、本来冬にやっていたように思います。暑いときにするスポーツではない。だから、「冬の」ではなく、「雪と氷の」とした方が適切ではないでしょうか。今、ちょっと調べたら、冬季オリンピックを日本で過去に2回も開催しているのですね。知らなかった〜。夏と冬じゃなくて、春と秋にすれば良いのに。

　とにかく、オリンピックのことをなにも知らない人間が書いているので、本気にしないで下さい。古代ギリシャでのオリンピックは、開催中は一時休戦して集まったそうです。それくらい大事なものだったわけですね。今は、まったく逆ですね。オリンピックは完全に政治的なイベントになっています。もし、政治色を本気で消したいなら、政治家は顔を出せな

いルールにすれば良いのに。

　そもそも、国別で参加するというのが間違いでしょう。スポーツに国境などない、というなら、どの国から来たかなんて問題にしないで、すべて個人参加にすべきです。選手団とかやめて、ばらばらでね。個人にメダルを与えれば良いのです。自分の国の選手だから応援するというのも、実に不思議な現象で、首を捻(ひね)るばかりです。はい、このくらいにしておきましょう。

　もちろん、オリンピックが好きだという人がいても良いと思います。全然否定しません。アイドルにファンがいるように、オリンピックにもファンはいることでしょう。よろしいんじゃないでしょうか。

 問題なのは、みんながオリンピックに夢中だ、と思い込むこと。

---

2018年2月16日金曜日
## 4次元立方体の展開図

　毎日毎日同じことをしているみたいに見えると思いますが、だいたい同じことをしています。これほど同じことを続けられるのは、その中に面白いことが沢山、しかも日替わりでつぎつぎ現れるからなのです。

　今日の午前中は、長らく書斎の床に並んでいた機関車を幾つか工作室へ運び、整備をしました。まだ走らせていなかったものです。これらは、どこかの（たぶん）老人が作ったもので、その方は（たぶん）もう亡くなったのだと思います。それがネットのオークションに出てきたので、買い求めました。少なくとも若い人が作ったものでないことはネジなどの古さから明らか。売っていた人もよく価値がわかっていない、といったふうで、まとめてジャンクとして売られていました。

　1台1台がとても個性的で、初期の実験的なものから、比較的最近作られただろう洗練されたモデルまであり、また、いろいろな構造や仕組みにチャレンジされていて、1つとして同じタイプのものはありません。でも、知らない人には、同じことばかりしている、と見られていたはず。機

関車の裏面には、ボイラや燃料タンクの容量などが書かれていて、几帳面な方だったことが窺えます。

　昨日のうちに整備をして、ボイラのテスト、ピストンの圧力テスト（コンプレッサで空気を送って動かす）、配管の点検、可動部の注油などを行いました。燃料は、昔のものなのでアルコールです。かつては、アルコールが主流だったのです（最近は、ブタンガスが主流）。

　さっそく、屋外で走らせてみました。今日は3台を試験。2つは走りましたが、1つはどうしても燃え上がってしまいます。アルコールタンクに引火するのです。すぐに消して、やり直しますが、何度やっても同じように引火します。なにか対策が必要です。

　持ち主は、走らせていたはずなので、条件が違うということです。1つ考えられるのは、アルコールに違いがある点、それから気温や気圧が違うこと。おいおい試験をして、究明していきましょう。今回は、近頃流行のバイオメタノールを使ったので、これが原因とも考えられます。

　『MORI Magazine 2』は、まえがきの半分くらい（2000文字程度）を書きました。まあまあの滑り出しです。どうして、「滑り出し」というのか知りませんけれど。スキーかスケートか滑り台くらいしか思いつきません。

　毎日書くことを、どのようにして思いつくのか、という質問をよくいただきますが、全然思いつきません。頭にあるストックは常にゼロです。ただ、とにかく書き始めるのです。このブログは、日記の部分が前半にあるから、ここは書けますね。今日あったことを書けば良いだけです（でも、まるで嘘かもしれませんよ）。そのうちに、なにか思いつく。これが書けるかな、この点を少し考えてみようかな、みたいに展開するのです。

　この「展開」という言葉を、僕はけっこう頻繁に使います。展開図というものがありますが、つまり、ある物体を開いて、広げてみることです。言葉でも良いし、概念でも良いし、仕組みでも良い。とにかくなにかに注目して、多方面から見てみよう、とする行為です。

　社会に観察されることを、自分自身に当てはめてみたり、また逆に、ちょっとした身近なことを、一般化してみたりします。こういったときに最も重要なことは、「視点」です。これも、僕の文章によく出てきますね。

たとえば、立方体（サイコロの形）の物体は、6面ありますが、6面を一度に見ることは（少なくとも人間の目には）できません。物体を手に持っているなら、動かして角度を変えます。また、動かせないほど大きいなら、自分が動いて方々から観察するわけです。そして、頭の中でその形を再現する。そうすることで、あたかもすべての面を見られるようになる。その思考の方法が「展開」です。

　現実というのは、ある一面しか見えません。極めて部分的なものを見て、その存在を認識しているわけですが、裏はどうなっているのか、どのようにしてそれは成立しているのか、と頭で展開することで、より正確に理解できるようになります。

　たとえば、その物体を自分で作ろうと思ったら、充分な理解がないと難しいはず。作れるか、と想像してみて下さい。普段いかにぼうっと見ているのか、見ていたようで見ていなかったことに、気づくはずです。

　ところで、立方体の展開図を描くと、正方形が6つになります。たいていは、4つが連続して並んでいて、その両側に1つずつくっつけて、十字の形にすることが多いと思いますが、べつにこの形でなくても良い。この展開図のアウトラインのうち、隣と直角の辺が何組か存在します。展開された正方形を折り曲げて立方体にするときには、これらの辺どうしがくっつくのです（1組だけ、遠く離れた2辺もあり、これは平行です）。この辺とこの辺がくっつく、と想像することができるでしょうか。

　立方体は3次元です。2次元の展開図は、さきほどの隣り合って直角だった辺どうしをくっつけることはできません。それをするには、折り曲げて、3次元方向へ立ち上げる必要があり、既に平面ではなくなります。3次元の立方体がこうして出来上がります。

　これと同じように、立方体が4つ集まっている立体（3つは並んでくっつき、あと1つはそれらの横にくっつく）があって、隣り合う正方形の面どうしをくっつけてみましょう。できませんね。立方体の形のままではできません。でも、4次元方向へ折り曲げると、この正方形の面どうしがぴったりとくっつきます。それを3回すると、4次元立方体が出来上がります。すなわち、最初の4つの立方体は、4次元立方体の3次元での展開図だったので

す。さて、頭の中でこれがイメージできる方が、どれくらいいらっしゃるでしょうか?

　図がないから、わからないと思います。こういったことは、頭の良い悪いではなく、頭の固い軟らかいの差で、できるかできにくいかが決まるものです。理解を避けているほど、頭はどんどん固くなるのです。

柔軟体操のように、粘って無理をしないと軟らかくなりません。

---

2018年2月17日土曜日
## 親分肌の人の傾向

『MORI Magazine 2』は、まえがきを書き終わり、目次を作り、これから本文を書きます。文字数では、まだ6000文字くらいで、完成度は7%くらい。今後、加速するものと予想しています。

　スバル氏にサンルームで髪を切ってもらいました。もの凄く長くなっていたからです。そうですね、40cmくらいあったでしょうか、と言ったら嘘になりますが、だいたい、嘘しか言いませんからね、この人は。

　朝方、少し雪が舞っていましたが、天気予報は晴天なので、これくらいは雪ではないということでしょう。日本の北陸地方が大雪で、大渋滞になったそうですが、街中の道というのは、雪を脇へどけるスペースがないから、困りますよね。そもそも、雪の捨て場もない。北海道の札幌などは、雪は川原に捨てる場所があります。田舎なら、田畑が道の横にあるからとけるだけで良いのですが、街ではそうもいきません。雪はかさばるのです。

　鉄道でも同じで、雪が降るところの鉄道は、線路の脇に雪をとけておけるスペースがあります。東京なんかで大雪が降ったら、そういうスペースが線路にも道路にもないから、どうすることもできません(だから地下鉄なのか……)。温暖化の影響で、今後は雪も降りやすくなりますから、対策が必要でしょう。

　幸い、我が庭園鉄道は、今日も運行が可能です。でも、ちょっと風

が強くて寒そうだったので、社長の独断で運休にしました。

　世の中には、「親分肌」みたいな人がときどきいます。「肌」といっても、「鳥肌」みたいに皮膚の様子や特徴ではありません。若いときからそうなのか、ちょっとわかりませんが、中年になって、ある程度の地位に就いてから、親分的な性格が出てきて、頭角を現すのではないか、と想像します。何人か、このタイプの方が知合いにいるのです。

　共通していえるのは、非常に涙もろい。人情に厚い。冷静でジェントルに振る舞いますが、実は情熱家で、感情はむしろ激しい。でも、そういった面だけでは当然、親分にはなれませんから、それを乗り越えるほどの、強い自己コントロールができる、ということは確か。

　一般に、親分肌という表現は好意的なものです。主に、周囲に子分的な人が集まり、その人を立てるから、自然に親分になります。威張っているわけではなく、むしろ逆で、表に一番現れるのは、面倒見が良い、という傾向です。細かいことをよく見ていて、長く覚えているから、人に対して心配りができる。

　かつてはそういった能力に目をつけられ、引き立てられて、親分の地位まで引き上げられたわけです。以前は、こういう方が出世をしたし、成功者としてもて囃（はや）されました。でも、「親分」という言い方が、最近ではマイナスかもしれません。

　学者の中にも、これに相当する方が何人もいて、けっして威張っているわけではないのに、どことなく威厳があるし、また実力も伴っている。大勢の弟子がいて、そういう人たちをすべて要職に就けていく。それで一大勢力みたいに見えてしまうわけです。ただし、学者の場合は、気配りだけで出世はできませんが。

　こういった親分をトップに据えたピラミッドの組織が、かつては活躍しました。一丸となって働いたのでしょう。今でも、スポーツにおける監督などが、こういうタイプなのかな、と想像します。もちろん、政界などもそうだし、企業でも少なからずあるはずです。

　しかし、昔に比べれば、減少傾向にあるように観察されます。まず、親分肌という人が確実に減りました。現代の「ボス」は、もう少し

理屈屋になったし、また才能豊かな人になっているように感じます。やはり、がむしゃらに人を動かすだけでは勝てない勝負が、ビジネス界で増えているのかな、と思いますし、そういった親分肌を嫌う若者も増加していることと思います。だいたい、今の若者は、出世なんかしたくありませんから、親分にも憧れを抱きません。

　親分肌の人の傾向として、もう一つ僕が気づいていたことがあります。それは、右腕として、同じような親分肌の人をけっして置かない。そうではなく、むしろ理論派で、緻密な参謀を重用するのです。人情的なものは二の次で、発想や分析に長けた切れ者を重視する。おそらく、自分にないものを求めて、そういう才能を身近に置くのでしょう。それで、つい、その右腕を後継者に選んでしまって、上手くいかなくなる、という事態に陥ります。理由はわかりますね。参謀はあくまでも参謀であり、親分には適さないからです。

　ちなみに、ガマ親分というのが、昔のTVで出てきました。このあと、ロバくんとかガチャピンとかが出てきて、今でいうゆるキャラの走りだったのです。ガマ親分を知っている人は、まちがいなく老年でしょう。ドラ猫大将も古いですが、こちらは再放送があったので、年代は特定できません。親分と大将は、どちらが偉いのでしょうか。ドラ猫大将の子分のベニ公が、キャラが立っていて良かったですね。

 フィリックスも有名でしょう。チェックの鞄を持っていました。

---

2018年2月18日日曜日

## 目に見えない恐怖の世界

　『MORI Magazine 2』は、時事放談を書きました。ここまでで、1万3000文字ほどになります、完成度は、14%くらいですね。続けて、明日からは、質問や相談の返答を書きましょう。一番大変なのは、普通のエッセィを書くときですね。何を書くのか、考えないといけませんから、ストレスがかかります。

風が強いので、外でごうごうと音がしています。でも、窓から見える風景は、あまり動きがありません。これは、風が樹より高いところ（上空40mくらい）を流れているためです。森の中に住んでいると、だいたいこんな感じ。風は、森の中を通り抜けていくのではなく、抵抗の少ないところを通ります。

　たとえば、網戸というものが、日本の家ならあると思います。蚊は入らないけれど、風は通る、と思っている人が多いのですが、風はほとんど通りません。もの凄くゆっくりとした空気の流れだけが通ります。非常に抵抗が大きいのです。

　公園とかの柵になっている金網（たいてい青か緑色で、針金が作る菱形の一辺が5cmくらい）がありますね。手の小さい人だったら、片手が差し入れられるほどすかすかです。でも、あの金網は、風に対して、50％くらいの抵抗を示します。つまり、風の半分は通らないし、風力の半分を受け止めて、倒れたりするので、そういった設計をするように定められているのです。

　防風林として、海岸などに樹を植えているところもあるし、そもそも、大風のときに樹が倒れたりするわけですから、風は樹の間をするりと通り抜けているわけではありません。樹を倒せば、その分エネルギィは消費されて、風力は衰えます。同様に、風力発電をすれば、発電した分、風は弱くなりますから、沢山風力発電のプロペラ塔を立てれば、環境は確実に変わります。これは、屋根に太陽光発電のパネルを設置した家は、冬はその分寒くなるということと同じです。

　原発の事故のときにマスコミが口を揃えて言ったのは、「放射線の目に見えない恐ろしさ」でした。目に見えないから、知らないうちに被曝する可能性があって恐い。それはそのとおりですが、たとえば、「熱」というものも普通は目に見えません。炎が上がるくらい熱ければ、見てわかりますが、炎だって、見えない場合もあります。アルコールなんかが燃えているときは、炎は、明るいところでははっきりと見えません。いつも、アルコールで蒸気機関車を走らせるときに注意をしています。燃えているか燃えていないか、手を近づけないとわからないからです。

ハンダごてで火傷をしたのは小学生のときですが、あれは400℃程度なので、見たところまったくわかりませんし、手をかなり（1cmくらいまで）近づけないとわかりません。握ってしまったら最後、水ぶくれになります。恐ろしいですね。

　火を発見して、人間は自分たちの暮しに利用しました。現在、原子力を自分たちの暮しのために利用しているのと同じです。たしかに恐ろしいものですが、注意をして扱えば、なんとかコントロールできるし、利用価値は高いといえます。

　火のために亡くなる人は、過去にも大勢いたでしょうし、今でも大勢、毎日のように亡くなっています。こんなことなら、火をゼロにして、毛布に包まって、冷たいものだけを食べる生活に戻った方が良いのでしょうか？

　見えないといえば、重さも見えません。重いか軽いかは、持ってみないとわかりません。これはつまり、「力」が目に見えないからです。力は、物体の運動を変えるものですが、物体が止まっている場合に、どれだけの力が働いているかは、ほとんどの人には見えないし、力の存在もわかりません。ワイヤを引っ張ると、ぴんと緊張しますから、引っ張られていることはわかります。力がゼロだったら、ワイヤは弛むから、まだわかりやすい。でも、力が増していっても、見た目は変わらず、いつ破断するのかわかりません。破断する寸前になると変形が大きくなりますから、危ないことがわかります。でも、そうなったときには、もう遅い。あっという間に引きちぎれます。

　ワイヤではなく、普通の棒だったら、弛むこともないので、引っ張られているのか、それとも押されているのか、力の方向さえわかりません。

　磁石の力（つまり磁力）も見えないし、電気の流れも見えないし、電波もたいていのものは見えません。もっといえば、気体も見えないし、湿度も、気圧も、音も、言葉も、他者の気持ちも見えません。時間も見えないし、空間も見えません。

　ですから、「目に見えない」ものは、もの凄く沢山あって、そういう存在の中で、我々は生きているといえます。だいたい、目を瞑ったらすべ

てが見えません。後ろは見えません。遠くも見えないし、小さいものも見えない。過去も未来も見えません。「目に見えない恐怖」なんていいますが、もし見えたら、余計に恐いのではないか、と思います。見えないから、なんとかやり過ごせるのです。

 目で見なくても、測定できるものは「見える」と同じです。

---

2018年2月19日月曜日
## 崩壊する「同時性」について

『MORI Magazine 2』は、人生相談のコーナを書いています。完成度は20％ほどになったでしょうか。このあと、質問コーナも続くので、しばらくはなにも考えずに書けそうです（失言か）。

　講談社からM氏とK城氏が来訪。今年初めてで、12月末以来。まず、このブログ『店主の雑駁』の書籍化について、フォーマットや構成などを決めました。発行は7月くらいになりそうで、収められるのは、昨年の約6カ月分です。横書きになります。タイトルは未定ですが、『日々精進』みたいな感じになるのではないでしょうか。『日々淡々』とか『日々の地味活』とか。

　そのほかでは、6月刊の『天空の矢はどこへ?』の再校について、質問に答えました。「フスとウィザードリィは、どちらが規模が大きいのか」という問題。正解は「フス」です。先日確認したiPadは返却しました。

　彼女たちが直接持ってきてくれたので、『φの悲劇』の第3校が届きました。また、他社の『読書の価値』の第3校も受け取りました。これらは、修正箇所の確認をするだけで、通しては読みません。近々チェックをしましょう、シュークリーム（意味なし）。

　今日も、チョコレートが幾つか届きました（感謝）。

　スバル氏とスーパへ行きました。ヨーグルトとかパンとかジュースを選びました。自分で選ぶのは、だいたいこの程度で、食事の献立などにつ

いては、まったくノータッチ。まるで、映像化においてシナリオにも配役にもなに一つ口出しをしないのと同じです（例が不適切）。

夕方は、少し寒かったのですが、小さい機関車を走らせました。とても快調に走ったので、寒さも吹き飛びました、と書いたりしますが、これくらいのことで吹き飛ぶ寒さではありませんし、寒さは暖房以外の方法では吹き飛びません。

インターネットが一般に普及し始めたのは90年代の前半ですが、最初は個人宅にパソコンやモデムがないため、主に職場や大学などでの利用が多かったかと思います。僕がデビューして2年くらい経つと、ようやく皆さんがネットに出てこられるようになり、日に日に輪が広がっていく感覚がありました。ここからの10年は、個人が日本全体、世界全体を把握できた時代で、距離に関係なく、自分の興味と一致するものを探し発見する日々だったはずです。誰かがなにかを発信すれば、たちまち日本中、世界中にそれが広がりました。そういったワールドワイドなリンケージが個人のものになったのです。

ところが、その後のインターネットはどうなったでしょうか。たしかにスマホが普及し、誰もがネット接続できるようになりました。しかし、結局は自分の周囲とのコミュニケーションに忙しくなっただけで、個人はごく限られたサークル内を見回すだけになったといえます。誰かがなにかを発信しても、それは誰にもすぐには届きません。じわじわと広がりはしますが、以前のように、リアルタイムではなく、一旦録画したドラマか、古本屋で手にした書籍を見ているような遅さでしか伝播しません。

つい数日まえにも、『F』のアニメ化に喜んでいる人がいました。これからアニメが始まると認識しているのです。情報は劣化がないので、いったい「今」がどこにあるのか、曖昧なのです。もちろん、個人としては、それで不都合はない。それがその人の「今」に違いないからです。

しかし、商売をする側は途方に暮れています。キャンペーンとかセールとか、つまりは一気に売ろうという戦略ですから、短期間で情報が広がらなければ意味がない。しかし、現在の種々の電子ネットワークで

は、かつてのTVや新聞のような「同時性」が既に失われていて、そういった戦略自体が過去のものになりつつあります。

情報は、ゆっくりと広がり、しかも同時には届かない。時間をかけて、いつかどこかへ到達するのです。広告も告知も、既にそういった傾向が強くなっているので、これに合わせてビジネスをどうシフトさせていくのか、が課題といえるでしょう。

出版でいえば、新刊ができたときにぱっと売れる、というビジネスモデルは、電子書籍では既に当てはまりません。電子書籍には、そもそも「新刊」がないのではないか。新作も旧作もない。個人が接して見つけたときに、その人にとっては新刊なのです。したがって、新刊発売から数カ月しか店頭に並ばない書店のビジネスモデルなどは、既に完全に崩壊しているといえますし、雑誌などの形態も時代遅れといえます。

不特定多数を相手にしている、というスタイルが、既に過去のものかもしれません。同時だったから、不特定多数でも成立したのです。これからは、不特定時期における同系列消費者を相手にすることになるでしょう。

 たとえば雑誌は、月刊か週刊かを、読者が選ぶようになるはず。

---

2018年2月20日火曜日

### シリーズものはいらない？

『MORI Magazine 2』は、質問のコーナを書いています。完成度は30％ほどになったでしょうか。このあと、フリーエッセィを書かないといけないし、何一つ考えていないので、ぶっつけ本番となります（いつもですが）。

5月刊予定の『φの悲劇』の念校（3校ですが、校閲の指摘がないもの）を確認しました。編集者からの指摘はなく、修正箇所を確認しただけです。次に、4月刊予定の『読書の価値』（NHK新書）の3校も確認。修正箇所のチェックのほか、10箇所ほどの校閲指摘に応えました。これらの本は、これで終わりです。

今日は風が冷たく、晴れていても、外にいたくない日でした。庭園鉄道は、1周しただけ。でもお昼頃に、ドローンを飛ばして遊びました。これはプロペラが4つある中国製のドローンです。

　ラジコンのページェントなどで、アトラクションとして、ドラえもんとかピカチュウが空を飛んだりします。発泡スチロールのキャラのフィギュアの中に、ラジコンヘリコプタが仕込まれていて、頭の上でプロペラを回すのです。後頭部から棒が突き出ていて、テールロータも回ります。あと、排気ガスが噴き出します。最近は観にいっていませんが、たぶん、今はプロペラ4つのタイプになっているのでしょう。オバQの友人を飛ばしたら、ドローンパになりそうですが（失礼しました）。

　今日は珍しく、日本の模型店から機関車が届きました。ジャンクなのですが、珍しいものです。自作品だろうと思います。でも、出来が良すぎるので、どこかのプロが作ったものでしょう。60年と記されていたので、たぶん昭和だろうと思います。西暦にしたら、モータが新しすぎるので。いずれまた、改造して走らせましょう。

　昨日書いた「同時性」の続きかもしれません。この頃の若者の話を聞いていると、シリーズものは完結したものでないと安心して読めない、と言います。途中で打ち切られる可能性のあるものには手を出せない、ということでしょうか。同様に、「連載」ものに対する抵抗感も、かなり強まっているように観察されます。

　生活にゆとりが生まれて、子供の頃から「与えられる」物語があった世代です。それらの多くは、両親などが体験した物語だったでしょう。僕が子供の頃には、両親は自分たちの物語を何一つ持っていませんでした（そもそも本というものが少なかったし、戦争ですべて焼けてしまったから）。

　既に存在するものは、当然、既に完結したものです。周囲に溢れるコンテンツは、ほとんどが過去のものであり、現代性を持っていなくても良いし、また、同時性を感じないで育ちます。そういう人たちが、20代、30代になって、はじめてアイドルなどに接すると、同時性の虜になるかもしれません。

　TVの連続ドラマも、多くの人が離れつつあります。毎週少しずつ見る

スタイルが、そもそも生活習慣に合いません。録画して見ることになりますが、それもどんどん溜まる一方で、同時性は消えて、過去の名作と同様の扱いになるため、それを見るなら、もっと面白いものを見よう、となる。

また、安心して見られるものが、優先される傾向にあります。面白かったものをもう一度見たい。面白いことが約束されているからです。未知のものへの関心はどんどん薄れていきます。これも、同時性があった時代には、ライブ感覚でときどきできたのですが、そのときどき感さえ避けられるものになりつつあります。今は、ときどきしたくない、安心安全が第一。嫌なシーンは見たくない、悲しい思いはしたくない、といった傾向が強くなりました。

何巻も続くシリーズものは、とにかく敷居が高い。入りにくいのです。それどころか、小説の長編がもう敷居が充分に高い。分厚い本にぎっしり詰まった小さな文字を見ただけで、溜息が出ることでしょう。だいたい、本1冊に収まった作品を「長編」と呼ぶようになったのも、最近のことです。300ページくらいの「長編」を「読破」する時代なのです。

TVが衰退したのも、同時性の消失にあります。そもそも、TVを家族で見なくなったから、家族でも同時性がない。同じ番組を同時に見ている人が、確実に少なくなりました。若い世代で数えれば、人口の減少率、視聴率の低下率、さらには、TVにだけ集中しているのではない散漫率などを乗じて、おそらく30年まえの1/10くらいに落ち込んでいるものと考えられます。

 衰退していることを「困った」と言っているのではありません。

---

2018年2月21日水曜日

### 夢のような話

『MORI Magazine 2』は、相談・質問のコーナは書き終わりました。完成度は40%くらい。明日から難関のエッセィです。短編小説くらい書いても良いかな、とちょっと思いました。ショートショートくらいなら、エッ

セィよりも格段に楽だし、なによりも楽をしたいし……。

今日は、執筆依頼が2つありました。1つはエッセィの寄稿、もう1つは本の執筆です。前者は断り、後者は条件をお知らせしただけですが、たぶん不成立でしょう。

出版契約書が届いたので、サインをして返送することに。契約書も、なんらかの本人確認の証明コードで、ネット上で手続きができるようになると便利ですね。言葉は不適切ですが、「仮想契約」みたいな。技術的には、簡単だと思います。偽造などのトラブルがあるとしても、現行の契約書の方よりは不正がしにくいのでは。

講談社タイガから、新刊の見本が届いていました。いつものことですが、封は開けていません。床から50cmほどの高さに積まれています。見本ピラミッドというのでしょうか（いいませんね）。

今日は、お昼頃に外に出て、機関車を走らせました。気温は0℃でした。日差しが強く暖かかったからです。素晴らしい走りっぷりだったのは2台。残り2台は、修理が必要です。そのあと、犬の散歩のため公園へ行きました。救急車で運ばれて、今日でちょうど1年です。なにごともなく1年間生きられたということですね。「余生」といえるのではないでしょうか。

今日は、夢の話をしましょう。未来の願いの夢ではなく、寝ているときに見る夢です。エッセィなどで何度か書いているので、「またか」と思われるかもしれませんが。

毎日、4、5本の夢を見ます。それらをたいてい全部覚えていますが、ストーリィ全体ではなく、雰囲気を覚えているのです。面白いものがけっこう多くて、そうですね、森博嗣の小説よりは面白いと思います。すべてそのまま短編に使えるレベルですが、そのまま使ったら、幻想小説だと言われることでしょう。そのとおり、幻想ですからね。

でも、そんなに荒唐無稽ではありません。舞台は地球上だし、主人公は人間だし。ただ、場所や時代はさまざまで、主人公の半分以上は、自分（僕）ではありません。まえにも書きましたが、グループが主人公です。その複数の人たちがどこかへ出かけていきます。だいたい知っ

ている場所です。知ってはいるのですが、現実には存在しない街で、つまり夢で知っている街です。これが複数（20箇所以上）あります。

そういった架空の街なのですが、鉄道網があったり、バス路線があったり、また、新しくできた店とか、なくなった店など、移り変わりが観察できます。時代が未来の場合は、それなりに目新しくなっているし、過去の場合は、18〜19世紀かな、という感じで、江戸だったり、メトロポリタンだったりします。

特別に事件などは起こりません。ただ日常的な生活がある。それを外来者のグループが観察しているのです。主人公は、グループの中の誰とは決まっていません。頻繁に交替します。つまり多視点なのです。グループ内で議論もありますし、街の人たちともコミュニケーションがあります。事件というレベルではなく、なにかがなくなったくらい（忘れ物）の心配事はあります。お金が足りないとか、時間が足りないとかも。人が死んだり、怪獣が出てきたりはしませんし、驚くようなものは出てきません。

このグループは、何をしに街へ来ているのかというと、視察団に近いかな。演劇を上演するためとか、あるいは新しい店を出すための調査にきたとか、街の有力者に会って、顔つなぎをして、今後に備えるとか、ようするになにかのビジネスの出張です。小説の取材にきた、という夢は見たことがありません。学会で発表にきた、ならありますが、自分ではなく、あくまでもグループです。

それでも、ちょっとした突飛な思いつきのようなものが、ときどき出てきて、これは夢でないと発想しないな、と感心することもしばしばです。そういうものは、起きて書斎に行ったら、忘れないようにメモをしたいところですが、メモをしようとしても、言葉にならないことがほとんどで、つまり、メモとして文字を書くのは1年に2、3度でしょう。そのときは、ブログを書いている（まさにこの）ファイルに書き留めます。森博嗣はメモをしないと言っていますが、最近ではこれが、メモといえばメモかな。でも、結局使えませんね。現実になると、突飛すぎるか、あるいは無関係すぎるのです。

リアルな夢なのに、やっぱり非現実なのですね。所詮は夢です。

2018年2月22日木曜日

## ウルトラマンと怪獣の進化

　昨夜は、ずっと掃除機（ダイソン）の修理をしていました。モータヘッドといって、掃除機の先（吸い込み口）でローラが回るようになっているのですが、それが回っていなかったのです。スバル氏が使っているもので、彼女は気づいていませんでした（目が悪いから）。

　森家には、何台のダイソンがあるのか数えていませんが、現役で使っているものだけでも、5つ以上はあるはずです（掃除機以外のダイソンも5つほどあります）。僕も、書斎と工作室で1つずつ使っています。かつては、床を走るタイプも使っていましたが、今はすべてハンディです。

　そういえば、2カ月ほどまえに、スバル氏がダイソンのバッテリィをネットで買っていました。「なくなったから」と言うので、それ以上追及しなかったのですが、つまり、モータヘッドがロックしていて、そこで大きな電流が流れて（いちおう、警告して自動的に電源が切れますが）いたことが原因で、バッテリィが弱ったのでしょう。

　モータヘッドを分解し、中のパーツのゴミを取り除きました。犬の毛が絡まっているので、回転しづらくなっているのです。3時間ほどかけて掃除をしました。一番肝心のところは、パーツの分解ができず、細いペンチで毛を少しずつ抜き取る方法でしか取り除けなかったので、時間がかかりました。掃除機は、それで無事に直りました。

　最近の電化製品は、分解しても直せないものが多くなっています。マイコンが入っていて、プログラムされているので、単にスイッチで電気が流れて作動する、というものではなくなっているからです。それから、ネジを緩めて分解できるものも少なくなっています。そういう面倒なことをしない。故障したらユニットごと交換する、という方針のようです。

　注文した板（木材）100枚が、もう届きました。ガレージの中に入れて

もらいました。まだ寒いから、外でそれらを使った工作はできません。春が待ち遠しいですね。でも、今日も雪が降りました。1時間くらいでした。そのあとは、またからっと晴天となりました。

『MORI Magazine 2』は、エッセィを書き始めました。完成度は50%くらいでしょうか。

3月初旬発売予定のSB新書『集中力はいらない』は、電子書籍も同時発売です。お問合わせがありましたので、出版社に確認したうえで、書いておきます。

昨年出た本で、どうしてウルトラマンは俯せで飛ぶのか、というエッセィを書きましたが、そもそも、人間だけが、俯せになるのです。これはどうしてかというと、人間以外の動物は、胴体の先に頭があって、その先に顔があるのです。つまり、背骨から伸びた方向へ顔が向いている。人間でいうと、顔が頭の上にあるような格好になっているのです。

当然ながら、動物は胴体を軸とした方向へ進みます。魚も鳥も四つ足動物もそうです。そうなったとき、顔を前に向けておくのは当然です。逆に言うと、人間は直立しているから、顔が前を向くようになった。こんな方向へ顔が来てしまったのです。

したがって、ウルトラマンみたいに空を飛ぶとしたら、もっと顔が上を向いたフォルムにならないと、自然ではありません。人間は、俯せになったときに顎を床について、前方を見るのが、姿勢として辛いですよね。そういうふうにできていないので、ウルトラマンみたいにしようとすると、ぐっと仰け反った姿勢にならざるをえないのです。ちなみに、鉄人28号はこれができません。

冬季オリンピックでソリの競技があるはずですが、頭を前にするソリと、頭を後ろにするソリがありますね。どちらも、人間には辛い姿勢です。動物だったら、頭が前が楽でしょう。逆に、頭が後ろの姿勢では乗れないと思います。もっとも、馬とかキリンみたいに首が長い動物は、どちらでも可能でしょう。

ウルトラマンの骨格がどうなっているのか、想像を絶しますが、あのような姿勢になるのは、ウルトラマンの星では、あまり飛んでいない、つま

り人間のように歩いたり走ったりしかしていないことが窺われます。飛ぶ機会が多いのならば、あの体形には進化しないからです。

　逆に、多くの怪獣は何故か直立して、二足歩行し、頭を前に向けているのです。首の長い恐竜形なら、ありかもしれませんが、たとえばガメラなんか、直立したら、天を仰いだままで、前を向けないように思います。甲羅もそうなっているはずです。でも、ちゃんと前を向けるのですから、首がよほど長くて柔軟だということで、そこがガメラの弱点となることでしょう。

　たとえば、ワニが直立したら、顔を前に向けられないでしょうから、簡単にやられてしまいます。腹が一番弱い部分だから、直立することのメリットはないし、そもそも、直立したら尻尾がもの凄く邪魔になり、足が地に着かないかもしれません。

　怪獣の中には、後ろ脚が長すぎて、曲げた膝をついているものがいましたが、あれも不思議な進化といわざるをえません。

 昔の怪獣には人間が入っていたんだよ、と語る時代になります。

---

2018年2月23日金曜日
## 文化がつくだけで価値が出る?

　一昨日だったか、家族を乗せてクルマで公園まで出かけたとき、「今日は、ちょうど救急車で運ばれて一年めになるね」と言ったら、スバル氏が驚いて、「大丈夫、今日は?」とおっしゃいました。そういう特別な日で、またなにか悪いことが起こるのではないか、と心配をしたようです。僕自身、なんというのか、その種の「縁起」みたいなものをまったく意識しない人間なので、抵抗感も皆無です。縁起が良い場合も悪い場合も、変わりありません。

　13日の金曜日で黒猫が前を横切ろうが、なにをしようが、全然これっぽっちも揺さぶられません。それよりも、もっと自然を観察して、小さな兆候を見つけた方が参考になります。天気の予想などがそうだし、地面

の様子、植物の生育など、観察をしていれば、だんだん未来予測ができるようになります。日付とか数字とか言葉に拘る理由は、科学的にはありません。

1日という時間は、(太陽を基準としての)地球の自転に一致しているので科学的なものですが、1カ月になるともう違います。毎月同じ日数ではない。また1年も違います。だから、「だいたい1カ月」とか「だいたい1年」として捉える必要があると思います。

昨日も今日も雪が舞いましたが、降っていたのは30分程度で、その前後は雲一つない晴天。つまり、風向きなのか、どこかから流れてきた雪みたいな感じ。いわゆる「お天気雪」あるいは、「北狐の嫁入り(森博嗣造語)」ですか。それでも、庭園内は一面真っ白になりました。ただ、太陽が高く、日差しが強いので、たちまち地面が見えてきます。

気温はまだ相当低いため、外で長く遊べません。春の工事に向けて、材料を調達したり、測量をしたりして、段取りは進めていますが、始められるのは、まだ1カ月以上さきのことでしょう。

『MORI Magazine 2』は、エッセィをだいたい書き終わりました。完成度は60%くらい。まだ書いていないのは、特集のインタビュー、座談会、1年の成果、あとがき、といったところです。あと4日かな。

SBクリエイティブとNHK出版の契約書が届いたので、捺印しました。きちんと事前に契約をするようです。だんだん、出版界もこのようになることでしょう。しかし、本来は執筆のまえに契約をしないと意味がないようにも感じます。こちらとしては、仕事をし終わってからの契約となるからです(文句を言っているわけではなく)。

「文化」という言葉は、非常にわかりにくい概念を示している、と感じます。なかなか説明しづらい。子供に、「文化って何?」ときかれたときに、どう答えますか? 日本人の多くは、「文化=文明」と受け止めていますが、これは明治になって、突然両方が一緒に海外から押し寄せてきたから、区別がつかなかったのでしょう。実際には、「文化」は人間の感性に関わるものだし、「文明」は技術的なものを示します。

大阪には、「文化住宅」というものが沢山建っています。大阪の人

には馴染みがありますが、ほかの地域では、その名称を聞いてもわかりません。非常に具体的なものを示していて、2階建ての小さな建売り棟割集合住宅のことです。戦後に沢山作られたようです。

「文化饅頭」というものもありますね。僕はそちら方面は疎いので、よく知りませんが、デパートで売っているのを見たことがあります。そうそう、「文化たきつけ」というものもあります。着火剤ですが、知らない人が多いことでしょう。石炭で走る蒸気機関車の火を着けるときに使っているのを、ときどき見かけますが、薪ストーブなどに使うアイテムのようです。

「文化財」という言葉も、非常にわかりにくい。「文化遺産」も同じく。でも「世界遺産」ほど意味不明ではないかな。「財」という言葉が難しいので、わかりにくさに輪をかけている感じが、「文化財」には漂います。「財」は「価値」と似ていて、必ずしも値段がつけられるものとは限りません。たとえば、「自然財」というのは、水とか空気を示します。価値があるものだけれど、誰でもが手に入れることができるからです。「文化財」は、もしかしたら、これに似ているのかな、と解釈できますが、実際には、もう少し値段がついていて、いやらしくなっている気がします。保存するにも、昨今費用がかかりますからね。

「文化人」も不思議な名称です。どういう人がこれに属するのかわかりませんが、一般的には、学者とか、あるいは芸術家が含まれるようです（もしかしたら、森博嗣も文化人？）。政治家は違いますね。芸能人もどうもぎりぎり入らないみたいです。アカデミックというか、学究的な方向性のようです。でも、「文化住宅」「文化たきつけ」ときて、「文化人」となると、だいぶ違った雰囲気になることでしょう。

　大学や高校がやっている「文化祭」はどうなのでしょう。模擬店とかコンテストは文化なのかな、と思うことはあります。まあ、「祭」がそもそも「文化遺産」だったりしますから、よろしいのかもしれません。

　死ぬときに、文化財を遺すか、文化遺産を遺すか、かなり大きな違いのような気がします。違わない？　人によって、イメージするところが、やはり違うのかも。人それぞれに文化があるようです。

> 他者の好き嫌いや方針を「文化」と揶揄することが多いですね。

2018年2月24日土曜日

## 「高いもの」とは「ちょっとだけ良いもの」

　屋外の気温を表示させているモニタを、書斎とダイニングの2箇所に設置してあります。これらは、屋外にあるセンサから電波の信号を受けて表示しているのですが、氷点下15℃にもなると、屋外のセンサの電池の電圧が下がるためか、送信が途絶えることがあります。今朝そうなっていたので、外のセンサの電池を交換しました。1.2Vくらいに下がっていました。暖かいところなら、まだ充分に使える電池なのです。かといって、保温容器などに入れると、温度センサの役割が台無しになります。電源だけ室内にすれば良いのですが、それだと無線の意味がなくなってしまいます。

　スバル氏と、午前中にスーパへ出かけました。今日も、飲みものとパンを選びました。代わり映えのしない日常ですね。お昼頃に戻ってから、庭園鉄道を運行。今日は比較的暖かく、気温は0℃くらいでした。雪もだいぶ消えてきました。秋に落葉の掃除で使っていたブロアが、庭園内の目立つ場所に置いたままになっているのですが、凍りついて地面から離れなくなって既に2カ月ほど経ちます。暖かい日に、ときどき持ち上げようとしてみるのですが、びくとも動きません。まだ駄目です。

　『MORI Magazine 2』は、ショートショートを3作書きました。特集のインタビューが編集者から届いたので、こちらもすぐに書けそう。あと3日で終わる予定です。

　4月刊のNHK出版の『読書の価値』も電子版が同時発行だそうです。編集者から連絡がありました。こちらもほとんど校了です。KKベストセラーズの編集者S氏から、お詫びのメールをいただきました。僕はそのニュース自体をまったく知りませんでした。全然迷惑を受けていません。

　先日依頼があった出版社からは、印税12％でも可との返答があった

ので、これから内容について話を聞こうかな、という段階。早ければ、2020年後半、そうでなければ、2021年発行になると思います（まだ確定ではありません）。

　毎日チョコレートを食べ続ける生活を送っております。

　寝室にある棚の中には、ぎっしり鉄道模型が並んでいます。かなり初期の頃に買ったり作ったりしたものです。その端で、先日書いた初めて母に買ってもらったNゲージのドイツの機関車を見つけました。汚れていましたが、アルコールで拭けば綺麗になるでしょうし、今もたぶん走るでしょう。もし走らなくても、直せると思います。

　プラスチックのおもちゃは、こうはいきません。プラスチックが脆くなるし、色褪せることになります。シールを貼ってあるものは、シールが剥がれます。でも、金属にきちんと塗装をしたものは、100年経過してもそのまま残っているものが多い。錆びない真鍮製がほとんどです。鉄は錆が問題ですから、オイルを塗るか、乾燥したところで保存するのが良いでしょう。

　箱に入れたままにすると、スポンジやビニールが劣化して、塗装に付着したりします。接着剤も長持ちしないものが多く、プラモデルなども数十年で壊れてきますし、脆くなって折れたりします。紫外線に当てないことが大事かも。

　古いものといえば骨董品ですが、父からいろいろ受け継いでいて、壺とか絵画とか時計などを持っています。日本ではあまり馴染みがないのですが、ヨーロッパで骨董品といえば、まずは家具です。古いものは良いものだ、とみんなが思っている。新しいものが良いものだと思っている日本人とは対照的。「古い（old）」の形容詞が持っている印象が正反対といえます。日本人は、なにかというと、「お前の考えは古い」みたいに悪い意味にこの言葉を使います。

　「老」という文字は、かつては良い意味にしか使われませんでした。今はそうでないでしょう？　逆に、「あいつは、若いなあ」というのも、かつては、非難する言葉でした。謙遜して、自分を「若輩」と言いますよね。

古いものが良いとの認識は、古くても今まで残っているのは、なにか良いところがあるはず、という道理から来ています。

　では、どういうものが「良いもの」なのか。それは、簡単に言ってしまえば、「高いもの」です。高いものは、そんなに良いのか、と疑問に思う方も多いと思いますが、正直にいうと、「そんなに良いもの」ではありません。高いものは、「ちょっとだけ良いもの」です。その「ちょっとだけ」が高いのです。

　お金持ちになれば、誰でも高いものが欲しくなり、それを確かめることになります。そこで、その「ちょっと良い」ところに感激します。自分が稼いだ金の価値を知っていれば、この「ちょっとの違い」が嬉しい。まだ金を稼げなくて、それが買えない人には、「そんなものに金が出せるか」としか思えない「ちょっと」なのです。

　結局、長い年月が経過すると、その「ちょっと」が残る。つまりは、人の知恵や努力によって集められた金が、そのちょっとの価値として品物に染みついているから残るのでしょう。

 老犬、老猫は、可愛いものです。老けるほど可愛くなります。

---

2018年2月25日日曜日

## 制作側の都合なんかどうだって良い

　『MORI Magazine 2』は、昨年の仕事について書いて、これから座談会を書きます。明日は、特集を書くことになるでしょう。完成度は80％で、あと2日で終わる予定。講談社文庫の編集部から連絡があり、『すべてがFになる』が重版で、第67刷になるそうです。今年2回めの重版ですね。

　相変わらずの晴天ですが、今朝は濃霧が立ち込めていました。霧が出る日は暖かくなります。お昼はプラスの3℃くらいまで上昇しました。ぽかぽか陽気といえます。庭園鉄道も普通に運行。また、家族で近所の高原を散歩してきました。

工作は、このところは機関車ではないものに時間を取られています。実験的なものが多いといえます。季節があって、夏と冬でライフスタイルが違うから、準備をしたり、計画をしたりできます。ずっと夏だったら、メリハリがなくなるかもしれません。

　結局、自由だといっても、人間は環境に従わざるをえません。社会に従わざるをえないのも同じです。まったくの自由というものはなくて、実現可能な範囲でぎりぎりを狙っていくわけですね。なんでも、同じでしょうか。

　日に日に暖かくなり、春が近づいてきました。それだけで、可能性が大きく開けていくような気分になります。ただうきうきするのではなく、春に向けて地道に準備を整えておきたいと思います。

　シリーズものはどうなのか、という話を先日（2/20）書きました。こういう話をすると、「連載でなければ仕事が成り立たない事情を知らないのか」とお怒りになる方が多いと思います。同じように、「オリンピックの国別参加をやめたら、経済的に成り立たないことくらい想像できるだろ」というご意見もあったようです。そんなことは当たり前で、もちろんそれを踏まえて書いていることです。蛇足ですが、反論をするときに、「知らないのか？」「もっと勉強してこい」という余分な言葉を足す傾向が、頭の固い年配者に多いと感じますが、いかがでしょうか？

　運営上の都合というのは、見ている側からすれば「どうだって良いこと」なのです。漫画を読む人は、「一気に読みたい」と思う。それがすべてです。オリンピックも「国で金がいくつ」なんて話ばかりしているのが嫌になる、というだけのことです。そういう個人的なレベルの意見です。

　それでは商売が成り立たない、かもしれませんが、商売なんか知ったことではない、というのが個人です。ドラマだって、最後まで一気に見た方が面白いでしょう？　どうしてわざわざ1週間に1時間ずつなんて半端な流し方をするのでしょうか、と思うわけです（そう思わない人は、それでけっこうです）。そう思ったときに、そうでないもの、つまり一挙に見られるコンテンツがあったら、そちらを選びます。その選択の自由が、個人にはある

し、今は沢山のエンタテインメントがあるから、どれでも選べるというだけの話。金メダルが取れなくて、涙を流すアスリートなんて見たくない、という人は、もっと楽しいスポーツコンテンツが沢山あるから、そちらへ流れていくだけのことです。

　よく、商店なんかが「決算セール」とか「棚卸しセール」とかの宣伝を打ちます。あれを見て、僕が思うのは、「買う方には、決算も棚卸しも関係ないのでは?」ということです。自分たちの都合でやっているセールなのか、というマイナスの印象を持ちますね。おそらく、「安い」ことの理由を示して、現実味を演出しているのでしょう（少なくともそれが起源だったはず）。その意味では「赤字セール」と同じ。もう当たり前になってしまって、「決算」を前面に出す不自然さに、気づいていない可能性も高いと思います。

　10年くらいまえになりますが、ホンダのディーラで、営業の人にこの話をしました。「決算っていうのは、何なんですか?」と。すると、きょとんとして、「決算はセールのことです」と答えました。「でも、決算って、客には関係のないことでは?」と言ったのですが、僕が何を言っているのか、その人にはわからなかったみたいでした。それほど、自然で、浸透している言葉なのですね。だけど、僕は、今も納得ができません。

　連載にしないと作家が作品を〆切までに仕上げられないとか、連載して読者の反応をアンケートで見ながら方針を決めていくとか、そういう手法的なことは、いずれも制作サイドの都合にすぎません。読者が何を求めているのかという視点が、既に失われていて、「連載が普通だろう」という観念に取り憑かれているのです。

　もう少し抽象化すると、最初は消費者の望むものを提供して小さな成功を収めたのに、そのうちにその商売の存続が目的になっていく傾向がある、ということです。オリンピックも、オリンピック・ビジネスの存続が第一優先となって、すべてが回っているように見えます（事実そうなのでしょう）。そうなったから、僕は見なくなった。だって、もっと面白いものが世の中には沢山ありますから。東京オリンピックだって、かなりのパーセンテージの都民が反対していたはずです。それほど少数派ではありませ

ん。

 印刷書籍が値引きを今でもしないのは、どうかしていますね。

2018年2月26日月曜日
## 宣伝の難しさと好感度

『MORI Magazine 2』は、特集と座談会を書いて、残すは、あとがきだけ。完成度は95%で、明日書き終わります。今月中に手直しをして脱稿。大和書房から7月刊の予定です。なお、前巻『MORI Magazine』は、8月に文庫化されます。

これを書いているのは2/21ですが、昨日新刊が店頭に並んだようですし、Kindle版も今日の0時に配布になったらしく、朝には20人くらいの感想メールが既に届いていました。こういうのは、まだ「同時性」の名残りと見るべきでしょうか。タイガは、最初から文庫なので、比較的まだ同時性が強いのかもしれません。

昨日くらいから、左足のふくらはぎが少し痛くて、散歩のときに速く歩けませんでしたが、単なる筋肉痛だと思います。今日は、それほど気になりません。こういった故障はしょっちゅうなので、薬を塗ろうか、病院へ行こうか、などとは全然考えません。そうやって何十年も過ごしてきました。ただ、過去へ遡り、何が原因だったかを真剣に考えます。原因の候補を記憶して、のちに同じ症状が出たときに、その候補を絞り、原因を突き止めて、以後は避けるようにしています。

今日は、気温が上昇して、暖かくなりました。犬は美容院へシャンプーに行き、スバル氏と長女はショッピングに出かけたので、一人で留守番。こういう日は、宅配便が沢山届きます。今日は、6つか7つでした。

庭園鉄道も運行。合間に枯枝を沢山拾い集めました。雪がまだ残っているので、雪の下にある小枝は拾えません。

工作室では、50年以上まえの模型を修理しています。モータが古い

から、モータの中のコイルが断線しているときは、どうしようもありません（巻き直せますが）。それ以外は、たいていのパーツは使えるので、なんとか直ります。交流モータが多く、どうしてこんなに大きいのか、というサイズです。鉄の塊だから重いし。この時代、誰がモータで空を飛ぶ模型が実現すると考えたでしょうか。

　宣伝というのは、たいていは、「よく売れている」と強調します。「まだあまり売れていないので、よろしくお願いします」という宣伝を見たことがありません。ありますか？　でも、逆にそういったことを呟く作者（製造元、あるいは店舗）は多いように感じます。直接見ることは僕はありませんが、人伝の話で耳にします。「売れていない」ことを強調する作者というのは、けっこう定番で、その自虐が逆に洒落になっているレベルかもしれませんけれど、いかがでしょうか。そういえば、芸人なんかも、かつてはそう言いました。最近はどうでしょうか？

　売れていることを示すときには、数を提示することが手っ取り早く、効果があります。「100万部突破！」みたいな感じですね。人気があるものは良いものに違いない、と消費者に思わせる戦略です。一方で、自虐で「売れない」と言っている作者は、数字を出さないのではないでしょうか。出せば、売れない程度がわかりますが、出さないのは、やはり売れない振りをしているだけだから、ともいえます。昔はそういう作者が多かったように思います（特に漫画家とか）。

　貧乏だったら、少しは助けてあげたい、という人情に訴えている戦略です。ありかもしれませんが、この頃では効き目は薄れているかも。ネットの普及で、いろいろ実態がわかってしまうので、振りも難しくなっていることでしょう。

　僕が思うのは、売れているか売れていないかは、関係がないし、人気がある商品かどうかも、べつに知ったことではありません。どちらかというと、売れていないものの方が、僕には魅力的ですが。

　宣伝というのは、本当に難しいな、と思います。最も重要なことは、商品の存在を知られることですから、なにかの機会に話題になる事例が多い方が有利です。それで、最近はわざと炎上を誘うような戦法もあ

るのでしょう。悪い評判が立っても、政治家やアイドルなどと違って、作家は超マイナですから影響はまず受けません。どちらかといえば、炎上するだけプラスでしょう。

　一般の方は、他者に好かれることに価値がある、と自然に認識していますが、好かれるためにこの商売をしているわけではありません。これは第一に認識しておくべきことです。もし好かれたいのなら、商品をただにするか、それができないなら値下げして、自分の利益をゼロにすることで簡単に実現します。何度も書いているところです。

　海賊版は違法ですが、無料だったら、それだけで消費者は集まってしまいます。困っているとか、人情に訴えても効果はありません。宣伝とは、所詮その程度のレベルだということを、知っておくべきです。

　結局、時間経過とともに、その人の持ち味が、わかる人にはわかり、わからない人にはわからない、という結果になります。ほぼ例外はないようです。

 宣伝すればなんでも売れる、という時代は終わったといえます。

---

２０１８年２月２７日火曜日

## 人は急に変われない

『MORI Magazine 2』を書き終わりました。明日1日はお休みして、明後日から手直しをします。ちょうど月末に完成する予定です。今は、ゲラもないので、その次は、『森博嗣に吹かれて（仮）』の原稿を書き始めましょう。といっても、この本は、あちらこちらに寄稿した文章が内容の大部分ですから、書下ろしというのは、既発表小説のあとがきくらいです。しかも、完結していないシリーズについては触れませんので、意外に少ないのではないかと思います。

　3月は、『ジャイロモノレール』の図面70枚も描くつもりです。サインペンを買っておきましょう。紙は、たしか文庫の栞のイラストを描くときに買って、どこかに仕舞ったはずです。探さなくては……。

こうしてみると、作家の仕事は、文章を書くだけで、非常にシンプルですね。パソコンさえ動いていれば、なにも準備がいりません。特に、森博嗣の場合は資料も不要だし。ゲラを見るときには、赤いサインペンが必要ですけれど。

　幻冬舎コミックスの編集者から、スズキユカ氏の漫画『赤目姫の潮解』のカバーラフが届きました。発行日が3/24の予定だとお知らせもいただきました（知っていましたが）。

　先日書いた執筆依頼の話ですが、印税率も折り合ったので、これから、内容について相談をすることになりました。

　今日は、春を感じさせる暖かい日になりました。そこでみんなでクルマで出かけて、隣町のカフェへ行きました。犬たちも一緒に入れる店です。食べたのは、スコーンとミートパイとパウンドケーキで、特に5種類のジャムが美味しかった。イチゴとブルーベリがベースで、チーズなどが混ぜ合わせてあるものです。

　庭園鉄道は、午前中に一周だけ運行。工作室では、地道な作業が続いています。今は、2台の電気機関車を直しています。先日作ったオシロスコープを使って、新しい実験も始めました。ガレージが散らかっているのですが、まだ寒いので片づけることができません。先日、「お城を見る望遠鏡ではありません」と書きましたが、わからなかった方が多いようなので、もう一度書いておきましょう。望遠鏡は「スコープ」です。

『スカイ・クロラ』を書いたときに、プロペラが機体の後方で回っているプッシャ・タイプの飛行機を登場させました。現在、ほとんどの飛行機はジェット機になり、その多くはエンジンが後ろに搭載されています。しかし、それまでは、エンジンはコクピットの前にありました。

　自動車もエンジンは多くの場合、前にあります。ポルシェくらいですね、例外は。蒸気機関車も、エンジンやボイラが前で、人が乗るキャブは後方にあります。今では、鉄道の機関車の多くは運転席が前（「キャブフォワード」といいます）になりました。こうなったのは、けっこう最近のことなのです。

歴史的に、人よりもエンジンを前にするレイアウトが続いていたのは、馬車や牛車（ぎっしゃ）の伝統があったからだと思います。人間が後ろになるのは、前にある馬や牛のコントロールをするためでした。同じく、エンジンも最初のうちは、こまめに様子を見る必要があり、前にあった方が便利だったわけです。

　人間は一方向しか見えないのです。後ろを見るには、頭を回さないといけませんから、面倒です。だから、前に進むのなら、その視野にメータやレバーなどの操作器具がレイアウトされました。重要なものは前に置いておく、という発想でした。機械が進歩して、目が離せるようになったので、これが改善されつつあるわけです。

　同じように、火もかつては生活の中心にありました。囲炉裏（いろり）とか暖炉などがそうです。これは、火の近くが暖かいということに加えて、火を監視していなければならなかったからです。火が燃えすぎても危ないし、不完全燃焼の危険もありますし、常時薪を足して、面倒を見る必要がありました。消えてしまったら、また着けるのが大変だったのです。今では、室外で火を燃やすタイプのボイラが主流で、人の目から離れつつあります。台所の湯沸かし器も、かつては目が届くところにありましたが、最近は視界から離れています。

　都市の単位で見ても、ゴミ処理場や下水処理場、発電所などは、しだいに市民の目から遠ざかる方向へ移動しています。かつては、異状があれば、みんながすぐ気づくところにありましたが、今では幾重にもシールドされて、異状かどうかは見えにくい。安全は、別の方法で確保されている、という建前です。

　老人や子供も、かつては身近にいました。目のつく範囲にいたのです。なにかあったときに、すぐに対処ができるように、という配慮でした。今は、別の方法で、安全が確保されたから、離れても大丈夫なシステムを作ろうとしているところです。

　人間は、急には変えられない「慣性」に支配されているようです。「なんとなくそういうものだ」と思って続けている。でも、いずれはそうではなくなるものが、今も沢山残っていると思います。

人間より、機械に任せる方が、ずっと安心安全といえるのです。

---

２０１８年２月２８日水曜日
## 人類の記憶能力は衰退する？

　清涼院流水氏から英語版『None But Air』第3巻のゲラがpdfで届き、ざっと一読しました。2月末に発売になります（Amazonなどは半月ほど遅れますが）。また、3巻をまとめた『None But Air』完全版も同時に発行されます。そちらには、メールインタビューに僕が答えた文章がオマケで付きます（英語ですが、希望者に日本語訳も無料配布されます）。

　今日はお休みするつもりでしたが、『MORI Magazine 2』のまえがきを手直ししました。完成度10%くらい。明日から4日かけて手直しを進める予定。これを書いているのは2/23ですが、2/27には完成・脱稿となる予定です。

　今朝は、氷点下10℃くらいで、樹々の枝は真っ白でした。森も真っ白になり、地面も真っ白。空は雲がなく、真っ青でした。でも、日差しが強く、日中には気温がプラスになりました。風もなく、ぽかぽかと春のようでした。

　庭園鉄道も気持ち良く運行し、小さい機関車も何台か走らせて遊びました。枯枝を拾って、燃やしものもできました。午後は少し風が出て、寒くなってきました。毎日だいたい同じですが。

　YouTubeに動画を沢山アップしています。もうすぐそれが500本になります。凄い数ですね。これらの動画は、僕は自分では保存していないので、YouTubeが潰れたら、それでお終いです。それどころか、ネット上にアップしている写真も、すべて僕は保存していませんので、サーバが潰れたらそれでお終いです。もちろん、カメラにも残してありません。アップしたら消す習慣です。

　今日の動画は、12年以上まえにビデオカメラで撮影したものを、ビデオコンバータを購入してパソコンに取り込み、YouTubeにアップしまし

た。この場合、最初の8cmディスクは残っているのですが、もう再生機が壊れているから、やっぱり見られません。写真とか動画とかをいくら保存しておいても、標準フォーマットが変わって再生できなくなることが多いのです。

ところで、20年くらいまえだと、出張で海外へ行っても、一緒に行った日本人は誰も写真なんか撮っていませんでした。僕は若いときはカメラが好きだったので、けっこう撮った方でしたが、フィルムが24枚用だったから、沢山は撮れず、資料的に必要なものを厳選して撮りました。今では、どこへ行っても、写真を撮らない人っていませんよね。

この頃、小説関係の呟きで特徴的なのは、以前に読んだ本を読み直したい、と言っている人が非常に多いことです。かつてはなかったというか、あまり聞かなかった言葉です。一度読んだものを読み直すことは、珍しいことでした。

TVのドラマなどは、そのときに一度見たら、それっきりだったので、好きなものなら真剣に見ました。今とは姿勢が違いました。本も、読める本が手許にある機会は（借りている場合が多く）稀少（きしょう）でしたから、じっくりと読んでいたのではないか、と思います。

音楽だってそうでした。音楽を満足に再生できる機器を持っている人はごく少数でしたので、一度聴いたものを記憶していました。「あのとき聴いた音楽が忘れられない、是非放送して下さい」というリクエストがラジオ局に沢山届いたのです。

いつでも見直せる、聴き直せる、読み直せる、というつもりで接するのとは、まったく違った姿勢だったのではないでしょうか。そう言う僕も古い人間なので、映画などはじっくりと見ます。1回しか見ません。本もじっくり読みます。また、僕の場合一番特徴的なことは、ものをじっくりと見ることです。だから、写真を残しませんし、だいたい自分のために写真を撮ることがほぼなくなりました。

読んだもの、見たものを忘れないようにしよう、というつもりはさほどありませんが、ここでしか見られない、あとで読むことはない、と決めて臨めば、人間はそれを記憶するのに充分な能力を持っているはずです。

モンタージュ写真というものがあります。目撃者の証言から犯人の顔を再現するものです。一度だけ短時間しか見ていないのに、よく覚えているものだ、と思いませんか？　おそらく、スマホですぐ写真を撮る世代の人には、無理かもしれません（そのかわり、撮影した衝撃映像が残っていたりしますが）。

　人類の脳の大きさは、昔に比べて現在は小さくなりつつあります。社会的な環境が整い、大勢で助け合うことが可能になったため、群れに一緒についていけば生きられるので、それほど頭を使わなくても良くなった、ということでしょう。今後、コンピュータやAIが進化すれば、ますます人類は馬鹿になっていく、というのはたぶん確実です。エネルギィを使わずに生きることが、進化（あるいは退化）の基本だからです。

　平均的に馬鹿になっても、天才はいつも現れることでしょう。

## 3月
March

2018年3月1日木曜日
## プラモデルの思い出

『MORI Magazine 2』の手直しをしています。今日はだいぶ進み、40％くらいの完成度に。あと2日ですね。予定よりも早く終わりそうです。昨年の創刊号よりは、少し分厚くなりそうな気がします。

最新刊の予告でタイトルが発表されましたが、Wシリーズ第10作（最終作）『人間のように泣いたのか?』の初校ゲラが講談社から届きました。もちろん、校閲を通ったゲラです。編集者M氏は、〆切について「7月中を目安に」と書いてきました。えっと、5ヵ月さきですね。あまり放置すると、書斎のどこかへ埋もれてしまうでしょうから、来月か再来月くらいには見たいと思います。

今日も良いお天気で、朝から庭で活動しました。小さい機関車（といってもけっこう大きいのですが）を沢山走らせました。合間に枯枝を拾いました。地面に凍りついていたブロアを持ち上げることができ、さっそく工作室の出口付近の掃除をしました。お昼頃には、クルマで近所の遊歩道まで出かけていき、犬の散歩。週末だったせいか、途中でワンちゃんとすれ違いました（そのつど、犬どうしで鼻を寄せ合い挨拶をします）。

工作関係では、春に向けて飛行機のエンジンの整備（軽く分解して、オイルを差したりします）と、新しいラズベリィ・パイのセッティングをしました（システムをネットからダウンロードして、インストールするだけ）。ここ最近、各種のセンサ類が安くなってきて、これらを買い集めています。ネットで注文すると、忘れた頃に届きます。どれも試してみたくなるし、利用できそうな対象を幾つも思いつきます。それだけで、楽しみが膨らみます。

たとえば、庭園鉄道だったら、機関車の完全な自動運転ができるはずです。危険を避けたり、トラブルがあったら自動停止するとか。そうなると、自分は乗らないで、眺めているだけでも良いし、あとからついていったりするのも面白いかもしれません。踏切も作りたいと思っています。できたら、警報だけでなく、遮断機が下りたら面白いでしょう。一番の技術的な問題は、越冬するだけの耐久性を持たせることです。

プラモデル（これは登録商標で、一般名詞は「プラスティックモデルキット」）というものの存在をどこで知ったかというと、最初は、名古屋の鶴舞公園の噴水で、中学生くらいの子供10人ほどが、モーターボートを走らせて遊んでいるのを見たときでしょうか。非常に衝撃的で、そのおもちゃが欲しいと思いました。家から歩いていけるところで、プラモデルを売っている店は4軒ありましたが、あまりじっくりと見ていなかったのです（高くて買えないので）。これが、小学2年生くらいだったと思います。

　また、同じ頃、近所の少し歳上の兄弟が、ゼロ戦と飛燕のプラモデルを製作中でした。それを見せてもらって、凄いなと思いました。のちに、伯父さん（父の兄）にその話をしたら、伯父さんは飛燕に乗ったことがあると言いました。たぶん冗談だろうと、そのときは思ったのですが、この伯父さんは、各務原で飛行士の教官をしていたのです。飛燕というのは、水冷エンジンを積んだスマートな戦闘機で、ゼロ戦や雷電や紫電みたいに、カウリングが黒くない。あの黒いカウリングがダサいな、と子供のときの僕は思っていたのです。

　プラモデルは、当時は文具店か書店、あるいは薬局、雑貨店などの片隅に箱が積まれて売られていました。玩具店にも当然ありますが、玩具店が滅多にありません。でも、あれだけいろいろな店に置かれていたのは、やはり売れていたというかブームだったのでしょう。クラスの男子は、ほぼ全員が買ったり作ったりしていました。

　僕は、やはり動くものに興味があって、飛行機のプラモデルには魅力を感じませんでした。ゼンマイで動く戦車の方が面白いと思いました。自動車のプラモデルは、ゴム動力のものがありました。1つが50円でしたね。たいてい、完成しても上手く動きませんが。

　もちろん、色を塗ったりすることは、まだできませんから、作っても箱の絵のようにはならず、ネズミ色一色です。デカールを（水で浮かせて）貼ると、多少見栄えがする程度です。それでも、面白かったので、お小遣いはほぼプラモデルに投入していました。

　最も好きだったのは、ロボットのプラモデルです。TVや漫画に出てくるものではなく、どれもオリジナルのデザインでした。考えている人がいたの

でしょうね。今でも幾つかは、そのデザインを絵に描くことができるほど、鮮明に覚えています（名前は一つも覚えていません）。TVと同じものというと、鉄腕アトムとかエイトマンとか鉄人28号ですが、これらは高かったので買えないのです。怪獣のプラモデルもありましたが、TVと同じものではなく、やはりオリジナルでした。だから、どういう奴なのか、知らずに買うことになるのです（箱に絵がありますが、内容と違いすぎるし）。ちなみに、怪獣はゼンマイで歩きます。

　小学4年生くらいで、プラモデルをいちおう卒業しました。最後は、サンダーバードだったかな。ジェットモグラとかも作りました。その後は、電子工作へ移り、また自作の模型へとシフトしていきました。これは、『子供の科学』や『模型とラジオ』などの雑誌の影響だったかと思います。

『子供の科学』以後51年間購読。『模型とラジオ』途中で休刊。

---

2018年3月2日金曜日

## スターリングエンジンに関する誤解

　『MORI Magazine 2』の手直しは、70%まで進みました。明日完成して、編集部へ送る予定（明日は、2/26なので、予定より2日早く仕上がります）。2月の残り2日間は、仕事をせず、遊び呆けるつもりです。いつもほとんどの時間は遊び呆けているので、事実上顕著な違いはありません。それでも、1日に1時間の仕事がある日とない日では、だいぶ意識が違います。1時間の仕事を、15分ずつ4回か、10分ずつ6回に分けて、ときどきしているので、それなりに「ノルマ感」のようなものに縛られているからです。

　模型店から、部品が沢山届きました。主に、機関車に使うガスバーナやガスタンクです。100年くらいまえのゼンマイの機関車もまた買ってしまいました。同じようなものを既に30台は持っているのですが、少しずつ違うのです。

　スターリングエンジンで走る機関車を、オークションでまた落札しまし

た。『Model Engineer』誌に製作記事が載ったものを、そのとおり（誰かが）作った模型です。

2年まえにも、これと同じ機関車を入手しました。そのときは、最初上手く動かず、僕の手には負えなかったので、大阪の佐藤隆一氏に相談し、しばらく預けました。戻ってきたら、シリンダがボアアップされていて、各部が調整されていました。これに、ガスバーナを取り付けたところ、快調に走るようになりました。今回入手したものは、そのときのモデルよりも出来が良く、たぶん走ると思います（欠伸軽便のブログに写真あり）。

スターリングエンジンは、蒸気エンジンに比べてはるかに非力なので、走るのが精一杯のものがほとんどですが、動画をアップしたら、特にドイツから沢山メールが来て、「こんなによく走るスターリングエンジンを初めて見た」と言われました。どうも、ドイツでその分野の競技がかつてあったようです。

そのスターリングエンジン機関車の動画では、貨車を引いて高速で走るところを示しました。同様の例は、少ないと思います（僕は、ほかに見たことがありません）。

10年まえですか、スターリングエンジンがちょっとブームになって、TVなどで幾つか取り上げられていました。学研も、これのキットが付録になった本を出していたはずです。スターリングエンジンは、熱があれば動きます。水を使わないから、火が点いたらすぐに始動します。たとえば、ストーブの上にのせておけば、その熱で回って、仕事をします（発電したり、ファンを回して空気を循環させるとか）。

そういったことから、「排気ガスが出ないエンジン」というクリーンなイメージを謳うことがあります。でも、火を燃やすためには燃料が必要で、排気ガスは出ます。人間の体温で回るエンジンもありますが、仕事ができるほどのパワーはありません。また、「次世代のエンジン」などともて囃す記述も見られますが、蒸気エンジンに比べたら、ほんの少し新しいというだけで、200年もまえの古い技術です。蒸気エンジンに取って代わるようなことはなく、比較にならないほど、利用価値がありませんでした。

蒸気エンジンも「排気ガスが出ないからクリーンだ」と言っている人がいましたが、石炭が燃えたら、もの凄い煙や二酸化炭素や、その他もろもろ公害級のガスが出ます。しかも、ガソリンエンジンに比べて、はるかに非力で、効率も悪いのです。

　スターリングエンジンは、その蒸気エンジンよりもさらにずっと非力で、はっきり言うと、使い物にならないほどです。もし優れていたら、とっくに実用化され、世界中で使われていたはずです。ですから、趣味の世界のエンジンだと考えるのが正解で、その意味では、蒸気エンジンも現在はそれに近いと思います。ただ、たとえば、発電所で火力や原子力の熱をタービンを回す力に変換しているのは、今も蒸気ですからね。電力だって、クリーンではありません。

　蒸気エンジンが、蒸気（つまり水）を使うのに対して、スターリングエンジンは、空気を使うという違いです。ほかは、機構的に大差はありません。蒸気エンジンで走る機関車のおもちゃは無数にありますが、スターリングエンジンの機関車は、製品としては100年ほどまえに、2、3見られるだけで、まったく成功しませんでした。水を入れなくても良いから手軽そうに見えますが、やはり低性能で無理があったのです。

　人が乗って走れるような蒸気機関車や蒸気自動車はありますが、スターリングエンジンの機関車や自動車は、人が乗れるものはたぶん実現できないのではないかな、と思います。理屈では可能ですが、技術的に難しいというものは、たしかにあるのです。

　蒸気エンジンでは飛行機が飛びません。ボイラが重いからです。

---

2018年3月3日 土曜日

## ままならないのは発行日

　おひな様ですね（耳の日かもしれませんが）。
　清涼院氏から、英語版『None But Air』（第3巻と完全版）のあらすじが届き、チェックをしました。『MORI Magazine 2』の手直しが終わり、

大和書房へ発送。NHK出版から、『読書の価値』の奥付やカバー案が届き、確認をしました。作者名のローマ字表記を直してもらいました。

3月は、『100人の森博嗣』の続編（シリーズ3冊めですが）となる『森博嗣に吹かれて（仮）』を執筆します。前巻は2003年刊なので、15年もまえになります。完結したシリーズもの、その他の長編など、自作の小説について「あとがき」を書くことになっていますが、あまりに対象が多いということがわかりました。いったい、誰がこんなに書いたのか。

シリーズだと、『水柿君』『百年』『四季』『スカイ』『ヴォイド』『X』『Z』の7シリーズが対象となり、単独作品では『探偵伯』『ときと』『カクレ』『少し変』『ゾラ・』『暗闇・』『もえな』『銀河不』『トーマ』『喜嶋先』『相田家』『実験的』『神様が』『イデア』の14作品が対象となります。あと、短編集の『レタス』があります。シリーズものについては、まとめて2ページ、単独作は1ページずつ書くとして、14+15で29ページになりますね。どうせこのあとには続巻が出ませんから、今終わっていないシリーズについても1ページくらい書くとすると、『G』と『W』で2ページプラスとなります。なにか、忘れているものがあったら、ご指摘下さい。

いちいち過去の本を書棚から取り出して、読んだり見たりするようなことはないので、それほど時間はかからないとは思います。もちろん、（作者が書くことですから）ネタばれはありませんし、そう言われるような内容は可能なかぎり避けます。主に、どういった意図でそのシリーズを始めたのか、何を狙ってその作品を書いたのか、みたいな感じの内容。

この本のタイトルは、『森には森の風が吹く』でも良いかな、と思いかけています。『森博嗣に吹かれて』は、あまりにもずばり赤裸々なイメージでやや上品さに欠ける感じが漂うからです（でも、インパクトはあります）。もう少し考えて決定します。

それよりも、本ブログを書籍化した本のタイトルを決めないといけません。こちらの方がさきに出ます。同じような雰囲気で、『森の地味生活』なんかが良いかもしれません。NHKの番組っぽい響きです。『趣味の森生活』になると、もっと近づきます。

5月刊予定の『ψの悲劇』の発行日を秘書氏から尋ねられたので、編集者M氏に確認したところ、「奥付は5/7です」との返答でした。GW明だから、書店に何日に並ぶのかは、非常に予測が難しいということでしょう。

　よく、日本の鉄道は秒までぴったり精確に運行している、と世界中で評価が高い、なんてことを（日本人が）言っていますけれど、その日本人が出している本は、作者でも、担当編集者でも、「いつ出るかわからない」が常識です。発行日というのは、「ままならないもの」と相場が決まっているのです。店に新刊が並ぶのは、地域によって差がありますし、なにかの都合で早くなったり、遅くなったりします。前後3日くらいは、ぼんやりとピントの合わない目で見るようにしましょう。

　発行日だけでなく、その書店にあるかないか、という不確定要素も加わります。入荷の冊数が少なければ、店頭に並ぶまえに予約分で売切れになるので、日の目を見ない新刊となります。

　どこかで書きましたが、お店というのは、ようするに売れる商品は並んでいないのです。売れないから、まだ売れないから、今そこに並んでいるのです。

　書籍は、あらゆる商品の中で最も種類が多く、同じものは少ないのです。さらに、売り切れても、なかなか再入荷しません。結果的に書籍ほど、消費者が店を何軒も回って探す商品はない、という事態になります。昔から本に慣れ親しんでいる人は、これが当たり前だと受け入れているようですが、これから書籍を読もうと思っている層には、とんでもなく敷居の高い商品なのです。ネット書店や電子書籍が急成長する理由が、この構造的な問題にあります。

　午前中から風がなく、穏やかな一日でした。庭園鉄道はいつもどおりに運行。小さい機関車も走らせました。動画をアップすると、イギリスとドイツから多数のメールがたちまち届きます。今回で、YouTubeの動画が499本になり、あと1本で500達成となります。何を撮影しようかな……。

　午後は家族で出かけて、スターバックスへ行きました。といっても、店で飲んだわけではなく、テイクアウトです。スターバックスは犬が入れな

いのです。

> 森博嗣的な表記では「スタバクス」「オトバクス」ですね。

---

2018年3月4日日曜日
## 鉄道の連結について

　今日は遊びの日。朝は氷点下10℃でしたが、どんどん気温が上昇し、プラスになりました。日差しが暖かく、風もありません。車庫から機関車を出して、長い編成で走らせようと思い、貨車や客車を連結し、13両編成にしました。先頭は機関車、2両めは貨車ですが、ここに社長兼運転士（僕）が乗ります。そのあとに11両つながって、全長で10mくらいになります。こんなに長い列車を走らせるのは初めて。日頃は、多くても5両編成くらいです。

　ゆっくりと一周（520m）を走って、脱線しないことを確かめました。2周めは少しスピードを出してみました。加速するときは問題ありませんが、停止するときに、脱線しました。機関車を停車させると、長い貨車たちが後ろから惰性で押すため、中間の軽い貨車が押されて車輪が浮くようです。ですから、下り坂ではスピードが出せないことがわかりました。ブレーキが機関車だけにあることが原因です。

　実際の鉄道は、ブレーキは先頭車だけでなく、全車で一斉にかけます。もっと以前は、機関車が減速することを汽笛で知らせて、最後尾の車掌車がブレーキをかけ、中間車に圧力がかからないようにしました。公園などで大勢の客を乗せるミニチュア鉄道は、客車にもブレーキが必要でしょう。

　とても面白かったので、動画も撮ったのですが、自分が運転しているのに、後ろを写すのは難しいし、また、走っているところを撮るためには、機関車を自走させないといけません。今日運転した最新型の33号機は、コントローラにスプリングが装備されていて、手を離したら停車する安全設計になっているので、自走させることができないのです。誰か

に運転してもらうか、誰かに動画を撮ってもらうか、いずれかしか方法がありません。いちおう、後ろへカメラを向けて、適当に撮影をしましたが、あとで見たら、半分くらい使えない映像でした。

そういえば、(今年は出動していませんが)除雪車が稼働するときの写真や動画も撮れません。除雪車よりも前に行けないからです。後ろから撮った動画は公開したものが幾つかありますが、前から撮ったら迫力があるでしょうね。でも、そんな寒いときに誰も出てきてくれませんから、撮影を頼める人もいません。自分も寒いから、手袋もしているし、カメラなんか操作している余裕はないのです。

将来的には、ドローンが自動で追尾して飛ぶようになるでしょうから、数年後には撮影できるかも。でも、雪の日は、ドローンが飛び立つ場所がありません。雪の上に置いたら、雪に沈んでしまって、プロペラが回せない事態になりますから、まずヘリポートを作らないとけません。そういうことをやるには環境があまりに過酷で、一刻も早く仕事を終わらせて部屋に戻りたいのです。

荷物を運ぶトラックも、近頃は大型化して、トレーラタイプのものが増えてきました。人間を減らしたいから、さらにトレーラを連結して、2両編成にするのかな、と想像していましたが、そのまえに自動運転になって、リーダの車だけ先頭を走り、何台かはAIで追従するようになりそうですね。というか、鉄道がどうして自動運転をもっと普及させないのかが不思議です、とまた書いておきましょう。最も自動運転に向いている乗り物なのに(その次は、飛行機か船ですが)。

ところで、この「連結」というのは、英語で「カップル」です。連結器はカプラといいます。鉄道の車両にはたいてい前後にカプラがついていて、日本だと拳骨をちょっとだけ開いたみたいな、そうそう、ボクシングのグローブみたいな形をしています(しかも右手)。このカプラどうしがぶつかると、手を組むみたいに連結するのです。自動的に連結するから「自連」と呼ばれます。

イギリスの鉄道は、もっと以前からあるタイプの連結方法が一般的で、手作業でフックにリンク(輪)をかけます。このリンクは引っ張られた

ときに働くもので、押されたときは緩みます。このため、すべての車両にバッファというバンパみたいなものが付いていて、クッションを効かせつつ押し合うようにできています。機関車トーマスを見て下さい。赤い前梁（まえばり）の左右に黒くて丸い円盤みたいなものが突き出していますが、これがバッファです。中央には、リンクを引っ掛けるフックしかありません。

　また、細いホースみたいなものが出ていますが、連結したとき、貨車や客車のブレーキをかけるために必要なエアホースです。

　ちなみに、トーマスの顔は「煙室扉」という部分についているので、運転が終わったあと、この扉を開けて、煤（すす）の掃除をします。トーマスで顔が扉みたいに横に開いたシーンは、たぶんないと思います。顔の裏側が見えてしまいますからね。賢い子供なら、泣くかもしれません。

 トーマスの英題は、「トーマス・ザ・タンク・エンジン」です。

２０１８年３月５日月曜日

## エンジンの回転方向

　今日も遊びの日。ゲストがいらっしゃるので、朝はゲストハウスへ行き、ファンヒータのスイッチを入れて、水道の水抜きを解除しておきました。水道は異状なし。2機のファンヒータも正常に稼働しました。

　午前中は工作室で、細かい作業をあれこれ。たとえば、接着剤を使うような作業は、接着剤を練って、部品をつけて、しばらくはそのまま放置することになりますから、硬化するまでの時間は、別の作業をする方が得です。

　世の中の大勢の人が、「待ち時間」というものを経験しています。これを何に使っているかが、非常に重要な問題といえます。たとえば、暇潰しに使っているとしたら、もったいないかもしれない。そういった「暇」は、もっと自由に自分の時間に活かしたいところです。

　しかし、人間が大勢いる場所では、この「待ち時間」がいたるところに出現します。これに慣れてしまうと、「待つ」ことが苦ではなくなるみ

たいです。犬もけっこうそういうところがあって、いつまでも主人をじっと待ちますね。従順です。そんな大人しい人たちが、都会に集まっているのでしょうか。

満員電車で通勤するのも、一種の待ち時間です。到着するまで待っている人たちが電車に乗っているからです。お店に行けば、テーブルに着くまえに並んで待たされ、注文したあとも待たなければなりません。仕事においても、待つ時間はいくらでもあります。もっと早く自分のところへ来てほしい、ということは沢山あるはず。

信号は、青になるまで待たないといけません。当たり前のことですが、どうして自分は待つのか、とときどき考えてみてはいかがでしょうか。自動車は、停車中はエンジンを止めていますが、人間にはそんな都合の良い装置はついていません。逆に言えば、待つほど人間の燃費は悪くなっているわけです。

先日、清涼院氏からメールがあって、『None But Air』の校閲をしてもらっているネイティヴの方から、散香(さんか)(作品に登場する戦闘機)についての質問があった、とのことでした。内容は、エンジンの回転方向についてで、校閲者は理系の方だそうです。かつて日本が開発した震電(しんでん)という戦闘機についても調べて、これとエンジンの回転方向は同じと解釈して良いか、という具体的な質問でした。

SF小説ですから、現実と同じでなくても良いのですが、いちおう決めて書かないと、飛行機の挙動がリアルに展開しない結果となります。反トルクでどちらへ機体が傾くか、ジャイロ効果でいずれにずれるか、が違ってきます。校閲者が確認したかったのは、重要な問題だからです。

エンジンというのは、世界共通で同じ方向に回転します。ホンダが逆回転のエンジンを作っていたことがありますが、これくらいしか例外がないほどです。ですから、エンジンが前を向いている普通の飛行機と、後ろに向いている散香や震電のようなプッシャでは、機体が進む方向を基準にすると、プロペラは逆回転になります。ということは、同じプロペラは使えないから、逆ピッチのプロペラを特別に生産する必要があって、これが生産現場では非常に大きな障害となるのです。

アメリカで飛行機のF1と呼ばれているリノ・エアレースで、かつてプッシャタイプが登場したことがあるのですが、飛行機としての効率の良さを発揮する以前に、選べるプロペラが限られるという不利の方がカバーできず、成功しませんでした。それだったら、逆回転のエンジンを作れば良いではないか、と思われるかもしれませんが、こちらも既存の部品が使えないことが大きな不利となるのです。

　ラジコン飛行機でプッシャタイプを作ったことがありますが、このときも、エンジンは既製品で、プロペラは逆ピッチのものを特別に購入しました。

　ただし、実機では双発機といって、左右の主翼にエンジンとプロペラがあるタイプの飛行機が存在します。この場合は、左右のエンジンは逆方向に回転させ、当然それに合わせて逆ピッチのプロペラを装備します。

　ところで、一部の人たちは、散香は震電をモデルにしていると思われているようですが、それは違います。僕は、そういった日本型の飛行機をイメージしていませんでした。実際に、『スカイ・クロラ』を書いた頃に、飛行機のイメージ図をブログでアップしたことがあり、それをご覧になった方はご存じだと思います。中公ノベルスの鶴田謙二氏のイラストが、この散香のイメージで描かれています。押井監督の映画の散香は、押井氏のデザインで震電風になり、しかも二重反転（プロペラを二重にして、それぞれ逆回転させる）方式になっています。

 映画の散香は各種モデルが発売され、とても嬉しく思いました。

---

2018年3月6日火曜日

## ルールかマナーか、それとも？

　周辺の森が春めいてきました。もちろん、まだ葉や花はおろか芽も出ていませんが、なんとなく、雰囲気というか……、あ、気温ですね、はっきりと言ってしまうと。当たり前ですか。

夜に雪が舞ったため、朝は一面真っ白でしたが、お昼頃には消えてしまいました。日差しが強いからです。今日も風が穏やかなので、燃やしものをしました。枯枝を拾って集めてあったのです。まだまだ、燃やすものは沢山あります。枯草なども集めてきて燃やした方が良いかも。あと、ガレージなどに吹き込んだ枯葉も集めて燃やしましょう。

　『MORI Magazine 2』でも書いたのですが、僕は身も蓋もないことをエッセィなどで書いている作家なのです。どうして身も蓋もないことをわざわざ書くのかというと、それは水を差すためなのです。なにか熱くなって、燃えそうなところを目撃すると、水をかけてやりたくなるのです。どうしてでしょうか。やっぱり、燃え上がって灰になってしまうのはもったいない、と心配しているのですね。そのあたりは、自分でも優しいなあ、と思いますが。皆さんは、うっとうしいな、としか思わないことでしょう。

　作家の仕事をしない日が、今日で3日めになりました。明日もしない予定です。えっと、次は何をするのでしたっけ。そうそう、自作小説のあとがきを書くのですね。あまり面白くない作業です。だいたい、文章を書く作業というのは、面白いことはありません。書いても、新しい形が見えてくるわけでもないので。

　この頃は、人が多いところへ行く機会はありませんが、10〜15年くらいまえでしょうか。東京では突然エスカレータの片側に寄らなければならなくなりました（右か左か忘れました）。ルールというほどでもなく、マナーですか？　どこかに「寄って下さい」などの表示があるわけではなく、知らない人は意味がわかりません。急いでいる人のために片側を開けようという意図らしいのですが、そもそもエスカレータでは安全上歩いてはいけないことになっているはずなので、そういった規則自体が駅としては正式に表示できないのでしょう。

　たとえば、片手が不自由な人は、エスカレータでベルトに摑まる手が決まっているから、こういったルールでは困ることになります。あくまでも正式なルールではないし、またマナーというにも、やや一方的かもしれません。ただ、こういったものが長く続くと、やがて「マナーだ」と主張する人が出てくるはず。

電車には「優先席」というシートがあるようですが、これも、誰に対して優先なのか、しっかりとルールは決まっていませんから、人それぞれの解釈となります。お年寄りや躰の不自由な方、あるいは妊婦さんに譲りましょう、と書いてある場合もありますけれど、何歳から年寄りかははっきりとわかりません。そもそも、それくらいのマナーは、どのシートでも以前からあったはずであって、優先席が普通のシートとどう違うのかは、非常に曖昧です。なにか、「空気を読め」みたいな押しつけが感じられる気がします。

僕自身は、実物を見たことがありませんが、「女性専用」の車両もあるそうです。これについては、幾度か議論になっているところで、たしか裁判にもなったことがあります。でも、基本的に法律ではないし、たとえば、男性が乗っても罰することはできないし、まして強制的に降ろしたりもできないし、警察に通報しても解決になりませんね。

このような「暗黙のマナー」のようなものは、実は社会には沢山あって、場所が変われば違うし、時代によっても変化します。そこにいる大勢は、「守るのが当たり前だ」と考えていて、圧倒的な多数派です。多数派は、あるときは守らない人を非難するようになります。「守ることがお互いの利になる」という優しい取り決めであることを理解していることが大事で、やはり非難をするほどお互いにエスカレートしてはいけない、と僕は思います。

ある人は、「ルールや法律にしてしまうのではなく、みんなで守っていけば」と言いますが、これは綺麗事であって、多数派の押しつけにすぎない、と少数派は感じることでしょう。僕自身は、本当に問題がある場合は、厳密なルールを決めて、必要ならば罰則も決めて、それに従うようにコントロールするのが良いと考えています。これからは、言葉の通じない人、事情を知らない人がどんどん増えてくるので、空気や忖度では立ち行かないことになるのでは、という心配もあるからです。

 それよりも満員電車が問題です。非人道的な状況に見えますが。

2018年3月7日水曜日

## 名前の大事さ

　先日、講談社タイガで「のんた君ぬいぐるみプレゼント」の当選通知がありましたが、2/15に締め切られた講談社文庫での抽選も行われ、文庫編集部からその報告がありました。いずれも厳正な抽選が行われています。僕は誰が当たったのかも聞いていません。

　講談社文庫では、『つぶさにミルフィーユ』で募集していました。500人を超える方から応募があり、同時に実施されたアンケートの集計結果が、編集者から届きました。男女比は、ほぼ同数です。若干（1%ほど）女性が多いだけです。年齢は、30代が一番多く、次が20代。この両者で7割くらいになります。60代以上は3%でした。あと、やや驚きだったのは、好きな本に関する回答で、エッセィ74%、小説81%、新書42%、その他14%だそうです（複数回答可）。エッセィや新書がけっこう多いな、という印象です。これは、『つぶさにミルフィーユ』を買われた方だからかもしれません。

　ぬいぐるみプレゼントなので、もっと女性の割合が多くても良さそうですが、そうでもなかったという結果でした。つまり、森博嗣の読者はやはり男性の方が多いという従来の統計と合致しています。年代がそれほど上がっていないのは意外な感じもしますが、本を読む人は一般に、年齢の増加とともに減りますからね。

　のんた君ぬいぐるみは、まだできていません。当選者に届けられるのは、4月以降と聞いています。

　作家の仕事をしない4日めです。遊び呆けております。そうそう、幻冬舎コミックスの編集者が、突然あとがきとコメントの依頼をしてきました。今回は書かないで良いのだな、とすっかり安心していました。〆切は、3日後です。普通だったら、お断りするところですが、スズキユカさんの本ですから、なんとか捻り出して書こうかな、と思います。それにしても、こういうのが漫画出版界の編集者と作家の関係なのでしょう。

　先日は、戦闘機「散香」のことを書きました。そのとき、日本軍の戦

闘機「震電」の話題も出ました。また、先日は「飛燕」のことも少し書きました。僕自身、特に戦闘機が好きだということはなく、たとえば、ラジコン飛行機を何十機と作りましたが、その中で戦闘機は、イギリスのスピットファイアのただ1機だけでした。ジェット機もさほど好きではなく、レーサとか、曲技機とか、軽飛行機が好みです。

　ただ、日本の昔の戦闘機は、名前が綺麗です。最も美しい名前だと思ったのは、「秋水(しゅうすい)」ですね。これは、第2次大戦末期に登場したロケットエンジンを搭載した戦闘機でした（ほとんどドイツ機のコピィでしたが）。「隼(はやぶさ)」も良い名ですね。小惑星探査機と同じ名前です。そのほかでは、「橘花(きっか)」なんかも綺麗かな。第2次大戦末期のジェット機です（これもドイツ機のコピィですが）。ほかに思いつくところでは、「月光(げっこう)」「彩電(さいでん)」といったところでしょうか。

　そういうわけで、綺麗な響きの名前を考えて、「散香」「染赤(そめあか)」「泉流(せんりゅう)」「翠芽(すいが)」などを考えました。たしか、押井氏の映画で登場する飛行機も、幾つか名前を考えた記憶があります。よく覚えていませんが、「紫目(むらさきめ)」だったかな。「鈴城(すずしろ)」もそうだったかな。ゲームの『イノセン・テイセス』のときにも、飛行機の名前を考えてくれと依頼されたような気がします（記憶曖昧）。たぶん、昔のブログに書いてあることでしょう（ファン倶楽部員しか読めませんが）。

　もちろん、飛行機だけでなく、登場人物の名前はかなり時間をかけて考えます。作品のタイトルと同じで、最初に決めたら、もう変更ができません。名前さえ決まれば、あとは書いていくうちに性格や履歴が自然に伴ってきます。だからこそ、作品のタイトルを決めて、次は本文よりもまえに、登場人物表を書くのです。その人の職業なんかよりも、まず名前を決めます。

「ヴォイド・シェイパ」シリーズでも、人名とか流派名とかは、とても大事でした。どこかから持ってくるのではなく、自分の頭から出す、ということが創作者として絶対必要だと思います。出てこなかったら、出てくるまで待つしかない。これは、考えるというよりは、発想なので、時間がどれだけかかるか予測ができません。ですから、非常に予定が組みにく

い作業となります。それに比べれば、話を考えながら書くのは、計算するのと同じで、ほぼ時間に比例して進む作業だといえます。

これまでに一番時間がかかった名前は「ウォーカロン」でした。

---

2018年3月8日木曜日
## 価値の高騰と低落

　清涼院氏に英訳していただいた『None But Air』が、早くも（3/3に）Amazonでアップされました。いつも2週間以上かかっていたのですが、手続きが変更された模様で、時間短縮となりました。喜ばしいことです。次は『Down to Heaven』の英訳をお願いすることになっています。

　既に、SB新書『集中力はいらない』も発売されているはずです（印刷書籍も電子書籍も3/6発行）。編集者からは、見本ができたので発送したと連絡がありました。少々届くのに時間がかかるところにいるため、まだ手に取っていませんが、14冊めの新書になります（来月には15冊めが出ます）。

　作家の仕事をしない日の5日めですが、もう休養充分といえます。「充電しました」と言いたいところですが、なにもしていません。明日には、漫画のコメントを送らないといけませんね。スズキユカ氏には、メールでお礼を申し上げました。

　講談社文庫編集部から、アンケートで皆さんが書かれたコメントがすべて届いています。500人以上の方が、『つぶさにミルフィーユ』の感想、または森博嗣作品についての感想を書かれていて、大変読み応えがあります（まだ、10％くらいしか読めていません）。感謝いたします。クリームシリーズは、今年も予定されていて7冊めです。いつも6月か7月には書いているので、そろそろですね。

　ポンドが、円に対して下がってきました。半年くらいまえの値に戻りました。そもそも、どうしてポンドが上がっていたのか不思議だったのです。

ユーロも下がっています。こういうときは、模型を買ってしまいそうなのですが、残念ながら、タイミングが合いません。欲しいものがあるときは、相場に関係なく買ってしまいますしね。

　1年まえに比べたら、これでもまだ高い。まあ、ドルも同じですが。こういった為替相場には、関心はありますけれど、だからといって行動には影響を受けません。無視しているのと同じかも。

　手に入れたものの価値が高騰して、もの凄く儲かったとか、逆に損をしたとか、そういった経験がありません。得も損もしているかもしれないけれど、把握していないというか、認識していない、が本当のところです。

　買ったものが値上がりしても、それを売った経験が一度もないので、ただ、「価値が上がったんだ」と気持ちが良いだけです。逆に、価値が下がったものは、特にないですね（あるかもしれませんが、気づいていません）。

　不動産も、これまで幾つか買いましたが、まだ売ったことがありません。売ると、買ったときよりも値が下がっているかもしれません。でも、それは消費した分だと思えば良いだけで、特に損をしたとも感じません。もし高く売れたら、あらら、と思うだけです。「あぶく銭だ」と思うかも。

　そういう意味で一番「得をしたな」と感じるのは、自分が書いた作品ですね。『F』なんかは、ここまで高騰するとは思っていませんでした。この1作を書いたことで、億の単位の価値が生じたわけで、たしかに籤(くじ)に当たったのと同じかもしれません。あぶく銭は、あぶくのように消えても良いものに使うと、ちょうど良いかも。

　先日税理士さんと話をしたとき、著作権の相続税について、どうやって決めるのかを聞きました。作家が死んだら、その人の著作権は遺族に引き継がれるわけですが、もちろん相続税の対象となります。死後、著作権がいくら稼ぐのかを見越して、（死んだ直後に）一括して税を納めないといけないのです。著作権は、何年も（何十年も）稼ぐことになりますから、その年月を見越して金利も加算されます。今売れっ子の作家が死んだら、膨大な税金を支払うことになるのです。その目安となるのは、過去3年間の印税の平均値だそうなので、できれば、死ぬ3年まえには

本の発行をやめておくのが節税になりますね（いつ死ぬか3年まえにわかれば可能ですが）。

　これから出版不況になって、印税の価値はどんどん目減りするはずですが、その効果を税務署が加味してくれるはずはありません。そんな面倒なら印税を放棄すれば良い、と思われるかもしれませんが、そのまえに、現金の遺産があったら、そちらを納入しないといけないみたいです。僕は大したことないので、悩みはありませんが、森博嗣よりもずっと沢山稼いでいる作家の方々は、よく考えておきましょう。まあ、こういうのを「命あっての物種」というのではないでしょうか。違いますね。

 立つ鳥跡を濁さず、のとおり、遺族には現金を遺しましょうね。

---

２０１８年３月９日金曜日
## 生物の絶滅とか自然環境の変化とか

　久し振りに作家の仕事をしました。漫画『赤目姫の潮解』（スズキユカ画）のコメントとあとがきを書きました。前者は100文字以内、後者は1200文字程度との指定です。前者の〆切が明日（後者はその3日後）なので、推敲して明日両方送る予定。

　講談社文庫のアンケートの集計報告をまだ読んでいます。1人が平均100文字書いていたら、5万文字になるわけで、普通の本の半分くらいの分量になりますね。実際には、500文字くらい書いている人も何人もいらっしゃいます。森作品をすべて読んでいる、という方が一部にいらっしゃる一方で、この本（『つぶさにミルフィーユ』）が初めての森博嗣だ、と書かれている方も同じくらいの割合でいらっしゃいます。

　昨日の夕方に雪が降って、10cmほど積もりましたが、気温が低くないので、すぐに解けそうです。むしろ、1月に降った雪がまだ残っていて、こちらは完全に氷の固まりになっています。地面はまだ凍っているので、スコップなどがまったく入りません。かっちんかちんです。

　それでも、日中の日差しの暖かさには、ほっとします。森の底にいる

ので、風はほとんど感じません。でも、高い樹を見上げると、上の方は風で動いています。高いところでは風があるのです。ドローンを上げると、これがよくわかります。ただし、最近のドローンは、地面をパターン認識して、風に流されないように自動的に舵を取ります。

数年まえにドローンが出始めた頃から、TVなどで上空から撮影した映像が使われ始め、それが目新しかったわけですが、あまりにも普及しすぎて、今ではありがたみも感じません。むしろ、上空からの映像がないと、「どうして上から撮らないの」と不満に思うほどです。そのうち、スマホにプロペラが付いたものが発売されて、上空からの自撮りをするようになることでしょう。というか、ドローンがスマホになるわけですね。ドロホと呼ばれるかも。

今日は、スバル氏とガレージの掃除をしました。ついでに、2台のクルマの中も掃除をしました。外側は、もう少し暖かくなってからにしましょう。

ネアンデルタール人の壁画が発見されて話題になっていました（場所はたしかスペイン）。予想よりも高等な文化を持っていた証拠として論文で取り上げられたとか（論文なので、あくまでも仮説です）。もともとネアンデルタール人は、今の人類の祖先であるホモ・サピエンス（や今の人類）よりも脳が大きくて、より知的であった可能性が指摘されていました。人類ほど社会的な集団を形成できずに滅んだのか、絶滅した理由は、はっきりとわかっていません。

今の人類は、賢いから残ったとは、どうも思えないのです。その一つの理由が脳が小さくなっている点で、どちらかというと、集団で行動する、周りに合わせて流される主体性のないタイプだったから、さまざまな環境を生き延びたのかもしれません。最近読んだ本では、子供を沢山産めることが生き残った能力の一つだったと書かれていましたが、今はその能力は失われているように見受けられます。3世代くらいまえは、子供が5人以上いる夫婦がごく普通でした。

最近は、地球の生物を守ろうという意識が広がってきていますが、それでも絶滅する種は非常に多く、失われていくばかりです。でも、それ

以上に、これまでの歴史で、膨大な生物が絶滅して、今の自然があるのです。ネアンデルタール人が絶滅したのは、たかだか数万年まえのことですから、大昔ではありません。今から1000年まえが平安末期くらいですから、その長さの数十倍に過ぎないのです。若いときは、100年といえば大昔だと感じましたが、自分が半世紀以上も生きてきた今では、100年なんて最近ではないか、と思えます。

　100年くらいでは、人間は全然変わらないように見える反面、100年でさまざまなことが大きくシフトしたともいえます。なかなか簡単には時間の流れと、文化・文明の進展を定量的に関係づけられないようです。

　また、思いのほか自然環境の変化が速いな、と感じます。今の地球環境は温暖化による変化だといわれていますが、それだけなのか、という疑問も残ります。もっとも、大陸が移動したとか、日本列島がいつできたとか、そういった変化は、また時間のスパンが違います。今の速い気候変化は、むしろ自然のうちの植物や動物に関わるものです。やはり生き物は速く変化する、ということは確かなようです。たとえば、明治の頃の日本人と現代の日本人は明らかに体格が違いますね。でも運動能力は落ちているらしい。犬なんかを見ていると、どんどん小さくなっているし……。

　犬が小型化するほど、自動車も小型化すれば良かったのに……。

---

2018年3月10日土曜日

## 山積みの本は売れていない？

　漫画『赤目姫の潮解』関連の原稿を編集者へ発送しました。お終い。次は、『森には森の風が吹く（仮）』の原稿で、自作小説のあとがきを書く仕事。今日は、まずファイルを作りました。明日から執筆しましょうか。また、今月後半は、『ジャイロモノレール』の図面の清書をする予定です。もしかしたら、同時進行とするかも。

　僕のブログとかエッセィを読んでいる人は即答するなぞなぞ。「人が使

う道具は、たいていは利き手で使われますが、そうでない道具もあります。ある道具は、両手ではなく、必ず片手で使うタイプのものですが、ほぼ例外なく、右手でも左手でも使われます。さて、それはどんな道具でしょうか？」

　中国に、ベアリングを発注していましたが、ようやく届きました。40個くらいです。1つが100円もしない安価な品。日本製だと5倍はします。たぶん、日本製の方が品質は高いと思います。でも、どうでも良いような部位に使うので、高品質は必要ないのです。

　このまえ、「店には、売れないものが並んでいる」と書いたら、何人かの人から、「そうでもないだろう。現に、売れているものが山積みされていて、どんどん売れていく」とメールをいただきました。

　どんどん売れていくなら、山積みの山は崩れて、なくなったのでしょうね、きっと。僕はそう考えるのです。実際、山積みになる商品とは、「売れるはずだ」「売れそうだ」という見込みがあったので、沢山作られた商品です。だから、山積みにできるほどあるのです。この「見込み」がずばり当たっていたら、山はたちまち消えることでしょう。

　書籍でいうと、人気の本は、すぐに売り切れます。売り切れたのを見て、出版社は慌てて重版しますが、出来上がるのに半月ほどかかって、ようやく書店に並びます。需要があるなら、予約が沢山入っているはずなので、店頭に並ぶものは残りの僅かで、すぐにまた消えるでしょう。しかし、実際には、商機を逃さないようにとの願望から、多めに作りますから、いつまでも店頭に積まれている結果も招くことになります。結果として、「売れないから」そこにあるのです。

　Amazonなどのネット書店で、人気ベストテンに入っている新刊を書店に買いにいくと、僕の経験では80％くらいの確率で現物がありません。比較的大手の大型書店の話です（ただし、東京ではありません）。人気がある本でも、新刊でないものならありますが、新刊は店頭にない方が多いのです。新刊でないものとは、過去に人気があったもので、やはり売れ残っているのです。

　もちろん、ある程度は売行きの予測ができますから、売れるものは多

めに作ります。売れないものは少なめに作ります。でも、後者は必ず予測数よりも多めに作られます。極端に少数を作ることは効率が悪いからです。多い方は、「売り切れたら、また刷れば良い」と考えてぎりぎりを狙うことが可能です。そうなると必然的に、前者はすぐに品切れとなり、後者はずっと書店に並びます。売れないものが多く並ぶのはこの理屈から、数学的に証明できるでしょう。

　皆さんが、「人気商品」だと認識しているものは、「売れ筋商品」であって、生産者が「売れてほしい」と願っているものです。「作った分だけ売れたら嬉しい」と思って生産した商品のことです。書店に山積みされている本は、「山積み」→「沢山作ったんだ」→「売れているんだ」と思わせる展示なのですが、たしかに「乗せられて」買う人は多いかもしれません。ちなみに、そういった展示ができるのは、売れ残ったら返品できる（日本独自のシステムの）ため、書店にリスクがないからでもあります。

　日記やエッセィに何度も書いていることですが、僕は日本の書店に行って、自分の本があると「がっかり」しますし、なければ「売れたんだ」と思います。山積みになっている本を見たら、「こんなに沢山作っちゃって」と思います。

　たとえば、日頃使う雑貨だったら、山積みで売られていたら、安いのかな、と思って目を留めるし、それだけ大量に作ったのはなにか利点があって、生産者や店が推しているのだろう、と思って、興味を持つかもしれません。それは、雑貨というものが、同種のもので交換ができる性質を持っているからです。書籍は、同じ書籍でも、交換はできません。たとえ同じ作者でも、違う作品だったら役に立たないのです。自分が既読のものだったら、半額でも買いませんよね？　ですから、山積みになっている意味は、買い手の僕としてはまったくないのです。なぞなぞの答は爪切り。

 大量に並べると売れる現象は、実験的に証明されているかな？

2018年3月11日日曜日

## ガチャピンは芋虫じゃない

『森の風（略）』の原稿を6000文字ほど書きました。まずはシリーズ作品についてのあとがきです。いきなり書き始めましたが、いくらでも書けるものだな、と思いました。なにしろ、自分の作品についてなので、遠慮がいらないのが好条件です（まるで、いつも遠慮して書いているようなもの言い）。さらに、あとがきだから、当然過去に書いた作品についてなので簡単です。未来に書く作品についてだったら、もっと難しいはずです。

　SB新書『集中力はいらない』の見本が10冊届きました。1年もまえに執筆したものだし、ゲラもかなり以前に見たので、どんなことを書いたのか内容を忘れてしまいましたが、きっと、いつもの森節です。でも新書は、主として森博嗣を知らない人に向けて書いているのです。僕も、森博嗣の本を滅多に読まないので、この新刊を少し読んでみました。そうしたら、たちどころに思い出しました。やっぱり自分が書いたものですね。

「集中しないこと」を表す言葉が日本語にないというか、そういった姿勢がそもそも求められていないわけです。本のタイトルも、「アンチ集中力」かな、と最初は考えていたくらい。でも、「アンチ」自体がマイナス指向だそうで、採用になりませんでした。そういう話をすると、デザインの「デ」だって否定の意味で、「見えるものを消す」のような意味合いだったはず。本の中では、「分散力」あるいは「発散力」のような言葉も出てきます。

　簡単に言えば、「拘るな」ということですね。今は、なんにでも拘りたがる人が多いし、拘ることが良いことみたいに吹聴されている、と思います。僕のポリシィは、「なにごとにも拘らない」です。

「分散しろ」ではありません。それでは、分散に集中したことになってしまう。ただ「集中しない」というだけ。もっと噛み砕けば、「集中しても良いし、しなくても良い」という意味で、その切換えを自在にすることが大切かと。

今日は、だいたい片づけものをしていました。ガレージの片づけはまだ半分も進んでいませんが、今日は別のところを片づけました。このように、一箇所に集中しないやり方を好むわけです。同じところだと、厭きてくるからです。

　片づけるというのは、つまり不要なものを捨てることが主なのですが、不要かどうかが判明するまでに時間がかかるので、ある程度は放置、つまり散らかさないと、片づけられないのです。こうして文章にすると、当たり前のことですが、現実をまあまあ言い表わしているでしょうか。

　庭園の掃除もしようと思ったのですが、ブロアバキュームが動きません。つい数日まえは動いたのに、スイッチが壊れたようです。もう1機、古いものがあるので、そちらを使おうとしたら、こちらも壊れていました。まだ直していません。寒いし、面倒です。新しいものを買うかもしれません。

　以前だったら、ホームセンタへ行かなければならないし、行っても気に入るものが売っていないかもしれませんでしたが、今はネットですぐ買えます。クリックするだけ。便利になりましたね（というのも憚られるほど当たり前になりました）。

　そういえば、Amazonが貯金みたいな商品を扱おうとしている、というニュースが流れていました。そうなるだろうな、と思っていたのですが、銀行やカード会社の既得権もあるわけで、規制が許すでしょうか。どう折合いをつけるのか注目されるところです。

　雪が解けて地面が露わになってきました。秋に落ちた団栗がまだいっぱいあります。どこを踏んでも、足の裏に団栗が20個くらいある状況なので、ボールベアリングのように足を滑らせてしまいそうですが、これは既に一度書きましたね。まったくそうはならず、団栗は地面に埋まっていくのです。中には芽を出すものもありましょう。しかし、草と一緒に刈られてお終いです。

　今日も、模型店で買ったものが段ボール箱2箱分届きました。荷物が大きかったので心配していましたが、無事でした。運良く、スバル氏が出かけている間でしたので、すぐに中身を取り出し、箱は外のドラム缶

で燃やしました。証拠隠滅です（高笑）。

　ポンキッキが終了するそうですね。ガチャピンはどうなるのでしょうか。いろいろチャレンジしてきた豪傑ですが、そのたびに、巨大なヘルメットや水中メガネやライフジャケットや靴などを作った人がいることを忘れてはいけません。その人にもっとスポットライトを当ててもらいたい。僕は、ずっと芋虫だと思っていましたが、一向に成虫にならないので変だなと思って調べたら、恐竜の子供でしたか。そうか、ムックが雪男だからね。なるほど……。

 工事現場で働くのはムックの方が向いています。軍手だから。

---

２０１８年３月１２日月曜日
## 電子書籍のフォーマット

　『森の風（略）』の原稿を書いています。シリーズものは2ページずつ書けたので、次は単発作品について。全体で完成度は50％くらいでしょうか。あと2日で書き上がりそうです。そのあとは、手直しに、2日くらいかけましょうか。

　5月刊予定の『φの悲劇』のあらすじやカバー引用文、オビの文言などの提案があって、確認をしました。カバー折返しに白黒写真とポエムが載る（文庫ではこれが栞になる）ことを忘れていました。〆切は4月初旬だそうですが、近々考えましょう（念写の能力はないので、写真は撮らないといけません）。

　3月、4月と新書が続きますが、そのあとの5月、6月は講談社ノベルスと講談社タイガの小説の新刊です。近頃、「講談社ノベルスは絶版なんだね」という呟きをあちらこちらで見かけますが、たしかに地方の書店などでは、ノベルスのコーナがなくなっているようですし、多くの出版社が撤退している雰囲気です。森博嗣も、講談社ノベルスでは、このところ1年に1冊出るか出ないかだし、「なくなったんだな」と思われてもしかたがない状況ともいえます。それでも、しぶとく出ているのですね。風前

の〜、いえ、言いませんが……。

　ノベルスという新書判小説は、文庫書下ろしが当たり前になると、存在意義が限りなくゼロになっている、と思われます。ただ、昔からノベルスで買い揃えてきたファンに対してのサービスとなっているだけです。ハードカバーがそのうちこれと同じ運命を辿ることになるでしょう。今沢山出ている（ビジネス書が多い）新書も、どうして文庫判にしないのか、非常に不思議。単に少し高い値段が設定できるというだけです。

　基本的に、印刷書籍は文庫で出して、希望者にだけ、単行本やノベルス版を作って送る、という形態が残された道ではないでしょうか。というよりも、基本は電子書籍であって、そこから、お好みのサイズ、お好みの装丁で、いろいろ出力できる店がある（そういう店を「書店」と呼ぶ）、というのがよろしいかと。

　先日は、漫画の単行本で、既に電子書籍の方が印刷書籍を上回った、というニュースが流れていました。漫画以外でも、ビジネス書は、来年にもひっくり返るのではないか、と感じますし、文芸も、長くて3年くらいかな。

　電子書籍の利点は、いつでも内容をバージョンアップできることにあるわけで、たとえば、まだ終わっていないシリーズものを売り出して、残りは発行したら自動的にプラスされる、といったサービスをするようになるはずです。もちろん、間違いも直すし、場合によってはストーリィも変えられるわけです。そんな「ライブな書籍」にしていけば、海賊版も作りにくくなりますし。

　常々思うのは、重版というものが、もう合法的海賊版みたいな行為で、ただコピィを繰り返すだけで商売になっていたのです。これは、大量生産品のすべてにいえることです。今後は、もっと消費者と常時リンクするような商品になっていくはずです。

　壊れたブロアバキューム2機を分解して修理をしました。明日くらいに新しいのが届きますが、古い方も使える状態にしました。スバル氏から、小型のブロアが欲しいとの要望があり、これも注文しました。軽くて手軽に使える小型のもので、彼女は花壇などの掃除がしたいようでした。

今日は、枯枝や落葉を燃やしました。風は弱いのですが、さほど暖かくありませんでした。庭園鉄道は1周だけ。工作は、古い機関車の修理と、新しい貨車の木工など。

　そういえば、今は執筆はPagesでしているのですが、このままでは原稿を送っても編集者が読めないので、テキストかWordに変換してメールに添付します。でも、Wordに変換したものを見ると、微妙にフォーマットがずれているのです。Wordで見たわけではなく、Pagesで見ただけなので、これはWordをまた変換して表示しているから、実際はどうなのかわかりません。

　クリームシリーズは、2ページに収まるように書いていますが、ときどきフォーマットがずれてしまうことがあります。どんな要因でずれるのか、確かめたことはありません。

　同じように、電子書籍になれば、フォーマットがずれるのが普通になります。ページできっちり収まるように書いても、あまり意味がないことになりますね。それでけっこうだと思います。京極氏は、この件について、どうされているのでしょうね？　そう、僕が最初に読んだ電子書籍の小説は、『死ねばいいのに』でした。iPadで読みました。そのiPadは、息子に譲ってしまいましたが……。

 未だに電子書籍を許さない作家もいる、との噂を耳にします。

---

2018年3月13日火曜日

## ああしたてんきになあああれ

　漫画『赤目姫の潮解』のカバーがpdfで届き、確認をしました。綺麗なカバーです。著者名のローマ字表記を直してもらっただけ。『φの悲劇』のカバー折返しの写真を選びました。あとは、詩を書くだけ。明日くらいに。

『森の風（略）』の原稿（あとがきだけですが）をほぼ書き上げました。ほかには、全体のまえがきを書く必要があります。書いた分は、明日から

手直しをしましょう。全体（各誌に寄稿したエッセィなど）がゲラになって来たら、それぞれ一文を添える予定です。

同じく、本ブログの書籍化も（そろそろゲラが来そうですが）、毎日の文章に一文を添えるつもりです。写真は掲載されません。最初に出る1巻が最も薄い本になるはずです（期間が1週間ほど短いし、最初の頃は文章も短かったため）。

今朝は風が穏やかだったので、ハンドランチグライダを飛ばしました。場所は近所の草原です。翼の端っこを持って、大きなブーメランを投げるように、振り回して手を離すと、グライダが空へ上がっていきます。動力はないので、あとは滑空してくるだけ。その間に姿勢や進行方向などをコントロールします。上手くいくと、自分がいるところへ戻し、そこで減速させ、片手でキャッチすることもできます。タイミング良く機首を上げて、失速寸前にすれば、速度も落ちて、本当に受け止められるのです。

ラジコン飛行機というのは、風を読むことがとても大切で、風が不向きなときは飛ばしません。その判断ができないと危険です。どんな日でも、風が弱い時間帯があって、ずっと待っていれば、チャンスがあります。でも、飛ばす現地にいないと、そんな風読みもできません。

以前飛ばしていた飛行場で、僕は午前中の早い時間に行って風が良いときに飛ばし、風が出てきたお昼まえには帰ることにしていました。ある友人は、いつも僕が帰る頃にやってきて、風が強いことを恨めしそうに言うので、「早く来たら?」とアドバイスしたのですが、朝に弱くて駄目だ、と応えました。なるほど、飛行機に対する彼の情熱はその程度なのだな、と思ったことを覚えています。僕も朝は弱かったので。

卒業式の季節ですが、「蛍の光」をまだ歌っているのでしょうか。以前にどこかで書きましたが、あの歌詞、「蛍の火か蟻」「窓の勇気」と聞こえますよね。日本語って、言葉と違う音節で歌えてしまうから、このような誤解が（僕だけに）生じるのです。「重いコンダーラ」みたいなものです。「南風」と歌詞にはあるのに、「皆網か畔」となるのです。英語ではこうはなりません。そんなふうに歌ったら、言葉がわからなくなるから

です。このように音を伸ばす言い方が、英語を片仮名にしたときの最後の長音になったのかな、とも疑っています。
「ラッパ」を「ラッパー」と書く人は少ないようですし、「スリッパ」も「スリッパー」とは書きません。何故でしょうか？　誰かが伸ばさないと決めたのでしょうか。

実際に、日本人の多くは、「学校」を「がっこ」と発音しているし、「スーパ」もそのとおり発音しているように、僕は聞いています。英語のネイティブの人も、「スーパ」と言っているように聞こえます。

いえ、だから「長音を取れ」と主張しているのではありません。なんらかのルールがあれば、書くときに便利だと思うだけです。どちらでも良いことです。たまたま、これといったルールがなく、また不統一で迷うことが多かったので、自分が書きやすいようにルールを決めて書くしかありませんでした。最初は、長音をつけていたものもありますが、だんだん、ルールに準拠するようになりました。

森博嗣の片仮名表記は、話題になることが多く、この意味ではビジネスとして成功しています。「変じゃないか」と取り上げられるほど、注目され、印象に残ります。意図したわけではありませんが、独自ルールを通した価値が充分にあったと分析できます。
「コーヒー」は、erではないから長音をつけますが、実際に自分が発音するときは「コーヒ」です。周りの日本人も、おおかたそう言っているように聞こえます。

最近だと、「マクドナルド」がどうして「マックドナルド」でないのかな、と思いました。これも、何度か書いていますが、「マトリクス」なのか「マトリックス」なのか、と同じ。アクセントの強音がどこに来るかによって聞こえ方が違います。その意味では、「ギター」の長音は有効。

卒業式などで、大勢で声を揃えてメッセージを発声することがあります。あのときも、「おと〜さん、おか〜さん」と長音が倍にも長くなります。「ああした、てんきに、なあああれ」みたいな。

どう書くか、どう話すか、よりも何を語るか、が大事です。

2018年3月14日水曜日

## 犬の「ありがとう」

『100人の森博嗣』の続巻で、11月頃に発行を予定している本のタイトルは、『森には森の風が吹く』に確定しました。今日は、書き上げた部分（あとがきなど）の手直しをしました。完成度50%で、明日脱稿となります。ところで、まえの2巻『森博嗣のミステリィ工作室』と『100人の森博嗣』は電子化されていないのですね。それから、『博士、質問があります!』も電子化されていないようです。たぶん、もともとは講談社の本ではなかったからでしょうか。なにか理由を聞いたような気がしますが……。

次の仕事は、9月刊予定の『ジャイロモノレール』の図面の清書で、これに3週間の時間をかける予定です。つまり、本文よりもずっと時間がかかることになります。思い切って、小型のドラフタ（5000円くらいの安物）をこのためだけに購入しました（明日届きます）。といっても、きっちりした図を描くつもりはなく、フリーハンドのいい加減な図になる予定です。それでも、フリーハンドで書くまえに下描きをしますから、そのときにドラフタが役に立つと思います。

ドラフタは父が建築の設計で使っていたものがあったのですが、家を取り壊すときに廃棄しました。たしか、僕が中学生くらいの頃に買ったもので、当時は30万円くらいしたのではないかと思います。僕も大学の卒業設計でこれを使わせてもらいました。父は、それ以前は製図板とT定規で図面を描いていました。それらは今も残っていて、製図板は模型飛行機の製作に利用しています。

図面はずっと、MacのIllustratorかMacDrawで描いていたので、ペンを使った製図は何十年もしていませんが、10年くらいまえから、そういったCADも卒業してしまい、また手で描くことが増えてきました。一言でいえば、「味がある」ということです。それ以外の理由は、みんながCADを始めて当たり前になってしまったから。

だいたいのものを、人よりも早く始めて、みんながやり始めたら、嫌に

なってやめる、という人生だったかもしれません。

毎年、暮れに出しているクリームシリーズで、オリジナルの栞のためにイラストを描きます。このとき、毎年ケント紙を捜しますし、ペンを捜します。ロットリングはもう詰まってしまって使えないので、最近はサインペンです。これくらいしかイラストを描くような機会がない、ということです。もう少し遡ると、雑誌にジャイロモノレールの記事を投稿したときに幾つか図や絵を描きました（HPの機関車製作部で公開されています）。それよりもまえになると、『星の玉子さま』は、ロットリングで描きました（着色はPhotoshopですが）。

今日も良い天気でした。最高気温は2℃で、まあまあ春らしい感じ。庭掃除もしました。新しいブロアバキュームや、スバル氏用の小型ブロアも届きました。どちらも電動のもので、コードをつないで使うタイプ。軽いのですが、長い延長コードを用意しないといけないし、作業中にコードが邪魔です。バッテリィタイプのものも増えてきましたけれど、短時間しか使えないのがネック。芝刈り機や草刈り機は、コードがあると危険なので、バッテリィタイプの機器を使用しています。

お昼過ぎに、みんなでクルマで出かけ、パン屋へ行き、そのあと遊歩道で散歩をしてきました。犬たちは、散歩の途中でおやつをもらいます。おやつは、生の野菜（キャベツとか）です。これが楽しみらしく、おやつがもらえそうなベンチとか東屋とかがあると、大喜びで猛ダッシュします。初めての公園へ行っても、ベンチがあると大喜びするので、ベンチ＝おやつタイム、と認識しているのです。いろいろな形のベンチがありますが、よくそれがベンチだとわかるな、と感心します。東屋なども、全然違う形態なのに、確実に識別します。このあたり、AIはどうなのでしょうか。

それから、おやつをもらったあとに唸ります。これは、ありがとうなのか、美味しかったなのか、嬉しい表現なのですが、人間の発声の真似をしているようです。しかし、知らない人が聞いたり見たりすると、歯を剝き出して怒っていると思うでしょう。人間の声の出し方は、声帯を振動させる方法で、これは、犬でいえば唸っているのが近いわけです。

唸りながら、「うまい」と言うこともありますが、家族にしかそうは聞こえません。

 人間も、美味しいときに「うーん」と唸ります。同じですね。

---

2018年3月15日木曜日
## 8カ月も書き続けてきたのか

　漫画『赤目姫の潮解』のカバー、オビ、あとがきのゲラが届き、確認しました。さらに、全ページのpdfが届き、ネームの確認をして、43箇所の修正をお願いしました。ほとんど、漢字か平仮名か、という表記の問題です。これでたぶん、この本の仕事は終了。

　7月刊予定の（本ブログの書籍化）『森の日々・代わり映えのない地味な生活（仮）』のゲラが届きました。400ページ以上あります。編集者は、「できたら300台前半に」と書いてきましたが、さて、そんなことができるでしょうか。少し、文字がすきすきのレイアウトだと感じたので、「もっと文字を詰めれば、ページ数が減らせるのでは?」と提案しておきました。いちおう、このゲラで確認し、修正箇所と、毎日の文章に対するコメントをこれから書きます。今月中のノルマとしましょう。

　『森には森の風が吹く』の書下ろし分（小説のあとがき）は、手直しを終了して、編集者に発送しました。だいたい本になると40ページの分量だと思います。残りは、既発表のエッセィなどですが、読んでいる人は非常に少ない媒体も多く、初めて読めるという方が多いことと思います。こちらは余裕のある進行なので、しばらくゲラが来ないと思います。各エッセィに関してコメントを追加で書く予定。

　『人間のように泣いたのか?』の初校ゲラが来ているし、『φの悲劇』のカバー折返しのポエムを考えないといけません。製図板も届きました（まだ箱から出していませんが）。いろいろ仕事はあります。忘れないように、こうして書いておきます。

　朝方に雪が1時間ほど降って、積雪は5cmくらいでした。でも気温が

高い（2℃）ため、すぐに解けるでしょう。除雪車も来ないし、誰も除雪などしていません。お昼過ぎには、地面が見えてきました。スバル氏もクルマで出かけていったし、ごく普通の日です。

　書籍化のためにゲラにしたものが届いたので、昨年の7/7から始まった本ブログを、最初の5日分くらい読んだのですが、まず「じぶん書店」ですね。皆さんも忘れていたと思いますが、そもそも講談社の「じぶん書店」に付随して、本ブログは始まったのです。僕は忘れていませんよ。たまに、本を入れています。講談社の本で電子化されているものの中から、僕が読んで「おすすめできる」ものを選んでいますので、一度ご覧になって下さい。気になったら、最初の数ページを無料で読むことができます。気に入って、そのまま買っていただくと、森博嗣に（僅かですが）寄付ができます。森博嗣は、さほど経済的に困窮していないので、どちらでも良いことですが、特に誰かが大損をするということはないと思われます。もし、『森の日々・代わり映えのない地味な生活（仮）』が電子化されたら、じぶん書店「森博嗣堂浮遊書店」に入れてみようかな、と思っています。自分の本は、これまで漫画しか入れていません。

　もう8カ月以上、このブログを書いてきたのですね。暇人ですよね。いえ、そんなに時間を使っているわけではありません。大変なのは、校閲をしてくれる方々です。毎日ここを読んでいる方は2000人くらいです。はたして、書籍化してどれくらい売れるのでしょうか。いいところ3000部くらいではないかな、と想像しています。このくらいの数になると、皆さんがいつも行く書店では買えません。日本の書店は今でも1万店以上はあるし、大きな書店が沢山仕入れますし、そういう店は予約分でたぶん売り切れるでしょう（楽観）。

　森博嗣史上、最も部数が少なかったのは、『庭煙鉄道趣味』ではなかったか、と思います（今も売れ残っているはず）。持っている方は非常に少なく、かつて東京のコンベンションに参加しているとき、この本を通行手形のように使ったことがありました（バッジかなにかを囮にして）。阿漕ですねぇ。そうそう、今でもときどき、「森先生の庭園鉄道を見たい」という

方がメールを下さいますが、最低でもこの『庭園鉄道趣味』と『庭煙鉄道趣味』の2冊はお持ちなのでしょうね、ときくかもしれませんよ。恐いでしょう？

それから、「森博嗣の本を100冊くらい読んだ、でも全部で300冊以上あるらしいから」とおっしゃっている方がいましたが、同じ内容の本が判を変えて、単行本、ノベルス、文庫のように複数出ている場合があります。種類としては、正味150くらいじゃないでしょうか（数えておりませんが）。小説は100作くらい（未確認）だそうですから、そんなものでしょう。幸い、現在では読めなくなっている、という本はありません。

「絶版通知」なるものが来たのは、これまで1度だけです。

---

2018年3月16日金曜日

## すべては均質化する

『森の日々（仮）』（ブログ本）の初校ゲラを10％くらい読みました。読みながら毎日のコメントを1行だけ書いています。写真がないので、写真の説明文はカットしています。減るのはそれくらい。編集者K城氏に、そのおおよその割合を連絡しました。「この調子では、減っても15ページくらいですよ」と。

『ジャイロモノレール』の図面用に買った製図板ですが、紙とペンがまだ届かないので、下描きだけしてみました。使い方に、まだ慣れません。絵を描くのは大変な作業ですね、本当に。文章を書くことが、いかに簡単か身に染みてわかります（もともと充分染みていますが）。

さらに、実物を作ることに比べたら、絵や図を描くことは簡単です。簡単だからこそ、さきに設計して図にするのです。模型を作ろうと思ったら、沢山の材料が必要だし、工具も揃えないといけないわけですが、絵を描くだけならば、躰をさほど動かさなくて良いし、使うものも限られます。さほど準備をしなくても、すぐに描き始められますね。

小説を書くことは、ドラマや映画を制作することに比べたら、格段に

簡単です。作業も単純です。誰でも自分一人でできます。漫画を描こうと思ったら、小説の10倍以上の時間がかかるし、アニメを作ろうと思うと、もっと大変で、複雑で、労力と時間がかかります。

それくらい、言葉というのは扱いが簡単なのです。すぐに出せる。言葉だけの返事ならいくらでも即答できますが、それを実行に移すことは、返事や約束よりもずっと難しい。でも、伝達はもちろん、法律みたいなルールも、すべて言葉で行われているのです。

一昨日の雪がまだ残っていますが、春らしい暖かい日になり、朝から庭園鉄道を運行しました。気温がプラスになる時間がだんだん長くなってきたためか、水が染み込み、土の表面が乾燥しています。枯枝や落葉を集めましたが、今日は燃やすのは断念。風向きが悪かったためです。

お昼過ぎに、スバル氏とスーパへ行きました。日曜日なので賑わっています。レジを通ったあと、カフェテリアでコーヒーを飲みました。道路は、もう普通です（雪がない、という意味）。

夏に比べると、冬は庭仕事ができないし、線路工事もしないから、時間的な余裕があります。これはたぶん、昔の人たちもそうだったのだろう、と想像します。春に備えて、準備的な仕事はあったかもしれませんが、家の中での作業になりますし、天候に左右されることもありません。結果として、夏と冬でメリハリのある生活になります。

現代人は、夏も冬も同じような仕事をするようになりました。せいぜい、勤務時間をずらす程度です。もちろん、今でも農業や漁業などに従事している人も沢山いらっしゃいますが、昔に比べれば比率がぐんと減っています。減ってもやっていけるように効率化されたわけです。また、職種によって、それぞれ書き入れ時というか、忙しい時期が決まっていて、そういった意味でのメリハリはあるかもしれませんが、でも、勤務時間はいちおう統一されていると思います。残業とか臨時雇いでカバーされているのでしょう。

仕事を均質化したわけです。集中しないように工夫をしたのです。一方では、冷房や暖房で、夏と冬を均質化して、メリハリがない生活

環境を整えてきました。都会というのは、人や自然や時間を均質化する装置だったのです。まだ、今のところは、夏と冬でファッションが違いますが、そのうち一年中同じの方が便利だ、となるかもしれません。そういえば、アニメの未来人はオーバとか着ていませんよね。

　実際に、農業は工場生産へ移行しそうな気配です。天気に左右されない方が都合が良いし、人件費もかからないからです。畜産が、それに近い産業ですし、漁業もいずれは養殖が大きな割合を占めることでしょう。生物が均質な環境の方が安定して育つように、人間も均質な環境によって長寿命となります。犬も猫も、家の中で飼われるようになって寿命が延びています。

　平和という環境も、ある意味で均質化です。武力による争いは非効率だと理解しているから、不満を分散して、みんなで妥協するようになる。これも均質化です。

　社会における個人の地位も、王様と奴隷がいた時代に比べれば、均質化の方向へ向かっています。格差社会なんて言われていますが、今ほど格差がない時代は、それこそ太古の昔に遡らないと見つからないのでは？

　これらの均質化は、つまりはエントロピィの増大なのかもしれません。宇宙が死滅へ向かっているのと、同じ方向性だ、ということです。

 効率化を求めると、たいていのものは自然から離れていきます。

---

２０１８年３月１７日土曜日

## 落としものは落とさない

『森の日々（仮）』（ブログ本）の初校ゲラを20％まで読みました。表記の統一くらいしか直していません。コメントは短歌より短いのですが、文字数制限内に収めて書いています。

『ジャイロモノレール』の図面は、練習というか、試しに2、3枚描いてみました。ホワイト（修正液）が必要なので、ネットで注文しました。なか

なか正式にスタートできません。新しいサインペンが届くのを待っています。

『MORI Magazine 2』の進捗状況が編集者からありました。レイアウトなどが複雑で、ゲラは今月末になりそうだとか。しばらく僕も忙しいので、問題ありません。イラストは、今回もコジマケン氏にお願いします。これは7月刊の本。

枯枝を拾い集め、燃やしました。鉄道の運行は平常どおり。模型店から荷物が届いて、購入した中古品を書斎に並べました。貨車が2両と、船の模型用のボイラです（機関車に使う予定）。

お昼頃に、家族みんなで出かけて、ショッピングモールへ行きました。店によっては中へ犬が入れないところもあり、そういう場合は、通路で僕と犬が待っています。カフェに入りケーキも食べました（ここは犬がOK）。リンゴのふわっとしたムースみたいなものでした。単語でわかったのは「apple」だけ。

スバル氏は、パスタの店と冷凍食品の店に入ったようです。珍しく、シェルティに出会いましたが、お互いに、怖がって近づきませんでした。シェルティは、とにかく恐がりですからね。

明日は、模型飛行場へ行くので、飛行機の整備をしました。どこを点検するのかというと、まずは、無線関係の作動と充電。それから、各舵のリンケージ（サーボと舵の接続部）です。エンジンは特に見ません。エンジンをかけてみて不調なら、飛ばさないだけだし、上空でエンジンが止まっても大した危険ではなく、滑空させて着陸できます。やはり、一番危険なのは、舵が利かなくなることです。

これに比べて、庭園鉄道の車両は滅多に点検をしません。不具合があっても、止まるだけです。そのあと、何百メートルか押して戻ってくれば良いだけなのです。線路上にボルトなどが落ちていることは日常茶飯事で、どこかの部品が取れたりします。それで事故になるようなことはありません。大事ではないところが取れます。

振動していると、ネジは緩むものですね。自動車などがなにも落とさずに走っているのは、それなりに工夫があるということ。最近、日本では航

空機が部品を落とす事故がニュースになっていますけれど、たぶん、昔から頻繁にあったことではないか、むしろ昔の方が多かっただろうな、と思われます。しかし、高いところから落ちてくるのですから、下にいる人は堪（たま）ったものではありません。隕石（いんせき）よりはずっと当たる確率が高いでしょう。

　建設工事の現場によくある注意書きは、「落ちるな、落とすな」ですね。「投げるな、落とすな」も多いと思います。工具などをうっかり落としたりしたら、下にいる者に危険が及ぶからです。手渡すときなどに、投げたりするな、という指導もしています。普通の住宅くらいの現場だと、ものを投げて渡すことは、ごく普通ですから。

　このほかには、「ものを置くな」という注意書きもよく見かけます。高いところでものを置くと、それを誰かが引っ掛けたり、押したりして、落下させてしまうことがあるからです。

　工作室で毎日、いろいろな作業をしていますが、とにかくよくものを落とします。ただ床に落ちるだけなので、拾えば済む話ですけれど、小さいネジなどは、落ちたものがどこへ行ったか捜すのが大変です。見つからないことも多い。このため、床は頻繁に掃除をして、綺麗にしておきますし、机などの下に入り込まないようにガードを作ってあります。

　困るのは、下へ落ちない場合。たとえば、小さなスプリングとかが飛ぶことがあります。これは、音を頼りに、見当をつけて周辺を捜しますが、まず見つけることはできません。何日もして、別の作業をしているときに出てきたりします。

　人間はミスをするものですし、僕はもっとミスをするのです。バックアップを常に考えておくしかありません。

うっかり者で、おっちょこちょいて、失敗ばかりしています。

2018年3月18日日曜日

## 模型飛行場にて

『森博嗣のミステリィ工作室』『100人の森博嗣』『博士、質問があります!』の電子版が出ていない件を、講談社のK木氏に伝えました。前向きに検討してもらえそうでした。あと、今ゲラを見ている『森の日々（仮）』（ブログ本）も、電子版が出る方向で進めたいと考えています。ただ、そうなると、ブログをネット上に（少なくとも無条件公開で）残すことができなくなると思います。このゲラは、今日は35%まで読み進めることができました。

『集中力はいらない』が重版になる、との連絡をSBクリエイティブからいただきました。発行して1週間です（これを書いているのは3/13）から早いですね。電子版が売れているな、と観測していましたが、印刷書籍もまあまあのようです。

漫画『赤目姫の潮解』のカバーや目次などのpdfが届き、確認をしました。スズキ氏による、キャラのスケッチなども収録されます。

『φの悲劇』カバー折返しのための写真とポエムを発送しました。背に入る「森ミステリィの○○」の案が編集者から来ました。ずっとさきだと思っていましたが、GWも近づいてきたということですね（僕には無関係ですけれど）。

『ジャイロモノレール』の図面は、まだ練習中。ホワイトは届きました。ペンはまだなので、手持ちのサインペンで練習中です。下描きを鉛筆でして、サインペンで清書して、鉛筆を消しゴムで消す、という手順。

さて、午前中から出かけました。ドライブです。模型の飛行場まで1時間ちょっと。道は空いているし、雪の影響もなく、予定どおりに到着しました。微風で絶好の飛行日和です。クラブの人たちが3人いました。平日ですから、来ているのは、例外なくリタイヤした年配者。歳はきいていませんが、僕よりも上の方だと思われます。

一番大きい飛行機は、まえにも見た、デ・ハビランドのモスキートです。双発で、楕円の翼が美しい機体。翼長は3mくらい。模型では、

特に引込み脚がよくできていました。電動ではなく、圧縮空気で作動する仕掛けでした。最初、エンジンの片方がやや不調で、キャブを外して掃除をしたり手間取っていましたが、問題は、燃料タンクにあったようで、すぐに解決しました。気持ちの良いサウンドとともに上空へ向かい、ダイブして目の前をローパスするときは、迫力があります。

僕は、自作の複葉機タイガー・モスを持っていきました。奇しくも同じくデ・ハビランドです。もう100回くらい飛んでいる機体で、なんの問題もなく2フライトしました。エンジンは、10ccくらいの単気筒4サイクルです。このエンジンが日本製なので珍しがられました。特に倒立といって、エンジンヘッドを下に向けているので、そんなことをして止まらないのか、ときかれました。たしかに、未燃焼の燃料がプラグに入り、ヒートしないトラブルが起きやすいのです。実は、倒立といっても、僅かに角度をずらしていること、それからプラグをヒートするバッテリィを内蔵していることを説明しました。そういった対策を講じなくても、たぶん大丈夫ですが、念には念を入れることにしています。

同じタイガー・モスで、もっと大きくて4分の1スケールの機体も持っていると話したら、今度そちらを飛ばしてくれと言われましたが、残念ながら今のクルマでは、その飛行機は大きすぎて運べないのです。ワンボックスのクルマをレンタルしないかぎり無理です。

模型飛行場というのは、周囲になにもない草原の真ん中で、クルマで近づく道も当然舗装されていません。走ると凄い砂埃(すなぼこり)が上がります。滑走路は草が生えていて、短く刈られているので、芝生のように見えます(今は枯れていますが)。電気のコンセントはもちろんありませんから、コーヒーや紅茶を飲むために、キャンプ用のガスコンロなどを持ってきている人がほとんど。キャンピングカーで来ている人もいて、車内にコンロがあります。でも、ベッドはなく、飛行機置き場になっているようでした。

3時間くらいいましたが、早めに帰ることに。帰宅したのは夕方4時頃。新しいブロアバキュームで落葉掃除を30分ほどしました。庭園鉄道は運休。犬の散歩も、午後の部はスバル氏と長女に任せました。楽しい一日でしたが、これが毎日だと疲れますね。

タイガー・モスは、サンダーバード6号としても有名なのです。

2018年3月19日月曜日

## 「燃料」としての読書

　午前中は、病院へ薬をもらいにいってきました。3カ月分を買います。クルマを運転して20分くらいのところです。帰ってきてから、庭園鉄道を運行しました。庭掃除もしました。燃やしものは明日くらいにしましょう。
『森の日々（仮）』のゲラは、50％まで読みました。量が多いことは確かで、最近書いている本の倍はあると思います。編集者K城氏と、レイアウトについて話し合っているところ。
「本が薄いのに、この値段」とか「ページに文字がすきすきのレイアウトなのに高い」といった声を、ときどきネットで聞きますが、ページ数や文字数をできるだけ多く読むことが、この人たちの目的なのでしょうか。まるで、食べもののようですが、食べものでさえ、量よりは美味しさの方が値段に比例している気がします。ですから、食べものというよりは、一種の燃料なのでしょうね。文字を読むことが「チャージ」なのです。
　間違えないでほしいのは、そういう方を非難しているのではない、ということ。たしかに、そういった価値観もありかな、と頷いています。長く摂取していると、質のバラツキにはしだいに感覚が麻痺してきます。そうなると量だけがバロメータになる、という感覚はわからないでもありません。
　小説を読んでいる人は、読んでいる時間、文字を追っている時間が至福であり、その時間で仮想世界を旅しているわけですから、その場に滞在する時間が持続することに価値がある、と思われることもあるわけですね。
　たとえば、「読み終わるのが嫌だ」「シリーズの完結が近づくと、それを読まずに取っておきたい」といった話も聞きます。終わってしまうより

も、宙ぶらりんなままの方が、少なくとも現在進行形であり、より好ましい状態だ、という認識です。

さらに、再読も、やはりこの仮想世界に浸る時間を取り戻す行為なのでしょうね。忘れてしまったとおっしゃる方が多いのですが、忘れているのはストーリィとかではなく、その世界の体感なのではないか、とも想像します。

蛇足で、しかも身も蓋もない言い方になりますが、その仮想世界を、目が文字を追っている時間にしかイメージできないのは、なんとなく条件反射的なものかな、と考えます。人間の頭は、すべて空想、すべて想像で、自由に万物を創造することができるはずですから、本を読まなくても、イメージできると思うのです。

動物は、なにかが切っ掛けで良い収穫物があると、それ以後はその切っ掛けに拘るようになります。煙草を吸って考えたらアイデアが浮かぶ、すると煙草を吸わないと自分はインスピレーションが湧かない、と思うようになる。小説を読んで、素敵なイメージに出会うと、文字を読まないかぎり、素敵なイメージには巡り会えない、と思うようになる。この場合、煙草も小説も、実は切っ掛けになっているだけです。そんなことはない、もっと大事なもので、たとえば「材料」ではないか、と主張する方も多いかと想像できます。

その材料がなかったら、頭の中で加工や展開ができない、というわけですね。それはたしかに、そういう体験があったと思います。でも、一度体験することで、少なくとも、その材料は頭に入ったわけですし、加工したといっても、頭の中の話ですから、材料が消費されることはありません。このような体験を繰り返し、いろいろな「材料」を取り込んだ人は、もうイメージだけで、あらゆるものを創り出せるはずだ、と僕は思います。

問題は、その「材料」の種類というか、バラエティです。できるだけ広く、さまざまなものを取り込むほど、想像できる世界は広がるのが道理でしょう。最初のうちに、自分が好きなものはこれだけ、と決めてしまい、同じものばかりに接して、同じような切っ掛けで同じような世界をイ

メージしていると、自分の自由な想像ができにくい頭になるように思います。

　欠伸軽便のレポートを、HPの機関車製作部にアップしました。かつては毎月でしたが、最近は1年に1回です。アップしたのは、昨年2017年のまとめ（ダイジェスト）です。

 欠伸軽便のレポートは、かれこれ17年以上も続いているのです。

---

２０１８年３月２０日火曜日

## 森博嗣の100冊とかはもうしません

『森の日々（仮）』のゲラを70％まで見ました。本のタイトルですが、『森籠もりの日々』でも良いかな、と思い始めています。実際、ほとんど籠もりきりの人が主人公ですからね。サブタイトルは、「落葉掃除と燃やしものの日々」でも良いでしょう。無理に「地味」と書かないでも地味感が出ます。「地味防衛軍」というのも考えました。読み間違えを誘う技ですが、たぶん理解を得られないことでしょう。

『読書の価値』のカバーとオビのデザイン案が来たのでOKを出しました。「『読み方』を教えよう」みたいなトーンでしたけれど、教えようにも教えられないことは、内容から明らかです。でも、歌詞なんかでも、また子供向けの本などでも、「走ってみよう」「歌ってみよう」という語調はありますから、一種の雰囲気を盛り上げる提灯的なものかな、とも思えます。あと、著者の写真をまた載せることになりそうです。

これは、もともとAmazonの著者ページ（「森博嗣」をクリックすると出ます）にある写真です。数年まえ、国語の教科書に自著が引用されることになったときに、「著者の写真が必要だ」と言われたので、この写真を使ってもらいました。そうなると、出回っている新刊（教科書は毎年発行されます）に写真が出ていることになりますから、他社にも拒否ができないだろう、と考えて、PHPの養老氏の本はどうだったか忘れましたが、先日のSBクリエイティブには「同じ写真で良ければご自由に」と応えました。今

回もその対処です。僕の方から、「写真を載せて下さい」とはけっして言いません。あくまでも要求があった場合に限ります（ここで書いたら、これが定常化しそう?)。しかも、この写真は映画『スカイ・クロラ』の頃（2008年）に撮影したもので、とても「近影」とはいえません。

現在は、写真の撮影を許容していませんから、近影というものは、今後ありません。少なくとも、髪は半分以上白くなりました。

雪はほとんど消えてしまい、庭園内は明るい地面と樹の風景となりました。春だから、少し空気が霞がかっている感じで、遠くが見えにくくなっているかもしれません。庭園鉄道は平常運行。あとは、落葉掃除をして、燃やしものをしました。スバル氏も、新しいブロアで花壇の掃除をしていたようです（遠くからの観察）。

『森博嗣のミステリィ工作室』という本があって、ここで僕は100冊の本を取り上げて、どこが良かったかを書きました（実際はインタビューを受けて、杉江松恋氏が文章に起こしたものです）。単に自分が面白いと思ったもの、ミステリィを書くうえで影響を受けたものを取り上げました。ところが、この本が出てから19年も経っているのですが、今でも「森博嗣の100冊を順番に読んでいる」という人がいたりして、大勢の方に、まるで「森博嗣のおすすめ100冊」みたいに受け取られているように観察されます。

おすすめしたつもりはありません。というか、自分の好きなものを選んだだけです。こんな大勢の方が影響を受け、しかも実行されるとは当時予想もしていなかったのです。何故なら、自分がそういう影響を受けない人間だから。というわけで、これはまずいな、と反省し、以後はこういった企画を悉くお断りしてきました。

今は、講談社の「じぶん書店」で、本を選んで並べていますが、これは「おすすめ」できるもの、として選んでいます。自分が面白いと思っても、人にすすめられない本は沢山あります。逆に、自分ではさほど傑作だと思えなくても、すすめられる類の本もあります。つまらない本はすすめませんけれど、面白かったからといってすすめられるものでもないわけです。人にすすめるというのは、僕には慎重にならざるをえない行為なのです。

一番驚いたのは、平岡幸三氏の『生きた蒸気機関車を作ろう』をどこかで「素晴らしい」と書いたとき、これに影響されて、古書で1万円以上する本を、模型にまったく関心のない方が買われたことでした。これも、反省材料となりました。むやみに、自分の好みを書けないものだな、と心に刻む結果となりました。

　僕の影響で庭園鉄道を始めた方は沢山いらっしゃいます。そういう影響は嬉しく受け止められますが、全然違う分野の方に、余計な出費をさせることは、できれば避けたいと考えています。

　たとえば、僕がある模型を「素晴らしい」と評しても、小説のファンの方はその模型を買ったりしませんよね。それが、書籍だと買ってしまうのは、書籍の内容が文章であり、文章は誰にでも読めるものだからです。ハードルが低いということ。値段も、（1万円は高いですが）本は模型よりははるかに安い。必要な設備をあれこれ揃えないと機能しないものでもありません。お手軽といえばお手軽なのです。

　一般の方に具体的な影響を与えることがなるべくないように、と常に考えてブログを書いているつもりです。

 他者から行使されたくないし、他者に行使したくもないのです。

---

2018年3月21日水曜日

## タイムトラベルは可能ですか？

『森籠もりの日々（仮）』のゲラを85％まで読みました。明日終わりそうです。久し振りにボリュームのあるゲラで、「やり甲斐のあるゲラという仕事」でした。この本を読まれる方は大変でしょう（というか、ここを読まれている方も大変か）。

　漫画『赤目姫の潮解』のカバーに少し色の変更があったようで、メールでpdfが届きました。問題ありません。

『ジャイロモノレール』の図面は、明日から本格的に描こうと思います。ペンなども試してみて、気に入ったものを追加注文することにしました。

このように、だいたい道具から入る人ですね。

　清涼院氏から、『None But Air』に対してロシアのファンが送ってきた感想メールが転送されてきました。日本人の感想に比べて、大変抽象的で、あらすじや内容についての具体的な記述が一切なく、本当に自分が考えたことが書かれていました。つまり、印象に残ったシーンではなく、その印象を語られているのです。一方で、日本人の多くが抽象的な思考内容を他者に伝えることを苦手としている状況について、考えさせられました。きっと、多くは国語教育の問題でしょうね。

　日差しが照りつける日が続いていて、庭園内で（僅かですが）南垂れ（南へ傾斜しているの意）の土地では、地面が掘れそうな感じがしました。今日、スコップを持って試してみたら、普通に掘れてしまいました。土が凍っていません。調子に乗って、10cmくらい掘り、線路工事が始まってしまいました。4月に予定していたものなので、まだ材料も揃えていませんから、次の段階へは進めませんが、幸先の良いことです（やや不自然な表現）。

　庭園鉄道は普通に運行。1周だけですが、ぐるりと回ってきました。夜に大風が吹いたみたいで、枝が沢山落ちていました。また、枯葉を入れる袋が数十メートル移動していました。ときどき、谷に落ちてしまうことがありますが、そのときは決死の覚悟で取りにいきます。今日は、それを免れました。

　ときどき受ける質問ですが、『臨機応答・変問自在』にもある、「タイムマシンは実現可能か？」というもの。同書での僕の回答は、「タイムマシンとは何ですか？」でした。目覚まし時計だって、タイムマシンですからね。正確にどういった機能を備えた装置かを定義してもらわないと、可能かどうかは答えられません。

　それ以前に、タイムトラベルについて議論が必要です。これも、定義が必要です。ふっと一瞬意識を失うことが（眠いときなどに）ありますが、あれは、未来へジャンプしたことになりますか？

　これについて、僕は真剣に考えたことも、関連文献を読み込んだこともありませんけれど、過去へのジャンプは無理だと考えます。少なくとも

物体を伴ったジャンプ（つまり、人や物が移動すること）は不可能です。それが可能だったら、今頃未来から誰か来ているはずです。過去へ行けるとしたら、それだけで莫大な利益が得られるわけです。たとえば、籤の当選番号がわかっていたら、大儲けできますね。なのにどうして誰も来ないのか、ということ。

一方、未来へのジャンプは、あるいは可能なのかな、という気がします。これは、単に明確に否定ができない、というくらいの理由です。

それでも、以前に書いたように、未来へジャンプするときに、場所をどうやって指定するのかが大きな問題です。未来の地球がどこにあるのか、計算しないといけません。どこでも良いのなら行ける可能性はあります。でも、歳を取らない方法なら、光速に近い速度で移動するとか、冷凍睡眠とか、いろいろ考えられますから、さほどびっくりするような事象とも思えません。それに、過去から誰かがやってきても、さほど影響はないでしょう。

あと、「ワープ」ですね。これも質問を受けますけれど、できないと否定する材料はありません。ですから、どちらかというと、できるんじゃないか、と思っています。ただ、どこへジャンプするのかをどうやって指定するのか、タイムトラベルと同じような問題があります。どこでも良いなら、たぶん簡単かなって……（無責任）。

タイムトラベルものって、日本の小説とか映画に多い気がします。今でもけっこう根強く作られていますよね。海外ものだと、むしろ空間移動の方が多い気がします。空間を瞬時に移動するのも、タイムトラベルも、僕にはだいたい同じだな、つまり五十歩百歩だな、と上から目線で受け止められます。明日はUFOの話をしましょうか。

 もの凄いエネルギィを使って5秒未来へ行けたら、嬉しいかな？

2018年3月22日木曜日

# 宇宙人はいますか？

『森籠もりの日々（仮）』のゲラを最後まで見て、編集部へ発送しました。連日沢山の文字を読んだので、目がチカチカします。こういうことを仕事にしている人は大変ですね、たとえば作家とか。

　約半年分のブログを振り返ってみて、いろいろなことをちょっとずつ書いているなあ、というのが第一印象です。こういうのは、やはり大学で学生を相手にしていたときの習慣というか、後天的に身についたものかもしれません。あまりとことん話さない。きちんと言わない。ただ、問題提起だけは、とにかく多発する。毎日それこそ機関銃のように、問題を打ちまくる。優秀な学生ならば、そのうちの幾らかを打ち返してきます。学生の返答に興味があるのではありません。打ち返すことで、彼らが成長するので、その後に彼らが生み出すものに期待します。次に、彼らが打ってくる質問に、そのレベルが現れます。

　幻冬舎へ『ジャイロモノレール』の文章を送りました。先月書き上げたものです。「図面は今描いています」と連絡をしました。また、来月に執筆予定の新書も、幻冬舎です。この内容は、今はまだ頭にありません。

　その図面ですが、鉛筆の下描きを5枚くらいしました。だんだんエンジンがかかってきた感じです。そういえば、こんなふうに手を動かして図面を描いていたな、というフィーリングが再インストールされたみたいな。

　スバル氏とホームセンタへ行きました（犬は留守番）。彼女は腐葉土を2袋、僕は砂利とセメントを購入。クルマに載せるときが重かった重かった。一番重いのは1袋30kgくらいあります。今の僕にはほぼ限界ですね（特に握力）。若いときは、実験室で40kgのセメント袋を持って運んでいましたけれど、今やったら2日後くらいに腰が痛くなるはず。

　今日も少し土を掘りました。この時期に土が掘れるのは、やはり雪がなくて、日差しが地面に直接当たっているためでしょう。セメントなども、この工事のためです。

さて、宇宙人の話。タイムトラベルよりは、ちょっと現実寄りの話題かもしれません。学生から「宇宙人がいると思いますか？」という質問はけっこう受けます。これに対する答はもちろん、「君は宇宙人じゃないのか？」ですね。そこで、これを理解して「地球人以外で宇宙人はいると思いますか？」ときき直してきたら、「思うとか、思わないとかの問題ではない」と答えます。信じる、信じないの問題でもないし、思おうが信じまいが、現実に影響はありません。

　宇宙人の「人」の定義が困難なのです。地球外生命というレベルであれば、最近の惑星、衛星、小惑星探査の結果などから、近々痕跡が見つかる可能性は高いと予想しています。以前は、月や火星には水がないとか、金星の地表は何百℃だとか、そういう情報しかなかったので、「いないだろうな」と思っていましたが、現在は水が見つかっているし、火星や金星、あるいは木星や土星の衛星や小惑星などで、生命の痕跡が発見されるかもしれません。

　銀河系に範囲を広げれば、そりゃあ、いるでしょう。いる確率の方が高そうです。ただ、今現在いるかどうかはわかりません。時間的にずれている可能性が高い。つまり、過去にいたけれど、とっくに滅んでしまったか、あるいは未来に出現しそうか、ということ。20年ほどまえに自殺された落語家の桂枝雀が、この話を落語の中でしていましたね。

　地球上の人類は、まだ文明を築いて間がないので、現在宇宙のどこかで文明を築いている生命体の方が、高い科学技術を持っている可能性が確率的に高いと考えられます（赤ちゃんの周囲には歳上が多いのと同じ）。だったら、むこうは地球のことを既に知っていて、もしかしたら地球に来ているかもしれません。

　そんなふうに想像して、UFOが飛んでいる、という話になっていくわけですが、これはまだ科学的に証拠が挙がっていません。絶対に宇宙人が乗っている、と主張するだけの根拠がありません。

　宇宙の遠くへ探査に出かけていく場合、ほとんどは無人探査機になるはずで、科学技術が進歩するほど、わざわざ乗っていくような必要はありませんから、UFOが実在したとしても、宇宙人は乗っていないと思われ

ます。それだけの科学文明になれば、肉体を移動させるようなローテクは卒業しているはずです。

でも、まあ、個人の趣味で宇宙を旅している、くらいのことだったら、あるかもしれませんね。つまり、国家（惑星）的な事業とかではないので、戦争をしにくるというのは、まずありえないと思います。

 もし戦争をする気なら、最初の一撃だけで地球が滅ぶはずです。

---

2018年3月23日金曜日

## 質疑と応答

『ジャイロモノレール』の図面の下描きをしています。グラフ用紙に鉛筆で描きます。今日は20枚くらい描けました。まだ1枚もペン入れ（サインペンで清書）をしていません。今日を入れて今月はあと2週間あるので、時間的には余裕があると思います。今はほかに仕事はありません。

絵を描く作業というのは、考える必要がないので、頭脳が労働しない、むしろリラックスして、良い休暇になるような気がします。たとえば、ものを考えるときには、エネルギィ補給としてチョコレートなどの甘いものが欲しくなりますが、絵を描くときはそうはなりません。ただ、目が疲れるという点では共通しています。絵では、手は疲れませんね。ただ、とにかく面倒です。それに、常に失敗しそう、という緊張感もあります。

新しいブロアバキュームで、庭掃除をしました。スバル氏も花壇の手入れをしていて、「ここをやって」と頼まれて30分ほど働きました。そのあと、燃やしものもできました。今日は風がなく、気温が上昇して、6℃くらいになりました。春爛漫の感じです。

週末くらいに、2組ゲストがあるので、ゲストハウスの掃除もそろそろしないといけません。今は、庭園は乾き切っていて、雪か雨が恋しいところです。

動画を沢山アップしているし、HPでもレポートを沢山書いているので、日本人以外の人から、頻繁にメールで質問が来ます。もちろん、

英語で発信しているから、届く質問や感想もたいてい英語です。僕は、英語しかわかりません。英語でないときは、コンピュータに翻訳させます（それ以前に文字が出ないことが多い）。

以前は、けっこう丁寧な（説明の長い）メールが多かったのですが、最近は単刀直入に質問だけ、というものが増えてきました。日本だけでなく、世界的に文章は短くなっている様子です。

今日来たメールは、「私もAileenを持っているけれど、祖父から譲り受けたもので、動かし方がわからないので、教えて下さい」というものでした。

まず、Aileenがどの機関車だったのか、（400台以上持っているので）すぐにわかりませんでした。でも、なんとか名前を思い出しました。2007年のある月のレポートにたしかに書いてあります。この機関車は、イギリスのオークションで入手したもので、初めてイギリスの運送会社へメールを書いて、荷物を受け取りにいってほしい、と依頼しました。運送会社は受け取る人が発注するのが普通なのです（クレームなどがないように、との配慮でしょう）。

ライブスチームですから、知らない人にはとても動かせません。「ボイラに水を入れ、給油機にオイルを入れ、ガスタンクにブタンを充塡したら、あとは火を着けるだけです。でも、未経験者にはかなり難しいから、近所の模型店で指導を受けて下さい」と返事を書きました。

もう一つ今日来た質問は、YouTubeの動画についてですが、「大きさの違う動輪があるが、どうやって速度をシンクロさせているのか？」というもの。この質問は、中級レベルです。「大きい方の動輪は、モータで駆動していない」と答えました。

質問は、その内容から質問者のレベルがほぼ特定できますから、それに応じた返答をしないといけません。ほとんどは初心者で、ごくたまに中級者がいます。上級者は質問をしてきません。単なる感想と、自分ならこうする、という意見になります。

初心者の質問の半分以上は、答える必要のないもので、無視しています。たとえば、動画のタイトルに名称が書かれているのに、「これはど

この機関車ですか?」みたいな質問です。検索したらわかります。

　検索するよりもさきに質問をしてしまう、というのがまた、最近の傾向かもしれません。おそらく、つながりたい心理によるものかと。

 どうもEメールの敷居が、かつてよりも少し上がった気がします。

---

2018年3月24日土曜日
## 「縁起でもない」と避ける習わし

『ジャイロモノレール』の図面の下描きを終えました。全部で31枚です。このほかに、写真が44枚あるため、全部で75枚となります。写真は、半分は今回撮り直します（それ以外は過去に撮った写真）。図面は、これからペン入れをしていきます。1日に10枚で3日かかる予定。計画よりは多少早く、すべてが終わるのが6日後（3/25）くらいだと思います（編集者に向けての発言）。

『森籠もりの日々』のコメントは、編集者K城氏へ送りました。見直していなかったのですが、新しいレイアウトで初校を作るらしいので、そこへ入れてもらうために急いで送りました。校閲に見てもらった方が良いですからね。

　月末は、『MORI Magazine 2』の初校ゲラか、『人間のように泣いたのか?』の初校ゲラを読みます。来月になったら、来年1月刊予定の新書の執筆をします。今年刊行予定のうち、12月刊のクリームシリーズ7だけが未執筆ですが、これは6月に書く予定。

　今年は14冊の本が出ますし、また漫画も出るから、事実上15冊となります。こんなに増えてしまったのは、本ブログの書籍化で『森籠もりの日々』が出ることになったのが、ちょっと予定外だったためです。とにかく多い、と反省していて、来年は減らします。自分に対して「乞うご期待」です。

　ホームセンタへ行き、コンクリートブロック、鉄筋、オイルステンなどの材料を買ってきました。来週あたりから工事が始められたら良いのです

が。

　来年の本のことも、工事のことも、僕の気持ちみたいなものの本質は伝えられないと思います。僕の特徴は、人よりも「期待」をしないことにあるように感じています。というか、周りの人たちが、いろいろ期待しているのが観察できるからです。それに比較したら、僕はあらゆることに期待しません。こうなったら良いな、と思うことはありますが、思ってもそうなるかどうかの確率は変わりませんから、思うだけ無駄というか、むしろ、そうならない場合のことを考える方に時間を使った方が良い、となります。

　そういう目で見ると、スポーツ選手が「絶対に勝ちます」と言ったりするのは、非常に遠い感じがします。おそらく自分に言い聞かせているのだと思いますけれど、それを言葉にして周囲に話さなくても良いのではないか、と思うわけです。

　ただ、投資を誘う場合などで、「絶対に値上がりしますよ」と言う営業の人はいます。それくらい自信に満ちた発言をしないと金を出してくれないのかも。もちろん、未来のことは予測不可能ですから、口で絶対と言っても詐欺にはならないのでしょうね。その意味では、スポーツ選手の「金メダルを取ります」も、そういった明るい見通しを述べることで、投資を促していると解釈できます。現にスポンサがいるから、彼らの競技生活が成り立っているのですから。

　僕個人は、投資をしませんし、ギャンブルもやりません。これは、期待することができない性格（あるいは価値観）だからです。そういったことをする人たちが持っている「期待力」のような能力が僕にはありません。やろうと思ってもできないのです、期待が。スポーツを見なくなったのも、贔屓(ひいき)のチームが勝つことを期待する能力が欠けているからかもしれません。

　もちろん、良い結果になったら嬉しいし、そうなってくれたら良いな、くらいは一瞬だけ思います。でも、願ったりしないし、その状況を思い描いて長時間待ったりはしません。

　期待していないと、良いことが幾つかあります。まず、悪い結果に

なったときに落ち込みません。「やっぱり、駄目だったか」くらいですね。残念感がないといえます。それから、どんな結果になろうと、そのあとの予定を組むことができるので、結果がどちらになっても、予定が狂いません。そういう予定だから、落ち込まないともいえます。

　自分にとって良い方の結果が「善」であり、悪い方の結果が「悪」であるという評価もしません。結果はあくまでも客観的な事実です。善悪の区別はない、ということ。同様に、正しい間違っている、といった評価もしません。

　ですから、望まない結果は、悪でもなく間違いでもないから、それについて真剣に考えることができます。日本人の多くは、「悪」や「間違い」側の結果について、「縁起でもないから」といって考えようとしない習わしがあるようですが、いかがでしょうか？

「不吉なことを言うな」と言われることもあり、不可解です。

---

2018年3月25日日曜日
## 地底人とかモグラとか

　4月刊のNHK新書『読書の価値』は、校了となりました。5月は、講談社ノベルス『φの悲劇』で、そろそろカバーなどが来ると思います。早いですね、あっという間に2018年も半分くらい過ぎた感じがします。

　講談社文庫『すべてがFになる』、『τになるまで待って』、『目薬αで殺菌します』が重版になるとの連絡がありました。それぞれ、68刷、9刷、5刷になります。感謝。

　図面を描いています。ペン入れをしているところで、3分の1くらいは終わったでしょうか。サインペンだから、描くほどペン先が潰れて太くなるので、早めに交換しないといけません。本に印刷されるときには縮小した図になるから、あまり気にしなくても良いのかもしれませんが。

　それにしても、ペンを手で持ってする作業は久し振りです。ちゃんと手

が動き方を覚えているのですね。たとえば、3年くらい歩かなかったら、すぐに歩けるものでしょうか。鉄棒の逆上がりを20年振りにやって、できた覚えはあります。あと、3カ月振りくらいに自動車を運転したときも普通でしたし、5年振りくらいに自転車に乗ったときも、べつに違和感はありませんでした。でも、今ボウリングをしたら、ちゃんと投げられないような気がします。

　夜の間にまた雪が降りましたが、気温が高いため、道路上の雪は朝には既に解けていました。今日から4日間ほど連続で、ちょっと遠くへ出かけます。でも、このブログは普通に続きますので、ご心配なく。

　先日、宇宙人がいるかどうか、という話題を取り上げましたが、それよりも、地球にはまだ発見されていない人間みたいなものがいるかもしれません。たとえば、地底人とかです（「地底」と「地下」がどう違うのか不明。何故、「地下人」と言わないのでしょうか?）。こちらの方が、宇宙人よりもはるかに高い確率で存在しそうなのに、どういうわけか、あまり話題になりません。UFOに乗っているのは地底人ではないのか、とどうして考えないのでしょうか?　地底人だからといって、地面から出てくるとは限りませんし、空を飛ぶ技術くらい持っているかもしれません。

　地球上でまだ発見されていない生命体は、いくらでもあると思います。深海の底まで探査に出かけることは、宇宙（大気圏外）へ行くよりも技術的にずっと大変で、未だに充分に解明されていない領域です。謎や未知が沢山あります。まして、地下に関しては、まったくの未知といっても良いでしょう。

　地震は地底人が起こしている、といったSFがありました。ナマズが暴れるよりは、確率が高いと思います。でも、地底人の活動が地震計などにキャッチされないのは、やや不思議かも。

　恐竜は、だいぶ昔に絶滅したことになっていますが、現在一匹もいないと証明されたわけではありません。鳥類はほとんど恐竜と変わりありませんけれど、もう少し大きいままのやつです。ネス湖のあれは、どうやら捏造だったみたいですけれど。

　地下の獣といえば、モグラという哺乳類がいますが、ほとんど生態が

明らかになっていません。一時、モグラに興味を抱いて、数冊本を読んだのですが、巣というかテリトリィには1匹しかいないと書いてありました。それで、春に子供が産まれたら、子供たちを巣から追い出してしまうそうです。子モグラは、地上を彷徨い進んで、新しい土地でまた穴を掘るのですが、地上にいるうちに外敵にやられてしまうことが多いとか。地下では、天敵はいないのです。

問題なのは、巣に1匹しかいないのに、どうして出産するのか、という点ですが、これについては、解明されていないとのことでした。つまり、違う巣の異性にどうやって連絡をつけて会うのか、という点が謎です。密室殺人どころの騒ぎではありません。

僕は、モグラを見たことが3回ほどありますが、いずれも死んでいました。外に追い出された小モグラだったようです。モグラはネズミではありません。よく、モグラの絵を漫画にしていますが、だいぶ違います。色は、ほとんど黒ですね。モグラは肉食なので、植物の根などを齧ったりはしません。食べるのは、地中にいるミミズや幼虫などの動物です。

宇宙にロマンを感じる人は、地下にはロマンを感じないのでしょうか？　みんなのすぐ足の下に、モグラはいます。ペット以外で、おそらく最も近くにいる野生の哺乳類でしょう。

 モグラは、飼育することも難しいため、生態がわからないのです。

---

2018年3月26日月曜日

## 新書はいつまで新書なのか？

相変わらず、『ジャイロモノレール』の図面を描いています。今は下描きの上から、サインペンで清書している段階で、半分ほどは進んだかな、といったところ。一部は、消しゴムをかけて、細かい修正なども始めています。図面には、文章が入るものが多く、それは編集部にお願いするため、仮に鉛筆で書き入れておきます。

図面やイラストを描くときに、ここぞという線を引く間は息を止めます

ね。作画だけではなく、たとえば工作などでも、力を入れたり、細かい作業をしたりするとき、無呼吸になります。スポーツでも、肝心なときには呼吸を止めます。犬を見ていても、耳が立って、気配を察知したときなどには息をしていません。ようするに、呼吸というのは、そういった緊張に邪魔な行為なのです。「一息入れる」という言葉があるように、緊張から解放されてはじめて息ができるのです。

ですから、緊張が長く続くような作業は、酸素不足になります。絵を描くときも、ときどき深呼吸をしないといけないし、工作でも作業を一時中断して、しばらく呼吸をすることがあります。さらに、躰を使わない、頭だけを使っているときでも、難しい思考に至ると息を止めることがよくあります。

ただ、こういったことは、文章を書いているときには起こりません。手で文字を書くときはなるかもしれませんが、ワープロでの執筆中は、呼吸はいたって平常です。文章を書くことは、思考しているというよりは、眺めている、歩き回っている、あるいはマラソンのような呼吸運動の状況に（僕の場合は）近いようです。少なくとも緊張ではない、ということ。

今日は、ちょっと遠方へ出かけました。といっても、宿泊するわけではなく、夜には帰宅するので、仕事への影響はありません。また、ノートパソコンをクルマにのせているので、ネットもオンラインのままです。

今月も来月も、新書の新刊が出ます。僕としては、「どうしてこの種の本が売れるのだろう?」と首を傾げる現象なのですが、実際につぎつぎと依頼が来るので、書けるものを書いている状況といえます（依頼の半分以上をお断りしています）。これまで14冊の新書を上梓していますが、これらの印刷書籍の部数累計は65万部を超えています。1冊当たり、5万部も売れているのです。14冊を比べても、売れている売れていないの差がさほどありません。安定しているようです。

日本の本屋さんの中を覗いたのは、もう数年まえになりますが、新書のコーナがわりと広いスペースを占めていました。新書は表紙に特徴がないので、タイトルだけで売れるのだろう、と思っていましたが、オビに写真などを使っているので、平積みで目を引くディスプレィもされていまし

た（さほど効果はないと思いますけれど）。

　もちろん、新書よりも何倍も文庫が売れているはずですが、新書は文庫ほど種類が多くはありませんから、本1冊当たりで計算したら、新書は売れるのだろうな、という印象を持ちます（一番売れていたのは10年くらいまえでしょうか。今はもう下火です）。

　今回、SBクリエイティブから『集中力はいらない』を出しました。発行されて2週間くらいAmazonを観察していたところ、常にKindle版の方が上位でした。SBクリエイティブ内での順位を見てみると、Kindle版はずっとトップでした。印刷書籍の方がだいぶ下（6位〜10位）にランクされていましたが、ちょっと気になったのは、Kindle版が印刷書籍より上位なのは、僕の本だけなのです。作家によって違いがある、ということでしょうか。

　以前から、「森博嗣の読者は電子版の比率が高い」と複数の編集者が言うのを聞いています。では、その理由は何でしょうか。僕自身が電子版を推しているから？（これはほとんど影響ないでしょう）それとも森博嗣作品は多すぎて置き場所に困っているから？（こちらはありそうですが）

　ところで、どういう方が新書を読むのでしょうか。一番想像しやすいストーリィは、学生の頃まで小説やエッセィを読んでいた人たちが、社会人になり、少しでも現実（自分の生活）に活かせる内容のものを読もうとしている、というものでしょう。これは、編集者などと話していても、そうなのかな、と納得できる仮説です。

　もう一つ別のウェーブは、芸能人をはじめとする有名人が新書を出す、というもの。出版界は大不況ですから、本の宣伝などに金がかけられません。別分野で有名な人、フォロワが多い人に書かせて（書けないときは代筆して）商売をしようとしているのです。「本を上梓する」というのは、ある種のステイタスがまだあるみたいですから、出版社が誘えば、皆さん前向きになるのかもしれません。でも、このウェーブはそろそろ頭打ちでしょう。

　出版社としては、カバーなどのデザインが不要だし、レイアウトも決まっていて、楽に作れるのに、文庫よりも高い値段設定ができて、利益率

が良好だという甘い汁なのでは、と勝手に想像していますが、もしかして、ノンフィクションの場合は、原資料に当たったり、噛み砕いた内容に修正したり、といった編集作業が大変なのでしょうか？

どちらにしても、新書のブームはもう終わっていて、はっきり言ってしまうと、「文庫にしたら」というのが僕の個人的意見です（書くのは5回めくらい）。さて、どこの出版社の新書が、最初に文庫化へ舵を切るでしょうか。

 ある編集者から、「新書はまだ売れていますよ」と聞きましたが。

---

2018年3月27日火曜日
## 単にラッキィだっただけ

『ジャイロモノレール』の図面の仕事。清書はあと1日くらい。写真などの整理も同時にしています。新たに撮影するものも数枚。多くは、既に撮ったり発表したりしたもので間に合いそう。ようやく先が見えてきた感じがします。本文を書いたのが1月ですから、もう3カ月もこの仕事をしてきたのですね（ゲラを読む仕事などがこれからありますけれど）。

そろそろ、4月に書く新書の内容を考えつつあります。しかし、そのまえに、10月刊予定の講談社タイガ『人間のように泣いたのか？』の初校ゲラを見るつもりです。これで、ちょうど3月が終わるのではないかと……。

これを書いているのは3/22ですが、既に秘書氏のところへは、漫画『赤目姫の潮解』の見本が届いたそうです。予定どおり24日に発売されます、よろしくお願いします（自分の本だと、こんなことは書きません）。

春らしいぼんやりとした天候が続いています。日差しは暖かいのですが、空気はまだ冷たい。夜は、雨や雪が降ったりしています。霧も霞も出ますね。野鳥がとても多くて、何をしているのか、何羽も地面を歩いています。小さいのは雀より小さいし、大きいのは鶏よりも大きいですね。名前（種類）はわかりません。

今日も遠くへ出かけていきました。明日も出かけます。4日連続で通っているのです。仕事ではなく、遊びです。楽しいのでやっているだけ。何をしているのかは、ここでは書きません。もう20年以上もブログを続けているのですが、実際の生活のうち1割くらいを書いているのかな、という感覚です。9割は書いていません。当たり障りのないことだけを、抽象的に書いているのです。当たり障りのあることや具体的なことは書きません。

　デビューした1996年当時、出版社の編集者は、電話とファックスで仕事をしていて、メールを使える人は少数でした。電話といっても、もちろん携帯電話ではありません。そんなものを持っている人は、個人ではほとんどいませんでした。

　僕自身は、ネットはその5年くらいまえからやっていて、仕事の連絡はすべてメールでしたから、担当編集者にメールで連絡をするようにお願いしました。最初に講談社へ作品を投稿したとき（この作品は『冷たい密室と博士たち』です）、自身の連絡先を書き間違え、うっかり実家の電話番号を書いてしまったのです。それくらい、電話をもう使っていなかったということです。ですから、編集部から実家へ電話がかかってきてしまいました。小説を投稿したことは周囲には内緒でしたが、実家の両親にはばれてしまったわけです。

　デビューが決まっても、新人ですから知名度がありません。どうやってプロモートするのかを思案し、小説の中ではネット利用が出てくるわけですから、作家もHPくらいなくては駄目だろう、と考えました。同時に掲示板も設け、読者とやり取りができるようにしました。また、日記を始めて、これから出る作品のことを書くようにもしましたし、読者からのメールにはすべてリプライしました。小説家で、こういったことをしている人は、ごく少数だったかと思います。そもそも読者も、ネットに接続できる人が非常に少なかった時代です。

　当時、一般家庭でネットをするためには、電話回線を使ってパソコンを接続する方法しかなく、その回線も、音で信号を送っていました。中には、電話の受話器を装置にのせて、音声で信号を送受信するモデ

ムがまだ使われていたほどです。通信速度はめちゃくちゃ遅かったので、ブログに写真を貼ったりしたら炎上します。メールに写真を貼付するのもマナー違反でした。

それでも、ネットは少しずつ普及していき、ファン倶楽部ができたり、ネット上でいろいろなイベントが行えるようにもなってきました。それでも、まだネットで買いものはできないし、まして電子書籍なども、ほんの一部のマニアがチャレンジしているだけ、という状況でした。

そもそも、小説をワープロ（装置、あるいはコンピュータのソフト）を使って作品を書いている人が少数派でした。また、もしワープロで書いたとしても、プリンタで紙に出力して郵送していたのです。メールで原稿が受け取ってもらえるようになったのは、デビューから3年後くらいだったのではないでしょうか。

今のネットはつまらない、という話を何度も書いていますが、これまで作家としてやってこられたのは、ネットのおかげだというのは事実。これはラッキィでした。

最近では、クリエイタがネットでプロモートすることが当たり前になりました。僕は良い時期に始めることができ、非常に大きな利益を得たわけですが、今同じことをやっても効率が非常に悪くなってしまいました。かつては無料で素晴らしいコンテンツが見られたネットが、今は広告や課金で濁っているのと似ています。

そんな濁ったネットで今もブログを続けているのは、前半の萌芽期で得られたものをお返ししている、と自分では理解しています。

 そうはいっても、そろそろネットから足を洗うつもりでおります。

２０１８年３月２８日水曜日
## 水に流せない支配について

遠方お出かけの日の最後です。今日は、スバル氏も一緒に行くことになりました。途中でスタバに寄って、ここでハーブの香りがするサンドイッ

チを食べました。道は、ところどころ雪が残っていますが、路面は乾いています。クルマも少なめ。信号もほとんどなく、すいすいと気持ち良く走ることができました。

『ジャイロモノレール』のペン入れは終了しました。消しゴムをざっとかけたところ。図のタイトルのリストを作り、写真と図の整理をしました。図面が34枚で、写真が41枚でした。最初と少し数字が異なるのは、図面ではなく写真にしたり、その逆だったり、といった変更があったためです。もう一度見直して、細かい修正をしたあと、コピィを取るか、スキャナで撮って、編集者へ送る予定です。

　明日から、Wシリーズ最終話『人間のように泣いたのか?』の初校ゲラを読みます。来週後半に、第9話『天空の矢はどこへ?』の再校が届くそうなので、続けてそちらを見ることになるでしょう。新書の執筆はそのあとになります。

『森籠もりの日々』のゲラも来るでしょうし、『MORI Magazine 2』のゲラも来そうですから、4月はわりと忙しいかもしれません（ずっと忙しいように見受けられますが）。

　とはいえ、小説の仕事をここに書き出しているから、忙しく見えるだけです。僕自身、書き出しているうちに、忙しいみたいだなあ、と感じますが、一日の大半は仕事のことをすっかり忘れています。たとえば、読書の時間は、作家仕事の3、4倍ありますが、読んだ本に関してここでは書いていません。工作の時間は、4、5倍ありますが、ほとんど具体的な話は書いていないはずです。

　昨日は、ネットの萌芽期のことを少し書きました。特に、スマホが登場して一気にネットが一般的になり、あっという間に、このネット空間が人々の「リアル」になりました。人づき合いも、買いものも、情報収集も、遊びも、あるいは仕事も、すべてネット上で展開している、という人が増えてきたはずです。

　僕は、ネットの初期にメリットだけを利用できたので、本当にラッキィでした。でも初めから、このネット世界はあくまでもバーチャルだと認識していたので、リアルの生活をネットにはアップロードしない、という方針を貫

いてきました。

　たとえば、クレジットカードはもう40年も利用していますが、ネット社会以後は、新しいカードを僕は作っていません。個人情報がネットにアップされるからです。したがって、あらゆるポイントと僕は無縁です。SNSに関わらないのも、このためです。

　いずれは人々がネットの支配を受ける時代になる、どこからでも個人が監視される時代になる、と考えていたので、関わらないようにしよう、と決めました。ネットを使って検索をし、閲覧をし、買いものをすれば、個人のデータが誰か他者のものになります。AIがそれらを処理して、以後は個人の趣味や生活に合わせて、ネットが形成されることになるでしょう。公共のものを見ているつもりでも、それは「見せられている世界」といえます。

　知らず知らずのうちに、個人の思想に影響を与えることも可能で、今後AIが賢くなるほど、こういった支配は強力になってくるはずです。ネットに飼い馴らされた大衆、という将来像は、既に構築が着々と進んでいます。

　自分の好きなものに囲まれた世界ですから、それは幸せなのではないか、と思う人が多いことでしょう。餌が目の前につぎつぎ流れてくる家畜たちも、きっと幸せだと思っていることでしょう。

　けれども、人間はもう少し賢く、もう少し自由であり、その自由のためには、自分で新しいものを選ぶ必要があります。新しいものに出会うことで、人間は自身を変革していく。ここが家畜ではない、といえる部分なのです。

　まえにも書きましたが、今大勢の方は、なんらかのデータをネットに毎日アップしています。ほとんどはつまらないものですし、誰にも影響を与えない無害なものにすぎません。でも、それらは永遠に残ります。すべてをAIが検索することになり、どんな傾向の個人なのか、何十年も経った頃に分析されるかもしれません。自分はもう年寄りだから関係ないと思っていても、子孫にまで影響するかもしれないのです。あなたの孫が総理大臣になりそうなとき、祖父はこんな下品なものを愛好していた、こんな口

汚い書き込みをしていた、と言われることになる可能性もあります。

　シンギュラリティが2045年などと話題になっていますが、ある年からがらりと変化するわけではありません。既に、AIはネットのデータを参照し、学習をしています。今ネット上にあるデータが、AIの知性の元となっていきます。これからの世の中は、どれだけ時間が経っても、「水に流す」ことができないシステムなのです。

 クラウドが登場したときに、「危ないな」と感じたのが始まり。

---

2018年3月29日木曜日

## 抽象的な羅針盤を持とう

　今日はゲストが2名いらっしゃるので、朝からゲストハウスへ行き、水道が出るようにしてから、給湯などをチェックしました。スバル氏が掃除をしている間に、ストーブに使う薪を一輪車で運びました。

　朝はもちろん、まだ氷点下ですが、日が上がると強い日射でぐんぐん気温が上昇します。ダウンを着て外に出ても、作業をしている間に暖かくなってきて、上着がいらなくなるほどです。

　今は南垂れの場所で線路工事をしています。穴を掘っていて、その底の水平を確認するためにレベルを使って測量をしました。明後日くらいから本格的な基礎工事が始められそうです。まだ足りない材料があるので、ホームセンタへ買いにいかなくてはいけません。

　4日間運休していた庭園鉄道も平常運行に戻りました。この4日間は、特に悪天候でもなかったので、線路上に落ちている枯枝は少数でしたが、吹き溜まりの部分に雪が残っていました。夜の間に乾いた粉雪が飛んできたのでしょう。

　『人間のように泣いたのか?』の初校ゲラを読み始めました。今日は最初の10%くらいまで。校閲の方が、精密な指摘をされているので、感心します。

　講談社からは、のんた君の契約書が届きました。僕と講談社の間で

は金銭のやり取りはないのですが、いちおう著作権に関わることでもあり、またファン倶楽部との関係もあり、会社として必要なようです。もうすぐK木氏がこちらへ訪ねてこられる予定ですから、この話が出るのかもしれません。そういえば、もうそろそろ出来上がる頃ですね。楽しみです。

　良い時期に作家としてデビューした、超ラッキィだった、というような話を昨日、一昨日書きました。ラッキィだった点は、たまたま飛び込んだ小説界がまだミステリィがブーム（の最後の方）だったし、出版界はまだそれなりに勢いがあったこと。また、たまたま自分が使っていた初期のインターネットが、作家の活動で利用できたこと。そんなタイミングの良さがあったから、偶然にも事が上手く運び、ラッキィだったと考えています。

　ここで重要なことは、「今小説を書いたらチャンスがある」といった認識でスタートしたわけではない、ということです。なにしろ、出版界や小説界がどんな状況なのか、まったく知りませんでしたので、チャンスがあるという判断などできようはずがありません。ただ、ぼんやりと「理系的な内容は珍しいのではないか」といった憶測をした程度です。

　一旦入ってみて、周囲の反応をネットで観察し、分析することで、「やはり珍しいのだな」と確信したり、あるいは逆に、「これはもう充分だな」と反省したり、細かい部分の軌道修正を頻繁にしました。

　物事は、行動してみないと反応が得られません。反応があって初めて行動の評価ができます。大まかな方針は大事ですが、とにかく実行し、常に軌道修正をする敏感さ、俊敏さが求められます。

　結局、ラッキィな的を狙ったのではなく、結果として分析したらラッキィだったというだけのこと。たとえば、今から「理系ミステリィで行こう」と考えたって無意味だし、これから「小説で一発当てよう」としたって、かなり難しいことは歴然としています。

　誰かが成功した道は、既に通り過ぎた道であって、今からその道を歩こうとしても、同じゴールには至りません。時代や条件が変化しているし、誰かが成功したことで道自体が閉ざされている場合もあります。つまり、歩くべき道とは、誰も通ったことがない道なのです。

　そういった道は、なにか明確な目的地へ通じているのではなく、既存

の沢山の道の隙間、つまり野や畑のような道のない土地を通ることと同じですから、進める場所はどこだろう、といつもきょろきょろと見回して軌道修正をしなければ道になりません。これは、目標を目指すというよりも、歩ける場所を探す、むしろ近視眼的な捜索になりがちですが、それでも、見失っていけない「方向性」のようなものを示す羅針盤が必要でしょう。「だいたいあちら」といった感覚です。

歩ける道を探るプロセスでは、いつも真っ直ぐ目標に向かってはいられない、場合によっては遠回りも必要です。自分が目指すものはこれだ、と具体的に拘っていると、結局は進めなくなり、才能がなかったのか、と諦めることになりがちでしょう。抽象的な羅針盤で、「だいたいOK」という曖昧さで進む方が、結果的に辿り着ける可能性が高いのではないか、と思います。

 目標に向かって進むときには、目標に拘らない姿勢が大事です。

---

2018年3月30日金曜日

## 並ぶ経験を積まない人

日曜日です。どうして日曜日だと意識したかというと、ゲストハウスにゲストが宿泊されているからです。朝から、庭園鉄道を運行しました。晴れ上がっていますし、日差しも暖かいのですが、気温はそれほどでもなく、もちろん朝は氷点下で、霜が降りて一面真っ白でした。

『人間のように泣いたのか?』のゲラは、25%まで読むことができました。校閲の鉛筆(修正指摘箇所)に○をつけるだけで、ほとんど文章を直してはいません。本作は300ページを超えています。もしかして、Wシリーズ最長でしょうか。

『ジャイロモノレール』の図面は、スキャナで撮って、メモリィスティックに収めて送ることにしました。明日くらいにその作業をしましょう。この仕事はそれで一段落。

漫画『赤目姫の潮解』の見本が届きました。普段は見本は開きもし

ませんが、どうしても中の絵を眺めたくなります。スズキ氏の絵は一見シンプルで、最近主流の耽美さはなく、むしろ削ぎ落された感じさえするほど硬質です。しかし、よくよく見てみると、いずれの表情も仕草も、とにかく「鋭い」し、また「繊細」です。原作文庫版の解説を書いていただいた冬木糸一氏が、ブログ（基本読書）に感想をアップされてますので、ご一読を。

　お昼はバーベキューをしました。3月にバーベキューというのは、かなり大胆です。ダウンジャケットを着て食べました。日差しが暖かいので、風が当たらない日向にいれば寒さは感じません。肉や野菜を焼いて、スバル氏が炊いたなんとかご飯を食べました。お腹いっぱいです。

　ゲストは、何度かこちらへいらっしゃっている方たちで、どちらも東京在住の2人（男性）です。ポップコーンが流行っていて、このまえまで1時間くらい並ばないと買えなかったのに、今はすぐに買えるという話を聞きました。それくらい、あっという間に流行が移ってしまうのですね。というよりも、ポップコーンで1時間も並べる人が、都会には集まっているのだな、穏やかな性格だな、と感心します。

　あと、iMacを知らないとゲストの一人が言うので、もう一人が驚いていました。調べたら、20年もまえになるのですね。名称に小文字の「i」をつける走りだったのではないか、と思いますが、違うでしょうか。たしか、まだうちの地下倉庫のどこかに現物が眠っているはずです。それどころか、Mac SE（四角い一体型）があります。それで、ハイパーカードでいろいろ遊んでいました。まだインターネットがない時代でしたが、既に現在のブラウジングの原形がありました。優れた技術というのは、いつまでも残りますが、その残るものとは、技術のコアとなった思想です。

　ところで、僕自身は行列に並んだことがありません。記憶を遡ってみましたが、うーん、どこかで並んだことがあったでしょうか。東京の駅で切符を買うときに並びますが、前にいるのはせいぜい数人です。人気の品を買うために並んだ経験はありません。というか、そういうものは買いません。レストランなどで、並ばないとテーブルに着けないほど混んでいるときは、その店をすぐに諦めます。

そうそう、ディズニーランドへ行ったときに、なるべく人が並んでいないアトラクションを選んだのですが、長いときは10分くらい待ったかもしれません。でも、それくらいでしょう。

しかし、たとえば、僕が名刺交換会をしたときには、何時間も並んで待った、とおっしゃっているファンの方がいましたから、人を並ばせたことはあったわけです。整理券を配るようにすれば良かったのに、とそのときには思いました。僕が主原因で行列ができていたことは否定できませんが、僕が主催したイベントではありません。僕がイベントのスタッフだったら、もう少し考えたのではないかと思います。

行列から抜け出る自由は、人間だったら常にあります。これがクルマに乗っているとそうはいきません。簡単に出られない状況があって、渋滞が発生します。この場合、抜け出す道があると、そこへまた多くのクルマが殺到します。渋滞してしまったときは、僕は諦めて並び続けることにしています。そもそも渋滞するような道と時間を選んだことが敗因であり、そういうことを以後は避けよう、と考えます。ですから、若いときは何度も渋滞にぶつかりましたが、最近は滅多に渋滞に出会いません。あっても、事故渋滞くらいです。

世の中には、前日から徹夜で並んだりする人がいるので、これはちょっと驚きです。でも、人それぞれ趣味がありますから、並ぶことが趣味の人がいてもけっこうだろうと思います。

 なんでも1番に欲しい、という趣味の方もいらっしゃいますね。

---

2018年3月31日土曜日
## 贅沢が普及したら贅沢ではない

枯枝を集め、落葉をバキュームで吸い、燃やしものをしました。そのあと、スバル氏とホームセンタへ行き、ワンちゃん用品を購入（ビスケットなど）。庭園鉄道を運行し、線路工事を少し始めました（どちらかというと、線路工事のための準備工事ですが）。

日差しがとても強く、空気がクリアなので、地面がみるみる暖まる感じがします。日焼けもします。いつの間にか、春分を過ぎていて、昼の方が長いのですね。まだ、あまり実感がありません。6時はほとんど真っ暗です。

　東京から来ていたゲストは帰られました。夜の暗さにびっくりされていました。「でも、満月だったら、凄く明るくて、影がくっきりできますよ」と話したら、「満月だから明るいという感覚が新鮮です」とのことでした。東京だったら、月が夜の明るさに影響するなんて、誰も考えないのでしょうね。

『人間のように泣いたのか？』の初校ゲラを40％まで読みました。あと4日ですから、3/30に読み終わります。今のところ、次のゲラはまだ来ていません。

『ジャイロモノレール』の図面と写真をメモリィスティックで送ろうと思って、メモリィスティックをネットで購入しました。1000円もしません。ところが届いたものを見たら、USB以外に、iPhoneにも差せるし、マイクロSDカードも差せるのです。余計な機能が付いてきたので、なんだか損をした気分です。でも、これはちょっと便利かもしれないので、古い方のUSBスティックを送って、新しい方は自分で使うことにしました。嫌ですね、年寄りは。

　このまえ、お金持ちの噂（うわさ）をしていたのですが、そのお金持ちと一緒に旅行をしたら、毎晩の食事はスーパで買った食材をホテルで食べる、というもので、けっして店で食べたりしませんでした。もの凄いお金持ちなんですよ。やっぱり、それくらいにしないと、お金持ちにはなれないのでしょうね。靴なんか、20万円くらいのものを履いているのですが、食べるものは、その場で消費するから金を出す意味がない、という方針でした。わからなくもないですが、そこまで極端なのかな、と思いました。

　これも人から聞いた話ですが、最近の若者は、「毎日コンビニ弁当で暮らしている」と聞くと、「え、可哀想（かわいそう）に」とプアなイメージを持つそうです。スバル氏にこの話をしたら、「豪華やん」と驚いていました。僕たちの世代は、出来合いの総菜などは贅沢（ぜいたく）なものだ、と認識しているの

です。でも、考えてみたら、今は自炊するのにも、けっこうお金がかかるのかもしれません。いつ価値観がひっくり返ったのでしょう？

　たとえば模型だと、かつては完成品は高いから、しかたなくキットを買って自分で組んだものです。ところが、今は完成品が安くなり、むしろキットを組んだ方がスペシャルな仕様にできるので高いのです。フィギュアなども、完成品は今ひとつの出来映えで、あまり人気がなく、有名なモデラが自作したものの方が数倍高価ですね。

　まえにも書きましたが、以前は「製品」の方が「手作り」よりも上でした。「手作り」はプアな印象で、「手作りですから、ご勘弁下さい」というように、言い訳の言葉だったのです。今は、明らかに違いますね。堂々と「手作り」をキャッチコピィにしている品物が沢山あります。

　そうそう、今の若者は「お寿司」が高級品だという感覚があまりないみたいで、「なんだ、寿司かぁ」みたいな反応なのだそうです。たしかに、安い寿司でけっこう美味しく食べられるようになりましたから、これは正しい評価かもしれません。トンカツも、普通の料理になってしまい、牛丼だって、どちらかというとプアなイメージで、全然贅沢感はありませんよね（かつてはあったのです）。バナナとかパイナップルとかも、超高級品だったんですよ。

　とにかく、日本人みんながお金持ちになったように見受けられます。「お金がないからできない」というものが、ほとんどなくなっている気がします。たとえば、「お金がないから進学できない」でさえ、耳にする機会が減っているようです。「お金がないからスマホが持てない」などは、僕の世代なら「贅沢言うな」となりますが、もう通用しないのでしょうね。今の「お金がない」は、「ほかに用途があるから、そちらへは回せない」という意味になったようです。

「贅沢は敵だ」という言葉がありました。意味、わかりますか？

# 4月
April

2018年4月1日日曜日

## K木局長との歓談

『人間のように泣いたのか?』の初校ゲラを60%まで読みました。1日短縮して、あと2日で(3/29に)終わりそうです。Wシリーズの最終話ですから、このあとをどうしようかな、とときどき頭を過ぎますが、今のところなにも方針は考えていません。やはりまずは、方針です。テーマといっても良いでしょう。たとえば、Wシリーズだったら、「未来の知能」くらいがテーマでした。

テーマの次が舞台となる場所、その次が、キャラクタ。それから、ストーリィ(というよりも、大まかな雰囲気)を考えます。ストーリィは、あらすじに書いてあるほど詳しくは考えません。それよりは、ぼうっとした雰囲気を決めるのです。たとえば、「なんか、薄暗いところで、しばらく少人数で過ごす」みたいな感じです。わからないでしょうね、これでは。

朝から線路工事をしました。ターンテーブルの基礎工事の準備。明日か明後日には、型枠を組み立てることになりそうなので、路盤材(砂利)を撒いて、地盤をタンパ(木槌の大きなやつ)で叩いて均しました。天気は良かったのですが、風が冷たく、暖かいとは感じませんでした。外で作業をしていたのは、トータルで1時間くらいです。

午後、講談社のK木氏と会いました。ほぼ1年振りくらいです。僕が初めて作品を投稿したとき、電話をかけて来た編集者が彼で、名古屋の栄町で会う約束をしました。電話では、「出版したい」とおっしゃったので、驚きました。会ったときに手渡したのは、2作めの『笑わない数学者』だったと思います。

K木氏は、今回異動があったようで、文芸の局長さんになられました。文芸は、第5事業局というのだそうです。つまり、彼が文芸全体のトップです。ほかにどんな局があるのか聞いたところ、雑誌&ノンフィクション、女性向け雑誌、低年齢向け漫画、成人向け漫画、児童書、の5局、つまり全部で6局あるそうです。文芸の中で僕が知っているのは、文芸第3(ノベルスやタイガを出しているところ)と、文庫の編集部だけで

すが、かつては、小説現代に連載していたこともありました、あそこは、文芸第2でしたっけ？　これだけ沢山講談社から本を出していても、文芸の全体像はまったく見えません。講談社で知っている人は、せいぜい5、6人です。知らない人がもの凄く沢山いるのです。

K木氏とどんな話をしたのかというと、出版界全体の話題です。何がいけないのか、何がまだいけそうなのか、といった展望。それから、電子書籍でこれからどんな方面に力を入れていくのかとか、出版自体の未来として、どんな可能性があるのか、みたいな漠然とした話です。

小説はもともとじり貧だから、これ以上悪くはならないというのが、僕の見立てですが、しかし、小説家志望の人はもの凄く増えていて、そういった人たちが書いている作品は、非常に高レベルになっているそうです。ところが、かつてのようなヒットは難しい時代になっていますから、結果的に作家として成立する確率は、競争率が高くなった分だけ低くなっていることになります。そんな話をしました。

幾つか考えていたアイデアをお話ししましたから、その中の一部はもしかしたら実現するかもしれません。当たるか当たらないかわかりませんが、もう「当たる」というものはない、ともいえます。「当たらないけれどそこそこ」のものをなるべく沢山集めてビジネスをするしかないのでしょう。いつも書いているとおりです。

漫画が売れなくなっている、という話も出ました。今後は、カラーでない漫画は読まれなくなるとか、スマホでは1コマずつ上下一直線に流れる漫画でないと駄目だとか（少女漫画のような複雑なコマ割りでは、受け付けてもらえないとか）。

宣伝は動画でないと見てもらえない。印刷された広告は読まれることがない。本当に宣伝が難しい時代になった、といったような話もありました。これは、だいぶまえから感じていたところです。「どうして止まった絵や写真を見せられなくちゃいけないの？」という時代です。

ところで、森博嗣の本が電子版でよく売れるという話がまた出て、その理由は何か、と2人で考えましたが、どうもこれといった有力な仮説を思いつきませんでした。

K木氏には、先日3つの本が電子版にまだなっていないからお願いします、と伝えましたが、作業は進んでいるそうです。たとえば、『森博嗣のミステリィ工作室』などでは、萩尾先生や荻野真氏の承諾が必要なので、そういった手続きのための時間がかかりそうです。

　小説作品の依頼もありました。いつまでというような話ではなく、「こんなようなものをいつかは」といった感じです。それは、いずれは書こうかなと思っていたものなので、「そのうちに」とお答えしておきました。

具体的な話よりも抽象的な話が、未来を決めることが多いのです。

―――――――――――――――――

2018年4月2日 月曜日

## メフィスト賞以前

　夜に少し雪が舞ったようですが、朝から晴れ渡りました。庭仕事をあれこれ。そのあと、庭園鉄道も運行。お昼まえにスバル氏とホームセンタへ行き、僕はセメント、砂利などの材料を購入。その間、スバル氏はドラッグストアへ行っていました。

　お昼頃から、ベニヤ板を切って、工事で使う型枠を作りました。コンクリートの型枠にベニヤ板を使う場合、ほとんど1回きりとなります。再利用が難しいのです。分厚い板なら数回使えますが、薄い板はたいてい剝がすときに割れてしまいます。

　コンクリート用バイブレータを購入しました。けっこう安い値段で出ていたから。それから、2.5mくらいの高さの脚立を買いました。これは夕方にトラックで届けてくれました。この高さなら、部屋の天井のライトを取り替えることができます。これまでは、1.8mのものが一番高く、それよりも高いのは4mの梯子だったのです。外では適していますが、家の中へ4mのものを持ち込むと、取り回しが悪いのです。

　コンクリートのミキサは持っていないので、いつも手で練っているのですが、今回はコンクリートが60リットルくらい必要なので、人力で練ったら疲れるだろうな、と心配です。ミキサは便利ですけれど、掃除が大変

だから買っていません。

『ジャイロモノレール』の図面は、コピィを撮って、コピィの方をひとまず送ることにしました。それから、写真なども発送。『人間のように泣いたのか?』のゲラは80%まで進みました。明日終わります。

次の執筆は、幻冬舎新書の来年1月刊のもの。またも、考え方というか、生き方というか、漠然とした方針的な内容になります。だいたいそうですよね、具体的な仕事や作業に特化したような内容のものは、書けませんから(『ジャイロモノレール』だけはスペシャルですが)。

昨日のK木氏との話で、『F』が文庫とノベルスを合計して累計何万部なのか、ときかれて、「70万台です」と答えたのですが、あとで調べてみたら、81万部でした。電子書籍や合本(シリーズでまとめたもの)などは計算に入っていません。もちろん、僕の著作の中では飛び抜けています。

K木氏は、この作品は「編集部からの依頼で書かれたもの」と記憶していたようですが、それに近いとはいえ、そのとおりではありません。1作めの『冷たい密室と博士たち』を投稿したら、K木氏が会いにきて、そのときに2作めの『笑わない数学者』を渡して、「3作めももうすぐ書き終わる」と話したのです。3作めというのは、『詩的私的ジャック』です。

すぐそのあと、東京へ出ていったときに、講談社を訪ねて、K木氏とU山編集長に会いました。ですから、編集者に会ったあとに書いた初めての作品は、4作めの『すべてがFになる』なのです。K木氏やU山氏に会ったときに当然「どんどん書いて下さい」と言われているはずですから、その意味では4作めからは、「依頼されて書いた作品」だといえます。既に本になることが決まっていたわけですから。

それで、3作めを送ったら、U山氏が電話をしてきて、感想を聞きました。そのときに、4作めを書き始めていたのです。U山氏から、「次はどんな作品ですか?」と尋ねられたので、「次は、孤島の研究所で密室殺人ですね」と答えました。すると、U山氏が「それは凄い。では、その作品を最初に出版しましょう」とおっしゃったのです。

それ以前から、書いた作品は全部出版するという話でしたが、時期がいつなのかは決まっていませんでした。いつ頃に本になるのかなあ、とぼんやりと想像していました。1作めを8月に書いて、そのあと、1ヵ月に1作ペースで12月には、5作めの『封印再度』を書きました。U山氏からのその電話は、10月か11月だったと思います。

　12月末には、ついにゲラが来ました。『F』のゲラです。これをチェックしなければならなくなり、作品の執筆が、毎月1作ペースでは進められなくなりました。ゲラを見るのに時間がかかるから、3ヵ月に1作ペースにならざるをえない、という計算でした。ですから、その後はノベルスが3カ月置きの発行になったわけです。『F』が発行され、デビューしたのは4月のことです。初めて小説を書いたのが8月ですから、8カ月後のデビューでした。

　メフィスト賞というものが設立されたのも、1月か2月頃だったのではないかと思います。僕の作品が受賞作の第1号になっていますが、僕はメフィスト賞に応募した経験はありません。投稿した作品は1作だけで、そのときには、メフィスト賞はまだなかったのです。

　4作めが1作めになったので、4作品の年代を変更しないといけなくなりました。登場人物の年齢などを変更しました。本来、『F』では、西之園萌絵が卒業研究で研究所へ行く設定だったのに、1年生になってしまい、苦しい展開になっているのです。

　デビューしたあと、U山氏から、「6作めはどんなものになりますか？」ときかれて、「次は短編集です」とお答えしたのですが、もの凄く驚かれました。これは、どんでん返しだったようです。

　この時点では、S&Mシリーズは5話完結のつもりだったのです。

---

２０１８年４月３日火曜日

## 「まだ大丈夫だ」という幻想

　『φの悲劇』のカバーとオビの案が届き、確認してOKを出しました。

『人間のように泣いたのか?』の初校ゲラは読み終わり、編集部へ発送。『ジャイロモノレール』の図面を、編集者S氏が確認してくれて、これからレイアウトをしてゲラにする作業となります、とのことでした。NHK新書『読書の価値』は見本ができたので発送します、というお知らせをいただきました。早いですね。

　最近は、著作の教育利用については外部に委託しているので、直接やり取りをしないで済んでいますが、入試のシーズンが終わり、あちらこちらから試験問題などが届いているようです。いちおう僕の手許まで送られてくるのですが、問題自体を見るようなことはありません（興味がないため）。

　今日は、久し振りにコンクリートを練りました。庭園鉄道のちょっとした工事のためです。6リットルくらいなので、ほんのちょっとです。スコップを使って人力で練りました。この作業に関しては、人一倍慣れているので、肉体疲労することはありません。スコップの抵抗で、調合が適切かどうかもわかります。明日は、10倍くらいの量を練る予定で、それくらいになると、大きな練り皿が必要ですが、ここにはありません。いつも一輪車のパンでやっていて、とても60リットルは入りませんから、何度かに分けて練ることになりそうです。これは、専門的には「打ち継ぎ」といって、推奨されていない方法ですが、しかたがありません。

　セメントと水が混ざると強アルカリ（pH12以上）になって、一輪車やスコップの錆が一気になくなって綺麗になります。錆びるのは酸化で、アルカリ性の反対なのです。強アルカリであっても、まったく安全です。

　小学生向けのコンクリート教室を開催したことがありますが、コンクリートを練ってもらうときは、いちおうゴム手袋をしてもらいました。紙コップの中に入れて、持ち帰ってもらいました。翌日には、円錐台形の文鎮ができてるわけです。あと、お祭りのときなどに売っているお面で、目の穴を塞いで、コンクリートを入れると、やはり顔の形の文鎮ができます。ようするに、文鎮にしかならないのです。

　でも、木工だって紙の工作だって、刃物を使いますし、金属だったら、ドリルや溶接が必要です。それに比べると、コンクリートの工作は、

粘土細工に近いもので、子供でもできてしまう。まったく危険な作業がありません。しかも、出来上がったものは、木材や金属よりも長持ちするのです。ちょっと、コンクリートの宣伝でした。

　K木氏と会ったあと、出版界のこと、あるいは昔話を書いています。K木氏は「20年まえに森さんが言っていたことが、ほとんど現実のものとなっている」とおっしゃっていましたが、それは「予測」というほどのことではなく、既に20年まえに始まっていた問題だった、ということです。僕は、「ここが問題ですね」と指摘しただけなのです。

　もちろん、K木氏以外にも沢山の方に言いました。雑誌は今のままでは駄目です。ハイブリッドカーはまだ無理がある。新聞もTVも落ち込むでしょう。漫画も売れなくなります。ミステリィもじり貧になります。そんな話ですね。そのときに、当事者の方々は、「いや、まだそんなに酷くはなっていない」「いえ、まだ業績は伸びています」「人気があって、生産が追いつかないくらいです」とおっしゃっていました。

　10年くらい経った頃、「まだ大丈夫だ」と言われていたのです。「いや、日本人は新聞が好きですから」「TVが落ち込むことはありえません」「紙の本が好きな人が沢山いるんです」そういう話を聞きました。

　僕が言っていることは、「みんなが嫌いになりますよ」ではないのです。商品が売れなくなるという話です。そこがずれているのですね。皆さんが語られるのは、ご自身の「願望」でした。こうあってほしい、という意見です。僕は、そういった意見を述べているのではありません。観察される傾向を述べているだけです。

　こんな人が増えているようだ、と観察され、そうなる理由が想定され、また実際にそれがなんらかの数字の変化として現れていたので、きっといずれはこうなるでしょう、という話をしただけです。

　大切なことは、自分の周囲の同じ仲間、狭いエリアの観察ではなく、広くランダムな状況を捉えることです。同じことをしている仲間を観察しても無意味なのです。仲間ではない人を見る必要があります。

　出版に関していえば、日本人の大部分は本も文字も読まない人たちですから、そういう人たちが何をしているのかを観察する必要があります。

商売は、現在の顧客ではなく、顧客以外の人たちを見ていなければならない、ということです。

さらには、「まだ大丈夫だ」という状況で、手を打っておくべきだと思います。

 対策を講じても、それに従わない「大丈夫族」がいることが問題。

---

２０１８年４月４日水曜日

## コンクリートを沢山練った日

今日は、小説の仕事はお休みです。『MORI Magazine 2』のレイアウト案が届き、どれでいくかを選んだだけです。今回もイラストは、コジマケン氏。講談社からは、『天空の矢はどこへ?』の再校ゲラが届きました。明日から見ましょうか。

今日は朝からコンクリートを練りました。一輪車のパンの上で練るので、一度に沢山はできません。12リットルずつ、4回に分けて練りました。だいたい15分くらいかけて（1回分を）練ります。それを型枠に入れて、また次を練る、という手順です。さすがに途中で一度休憩して、コーヒーを飲みました。先日買ったバイブレータがとても良品で、音は静かですがパワーはあります。コンクリート打設には欠かせない道具といえます。

11時頃にすべてを打ち終わりました。昨日の分も入れると、全部で60リットルを練って打ち込んだことになります。全部がコンクリートではなく、最後の上面はモルタルです（コンクリートから砂利を除いたものがモルタル）。

このあと、燃やしものをして、庭園鉄道を運行し、1時間ほど経ったところで、モルタル上面をコテで均しました。硬化には1日かかります。明日か明後日に型枠を外します。

春らしく暖かくて、気温は10℃ほどありました。コンクリートの硬化は化学反応なので、温度が高いほど速く進行します。また、硬化中に発熱するので、打ったあとのコンクリートは、触るとわかるほど温かくなりま

す。日本の基準では、打設後28日（4週）で所定の強度が発現するように調合します。冬は低温のため強度発現が遅く、その分高強度の調合にしなければなりません。結果として、冬に打ったコンクリートの方が強度が高くなります。ですから、冬に工事をしたマンションを買った方が耐久性に優れていて、お得かもしれません（これを書くのは3回めくらい?）。

　お昼には家族でスーパへ出かけ、食料品を購入。いつものとおり、僕は自分の飲みものとパンを選びました。

　さすがに、コンクリート練りで疲れました。大学のときには1000回以上コンクリートを練ったと思います。もちろん、だいたいはミキサを使うのですが、ミキサからパン（練り皿）にあけたあとに、2人くらいでスコップで練り返すのです。腰を入れて手早くやらないといけないので、熟練が必要です。講座に配属されたばかりの4年生には任せられません。

　共同研究をしている企業の研究所で実験をすることも頻繁にありましたが、その研究所の技術員の人が練ってくれました。東大の実験室でコンクリートを練ったときには、各企業から派遣されている研究生が大勢いて、大学の助手や助教授は労働しなくても良いみたいでした。建築と土木でも違っていて、それぞれの研究室で仕来り（しきたり）があるので、他所では口出しができません。僕の研究室は代々、教授がスコップを持って先頭に立って練るのが恒例でしたから、助教授や助手はそれ以上に頑張ったものです。

　昨日もコンクリートの宣伝的なことを書きましたが、庭園鉄道でいろいろ作ってみて、コンクリートの利点がよく認識できました。金属製のものはすぐに錆びます。ペンキを塗って防御しますが、ペンキがすぐに剥がれますから、頻繁に塗り直さないといけません。実物の鉄橋などもこのとおりです。また、木造のものは、防腐剤を塗っておかないとたちまち腐ります。この防腐剤が自然環境的によろしくないものが多いのです。防腐剤や塗料を塗っても、風雨に晒（さら）されて、いずれは朽ちることになります。特に日射（紫外線）が劣化を早めます。

　自作したミニチュアの家や橋、あるいは信号機などのストラクチャは、5年すれば、大幅な修理が必要になります。10年も経つと、直すことが

無理なほどぼろぼろになります。同じ材料でできている機関車は、そこまで劣化しません。普段は車庫に入っているからです。外に出しっぱなしにすると、早期に劣化するということ。

　庭園鉄道を始めて、もう18年になるのですが、壊れずに原形を保っているものは、モルタルで作ったミニチュアの家くらいです。これらは、ベニヤ板にモルタルを塗って作りました。内部のベニヤがぼろぼろになっても、モルタルはそのままです。やはり耐久性に優れた材料なのだな、と感心します。

　コンクリートの研究をしている人は、たいてい木造の家に住んでいます。住宅になると、ちょっと話は別なのです。主な理由は、改築がしやすいから。でも、どんな住宅でも、基礎はコンクリートでできています。現在、これ以外の基礎はないといっても良いでしょう。

 基礎だけは、あとから直せません。最初にしっかり作りましょう。

---

2018年4月5日木曜日
### ハイブリッド材料

　6月刊予定の『天空の矢はどこへ?』の再校ゲラの確認を始めました。まずは、初校のときに修正した箇所が直っているかをチェックしました。1時間ほどかかりました。今日の仕事はこれだけです。日差しで暖かいサンルームでこの作業をしました。

　そういえば、先日購入した2.5m高の脚立で、書斎の電球を交換しました。書斎の天井には2つライトがあって、1年ほどまえに1つが切れたのですが、その状況にずっと甘んじてきました。夜に図面を描いたり、ゲラを読むときは、ライトスタンドを手許で灯していました。天井の2つを点灯させたら、明るいこと明るいこと。

　昨日打ったコンクリートの型枠をばらしました（壊したという意味）。まだ充分に強度は出ていないので、慎重に剥がしました。乾燥しないように、水をたっぷりかけておきます。お昼頃と夕方にも水をかけました。今朝

は、氷点下4℃でしたので、コンクリート中の水分が凍結しないか心配しましたが、問題ない仕上がりでした。もの凄く低温になるような工事は、凍結防止のため夜の間はランタンなどを焚く場合があります。

　昨日も一昨日もコンクリートの話で恐縮ですが、コンクリートが優れている点として、調合によってさまざまなタイプのものが簡単にできてしまう点が挙げられます。普通のコンクリートの強度は、1平方センチ辺り、200kgf（力の単位）くらいなのですが、少し調合を変えるだけで、簡単に倍の強度になります。3倍でも可能です。強度は、水とセメントの比率によって決まるので、水に対してセメントを多くするだけで高強度になります。

　また、練ったときの（生コンの）軟らかさは、全体に対する水の割合で決まっているので、高強度にして、しかも生コンが軟らかい、という設定も可能です。性能が独立してコントロールできるのです。ただ、コンクリートの材料（水、セメント、砂、砂利）の中で、セメントだけが高いので、高強度で軟らかいコンクリートは、値段が高くなります。といっても、もともとめちゃくちゃ安い材料ですから、大した値段ではありません。木材や金属に比べたら、圧倒的に安いことは確か。

　安くて、安全で、簡単で、しかも耐久性抜群のコンクリートですが、最大の欠点は、引っ張り力に弱いことです。引っ張られると、圧縮されたときの10分の1くらいの力で、ちぎれてしまいます。「ちぎれる」という状況がよくわからないかもしれませんが、ようするに「ひびが入る」ということです。引っ張られた方向に直角にひびが入ります。

　そこで、引っ張り力が作用しそうな部位には、内部に鉄筋（鉄の棒）を入れておきます。断面積の数パーセントという少量の鉄筋があるだけで、ひびが防止できます。引っ張り力を鉄筋が支えてくれるからです。

　このハイブリッド構造のことを「鉄筋コンクリート」といいます。英語では、reinforced concrete、つまり補強コンクリートと呼びます。日本人の多くは、これを略して、「鉄筋」と言っていますが、それでは中に入っている棒だけを指すので、ちょっと困った表現だといえます。鉄筋だけでは、構造物は作れません。しかも、すぐに錆びてしまうでしょう。コンク

リートはアルカリ性なので、中に入っている鉄筋は錆びません。防錆塗装もメンテナンスも不要です。

コンクリートは、かなり昔からあったのですが、鉄筋を入れる発明はフランス人によるもので、最初は植木鉢を作るためだったそうです。建築家のコルビジェなど、鉄筋コンクリートはフランスが先進国となりました。

そういったわけで、うちの講座の学生の結婚式では、教授が必ず、このコンクリートと鉄筋の相性の良さ（引っ張りに弱いところを鉄筋が補い、錆に弱いところをコンクリートが補う）の話をして、夫婦は持ちつ持たれつであるというスピーチをしていました。知らない人が聞いたら、なんという偏った比喩だろうと思われる可能性は大です。

よく誤解されているのは、「打放しコンクリート」と呼ばれるもので、仕上げをせず、型枠から外したコンクリートそのままの意匠のことをいいますが、この「打放し」には、これといってメリットがありません。仕上げをしないので安くなるかというと、そうでもないし（誤魔化せないので、綿密な施工計画や準備が必要）、耐久性にも劣ります（表面から中性化するため）。では、何故有名建築家がみんな打放しの建物を造ろうとするのかというと、それは「ただ見た目が格好良い（と自分が思っている）から」というだけの理由です。たぶん、亭主関白の比喩に最適なのではないか、と思われます。

 コンクリートの研究者が、打放しの自宅を建てることはないかな。

---

２０１８年４月６日金曜日

## ケーキの良い話

『天空の矢はどこへ?』の再校ゲラを読み始めました。今日は20%まで。このペースなら4日後に終わります。ほとんど直していません。今日の仕事はこれだけ。

朝からモルタルを練り、レンガを積みました。レンガの数は7個。庭園鉄道の工事です。それから、久し振りに水を出して、地面に撒きまし

た。乾燥しすぎているからです。ついでに、クルマをガレージから出して、高圧洗浄機でざっと洗いました。洗剤などは使っていません。雪道などを走ったあとだから、特にリアが汚れていました。今週は、遠方へドライブに出かける予定があります。もうタイヤをノーマルに交換しても良いかもしれません。

　庭園鉄道も普通に運行。ところどころで、小さな芽が出ている植物を見かけます。スバル氏が植えた球根かもしれません。秋に300個以上も球根を埋めているのです。

　全然関係ないことを今、ふと思い出したのですが、名古屋駅の髙島屋の地下にハーブスというケーキ屋さんがあって、そこのレモンケーキが美味しくて、10年くらいまえでしょうか、吉本ばななさんとか、清涼院流水さんのところへお土産に持っていきました。最近、これに近い味のケーキを食べたときに、スバル氏に「名古屋のデパートの地下にあるケーキ屋さんでレモンケーキをよく買ったよね」と話したところ、「髙島屋、ハーブス」と固有名詞を指摘されたのです。さらに「君がレモンケーキだと言ったから、みんなが買いにいったけれど、そんな名前のケーキはなかったって」とのことでした。誰から聞いたのか知りません。

　それで、ネットで画像検索してみたところ、たしかに名称は「レモンケーキ」ではなく、「ラウンドケーキ（クレープレモン）」というのだそうです。今さらですが、ここでお詫び申し上げます。固有名詞を頭にインプットしない人間なので、ご容赦下さい。珍しく具体的な商品名を書いてしまいましたが、おすすめするつもりは毛頭ありません。各自の自己判断で……。

　それにしても、「ちなんだ」ものをわざわざ食べにいったり、買いにいったりする人が大勢いらっしゃるのです。本当に奇特なことだと思います。こんなことなら、こういった商品も講談社が開発して、ネットで販売できるようにすれば、じぶん書店が、じぶん商店になって、ケーキも売れるようになるかもしれませんね。なりませんか、そうですか。

　ケーキといえば、編集者の方たちがいつもケーキをお土産に持ってきてくれるのです。出版社を問わず、もうずっとそうですね。どこかで僕が

大喜びしたのではないでしょうか。「あ、森博嗣はこれなんだ」と思われたかもしれません。たしかに、お酒なんかもらっても、どうしようもありませんからね。いつだったか、ご当地ビールセットをいただいて、それをドアストッパに使っていたことがありました。これに気づいた人がいたので、「良かったらあげるよ」と言ったら大喜びされたのですが、なんと賞味期限を2年も過ぎていたというオチでした。それくらい長期間、ドアストッパだったのです。

　洋酒なんかもいただいたことがありますが、すぐに誰かにあげてしまったと思います。作家のところへは、お酒を持っていくという出版社のマニュアルがあったのでしょうか。そういえば、読者からのプレゼントも、デビューしたての頃は、ネクタイ、アクセサリィ、ハンカチなどでしたが、あっという間に、キョロちゃんとサトちゃんとMr.コンタックになりました。

　ケーキも、生クリーム系でフルーティな酸っぱさがあるものが好みだと、だんだん知れ渡ってきて、各社の編集者が持ってくるようになりました。東京には美味しいケーキがあるのだな、といつも感心していたのです。とはいえ、日頃はケーキを滅多に食べません。自分でケーキを買うことはないし、森家はケーキを買わないですね。つまり、人からもらったケーキだけ食べている人生なのです（大笑）。これでも、ケーキ好きといえるのでしょうか。

　生クリームが好きだといっても、たとえば、（いわゆる喫茶店などで出てくる）パフェは食べません。何十年も食べていないと思います。パフェとサンデーの違いは何かも知りません（容器の形の違い？）。でも、目の前に出されたら、食べると思います。全部食べたら、あとでお腹に応えそうな気もしますが……。

　ビスケットやチョコも買いません。いただきものを食べる人生です。

2018年4月7日土曜日

## 日本列島修繕・維持論

『天空の矢はどこへ?』の再校ゲラを40%まで読みました。順調です。来月刊の『φの悲劇』の初版部数の連絡がありました。

　午前中は庭仕事。主に掃除ですが、途中、庭園鉄道で遊び、また昨日積んだレンガにドリルで穴をあけて、信号機を立てたり、ターンテーブルを設置したりしました。まだ完成ではありませんが、いちおう回転するようになりました。ターンテーブルというのは、機関車の向きを変えるための装置です。最近の機関車は前後両方に運転席があるので、ターンテーブルは不要になりました。昔は、けっこう小さな駅でもターンテーブルがあったのです。

　新幹線なども、前後どちら向きにも走ることができますから、行った先の駅で、運転士だけが移動すれば、そのまま帰ってくることができます。電車だから、これができます。たとえば、機関車が客車を引っ張るような列車だと、機関車を先頭にするために入換えが必要になります。ヨーロッパの列車は、ほとんど電車ではなく、電気機関車が引く列車なので、この入換えをします。これだけの文章でも、半数の方が「わからない」状態で読み飛ばしていることでしょう。

　講義をしているときなど、自分がしゃべっている言葉を聞いている学生たちの半分以上が、言葉を頭に入れていないな、というのがわかります。顔を見ていたらだいたいわかります。最近だと、小説、エッセィ、ブログなどを書いていて、「あ、ここは半分くらいの人が読み飛ばすだろうな」とわかるようになりました。

　読み飛ばすというのは、文字を飛ばして読む、という意味ではありません。文字は読んでいるけれど、意味を頭で展開していない状態です。速く読むほど、読み飛ばしている状態になります。目が文字を追っていても、頭では飛ばしている状態。音読して、一語一語をちゃんと発音しても、読み飛ばすことは可能です。頭に入れない能力のある方が多いわけですが、人間歳を取るほど成長し、自分の生活や安全に関わ

らない余計なことは自動的にシャットアウトするよう合理化されるのです。だんだん機械になっていくわけです。

　日本では、例年より桜が早く咲いたみたいですね。温暖化ですから、平均的にそうなっていくはずです。僕が子供の頃には、30℃といったら、真夏の日中の気温だったわけですが、今どき30℃くらいでは誰も「暑い」と言わないのかも。僕の親父の時代だと、名古屋城のお堀で冬にスケートができたそうですから、それくらいの勢いで世の中は暖かくなっているのです。昔は新潟が米どころでしたが、今は北海道。魚の獲れる場所もどんどん北上しています。九州が昔の沖縄くらいの感じなのではないでしょうか。

　そもそも、ゲリラ豪雨みたいな雨は、かつては夕立でしかなくて、今ほど雨が降りませんでした。今は、毎年のようにどこかで洪水になります。もちろん、冬は豪雪になるわけです。昔に作られた体育館などは、雪の重みで屋根が落ちたりするはずです。河川の堤防も、今のうちにやり直さないと、崩れたところを直すだけで予算が消えてしまうことでしょう。

　土木関係の構造物は、つい最近作られたものが多く、昭和の高度成長期に急いで建設されました。どんな構造物も寿命がありますから、一気に作ったものは一気に劣化します。橋やトンネルや高速道路などが、これから傷んでくるはずです。もちろん、既に修繕をしているわけですが、どうしても悪いところから直す、という後手に回った優先順位になります。

　それから、観光資源なども劣化が激しいはずですが、なかなか直せません。そういった積み立て金がないからです。政府や役所は、まだ新しいものを作る方向の頭しかなく、「日本列島修繕・維持論」みたいなものは全然考えていません。

　個人の住宅レベルだと、古民家を直して使うのが、だいぶまえから流行っていますけれど、これは対象となる古民家の多くが（資産家によって建てられたもので）古くて優秀な建物だから成立するものであって、戦後、昭和に作られた住宅は、材料も構造もぼろぼろになっているため、修繕する方が建て直すよりも高くつきますし、そもそも修繕するほどの価値もな

い建物が多いと思います。

　日本の住宅は、もともと百年単位で使うような想定をしていません。直して使うという発想がなかったのです。この思想が、鉄骨や鉄筋コンクリートでインフラを作るときにも横行してしまい、「どうせ作り直すんだから」というデザインになりました。後世に残すようなものを作ってこなかったことが、そろそろ顕在化しているはずです。
「リサイクル」という言葉が流行って既に久しいわけですが、多くの人は、ただ「廃物利用」くらいにしかイメージしていません。リサイクルするためには、少々高価でもしっかりとしたものを、最初から作る、またそういうものを買う、という姿勢が大事になります。ハイブリッドカーや電気自動車を選ぶよりも、20年以上乗れるクルマを選ぶ方が、地球環境に良いのです。なんか、口が酸っぱくなってきました。

 リサイクルしても、ゴミが未来へ先延ばしになるだけですけれど。

---

2018年4月8日日曜日
## ガソリンスタンド

　お釈迦様の誕生日ですね（意味もなく……）。

　講談社文庫編集部から、『そして二人だけになった』を9月に発行したい、との連絡がありました。これまで新潮文庫だった作品です。このように出版社を移る場合は、「二次文庫」と呼ぶようです。両社で話し合われた結果です。電子書籍も同時に出る予定。また、昨年講談社文庫になった『女王の百年密室』と『迷宮百年の睡魔』についても、その頃に電子書籍が発行となります。というわけで、今年発行の本が1冊増えることになりました（漫画も合わせて16冊?）。

　『森籠もりの日々』の初校ゲラが今月下旬に届く、との連絡がありました。ゲラになるまえ1回見ているので、次は楽だと思います。この本の発行は7月の予定。

　『天空の矢はどこへ?』の再校ゲラを60%まで読みました。あと2日で

す。講談社から契約書が届いたので、サインをしました。それから、ノベルス巻末に載る宣伝文が届いたので、確認をしました。1カ月後ですね。W、Gシリーズ、ブログ本などの宣伝です。

そろそろ、幻冬舎新書の執筆を始めたいと思っています。10日くらいで書き上げたいのですが、ちょっといろいろ暗躍関係で忙しいのと、ゲラが来そうなのとで、2週間くらいに延びるかもしれません。目標は4/20くらいで、手直しを含めて今月中です。やっぱり、今年はちょっと忙しめですか……。

昨日の夜に雨が降りました。雪ではなく雨が降った夜は久し振りです。それくらい暖かくなったのです。それでも、日が昇ったら、湿度は20％になっていました。一晩の雨では足りないくらい乾燥しています。庭園鉄道を運行し、小さな機関車の塗装を屋外でしました。

また、久し振りにエンジンブロアで落葉を吹き飛ばしました。雨の影響か、地面がいつもよりも緑に見えます。

ワンちゃんシャンプーの日でした。デッキで乾かして、ブラッシングをしてから、クルマで出かけることになり、途中で粗大ゴミセンタへ寄って、本や雑誌や衣料品など（すべてスバル氏の持ち物）を捨てたあと、ショッピングセンタへ。カフェのテラス席で、軽い食事をしました。犬たちも一緒です。暖かくなってきたので、こういう機会が増えると思います（といっても、まだセータにウィンドブレーカを着ていないと、風が冷たいのですが）。

帰ってくる途中でガソリンを入れました。ガソリンといえば、10年以上まえになりますが、日本で一斉にセルフのスタンドが増えて、クルマから降りて自分でガソリンを入れるようになりました。名古屋は、セルフでないスタンドは少なかったように覚えています（でも、高速道路はセルフではなかったような記憶）。僕は、自分でガソリンを入れたのは3回くらいしかありません。

このセルフサービスは、35年まえにアメリカでドライブしたときに、既にそうでした。ただ、自動販売機みたいな装置はないので、自分でガソリンを勝手に入れたあと、オフィスまで行って、そこにいる店員に料金を払います。オフィスにいる人は、メータの数字だけは見えているのです。こ

の店員をクルマまで呼んで、入れてくれと頼めば入れてくれるのですが、その場合はサービス料を取られます。わかりやすいシステムですね。日本の場合は、セルフになっても安くなったわけではありませんから、あの仕事料はどこへ行ったのか、と不思議です（たぶん、設備投資にかかった、と言い訳するのでしょう）。

　ところで、日本のスタンドには、ハイオクとレギュラがあって、間違えて入れそうになりますよね。あと、ディーゼルとかも燃料が全然違います。入れ間違えた場合に、簡単にタンクから抜けませんから、やり直すことができず、面倒なことになります。日本には「軽自動車」というものがあって、これに乗っている人たちが、燃料が軽油だと勘違いして、灯油を入れたりするトラブルがあると聞きました。

　ガソリンスタンドの「スタンド」は、いったい誰が言いだしたのでしょうか。日本人の多くは、略して「スタンド」と言っています。これは英語圏の人には絶対に通じません。アメリカでは、「ガス・ステーション」だったかと思います。ヨーロッパでは、「ペトロール・ステーション」でしょうか。ハイウェイを走っている場合は、「サービス・ステーション」で通じると思います。「スタンド」というのは、「屋台」みたいな意味ですね。「ガソリンスタンド」というと、ガソリンの炎で立ち上がった（ジョジョのような）超能力像みたいなものをイメージされることでしょう。

 電気自動車がガソリンスタンドで充電できないのはどうしてかな？

---

2018年4月9日月曜日

## 「層」と「文型」と「論理」

　明日、ロングドライブに出かけることになり、『天空の矢はどこへ？』の再校ゲラを、明日の分まで読み、終了しました。契約書4枚にサインをしました。

　そろそろ、NHK新書『読書の価値』が出ているかもしれません。このブログを読んでいる方には、どこかで読んだことのある話になるかもし

れませんが、実際、読者の1割もブログを読んでいませんし、ブログを読んでいる人の半数以上は、小説以外の本を買わない人だと思います。この頃、新書を出すたびに、「同じことを書いているのに」と思うのですが、読者からの反応は全然そうではなく、「初めて知った」という方が非常に多い。その意味で、一般のエッセィ本ではなく、新書で出す意味はまだ少しあるのかもしれません。簡単に言うと、「層が違う」ということでしょうか。

この「層」というのは、近頃では広く用いられる表現です。「集団」に近いような意味ですが、なんらかの共通点を持っている集合を指します。かつては、「階級」という言葉が使われていたのですが、この言葉が持っている上下感を嫌ってか、「層」になったのかな、と勝手に想像します。でも、層というのも、積み重なるものですから、はっきり言って上下が明確にありますね（どちらが上なのかが明確でないだけ?）。「階層」という言葉もありますね。

たとえば、「年齢層」などは、ずばりそのもの。地質的な地層は、一般に上が新しいわけですが、「年齢層」といった場合には、どうも年齢が高い方が上のように表現されているものがほとんどです。人口分布のピラミッドなどがそうなっています。

地層は、ある期間に同じような自然（環境）が継続したため、同じような植物や動物が繁栄し、同じような土が積もった跡です。なんらかの環境変化があると、くっきりと地層の差が現れます。たとえば、火山噴火があったりとかですね。それから、地震などによって、それらの層が歪んだり、切れてずれたりします。人間社会でも、戦争のような大きな変化があると、これに似た「断層」が現れたりするようです。

ミルフィーユも層になっています。パイとクリームという異質なものが交互に重なっているからです。この場合の「ミル」は、単位の「ミリ」と同じ語源の言葉で、1000とか1000分の1を示します。「ミリオン」になると、1000倍の1000倍で、100万の意味になって、ほとんど「無限大」に近い意味で使われます。

かつては、ミリオンセラの本が沢山ありましたが、今どきは難しく、

稀少な存在となりました。綾辻氏の『十角館の殺人』がだいぶまえに、100万部到達だったそうですね。30年越しで売れているのは凄いことです。『すべてがFになる』が、あと10年で20万部も伸びる可能性はほぼゼロでしょう（デボラの予測?）。

　ここまで書いたところで、クルマで出かけて、往復200kmほどショートドライブしてきました。出先に1時間ほど滞在して、トータルで4時間くらいです。自分一人で運転をしているときは、たまにですが、ラジオを聴きます。話は聴いてもほとんどわからないので、だいたいは音楽です。音楽というのは、歌詞がわからなくても聴けるものですね。というより、歌詞がわからないものしか聴かない、が正しいかもしれません。

　小学2年生くらいだったか、初めて英語の文章が、日本語のような語順（文型というのでしょうか?）になっていないことを知って、衝撃を受けました。世の中にある物や概念に対する呼び名が違っている、というくらいは子供でも予測していましたが、言葉の並び方が違うという発想がありませんでした。そもそも日本語は語順に融通性が高く、言葉の順番で意味が変わるようなことがありませんから、そういった発想にならなかったわけですね。

　たとえば、A of Bというのは、BのAという意味だと知ると、何故順番が逆なのか、と考えてしまいます。それはつまり、言葉だけの問題ではなく、もっと思考や認識、すなわち社会の構造的なものに根差しているわけですが、そこまで具体的には小学生では思い及びませんでした。ただなんとなく「なにか違うんだな」という感覚を持つことになったわけです。

　こういった知識というか体験は、とても重要で、その背景には、いわゆる「論理」というものの組立てが控えています。日本の小学生は、論理というものを習いません（もしかして、今は習いますか?）。これは、本来は「国語」として学習するべきものですが、ほとんどの大人が論理を知らずに生きていて、教えられないのかもしれません。日本の中で、日本人だけを相手にビジネスをしている人は、知らなくてもなんとかなっているのでしょう。

もしかして、**本格ミステリィが日本にしかないのは、このせいか？**

---

2018年4月10日火曜日

## ナビゲータ

　今日は作家の仕事はなし。朝から、スバル氏と2人でドライブに出かけました。ハイウェイではなく、田舎を走る一般道です。ほとんど信号はなく、人家も疎ら。気持ちの良い季節になりました。

　新しいクルマ（といっても、既に1年半ほどになります）のナビにまだ慣れずにいます。これまでずっとタッチパネルだったのですが、今は手許にコントローラがあって、これを回したり、押したり、あるいは頭を撫でたりして操作します。特に、数字を入れるときなどは、指で数字を書くと認識します。ここまでするなら、音声認識にした方が良いのではないかと思うくらい。

　これまでにも、いろいろなナビを使ってきました。新しいもの好きな僕は、人よりもかなり早くナビを買いました。その頃には、標準装備のナビなどありませんでした。買ってきて、自分でクルマに取り付け、アンテナなどの配線もしなければならなかったのです。ポルシェに取り付けて、四国へドライブに行ったときに利用しました。今のナビに比べると、何を言っているのか不明な言動が多く、常に半信半疑で聞かないといけませんでした。また、GPSの精度が低く、100mくらいの誤差は普通なので、違う交差点で曲がってしまうことも頻繁でした。

　それでも、クルマに関する技術革新の中で、やはりカーナビが一番なのではないか、と僕は思っています。クルマで遠くまでドライブする人にとっては、本当に頼りになるツールです。東京や大阪などの都会で高速道路を走るときも必須ですね。

　ナビによって、推奨するルートに対する拘り方に差があります。ドライバが言うことを聞かない場合に、あっさりと新しいルートを提示する柔軟派と、あくまでも自分（ナビ）の道へ戻そうと固執する頑固派があります。

このあたりは、人間みたいに個性があるな、と感心するところです。

　ここまで書いたところで、ロングドライブに出かけ、往復600kmほど走ってきました。ハイウェイあり、山道あり、市街地もありのコースでした。今日は1人ではなく、スバル氏が一緒でした。ナビにだいたい従いましたが、どちらかというと、ナビに道を教えているような気分で走りました。もう少し知能を持ってくれたらな、と思いますが、文句をいうほどではありません。

　ところで、「ナビ」というのは、もともとは案内してくれる人や表示のことですが、ラリーのときなどに、助手席に座って経路の計算などをする人のことをいいました。飛行機にもそういう人が乗っています。ラリーに出場した場合、ドライバであってもナビであっても、ほぼ同様に評価されます。そういう重要な役目を今はAIが務めているわけですから、素晴らしいことです。かつては、遠くへドライブに出かけるときには、助手席に座った人が地図を開き、けっこう責任重大な役目を果たしたのです。

　若い頃から、クルマで遠くへ出かけることが多かったので、いつもスバル氏が助手席で地図を広げていました。「この先に長いトンネルがあって、それが一番近道」と言うので、走って行ったら、まだ開通していない高速道路だったことがあります（道が点線で記されていたから、トンネルだと勘違いしたわけです）。見渡すかぎりの平野で、山もないのにトンネルがあるかな、と不思議に思ったのですが、気づきませんでした。

　現在のカーナビも、地図情報が古いと、実際の道と食い違っていることがあります。できたばかりの新しい道路を走っていると、ナビのモニタでは、山の上を飛び越えているみたいで壮快です。

　ナビには、高さ方向の座標が扱われていません。標高がどれくらいかを表示してくれたら良いのに、と思います。衛星が増えてくれば可能だと思われます。自動車の場合はそれほど利用価値がないかもしれませんが、人間が歩く経路を表示するナビでは、ビルや地下など、上下方向の座標が重要になるのではないでしょうか。電波が届かないから、別のシステムで位置を感知しないといけませんが。

　自動運転が話題になることが多い昨今、ナビも進化し、安全センサ

も充実した近未来がイメージできます。でも、今よりも自動車がゆっくりと走っているような気がします。その方が、全体の最適解を求めやすく、渋滞などが避けられるでしょう。飛ばしているのは、まちがいなく人間です。

 煽り運転が最近話題です。大人しい運転が増えた証拠でしょう。

---

2018年4月11日水曜日
## 分類と論理について

　清涼院氏より、電子書籍の収益レポートが届き、同時に振込みがありました。講談社タイガ『天空の矢はどこへ？』のカバーとオビに掲載されるあらすじやリードなどの案が届き、意見を出しました。『道なき未知』の海外出版のオファが来たのでOKをしました。作家の仕事はこれくらいです。ドライブもなし。

　朝から庭掃除をして、燃やしものをして、雑草を抜いたり、芝のサッチ（冬枯れした葉など）取りをしたり、地面に水を撒いたりしました。庭園鉄道も普通に運行。工作関係では、飛行機のエンジンの整備。小さい機関車の給油機の修理など。

　これを書いているのは4/6ですが、『読書の価値』がAmazonで発売になりました。印刷書籍と電子書籍が同時発売です。先月の『集中力はいらない』では、印刷書籍と電子書籍を「SB新書」の中での順位で比較できました。今回は、「NHK出版新書」の範疇には印刷書籍しかランクされていません。そこで、「本・図書館」ジャンルで見たら、ここは両者がランクインしていました。Kindle版が1位で、印刷書籍は4位でした。ちなみに、「NHK出版新書」の中では、『読書の価値』印刷書籍版は2位です。Amazonでは、Kindle版の方が印刷書籍よりも売れることは、今回も証明されたことになります。

　本の売上げランクは、各種ジャンルで比べますが、どのようにジャンル分けをするのかが、統一されていません。「SB新書」では、Kindle

版を入れているのに対して、「NHK出版新書」ではKindle版を入れていない、という違いがあります。「新書」がそもそも印刷書籍を示すものだ、という考え方があるかないか、の違いでしょうか。こういった不統一は、もちろんここだけではなく、あらゆるところで観察されます。それぞれが好きなように分類して登録しているので、分類された結果だけでは正しく評価できないことが多いのです。

　たとえば、講談社タイガの印刷書籍は、「文庫」に分類されていますが、「講談社文庫」には含まれていません。同じくKindle版は、「文庫」に含まれません。これなどは、電子書籍に文庫も新書もないだろう、という考え方なのでしょう。

　分類を内容で分けるジャンルは、ほとんど誰かの勝手な判断で入る場所が決まるようです。図書館の本の分類は、図書委員の個人的な判断で分類されています（実際に、当事者だったことがあるのでよくわかります）。「分類」というものの多くが、それくらいいい加減な判断の結果だということを認識しておく必要があります。

　ジャンルに跨がるようなものを、どちらのジャンルに入れるのか、が「分類」における基本的な問題です。「両方に入れておく」のが良いのですが（Amazonの分類などはこれだと思います）、図書館の本だったら、1冊の本をどちらの棚に並べるか決めなければなりませんから、「両方」は物理的に選択できません。

　ネットオークションで出品するときにも、どのジャンルに入れるのかが重要になります。「鉄道模型」のジャンルの中に、「HOゲージ」「Nゲージ」があり、またそのそれぞれに「機関車」「客車」などがあります。ところが、たとえば、機関車の車輪の部品はどこに入れるのか、個人で差が出るでしょう。「機関車」に入れる人もいれば、「車輪は機関車ではない、ただのパーツだ」という人もいます。ジャンルに分けるのか、それともジャンルを「キーワード」と考えるかの差もあります。

　一昨日書いた「文型」の話で、英語の「of」と日本語の「の」では前後の語が逆になると書きました。たとえば、日本の住所は、県、市、町、番地の順ですが、欧米では逆に、番地が最初になり、後ほ

と広いエリアになります。これは、ある要素がグループの中に含まれていることを示していますが、日本人はそういった意識を持ちません。

「国語」の授業で論理を教えるのが良い、と一昨日は書きましたけれど、これに類することは、「数学」の中の集合論で習います。ただ、これを習う生徒の多くは、「数学」で習うようなことは自分の人生とは無関係だ、と既に切り離している場合が多く、論理の大切さを理解しないまま、社会に出ていくことになります。

「切符を買ってご入場下さい」とあれば、日本人は切符を買わないと入れない、と受け取りますが、その言葉自体にはそこまでの意味はありません。英語にすれば、多くの人は、「いえ、私は入場はしたいけれど、切符はいりません」と言うでしょう。「切符を買わないと入場できません」と言わなければ、その真意は伝わらないのです。

　今は、入試に小論文が課せられるところがあるから、受験対策でこういった論理性が教育されているのかもしれません。現場にいないので、あやふやなことしかわかりません。でも、日本人どうしの議論を聞いていると、「Aをしましたか?」「Aはしておりません」「では、Aでないものはしているのですね?」というような馬鹿な質問をして、相手をやり込めたつもりになっている方が大勢いるようで大変残念です。「納豆は好きですか?」「納豆は嫌いです」「では、納豆でなければ食べられるのですね?」と同じ。「誰がそんなことを言いましたか?」という低レベルの応酬になってしまいます。

　また、三段論法を非論理的に使う場面も多いようです。「美空ひばりは日本人に愛された歌手でした。あなたは、美空ひばりが嫌いだとおっしゃる。変じゃありませんか?　日本人でしょう?」みたいな論法です。

　わかりやすい条件、集合、要素で例を書けば、誰でも変だとわかりますが、これが複雑な条件や、どちらが集合でどちらが要素かわかりにくい概念になると、言葉で聞いただけでは正しいと思えてしまう論理があります。さらには、感情的な言葉で投げかけられ、勢いに負けてしまうこともあるでしょう。あとになって、「あの言い方は、ちょっと変だよな」と思い出すことになるはずです。

政治家どうしの討論は、教育上良くないので、子供に見せない？

2018年4月12日木曜日
## 自分の意思で出張する

　朝はまだ氷点下です。夜に雨や霙（みぞれ）が降るので、地面が少しずつ緑になりつつあります。

　現在の庭仕事は、枯枝や（飛んできた）枯葉を集めて燃やすこと。線路工事は、土を運んで、線路の傾きを調節すること。そんな作業をこつこつと続けています。もうすぐ、水やりや草刈りで忙しくなることでしょう。

　作家の仕事は、今日もしていません。明日くらいから、来年1月刊予定の幻冬舎新書を書くつもりです。タイトルはまだ決めていませんが、内容はもちろんフィックスされています。書き始めれば、長くても2週間くらいだろうと思います。

　ちょっといろいろやることがあって、庭園鉄道の工事は中断しています。セメントがなくなってしまったので、ホームセンタで買ってこないといけません。でも、こういった店に週末には近づかないことにしているので、ちっとも機会がありません。ドライブなども週末は必ず避けます。人出が多いときには、家から出ないようにしているのです。

　こうなったのは、もうだいぶまえのことで、何十年も土日には出かけない人になっています。家族で旅行に行ったりする場合にも、土日は避けましたから、子供たちが小学生になって以後は、つまり行けなくなりましたね。勤務先（大学ですが）では、数回、休みを取って出かけたことがあります。「年休」って言うのですか（それさえよく知らない）、数年に1度しか取らなかったと思います。年休が1年に何日認められていたのかも知りません。

　出勤時間が何時なのかも知りませんでした。入学試験の監督がある日は、集合時間が決まっています。それくらいですね、「この時刻までに出勤」という指示があったのは。いったい、勤務時間は何時から何時

までだったのでしょうか。ずっと知らずに過ごしました。

　出勤しても、誰かに会うわけでもなく、出勤したことを示す必要さえなかったのです。出勤簿は見たことがありません。ないということはないので、事務のどなたかが先生たちの判子を押していたのでしょう。僕は判子を預けた記憶もありません。事務で勝手に作っていたのだと思います。

　出張は、手当が出るから、事前に何日から何日までどこへ行く、という書類を書いて提出しました。でも、出張費の予算が数万円なので、東京へ1回か2回行ったらなくなります。多いときは50回くらい行っていましたから、書類を出しても無意味なのです。たしか、予算を使い切ったあと、私費で出かける場合は、出張ではなくて研修とするのだったかと。

　それから、先生方の出張費が、少額ずつ残るわけですが、これを集めて、誰か一人がどこかへ出張することになります。一度当たったことがあって、「豊橋か浜松くらいまで行って下さい」と事務から頼まれました。「そんなところへ行く用事はありません」と言っても、聞いてもらえません。どうしたのだったか、忘れましたが。

　出張費は、事務で勝手に旅費を計算して、その額をくれます。僕がどんな経路で、どんな交通手段を使ったのかは無関係ですから、あとで切符や領収書を見せることもありませんでした。本当に行ったという証拠もありません。実際に行かないで旅費だけ着服することを「空出張（から）」と言ったようですが、空出張をするほど出張費がないので、ほぼ無意味なのでした。

　もちろん、海外へ行くような予算はありません。こういうのは、文科省に申請する研究費で賄われたり、あるいは共同研究をしている企業に出してもらったりします。国内出張では細かいことはとやかく言わない事務も、海外になると、いつ国境を越えるのかまで問題にして、航空券なども提出しないといけません。あとでパスポートを見せろとも言われました。なんでも、亡命（頭脳流出）を恐れている昔からの風習だとかでした。

普通の会社員と違うのは、誰かから命じられて出張するわけではない、という点です。そういった指示を受けた場合は、指示した人が費用を持つわけです。大学の先生は、誰からも指示されていません。自分の意思で出張するのです（すべての仕事が自由意思なのです）。ですから、本人以外には、誰もその出張の詳細、つまり目的とか意義とかを知りません。いちおう書類に「目的」を書く欄がありましたが、これこれに関して資料を収集するため、くらいに書いておくだけです。ほとんど「一身上の都合」と同じです。事後報告の義務もありませんでした。

　海外の国際会議に出席するときも、旅費は出ないので、研修です。

---

2018年4月13日金曜日

## 融通の利かない人たち

　明るくなったら目覚める習慣なので、だんだん起床時間が早くなってきました。でも、このブログが7時にアップされているのは、自動公開機能があるためです（数日まえに書いてアップしています）。森博嗣が朝の7時に几帳面にブログを書いていると思っている人がいらっしゃるので、その夢を壊すような気もしますが（夢かな……）。

　今朝は雪が降りました。1時間ほどでしたが、一面の銀世界に。でも、気温がプラスでしたので、お昼頃には、ほとんど消えてしまいました。植物には良い水分となったことでしょう。

　スバル氏が出かけたので、留守番と犬たちの世話係をしています。ホームセンタへ行きたいのですが、日曜日なので行けませんし、犬たちは留守番ができません。庭園鉄道は、雪のため運休としました。工作室では、ハンダづけと塗装と材料の切断をした程度。

　作家の仕事を始めました。新書のまえがきを1000文字ほど書いて、「ああ、もう大丈夫」と安心。書き始めさえすれば、あとはなんとかなる、という経験則を確立しています。明日から、少しずつピッチを上げていくつもりです。

昨日は、大学での出張費の話を書きました。公務員は融通が利かない、ということでした。この「融通」というのは、いろいろな場面でとても大事だと思います。ところで、「融通」の意味を説明できますか？　けっこう難しいですよね。国語のテストに出したら、ほとんどの人が答えられないかもしれません。

　大学では、出張費は出張に使わなければなりませんでしたので、余った出張費を図書費として使うことはできません。また、文科省からの科学研究費になると、その年度できっちりと使い切らないといけないのです。1円も残してはいけません（もちろん、赤字も不可です）。つまり、沢山の財布を持っているのに、こちらの財布で足りない分を別の財布から出してはいけない、という決まりなのです。この財布間のやり取りのことを「融通」というわけです。

　物事は計画どおりにはいきません。予算のとおり1円まできっちりになるはずがないのです。ですから、こちらで余った分をあちらへ回す、あるいは、今年余った分は来年の予算に繰り越す、といった融通を利かせば、無駄がなくなります。

　実際、科研費をきっちり使うために、大学の先生たちは生協の文房具店などでゼムクリップとか綴じ紐（紙を束ねるときの紐）など細かい買いものをして、1円単位まで支出するような苦労をしていました。馬鹿馬鹿しい話ですが、笑い話ではなく実際にあったことなのです。

　そういった極端な例を、「アホかいな」と笑っている人も、実はいろいろな面で融通が利かない処理をしているのではないでしょうか。一度決めたことだから簡単には変更できない、ずっとこうしてきたのに今さら変えられない、といったことが、仕事でも日常の生活でも頻繁にあると思います。変えた方が良いと思えても、変えるとなると面倒だ、自分から言い出したくはない、と思うのでは？　たぶん、公務員の予算についても、誰もが不合理だと感じながら、システムを変更するのは面倒だ、自分が当事者の間だけでも恙なく過ごしたい、という理由で長く続いてしまったのでしょう。

　変革しようとすれば、大変な労力が必要で、一時的に仕事が増えて

しまいます。それよりは、無駄な綴じ紐を買うことだけ我慢をすれば、問題なくやり過ごせるのです。

日本人は特に、「変じゃないですか？」と言い出せない空気に支配されている民族なので、そういった正論を述べても、「本当にそうだよね」と笑われるだけです。それ以上食い下がると、場を乱す困った奴だと認識されてしまいます。

それでも、僕が生きてきた間だけでも、不合理なことはだんだん改善されました。少しずつ良い方向へ変わっているのは確かです。もっと速く処理できないものか、という不満はあるものの、「まあ、これくらいはしかたがないのかな」とこの歳になって思えるようにはなりました。ようするに、粘性の高い社会なので、速いものには抵抗が大きいのです。ゆっくりと変えていくことが、むしろ合理的で省エネといえるかもしれません。

一般に、若い人ほど性急です。それは、自分の環境を変えたいという前向きさがあるからです。歳を取るほど緩慢になるのは、「もう自分には間に合わない」という後ろ向きの意識があるためです。どちらも、自分のことを大事にしている点では共通しています。

社会や大きな集団の変革は簡単にはできませんが、個人の生き方は、一人で変えられます。それなのに、「自分はこうやって生きてきた」「これが自分の生き方だ」と年寄りじみたことを言う方も多いように見受けられます。その人個人のことなので、意見をするつもりはありませんけれど……。

「思考停止」という言葉が、最近広く使われるようになりました。

---

２０１８年４月１４日土曜日

## フェールセーフと安全側

新書の原稿は、4000文字ほど書いて、5000文字になり、完成度は6％くらい。しばらくは、1日5000〜6000文字くらいのペースで進みたいと思います。近頃の執筆は、「急ぐ」の反対です。できるだけゆっくりと書

こう、と意識をしていますが、なかなか上手くいきません。習慣というのは簡単に変えられないものですね。でも、変えようと思えば、どんな習慣も変えられるはずですから、少しずつ慣れさせましょう。

とある（大学関係の）ところから講演依頼がありましたが、お断りしました。現在、講演はお受けしていません。取材や出演も同様です。あしからず。

庭の雪はたちまち消えて、また乾燥した荒野になりました。今日は水を撒きました。水道のノズルは、夜の間に氷点下になるため外しておかないといけません。ノズルは、庭園内に8箇所あるので、外してまた付けて、という作業が非常に面倒です。早くもう少し暖かくなってもらいたいものです。

といっても、これから雑草が伸びてくるので、それを抜いて回る作業もあります。もっと伸びてきたら、草刈りが始まります。夏まではずっと庭師として時間拘束されるのです。合間に、鉄道の運行をしたり、工事をしたりという日々になりましょう。

庭園鉄道の本線はエンドレスですから、無人で車両を走らせても、ぐるりと一周回って戻ってきます。ただ、勾配があるので、ゆっくり走らせる設定だと、上り坂で止まってしまいますし、上れるような設定だと、下り坂で速くなりすぎて危険です。実際に一周を無人で走らせたことはありません。スピードが一定になるように、出力を自動調整するような機構を組み込めば、これが可能になります。でも、枯枝が線路上に落ちていたら脱線してしまいますね。脱線したら、すぐに電源を切る機構が必要になります。

「自動運転をするならまず鉄道だろう」と以前に書いたかと思います。たとえば、東京の山手線のように、ぐるりと回るエンドレス線では、前の電車にぶつからないように走れば良いだけで、非常に簡単だと思います。むしろ、どうして人間が運転しているのか不思議なくらい。10年以内に無人運転になるのではないでしょうか。

鉄道というのは、ダイヤどおりに走らせることが目的ではありません。日本はそれに拘っているみたいですが、客を効率良く運ぶことが目的のは

ずです。都市交通では、乗った客と降りた客、駅で待っている客などを数えて、全体で効率が上がるように調整しながら複数の列車が走るようなシステムが作れるはずです。混雑時には、人間が運転するよりも、運行車両を増やせるはずです。

　それでも、最初の10年くらいは、運転席に人間が座っていないと、「信頼性」が確保できない、と主張する人がいるかもしれません。人間が座っていても、信頼性にはあまり関係がないと思います。むしろ、そういったバックアップのAIが控えている、なら話はわかります。

　アメリカで自動運転の死亡事故がニュースになっていましたが、今後も、こういった自動化で事故は起こるはずです。つまり、絶対的な安全というものはありえない。どんな対策を講じても事故はゼロにならないのです。

「フェールセーフ」という言葉が、これを基本としたデザイン思想で、事故を起こさない、事故が起きた場合のバックアップも講じる、それでもなお事故は起こるから、万が一のときには安全側になるようにしておく、というものです。

　長い下り坂の道路では、ブレーキが利かなくなった車両が突っ込めるような退避路（正式な呼び名は知りません）みたいなものが設置されています。万が一のときは、そこへ突っ込んで停めなさい、というものです。退避路は急な上り坂になっていて、行止りにクッション材などが置かれています。クルマは壊れても、比較的被害が少なくて済む、という装置です。

　そんなものを作るくらいなら、ブレーキが壊れないようにすれば良い、という考えもあります。それも当然の方向性で、クルマの中ではブレーキはかなり安全側に作られています。一気に全部が利かなくなるのではなく、不具合があれば、まずは半分が壊れる、というようなデザインです。

　建築では、地震などで構造物に横方向の力が加わったときに、柱よりもさきに梁が壊れるように設計をします。柱が壊れると、そのフロアが潰れてしまい、大きな被害となるためです。こういった構造物に、あとから梁を補強するような工事をすると、構造の強度は増しますが、壊れる

ときには危険側になります（そういった補強は違法）。

　自動車のボディも、かつては頑丈に作る設計をしましたが、今は頑丈にするほど、乗っている人間へのダメージが大きくなるので、適度にくしゃっと潰れるように作られています。つまり、強度としては弱くなっているのですね。

　このフェールセーフの設計思想から、僕がときどき考えるのは、人間の医療についてです。悪いところを治す、手術をしたり、薬を使ったりして、躰は昔よりも長持ちするようになりました。いわば強度が増したボディです。でも、躰全体、あるいは精神も含めた人間トータルとしてのバランス（あるいは生き心地）はどうなのでしょうか、という疑問。悪いところをすべて治療していくことが、人間にとって本当に安全側でしょうか？

 生命維持が第一優先なのか。もっと大事なものがありませんか？

---

2018年4月15日日曜日

## 耳寄りな話

　新書の原稿は、7000文字ほど書いて、1万2000文字になり、完成度は13％。

　『読書の価値』の感想メールが届いています。感謝。書店などでも、好評のようです。でも、新書をいくつか出してきましたが、読書関連のテーマは、やはり読者が基本的に少ないように感じます。たとえば、「仕事」に関する本よりも、「読書」「小説」「作家」はマイナなテーマだということですね。

　講談社タイガの6月刊予定『天空の矢はどこへ？』のカバーラフ（イラスト案）が届き、OKを出しました。Wシリーズ第9作です。ゲラも再校まで終えているので、この本はもうほとんど校了に近い状態です。

　とある雑誌から、取材の申込みがありましたが、ご辞退させていただきました。基本的に現在は取材をお受けしていません。今回は、既刊新書に関する内容で、雑誌に掲載されれば本の宣伝になったかもしれ

ませんが、〆切が近すぎるため無理がありました。

　ついにホームセンタへ行くことができました。セメントや砂や砂利、それからコンクリートブロックなどを購入。そのほかには、スバル氏から頼まれた日用品を買ってきました。そのうちの1つは、ステンレス製のゴミ箱で、足で踏んだら蓋が開くタイプのもの。スバル氏が「一番大きいやつを買ってきて」と言ったので、30リットルのものを買ってきました。そうしたら、「こんなに大きくなくても」とおっしゃったので驚きました（常識がない人に頼んだのが間違いだったのでは）。3000円くらいのものです。もし不要になったら、庭園鉄道のタンクカーに使えるかもしれません。

　風もなく暖かい日になったので、庭園鉄道はペダルカー（自転車のように足で漕いで走る人力機関車）を運行。メインラインを一周してきました。なかなか壮快でした。

　いつだったか、友達と「耳たぶ」の「たぶ」というのは何なのか、と話し合ったことがあります。漢字だと、「耳朶」と変換されますが、見たことのない字です。単独で「たぶ」という名称のものがあるのでしょうか。英語の「tab」がけっこう近くて、垂れ下がっているものを示しますが、まさか語源が英語だということはないでしょう。

　そもそも耳たぶは何のためにあるのか。集音効果があるのでしょうか。犬は、音がすると耳を動かして聞こうとします。でも、動物の中には、耳が垂れているものがいます。象とかがそうですね。耳たぶがないものも多いようです。たとえば、犬とか猫の耳のことを、「耳たぶ」とはいいませんね。単に「耳」と呼んでいるように見受けられます。そういう話でいけば、「耳なし芳一（ほういち）」は、「耳たぶなし芳一」なのでしょうか？ え、どちらでも良い？

　いやいや、「耳たぶ」というのは、頭の外に出ている部位の下部だけ、すなわち垂れ下がっている部分だけをいうのだ、とのご意見もあるかと思います。

「耳たぶの大きい人は福がある」などと言われます（いわゆる「福耳」ですね）。仏像はたいてい耳たぶが異様に大きいのです。布袋様（ほてい）などが極致といえます。布袋様は、福の神ですが、でも唐の時代に実在した仏

僧だともいわれていて、神様なのか仏様なのか微妙な立場のお方です（ギタリストではなく）。耳よりも、お腹の方が強烈な感じがしますが、「福腹」というのは聞いたことがありません。でも、お腹も膨らんでいる方が、福であり美であったのです（現代のシェイプアップは、昔の価値観では「貧相化」といえます）。

　英語では、耳たぶのことを「lobe」といいますが、脳の部位を示す「葉」がこれに当たります。あと、アンテナの指向性を表すときにも葉のような形を描いてlobeといいますね。それ以外には、あまり使わない言葉です。「葉」と訳すと薄っぺらい感じになりますが、lobeは、もっと丸みを帯びた立体形の突き出たものを示すことが多いかと。

　実際に、「耳」という部位がよくわからなくなりますね。耳たぶが下部なら、耳の上部は何と呼ぶのでしょう。そもそも、耳というのは穴のことなのではないか、穴の奥にあって、音を振動に変えて神経に伝える機関が耳なのではないのか。イヤフォンは、耳に「入れる」ものか、それとも耳に「付ける」ものか。イヤリングは、耳に付けるものですが、実際には耳たぶに付けているのではないでしょうか。

　女性が髪を耳にかけることがあります（もちろん男性でもありますが、清涼院氏くらい長くないとできません）。僕はこの仕草を小説に書いたことがありません（あるかもしれませんが、覚えていません）。あれは、耳にかけているのかどうか、判然としませんね。肩かもしれないし。英語では何と言うのでしょう。put her hair on her earかな？　メガネをかける、という表現は、本当は「メガネを耳にかける」であったものが省略されたのでしょうか？　コンタクトレンズは「付ける」ですから、メガネを付けるといっても良さそうなものです。

 どうても良い話をすると、怒りだす人と受けて笑う人がいます。

2018年4月16日月曜日
## 犬と赤ちゃんは煩(うるさ)いのが自然

　7月刊予定の『MORI Magazine 2』のレイアウト修正案が届き、OKを出しました。また、全体の構成についても案が届き、承認しました。これからゲラを作ることになります。5月刊予定の『φの悲劇』の書店店頭用POPを作製するそうで、その文言の案が届き、確認をしました。

　NHK出版からのメールで、新刊の『読書の価値』の売行きのデータをいただきました。某大型書店のデータでこの本を購入した人の男女比は3：1で、50代以上が30％もいるそうです。ちなみに、近刊『血か、死か、無か?』では、男女比はほぼ1：1で、50代以上は13％とのこと。

　小説以外では男性読者が多く、小説では読者の年齢層が低い、という大まかな傾向はあります。今回の『読書の価値』は、内容が小説に近いものなので、ほかの新書よりは、小説寄りのデータが出るのではないか、と予想しています。

　幻冬舎新書の原稿は、6000文字ほど書いて、トータル1万8000文字になり、完成度は20％。幻冬舎新書は、これまで3冊が出ていますが、9月に『ジャイロモノレール』を発行予定で、執筆中のものが来年1月に発行されると5冊になり、これまで最多の集英社新書の6冊に迫ります。

　今日は、ワンちゃん検診でしたので、みんなで病院に1時間ほどいました。血液検査の結果報告を受けたり、ワクチン関係の予約などをしました。犬たちは、病院をもの凄く恐れていますが、どうして怖いとわかるのか、常々不思議です。それほど嫌なことをされるわけではないからです。おそらく、待合室にいるほかの犬たちの様子で、「ここは怖いところだ」という雰囲気を察知しているのではないか、と思います。サロン（美容院）は2時間ほど預けられるから、非常に嫌がりますが、病院はずっと飼い主がついているから、そんなに怖がらなくても良さそうなもの、と思うのですが……。

　サロンも病院もとんでもなく料金が高い。病院は1回行けば1頭で1万

円はかかります。保険が利きませんからね（サロンは、人間も保険は利きませんから、同じくらい）。

日本では、ペットの数は、犬も猫も1000万頭近くいます。犬は少し減っているのですが、猫は増えています。1年の出生数が100万人くらいですから、人間の赤ちゃんの10倍近くいることになります。人間の赤ちゃんは、かつての数分の1に減少しているのに、ペットは数倍に増えています。

僕が子供の頃には、鎖につながれていない犬がどこにでもいて、野犬なのか、どこかの飼い犬が放し飼いになっているのかわかりませんでした。子供が学校へ行けば、途中で犬に出会ったりするから、そういうときに、悲鳴を上げて逃げては駄目だ、と学校から指導されていました。

犬を飼っている家はちらほらとありましたが、野生動物に対する番犬でしたから、田舎の方に多く、しかも屋外にいることになります。放し飼いになっているのも、熊や猪や猿などを追い払うためです。今は、こういった役目をする犬がいなくなりました。まず、外で飼われている犬が減ったし、野生動物に対抗できるほど大きい犬も減りました。

都会であっても、番犬としての役目があって、吠えるのは当然でした。吠えるせいで近所から苦情が出るようになったのは、最近のことではないかと思います。これは、幼稚園が煩いと言いだしたことにも連動していて、かつては、犬が吠える、赤ちゃんが泣くというのは、鶏が鳴く、鳥がさえずる、川のせせらぎが聞こえる、と同種の自然だと認識されていました。そういった自然を排除したのが「都会」なので、犬や幼児の声にクレームがつくようになったわけです。

電車の中で赤ちゃんが大泣きしても、周囲のみんなは笑顔になったものです。僕は子供が嫌いですが、それでも煩いとは思いません。逆に、幼稚園児や小学生が声を上げて煩かったら、周囲の他人が直接子供に注意をしました。「煩いぞ」と睨みつけたものです。それに対して、親は頭を下げて謝りました。叱ってくれたことに礼を言うこともありました。

実家にいた犬が、隣の工事をする職人の声に反応して、柵越しに吠

えたところ、その職人が「煩いぞ!」と怒鳴ったことがありました。これを聞いた僕の母は、隣の工事現場へ抗議に行き、「犬が吠えるのは犬の仕事だ。文句を言うのは筋違い。煩いのはそちらではないか」と言ったそうです。あとから工事監督が一升瓶を持って謝りにきました。

犬と赤ちゃんは、煩いのが自然であり、言葉のわかる子供に対しては、「静かにしろ」と叱るのが自然でした。これは、今では通用しないと思いますが、この時代としては一応道理が通っていた、と感じます。

今では、人に迷惑をかけてはいけない、というモラルがやや過剰な「自粛」を招き、僅かなことでクレームをつけ、それを晒して炎上する、といった風潮になっているようです。大事なことは、やはり「道理」なのですが、何が良くて何がいけないのか、という道理よりも、モラルが言葉としてマニュアル化し、それに反するものはすべて違反だ、といった一辺倒の判断をしているように見受けられますが、いかがでしょうか?

 悲しむ人がいる、と非難する人がいることを、悲しく思います。

---

2018年4月17日火曜日

## 僕の本の買い方

新書の原稿は、7000文字ほど書いて、トータル2万5000文字になり、完成度は28%。ゆっくり書いています。

今日は、朝から線路工事を少し進め、枯枝の燃やしものをしてから、庭園鉄道を運行。そのあと、ホームセンタへ行き、2万円くらい材料や塗料などを買ってきました。暖かくなってきたので、今後活動が活発化することでしょう。

帰ってきてから、デッキで犬たちと1時間ほど遊び、そのあと室内(書斎、ホビィルーム、寝室)を掃除機がけ。工作室では、新しい充電器を試し、コネクタなどの配線を作製。

このブログですが、始めた頃に比べると1.5倍ほど閲覧数が増えています。少しずつ認知されてきたのでしょう。相変わらず、火、水、木曜

日のピーク値が高く出ています。ピークというのは、7時に公開された直後で、通勤中の方が読むのでしょうか。7時に通勤しているなんて、それだけで都会の証拠ですが。

作家や出版社に直接情報を求めるような積極的なファンの方は、むしろ少数派であって、大部分の方は、いつ本が出るのかも知りません。ときどき気が向いたときに書店に寄って、出ているかな、と少し探すくらい。僕がそうでした。定期購読している雑誌ならば、来月号は何日くらい、と知っていましたが、その他の一般書籍に関しては、いつ出る予定なのか、知ろうと思ったことさえ一度もありませんでした。

つまり、書籍とは、そこ（店）にあるものの中から、一番読みたいものを選んで買うものでした。ケーキ屋でケーキを買うのと同じです。ほとんどの商品がそうなのですから、本も例外ではない、ということ。定期的に購読していない雑誌も、この方式で買います。いつ出たものかもわかりませんが、書店にある雑誌だから、新しいのだろう、と思う程度です（これも野菜やケーキと同じ）。雑誌でなければ、いつ出たものかなんて内容にはほとんど関係がありません。

たとえば、買ってみたらシリーズもののうちの1冊で、しかも途中の作品だった、ということも頻繁にあるわけですが、損をしたと思ったことはありません。「へえ、同じキャラの話がまだあるのか」くらいの感じ。面白かったら、ほかのものも買ってみても良いな、と思いますが、それに出会えるかどうかはわかりません。確率はかなり低いのです。

数十年まえだったら、本の数がまだ少なく、たとえば、エラリィ・クイーンの国名シリーズであれば、どの書店にも何冊かは棚に並んでいましたので、そこにあるものを買いました。別の書店に行くと、また別の本があるので、見つけたら買いました。特に、どうしても順番に、と思ったことはないし、またこれまで僕が読んだシリーズもので、順番どおりに読んだから良かった、読めなかったから残念だった、というどちらの感想も持ったことがありません。

雑誌フリークですから、気に入った雑誌は創刊号からバックナンバを購入することがよくあります。雑誌は、読んでいると時代性があって、

「この当時はこうだったのだ」と感じることはあります。でも、一般の本では、そういったこともほぼありません。

　最先端技術について書かれたものは、一般に「さほど最先端ではない」というのが本当のところです。論文であれば最先端ですが、そこまで最先端になると、正しいのかどうかわかりません。書籍としてまとめられるのは、ある技術が一応の確立を遂げたあとですし、その本を執筆し編集する時間もかかるので、その頃には、既に最先端ではないということになります。TVなどマスコミで紹介されるものは、例外なく最先端ではありません。そもそも、最先端はまだ商売にもならないので、宣伝をしません。マスコミに登場するのは、ほぼ宣伝ですから、普及を狙った段階のものです。

　先日出た本にも書きましたが、文庫は単行本の3年後に出るのが一般的です（最近は、文庫化の時期が早まっているようですが）。これを知っている人は（このブログを読んでいるような）少数派でしょう。僕はデビューしたときにこれを知りました。ですから、Gシリーズの最終作『ωの悲劇』は早くてもノベルスが2020年ですから、文庫になるのは2023年。あと5年さきなのです。

　5年も未来となると、個人が生きているのか、企業が存続しているのか、同じところに住んで同じ仕事をしているのか、同じような趣味を楽しんでいるのか、と疑いますね、普通は。

　こうしてみると、人間の寿命は長いな、とつくづく思います。動物の中でも長い方だし、人工物だってなかなかそれだけの寿命を実現できません。でも、100年以上まえの雑誌を幾つか持っていて、今も読めますし、内容も面白いものが多いのです。もちろん、今はそんなの無理だ、無意味だ、という記事もありますが、たとえば工作の記事なんかは、とても参考になります。新しい発見があるということです。ただ、紙がそろそろ寿命かな、と感じます。黴臭いから、ベッドでは読めませんし……。

 イギリスの雑誌は、古い歴史があるものが多いように感じます。

2018年4月18日水曜日

## レンガ造や石造の建物

　新書の原稿は、1万文字ほど書いてしまい、トータル3万5000文字になり、完成度は39%になりました。ちょっと書きすぎました。明日と明後日はゲストがあるので、作家の仕事はしない予定です。

　講談社から、のんた君ぬいぐるみが日本に届いた、という連絡がありました。現在チェックをしているところだそうですが、来週にも僕のところへやってくることになります。講談社のプレゼント企画に応募して当選した人も、まもなくですからお待ち下さい。

　今のところゲラは一つもありません。これは珍しい状況かも。今月は、『MORI Magazine 2』の初校ゲラが来る予定ですし、『森籠もりの日々』のゲラも近々届くことでしょう。どちらも、7月刊の予定です。

　次の執筆予定は、12月刊のクリームシリーズの第7作ですか。例年、春と初夏はエッセィ本の執筆をしています。余裕があるので、もう1冊、来年の前半に出る本の執筆ができるかもしれません。秋からは、小説の執筆になりますが、来年は小説の新作が2作だけしか予定されていないので、これらのほかに、新書の執筆をするかもしれません。ただ、この小説の2作は新シリーズですから、普段よりも時間がかかりそうです。

　朝から、コンクリートを練って、庭園鉄道の工事を少しだけ進めました。夜に風が吹いたらしく、枯枝が沢山落ちていました。機関車を走らせると、線路上に落ちた枯枝を車輪で切断しますが、枝が太い場合は手前で停まって、除去しなければなりません。今日は、2つの列車を1周ずつ走らせました。

　コンクリートの練り方に関するお問合わせのメールが幾つか来ました。なにも知らない方は、ホームセンタで売っている、「インスタント・コンクリート」とか「インスタント・モルタル」を購入されるのが良いでしょう。セメントと砂と砂利（モルタルの場合は、セメントと砂）が既にミックスされているので、調合の計算をしないでもOKです。あとは水を入れるだけで、と

ても簡単です。水の量は、重さを量って加えましょう。だいたいでけっこうです。

　水を少しずつ足していくのですが、あるときから急に軟らかくなりますから、入れすぎないように。また、練れば練るほど軟らかくなります。固いと思っても、安易に水を足さず、よく練りましょう。注意をするのは、これだけです。セメントやコンクリートが皮膚についても有害ではありません。素手で触っても、あとでよく洗えば大丈夫です。けっこう簡単になんでも作れますし、とても安い材料ですから、ちょっとしたガーデニングに利用してみて下さい。

　レンガ積みも、モルタルに慣れたら簡単です。大きなものも一人で作れます。でも、モルタルは引っ張りには弱いので、積んで自重による圧縮力がかかっている分には大丈夫ですが、屋根などを作ることはできません。屋根の下には空間があり、垂れ下がってしまうので、亀裂が入って崩れます。

　レンガ造の建物をよく観察してみて下さい。屋根はレンガではありません。たいていの場合、屋根は木造か鉄骨造です。これは、西洋の石造の教会建築などでも同じです。例外は、ドーム天井で、これだけは石造やレンガ造で屋根まで作ることができます。ドームの形状にすれば、圧縮力だけが作用し、引っ張り力が働かないためです。

　レンガ造の建物では、窓の上部もアーチ状になっているものが多いのですが、あれは意匠デザインではなく、構造的に昔はああするほかになかったのです。今は、金属のサッシをはめ込み、四角でも力を支えられるようになったので、上部が真っ直ぐ（つまり四角形）の窓もあります。

　日本には、石造というと、古来石垣くらいしかありませんでした。比較的立派な樹が多く穫れたこともありますが、やはり地震のある国だったからでしょう。

　イスラムの寺院に大きなドームを持つ建物があります。ドームを形成する石どうしはお互いに圧縮されていますが、ドーム全体として、外側に広がろうとする力が生じます。このため、これらの寺院では、ドームの外周部に重量物を置いて支えました。これが周囲に立っている塔や回廊など

です。ドームが広がらないようにする重しの役割をしています。

　また、少し新しい時代になると、ドームの底部に、周囲を巡るワイヤを張ってある寺院もあります。金属でそれが作れるようになったのは、中世頃からのことです。ワイヤは壁の中に入っていて、外からは見えません。寺院を現在使っている人たちも、ワイヤが入っていることを知らないことが多いようです。そのワイヤが錆びてしまうと、ちょっとした地震でドームが倒壊します。

 イスタンブールのモスクのドームを、調査したことがあります。

---

２０１８年４月１９日木曜日

## 微妙にやばいしかない

　作家の仕事をしないつもりでしたが、ちょっと時間が空いたので、5000文字ほど書いて、新書原稿は4万文字に、完成度は44%になりました。

　来月の新刊『φの悲劇』について、ツイッタ広告をしたいと、編集者から文言の提案があり確認しました。また、この本の電子書籍の見本が、iPadで届きました。明日にも確認しましょう。契約書も届きましたので、サインと捺印(なついん)をしました。

　朝はまだ氷点下ですが、強い日差しが早くから地面を温めてくれます。方々で草が出始めています。樹の枝の先では芽が膨らみつつあります。もうすぐ春ですね。午前中は燃やしものをしました。このところほぼ毎日です。

　アメリカのオークションで落札した品物が届きました。ライブスチームの自作品やジャンクなどです。イギリスの模型店からは、だいぶまえに注文した機関車がやっと準備ができたとの連絡があり、まもなく届くようです。嬉しいですね。1年以上待ちました。小さな機関車ですが、ちょっと高額で70万円くらいの品です。

　昨日打ったコンクリートの具合を見にいき、型枠を外しました。セメン

トは水と混ざると、ちゃんと固まるから偉いですね。石膏も同じですが。煙を出すバルサン（みたいな商品名の殺虫剤）も、水と反応して働きます。化学反応というのは、人間と違って、ちゃんと約束を守ります。これがコンピュータになると、たまにハングアップします。

　午後から、ゲストが4人いらっしゃって、いろいろおしゃべりをしたり、ケーキを食べたりしました。ケーキは、ゲストが買ってこられたものです。ゲストハウスに宿泊され、夕食は自炊されるのです。昨日のうちに、薪は運んでおきました。ファンヒータと薪ストーブで、暖かく過ごせるはずです。

　庭園鉄道も運転してもらいました。この時期、枯枝が多いので、ときどき小さな揺れがありますが、何周も走っているうちに線路上が綺麗になり、滑らかに走るようになります。

　「やばい」がますます「素晴らしい」の意味でしか使われなくなっているようです。若い世代では、否定的に使うことはもうないのではないでしょうか。しかも、この表現をわりと上品そうに見える方が使っていて、言葉の響きが持っているイメージも変わってきたようです。同じようなことが、かつては「すごい」で起こりましたので、まったく予想外ではありません。

　僕が若い頃には、「テンパる」というのが、今のように「緊張して頭が真っ白」という意味ではなく、「準備万端でいつでもスタートできる」の意味でした。つい最近まで、「煮詰まる」は、「考えがまとまる」という意味でした（僕は今でもこの意味で使っています）。「微妙」だって、「繊細で素晴らしい」の意味ですが、今はそうではない使用が増えてきました。

　本来の正しい意味で使ってほしい、と言いたいわけではありません。どちらなのかわからなくて不便だな、とときどき思うだけですし、所詮言葉なんてその程度のもので、真意が伝わる方が奇跡的なのだ、と再認識する程度です。

　「やばい」ではあまりにもフランクすぎるから、「やばいです」と丁寧に言っている人も多いのです。「い型形容詞＋です」は、今は文法的に

正しいみたいですが、「です」を過去形にして「でした」とすると、「やばいでした」になりますね。これは変に聞こえませんか。正しくは、「やばかったです」と、助動詞で前の形容詞を過去形にします。日本語は難しいです。僕くらい年寄りだと、「い型形容詞+です」の「難しいです」がちょっと舌足らずに聞こえ、「難しいのです」と言ってほしいと感じます。ですから、上品に見せたかったら、「やばいのです」がよろしいかと。

　まえにどこかで書きましたが、「ある」が動詞なのに、「ない」は形容詞なのです。これが不思議。「ある」は動作で、「ない」は状況なのですね。「ないです」は、やはり「ありません」と言ってほしい。過去形は「なかったです」よりは「ありませんでした」が品があります。

　お嬢様が使う（と言われている）「よろしくて」という言葉は、普通は疑問ですが、「よろしくてよ」と肯定でも使えます。今どきは、「かしら」でさえお嬢様は言いません。この「かしら」は、僕が子供の頃は、男性も普通に使いました。

　こういう話題をときどきエッセィに書いているのです（「いるです」は不可）。

 できるだけ、丁寧な言葉を多く読んだり、聞いたりしましょう。

---

2018年4月20日金曜日

## 幸運の返済

　今日も作家の仕事はお休みの予定でしたが、ちょっと時間が空いたので、5000文字ほど書いて、新書原稿は4万5000文字に、完成度は50%になりました。あと5日ほどで書き上がりそうです。iPadの電子版『φの悲劇』の見本も確認しました。

　中央公論新社から、『イデアの影』文庫版のゲラを発送する、との連絡がありました。11月刊の予定です。解説者はまだ決定していないそうです。通常、文庫の解説者は早めに人選し、半年まえには依頼するように、と指示しています。

この週末は天候に恵まれ（風がなく、日差しが暖かかったので）、ゲストと庭園鉄道で遊びましたし、焼いていただいたピザを、ランチでご馳走になりました。このところ、夜に小雨が降るようになり、地面はみるみる緑に変わっています。一昨日打設したコンクリートも、乾燥せず強度を増したことでしょう（コンクリートは硬化中に水に浸されると強くなります）。

　オークションで購入した模型を箱から出して、細かいところを検査しました。思いのほか良質のもので、運が良かったなと思います。4月になってから、いろいろ良いことばかり立て続けに起きていて、ラッキィ月間なのかもしれません。その上位3件くらいは、ここでは書いておりません。あまりに楽しいことばかりなので、これから押し寄せるゲラを読んで、借りを返しましょう。この価値観は、わかりにくいことでしょう。以下に少しだけ説明を試みます。

　普通の感覚というのは、「なにか良いことがあるから、それを目指して、今は少し我慢する」というものだと思います。仕事をしたり、勉強をしたりするのは、抽象化すればこの原理ではないでしょうか。「なにか良いこと」というのは、給料のように契約的なもの、具体的にその効果がはっきりしているもの、とは限りません。勉強などは、どれほど良いことがあるのか漠然としています。良い大学に入ることができる、誰かに褒めてもらえる、みんなから羨ましがられる、といった曖昧なイメージです。このイメージを鮮明かつ詳細に持てる想像力がある人は、それだけ事前の我慢が容易になり、逆に、疑わしいイメージしか持てない人は、我慢ができず、「こんなに苦しむくらいなら、もういいや」となりがちです。

　僕の場合どうだったかというと、そういった楽観的な想像力が欠如していたので、我慢はできませんでした。つまり勉強を自発的にしたことはありません。やらないと叱られるから嫌々、申し訳程度に、やっているように誤魔化していただけでした。

　そうやって生きていても、たまになにかの弾みで幸運に出会います。もの凄く嬉しい、楽しいという思いをするわけです。特に苦労をしないのに、思いがけず幸運に当たったりすると、ぼんやりとですけれど、「さす

がに、これは返さないといけないような気がする」と感じるのです。喩えるなら、道で大金を拾ってしまったようなものだからです。苦労をして勝ち取ったものではないから、後ろめたくなるのでしょう。

ですから、そういう良いことがあったあと、仕事や勉強に（多少）やる気を出して、一時的に頑張ることがあるのです。僕の場合は、報酬がさきで我慢はあとだということです。

犬を観察しているかぎり、こういう順番は彼らにはありません。おやつがもらえるから芸をしますが、おやつをもらったあと「ありがとうございました」という態度や仕草は見られませんし、お礼に芸をすることもありません。するとしたら、もっともらいたい、次のおやつが目的です。

人間だけが、感謝をするし、「恩を返す」のではないでしょうか。「いや、そんなことはない、恩を返す犬もいる」とおっしゃる方もいるとは思いますが、そういう犬がいないといっているのではなく、少ないということ。珍しい話だから、注目される例はあるかもしれません。

特に、僕の場合は、恩を返す相手がいない場合が多いのです。誰かのおかげではなく、まさに幸運に対して、借りを作ったと感じてしまうのです。

労働のあとに報酬という順番が多数派か、という判断はどちらでも良いことです。また、もらったものと返すものの収支についても、小事だと思います。そうではなくて、自分の中での価値の「処理」が問題なのですね。

今でも、細々と作家の仕事を引き受けているのは、主にこれです。もちろん、最初は報酬を目当てに労働したのですが、望外の良い思いをさせてもらい幸運だった、だから、お返しをしましょう、という道理です。僕の場合、「お礼を言う」というのは「返す」や「感謝」のうちに入りません。やはり、なんらかの行動で価値を返すという発想になります。

 借金をした経験がありません。人に借りを作るのが嫌いなのかも。

2018年4月21日土曜日

## 潜水艦の思い出

　日に日に春めいてきました。庭園を歩くだけで、楽しい空気になりつつあります。ただ、歩いていると、仕事を見つけてしまい、いくら時間があっても足りません。

　今日は、朝からモルタルを練り、ブロックを並べました。モルタルは5リットルくらいを3回練ったので、15リットルほどです。ブロックは16個を固定しました（というか、明日には固定されています）。

　それから、庭園鉄道も運行。燃やしものもできました。ときどき、雑草を見つけて抜いています。まだ草刈りができるような段階では全然ありません。

　新書の執筆は、1万文字ほど進み、5万5000文字に、完成度は61％になりました。このほかは、2社の編集者とメールのやりとり。

　ゲストから、季節外れ（2月中旬ではない、の意）のチョコレートを沢山いただいたので、これを食べながら執筆をしています。やはり、執筆というのは、頭脳労働なので、甘いものが欲しくなります。小説よりもエッセィの方が頭脳労働です。

　なんの脈絡もなく、潜水艦の話をしますが、僕は子供の頃には、飛行機よりも潜水艦が大好きで、潜水艦の図鑑などをよく眺めていました。工作ができるようになったら、まず潜水艦を作りました。また、プラモデルでも幾つか作った記憶があります。一つも残っていませんけれど。

　ラジコンの潜水艦もありますが、プールがないと遊べません。普通の池や川では無理なのです。1台で何十万円もするので、浮かび上がってこなかったときに、取りにいける環境でないと恐くてできません。

　昨年だったか、自分の誕生日プレゼントで、原潜シービュー号の模型を30万円で購入しました。これはオーディオ・ルームに飾ってあります。ただ、眺めるだけのモデルです。シービュー号をご存じなのは、かなり年配の方だけでしょう。

　漫画や映画でも、潜水艦が活躍する作品が沢山あって、たとえば

『沈黙の艦隊』なんか、面白かったですね。連載している雑誌で読んでいると、尋常ではないほどストーリィの進みが遅かったのですが。

潜水艦がどうやって、沈んだり浮いたりできるのかは、皆さんはご存じでしょうか。「そんなの水を入れたら沈むだろう」とおっしゃると思います。そのとおりです。では、どうやって浮くのでしょうか？「水を出せば良い」のも、そのとおりですが、どうやって出すのでしょうか？　水が出ていく分の空気が必要ですが……。とか、いろいろ問題が出せます。

それから、潜水艦はどうしてひっくり返らないのでしょうか。傾いたりしないのでしょうか？　船は水面にいるから、安定しているように思えますが、水中だとどこにも支えがありませんね。たとえば、スクリューというものを後部で回して進むのですが、その反動で、スクリューと逆方向に潜水艦が回ってしまいませんか？

魚雷を撃ったりしますけれど、発射口から水が入りませんか？　原子力潜水艦ならば、排気がありませんけれど、日本の潜水艦はディーゼルエンジンですから、排気する必要があります。どうやって排気しているのでしょうか？

それにしても一番凄いのは、潜水艦には窓がないことです。つまり、海中は見えないのです。そういう見えないところを進んでいくのですね。よくぶつからずに進めますね。

僕が小学生の頃、まだ日本にディズニーランドがなくて、奈良にドリームランドという遊園地がオープンしたばかりでした（今はないみたいです）。そこでは潜水艦に乗れるというので、父に頼んで連れていってもらいました。2つ歳上の従兄弟も一緒でした。

名神高速道路は既にありました。高速道路を走ったのは、このときが初体験です。オーバヒートで停まっている故障車が何台も途中にいました。国産車はそんなレベルだったのです。父の車は、ブルーバードでしたが、無事に走りました。

それで、ドリームランドで潜水艦に無事に乗ることができました。乗ったあと、従兄弟が池の底にレールがあるのを見つけました。つまり、潜っているのではなく、プールの中でレール上を動いているだけだったの

です。艦内に乗り込むと窓から水中が見えるようになっていて、作り物の魚や人魚が動いていました。本物の潜水艦には、そういう窓がないことを、あとから知ってびっくりしました。

 船が沈むと沈没ですが、潜水艦は潜航か沈没か、どう区別する？

2018年4月22日日曜日
## 超マイナなビジネスモデル

4/17に『ωの悲劇』と書いたのですが、『ωの悲劇』でした。小文字です。小文字であることも忘れてしまうほど、まったく意識にない作者で、感心します。それから、大勢の方が「2020年」に反応しているようですが、「早くても」という文字がそのまえにあります。希望的に解釈しないように。もともと「2019年には出ません」と明言しているので、情報としては何一つ増えていません。同じことを述べただけです。つまり、このあたりが日本人の「論理性」として、何度か書いた部分ではないかと。

『読書の価値』の重版決定の連絡がありました。発行後1週間です。編集者からは、これまでの森博嗣の新書の売行きの初動（とある大型書店のデータによる）の比較図が送られてきて、本書がなかなか「いい線」であることが示されていましたが、そのグラフでは、『作家の収支』も「いい線」なのです。つまり、文芸というか小説関連の新書は、初動が良いのです。でも、『作家の収支』は僕の新書の中では売れなかった部類になります。小説のファンは、新刊を意識する人たちで、本が出たらすぐに買いにいきますし、たいてい大型書店に好んで足を運びます。ですから、初動は良い。でも、読者数が限られるため、最終的には部数が伸びないのです。小説のファンが全員買ってくれたら、ずっと伸びるはずですが、フィクションのファンは、ノンフィクションを買わない傾向が強いので、両方のファンというのは、必然的に少数派となります。

新書の執筆は、1万文字ほど進み、6万5000文字に、完成度は72％になりました。予定どおり、4/20には脱稿できそうです。今のところ、まだゲラは一つも届いていません。さきに、手直し作業になるのかな。
　契約書に印鑑を捺したところです。結婚した頃に作った印鑑で、8000円くらいでした。そのあと、不動産を買うときに実印を作りました。印鑑の文化がこんなに長く存続するとは思っていませんでした。
　庭園鉄道は普通に運行。工事は今日はお休み。ターンテーブルが完成したので、明日くらいから、線路を繋ぐことになります。アメリカで買った機関車の壊れている部分を修理しました。壊れているからジャンクとして安く売られていましたが、綺麗な壊れ方のため簡単に修復ができました。非常に緻密な工作がしてあり、作者の人柄が偲ばれます（故人とは限りません）。
　先日、本の買い方がケーキの買い方と同じで、店に並んでいるものから選ぶ、どれが新しいのかなんて考えない、という話を書きました。
　僕が若い頃は、ハリウッド映画がどんどん日本に入ってきた時代で、映画の新作は話題になり、みんなが知っていて、大勢が見にいきました。
　鉄道模型の店では今も、鉄道模型ファンだったら、今月はどんなモデルが新発売になるのかを知っていて、お目当てのものだったら即座に買うことになります。模型は、すぐに品切れになるからです。
　書籍もすぐに売り切れますが、幸い重版されるので、人気がある本が手に入らないという事態にはなりません。新発売を意識しているのは、現在は本のマニアだけです。映画も、今では「新作だからすぐに見にいこう」という人は減っているはずです。何故なら、膨大な過去の作品がいつでも見られるからです。よほど自分の趣味に合致したものでないかぎり、ロードショーに出かける人は少ない。だから映画が斜陽になっているわけです。
　僕が子供の頃には、新車が発表になると、大勢が注目し、ディーラに見にいきました。今では、どのクルマが新しいのか、知っている人は少数です。ゲームも新発売になる日に並ぶ人は、だんだん減っているで

しょう。漫画雑誌もかつてはみんな並んで買っていました。今の人たちは、漫画雑誌の発売日など知らないのではないでしょうか。

いろいろな分野で、同じことが起こっています。すなわち、大勢が商品に押し寄せる時代ではなくなり、個人の好みに合う少数で多種の商品が必要になりました。

文化的な商品は、過去の蓄積が膨大になり、商品はいつでもその大量の中から選べます。新発売の魅力は相対的に低下しました。パンや果物のように新鮮であることの価値はない、ということです。

さらに、感動を話題にすることが今はネットで実現でき、周囲の大勢でなくても共有が可能になったことが、影響しています。周囲に10人いたら、日本中で何十万人にもなりますが、今は日本に10人いれば、共通性は確保できてしまうわけです。新発売と同時に一気に売れないし、総量としても、大当たりしない時代なのです。

大量生産して大勢に一気に売るビジネスは、このように悉く苦しくなっています。印刷は、大量生産です。音楽のレコードやCDもそうです。ゲームもそうです。ソフトウェアも同じ。つまり、複製した商品は、複製できる利点がなくなるため、商品価値が下がっているのです。

価値が低下し相対的に価格は高く感じられ、売れにくくなります。

---

2018年4月23日月曜日

## ホットとアイスの話

新書の執筆は、1万文字進み、7万5000文字で、完成度は83%になりました。あと2日で終わります。

朝から晴天で庭仕事。そのあと1人でホームセンタへ行き、スバル氏から頼まれた日用品を購入。自分用には両面テープを3種類くらい買ってきました。工作に使うためです。両面のことを、大勢の人が「りゃんめん」と言います。麻雀の影響かと思われます。若者は言わないでしょう。英語は「ダブルサイドテープ」です。

「セロテープ」は、商品名ですが、英語も商品名で「スコッチテープ」と呼ばれています。「ガムテープ」は「ダクトテープ」です。ダクト（配管）工事に使ったからでしょうか。

　両面テープは、僕が子供の頃はあまり一般的ではなく、大学生になって、ラジコン飛行機を始めたときに使うようになりました。スポンジのテープで、エンジンの振動が無線機に伝わらないようにしました。その後、研究室でも、書類を作成するときに両面テープを使うことが多くなったかな、という印象。今では、普通の文房具となりました。あらゆる工作に欠かせない材料になり、接着剤の使用がその分減っていると思います。オフィスでも、今は接着剤を使わないのでは？

　瞬間接着剤も、僕が大人になってから出てきたもので、すぐに使うようになりました。飛行機は、バルサという軽量の木材で作りますが、このバルサを接着するときに瞬間接着剤を多用します。これがなかった時代には、作るのに時間がかかっただろうな、と思いながら工作しています。

　接着剤の話を始めたら長くなるので、これくらいでやめておきます。接着剤博士と呼ばれていたのは、20年くらいまえで、今では完全に取り残されています。使い慣れたものを優先して用いるので、古い製品ばかり買っているためです。

　接着剤は国によってかなり異なっていて、工作したものを見て、アメリカかイギリスかドイツか日本か、はみ出た接着剤で一目で判別できます。このほか、ネジも径やピッチを測定すれば、どこの国のものかわかります。

　日本人の特徴として、冷たい飲みものを飲むことが挙げられます。もの凄く冷たい飲みもののことです。世界的に、あまり例がないように思います。「cold」と頼んでも、普通の水くらいの温度のものが出てくることが普通で、それ以上冷やしては飲みません。冷蔵庫で冷やすのは、保存のためであり、飲みものを冷やすことはない、というのがグローバルな感覚です。

　中国の人は、冷たい食べ物もあまり食べませんね（デザートでは食べ

る?)。冷やし中華なんて、明らかに日本食でしょう。冷やしそうめんからの発想ではないかと。ビールの本場のドイツへ行くと、生温いビールをみんな飲んでいます。そんなに冷やしたら、味がわからなくなって、美味くないと言われます。

喫茶店でソフトドリンクに氷が入っているのも、ヨーロッパなどではあまり見られません。そもそも、水がそのままでは飲めない国が多いから、氷なんか口に入れられないのです。それに、冷たいものは躰に悪いという風習が古来あったのではないでしょうか。どうして日本人は、こんなに「アイス」が好きなのでしょう。

逆に、「温かい飲みもの」と日本人は言いますが、このとおりだと、英語では「生温い飲みもの」になります。コーヒーとかお茶は、「熱い」と言わないと通じません。お風呂もたぶんそうだと思います。日本語だと、「ぬるい」という言葉があって、これはなかなか通じない感覚でしょう。

お年寄りに多いかもしれませんが、お茶は沸騰しているくらい熱くないと駄目だという人がいますね。僕の父がそうでした。飲めないだろう、と思うのですが、飲めないくらい、湯飲みが持てないくらい、でないと駄目なのだそうです。

アイスで、思い出しましたが、カーリングとスキーのジャンプ競技って、氷や雪がどうしても必要なのかな、と疑問に感じます。特になくても良いように思います。寒いところでやらないといけないし、設備やエネルギィにも費用がかかるから、スキー板に小さな車輪を付けたり、カーリングのストーンにも球状の車輪(ボールベアリング)を付けたら、どこでもできて、広く普及するのではないでしょうか?(きっと受け入れられない意見)

 アイススケートの競技も、ローラスケートにすれば良いてすね。

２０１８年４月２４日火曜日

## 振動数や周期や波長

　新書の執筆は、1万文字進み、8万5000文字で、完成度は94％になりました。予定どおり明日書き終わります。まあまあ想像していたとおりの内容になったかな、と感じます。だいぶ書き慣れてきたのかな、とも。

　絵は、過去に描いたものを瞬時に見ることができるので、「あ、この頃に比べると、上手くなったな」と感じることがしばしばです。文章も、昔のものを読み返したら、それが感じられるのでしょうか。少なくとも、僕は昔の自分の文章を読まないので、そういった「上手くなったな」的な経験は一度もありません。ただ、創作の途中、つまり執筆中に、手応えのようなものを感じるのです。頭の中にあったものが文章に落ちるわけですが、その落ち方の抵抗感のようなものです。抵抗がなければ良いわけでもなく、抵抗が大きいのも駄目です。ちょうど良い手応えが、まあまあかな、と思います。

　午前中は、庭仕事をしながら、庭園鉄道を運行。ターンテーブルに、土を運び入れました。一輪車で3杯です。土の山が近くにあるため、大した労働ではありません。適度なエクササイズでした。地面を観察して回ると、いろいろな植物が芽を出しています。春のわくわく感というのは、やはり物事が始まるときの高揚なのですね。

　久し振りに、ドローンを飛ばして遊びました。上空から庭園を撮影しました。なんということはありません。飛行機に比べると、飛ばして面白いものではなく、ただ浮いているな、くらいです。

　ドローンのカメラは、機体が揺れても、その揺れがカメラに伝わらないような機構になっています。ジャイロを搭載し、カメラが動かないように制御しているのです。ですから、思いのほか映像が安定しています。たとえば、自撮り棒を長くして、高いところからスマホで動画を撮影したら、揺れてしまって見にくい映像になるはずです。自撮り棒にも、ジャイロを搭載したものがあると思います。

　庭園鉄道の機関車にも、カメラを装備しているものがあって、ラジコ

ンで走らせながら、カメラの向きも自由に変えられるのですが、やはり揺れを拾います。線路に小枝などが落ちているため、それを轢くときに揺れますし、それがなくても、けっこう車体は揺れるようです。実際の鉄道も、窓枠などにカメラを置いて撮影したら、車両の振動を拾います。人間がカメラを持っていると、人間が緩衝材になるから、綺麗に撮れるわけです。

ラジコンのバギィやレーシングカーにカメラを付けたら、振動が激しくて、見られたものではないでしょう。なんでも大きくなるほど、揺れは緩慢になります。どうしてそうなるのかというと、振子の紐が長くなるような理屈です。短い振子ほど速く揺れますね。

これを「固有周期」といいます。振動するときの周期が、ものによって決まっているのです。ウェイトとバネで固有周期は決まります。重いとゆっくりになり、バネが強いほど速く振動します。その揺れ方は、サインカーブになります。振動は、すべてサインカーブの組合わせで表現できるのです。

提灯が沢山ついた長い棒を、手や肩にのせてバランスを取るパフォーマンスが、日本のどこかの祭であったと思いますが、棒は長い方が簡単なのです。傾くのがゆっくりだから。地震が起こったときに、その振動数によって、被害を受けやすい高さの建物が違います。低層も倒れず、高層も大丈夫なのに、中層が被害を受けることもありますし、低層だけが受ける地震もあります。高層ビルは、地震の周期よりも固有周期が長いので、共振は起きません。でも、もの凄く不快な大揺れ（振幅が大きい揺れ）はあります。

長さの違う3本の鉛筆をテーブルの上に立てておき、テーブルを振動させて、どれか特定の1本だけを倒すことができます。手品のように見えますが、振動数をコントロールできれば簡単なのです。

ギターや琴の絃は、長いほど音が低く、強く張るほど音が高くなりますが、これも固有周期です。長さが半分になると、1オクターブ高い音になります。パイプオルガンだったら、パイプの長さで音が変わります。

ヘリウムを吸い込むと、一時的に声が高くなりますが、これは空気より

もヘリウムが軽いためです。蒸気機関車には汽笛があって、僕の庭園鉄道でもこれを装備している機関車が多いのですが、汽笛を作るときに、コンプレッサで空気を送ってみて音色を確かめても、実際に蒸気で鳴らしてみると、違う音になります。空気と水蒸気の違いです。空気では鳴らないのに、水蒸気だと鳴る場合もあり、その反対もあります。

　揺れるもの、振動するものは、周波数（振動数）という数値で表され、1秒間に何回繰り返すかを示します。1ヘルツというのが、1秒間に1回です。周期とは、周波数の逆数で、1回の振動の秒数です。5ヘルツなら、周期は0.2秒になります。また、波が伝播する速度が、媒体によって決まっているので、この速度を周波数で割ると、1周期で進む距離になり、これを波長といいます。電波のアンテナは、波長の半分が効率が良いので、周波数が低い場合ほど、アンテナは大きくなります。

　人間の目は、光という電波（電磁波）を受信するアンテナです。動物は躰が大きくなっても目の大きさはあまり変わりません。つまりだいたい同じ周波数の光を見ているからです。「電波が見えた」なんて言ったら、電波系の（ちょっと問題のある）人になってしまいそうですが、光は電波ですから、見えています。「電波が聞こえる」よりは正常です。

 ラジオに比べると、TVやスマホは周波数の高い電波を使います。

---

2018年4月25日水曜日

## 椅子と感情的な指揮官

　新書の執筆は、5000文字進み、9万文字で終了しました。これを書いている今日は4/20で、予定どおり。続けて、本書の手直しをしようと思います。5日くらいで終わる見込みで、4/25には編集者へ発送できます。幻冬舎新書で、来年1月刊予定。タイトルは、5案くらい提案して、編集者に決めてもらいます。

　『天空の矢はどこへ?』の念校（3校）が届きました。再校との照合を明

日します。大和書房の『MORI Magazine 2』と中央公論新社の『イデアの影』文庫版のゲラがまもなく届く予定。『森籠もりの日々』のゲラも4日後に届くとメールがありました。これから忙しくなりそうです。

のんた君のぬいぐるみ50匹が、ついに届きました。講談社からいただいた20匹と、個人的に購入した30匹です。スバル氏は、10年ほどまえの初代のんた君ぬいぐるみよりも、今回の方が可愛いとおっしゃっています。どこがどう違うのかは、両方を並べて見比べないとわからないかもしれませんが、顔が違うし、目も耳も全部違います。一見してわかるのは、着ている洋服が違います。初代は探偵ホームズのコスプレをしていましたが、今回はオーバオールです。これでもう、作家として思い残すことはありません。

朝から、線路工事をしました。日差しが暖かかったので、ガレージのシャッタを開けて、線路を切る作業をしました。ターンテーブルまで線路を繋ぎ、土を盛って高さを調節。これで、機関車の向きを手軽に変えることができるようになりました。このほかには、雑草抜きと枯枝拾いを1時間ほどしました。

ゲストハウスの渡り廊下が雨漏りするため、床に雨水を受けるカップを置いていました。このまえ買った2.5mの脚立があるので、屋根の上を調べてみようと思います。コーティングくらいで直るかもしれません。

工作室で、アメリカで買ったジャンクの機関車を修理しました。ボイラに空気で圧力をかけて、動輪が動くか確かめたところ、最初はぴくりともしませんでしたが、方々を調節して、なんとかかたかたと回るようになりました。今度走らせてみましょう。それから、スバル氏がまた掃除機が変だとおっしゃるので、修理をしました。これはすぐに直りました。不具合があったら、なるべく初期の段階で知らせるように、と言ってあります。

書斎で作業をするときは、アーロンチェアに座っています。これを買ったのは、作家になって5年めくらいだったでしょうか。小説を書き始めるまえに、清水の舞台から飛び降りる覚悟で6万円の椅子を購入しました。この投資が当たったため、その3倍くらいするアーロンチェアを買ったのです。これも元は取れたのではないか、と満足しています。松坂屋だっ

たかな、デパートで実物に座ってみて、即決しました。

ずっと愛用していましたが、座面のネットが、端っこだけほつれてきました。また、その下のスポンジも一部劣化して、取れてしまいました。さすがに15年以上になるから、しかたがないところです。ネットで調べてみたら、部品だけ購入できるようなので、壊れているパーツだけ買って、自分で交換しようと思います。まだしばらくは使うだろう、という楽観的観測です。といいながら、どのパーツが適合するのか、詳しく調べていません。面倒なんですよね、そういう作業って。

これが、機関車の部品とか飛行機のエンジンだったら、どれだけ時間を使ってでも、詳細に調べ、時間をかけて吟味したうえで、即日発注していると思います。決断は早い方ですが、それは趣味においてだけで、仕事ではそうではありません。このあたり、やはり仕事は二の次というか、好き好んでやっているわけではない、という姿勢を物語っています。

今日は、書斎のMacの1台が突然立ち上がらなくなりました。15分くらいで復帰したのですが、ディスプレイが中古品のためか、半年に1回くらいこうなります。電源を切ったり入れたりしているうちに直ります。趣味だったら、頭に血が上って、「こんなていたらく、ゆるされませんことよ！」とたちまち廃棄して、新品を買うところですが、仕事で使っているものですから、最初から中古品だし、「まあまあ、君もあれだね、いろいろ苦労をしているから」と許してしまうのです。

SFの映画とかアニメを見ていると、登場人物たちが趣味的に感情を高ぶらせることが多いように思います。仕事で宇宙船に乗ったりしているのなら、もう少し冷静で、しかも仲間とも上手に人間関係を築くのではないでしょうか。エリートだったらなおさらです。明らかに指揮官として失格だという感情的な人間が多いように見受けられます。リアリティを感じさせる創作が、もう少しあっても良いかと。

 エンタープライズだったら、スポックが艦長になるべきでしょう。

2018年4月26日木曜日

## サンダーバードとアメリカン・グラフィティ

『天空の矢はどこへ?』の念校と再校の照合をしました。問題ありません。新作の手直しを始めました。今日は20%の進捗です。順調。

とある契約を結ぶことになりました。まだどうなるかわかりませんが、とりあえず、契約するだけで50万円くらいもらえます。ありがたいことです。

ありがたいといえば、父から相続した土地が、貸すだけで1カ月に10万円くらいもらえるのです。固定資産税を差し引いても、利益があります。やっぱり、株よりは土地の方が配当が多いのかな、などと考えています。でも、その土地を売ったら、半分ちかく税金で取られます。

税理士さんから、生命保険を勧められました。僕が死んだら、家族に1000万円入る保険です。掛け金は一括の掛け捨てで、1000万円近く必要です。それだったら意味がない、というわけではなく、相続税がかからないので、500万円ほど得なのですね(僕がではなく、遺族が)。節税とか、あまり興味がないのですが、これは差が大きいな、と思いました。保険会社が優遇されているのですね。でも、保険会社が倒産したり、税法が変わるリスクはあります。

風のない暖かい日でしたので、朝から庭仕事。雑草取り、枯枝集めなど。線路の路盤の土を一輪車で数杯運びました。そろそろ次の工事現場に向かいます。次は主に木工です。日焼けします。

アルミの脚立をゲストハウスまで運び、渡り廊下の屋根を調べました。枯葉などが溜まっていたので、とりあえずそれを除去しました。ここから漏れたのだ、という目立った不具合は見つかりません。枯葉が溜まったから、そこで水位が増して、屋根材の隙間から水が入ったのかもしれません。しばらく、様子を見ましょう。

僕のクルマは既に夏用タイヤに交換してありますが、スバル氏のクルマはまだ冬用のままです。工場に予約を入れ、明日換えてもらうことにしました。彼女のクルマも不具合はまったくありません。ときどき、僕も運転させてもらっています。

ホビィルームに、ペネロープ嬢がいます。サンダーバードのキャラクタの一人です。黒柳徹子が吹替えをしていました。悪いイメージを持っている人（スバル氏ほか）もいるかと思いますが、若いお嬢さんで、執事は、かつて泥棒のパーカー氏です。この人形は、イギリスのライセンスで日本人が製作したものですが、1体25万円でした。パーカーと迷ったのですが、ペネロープにしました。持っている人は、そんなに大勢はいないはずです。

　大きさは、人間の4分の1くらい。撮影に使われた糸操りのマリオネットもこの大きさだったようです。ということは、ペネロープ号は車長2mくらいあったのです。

　先日、潜水艦の話を書きましたが、サンダーバード4号が潜水艦です。非常に斬新なデザインで、ブルドーザとトラックを混ぜたようなフォルム。カラーは黄色（イギリス人はオレンジと言いそう）です。2号が水面に落としたコンテナの中から出てきます。1号がロケット、2号がジェット機、3号が宇宙ロケット、5号が宇宙ステーションなのですが、4号だけが小さくて、潜水艦です。かなり格差があります。予算的に見ても、1桁小さいはずです（実物を想像して）。

　サンダーバードは、その後リメイクされているので、新しいものは微妙に違います。以前にどこかで書きましたが、本当は、複数形で「サンダーバーズ」です。「Thunderbirds are go」って言っています。「is go」ではありません。それから、英語の発音を聞けば、「サンダーバーズ」ですが、固有名詞かなと考えて、「ー」を入れました。

　thunderは雷鳴のことです。音の方です。光、つまり稲妻は、lightningです。日本には、「雷鳥」と呼ばれる鳥がいますが、雷鳥は、thunderbirdではなく、grouseとか、Lagopus mutaとかが辞書にありました。雷ととんな関係があるのかわかりませんが、日本だけの呼び名だということです。

　僕が子供の頃に、ときどき見かけたのが、フォードのサンダーバード。めちゃくちゃ長くて大きいアメ車です。後ろに羽根がついていました。ちょっと時代が違いますが、まさにアメリカン・グラフィティでしたね。映画

『アメリカン・グラフィティ』は、ジョージ・ルーカスが監督をしているのです。ハリソン・フォードが出ていますし。それから、マテルのミニカー Hot Wheelsが、アメリカン・グラフィティだな、と勝手に思っています。

サンダーバードでは、ジェットモグラが一番のお気に入りでした。

---

2018年4月27日金曜日

## 理屈を捉えない人たち

　幻冬舎新書の原稿の手直しは、60%まで進みました。明日にも脱稿できそうです。そろそろ次の仕事に頭が行っています。まずはしばらくゲラ校正が続きます。5月は執筆はないかもしれません。6月くらいにエッセィを書きましょうか。ゆったりとしたスケジュールになりそうで、大変けっこうなことです。

　午前中は、庭園鉄道の線路工事と運行。土を運んだり、ポイントの整備をしました。運行は1周だけ。

　ちょっとしたゲストがあったので、機関車を見せて話をしました。ターンテーブルに初めて機関車をのせて、向きを変えてみました。向きを変えるときは人力です。実物のターンテーブルも小規模なものは人力です。

　草が伸びてくる時期なので、雑草を探して抜きます。現在僕が目の敵にして抜いているのは2種類。名前は知りません。1日に10本くらい見つけます。

　水道のノズルを取り付けて、地面に水を撒きました。これから草が生えてくることでしょう。野鳥が少し減ったかな、と思います。今朝はリスを見かけました。地面を走っていました。

　昨日の夜は雨が降らず、ゲストハウスの雨漏り状況は確認ができませんでした。今日は、ゲストハウスの方へは、列車で通っただけ。

　麓（ふもと）では桜が咲き始めたそうです。麓から上がってきた人がゲストだったのです。日本は、もう散っていることでしょう。

　誰かがなにかの理屈（あるいは意見）を述べているとき、その理屈に対

して、正しそうか、間違っていそうか、ということを考えて評価をします。正しければ同意し、間違っていれば無視するか反対するか、ということになるはずです。

ところが、僕が観察するかぎり、かなりの割合の人が、そうではありません。理屈の内容ではなく、発言者の人格を問題にしようとするのです。「この人間はこんな奴です、そんな奴の言うことは間違っているにきまっています」というもの。明らかに屁理屈です。これでは、理屈に対して反対しているようには聞こえません。どうして、そんな関係のない話を持ち出すのだろう、と受け取られるでしょう。

もちろん、述べている理屈が何に関することか、という点で、一概に言えないのかもしれません。たとえば、数学の計算や証明であるなら、誰が発しているかはあまり気にしない人が多いはずです。僕は、こちらよりの人間なので、どんな理屈や意見に対しても、内容で評価をします。

でも、「人生を成功させる方法」について述べているとしたら、発言者が億万長者か、それともホームレスかで、やや内容の評価に影響がある気もします。というか、気にしないのは難しいかもしれませんね。

この理由は、理屈の実証例が本人であるかないか、です。本来、本人でなくても、実証例があれば問題ないので、やはり発言者がどんな人かは影響しない、と僕は考えます。

僕は、誰が語っているかは、語られた理屈とは無関係であり、誰がその理屈を立証しているのかも、とりあえず気にしません。

さらに、人格を根拠にして理屈を否定しようとする人は、理屈が間違っていると人格も否定します。これも僕はおかしいと感じます。筋違いだろう、と。たまたま間違えただけかもしれません。たとえ理屈が違っていても、人格を否定するのは行き過ぎでしょう。せいぜい、間違いやすい人だな、くらいでは。

でも、多くの人は、結局理屈を聞きたいのではなく、その人格を見極めたいだけなのです。もっと大まかにいうと、敵か味方かを判別したいだけ。そのために意見を聞き、理屈も聞きます。理屈が「違っている」とは、自分の意見と合わない、つまり敵だ、という意味なのです。

僕が、理屈と人格を切り離すのは、理屈に合意できなくても、敵とは思わないからです。

　かように、世の中は感情的な人が多い、というお話。

　小学校低学年くらいまでの喧嘩がそうですね。相手の人格を非難することでしか攻撃ができません。行動や考えに悪い点がある、という指摘がきちんと論理立てて説明できないからです。大人でも、これができない人が人格攻撃をする傾向にあります。いわば、「舌足らず」なのです（これは一般的な比喩であり、人格攻撃ではありません）。

　また、大人であっても、昔は悪人の人格を否定しました。弱者も人格を否定されてきました。そういった歴史を人間は反省し、乗り越えようとしているところです。

　メカニズムはよくわかりませんが、相手を蔑むことで自分が得をしたみたいな気分、高揚感があるということですね。自分が蔑まれることで、落ち込んだトラウマがおそらくあって、やり返しているのかもしれません。このあたりも、幼さと甘えが窺える反応です。

 いわゆるヘイトという行為が、基本的に間違っている理由がこれ。

---

2018年4月28日 土曜日

## お耳セットの問題

　幻冬舎新書の原稿の手直しが予定より2日早く終わりました。すぐに、編集者へメールで発送。これでお終い。明日にも、ゲラが各社から届くので、休む暇もなく、仕事です。7月刊予定の『MORI Magazine 2』と『森籠もりの日々』が優先です。どちらも初校ですが、後者はいちおうウェブ連載で校閲を通っているし、先日1度通して読んだから、事実上は再校。前者は、まったくの初校ですが、文字総数は少ないので数日で読めると思います。この2つを4月中に片づけようという意気込みという幻想です。

　朝は濃霧でしたが、お昼頃には晴れてきました。気温は10℃くらいに

なり、一気に植物が伸びそう。まだ床暖房を入れていますが、そろそろなくても良いかもしれません。5月は庭仕事と線路工事がますます忙しくなりそうです。作家の仕事は、月の半分もしなくても良いくらいノルマが減っていることでしょう。

オーディオルームにあるレーシングカーで久し振りに遊びました。コンピュータが相手をしてくれるので、一人でもカーレースができるのです。コースアウトしないで、ちゃんと走りますしね。最近のおもちゃで一番驚いた技術です。

あと、イギリスの模型店で買った古いゼンマイの機関車を幾つか動かしました。そのためのレールもつなぎました。100年近くまえのブリキのおもちゃですが、不具合もなく快調です。ゼンマイは、壊れるとなかなか直せませんが、大事に使っていれば、滅多なことでは壊れません。

ゼンマイというものを、今の子供たちは知らないのかな、と考えましたが、チョロQがゼンマイですね。僕が子供のときは、プラモデルの自動車や戦車などがだいたいゼンマイ駆動でした。ゼンマイを巻くネジ（鍵）があって、それを差し入れて、何度か回転させてから走らせます。時計もゼンマイでしたから、毎日1回、ネジを巻いたものです。ゼンマイのことを英語でクロックワークといいます（アメリカではワインドアップかな）。この英語は、日本語では「時計仕掛け」と訳されています。たとえば、『時計仕掛けのオレンジ』などは、どちらかというと、「ゼンマイ式オレンジ」の方が意味が合います。カラクリ人形もゼンマイです。

のんた君（オリジナルの方）の話をしますが、これは水柿君シリーズでも書きました。のんた君が汚くなったので、スバル氏に洗ってもらったのです。水を含んで重くなりました。それを乾かすために、ベランダに干したのですが、両耳を洗濯バサミで挟んで吊るしておいたため、耳が尖ってしまい、猫みたいになりました。

のんた君は、もともと熊としては耳が低い（頭の上ではなく、頭の横に耳があるの意）のですが、上の方を引っ張ったので、あたかもバルカン星の熊のようになりました（わからない人は受け流すように）。でも、その後、アイロンなどを使って懸命のレスキューがあり、無事に元どおりに戻ったのでした。

その後は、水洗いはされていません。スバル氏がときどき除菌スプレィを吹きかけているようです。

新婚旅行のときに、のんた君を連れていきましたが、ずっとクルマのリアトランクに入れておきました。連れていったのは、万が一家が火事になったりしたら可哀想だからです。トランクに隠したのは、誘拐されないためです。トランクの中でクルマの匂いがついたらいけないと思い、ビニル袋に入れておいたら、見事にビニルの匂いがつきました。しかし、これも懸命のレスキューのおかげで事なきを得ました。

シェルティをもう何匹も続けて飼っていますが、仔犬のときに「お耳セット」をします。この「お耳セット」とは、各種取り替え用の耳が入ったセットではなく、耳が折れ曲がるように矯正することです。絆創膏などを使って、耳を折って、しかも頭の高い位置に寄せるようにします。森家では、耳はのんた君のように低い方が可愛いという価値観に基づき、頭の上に寄せる矯正はしていません。でも、たしかに折れていると可愛いので、テープを貼り、折り癖をつけます。

ところが、工作で各種テープを使っているのにもかかわらず、犬の耳に粘着するテープがこの世に存在しない、という問題に直面するのです。「お耳セット用テープ」を発売してもらいたいくらいです。貼っても、犬がぶるぶるとやると、凄まじい遠心力が作用するらしく、たちまち取れてしまいます。その度に根気よくやり直します。仔犬は、お耳セットの意味を理解できないので、必死に抵抗しますから、言い聞かせ、騙し騙しやります。2カ月くらいでしょうか、100回くらい貼るのです。それで大きくなってもずっと折れた耳になるのでした。

 例外はパスカルだけ。仔犬のときからずっと垂れ耳だったのです。

---

2018年4月29日日曜日

## 大工仕事の季節

ゲラが3つ同時に届きました。大和書房の『MORI Magazine 2』と

講談社の『森籠もりの日々』と中央公論新社の『イデアの影』文庫版です。まずは、『MORI Magazine 2』から読み始め、今日は30％ほど進みました。3日で終わりそうです。近頃、文章を読むのが速くなったみたいです。

　この『MORI Magazine 2』では、ファン倶楽部会員から質問や相談を受け付け、それにお答えするページがありますが、それとは別に、24日に24時間だけ質問を受け付け、今日から、ファン倶楽部のブログで答えています。

　そういえば、「じぶん書店」のデザインが変更になりましたね。書影を小さくしたので、見やすくなったかも。なかなか本が挙げられませんが、読んだ本でおすすめのものになかなか当たらないからです。

　庭に小さな花が幾つか咲き始めました。僕が自信をもって名前をいえるのはチューリップくらいです。チューリップといえば、パチンコとかフォークソングを連想するのは、もうだいぶお年寄りでしょう。若者には何のことだかわかりません。一方では、ガンダムとか今でも通じる言葉があって、年代の古さではなく、リバイバルしているかどうか、が決め手となるようです。リバイバルされているかどうかは、年寄りは知らないので、通じるかどうかもわからないのです。若者は、リバイバルであることを知らないから、この件についてギャップは埋まりません。

　書斎の床暖房を切ったのですが、朝は足許でファンヒータをつけています。床暖房は、部屋ごとにスイッチがあって、強さもそれぞれ10段階くらい設定できます。そろそろボイラも休める季節となりました。この床暖房の設備がなかったら、こんな寒いところには住めません。これがあるから快適なのです。床暖房さまさまです。ちなみに、クーラはありません。

　ジェットエンジンの始動をしました。半年に1回くらい始動しています。たまに運転しないとオイルが固着したりするからです。燃料は灯油。始動はセルモータがあるので、全自動。問題なくかかりましたが、音が大きいので、フルスロットルは10秒くらいに抑えます。回転は15万回転（毎分）くらいです。

飛行機用のエンジンも、多気筒のものをたまに始動しています。ピストンエンジンは、ピストン内にオイルを差せば、だいたいいつでも動きます。マフラがあるから、そんなに煩くもありません。こちらは、燃料はガソリンかアルコール系です。もう少し暖かくなったら、試運転をしましょう。新しい試運転台も作りたいと考えています。

　だいたいこの時期になると、大工仕事をしたくなるのです。大工仕事というのは、噛み砕いて言うと、木工作のことです。木材をノコギリで切って、木ネジで組み立てるもので、屋外で大きなものを作ります。冬の間に木材を買い溜めておいたので、そろそろ始めたいな、と考えています。

　木工作は子供のときから慣れ親しんできました。本に書いたこともありますが、小学生のときにバンガローを自分一人で建てて、その中に泊まったことがあります。床面積1畳という小さな小屋です。夏休みでしたので、昼間は暑くなって、いられたものではありませんでした。

　こういうことができたのは、実家が建築業だったため、道具が揃っていたし、材料がいくらでもあったからです。自分で買わないといけないものがなく、なんでも自由に使えました。ないのは、ペンキくらいでしたか。

　ただ、父には工作の趣味はなく、彼がなにかを作っているのを見たことはありません。誰も教えてくれなかったので、すべて我流です（当時は、木工作の解説本などありませんでしたし）。大工さんが仕事をするときに眺めて、だいたい覚えました。たとえば、ノコギリには、歯が2つありますが、どう使い分けるのかとか、ノミやカンナの使い方などは、使っているところを見ないと、そもそも何の道具なのかわかりませんでした。

　その頃と今の大きな違いは、釘や金槌を使わなくなったことです。すべてコースレッドとインパクトドライバになりました。ノコギリも手で引くものは、滅多に使いませんね。

　小屋のような建築物を建てるときに、大工仕事ではない部分が3つあります。1つは、基礎工事。これは、土工さんというか、土木の仕事。2つめは、屋根工事。これは、板金屋さんなど、屋根専門の人がいて、防水工事が主です。3つめは、建具屋さんの仕事、つまり、ドア

や窓の工事です。これは大工さんはしません。建築というのは、このように分業されていて、沢山の職種が関わります。ほかには、左官屋さんとか、畳屋さんとか、内装屋さん、電気屋さん、設備屋さん、塗装屋さんなどです。ビル工事だと、型枠大工さん、鉄筋工さん、溶接工さんなども加わります。

昔は大工の棟梁（親方）が建物の設計や計画をすべてしました。

---

２０１８年４月３０日月曜日
## 見えない欲求はないの？

『MORI Magazine 2』の初校ゲラを70％まで読み進みました。明日で終わります。続いて、『森籠もりの日々』の初校ゲラを読みます。

講談社文庫編集部からiPadが届き、『博士、質問があります!』電子版の確認をしました。イラストがカラーだから、カラーのモニタで見てもらいたい本です。これは、もともと日経パソコンに連載した内容で、絵は僕が下描きをしてスバル氏がペン入れ（&着色）したものです。『森博嗣のミステリィ工作室』の電子化も作業が進んでいるとのこと。巻末にある索引がなくなるそうです。そうか、索引って、いらない（意味がない）んだ、という文化的シフト。『博士、質問があります!』電子版の配信は5/18の予定だそうです。

スバル氏は、セレブ奥様軍団と会合するために出かけられました。犬たちの世話を、僕がしています。夜に雨が降りました。庭園内はますます緑になってきました。

4月もあっという間に終わってしまいました（これを書いているのは、まだ4/25ですが）。いろいろ楽しいことがあって、ラッキィな1カ月でした。日本はGWですね。あちらこちら混み合うことでしょう。昔に比べると、今は渋滞とか少ないのでしょうね。分散しているし、人口が減ったし、クルマも減ったし、道路も増えたでしょうから。帰省ラッシュも、ずいぶん緩和していると聞きます。これは、帰る故郷が遠くない世代に変わりつつあるか

らですが。

　けっこう、日本って国土が長いんですよね。けっして小さい国ではありません。人口もそこそこいるし。発電所や原油の問題があるごとに、省エネが叫ばれて、節約しようという気運が高まるのに、ほとぼりが冷めると、誰も言わなくなるところか、むしろ人々が出歩くように煽（あお）りますよね。観光業など影響を受ける仕事があるからでしょうけれど、なんかもっと、みんな出かけないで、家で楽しいことをすれば良いのに、と他人事（ひとごと）ながら思います。

　正直に言いますけれど、僕は今、行きたいところとか、見てみたいところとか、会ってみたい人とか、一つもありません。あったら、行っていますし、見ていますし、会っています。それから、買いたいものもありません。あったら買っています。特に食べたいものもないし……。

　こういうことを書くと、「満たされていて、もう欲求はないのですか？」みたいに言われますが、僕にしてみると、皆さんの欲求って、「行きたい、見たい、会いたい、食べたい」だけなんですか？　ときき返したくなります。僕は、それ以外にやりたいことがいっぱいあって、それで毎日手一杯なのです。

　やりたいことがあるから、行きたい、見たい、会いたい、食べたいと思わないのかもしれません。楽しい方を選択しますからね、人間誰でも。

　それでも大勢の人が、行きたい、見たい、会いたい、食べたいと言っているわりに、ただ、そこで写真を撮るだけじゃないの、とは言いたいです。是非、写真を撮らず、誰にも話さず、ネットにも内緒で、やってみて下さい。本当にしたいことなのか、それとも誰かに見せたいことなのか、ある程度それでわかると思います。いかがでしょうか？

　僕の場合、（このまえも書いたとおり）一番楽しいことは、ブログでも書いていません。そういうものが楽しいことなのです。ここで書いたり、本に書いたりしているのは、二の次くらいの楽しさなのです。どうして書かないのかというと、わかってもらう必要がないくらい、楽しさが確固としたものだから。家族にも話しませんし、誰にもわかってもらう気がありません。

美味しい料理を食べたら、「美味しかった」と思えばそれで充分ではありませんか。呟いて、友達に紹介して、写真を撮る必要がどうしてあるのでしょうか。芸能人がそれをするのは、ファンのために装っていることですから、自慢しているのではなく、仕事上の演出です。でも、普通の人はどうして自慢したり、装わないといけないのか、僕にはわかりません。もしかして、水を差していますか？　そんなつもりはありません。もちろん、そういう「ごっこ」が趣味の人がいても良いと思います。

　みんなが同じ趣味というのが、ちょっと引いてしまう現象ですね。

## 5月
May

2018年5月1日火曜日
## 映画化とかありましたね

『MORI Magazine 2』の初校ゲラを読み終わりました。コジマケン氏のイラストのラフがメールで沢山届いています。もちろん、無条件ですべてOKを出しました。つづいて、『森籠もりの日々』の初校ゲラを10%ほど読みました。こちらは、通読は2回めなので、ほとんど直していません。文字がもの凄く多いから、時間がかかりそうです。

講談社文庫の編集者H氏と、今後のゲラなどのスケジュールについて打合わせをしました。昨日書いた『博士、質問があります!』は、すんなり電子版になりましたが、『森博嗣のミステリィ工作室』と『100人の森博嗣』は、少しあとになりそうです。これは、複数の方から許可を得ないといけないからです。あと、9月刊予定で、『そして二人だけになった』文庫版を講談社から出すことになりましたが、こちらのゲラの予定などです。『そして二人だけになった』は、講談社ノベルスでも出していた作品ですが、既にデジタルデータが残っていないとのことで、書籍からゲラを起こす作業が必要だそうです。

こういった事情は、これまで何度か経験があります。本のデータはたいていの場合、印刷所が持っているようで、しかも頻繁にシステムが変わるためか、ちょっと古いデータは残っていないことが多いようです。個人以上に保存されていないみたいです。もちろん、ちゃんと探せばあるのかもしれませんが、責任が持てない、といった事情もあるのかと。どこかの官庁や自衛隊も、同じではないでしょうか（これは皮肉ではなく、そういうものだ、という客観的意見）。たとえば、大学のときの議事録なんかは、デジタルデータは残っていないでしょう。それを書いた先生が個人的に持っているだけです。

今日は、お昼頃に飛行機を飛ばしにいきました。庭園鉄道は、お休みです。でも、1時間くらい、雑草取りはしました。樹々の葉が出始めてきて、森林は仄かに黄緑になりつつあります。小さいですが、チューリップが50本くらい花を咲かせています。チューリップ以外は（僕にとって）名

もない花です。

　昨日の夜、また雨が降りました。ゲストハウスの渡り廊下の雨漏りを見にいったら、水を受けているカップの水位は、減っているようにも見えましたけれど、ゼロにはなっていない。効果があったと見るか、まだ不明。

　今日も、ハーゲンダッツのアイスクリームを食べました。この時期は、各地で模型ショーがあるのですが、今は現地に行かなくても、動画で流してくれるし、そこだけで販売されているアイテムも、オークションで買えてしまいます。出かける必要がますますなくなりつつあります。

　押井守監督の映画『スカイ・クロラ』は、ちょうど10年まえになります。売れないシリーズが、一気に売れるようになり、こういうのを「恵み」というのかな、と感じました。あのときは、特にハードカバーが売れました。単価が高いから、印税も多く、この映画で僕は1億円くらいいただいた計算になります（特になにもしていないにもかかわらず）。

　あと、飛行機やキャラクタのフィギュアがいろいろ作られたし、最近でもまだソリッドモデルなどの新製品が送られてきます。Wiiのゲームにもなりましたしね。今でも、このシリーズが一番好きだというファンの方も大勢いらっしゃるようです。

　特に、海外で人気があるらしく、最近になって清涼院氏が英訳されたものが、そんなファンの方たちに届いているみたいです。こちらも、ありがたいことです（特になにもしていないにもかかわらず）。

　まさか、最初に『スカイ・クロラ』が映画になるとは思いませんでしたね。『すべてがFになる』の（実写での）映画化の話は何度かあったのですが、マイナだし、あと反社会的だから、ちょっと無理だったのでしょう、実現しませんでした。それを言ったら、『スカイ・クロラ』も反社会的でしたが、煙草を吸っているキャラのまま出してしまったのも、押井氏の凄いところです。

　実現しなかったオファとしては、たとえば『水柿君シリーズ』がドラマ化の話がありました。水柿君を女性にしてやりたい、みたいな話でした。もっと凄いのは、『庭園鉄道シリーズ』のアニメ化の話もありました（笑）。

TVでは、『カクレカラクリ』が最初だったでしょうか。『すべてがFになる』の連続ドラマが3年半まえ。これは、本が沢山重版になって「恵み」が多かったようです。そうそう、『黒猫の三角』もドラマになりましたね。これ以外に、『奥様はネットワーカ』も30分ほどのドラマになって、クイズ番組に登場しましたっけ。

　僕は、こういった映像化（あるいは漫画化）に対して、まったく注文をつけません。それは同人誌の二次創作に対しても同じです。両者の違いは、僕にとってはありません。ただ、それらが稼ぐ金額に差があるだけ、と認識しています。あまり沢山稼ぐ場合は、少々のロイヤリティをいただくだけです（同人誌から取っても知れているから、無視できる範囲かと）。『スカイ・クロラ』と『すべてがFになる』で恩恵があったのは、直接的な著作権ではなく、宣伝してもらえて、自分の本が売れた（増刷された）ということでした。ですから、出版社にとっても「恵み」だったかと。

　今後は、こういった効果はどんどん減少していくはずです。何故なら、映画やドラマもアニメも漫画も、もう当たらない時代になっているからです。

 ドラマと映画はほとんど同じものになったように見受けられます。

---

2018年5月2日水曜日
## 追憶の講談社ノベルス

　『森籠もりの日々』の初校ゲラを30％まで読みました。講談社経由で沢山の郵便や荷物が届きました。なんと、『φの悲劇』の見本10冊が入っていました。発行までまだ1週間以上ありますが、もうできたのですね。でも、書店に出るのはGW明けでしょう。

　3月と4月に出た新書の印税の支払い調書も届き、もちろん振込みも先日ありました。どちらも早期に重版しているので、ひとまずほっとしています。最終的には、『集中力は〜』の方が『読書の〜』の倍くらいは出るのではないか、と予想しています（個人的な願望などは含まれていません。

マーケット的な予測)。

　驚いたのは、集英社の『暗闇・キッス・それだけで』文庫版の重版のお知らせが来たこと。編集者からは重版の連絡はなかったので初耳です。特に、修正箇所などはなかったので、問題はありませんが、編集者は事前に知らせてくるのが普通の業務だと思います。

　それから、教育関係での著作利用の集計も届きました。相変わらず、そこそこ利用されているようです。また、実際の試験問題や問題集なども届いています。新書の文章が利用されているものがほとんど。現在は、某所にこの事務処理を委託していて、僕に入る印税は半分になりましたが、それでも年間で何十万円にもなります。ありがたいことです。

　夜に雨が降ったり、風が吹いたりするため、枯枝が沢山落ちていて、これを拾い集めて燃やしました。地面は苔に覆われていて綺麗な黄緑。チューリップが沢山咲いていて、色は赤、白、黄色です（3色が混ざっている花があるのではなく、3つの色の花がそれぞれ咲いています）。樹の葉は、まだ小さくて、開いていませんが、それでもだいぶ森林の見通しが悪くなってきました。

　『森籠もり〜』のゲラを読んでいて気づいたのですが、昨年の7月に黄色いスニーカを買っていました。つい最近も黄色のスニーカを買ったのです。忘れていたので、クロゼットに見にいったら、新しいまま置いてありました。同じメーカのものです。形も色も少し違うので、残念ということはありませんが、スバル氏に何を言われるかと、どきどきです。きっと、歳を取って記憶力が劣化したと思われるでしょう。歳を取ったからではなく、もともとなのですが。

　もうすぐ発売の『ψの悲劇』は、講談社ノベルスという新書判の本です。講談社で最初に出した『すべてがFになる』もこのノベルスでした。トレードマークはパイプをくわえた黄色い犬（滝田ゆう氏画）ですが、森博嗣のノベルスは、ちょっと顔色が悪く、黄土色になっています。これは、『F』のときに、初めて銀箔を使ったため、その他の色を1色除いたことにより、犬の黄色が出せなくなったからでした。のちに箔入りでも4色使うようになりましたが、森博嗣の犬だけ同じ冴えない色で通すこと

になりました。その後、黄色でない犬が、ほかの作家でも出始めたと聞いています。

このときの『F』は、その銀箔が手で擦れて取れてしまうというトラブルがあったようで、何刷めかでは、箔の上から透明のインクを載せる（たぶん、そうなのだと思いますが）方法で解消されました。同じことは、中央公論新社の『スカイ・クロラ』でもありました。こちらは、透明のフィルムに印刷をするという斬新なデザインでしたが、やはりインクの定着に問題があり、のちにフィルムの裏側に（裏返しに）印刷する方法に切り替わりました。

このように、いろいろ新しい技術にチャレンジする機会に、遭遇することがよくあります。『四季』単行本では、立体的なプレスが取り入れられたし、同文庫版特別版では、アルミ製のケースが採用されました。ほかでは見たことがないデザインです。影響や反響というものは特になく、趣味的というか、制作側の楽しみが主体かと思われますが……、まあ、印刷書籍ならではの文化とはいえるかと。

付録を付けたのは、『アイソパラメトリック』で、これはピンバッジが5つセットで付属した本でした。付録付き書籍の先駆けだったかも。ときどき、オークションで1万円以上の値がついていますが、発売当時は6000円だったかと。

『四季』単行本では、豆本が漏れなく届く応募券が付いていました。この豆本は、担当編集者だったK木氏が是非やりたいとおっしゃったもので、彼の個人的趣味で作られました。マッチ箱くらいの大きさの本で、中身は「キシマ先生の静かな生活」（短編集、『まどろみ消去』と『僕は秋子に借りがある』に収録）でした。持っている方は少ないと思いますが、のんた君ぬいぐるみほどレアではありません。

そういえば、いつだったか、ノベルス版が何百万部かに到達したときに、記念に革表紙のノベルスが作られました。このときは、U山編集長と一緒に日光の東武ワールドスクウェアへお祝い旅行にも行きました。革本の中身は、『まどろみ消去』と『地球儀のスライス』だったかと思います。100冊か50冊かもらったのですが、そのまま段ボール箱に入り、倉

庫のどこかで眠っています。これをいただいたときには、「出版社の人たちは、こういうのが好きなんだな」と思いました。本の装丁が趣味になっていることが、僕には驚きだったのです。喩えるなら、フロッピィディスクのカバーに凝っているみたいなものですからね。僕は、定期券入れよりも定期券の方が遥かに大事だと思う人間なので、不思議に感じたのです。

 クルマに被せるカバーがありますね。あれも装丁と同じでしょうか。

2018年5月3日木曜日
## 追憶の講談社ノベルス2

『森籠もりの日々』の初校ゲラを50%まで読みました。まあ、文字の多いこと多いこと。かの『有限と微小のパン』よりも多いと思います。新たな伝説となるでしょう。というか、新しいと伝説にはならず、それが古くなって伝説と呼ばれるかもしれません、という意味ですが（蛇足）。

最近、ベテランのアスリートを「レジェンド」と呼ぶのを見かけます。「伝説」の意味ですから、現役の人に対しては失礼な気もしますが、そうでもないのでしょうか。たとえば、「化石」は、良い方では使いませんね。living fossilなどがそうです。legendは、「銘」の意味があるし、図などの「凡例」の意味もあります。ホンダの高級車レジェンドもあることですから、きっと良い印象の言葉なのでしょう。

庭仕事は、枯枝拾いだけ。庭園鉄道は、2列車を運行。なかなか気持ちの良い空気でした。線路に異状はありません。

昨夜も大雨が降りました。ゲストハウスの雨漏りはやはり止まっていません。どこから漏れているのか不明です。屋根は金属板なので、簡単に取り外して見ることもできません。屋根屋（板金屋）を呼ぶ方が良いでしょうか。雨水受けカップを置いておくだけで解決するので、それほど緊急性があるわけではありません。

スバル氏宛にAmazonから荷物が届き、ワンちゃん用の歯磨きなどの

セットでした。一見したところ試供品だと思ったのですが、長女が、「これは高いやつだ」というので、中を詳しく見たら、請求金額5000円の手紙が入っていました。これは、初めての詐欺事件か、と色めき立ちましたが（表現が不謹慎）、よく調べてみたら、長女が自分で注文した品物だとわかりました。間違って、母の名前で登録した通販だったのです。

スバル氏が、サンルームの植物を剪定していたら、イルミネーションライトのコードを誤って切ってしまいました。彼女は諦めていたのですが、「そんなのつなぐだけだから」と言って、僕が修理をすることになりました。つなぐのは簡単なのですが、その植物から長いコードを取り外すのが超大変でした。直りましたけれど。

昨日の続きで、講談社ノベルスの話題。僕はデビューするまで、講談社ノベルスというものの存在さえ知りませんでした。「メフィスト」に応募したのは、たまたま書店で見つけたからです。小説雑誌など、それまでは見る機会もありませんでしたが、小説が1本書けたので、どこかへ投稿しようと思い、募集しているところを探したのです。何冊か見てみましたが、募集要項には、原稿用紙で応募と書かれていました。原稿用紙を持っていないし、縦書きに出力できるプリンタもないので困りました。そういった細かい要求がない唯一の小説雑誌が「メフィスト」だったのです（今は、応募要項も変わったそうですが、僕は「メフィスト」をもう5年以上見ていません）。

立ち読みした1冊で応募するなんて、礼儀知らずだと思われるでしょうから、棚にあった前号も一緒に購入しました。それで、「貴誌を愛読しています」とぎりぎり書けるだろう、と考えました。実際、読んだのは最後の（編集部内の）座談会だけです。

編集者K木氏と会ったときに、「京極夏彦を知りませんか？」と言われて、「いえ、聞いたこともありません」と答えたのですが、後日、京極氏のノベルスが送られてきました。このときも、まだ「講談社ノベルスの編集部の人が会いにきた」という認識はありませんでした。自分の本は文庫で出してもらおうと思っていました。

送ってもらった本を読まないのは、礼儀に反すると考え、京極氏の本

を読みました。このほか、西澤保彦氏の作品も読みました。それ以外にも数冊読んだのですが、どれもミステリィではないように思えました（1冊は明らかに官能小説でした）。たまたま、そういうものがそのときの新刊だったのでしょう。

　K木氏が会いにきた何回めかで、同じ名古屋の作家である太田忠司氏とお会いしました。太田氏も理系の出身で年齢も近く、その後、何度かご自宅へ遊びにいきました。ちょうどミニチュアダックスを飼われた頃だったかと。移動式書棚の書庫もできたばかりだったように思います。

　笠井潔氏も、この頃にお会いしました。名古屋にいらっしゃる機会があったようです。

　京都で初めてのサイン会があって（サイン会はこの1回で懲りて、以後やめることにしました）、そのとき、綾辻氏、法月氏、我孫子氏、有栖川氏、麻耶氏、小野氏にお会いしました。わざわざ皆さん、出向いていらっしゃったのです。でも、僕はまだ綾辻氏以外の人の作品を読んだことがなく、少なくとも1冊は読まなければ、と思いました（そんな時間がなかなか取れず、読めたのは2年後くらいだったかと）。

　メフィスト賞というものができて、その後、清涼院氏とか浦賀氏とかが受賞されるのですが、この当時は、受賞者に会う機会もなく、どんな人なのかは、編集者が語る「噂」でしか知りません。

　西澤氏は、僕の自宅までいらっしゃった数少ない作家です。高知までドライブで行ったときも、西澤氏と奥様にお会いしました。それから、メフィスト賞作家では、高田氏と一緒に遊園地へ行ったことがありますね。西尾氏は、僕が大阪で名刺交換会をしたときにいらっしゃったので、そのときお会いしたのが最初です。

その後もほとんど人に会わない生活なので、交友関係はそのまま。

2018年5月4日金曜日

# 旅行に興味のない人

『森籠もりの日々』の初校ゲラを75%まで読みました。あと1日で終わらせようと思います。これで、いちおう4月中に7月刊の初校を終えることができます（今日は4/29）。もう1つ届いているゲラは、『イデアの影』で、11月刊予定です。ヴォイド・シェイパシリーズが終わったあとに書いた作品ですけれど、もう3年になるのですね。これは、『まどろみ消去』に掲載された短編を長編化したものです。

　今日は、庭仕事を沢山しました。枯枝拾い、水やり、芝のサッチ取り、どんぐり掃除、燃やしもの、雑草取りなどです。途中、デッキで犬たちと遊びました。庭園鉄道も3周くらい運行。天気が良く、爽やかでした。

　アイスクリームを食べました。麓(ふもと)の羊牧場を双眼鏡で眺めていますが、そろそろ樹の葉が茂ってくるので見えなくなります。半年くらいのお別れです。庭園内は、まだ日差しが届いて明るく、暖かいのですが、これからだんだん木蔭(こかげ)が広がり、ひんやりとしてきます。6月がとても寒く感じるので、風邪を引かないように注意しましょう。

　スバル氏のイルミネーションライトを修理したことを知って、今度は長女がお風呂で使うマッサージ器を直してほしいと持ってきました。充電しても動かなくなった、と言うのです。それで、工作室で分解してみました。防水タイプなので、至るところが粘着していて、元どおりにできるように慎重に開けていくと、結局ギアボックス内の金属製の歯車の1つが、完全になめていました。「なめていた」とは、歯車の歯が削れてしまい、なくなっていることです。ですから、同じ規格の歯車を調達しないかぎり直せません。「新しいのを買った方が良い」が結論です。

　安物だったら、ギアボックスや歯車は樹脂製ですが、これには金属製のものが使われていて、高い機械だったのだろう、という想像はできました。値段は尋ねていませんけれど。僕は、モータとバッテリィとスイッチだけは自分のものにしました。機関車に使えるかもしれません。

日本はGWですね。GWの思い出は特にありませんが、三重大のときに、上司の助教授が、浜名湖の湖畔に別荘を持っていたので、GWにそこへ出かけて1泊だけしました。別荘といっても、2部屋くらいのマンション形式のものです。その先生の家族4人と森家4人で、子供は全員幼児でした。

　それ以外で、浜名湖へは行ったことがありません。そのときも、泳ぐでもなく、水に入るでもなく、釣りもしませんでした。2回（つまり2年）行ったように記憶しています。

　その先生は、長野の蓼科(たてしな)にも別荘をお持ちで、そちらへも2回行きました。ですから、4年連続ですね。その後、先生は大学を辞められて、住宅会社の社長に就任されました。

　GWの思い出は、ほかにないので、どこへも行かなかったのだと思います。一度だけ、夏休みに和歌山へ家族でドライブに出かけましたが、このときは国民宿舎に泊まりました。これもその1回だけ。そのほかには、家族で休みの日に出かけるようなことはなかったと思います（ラジコンの飛行場へ行くことは例外）。

　そうそう、だいぶあとになりますが、僕の両親とうちの4人で、岐阜県の高山(たかやま)へ1泊で出かけたことがありました。これは、家族旅行というよりも、親孝行ですね。この1回だけです。このときは、電車で行きました。電車で旅行に出かけることは大変珍しく、このほかには覚えがありません。

　僕の母は、旅行が好きな人でしたので、方々へ出かけていたと思いますが、つき合ったことはありません。半分くらいは父が一緒に行っていたのでしょうか。

　電車や飛行機で行く旅行は、すべて出張です。学会があるから、北海道から九州まで、あちらこちらへ行きました。そのときに、スバル氏が同行することも何度かあったと思います。

　海外旅行もほとんど仕事の出張でした。国際会議とか講演会などです。そうでないのは、出版社の編集者と行った取材旅行くらいでしょうか。

ときどき、寝台特急に乗って北海道まで行きませんか、というお誘いを受けます。そのあとエッセィを書いてほしい、みたいな仕事の依頼ですね。これまでに5回以上あったと思います。だいぶまえに、豪華客船のスイートに泊まったこともありましたね。あのときは、1泊だったでしょうか。懐かしい。でも、夜は外が見えないから、船だろうがホテルだろうが、同じだな、と思いました。

というわけで、旅行というものにほぼ興味のない人間だということです。皆さんが、どうしてそんなに方々へ出かけていくのかが不思議です。たぶん、写真を撮るためなのでしょうね。

何度も書いていますが、
旅行よりも引越の方が断然好きみたいです。

---

2018年5月5日土曜日

## 春の小川と菜の花畑

『博士、質問があります!』の電子版が5/18に出ると先日書きました。この本を、我が「森博嗣堂浮遊書店」に並べようと思います。自著は入れない方針でしたが、僕が原作の漫画は既に入れているのです。漫画の場合は、印税は通常9：1（漫画家：原作者）ですが、『博士〜』は、スバル氏と印税を半々（1：1）にしています。だからというわけではありませんが、入れましょうか。スバル氏にお布施を贈りたい人は買って下さい。僕からスバル氏に、お駄賃をあげます。でも、「こんなはした金いらんわ！」とおっしゃるかもしれません。そこまで想像して、買わないという手もあります。

『森籠もりの日々』のゲラを最後まで読みました。文字が大変多かったので、ここ数日、目が痛くなるし、疲労困憊です（誇張）。もう読みたくありません。再校のときは、校閲の指摘箇所だけにします。この本は、横書きです。『博士〜』も横書きですね。森博嗣の本で、横書き（左綴じ）の本は何冊あるのかな……。

10冊くらいかな、と思いましたが、日記（ブログ）本だけで、30冊くらいありますね。つまり、ウェブの文章をそのまま本にしたものは、たいてい横書きなのでした。

　庭園内で新緑が爆発的に広がっています。一雨ごとに草木が伸びる今日この頃です。雑草取りと芝の水やりをしました。庭園鉄道は通常どおり2周。工作の準備をするため、材料を集めました。どこで店を広げようか、といったところ。木工なので、屋外で作業をします。電動ノコが煩(うるさ)いのですが、音が届く範囲に近所はありません。

　ホームセンタへ一人で行き、園芸用品と工作用品を購入。スバル氏から頼まれた肥料とクッションも買いました。ガーデニングに関しては、鉄道沿線と芝生が僕の担当で、それ以外はほとんどスバル氏のエリアです。僕は、花などの世話はしていませんし、肥料をやることも、防虫剤を撒(ま)くこともありません。ただ、草刈りは僕の担当です。

　庭にチューリップが沢山咲いているので、「咲いた、咲いた〜」という童謡を思い浮かべましたが、この歌の最後の「どの花見ても綺麗だな」はつまらない歌詞ですね。そんなこと言わなくても良いだろう、蛇足だな、と思います。といっても、童謡というのは、ほとんどこんな感じで、「春の小川はさらさら行くよ」という、この「行くよ」はないだろう、と不満に思っておりましたが、調べてみたら、もともとは「さらさら流る」だったのですね。「流る」では、言い回しが古いから、変えられたようです。小川だから流れるのが当たり前で、やっぱり不満が残ります。でも、「行くよ」はないと思います。それから、「咲いているねと、囁(ささや)きながら」だったものが、「咲けよ咲けよと、囁きながら」に変わっているのですが、それは「囁いていないだろう、叫んでいないか」と文句を言っておきましょう。さらに、2番の歌詞で、「えびやめだかやこぶなの群れに」とあるのですが、「えび?」と思いませんか？　淡水だろう、小川は。いえ、淡水でもいるのですね（ザリガニではなくても）。ただ、漢字では「海老」と書くから、変な固定観念ができてしまうのでしょうか。

　その点、「さくらさくら」の歌詞は美しい。しかも、音と発音が合っています。春の小川だと「えび」のところを「ええび」と歌わないといけま

せんが、そういった部分がありません。また、最後の「いざやいざや」のところが特に綺麗に響きますよね。

さくらといえば、今でいう「やらせ」のことを「さくら」と呼びます。漢字だと「偽客」と書きます。本当の客ではなく、たとえば、芝居などのときに、観客席に紛れて、大袈裟に声援を送る人が、雇われていたのです。ぱっと声援を送り（咲いて）、あっという間に帰っていく（散る）から、さくらという、と聞いたことがありますが、正しい語源かどうかは知りません。今だと、「いいね」を買ったりするそうですが、そもそも「宣伝」というのは、多かれ少なかれこの「さくら」手法が含まれるはずです。

「菜の花畠」の歌詞は、良いと思います（タイトルは「朧月夜」）。調べたら、春の小川と同じ人たちが、作詞・作曲をしているのですね。僕は、幼稚園のときに名古屋の郊外の田舎にいたのですが、たしかに、もの凄い菜の花畑が広がっていました。あと、れんげも尋常な量ではありませんでした。さらに、川の土手には、つくしが沢山出ていて、母がそれを採って夕飯に出ましたが、不味くて食べられませんでした。父は美味いと言いましたが、きっと嘘だろう、と思いました。大人になってから、スバル氏が作ってくれて食べたことがありますが、さほど不味くはないけれど、でも美味いとまでは思いませんでしたね。

 童謡は、歌詞がその時代の言葉遣いによって変化しているのです。

２０１８年５月６日日曜日

## 最近のニュースについて

五月晴れ。これを「さつきばれ」と読むときは、梅雨の合間にちょっと晴れた日のことですが、「ごがつばれ」と読んだら、新しい暦で5月に多い爽やかな晴天のことでしょうか。俳句なんかだと、どちらになるのか知りませんが（知りたい人は調べましょう。僕は知りたくありませんので調べません）。

今日は、作家の仕事はなし。朝から庭掃除をして、水やりをしてか

ら、木工作。まずは、冬の間に材料を買い揃えておいた鉄道車両の製作。それから、プラットホームにアーケードを造ろうと思って、廃材を選んでいたら、どれも朽ち果てていて、ぼろぼろでした。もう使えない感じなので、どうしようかな、と思案。新しい材木を使うほどのものでもないし、というところです。

デッキで犬たちと遊び、コーヒーを飲み、スバル氏が買ってきたアーモンドのお菓子を食べました。このウッドデッキの外側は芝生ですが、ようやく、緑になってきたかな、といったところです。日本の芝よりは圧倒的に低温に強い品種なのですが、でも当地の冬は過酷ですからね。特に、今年は雪が少なかったから、春の水分が足りないのかもしれません。ここ数日は夜に雨が降っているので、もう大丈夫だとは思います。

工作室の前にスライド丸鋸を出して、角材をカットしました。本当に、あっという間に切れます。ナイフでボール紙を切るよりも簡単。子供の頃には、ノコギリで何度も血豆を作りましたが、今は良い時代になりました。作っているのは、庭園鉄道の貨車（つまり非動力車）です。運ぶものはこれといってありませんから、飾りです。連結して、ごろごろと後ろを走らせて、その音を聞く、というだけです。

昨夜、書斎で使っているメガネが壊れているのを発見しました。柄が折れているのです。ヒンジの部分だと思っていたら、そうではない箇所で曲がっていました。それで、エポキシ接着剤で修復して、復帰しました。メガネが壊れたときには、別のメガネをかけて修理作業をしないといけませんね。そういう意味で、必ず予備が必要だということですか。今まで気づきませんでした。

最近の日本のニュースについて、「どう思いますか？」というメールを沢山いただきますが、「どうも思いません」がすべてに共通している回答です。朝鮮半島の南北会談も、みんなが予想した範囲であって、このあとどうするの、という部分は誰もわからないでしょうし、イランの核合意をどうするかで、駆け引きがまだ続いています。楽観的にも悲観的にも見ることはできますけれど……。

「平和」というのは、均衡が取れている状況のことで、ようするに問題

を抱えたままバランスを取ることなのです。もちろん、戦争をしても、問題を解決したことにはならず、新たな問題を作るだけです。いずれにしても、落ち着けるようなものではありません。

一方の日本の国会は何を議論しているのか、さっぱりわかりませんね。あとは、土俵に女性を上げないとか、アイドルの性犯罪スキャンダルとか、脱走していた人が捕まったとか、うーん、どれも、なんとも思いません。いろいろな人が、それぞれコメントを出しているのが不思議なくらい。そのコメントに対してまた反応している人たちも多いようですね。「炎上」というのは、英語だとflameだと思いますけれど、取り立てて流行している言葉でもなく、日本の「炎上」とはだいぶ実情が違います。日本の場合は、とにかく「数」で炎上の度合いを見極めますが、世界的には、flameの度合いは、個人の感情の強さです。だから、誰かがもの凄く怒ったときもflameしたことになります。ようするに、みんなでするようなものではありません。その意味で、「日本人は、みんなで炎上するのか?」と不思議がられることでしょう。

そうだ、中国でエスカレータの片側寄りをやめるようにした、というニュースがありました。エスカレータが摩耗して危険だから、ということでした。日本のエスカレータは大丈夫なのでしょうか。たしかに、日本のベアリングは品質が良いですから(その分高いと思いますが)、これくらいの差はあるのかもしれません。

そもそも、片側を空けて、急ぐ人を通すようにしても、全体としての輸送量に大きな差はないから非効率だ、というのが客観的・科学的な意見だそうです。だけど、急いでいる人にとっては、自分が早く行くことができれば良い、たとえ数秒の違いであっても、という価値感が根強いでしょう。都会人というのは、そういう人たちではないかと。

 電車に乗るときも、ポジション競争をしているのが観察されます。

2018年5月7日月曜日

## 大勘違いパンデミック

　今日も作家の仕事はゼロ。しばらく、急ぎの仕事はありません（急ぎの仕事はここ数年ないといえます）。年末発行予定のエッセィ（クリームシリーズ7）をそろそろ書いても良いのですが。いちおう、6月に執筆する予定です。

　午前中は、スバル氏が買いものに出かけて、宅配便を受け取るために留守番。書斎で読書と、双眼鏡で野鳥観察。

　工作室では、貨車を作っています。ほかには、人形の塗装とか、デカール貼りとか、カプラのヤスリがけなどをしました。いつも、沢山のプロジェクトを少しずつ進めています。そのため、工作室もガレージも、あちらこちらで店を広げたままになっていて、歩くのも大変なくらい。共通の道具や材料があるので、別の現場に取りにいくことがあって、とても面倒です。

　この時期は、屋外での作業も増えます。まず塗装。冬は室内でやっていますが、やはり換気の限界があるため、外でやりたいという欲求があります。でも、外は風でいろいろなものが飛んできます。今はいませんが、もっと暖かくなると小さい虫もいます。大事な塗装作業は、そういった異物が飛来しない場所でやった方が良いので、再びガレージ内になることも。

　木工のノコギリ作業やヤスリがけも、粉が出るから、外でやりたくなります。冬は室内でやっているのですが、掃除が大変です。

　しかし、外での作業も、場所が無限にあるわけではなく、たとえば作業テーブルの上などは、すぐにものでいっぱいになりますし、コンクリートのたたき（床というか土台）がある場所、屋根がある場所は、材料や道具が集まってくるので、すぐに手狭になってしまいます。

　それでも、かつては本当に狭いところで工作をしていましたから、それに比べると天国のような環境です（天国がどんな環境か知りませんけれど）。

　最近問題になっているパワハラ、セクハラとか、あるいは個人情報の厳守とか、ほんの20〜30年くらいまえには、なんのことはない、社会の

どこにでも見られる普通のことだったので（もちろん、眉を顰める対象ではありましたが）、今の老年の方たちは、頭が追いつかないというか、変化に対応しきれていないようにも見受けられます。

　たとえば、既婚者の不倫とか、未成年者の喫煙とか飲酒なども、以前の日本では、なんとなく許されていた節があります。いけないことだとはわかっていても、まあ、誰でも（おおっぴらではないにしても）やっているよね、くらいの感じでした。飲酒運転だって、さらにもう少しまえに遡れば、黙認されていたのかもしれません（少なくとも、目くじらを立てるほどのことではなかった）。だんだん厳格に規制される対象となってきたのは、やはり先進国として国際水準のモラルを定着させないといけない、という文化的な圧力が日本に入ってきたからでしょうか。

　シャーロック・ホームズなんか、麻薬の常習者ですし、不倫なんて、たとえば文豪の周辺では日常的だったように、書かれているものもあります。そういうことが許されない社会に今はなったということです。中東の国では女性を差別しているとか、インドなどで幼い妻を娶る習慣があるとか、ときどき報じられていますが、日本だって、ついこのまえまで、10代前半で元服して結婚していたのです。

　もちろん、法律で決めたことは守らなければならないので、もっと大らかに、と主張するつもりは全然ありません。少なくとも悪い方向へは向かっていない。良い社会を実現するために法律を定めているのです。それに対して、「個人の自由だ」と主張する人はお門違いでしょう。ときどき、憲法を振り翳して、「人権」などを訴える人たちもいますが、人権や自由のためなら、なんでも許されると憲法に書かれているわけでもないし、と僕は思います。でも、思うだけで、「決めるのは裁判所だ」としか言えません。

　そういった社会の動静に国民の多くが注目し、一喜一憂していたのが、これまた数十年まえのことです。TVが社会を支配していたので、そうなりました（そのまえの時代は新聞が支配していたようです）。今は、それほど大勢が一所を見なくなったので、社会の構造として、より安全になったように見受けられます。

ただ、ネットは伝播が速いということもあって、少ない言葉が爆発的に広がり、ある種の「大勘違い」みたいなパンデミックをときどき予感させます。今のところ、大した事件は起きていないので、案外大丈夫なのかな、とは思いますが、スマホに支配された人たちばかりになると、水を差す人が不足した「ちょっと危ない社会」になりそう。10年後くらいには、エポックとなる事件が起きるのでは、と感じています。

逆に大事で正しい情報は、伝播する速度が極端に遅くなっています。

---

2018年5月8日火曜日
## デビュー後の周囲の変化

　今日も作家の仕事はゼロ。そろそろ、『イデアの影』文庫版のゲラを読もうかな、とのんびり考えているところ。日本がGWのため、出版社からのメールも途絶えています。そういえば、ファンからのメールも減りますね。

　先週くらいから木工作をしています。合間に庭掃除をして、枯枝を集めて燃やしものをして、芝に肥料を撒いたり、蟻の巣を見つけて薬を撒いたりしました。昨夜も雨が降ったので、草がいっそう伸びています。来週くらいには、草刈りを始めることになるかも。

　ゲストがいらっしゃって、ゲストハウスに宿泊されることになりました。午前中は、スバル氏がその準備をしていました。5月は、このほか3組ほどのゲストがあります。新緑の季節ですから、森林は明るくて綺麗です。チューリップがそろそろ満開。おそらく、桜があったら、今くらいに満開なのではないかな、と想像します。

　最近では、1日に4時間くらいは読書をしています。もちろん、小説は皆無で、すべてノンフィクション。これとは別に、毎日5冊くらいは雑誌を読みます。こちらは、ぱらぱらと捲るだけで、文章というよりは、写真を見ている感じです。ほとんどがバックナンバというか、古い雑誌です。

一度は読んでいるものばかり。写真を見て、そういえばこれがあったな、と思い出すわけです。このように、記憶をときどきアジテートすることが、思いつきを得るために有効かもしれない、と試しています。

日本語の文章を読んでいるときは、緊張しているし、頭を使っていますが、雑誌を捲っているときは、リラックスしている時間です。寝るまえにも1冊雑誌を捲りますが、これで眠くなってしまい、最後まで捲ったら、電気を消します。穏やかな時間かな、と感じます。ベッドのすぐ横に犬がいますが、僕がライトを消すと、犬もベッドに入るようです。

先日の追憶の続き。デビュー当時の思い出を少し書きましょう。

4月のデビューが決まっても、特に周囲の誰かに話すようなことはしませんでした。誰も気づかないだろう、くらいに思っていたのです。ところが、たまたま自分の講座の院生だったN君が読書家（しかも小説を読む人）だったのです。彼が読書家だということは、周囲の誰も知りませんでした。口数の少ない人間で、自分のことをほとんどしゃべらなかったからです。その彼が、生協の「来月の新刊」みたいなリストで、僕の名前を見つけてしまったのです。結局、それでばれました。そんな告知を見る奴がいるのだ、と驚きました。

ペンネームにしておけば、ばれなかったのですが、ペンネームを考えるのも、「いやらしい」というか「はずかしい」というか、「そんな大層なものでもないし」みたいに考えていたのです。

ただ、ばれたというだけで、実際に小説を読むような人間はいないので、その後は普通どおりでした。N君だけが読んでいたようですが、学科内や学部内でも、特に噂は広がりません。

半年ほどして、生協に本が数冊並ぶようになった頃、ときどき、「小説を書いているんですね」と他学科の先生から言われることがありました。でも、「読みましたよ」という人は一人もいません。学生もそうですが、小説など読まないのです、普通は。

読者の人が、ときどき大学に訪ねてくるようになり、事務の人たちにも知られてしまいましたが、それでも、1カ月に1回くらいのことで、大した話題にもなりません。サインを求められるようなこともなく、普段どおりに勤

務していました。小説というものが、いかにマイナな分野であるか、ということがよくわかります。

大学には、ミステリィ研究会（同好会だったかと思います）があって、そこが主催をして、次の年くらいの学園祭のときに講演会を企画しました。大勢のファンが学外から（しかも遠方から）集まって、今のファン倶楽部のスタッフの方たちも数人いらっしゃいました。これが1997年のことだったかと思います。

その次の年にも、学園祭のときに講演会をしました。最初の年は、100人くらいが定員の教室だったのが、次の年には300人くらい入る大きな教室になりました。聴きにきているのは、大学内の人ではなく、皆さん、遠くからいらっしゃっている人でした。こういったイベントが、その後も出版社やファン倶楽部の主催で続いたように記憶しています。

名刺交換会も何度か行われました。これも、出版社が主催するもの、ファン倶楽部主催のもの、さまざまです。他大学の学園祭などでも、講演会が何度かあったと思います。

そういった活動を縮小しようと考えたのは、2005年頃だったかと思います。

2008年に、執筆以外の活動をやめることをHPでお知らせしました。

---

2018年5月9日水曜日

## Gシリーズという課題

連日、作家の仕事はゼロ。まったく、なにもしていません。といっても、暇ではなく、むしろ大変忙しい。工作と庭仕事とゲストの相手など。ランチは、サンルームでピザを焼いて食べました。ピザ窯の良い仕事でした。

工作は木工なので、切ったり削ったりは屋外でやり、工作室内で接着と組立てをしています。作っているものが、庭園鉄道の貨車なので、

サイズが大きくて机にはのらず、2つの椅子の上にのせて作業をしています。形はだいたいできてきて、今後は塗装とか、ディテール（細かい箇所）になります。

そよ風が良い感じだったので、近くの高原でハンドランチグライダを飛ばしました。でも、飛ばしてみたら、上空はけっこう風が流れていて、1回だけで撤収しました。上昇気流が生まれにくい感じだった、ということです。グライダは、上昇気流がないと、すぐに降りてきてしまいます。

庭にスズランが咲いていました。スズランといえば、クイーンの曲を思い出しますね（そうでもないでしょうか）。クイーンといえば、テーラ展開を連想しますが、これはわかってもらえないことでしょう。

高い樹にも葉が出始めていて、まだ半分以下ですが、空がだんだん見えなくなりつつあります。葉が広がるのに1週間くらいでしょうか。昨年よりは、やや早いかな、と思います。気温はそれほど高くはないので、どうしてなのかはわかりません。3月の初め頃が暖かったからでしょうか。

これからの時期は、樹の花（みたいなもの）が落ちてきて、それが大量に降り積もるので、掃除が大変です。小さな虫とか蛾とかも出るようになります。この近辺では、爬虫類があまりいなくて、蛇は、いてももの凄く小さいやつで、見かけたときにはたいてい死んでいます。寒すぎて、冬を越せないのかもしれません。蜂がそうですね。冬には全滅するようです。もしかして、虫って全部そうですか？（生物に疎い）

鳥とリスは、日頃の観察の対象。リスよりも大きい哺乳類は、滅多に見ません。狐くらいですね。兎は見たことがありません。

そろそろ『φの悲劇』（講談社ノベルス）が発売になります。Gシリーズの第11作です。小説のシリーズとして、10作を超えたものは本シリーズが初めて、唯一です。これ以外、S&MもVもWもシリーズは10作で完結です。Gは、最初から12作と決めていました。始めたのが、2004年ですから、14年まえになります。終わるのは、2020年以降ですから、16年以上かけて書いた最長のシリーズとなります。これを超えるシリーズは今後は出ません。

非常に特別なシリーズで、最も森博嗣らしいシリーズといえると自分で

は思っています。多くの読者は、そのまえのシリーズの印象が強く、その豹変についてこられなかったかもしれません。そういったことも含めて、きっちりとデザインされています。

　S&Mシリーズのある作品は、非常にトリックがわかりやすく、ほとんどの人に解けるように書かれています。今でも、大勢の方が、「なんだ、こんなの簡単すぎるだろ」と呟いたりしています。でも、たとえば、人類は神が実在しないこと、超能力が実在しないこと、精霊も幽霊もいないこと、地球が自転していること、この世界が宇宙の中心ではないこと、時間が場所や条件によって進み方が違うこと、原子よりも小さい粒子があること、などを長い年月の間、誰も気づかずにいたのです。どうしてでしょうか？

　今、それらに関連した本を読めば、「なんで、誰も気づかなかったんだ？」と思うことはできます。いろいろな状況が、全部それらを示していたのに、何故誰一人気づかなかったのでしょうか？

　それは、世界中の人たちが一人の例外もなく、本の中のキャラクタではなく、リアルな人間だったからです。リアルにその場にいれば、その世界の常識、その世界の空気に支配されて、気づくことができない。逆に、その世界にいない人、つまり本を読んでいる人たちだけが、「誰だってわかることじゃん」と感じるのです。

　物語の中に、もっと「リアル」を取り込もうとして始めたのが、Gシリーズでした。リアルな事件とは、すっきりしないものですし、探偵が解決できるようなものでもありません。問題はいつまでも残り、人によって解釈が違います。他人が考えていることは、想像するしかない。わかり合えるようなことも滅多にありません。これこそが「ミステリィ」だろう、と僕は考えたのです。

　型にはまったきっちりとした探偵小説は、既にコードが完成していましたから、おそらく誰にでも簡単に書けるでしょう。まったくの素人の僕がデビューできたのも、初心者向けの書きやすいコードがあったからでした。しかし、幾つか小説を書いたところで、そうではないものを書くことにしました。Gシリーズは、従来のコードに従っていません。そのコードを破壊

するようなストラクチャです。ただ、完全にリアルを取り入れてしまうと、エンタテインメント商品となりませんから、そこをどう解決するのか、という問題を抱えて、書くことになります。どなたか、「そんなの簡単だろう」という方がいらっしゃったら、是非1作書いてみて下さい。書けますか？

 これこそが本当の「読者への挑戦状」ではないのか、と思います。

2018年5月10日木曜日

## 責任を追及するのは誰？

　今日も作家の仕事はゼロ。ゲラを読むのは、明日くらいからでしょうか……。朝から、工作。貨車を作りながら、庭掃除しながら、水やりをしたり、雑草抜きをしたり。ゲストがいるので、その相手をしたり（コーヒーを一緒に飲むくらいですが）。

　庭園内の南垂れの区域では、草が伸びてきたので、明日にも草刈りをしようと思い、草刈り機の整備をしました。電動なので、バッテリィをつないでモータが回るかどうかを確かめただけです。今日は、爽やかな風が森林を抜けていく好天。バーベキューにもってこいの日和ですが、これから毎日こんな日が続くでしょうから、特に急ぐことでもありません。

　若いときには、天気が良いと飛行機を飛ばしたいという欲求が強く、せっかくの天気だから、せっかくの休日だから、と焦ってしまうことが多かったように思います。好きなもの、好きな時間がかえってストレスになるのです。その点、引退してからは、毎日が自由時間ですから、今日できなくても、明日やれば良い、と先送りにできるし、準備もできるし、その分、かえって楽しい時間が長くなることもあって、本当に気持ちが良い生き方だなあ、と思ったりします。

　それで、いったい何が違うのかというと、それは明確です。つまり、他者と関わらなくなったので、人と合わせるような時間の使い方をしなくなったのですね。この日が休みだ、というのは、自分のスケジュールではなく、他者から与えられたものなのです。それが、世間の中にどっぷりと

浸っていると気づかない。気づく暇もないのです。

　行楽の日になると、マスコミが新幹線などの駅へ取材に繰り出します。そこで、子供にマイクを向けて、「お休みは何をしましたか？」と尋ねる。子供は上手く答えられず、首を捻（ひね）りますが、インタビュアが「楽しかったですか？」ときけば、「楽しかった」と答えます。また、子供が首を捻っているときに、横にいる親が子供に、「～したんだよね」と教えるような光景もしばしば。子供は、このようにして、大人の気持ちを忖度（そんたく）するようになるのです。

　だいたい、「楽しかった」なんて自分から言う子供はいません。「綺麗だった」「面白かった」なんて言いません。大人が台詞を教えているのです。実につまらない価値観を教えているものだ、と思います。「どの花見ても綺麗だな」がそれです。老人になると、こういった台詞が自然に出るようになります。ですから、子供に老人の台詞を言わせているのですね。

　いえ、非難をしているのではありません。普通の平凡な社会人に育てるためには、もしかして、それが正解かもしれません。一流の芸術家に育てたいわけではない、ということでしょう。よろしいんじゃないでしょうか。

　最近は、芸能人の不祥事で謝罪会見をすることが多いみたいですが、政治家や官僚や企業の役員の場合、ちょっと言葉遣いが問題というくらいで、説明責任とか任命責任を問われるのに比べて、芸能人の方はもっと大きな犯罪級の不祥事なのに、本人が泣くだけでマスコミまでもらい泣きして終わるのは、どうしてなのでしょうね。たとえば、事務所の社長や、番組や放送局の代表などに、説明責任と任命責任を何故追及しないのでしょうか。

　マスコミも芸能人と同業だから、同業者には甘くなって（同情して）しまう、ということなのでしょうか。それだったら、第三者を立てて判断を委ねる必要があるのではないかな、と思ったりしますが、それほど真剣に思っているわけではありません。どうだって良いことかな、というのが本音です。ネットでしかニュースを見ていないので、詳しいことも知らずに、

単なる印象。

「酒が悪いわけではない」というのは、「銃が悪いわけではない」に似ていますね。たしかに、煙草が悪いわけではないのですね。人がいるところで火をつける人が悪いのですね。バールのようなものが悪いわけでもないし、覚醒剤が悪いわけでもない。なるほど、そういう理屈もあるのかな、と少し考えました。

話は違うし、方々で何度も書いていることですが、野菜の不作とか海産物の不漁などで、食材が値上がりして、小売店などが大変だ、というニュースがしょっちゅう流れますけれど、豊作で豊漁で値段が下がっているときに、どれだけお店が得をしているかを是非取材してもらいたいものですね。いかがでしょうか。

それから、お祭りなどで事故が起こったときに、関係者が酒を飲んでいたことを、きちんと追及してもらいたいと思います。マスコミというのは、庶民の味方なのかもしれませんが、庶民だっていけないことは正さないと駄目でしょう？

また違う話で、最近、映画とかアニメが本当に沢山作られていて、本が沢山発行されるのと同じ状況というか、どんどん、観られない作品が増えていることになりますね。映画館で上映さえできないものも沢山あるそうです。きっと、音楽も演劇も、そのほかの芸術作品も、かつてよりは量産されているのに、世間で消費されない作品が増えているのでしょうね。まあ、腐らないから、べつに良いのかもしれませんけれど、なんか、もったいないかな、という気持ちに仄かになります。

 でも芸術というのは、そもそも「もったいない」ことなのかも。

---

２０１８年５月１１日金曜日

## 一人で楽しむ人たち

朝は、雑草抜き、水やり。ホームセンタへ行き、塗料などを1万円ほど購入。帰宅後、ワンちゃんシャンプー。午前中はこのように忙しく、

工作ができず。午後は、庭園鉄道でのんびり。デッキで読書とコーヒー。ワンちゃんブラッシング。アイスクリームを食べました。
『イデアの影』文庫版の初校ゲラを読み始めました。今日は、25％まで。ほとんど直していません。校閲の指摘も少なく、指摘箇所もほとんど「ママ（そのままで、直さないの意）」です。日本はGWがそろそろ明けるので、各社からメールやゲラが来そうな予感がします。

　それにしても、作家の仕事については、以前に比べて本当に楽になりました。「手遊び」といいますか、「手慰み」といいますか、暇を見つけて少しずつやっている感じ、庭先の半坪ほどの土地で家庭菜園をしているようなものですね。それが、僕の現在の作家仕事です。公務員をしつつ、年に20冊以上出していたときは、さすがに大変でした。手慰みで生きているようなものでした。

　それでも当時、その状況が「手一杯」だとは感じていませんでした。やはり、「手慰み」だと思っていたのです。正直、「もっとやれる」と考えていて、チャンスがあったら本気を出そう、くらいの「つもり」はあったかもしれません。でも、この路線、あるいは才能では、がんばってもせいぜい2倍の売上げになる程度で、これ以上儲けても使い道がないし、名誉欲のようなものもからっきしでしたので、それならば、周囲に迷惑が及ばないうちに撤退しよう、と決めたのです。そうこうするうちに、出版界も不況になってきましたので、引き上げるタイミングも良かった、と思います。

　いずれにしても、この「一人でできる仕事」というのが、自分には向いていることが明らかでした。研究者も、研究を始める段階なら一人でできるのですが、研究が軌道に乗ってくると、周囲が放っておかなくなるというか、なんらかの開発・生産的行為に携わるようになりますから、そうなるともう一人ではできません。グループで進める仕事になります。

　小説は一人で完結しているのです。でも、これが売れてしまい、メディアミックス的な活動を始めると、そうでもなくなってくることでしょう。たとえば、絵本を作るだけのことが、もう一人ではできません。子供向けのクイズ形式の物語を、という依頼を何度か受けましたし、ケータイが全

盛の頃には、そういったメディアでなぞなぞとともに進行する物語を、といった依頼もありました。もちろん、漫画の原作とかも。でも、僕は一人でできないものには、あまり関わりたくないのです（『F』のゲームの開発で、少し経験して懲りました）。

仲間が欲しいと思ったことがありません。はっきりいえば、いらないのです。

庭園鉄道でもまったく同じです。これも一人で進めるだけ。誰かに協力を依頼したり、仲間と一緒に作り上げる、といった願望はありません。今やっているサイズ（5インチゲージ）が、ぎりぎり一人でできる規模なのです。これより大きくなると、もう脱線した機関車を一人で線路に戻せなくなります。

鉄道模型なんて、オタクの代表みたいな趣味ですが、多くの愛好者は、鉄道模型のサークルに参加し、運転会があったり、競作などのイベントがあったり、仲間で楽しんでいます。サイズが小さいものでも、レイアウトはクラブで作る、という方もいらっしゃいます。

どうしても一人ではできない作業が、ときどきあるにはあります。1年に、1回か2回でしょう。そのときは、頼むしかありません。僕の場合は、スバル氏にお願いするしかないのですが、そうでなければ、業者を雇って、作業を依頼すれば良いことです。でも、それが平常というか日常になっては困る、というような具合ですね。少なくとも、この趣味で、同好の士という友人はこれまでにいません。サークルに入ったことは一度もありません。

大勢の仲間が欲しい人もいるでしょうし、できるだけ一人でいたい人もいると思います。それぞれ、適材適所で、適性に合った職業に就くのが良いわけですが、自分がどちらのタイプなのかは、知っておく必要があります。だいたいわかると思いますけれど。

チームでわいわい賑やかにやりたいと思っていても、孤立しなければならない仕事もあるし、逆に一人になりたいと思っているのに、チームにくわえられてしまう仕事もあります。思うようにいかないのは、見た目では、どちらのタイプなのかがわからない、ということが一因です。外見を

装ってしまうから、違うタイプに見られている場合が多いのです。

　どういうわけか、「楽しみはみんなで」という固定観念が広く流通していて、一人は寂しくて避けたい状況だ、と思い込んでいる人が、特に子供や若者に多い。そういう教育を受けているからです。だんだん、歳を取ってくるほど、そうでもないことが理解できると思います。「自分が変なんだ」と誤解しないようにしましょう。また、孤独な人を見かけたら手を差し伸べる、というのは正義でも親切でもない場合もありますので、ご注意を。周囲からの「声かけ」が嫌でしかたがない、という人もいます。

 孤独を愛する人には、大勢で賑やかな場面が「寂しく」見えます。

---

2018年5月12日土曜日
## 「正方形」は正しいのか？

　『イデアの影』のゲラを50%まで読みました。まったくといって良いほど直していません。講談社タイガの6月刊のカバーの最終案が届き、OKを出しました。大和書房から、『MORI Magazine』文庫版のレイアウト案が届きました。昨年出したものの文庫化で、8月刊の予定。講談社文庫からは、秘密の案が届き、承認しました（内緒です）。

　庭仕事では、今年初めての草刈りをしました。まだ、伸びているところは一部なので、簡単でした。雑草は抜いて、枯枝を拾い、蟻退治を少しだけ。

　犬たちを病院へ連れていき、予防注射と健康診断をしてもらいました。待ち時間も含めて30分くらい。病院には、猫も来ています。また、病院のスタッフが飼っている犬と猫が待合い室に（うろついて）います。特に猫は椅子を占領しているので、お客さんはその横で立っていたりします。その猫が椅子から降りて、お客さんの猫のケージのポケットに入っていたおやつを食べようとして、ちょっとした騒ぎがありました。みんな笑っていましたが。

お医者さんは、犬の診察をする間、ビスケットを沢山食べさせます。また、爪も切ってもらったのですが、この間にもビスケットを10個くらいもらいました。こうして、犬たちの気を引いたり、手懐けたりしているのですが、これがあまりおおっぴらになると（日本だったら）炎上しそうですね。うちの犬たちは、大喜びでしたが。

　工作室の前で、ペンキ塗りをしました。1時間くらい、楽しい時間でした。ペンキは、油性が良いですね。匂いが良いというわけではなく、塗り心地が良いのです。スプレィではなく、刷毛でペイントするのも面白い。

　だいぶまえに買った発電機が、最近使わなくなって、ガレージで眠っているので、これを活用して機関車を作ろうと考えました。つまり、エンジンで発電させ、その電気でモータを回して走るわけで、今流行のハイブリッド機関車というわけですね。このような機構のものは、45mmゲージの小さい機関車では、既に3台も試しましたが、人が乗れる5インチゲージでは未経験です。問題は、モータのコントローラが、発電機が作る電流の波形に対応できるか、という点で、これは詳しくわからないので、メーカに問い合せることにしました。

　『MORI LOG ACADEMY』に書いたような、書かなかったような話題で、記憶では、たぶん書いていないかな、と思えたので、書くことにしますが、日本語の図形の名称で、正方形、正三角形、正四面体などというときの「正」というのは、どういった由来なのか、という疑問。

　なんとなく「等しい」とか、「対称」みたいなイメージを持っている人が多いと思います。少なくとも、「正しい」わけではありません。英語では、「等辺」という単語「equilateral」を使って正三角形を言い表わします。正方形は、「square」という単語があるから、使いませんが、「regular」が使われることもあります。これは、「均整の取れた」みたいな意味ですから、日本語の「正」に比較的近づきます。正四面体でも同じように使えます。

　このほか、サイン・コサインのサインのことを、「正弦」といいます。サインカーブは「正弦波」です。この「正」は何なのか、何を訳した

言葉なのか、まったくわかりません。そもそも、どうして「sine」と命名されたのかも、調べてみると誤訳が起源だった、みたいな解説に当たります。少なくとも、サインの何が「正」なのかは、解釈が難しいと思います。ちなみに、コサインは「余弦」といいますが、これは、「コ」を訳した感じが仄かに、わからないでもない、といったところ。

「正」には、正しい以外の意味がありそうです。たとえば、「正座」とか「正視」という日常よく使う言葉がありますが、正しいというよりは、「きちんとした」「真っ直ぐに」みたいな感じで、やはり、「均整の取れた」に近い雰囲気です。まあ、そういうものが「正しい」のかもしれませんが。「regular」の意味で「正社員」とか「正室」とかが、その用法に当たると思います。正室は、今は言わないと思いますが、「本妻」とほぼ同じです。

「正式」と「本式」の違いを、200文字以内で答えなさい、という問題などは面白いかもしれません。

「正気」を「せいき」と読むか、「しょうき」と読むかで意味が全然違いますが、この「しょうき」と読んだ場合は、「本気」とかなり近い意味になります。

　ところで、機関車は、前部を左にした側面を「公式側」と呼びます。つまり、機関車が前進する方向の左側から撮影したものが正式な写真です。反対側のときは「非公式側」になります。食卓に魚料理が出るときも、頭が左にあるのが普通。魚には、公式側があるとは思えないけれど……。これなんかも、「正しい」魚の置き方なのでしょうか。

 魚を頭を左に置くと、右手で箸を使ったときに食べやすいのです。

---

２０１８年５月１３日日曜日

## 重い球とは何なのか？

『イデアの影』のゲラを75%まで読みました。明日で終わります。朝日新聞出版の『「やりがいのある仕事」という幻想』が重版になると連絡

がありました。第9刷になります。僕の新書の中では、この本が一番売れています。何が当たるかわからないものですね。この本も、森博嗣に「仕事のやり甲斐について書いてほしい」との依頼だったのに、まったく逆の内容になってしまった典型です。

『MORI Magazine』文庫版のレイアウトで編集者とやりとり。単行本が2段組みだったため、文庫にするとレイアウトを変更する必要があり、イラストを小さくせざるをえません。

『森籠もりの日々』でも、本文内のデザインに関して、編集者とやりとりをしました。

　これを書いている今日は5/8ですが、昨日から『φの悲劇』が店頭に並んだようで、昨夜からもう感想メールが幾つか届いています。それ以上に、「これから読みます」とのメールも沢山いただいています。ネットの時代、ネタばれが怖いから、皆さんオフラインで慌てて読まれるようですが、現代人にとってオフラインとは、水中で息を止めているような心地なのでしょうね。御愁傷様です。

　相変わらず、庭仕事を一通りして、庭園鉄道を運行し、工作室の前でペンキ塗りをしつつ、犬たちと遊びました。ゲストからいただいたお菓子を食べつつ、コーヒーを飲んでいます。

　野球の投手が投げる球で、「重い」という表現がよく使われます。「重い球」と「軽い球」があり、重いとは「球威」があるような意味らしいです。この「球威」というのも、よくわからない言葉です。

　物理的に、投げられた球の性質として考えられるのは、速度と回転の2つ。速度とは、スピードガンなどで測定される移動の速さです。回転は、回転軸の方向と回転数の2つの要素があります。一般に、回転している球体は、回転と同方向へ逸れようとします。これが、いわゆるカーブです。野球には、スライダとかシュートとかいろいろな変化球がありますが、ようは回転軸と回転数の違いに集約されます。

　直球というのは、進む方向に対して、球がバク転をするような方向に回転（バック回転と呼びましょう）しています。この回転によって、カーブと同じ理屈で、球は上方へ曲がろうとします。もし無重力の場所で投げれ

ば、球は上に変化します。でも、地上では重力が働いているため、球は常に下方へ落ちますから、このバック回転が、落ちるのを遅らせる効果として現れます。フォークボールは、このバック回転を少なくした球のことで、重力で下に落ちる球です。それを変化球と呼ぶのは物理的にどうかと思います。むしろストレートの方が変化球です。

球は遅くても速くても、同じ速度で落ちますから、速い球ほど到達時間が短いため、落ち方が少なくなります。また、バック回転が速い（回転数が高い）球ほど、落ちるのが遅くなり、結果的に、「伸びのあるストレート」になります。

これらの中に、「重い球」というものが入り込む余地がありません。僕は野球のことには詳しくないので、「重い」の意味がわかりませんが、伸びのあるストレートは重い球なのか、それとも、逆に回転が少なく、落ちるストレートが、重い球なのか、どちらかでしょう。後者は、「落ちるから遅いと感じられるが、そのわりに速い」ということになり、これが「球威」みたいに捉えられて、「重い球」になったのかな、と想像しています。いかがでしょうか？

いずれにしても、体重をかけて投げても「重い球」にはなりません。手から離れた球に、体重はかかりません。速度と回転だけなのです。

ちなみに、重量が多い重い球も、逆に重量が少ない軽い球も、同じ速度で落下します。これは、ガリレオがピサの斜塔から2つの球を落として実験したという逸話（たぶん作り話でしょうけれど）を聞いたことがあると思います。重力加速度は、万物に作用する引力によるもので、落ちるときの加速度は同じだからです。もし、投手が内緒でウェイトの仕込まれた重い球を持っていて、これを投げたら、同じ速度で、同じ回転であっても、打者はバットで打ち返すときに、より大きな衝撃（手応え）を感じることでしょう。また、バットを重くするほど、この逆になります。でも、重い球は投手が投げるのに腕力が必要になるし、重いバットも同様に打者の腕力が余計に必要で、速く振れなくなります。

高いところから飛び降りた人が、頭から落ちるといわれていますが、頭が重いから速く落ちる、という物理的な道理はありません（つまり、その

理解は誤り)。これは、空気抵抗が原因です。人体が空気の抵抗を受けたときの合力の中心（風力中心）よりも、躰の重心が頭に近いところにあるために起こる現象ですから、たとえば、真空の月面で飛び降りたら、頭からは落ちません。また、髪がもの凄く長い人とか、大きな帽子を被っている人とかだと、頭寄りの空気抵抗が大きくなるので、足から落ちることもあるでしょう（帽子が脱げなければですが）。

 落下中に猫が向きを変えて足から着地する道理が説明できますか？

---

2018年5月14日月曜日

## 卓球の球と一輪車

『イデアの影』の初校ゲラを読み終わりました。文章はまったく直していません。表記を変えたのが、2箇所だったかな（平仮名を漢字にしただけ）。この本は、11月発行の予定。

6月刊の『天空の矢はどこへ?』は、トビラや奥付などの最終確認を終えて、校了となりました。Wシリーズ第9作です。『森籠もりの日々』のデザイン案で、やりとりをしました。

今日も朝から庭仕事。草刈りはしませんでしたが、それ以外はすべてしました。大変忙しい。この時期はしかたがないでしょう。今年は、まだ芝の種蒔きをしていませんが、そろそろ始めようかと思います。土が剝き出しになっている地面は、庭園内にほとんどありませんが、そういうところに種を蒔いて芝にするのです。一旦芝が群生すると、次に芝を排除する勢いで苔が出てきます。いずれにしても、地面が緑になるようにしています。

もう少ししたら、次は樹の枝を払う作業が始まります。歩くときに人に当たらないように、低い枝を切るのです。これをしないと、森の中がとても歩きにくいからです。

上を向くと、まだ空が見えます。葉が広がれば、空は見えなくなります。最近の最高気温は、なんとか10℃くらいになりました。15℃くらいに

なると、暖かく感じます。

　工作はペンキ塗りをしてから、フライス盤で別の加工。フライス盤というのは、一般の方には説明が難しい工作機器ですが、簡単にいうと、回転する刃で金属を少しずつ削る機械です。旋盤、ボール盤、フライス盤が金属工作の三種の神器といわれています。

　昨日に続いてボールの話。ゴルフボールには、ディンプルと呼ばれる凹みが表面に沢山ついています（ディンプルとはえくぼの意）。この穴があることで、飛行中の空気抵抗が軽減され、ボールが遠くまで飛びます。それから、野球のボールよりも、ゴルフボールの方が小さいので、投げたときに遠くまで飛びます。機会があったら、試してみましょう。小さい方が空気抵抗が小さいからですが、かといって、ピンポン球は投げても遠くまで行きません。これは軽すぎるために、運動量が少なく、空気抵抗でたちまち減速してしまうからです。

　昨日書いた変化球のカーブと同じで、回転している球は、回転と同じ方向へ逸れようとします。卓球のラケットを上へ振りながら打つと、前回転（前転するような回転）で飛んでいき、下へカーブしますし、ラケットを下へ振りながら打つと、バック回転で飛んでいき、浮き上がろうとするため、伸びる軌道となります。もちろん、テニスボールでも同様ですが、ピンポン球の方が軌道の変化が顕著です。

　ネットの向こうの卓球台に落とすには、前回転させた方が有利で、これを「ドライブ」といいます。速い球でも、すとんと落ちます。逆に回転した場合は「カット」と呼ばれている球になり、ふわっと飛んでいくので、台の範囲に落ちにくく、速い球ではオーバしてしまいます。

　ドライブの球をラケットで打ち返すと、回転の影響で、跳ね返った球が上方へ飛び、逆にカットの球を打ち返すと、跳ね返った球は下へ飛びます。相手がどちらの回転の球を打ったのか、どれくらい回転をかけたのかを判断しないと、打ち返す球が思うところへ飛んでいきません。卓球の上手な人は、こういった理屈を頭に入れて反射的に球を打っているわけです。

　最近、卓球をするロボットが登場しました。これは、球の回転を映像

から見極めているのか、それとも、相手のスウィングからそれを判断しているのか、いずれなのか知りませんが、この判断ができないと、的確に打ち返すことは不可能です。つまり、球の軌道だけでは、打つ動作を最適化できない、ということです。

ところで、昔のアニメ「W3（ワンダースリー）」に登場した、「ビッグ・ローリー」という一輪車があります。子供のときにプラモデルを作ったこともありました。大きなタイヤが1つで、そのタイヤの中心部に乗り込んで走る乗り物です。かつて、これをラジコンカーで実現した人もいましたし、現在では、似た実車も存在します。

でもこの種の一輪車には、致命的な欠点が1つあります。それは、ブレーキが効かないこと。強力なブレーキを作動させても、全体（中心部の乗る場所）が回ってしまい、転がっていくのを止められないのです。この状況は、足で漕ぐ一輪車でも同じだし、またセグウェイなどの両側2輪のタイプでも同じです（いずれも、前に倒れてしまいます）。強力なブレーキが構造的にかけられないので、急停車が苦手となります。

 バイクでも、急ブレーキで後ろが持ち上がることがありますね。

2018年5月15日火曜日

## 終われない人たち

幻冬舎の編集者と新書『ジャイロモノレール』のレイアウト関係でやりとり。朝日新聞出版からは、『「やりがいのある仕事」という幻想』の重版部数の連絡がありました。今回もけっこう大量重版となり、本書は累計7万部を超えました。この新書が売れるということが、現代の就職状況の歪さというか、ビジネス書の偏向的煽りの証左といえると思います。今後は、「仕事なんかに打込むな」みたいな本が増えてくることでしょう。僕はもう書きませんけれど。

午前中は、枯枝拾いと草刈りをしました。工作は、ペンキ塗り。マスキングテープを貼ってから塗りました。スマートな塗装面にしたいときは

吹付けが良いのですが、べたっとした塗装にしたいときもあり、今回は刷毛で塗っています。分厚い塗装のもの、たとえばコールタールなどがべっとり塗られた機械類とか、防錆塗料がこってり塗られた鉄骨構造物とか、ありますよね。あんな感じにしたいときがあります。

　庭園内は樹の葉が半分くらい出たところで、黄色っぽい明るい緑で風景が輝いています。日がまだ地面に届くから明るいのです。最高気温も10℃を超えて、ぽかぽかと暖かく、気持ちの良い微風がときどき草木を揺らします。鉄道で周回してくると、夜のうちに落ちた枯枝が幾つもあって、そのたびに停車して取り除いています。枯枝は、ほとんど燃やしています。まだ、虫は飛んでいません。チューリップは半分くらいに減りました。

　小説のファンの行動でしばしば見られるのが、シリーズものの最新刊を「取っておいて」読まない、というもの。続刊が出たときに安心して読めるのだそうです。つまり、「これを読んだら、もう未来がなくなってしまう」という状況が堪えられないらしく、同様にシリーズの最終作も、「終わってしまうのが寂しい」と読めないそうです。

　想像ですが、おそらく、小説を読んでいる時間、すなわち物語を知る時間が至福であって、知ってしまったら、もう知ることができない、というジレンマを抱えているわけです。

　これは、プラモデルを作ることが大好きなマニアが、プラモデルをなかなか完成させられないのに似ています。完成したら、その大好きなモデルから離れなければならないからです。

　筋金入りのマニアは、同じプラモデルを3つ買うといいます。1つは作るため、2つめは改造するため、3つめは保存のためです。作らずに持っていることが、一番の楽しみだったりするのです。

　僕は、読んでいない本を積んでおく趣味はまったくなく、また、組み立てていない模型のキットを集める趣味もありません。読める分だけ買うし、作れる分だけ買います。作っている途中で頓挫してそのままになることならありますが、それは例外的です。本も途中で投げ出すことは非常に稀です。

模型についていうと、僕はとにかく完成させてしまう方で、失敗しようが、気に入らない部分があろうが、未完のものよりは完成品がましだ、という価値観を持っています。若いときに漫画を描いていましたが、未完の作品は1作もありません。漫画仲間には、未完ばかり抱えている人が大勢いて、たとえば、荻野真氏なんかはそうでした（大学の漫画研究会の後輩です）。あまりにそれが酷いので、ストーリィを僕が考えて、とにかく16ページで完結する作品を描かせたことがありました。それが彼の（完成した）処女作となり、それで自信をつけたのか、大学を中退し、上京してプロになりました。

　ものを作る人はわかると思いますが、作れば作るほど上手くなるので、特に才能豊かな人は、一作の途中で上達し、最初に作った部分が気に入らなくなります。それで、また最初から作り直そうとするようです。僕は、そういった才能がないので、最後まで作ってしまうわけです。たぶん、小説もそうでしょう。僕は、小説を書き始めて、未完となったことが一度もありません。それどころか、エッセィなどでも、ちょっとした文章でも、書き始めて、それを没にしたことがありません。一旦書いた文章は1行でも消さない。

　文庫化のときに、作品を直すこともありません。書き足すこともありません。その一作の完成度というものに執着していないのです。とりあえず完成させたら、それはそのまま。すべてが例外なく習作である、という感覚を持っていて、一生かかって、全部で一作だ、と認識しています。小説も模型も、全部ひっくるめて一作なのです。

 この意味で、僕は完璧主義ではありません。完成主義といえます。

---

２０１８年５月１６日水曜日

## イギリス人はＳＬが好き

　昨日も今日も、作家の仕事は編集者とのメール交換だけ。『森籠もりの日々』で、ちょっとしたイラストをコジマケン氏に依頼したそうですが、

同じ7月刊の『MORI Magazine 2』で大量のイラストやカバーの依頼が同氏に行っているので、重なってしまいました。彼はペンは速い方なので、問題ないとは思いますけれど……（講談社が依頼したものは、即日で届いたそうです）。

　講談社経由で郵便物が沢山届きました。契約書とか、試験問題の見本とか、電子書籍や著作二次利用の売上げ報告とかでした。電子書籍が好調です。映画『スカイ・クロラ』の二次利用料がまだもらえます。

　ダイソンの新しい掃除機を購入しました。ハンディタイプの最新型です。もう、何台めでしょうね。数えられません。10台以上は買っていると思います。さっそく充電をしてスバル氏が使いました。音が静かだとか、軽いといった感想でした。ゴミを捨てるときのやり方がわからないと言うので、説明図を見ながら試しました。蓋が開くだけではなく、ケースが外れてスライドするので、わかりにくいといえば、たしかにそうかもしれません。でも絵をよく見たら、そのとおりになっています。ダイソンの製品は、たいてい説明が図だけで、文章はありません。

　ダイソンは、最近のCMで「デジタル・モータ」という言葉を使っていますね。これは、ようするにブラシレス・モータのことです。ラジコンの飛行機やヘリをやっている人ならば十数年まえから当たり前の技術です。DC（直流）モータは、普通は回転するコアが電磁石で、外側に永久磁石があります。コアの位置によって、電磁石の極を切り換えるために、機械的な接触点（ブラシ）が必要なのですが、この部分で摩擦が生じるし、大電流が流れるので火花が飛んだりします。ブラシレス・モータは、回転コアを永久磁石とし、周囲の電磁石を、回転部分の位置によって電子的に切り換えます。回転数や負荷によってその切換えのタイミングを自由にコントロールできます。そのプログラムが、ダイソン独自のものなのでしょうけれど、「デジタル・モータ」と呼ぶのは、いささか大袈裟な気もします。

　午前中は、枯枝拾いと雑草抜きをしてから、庭園鉄道を運行しました。蒸気機関車をターンテーブルで転回させました。2列車が走り、新

緑の森林を満喫できました。

　午後は、久し振りに石炭を燃やす蒸気機関車を運転しました。実物の4分の1スケールのものです。石炭は、常に煽っていないと燃えません。最初は、コンプレッサなどを使って空気を強制的に流して、火の勢いを強くします。お湯が沸いてきたら、その蒸気によって通風を行います。

　石炭にもいろいろな種類があって、アジア産のものは、燃えやすくて取扱いが簡単だけれど、煙や煤が出るし、熱量も低い。イギリス産のものは、非常に燃えにくくて着火に苦労しますが、燃えると熱量が高く、また煙や煤が出ません。

　ロンドンの地下鉄は、初期には蒸気機関車だったのです。日本やアメリカの石炭では、とても実現できなかったでしょう。日本の場合、長いトンネルでは運転士が煙のため危険な状況となりました。

　僕はどちらの石炭も使っていて、アジア産でスタートし、途中からイギリス産に切り換えます。庭園内のエンドレスは520mありますが、ここを1周するのに、3cmくらいの石炭が10粒ほどあれば充分です。しかし、水はけっこう減ります。3周も回れば、1リットルはなくなります。ですから、蒸気機関車は大量の水（一般に、石炭の10倍くらい）を持って走らないといけないのです。それが無理なら、ときどき駅で停車して給水します。

　イギリス人は凄いことを考えました。機関車が走りながら水を補給する仕組みです。線路のレールの間に溝を作り、そこに水を溜めておきます。走っている機関車が、その溝に給水口を下げて、走る勢いによる圧力で水を汲み入れるのです。特急列車の場合、途中で停車することが時間のロスになるから考案されました。このほか、使った水蒸気を冷却して、再び水に戻して使う方法も考案され、一部で実用化されました。

　イギリスでは、沢山の蒸気機関車がまだ現役で稼動しています。もちろん、ほとんどは保存されているものです。日本のように、公園などに置かれているのではなく、動態保存が基本です。自分たちが世界に先駆けて作ったという自負があるからでしょう。

> 日本には今、走る状態の蒸気機関車が数えるほどしかありません。

２０１８年５月１７日木曜日
## フリーゲージトレイン

　今日の作家仕事は、契約書3通にサインをしただけ（3分ほどで終了）。今はゲラもありませんし、週末なので編集者からのメールもありません。講談社からは、重版になった文庫の見本が10冊ほど届きました。書斎の床に積み上っています。

　朝は、久し振りにゲストハウスへ行き、掃除をしました。ゲストがまたいらっしゃるので、チェックをしてきました。スバル氏が頻繁に使っているので、その形跡が認められます。渡り廊下の雨漏りは依然として続いていますが、床の脇に置いたカップが雨水を受け止めるので、さして問題はありません。渡り廊下は天井裏がなく、非常に簡単な構造です。屋根の金属板を剥がして、シールをし直せば解決する問題ですが、金属板を剥がしたら、元に戻せない可能性もあるので、今度建築屋さんが来たら、尋ねてみましょう。

　雑草取りをして、水やりをして、枯枝拾いをしてから草刈りを1バッテリィ。樹の葉は50％くらい開いたかな、といったところ。庭園鉄道は、平常運行。

　先日製作したターンテーブルのキャスタ（車輪）のゴムタイヤが劣化していたので、パーツを取り替えました（ターンする鉄骨＆線路部分は以前に製作したものの再利用で、10年くらい経っています）。固定にステンレスのネジを使っていたので、簡単に交換ができました。鉄のネジだったら錆びついて困難を極めたことでしょう。

　昨日書いたダイソンの掃除機ですが、最新型は、吸引口が回転するロータ軸と一致した配置になりました。今までどうしてこうしないのか、と不思議に思っていた形です。というのは、僕が蒸気機関車の始動のときに使っているファンが、これと同じレイアウトなのです。煙突の上から

差入れ、空気を吸い込みます。これでボイラの奥にある火室（石炭が燃える部屋）の空気が吸い出され、その下部から新しい空気が吸い込まれて、火を煽ります。

ジェットエンジンも初期のタイプは、このような遠心力を利用するロータでした。ロータで空気を圧縮して、燃料に着火するのです。ジェットエンジンも当然、吸引口は回転軸と一致しています。

ダイソンが、これまでこの合理的なレイアウトを採用しなかった理由は、溜まったゴミを捨てる方法として、下部の蓋が開くのが便利だろうと考えたからでしょう。今回、それを巧みな仕組みで解決しています。

九州の新幹線で、フリーゲージの車両が断念された、とのニュースがネットで流れていました。ゲージというのは、2本のレールの間隔のことですが、新幹線と在来線ではこれが40cmくらい違います。そこで、車輪の間隔を変えられる機構を持った車両を通せば、両方の線路で走ることができます。

どうやってゲージの違う線路を通過するのか、簡単にいうと、変換区間を通るときに、一旦車輪ではない部分で車体を支え（つまり車輪を浮かせ）、その間に車輪をスライドさせます。この区間ではゆっくりと走ります。走りながら車輪の幅を合わせつつ、狭軌から広軌、あるいはその逆に、乗客を乗せたまま通過できるのです。

これが、東海道新幹線の真ん中（たとえばフォッサマグナの辺り）でゲージを変えなければならない事情があれば、もうとっくに導入されているはずの技術です。ヨーロッパなどでは、国を跨いで鉄道が通っていますから、これが必要になります。

でも日本では、お金をかけた車両を作る必要があるのか、という議論になります。それよりも、違う線路の車両に客が乗り換えれば済む話なのです。東海道新幹線のようにひっきりなしに走るかどうか、採算が合うかどうか、という問題です。

僕の知合いが、このフリーゲージトレインを10年くらいまえに模型で実現しました。20分の1くらいの大きさのもので、ゲージが変わる区間（レールが平行ではなく斜めになっています）で、それに追従して車輪の間隔を変え

る機構になっていました。かなり工作技術が要求されるもので、ほかでは模型化に成功した話を聞きません。

実物の場合、「できないことはない」という技術であって、信頼性や経済性がどうなのか、という問題がつき纏います。やはり、九州では実現しなかったか、というのが感想です。

最近の路面電車で多い、低床電車は、左右の車輪が独立していて、車軸が両車輪をつないでいません。だから床が下げられるのです。このような小規模の車両であれば、左右の車輪をスライドさせることも、比較的簡単だったかもしれません。でも、新幹線のような高速車両では、やはり無理があるということなのでしょう。

バットモービルが、狭い路地を通り抜けるときに、車幅を狭くしたシーンがありましたね。かなり沢山のパーツを捨てる「捨て身」のトランスフォームでした。あれでは、元には戻らないので使えません。

 車高を変えるクルマや、主翼を後退させるジェット機があります。

２０１８年５月１８日金曜日
## うどんと蕎麦に関する一考察

作家の仕事はなし。やろうと思えば、今のうちにエッセィを書いておくのが良いのかもしれませんが、やろうと思いません。どうも、やらないといけない、という状況になってからしか、仕事を始められません。ただ、やらないといけない、というスケジュールが、自分で決めたものであり、一般の人よりもずいぶん前倒しなので、端から見ると、仕事が好きなんじゃないのか、と誤解されることがしばしばあります。

夜のうちに雨が降ったので、庭園内は珍しく湿っていました。庭園鉄道は平常運行。いろいろやりたい屋外工作があるのですが、材料がまだ揃っていません。木材は、通販だと割高（２倍くらい）になるので、専門店に注文して取りにいくことになります。ただ、自分のクルマでは沢山は積めません。ときどきトラックが欲しくなりますね。

ホームセンタへ行きたいと思いましたが、日曜日なのでやめました。午前中は、ストーブの前で読書。そろそろ、ストーブがいらない季節になりそうです。

　2つの模型店に機関車を発注していて、今週くらいに2つとも届く予定です。2つで、120万円くらいかな。そのほか、先日書いた発電機で使えるモータコントローラなどのパーツも発注しました。これは20万円くらい。あと、ジャンクで買った5品くらいが明日にも届く予定で、これは機関車としては3台分になります。不完全ですが、直したり作ったりすれば動くようになりそうなものです。これも30万円くらいを既に振り込みました。というわけで、けっこう出費が続いているので、しばらくは大人しくしていましょう（だいたい、ずっと大人しいのですが）。

　数日まえにスバル氏が蕎麦を作ったので、それが夕食でした。天婦羅蕎麦です。天婦羅はかき揚げで、イカが入っていました。僕は、うどんをほとんど食べません。そうですね、5年に1度くらいしか食べないと思います。特に嫌いというわけではありません。でも、うどんと蕎麦のどちらかを選べと言われたら、蕎麦です。名古屋は、きしめんといううどんが有名な地ですが、きしめんなんて、食べたことがあったかな、というくらい知りません。ああ、そうか、味噌煮込みうどんが当地にはありますね。あれは別格。うどんというよりも、味噌鍋の締めがたまたまうどんという位置づけ。

　蕎麦も、1年に1回か2回くらいしか食べません。東京の人は蕎麦が好きですね。しかも、笊にのった蕎麦、つまり、つゆにつけて食べる蕎麦です。僕は、温かい蕎麦が良いので、どんぶりで温かい汁に入った蕎麦を食べますが、蕎麦通といわれる人たちは、温かい汁につけたら蕎麦が伸びてしまう、と敬遠するみたいです。伸びたら何がいけないのか、と僕は思います。

　うどんも、香川の出身の人は、讃岐うどんは別物だと言い張るので、一度香川に行ったときに食べました。たしかに美味しいなとは思いました。でも、しょっちゅう食べるほどのものでもない。たかがうどんではないか、と思いました。べつに、難癖をつけようというつもりはありません。僕

にとっては、食べものはすべて、たかが食べものではないか、と思えるもので、これを頻繁に食べないと気が済まない、というほどの存在ではありません。

ラーメンもあまり食べません。ラーメン店へ行くようなことは滅多になく、最近は皆無。熱いし、油っぽいし、美味しいと思っても、あとで必ず腹具合が悪くなります。もちろん、嫌いではありません。うどんや蕎麦よりは、ラーメンの方が美味しいと感じます。

それらよりも、やはりスパゲッティが好きですね。ラーメンでも、冷やし中華が好きですから、ようするに汁は少ない方が良い、ということかもしれません（蕎麦の場合と矛盾）。スパゲッティの方が油っぽいだろうと思われるかもしれませんが、スパゲッティでは腹具合が悪くならないのです。スパゲッティは、週に1回は食べるので、食べ慣れたのかもしれません。

雑炊というものを、滅多に食べませんね。チャーハンとか普通のご飯に比べて、雑炊は一般的にも食べる機会が少ないと思います。つまり、うどんとか蕎麦というのは、汁に浸っているという意味で、雑炊と同じなのです。僕は、味噌汁をほとんど食べません。味噌汁をご飯にかけることもありません。お茶漬けもしません。汁に浸ったものが駄目なのかも。カレーうどんも、汁が少ないものの方が好きです。

 絶対に食べないものといえば、海鮮丼とかウニ丼でしょうか。

---

2018年5月19日土曜日

## もの書きに必要な能力

作家の仕事は皆無。かろうじてこのブログを書いているので、適度な指の運動にはなっていることでしょう。

庭仕事をいろいろしました。枯枝が無限に落ちているので、線路の周辺で1時間ほど拾い、あとで燃やしました。工作で出た木っ端なども一緒に燃やしました。夜の雨で濡れているのですが、それでもよく燃えます。

このように、たった今あったこと、経験したこと、見たことなどを文章に書くことは非常に簡単で、これはなにも考えなくてもできることです。一種の反射といっても良いでしょう。多くの方が、読書のあとに書いている文章もこの類です。こういった文章でも、書いていると、自分には文章力があると勘違いしてしまうようです。

　一方、今日あったことではなく、経験もしていないし、（たとえ夢でも）見たわけではないことを、今から文章に書いてみて下さい。100文字くらいでもけっこうです。とたんに「考える」必要が生じます。試してみて下さい。

　さらに、その100文字を、誰かに伝えるつもりで書いてみて下さい。友達とか仕事仲間の誰でもけっこうです。挨拶はいりません。いきなり本題を、つまり伝えたいこと、言いたいことを書くわけです。試してみたらわかりますが、けっこうじっと考える必要があります。何故なら、その文章を読んで、相手がどう感じるかを想像する必要があるからです。

　もっと難しいのは、伝える相手が、多数になった場合です。グループのみんなに伝える場合を想定して「考える」のは、相手が1人だった場合に比べて格段に難しくなります。どう感じるかが、人によってさまざまだからです。

　まず、何を書こうかな、と頭にテーマみたいなものを思い浮かべることになります。最近の話題（でも起こったままではなく）、自分が常々感じていること（でも経験したことではなく）、できれば、その場で思いついたような、なにか新しい発想だと、もっと素晴らしいでしょう。

　どうして新しい発想が素晴らしいかというと、それが過去になかったものだからです。伝えたいことを思いついても、それは伝えてしまったら、もう古い情報になります。同じ内容を次の機会に伝えても、「どうして同じ話をするの」と受け取られます。同じ話を繰り返す理由が新しく必要になるのです。その点、たった今生まれた内容ならば、かぶらないし、たとえ誰かとかぶっても、必ず自分の個性が入るので、その点はわかってもらえることが多いと思います。

　文章を書くことを仕事にしたい、という人は大勢いらっしゃるようで

す。この種の仕事は、調査とか取材とかを除けば、元手がいらず、誰でもすぐに始められる点が魅力です。しかし、だからこそ多数のライバルが存在します。書いたものに価値を見出してもらうことが、仕事として成立（あるいは持続）する基本ですが、そのために必要なものは、2種類あります。

　1つは、文章を書く以前の情報収集能力です。これは、既に頭の中にある「知識」も含まれます。頭の外にあろうが中にあろうが、書く以前に取り入れている点で同じものだからです。最近では、これを情報処理能力と呼ぶこともあります。時間をかけさえすれば、誰にでもある程度は可能なので、「労働」と見ることもできます。

　もう1つは、文章を書くときに頭の中から生まれる発想です。これは、その人にしか書けない文章となる主要因でもあり、もう少し大雑把に言ってしまえば「思考力」です。時間をかければ誰にでもできるものではない、といえるかもしれません。

　多くの方が、この後者を「文体」という表現で語っている場合がありますが、文体はまったく無関係。文章を書くことに慣れていれば、文体ほど簡単に装えるものはありません。どんな文体でもたちまち切り換えられます。そのうち、ワープロが備える機能の一つになるはずです。それくらい、大したものではありません。文体に拘っているようでは、プロのもの書きになることは無理だと思っても良いほどです。

　ただし、読者が文体に拘るのは理解できます。それは、語り手や小説の主人公の人柄に対して、読者が好き嫌いの感情を抱くこととほぼ同じもので、いわば生理的な問題です。でも、書く側からすれば、そんな人柄くらいは、化粧のように造形できるディテールであり、たとえば小説家ならば、例外なくその能力を持っているはずです（でなければ、複数の登場人物が描けません）。

　情報処理能力に長けた書き手というのは、ネット上にも、またビジネス書の分野などにも沢山いて、活躍されています。また、文系の研究者にも、この能力が必要なように見受けられます（研究の根本ではなく、スタート段階のものだとは理解していますが）。そのほか、評論家、批評家も、同

じタイプの能力を基本としています。しかし、その活動の中で、いかにオリジナリティを作るか、という点では、もう1つの能力（つまり発想や思考力）が武器になり、一流になれるかどうかの条件になっているようです。

見かけ上の情報の入力がないのに、アウトプットができる人も、もちろん大勢います。これは、いわば「考える」タイプの人です。たとえば、養老孟司先生などがそうですし、土屋賢二先生もそのタイプです。文章を読めば、そこに表出する思考力に圧倒されることと思います。

 考えたことが原資だということ。文章力は、すなわち思考力です。

---

2018年5月20日日曜日

## アーロンチェアのバナナ

作家の仕事はなし。編集者からのメールに答えただけ。5月になってから、ほとんど仕事らしい仕事をしていませんけれど、ゲラを送ったという連絡が数日まえにあったので、そろそろ仕事が来そうです。

ホームセンタへ行き、材木を買ってきました。クルマに積める限界の20本。長さは6フィート（180cm）のもの。そのほか、石膏ボード用のアンカを買ってきて、ダイソンの充電スタンドを壁に取り付けました。庭仕事は2時間ほどで、主に草刈りと雑草抜き。

機関車が届きました。2店からで、いずれもイギリスの模型店。片方はジャンク品を5点ほどで、うち機関車が3台。あとは、パーツとキット。もう1つは、中古の機関車で、かなりの高級品。輸送で壊れることがあってはいけないと、非常に厳重な梱包でした（機関車が入っている箱が、その3倍くらいの箱の中で、発泡材に浮いている状態になっていました）。そのおかげでまったくの無傷。たいてい、輸送中にどこか壊れたりして、まずはその修理をすることになるのですが、今回はパーフェクトでした。しばらく、書斎に置いて眺めることにします。

アーロンチェアの部品について以前に書きましたが、まずは、「バナナクッション」と呼ばれている腿が当たるところのスポンジを取り替えること

にしました。このパーツは2000円ほどで、両面テープで貼ってあるだけのものです。古いスポンジはほとんど朽ち果ててぼろぼろでした。取り替えたら、座り心地が劇的に改善されました。

シート面のネットも、一部が綻びています。このネットは2万円もするパーツですので、取り替えようかどうしようか、と悩んでいます。バナナクッションを取り替えてみて、座り心地を確かめてからにしよう、と考えていました。今のところ、まだ何年かはもつのではないか、と思います。

重いアーロンチェアを横倒しにした機会に、ウェットティッシュで掃除をしました。アーロンチェアは非常に優れた椅子ですが、唯一の欠点は、埃が溜まりやすく、掃除がしにくい点です。面倒ですが、ときどき掃除機やウェットティッシュで掃除をする必要があります。

クルマも、表面が滑らかで、曲面が段差なく連続していたら、掃除が楽だと思います。たとえば、蒸気機関車などは、掃除が大変面倒でしょう。洗車機のように回転するブラシの間を通して、さっと綺麗にできません。模型になると、隙間が細かくなって、ますます掃除がしにくくなります。

建築学科の学生だったときに、部屋の床全体がベルトコンベアのようになっている機構を考えました。床が少しずつずれていき、壁の下に入って、床下へ裏返しになって回り込み、ぐるりと一周して、逆の壁の下から出てくるわけです。見えないところでは、洗剤づけになり、拭き取られてから出てくる仕組みになっています。こうすることで、床の掃除をしないでも、常にクリーンな部屋が実現できます。いかがでしょうか？

名古屋に住んでいるとき、海が近いせいか、塩分や細かい砂が混ざった風が吹くため、窓際にそういったものが溜まりやすいようでした。そこに住んでいるときは、それが普通のことだと思っていました。ところが、海から少し遠ざかった高台に引っ越したら、塩分や砂が少なくなりました。周囲が森林だったせいかもしれません。海から数十キロメートルで、海抜が低い土地（都会は例外なくそうですが）ゆえの環境だったのです。

海から数百キロ離れると、鉄は錆びないし、砂も飛んできません（海

風では、という意味で、偏西風などは別)。特に、森林が多い場所では、これがフィルタになって、風自体がクリーンです。

こういう話を書くと、いかにも綺麗好きな人間だと思われそうですが、全然そんなことはなく、部屋が散らかっていて、埃が溜まっていても、あまり気になりません。ときどき気づいたら、まとめて掃除をするタイプです。こまめにやることはありません。

僕の母は、家の中のあらゆるものに、カバーを掛ける人でした。キャビネットに飾ってある人形などにもカバーをかけるので、何のために飾ってあるのかわからなくなります。埃が溜まるのが嫌だったみたいです。家の中に犬がいましたから、その毛だけでも大変だったのではないか、と今さら想像します。

最近の僕は、けっこう掃除をします。家事の一部を担当しているからです。トイレの掃除もしますし、犬関係の掃除もします。あとは、ガレージと工作室とホビィルームと書斎が担当です。

それでも、庭掃除に比べれば、室内の掃除は楽だな、と思います。

---

2018年5月21日月曜日

## 野生動物より人間が危険

『MORI Magazine 2』の再校ゲラが届いたので、今日はまず初校の修正箇所と対照してチェックをしました。明日から読みたいと思います。コジマケン氏に依頼してあるカバーのラフ案も4つ届き、確認をしました。内部には、写真や広告など、まだ不確定な部分もあり、編集作業はこれから本番といったところです。小説に比べると大変な労力を要する作業といえます。

庭仕事は、雑草抜きと枯枝拾いがメイン。庭園鉄道で最近大きめの無蓋車(むがいしゃ)を作ったので、鉄道で回りつつ、枯枝を集めて、無蓋車で運びました。1周の間に5回ほど停車しただけで、無蓋車がいっぱいになりました。線路は2箇所の焼却所の近くを通っているので、そこで集めた

枯枝を降ろしました。燃やすのは後日。

　そういった作業をしているうちに、あっという間にお昼になります。ランチはサンドイッチ。ホットコーヒーを飲みつつデッキで食べました。長女が、彼女の担当の犬を洗ったので、ワンちゃんブラッシング大会も開催されました。

　そのあと、芝生に水やり。芝は、そろそろ伸び始めようとしているところです。まだ、今年は芝刈りをしていませんが、来週くらいからスタートでしょうか。始まると、毎週1回は芝刈りをします。チューリップはまだ咲いていますが、残っているのは3割程度。白や黄色の小さい花が、ところどころで群生していますが、名前は知りません。雑草だと思います（スバル氏が植えたもの以外は雑草と定義）。

　2年まえに植木屋さんに植えてもらった庭木のコニファが数本枯れてしまいました。近所の家のコニファも多くが被害を受けているので、気候的なものだろうと思われます（害虫対策はいちおうしていたので）。枯れた分、新しいのを持ってきてもらって植えようか、とスバル氏に相談しましたが、彼女は「ここが土地の境です、という主張で植えただけだから、枯れても問題ない」とおっしゃっています。太っ腹ですし、本質を見失っていないご意見です。1本が1万円くらいだったかと思います。

　ニュースを見ていると、危険な人物がある界隈で出没したときに、子供たちの登校に親が付き添ったりして、マスコミからマイクを向けられると、「恐いですよね、早く捕まってほしい」と答えるのです。これって、熊とか猪が出没したときと同じです。

　何が言いたいかというと、べつに「言いたい」わけではありませんけれど、熊や猪でも、相手が一匹とは限らないし、まして人間だったら、その人物以外にも、同じくらい危険な人は大勢いるわけですから、たとえその一匹や一人が捕まっても、問題は全然解決していない、ということです。それなのに、捕まったときに、「これで安心できます」と皆さんがおっしゃるのです。

　ナイフを持った人がうろついているとか、人を殺して、拳銃を持ったまま逃走している、といった場合は、その「一人」が確率的にも特別と見

なすことができるかもしれません。そんな場合は、捕まるまでは安心できない、ということはあるかと思います。同様に熊や猪も、その時期に街へ出てきたのは、そんなに多数ではないだろう、という予測ができるから、一匹が捕まれば、少し安心できるかもしれません。

　でも、人間の場合で、武器が特殊でもなく、人物としても特別な特徴を持っていない場合、同様の危険性を持っている人は、(潜在的なものを含めたら)都会ならば大勢いるでしょう。田舎の場合は人数が限られているし、住んでいる人が周囲に把握されているかもしれませんが、今は人間は長距離を移動できるので、地域的な格差はあまりないと考えられます。

　現に、熊も猪も、毎年出てくるわけですし、危険行為をしてしまう人物も、それこそ毎日のように出没しています。ですから、安心は、基本的にしない方が良いし、常にできるかぎりの対策を考え、それを実行するにこしたことはありません(そうしているのに、たまたまマスコミが、事件のあとだから、警戒していると報道しているだけ?)。

　昔に比べると、あらゆるエンタテインメントで性表現がおおっぴらになっているわけですが、そういうものを見て、現実でも、と勘違いしてしまう人は必ずいることでしょう。どこまでが良くて、どこからがいけないのか、ということが、案外明文化されていません。もう少し、言葉できちんと伝えてあげないと……。

　何故か、「してはいけないこと」を明確に学校で教えませんよね。

---

２０１８年５月２２日火曜日
## 鳥とか犬の鳴き方

　『MORI Magazine 2』の再校ゲラを50%まで読みました。明日読み終わります。まったくといって良いほど、直していません。ルビを追加している程度。

　庭仕事は、草刈りをして、初めての芝刈りをして、水やりをしまし

た。樹の花（花粉?）がはらはらと降ってくるので、帽子を被っていないと、頭につきます。着ているものにもつくので、滑らかな表面のウィンドブレーカが適します。この花（花粉）は、地面を覆い、一面黄色くなるほどの量ですが、しばらくすると消えていきます。雨で流れるのか、蟻が持っていくのか、はたまた乾燥してばらばらになるのか、しっかりとは見届けていません。その意味では、昨年のどんぐりも、だいぶ数が減ってきました。どこへ消えていくのか不明です。リスが食べられる量とも思えません。

　庭園鉄道も通常運行。ぐるりと庭園を巡ってくるだけで、やらないといけない庭の課題を5つは思いつきます。たいてい、すぐに忘れてしまうのですが、それを繰り返すうちに優先順位が上がってきて、では処理をしようか、と腰を上げることになります。本当は、鉄道関係の課題も目白押しなのですが、庭仕事の方が優先されます。自然は待ってくれないからです。たとえば、蟻退治などは常に緊急を要します。

　一時期減った野鳥がまた増えています。もちろん春先とは種類が違う鳥です。今は比較的小さい鳥が多いようです。しかし、鳥の鳴き声は、躰の大きさに比例しないというか、小さい鳥が大きな声で鳴きますね。特徴のある鳴き方をするものもいるのですが、到底文章化できません。

　鶏(にわとり)だって、コケコッコーとは聞こえませんよね。日本人は、時計から出てくる鳥を鳩(はと)だと思っています。現に「鳩時計」という名称で親しまれています。でも、出てきた鳥はカッコーと鳴きますよね。鳩のような低くて忙しい鳴き方ではありません。鳩時計の本場はドイツ辺りだと思いますが、少なくとも英語では「カッコウ時計」です。

　庭園内には、カッコーと鳴く鳥がいますが、それが本物のカッコウかどうかはわかりません。姿を見たことがないし、見ても僕にはわかりません。

　「閑古鳥(かんこどり)が鳴く」とは、寂しさを表現した言葉ですが、この「閑古鳥」もカッコウのことです。静かな場所でしか鳴かないからでしょう。

　そういえば、ブッポーソーと鳴くのはブッポウソウではない、と聞きまし

た。あれも、どう聞いてもブッポーソーとは聞こえません。それを言うなら、名鉄電車のホーンだってブッポーソーと聞こえないこともないはず。暴走族のクラクションもブッポーソーと聞こえたら、多少はありがたく受け止められるのではないでしょうか。

　犬の鳴き方も、日本ではワンです。だからワンちゃんです。英語では、バウとかワウ。フランス語では、前後が逆になってウワです。ドイツでは、ハフになります。東日本と西日本でも、かつては違う鳴き方だったはずですが、今は統一されたわけですね（いい加減な発言です）。

　こういうのに比べて、イルカの鳴き声とか、クジラの鳴き声は、文章化されていません。イルカは、かつて「わんぱくフリッパー」というドラマがあり、そこではだいたい同じ鳴き方をしていたのが記憶に残っています。水族館でショーなどを見ても、イルカが鳴くところは聞いたことがありません。僕は、このフリッパーの飼い主がビーバーちゃんだと記憶していましたが、2つのドラマが混ざってしまったようです。

　イルカといえば、「海のトリトン」というアニメで、イルカに乗った少年が出てきましたが、現代だったら、動物虐待だと言われて炎上したのではないでしょうか。どうせなら、クジラに乗った方が、大船に乗った心地がしそうです。

　「あらいぐまラスカル」は、どう見たって色がレッサーパンダだというのは、有名な話ですが、30年以上まえに、僕の友人があらいぐまをペットショップで購入して飼っていて、見せてもらったことがあります。もの凄く凶暴で、とても抱っこなんかできません。檻(おり)に手を出したら指を食いちぎられる、と注意されました。見た目は可愛いのですが。このあらいぐまも、どう鳴くのか知りません。アニメでは鳴いたのでしょうか。

十数年まえ、名古屋の森林公園に野生化したアライグマがいました。

2018年5月23日水曜日

## 書斎の大惨事

『森博嗣の半熟セミナ 博士、質問があります!』が電子書籍になりました。じぶん書店「森博嗣堂浮遊書店」にも入荷しました。

『MORI Magazine 2』の再校ゲラを最後まで読みました。校閲も見落とした誤植を3箇所も見つけました。きっとまだあると思いますが、こういうのを見つけることにおいて適さない目を持っているので、ご勘弁下さい、と今のうちに謝っておきましょう。今日は、昨年の写真を19枚ほど編集部へ送りました。トビラなどで、適当に使って下さい、というつもりです。

　構成は、昨年の1巻め『MORI Magazine』とほとんど同じなのですが、新たなコーナが2つ設けられています。お楽しみに。今後は、写真やイラスト、それにカバーなどのデザイン関連の作業となります。発行は7月。

　同月発行予定の『森籠もりの日々』も再校ゲラが間もなく送られてくる予定です。今月中の仕事かな。

　雑誌とか本に掲載する写真は、たいていの場合、白黒で小さなものなので、僕は640×480dpiの（普段撮影しているサイズの）写真を送ります。すると、必ず編集部から「もっと解像度の高いものはありませんか?」と要求が来ます。つい先日、『ジャイロモノレール』でもその要求がありました。もともと大きなサイズで撮影していないので、「ありません」と応えます。でも、本になってから写真を見ても、全然解像度に問題があるようには見えません。この程度で充分だと思います。デザイナの方は気になるのでしょうけれど、一般の読者はさほど解像度なんか気にしていないのではないでしょうか。

　それでも、雑誌『鉄道模型趣味』にジャイロ関係の記事を投稿するときには、わざわざ一眼レフのカメラを買い、撮影用のスタンドやスクリーンも新たに購入して臨みました（昨年の春頃のこと）。それくらい心構えが違うのです。カラーで掲載されるかもしれないし、この雑誌は全ペー

ジがコート紙だからです。

　ちなみに、その後その一眼レフカメラは使っていません。専用スタンドもスクリーンも仕舞ってしまいました。そのうち役に立つときがあるかもしれません。一眼レフも、写真に意欲を燃やすことが、将来ないともいえませんので、手近に置いてあります。

　明日からまたゲストが数名いらっしゃって、ゲストハウスに宿泊されるので、スバル氏が掃除や準備のために、そちらへ行きました。こうなると、宅配便などを受け取るために、僕はチャイムが聞こえる場所にいなければなりません。たいていは犬が吠えるからわかりますけれど、スバル氏が家にいないと（犬が認識している）犬は吠えないことがあるのです。

　そういうわけで、午前中は庭に出ることができず、室内作業に従事。あるいは犬と遊んでいました。読書もできました（吉本ばななさんからいただいたフィクションを読んでいます）。

　先日購入したジャンク品の見定めもしました。修理はまだしていません。軽く分解して、だいたいの様子を把握し、修理の方針を頭の中で立てるのです。中古品で購入した高級機関車も、細部をチェックしました。きっちり作られていて、さすがに一級品だな、と感心しました。まだ走らせていません。楽しみです。

　たった今、書斎のデスクの上で、コーヒーカップをひっくり返して大惨事となりました。いつもは、ブライスのコーヒーカップを使っているのですが、スバル氏が買ったステンレス製のカップ（日本茶を飲む湯飲みの格好）を使っていたのです。それは魔法瓶のようにステンレスが2層になっていて（たぶん、中が真空）、飲みものが冷めないのです。

　これは良い、とスバル氏がすすめるので、試してみたら、たしかにコーヒーが熱いままで良好です。でも、ステンレスは陶器のように手に粘着しないのですね。するっと滑ってしまい、倒れたのです。形状としても、倒れやすい形でした。

　デスクの上には、沢山の本とか書類とか、キーボードとかマウスとか、iPadとかハンドスピナとか、ゼンマイの機関車とか模型の部品とか、とにかくいろいろ置かれていたので、その下へ吸い込まれるように

コーヒーが広がっていきました（表面張力の作用です）。ティッシュを20枚以上使って、懸命に復旧作業が行われました。特に、ディスプレィスタンドの下の拭き掃除が大変でした。コンピュータは稼働したままです。

　というわけで、同じカップでもう一度コーヒーを淹れ直して、これを書いているところです。このカップを使うときには、気をつけないといけないな、という教訓を得ました。そもそも、手が老化しているのが主原因かもしれませんし。

　この話は、スバル氏にはしていません。したら何と言うかもだいたいわかります。「しらんがな」です。これは、「私のせいではない」という意味になります。

 毎日、雑多なもので散らかったテーブルの上にコーヒーを置きます。

2018年5月24日木曜日

## アレルギィに立ち向かう人

　昨年出した創刊号の『MORI Magazine』の文庫版のゲラが、まもなく届くとの連絡を受けました。こちらは8月の発行予定です。単行本と内部のレイアウトが違います。イラストなどは小さくなってしまうと思いますし、写真も枚数が減るはずです。広告などもなくなるのかな……。
　『森籠もりの日々』の再校ゲラは、来月初旬との連絡が編集者からありました。昨日書いたのは僕の勘違いでした。こちらは再校ですが、ブログ本なので、既に校閲を何度も通っているし、僕も数回見直しているから、再校では通して読まず、修正のチェックと指摘箇所の確認だけをする予定です。
　講談社文庫の編集部から重版の連絡がありました。『すべてがFになる』が69刷に、『冷たい密室と博士たち』が50刷に、『幻惑の死と使途』が46刷に、『黒猫の三角』が26刷になります。感謝。
　今日と明日は、ゲストがいらっしゃって、庭園鉄道などを運行するた

め、作家の仕事はオフです（というか、最近おおむねオフが続いていますが）。

　ニュースでは、日本各地は暖かい（暑い？）日が続いているようですが、当地は最高気温はまだ20℃には達しません。清々しい日が続いています。これから、夜に雨が降る日が多くなります。植物はますます繁りますね。

　午前中は、庭園鉄道の整備をしました。午後からゲストに運転をしてもらうために、線路の確認をしました。この時期は、樹の花が大量に降り注ぐので、ポイントなどがきちんと切り換わらないことがありますから、その辺りをチェックしました。

　ゲストの方がゲストハウスで自炊をされるので、僕はご馳走になることになりました。あらかじめ、何を作るのか決めて、食材なども揃えてこられるのです。

　このブログ（あるいはほかのブログ）で、食べものに関することを書いています。どうしてかというと、書くことを思いつかないときに、食べものだったら皆さんに共通の話題で、わりと反響があるからです。でも、「よく食べます」「ほとんど食べません」が「好き」「嫌い」という意味なのか、というとそうでもありません。まあ、よく食べるのは、少しは好きだからかもしれませんが、だからといって、たとえばスパゲッティだったらなんでも好きだというわけではないし、一方で、滅多に食べないからといって嫌いというわけでもありません。

　もの凄く好き嫌いが激しい人だと思われているらしく、ゲストはあらかじめ、「○○は食べられますか？」と質問されます。これは嫌いだから食べられない、というものは、動物の内臓くらいですね。フォアグラとか、アサリとか、キモとかです。エスカルゴなんかも食べたくありません。ゲストがそういう食材を持ってこられることは、まずないと思われますが。

　野菜だと、タマネギは避けることもあるかもしれません。バーベキューでもタマネギは食べないし、串焼きとか串カツでもネギは食べません。でも、それ以外、タマネギやネギが入った料理はまったく問題ありません。たまたま、それ単独の塊だと、ちょっと避けるかなというくらい。野菜では、ほかに食べないものはありません。

先日、吉本ばななさんがいらっしゃったとき、スバル氏はデザートピザを焼くつもりでいたようですが、いらっしゃってすぐに、吉本さんが「乳製品はアレルギィがあって」というお話をされたので、チーズたっぷりのピザは断念しました。でも、吉本さんのお土産はチーズケーキでした。吉本さんと、銀座でピザを一緒に食べたことがありますけれど、あのときはアレルギィではなかったのかな……。まあ、最近判明したということなのでしょう。

　スバル氏も、数年まえにアレルギィの発作で救急車で運ばれ、2週間入院したのですが、そのときの検査で、乳製品が駄目だという結果が出ました。でも、彼女は毎日欠かさずヨーグルトを食べています。それから、犬アレルギィだそうですが、ベッドにも犬を入れています。彼女は、ホタテが大好きですが、やはりアレルギィのため、食べると手足に湿疹が出ます。それでも食べているのです。豪傑ですね。

 僕が子供の頃には「アレルギィ」という言葉は心理的な意味でした。

---

２０１８年５月２５日金曜日

## イオンクラフトを知っているか？

　講談社経由で、『MORI Magazine』文庫版の初校ゲラがこちらへ向かっているところですが、もしかして、文庫化に当たって「あとがき」を書かないといけないのかな、と思いつき、編集者に確認したらそのとおり期待されていました。「編集後記」があるのに、さらに「あとがき」か、と多少抵抗を感じますし、それ以前に「雑誌」なのに「文庫化」があるのか、と不可解に思われる向きもあることでしょう。もちろん、文庫化というのは、作家にとっては「ありがたい」ことにはちがいないので、感謝の気持ちを込めて、書かせていただきますが、感謝の気持ちを込めたことが簡単にはわからないように持てる技術を駆使して書こうかな、とも思います（冗談ですから本気にしないように）。

庭園内が繁ってきました。今年は葉が出るのが早いし、葉も多いような気がします。既に森林は「暗い」状態になりました。これからしばらく寒いのではないか、と心配されるほどです。

　今日からゲストハウスにゲストが宿泊されるので、それに付随して庭園鉄道を運行しました。気候的には、やや寒いかもしれませんが、まあまあの季節です。今日は特別光が鮮やかで、良い写真が撮れました。

　ゲストの方は、石炭で走る蒸気機関車が実際に煙を吐いて走行するシーンが見たいとおっしゃっていましたが、なかなか簡単にすぐ披露できるものではありません。準備と後始末が必要ですし、どうせならゲストがいるときよりも、自分一人のときにやりたいと思います。人に見せて嬉しいという感情が僕には希薄なのですね。つまり、趣味はサービスではない。一方で、小説はほぼサービスで成り立っているので、自分がやりたいものではなく、望まれるものを狙って作ります。

　昨年は、世界で1機も旅客機の墜落がなかったそうですが、今年は大小さまざまな事故が発生しています。日本では今もマスコミを中心にオスプレィに執着している方が多いように報道されていますけれど、旅客機の機種については、そういった運動は巻き起こらないのでしょうか、と思いました。やっぱり軍事的なものは別、ということなのかな。それならば、もっとすべての兵器を否定した方が理屈が合うように感じます。ちなみに僕は、個人的には兵器や武器には、すべて反対する立場です。

　吉本ばななさんからいただいた本が、宇宙人が地球人に接触したドキュメントみたいなノンフィクションものなのですが、明らかにフィクションとしての面白さが際立っていて、科学的なことはともかく、それ以外のディテールがエンタテインメントです。

　吉本さん自身は、「これは本当のことなの？」という疑問をお持ちだったみたいですが、書かれている内容がしごくまともで、科学的な記述も大きく間違ってはいないものの、何故ここでこの理論を持ち出してくるのか、という不自然さと、大事なことを仄めかすわりに細かいどうでも良い記述が詳しすぎるアンバランスさが顕著です。ようは、この手のものは、すべてそのアンバランスさが、眉唾の証明として際立っているように

思います。

　宇宙船の推進原理として、磁気や電荷を使った方法が示されていました。これで思い出したのですが、かつて（45年くらいまえ）、「イオンクラフト」という浮遊装置が話題になったことがありました。少年科学雑誌などを賑わせていたのです。中学生のとき、僕は友達と一緒にこのイオンクラフトを作って、みんなのまえで公開実験をしました。たしか、物象部だったからです。理科の実験室でやったように覚えています。

　バルサとエナメル線とアルミホイルで作りました。電圧は1万ボルトくらい必要なので、電気屋さんで壊れたテレビをもらってきて、ブラウン管にかかっている回路から電圧を取り出しました。これは非常に危険な実験なので、知識がない方は絶対にやらないように。

　だいたい、このような高電圧になると、放電が生じやすく、火花が散り、イオンクラフト本体が燃えてしまう失敗が多々発生します。燃える原因は、アルミホイルやバルサを接着しているボンドに着火するためです。何機か作って、ときどき成功して、ふわりと浮き上がることがありました。空気の流れを作り出す装置なので、これは真空中では飛べません。もちろん、1万ボルトの電圧をかけるためのコードが必要です。ラジコンにもできません。電源のコード付きで飛ぶものです。

　その後、これを大型化した仕組みを見たことも聞いたこともないので、実用化されているとは思えません。当時はUFOがこの原理で飛んでいるのだ、反重力とはこの仕組みで実現できるのだ、と語られていましたが、真空中では機能しないので、僕は信じていませんでした。でも、最近になっていろいろ素粒子が見つかっているわけですから、まったくありえない話でもないのかな、と逆に想像しています（半信半疑くらい）。

雷の実験をしている研究者がいますが、きっと面白いだろうと想像。

2018年5月26日土曜日
## 燃えないゴミなどない

『すべてがFになる』のももクロ文庫企画のカバーが、もうネットで画像が流れていました。正式発表されたのかな?(「ももクロ」というのは、たぶんグループ名かと思いますが、具体的に何なのか知らずに書いています。あしからず)

『MORI Magazine』文庫版の初校ゲラが届き、今日から読むことにしました。4日間で読めると思います。そのあと、「あとがき」を書きましょうか、忘れないように……。

今年出る本で、まだ書いていないのは、12月刊のクリームシリーズ7だけです。タイトルも決めていません。解説を書いていただくのは、昨年に引き続き吉本ばなな氏で、既に依頼済みですので、慌てていないのです。

そのさき、来年になると、1月は幻冬舎新書で、既に脱稿済み。そのあと2月は今のところ予定がなく、3月にエッセィの単行本を予定しています。これをこの夏に書くことになりそう。そのあと、4月と5月は文庫化の新刊。えっと、6月が、講談社タイガで新シリーズの開幕になるのかな。それを書くのは、10月以降になることでしょう。2019年は、今のところ10冊しか発行予定がないので、今年は楽ができます。今後も、1年に10冊以下のペースで行きたいと考えています。当面の目標は年6冊で、2カ月に1冊のペースです。理想としては、1年に3冊くらいがベストでしょう。これくらいだと、「趣味だ」と胸を張って言えるのではないでしょうか(胸を張ってものを言ったことはありませんが)。

と書いたところで、本ブログの書籍化を思い出しました。今年は7月に出る『森籠もりの日々』1冊ですが、もしかして、図らずも軌道に乗ったりしたら、来年から年に2冊ですか。これは勘定に入れていませんでした。あと、最近持ち上がった二次文庫(他社でかつて出した文庫を講談社へ移すもの)もあるし……。うーん、まあ、仕事は続くよ、どこまでも、ですか。

だいぶ草が伸びてきたので、草刈りを2バッテリィしました。午後から

風が出てきて、少し寒くなりましたので、工作室内でできる作業を進めました。古い機関車の修理、細かい部品の製作、あとは車両のメンテナンスなど。

その後、風が治まったので、燃やしものをしました。昭和天皇の「雑草という名前の草はない」や、京極堂(きょうごくどう)の「この世には不思議なことなどなにもない」というのに肯(あやか)って、森博嗣の名言(迷言?)をここに記しましょう。「この世に燃えないゴミなどないのだよ」

名称に関する誤解が世間で広がっている例を、ときどきエッセィなどに書いています。たとえば、よく見かける「コンクリートミキサ車」というのは、働くクルマとして、子供の絵本などでも取り上げられていますが、あれは、ミキサ車ではなく、「アジテータ車」です。ミキサ車というのは、日本では一般の方が見る機会はまずありません。全然形が違いますし役目も違います。アジテータ車は、工場のミキサで練られたコンクリートを「攪拌(かくはん)」しながら運ぶクルマのことで、ミックスするためのものではありません。

ブルートレインとか、スイスの氷河特急などは、「電車」ではありません。電気機関車が牽引している「列車」です(ブルートレインはディーゼル機関車が引っ張っていた?)。地方のローカル線で、「電車」として地元の皆さんに親しまれていても、多くの場合「ディーゼルカー」だったりします。電化されているかは、架線を確認して下さい。架線がなければ、電車も電気機関車も走れません。

山間の観光地で見かける、「ロープウェイ」のことを、人によっては「ケーブルカー」と呼んでいますが、ケーブルカーというのは、線路の上を走るもので、外部動力によりケーブルに引かれて進む車両です。たとえば、ロサンゼルスの路面電車などがケーブルカーです。ロープウェイは、文字どおりロープの上を滑車が通る仕組み、つまりロープがレールの役割を果たします。引っ張るロープと吊(つ)り下げるロープが同一のものも簡易な形式としてあります。スキー場のリフトもロープウェイです。始点から終点まで支柱がないと、ロープが弛(たる)んでしまいますから、途中に何本か支柱がありますよね。あそこを通過するとき、車両がぶら下がっている

アームや滑車が支柱にぶつからないのは、どうしてなのか説明できる人は比較的少ないことでしょう。

最近の日本で気になる呼び名は、「トロッコ」ですね。トロッコって何なのでしょうか？　多くの方は、オープンの（屋根がない）客車のことをトロッコだと思われているようにお見受けしますが、僕はあれはトロッコだとは思えません。また、「トロッコ電車」ともときどき耳に入りますが、あれは「電車」でもありません。動力がないものは、客車か貨車です。トロッコ列車なら、まあ許容範囲。

「妖精」と「妖怪」は何が違うのか、僕は知りません。同じなのではないかと疑っています。それから、「怪物」と「怪獣」もどう区別するのか、子供の頃から疑問を持っていました。たとえば、「怪物くん」というキャラがありますが、どうして「怪獣くん」ではないのでしょう。かつての江川投手とか、野球の大型ルーキーを「怪物」と呼んだりすることがありますが、何故「怪獣」と呼ばないのでしょう。「物」よりは「獣」だろう、と思うのです。ゴジラは、怪獣ですか、怪物ですか？

 はっきり言うと、どちらでも良いのです。仕事だから書いています。

---

2018年5月27日日曜日

## 探偵の正体は？

『MORI Magazine』文庫版の初校ゲラを40%まで読みました。案外早く読めそう。大和書房からは、7月刊の『MORI Magazine 2』のカバーラフの第2案が来て、意見を出しました。

午前中は、コンクリートを練って、橋脚の補強工事をしました。夜に雨が降りそうな予報なので、ちょうど良いかと。草刈りは2バッテリィ。水やりもしました。芝生には根切りのスパイクをしました。草が伸びる速度が上がってきたように思います。

お昼頃に、（僕担当の）ワンちゃんシャンプーをしました。スバル氏が手伝ってくれました。洗うのは簡単ですが、そのあと乾かすのが大変なの

です。人間よりも毛が多いし、奥の（皮膚に近い）方は細かいのです。

　お昼は、吉本ばななさんからいただいた生ハムでピザトースト。TVを見ながら食べていたら、テーブルの上に濡れた顔の犬が顔を出します（二本足で立ち上がっている格好）。こういうのは、絵に描いたような幸せというのでしょうか。

　昨日、沢山のことを思いつきました。頭の調子が良かったのでしょう。あまりに沢山のことを思いついたので、珍しくメモを取りました。編集者が送ってきたゲラについてきた手紙の裏に書きました（手近に紙がないから）。パソコンでメモをしなかったのは、半分が図だから。すると項目は11個ありました。今日は、そのうちを10個処理しました。体調が良かったのでしょう。処理しながら、メモのリストを消していきました。あと1つは、明日。

　なるほど、メモをする人の気持ちはこういうものなのだな、と思いました。つまり、メモをするときには、管理者の気持ちで指図をし、それを実行するときは労働者となって、1つずつ実行していくわけです。実行するときは、あれこれ考えず（頭を使わず）、言われたことをただやるだけです。このように、管理者と労働者を切り換えることがメモの価値なのでしょう。たまたま、昨日は頭が冴えていて、今日は体調が良かったので、上手くいきましたけれど、日頃は、頭も軀も調子が悪いのが僕のデフォルトなので、そうなるとメモは役には立ちません。

　昨日書いた今後の予定ですが、11月刊予定の『森には森の風が吹く』が抜けていました。今年はいったい何冊出るのか、もうわからなくなっています。

　ネットを散策していると、ときどき誤解をしている人たちがいて、それがずっとそのまま正されずに一定数のまま存続する様子が観察されます。幾つか例を挙げましょう。

　講談社のU山氏が企画した「ミステリーランド」というレーベルがありました。僕はそれに『探偵伯爵と僕』を書いたのですが、僕の記憶では「かつて子供だったあなたと少年少女のために」というようなキャッチだったかと思います。それなのに、多くの方が、「子供向け」と解釈して

いるのです。「かつて子供だったあなた」というのは、どうみても「大人」のことですから、結局「大人と少年少女のために」という意味で、要約すると「全員のために」となります。僕は、そのように解釈をしました。文章を読むことができて、小説が楽しめる年齢（能力）ならば、子供でも大人でも区別をする必要性を感じません。自分に合ったものに出会えたら良いな、と思うだけです。

　ミステリィの「本格」と呼ばれるジャンルでは、フェア／アンフェアと判定される暗黙のルールがあります。特に、「地の文で嘘を書かない」というルールが支持されています。僕は、デビューから2012年頃まで、このルールを厳守していましたが、ある小説で「現代社会との不整合感が大きい」と判断して、1度だけルールを故意に破った記述をしました。それ以外の作品では、地の文で嘘は書いていません。ですから、「森博嗣作品でアンフェアがある」と主張している人たちは、「誤読」をした結果です。でも、誤読を誘う文章が仕掛けられているので、誤解の責任は読者にあるとはいえません。引っかかった人たち、というだけのことです。

　コナンくんは、ミステリィとして見れば、明らかにアンフェアです。何故なら、大人なのに子供になるような非科学的な手法が物語世界に存在しているためです。この世の物理法則が成立することが疑わしい舞台が設定されています（大人の躰が子供になったら、質量は保存されるのでしょうか）ので、そういった世界では、密室のトリックも、死体消失も、なんでも不思議とはいえません。「本格」のルールに縛られているのは、ほんの一部のマイナな界隈であって、コナンくんは、軽々とそれを超えているはずですから、けっこうなことだと思います。

　Gシリーズの『γ』を書いたときに、犀川先生が禁煙している、と話題になりましたが、彼はもっと以前から禁煙しています。皆さん、読み飛ばしているのですね。あと、○○探偵はいったい誰なんだ、と話題ですが、「正体は誰なのでしょうか？」という問題を提示したのは、いったい誰なのでしょうか？（たとえば、僕は身に覚えがありません）どうして、保呂草とか瀬在丸紅子とか犀川とか西之園萌絵とかは、実はいったい誰な

んだ、という問題にならないのでしょうか？

「思わせぶり」と、思った本人が伏線を回収するのがよろしいかと。

---

2018年5月28日月曜日
## キャタピラ慕情

『MORI Magazine』文庫版の初校ゲラを80％まで読みました。明日終わります。明後日は「文庫のあとがき」を書きましょう。

新潮新書の『人間はいろいろな問題についてどう考えていけば良いのか』を、韓国で翻訳出版したい、とのオファがあり、問題ないと返事をしました。このような翻訳の場合、本が出来上がるまで原作者は特に作業がありません。ゲラも見ません。ですから、なにもしないのに報酬がもらえるということで、重版と同じく「ありがたい」出来事です。

海外出版がもうどれくらいあるのか、まったく把握していません。リストなども作っていないのです。書棚に並べてあるものは、たぶん半分くらいだと思いますが、20冊以上あります。漫画などを入れたら、海外で翻訳されているものは、50冊くらいはあるのではないかと思います。たぶん、一番多いのは台湾で、次が韓国か中国でしょうか。

昨日調子が良かったのですが、今日はそうでもありません。普通です。昨日やり残した分を午前中に実行しました。調子に乗って、昨日の夜のうちにやるべきことを考えて、5項目ほど封筒に追加でメモしたのですが、今日それを見て、「そんな簡単にできるか」という反発心しか湧き起こらず、なにも実行していません。メモの指令は無駄になりそうです。

模型店から荷物が届きました。2年ほどまえでしょうか、予約をした機関車が届いたのです。約70万円しました。新品です。新品を購入すること自体が、僕の場合珍しいのですが、その場合でも「まえまえから欲しかった」という理由があります。つまり、製品化される以前からずっと欲しくて、たまたま製品化された、ということです。

「欲しいものは、すぐに買っている」と書いたことがありますが、精確には「欲しいもので、買えるものは、すぐに買っている」が正しいと思います。ところが、もっと精確に書くと、「欲しくて買えるものでも、買ったあとの維持が大変そうだから躊躇している」ものがあります。

最近の例だと、1/2スケールの農業用トラクタ（ディーゼルエンジンで稼働。人が乗って運転できる）が80万円くらいで売っていて、欲しいなと少し思ったのですけれど、重さが500kgあるし、置いておく場所、走らせる場所、エンジンのメンテナンスなどを勘案して、決断ができません。たぶん、買わないと思います。庭園内で走らせたら、苔に跡がついてしまうし、かといって道路は走れないし、農地というものを持っていませんから、仕事にも使えません。ブルドーザの前部のアタッチメント（ブレード?）を取り付けて、雪掻きができる程度でしょうか。

子供のときからブルドーザが好きで、ブルドーザのおもちゃ（ゼンマイ）でよく遊んでいました。これは、ブロックのように分解ができ、内部の歯車まで取り外せる教育玩具で、おそらく母が買ったものです。いつのまにか、壊れてしまい、そののち行方不明となりました。母がどこかに仕舞ったのでしょう。

プラモデルでブルドーザが出たら買いたい、と思っていましたが、そういったものは当時は製品化されませんでした。ラジコンでもなかったと思います。模型雑誌に、ブルドーザを模型化した人の記事が出ていて、本物どおり油圧で可動するものでした。記事を読んだだけでは、仕組みは詳しくはわからず、いつか自分で作りたいものだ、と思うだけで終わりました。

最近は、ドイツのメーカが製品化しています。それほど大きくなく、持って運べるくらいのサイズですが、100万円近くします。戦車よりは稼働部が多く、コントロールして実際に土木作業などをしたら面白いかもしれません。でも、遊ぶには高すぎますし、買うなら本物を中古で買った方が面白いでしょう。

ほかにも、パワーショベルとか、ダンプカーなど、工事現場で働く車両の模型が沢山発売されていて、ドイツの模型ショーなどでは、これら

の実演もしていました。完全に大人が遊ぶためのおもちゃです。

　キャタピラ（一般的にはクローラ）が好きだ、というのは『博士、質問があります！』にも書いたと思います。今では、キャタピラの除雪機を2台持っていて、雪が降ったらエンジンをかけて嬉々として作業に勤しんでいますが、ただ、2台とも方向転換ができません。後ろでハンドルを握る人間（僕）が、力任せで向きを変えるのです。つまり、左右のキャタピラが同じ回転速度でしか動きません。ここがやや不満なところ。向きが変えられるタイプになると、自動車が買えるくらいの値段になってしまいます。

　戦車のプラモデルやラジコンでは、電動タイプのものの多くが左右のキャタピラをそれぞれ別のモータで駆動します。2基のモータの電圧をコントロールして、左右のキャタピラの回転を制御し、これで方向転換をします。

　ラジコンの戦車でエンジン駆動のものがありますが、これは、左右のキャタピラへの伝動をクラッチで行っていて、このクラッチによって左右の回転差をつけます。稀に、1基のモータで駆動する戦車もあり、これも機構は同様。このメカニズムが面白いところです。

　ちなみに、庭園鉄道の線路をキャタピラのようにして（後ろの線路が頭の上を通って前へ行く）、どこでも走らせることができる無限軌道の機関車を作ったモデラもいました（めちゃくちゃ大掛かりです）。

　除雪機のキャタピラはゴム製です。金属製だったら良いのですが。

---

２０１８年５月２９日　火曜日

## バッテリィの話

「ももクロとは、ももいろクローバーZというグループ名のアイドルです」との説明を、講談社文庫編集部からいただきました。今年が結成10周年だそうです。10年といったら、けっこう長いのかな、と思いました。なにしろ、2乗したら100年……、というわけではありませんが（「年」に肩付

きで2を付けないといけないし、明らかに冗談です)。今回の企画では、昨年の「乃木坂文庫」のときと同様、カバーが二重になっていて、そのカバーに「ももクロ」の写真がデザインされています。これは、HMV&BOOKSのチェーン店舗とWEBストア限定で期間限定で購入できるそうです。

　同編集部からiPadも届き、『100人の森博嗣』の電子書籍版の見本が入っていました。明日にでも、ざっと確認をしましょう。配信は6/22だそうです。嬉しいですね、電子書籍が発行になると、印刷書籍のときよりも嬉しく感じるのは、どうしてでしょうか(印刷書籍には慣れてしまったから?)。この本、カバーはコジマケン氏ですが、僕が描いたイラストもいくつか中に載っています。

『MORI Magazine』文庫版のゲラを読み終わりました。結局、ほとんど直しませんでした。フォーマットが単行本から変更になったため、1行はみ出してしまうところが十数箇所あり、最初は文章を削って入れようとしましたが、一度書いた文章を削るのは忍びないし、文庫化を待ってくれている読者にも失礼かなと思い直し、ほとんどママとして、レイアウトを再調整してもらうことにしました。もともと、エッセィなどは、「100の講義」シリーズと同じフォーマットで(見開き2ページにきっちり収まるように)書いたものなので、レイアウトが変わって入らないという場合は、レイアウトの方を改めるべきだろう、と思った次第。まだ初校ですから、編集作業はこれからです。

　庭仕事に忙しい毎日です。枯枝は少し減ってきましたが、草が伸びてきて、草刈りがハードになりつつあります。ホームセンタへ行きたいのですが、行く時間がなかなか取れません。芝の肥料を買ってきたいのと、材木を運びたいからです。でも、工作もしたいし、機関車も走らせたいし、庭仕事をしているうちに、あっという間に時間が過ぎてしまいます。

　今日もゲストがありました。懐かしい人です。もう少し詳述すると、血のつながった長男です。スバル氏が迎えにいきました。スバル氏がご馳走を作り、ランチもディナも豪華でした。胃がもたれそうです。

　ネットで注文した新しい草刈り機が届いたので、さっそくバッテリィを充

電して使ってみました。ボッシュの製品です。バッテリィがまた違うタイプになりました。使ってみたら、2倍くらい長く回っていました（同じ電圧で容量が倍になったようです）。どんどん進化しているからしかたがありませんし、バッテリィ自体の寿命が短いので、これまでのものと共有することは簡単ではありません。このあたり、ハイブリッドなどの自動車でも同様でしょう。悩ましい問題です。

　まえにも書きましたが、電気自動車のために、現在は充電するステーションが各地に作られています。でも、そうではなく、満充電したバッテリィを、ガソリンスタンドで載せ換える方式にした方が良いでしょう。作業として時間がずっと短く済みます（重いから10分くらいはかかるかな）。つまり、バッテリィは（いわばガソリンタンクですから）社会で共有することにするのです。ただ、バッテリィが劣化してくると、同じ満充電でも使える電気量に差が出ますから、どのように料金を決めるのかで、少し工夫が必要になるとは思います。ステーションで支払うのではなく、使った分だけリアルタイムで支払うのが良いでしょう。

　電動工具なども、バッテリィが各社で違います。もちろん、ボルトが違うから、間違えて差し込まないようにしているのかもしれませんけれど、同じボルトなのに違うのは、合理的とはいえません。統一してもらいたいと思います。今考えてみると、乾電池が世界で企画が統一されていたのは、画期的だったというわけです。

　一方で、弱電関係に多い低電圧（18Vくらいまで）のジャックで、同じものなのに、ボルトが違ったり、あるいはプラス／マイナスが逆のものがあります。極性が違うと、もの凄く危険で、回避回路がないと機械を一瞬で壊すことになりますから注意が必要です。

　自動車のバッテリィ用の充電器は、大きなワニグチクリップがついたケーブルが付属しています。一度、極性を間違えてつないでしまい、充電器から煙が上がったことがありました（もちろん壊れました）。最近の製品は、回路を遮断し、警告音を鳴らしたりして知らせてくれますが、古いものはそういった安全設計になっていませんでした。ちなみに、自動車のバッテリィ（12V）くらいになると、ショートさせたら火が出て火事になりま

す。非常に危険です。でも、人間が手で触っても感電はしません。

 放射線や火や燃料（ガソリンなど）と同じように、電気も危険です。

---

2018年5月30日水曜日
## ようやくペーパレスかな

　幻冬舎の担当編集者S氏が、『ジャイロモノレール』の原図をわざわざ取りにきてくれました。郵送するのは、万が一にも紛失する危険があるから、躊躇していました。文章だったらデジタルだから、あっという間にリカバできますが、図面は失われたら1カ月ほど時間をロスすることになるからです（コピィがあるから半月くらいかな）。このため、空港までクルマで出向いて、往復4時間ドライブをしました。でも、気候が良いし、爽やかな空気で、窓を開けて走ることができました。

　S氏はとんぼ返りするので、話をしたのは1時間半。主に、出版界の不況について話題になりました。書店がどんどん潰れているそうですね。新宿南口の紀伊國屋もなくなったとか。それでも、まだ新書はある程度売れているようです。印刷書籍は、老人需要に支えられているとか、「あと、10年くらいは大丈夫かもしれない」との観測でした。しかし、あと10年という今、手を打たないとその後の未来はないようにも思います。

　出版社は、とにかく「売れない本を作らない」方向へ向かうしかない。つまり、「出版のリストラ」です。逆にいうと、「売れるかもしれないから」との希望的観測で、なんでもどんどん出版していた時代は、もう終わったということでしょう。

『MORI Magazine』文庫版の「あとがき」は、まだ書いていません。明日には書きましょう。

　講談社のiPadで『100人の森博嗣』電子版の確認をしました。この本はもともと2003年にメディアファクトリーから出て、2005年に同社の文庫となり、2011年に講談社文庫になったものです。ですから、そのたびに

「あとがき」が追加されています。講談社のK木氏やM氏の寄稿もありますね。

　昨日、新しいボッシュの草刈り機のバッテリィは形が違う、と書きました。たしかに形は違い、電気が接触する部分も異なるのですが、出力側の端子の配列は同じで、古い草刈り機にも挿入することができました。電圧は同じなので、そのまま使えます。それで作業をしてみたら、2倍の時間使っても、まだ止まりませんでした。つまり、バッテリィ自体が進化したということです。サイズ的にも新しいバッテリィは、小さくなっています。古い方の草刈り機は、購入したのが3年くらいまえですから、それくらいの年月で、この進歩かと感心しました。インパクトドライバも共有できますから、嬉しい誤算。ただし、充電の接点は違っているので、充電器はそれぞれのものを使う必要があります。

　30年くらいまえの話ですが、森北出版というところから、コンピュータ関係の本を3冊くらい出しました（ほかにも、建築材料の本なども出ています）。当時、編集者から「なにか、未来を見据えた方向性のような本を書いていただけませんか？」と言われたので、少し考えてから「詩を作るプログラムについて本が書けるかもしれない」と返事をしました。しかし、内容があまりにも非理系だったし、またあまりにも早すぎたらしく採用されませんでした。そんな需要もないし、売れないだろう、という出版社の妥当な判断だったのでしょう。おそらく、その20年後には需要があったのではないか、と想像しますが、今ではもちろん、遅すぎます。

　技術書というか学術書というか、この種の本は、今後はすべて電子化されていくと思います。図書館は、データベースとなるわけです。過去の書籍も内容をデジタル化するはずです。ということは、各地に分散している必要はなく、日本に図書館は1つで良い、ただし、その端末やサービスステーションが各地に点在する、といった形態になることでしょう（もちろん、それも過渡期であり、いずれは不要となります）。図書館といえば、かつては立派な建築物として、地域施設の象徴だったわけですが、そういった時代は過去のものとなります。

　これまでは、図書館が取り扱うものは主に書籍だけでしたが、それ以

外の写真や動画あるいは図面など、あらゆる資料を収集するようになるのかもしれません。そうなると、博物館的な存在も兼ねる（あるいは博物館に吸収される）スタイルも想像できます。

　一箇所に集中している必要はなく、各所、各分野のデータベースを統轄するようなネットワークが、「ライブラリィ」あるいは「図書館」と呼ばれることになるでしょう。少なくとも「館」ではないし、そこで働く人は、情報系の技術者になることでしょう。それ以外の仕事はすべてAIになるはずです。

　現在存在する印刷書籍はどうなるのか。古本も含めて、どこの家にも、あるいは古書店などにも、沢山の本が存在していることと思いますけれど、順次数を減らし、大量処分されていくことになります。機械類のように、発展途上国へ輸出することもできませんからね。

　ペーパレスが叫ばれて久しいのですが、気がつくと、僕自身、今は新しい紙（ノートや各種用紙）を買わないし、紙にものを書くこともありません（使うのは、工作だけです）。そろそろ本格的にペーパレスになるのではないでしょうか。

 といいながら、今も電子書籍を出さない作家もいらっしゃいます。

---

2018年5月31日木曜日

## みんなの納得が正義なのか

　久し振りに執筆をしました。『MORI Magazine』文庫版の「あとがき」です。約2000文字で、20分くらいかかりました。本になったら4ページかな。明日推敲して、編集者にメールで送りましょう。

　6月になったら（これを書いている今は5/26ですが）、クリームシリーズ7のエッセィを少しずつ書こうと思っています。小説のようにすらすらとは進まないので、1カ月かけて、思いついたものを書いていくつもりです。ゲラも、いろいろ来ることと思います（今は、手許にゲラはありません）。

　のんた君のぬいぐるみは、これまでに7つ贈呈しました。あとはまだ段

ボール箱の中に入ったままです。

　先日、手を滑らせてコーヒーカップを倒して大惨事になった、と書きましたが、お見舞いや対策（生活の知恵）に関するメールを十数通いただきました。感謝。返事は書いていませんが、その後同じカップは使っていないので、ことなきを得ております。この方式で、たとえばクルマの運転を間違いそうな老人は、クルマを取り上げられるわけですね。こういうのを「ことなきじじい」と呼ぶことにしましょう。

　庭仕事は、まず水やりをしてから、雑草取りをして、草刈りをしました。ボッシュの草刈り機は新旧2機で、一長一短あって、作業によって使い分けようと思います。芝の種も蒔きたい季節ですが、もう土が剝き出しの地面はほとんどないので、広範囲に及ぶ作業にはなりません。芝の種を蒔くのは、雨が降るまえが良いのです。でも、激しい雨が降ると流されてしまうので、見極めが難しい。

　木工作もそろそろ始めたいところ。木材も備蓄量が増えてきました。もっとホームセンタへ通って、買い足してこないといけません。一方、工作室では、旋盤を回して部品作りに励んでいます。同じ形のものが大量に必要なので、少しずつ削り出しているところです。

　それから、高価な機関車や、ジャンクの機関車が沢山届いたので、これらを走らせたいのですが、なかなか時間が取れません。走らせるならじっくりと楽しみたい、という気持ちがあって、ついつい先延ばしにしてしまいます。

　日本では、アメフトの問題が大騒動のように報じられています。詳しくは知らないので、一般的なことというか、直接関係のない話を書きましょう。

　ルール違反をしたときには、その行為について罪を問われます。どう判断し、どんな行動をして、どの程度の結果になったか、という過去の出来事で罪の重さが決まります。罪を犯したあと、つまり事後に、どれだけ反省したか、どれほど上手に謝罪したか、逆にリカバに失敗して心証を悪くしたか、といったことで罪の重さが変わるわけではありません。やってしまったことは消えないのです。

ただし、罪を犯した人間は、一定期間自由を拘束されます。刑に服したり、あるいは謹慎したりします。その段階では、社会に復帰できるかどうかの判断にもなるため、反省の度合いや、謝罪の有無などが、ある程度考慮されます。反省していることで刑が軽くなる、というのはそういう意味なのです。傷害とか殺人とか、どんな犯罪だったかが変わるわけではありません。

　誰かに指示されて犯罪を犯したときには、実行犯と主犯のように分かれます。実行犯となった人は、指示されてやったというだけで無罪にはなりません。悪いことだと判断できたはずですから、指示されたからやりました、との言い訳で赦されることはありません。ただ、脅迫されていた場合には、かなり罪が軽減されます。その脅迫とは、従わないと殺されるとか、誰かが犠牲になる、というような場合です。組織から外されるという程度では、パワハラのレベルで、比較的弱い部類の脅迫といえます（ばらつきはありますが）。

　次に、その指示が本当にあったのか、なかったのか、言葉の解釈の問題だったのか、という検証が行われ、主犯の罪が問われることになります。指示した人がもちろん一番悪いのですが、指示した証拠には、客観的な判断が求められます。それは、「自供」で確定できるほど簡単ではありません。関わった人の証言も参考程度にしかならず、客観的な証拠ではありません。利害関係のない第三者、あるいは複数の証言でなければならないし、録音や記録がなければ立証が難しい場合がほとんどです。

　結局は、その種の検証されたデータに、問題の本質があって、謝罪が上手か下手か、マスコミや視聴者を納得させたかどうかは、罪の重さには無関係です。マスコミや視聴者を納得させるために行われているイベントも、さして意味があるわけではありません。いわば単なる「広報」活動です。組織のイメージに影響がある、というだけで、トラブルの本質とは関係がありません。

　「大勢から嫌われても良いのか？」という姿勢や発言が散見されます。皆さんそれほど、大勢に嫌われたくないのですね。だから、大勢に嫌

われる行動を取らないように気をつけているのでしょう。でも、大勢に嫌われることに抵抗のない人も少数ですがいます。そういう人には、まったくその言葉が響きません。マスコミの人たちは、大勢をお客さんにしているから、大勢に嫌われないように振る舞っているわけですが、個人の場合はもう少し自由で、ルールに従った範囲内であれば、自分の信じるところ、自分が良いと思うことをすればよろしいでしょう。

説明責任とは、無関係な大勢を納得させることではないと思います。

## 6月
June

2018年6月1日金曜日
## みんなが知っているという幻想

『MORI Magazine』文庫版の「あとがき」の推敲をしました。まだ送っていません。明日もう一度見直してから発送します。今日はこの仕事だけで、15分くらい。ゲラもないし、しばらくのんびりできます。

朝は8時頃に庭に出ます。6時には起きていますが、まだ寒いからです（外気温を測定して常時表示するモニタがあります）。今は、Tシャツの上に冬用のフリースを着ていますが、その上にウィンドブレーカを着て外に出ます。まずは、水やりをしました。9時から10時くらいになると、もう少し暖かくなってきますから、フリースかウィンドブレーカのどちらかを脱いでも大丈夫です。

先週だったか、ゲストがいらっしゃって、庭園鉄道を運転しているところの動画を撮影しましたが、ゲストはダウンジャケットを着ているのです（確かめていませんが、たぶん）。

芝の肥料を撒きました。僅かですが、半日くらい有機の臭いがするので、家族に断ってからやります。近所の人と犬が遊びにきたので、デッキで犬どうしを会わせて、スバル氏が歓談。僕は庭仕事を続けました。

お昼頃に、今度は僕の友達が遊びにきました。近所に住んでいるドイツ人です。彼の友人が送ってきたという古い車両を譲り受けました。5インチゲージの乗用トレーラ（人が乗るための車両）です。その人のお父さんが使っていたもので、今は使わなくなったから送ってきた、とのことでした。新品で買ったら5万円くらいのもの。中古品ですから1万円くらいかな。でも、送料だけでも高額だったのではないか、と思いました。

友人のために庭園鉄道を運行し、僕はその新車両を試運転。そのあと、やはりデッキでしばらく歓談。コーヒーを飲んで、ビスケットを食べました。デッキは、お昼頃だけは日が当たるので、とても暖かいのです。

玄関近くにスバル氏が飾っているリースがありますが、いつの間にか、その中に鳥が巣を作りました。今日覗いたら、卵が2つありました。

ウズラの卵よりも一回り小さいサイズです。親鳥の姿は見かけません。以前にときどき来ていたのは知っていましたが、まさか巣を作って卵まで産むとは思いませんでした。安全な場所だと判断したのでしょうか。

月初めには、HPの「予定表」を更新しています（新刊が出たときにも更新します）。そこで、少しだけさきの発行予定日などをお知らせしています。興味のある方は、チェックしてみて下さい。ツイッタのように、お知らせが来る形式ではありません。気づいたときに見にいかないといけないシステムです。かつてのネットはこれが基本でした。勝手に連絡が来るようなことはなかったのです。

今はお気に入りのものを登録して、情報が集まってくるように皆さんがしているのだろう、と想像します。それがだんだん、押し寄せるように沢山になってしまい、ろくに見もしない状態になりがちでしょう。

本の発行予定というのは、よほどのマニアしか気にしていません。たとえば、僕の本を買ってくれる方の大部分は、本がいつ出るのかを知らない人たちです。ときどき書店に行って、新刊が並んでいる棚を見たり、ふと思いついたとき、書店に寄って探してみたりするのです。どんな本がいつ発行されるかという情報は、ほとんどの人たちには届いていません。たまたま出会ったものを買うだけです。

面白い作品に出会えば、だんだんお気に入り度が増してくるわけですが、それでもやはり、書店でときどき探す程度で、その作家の出版予定をわざわざ調べたりはしません。決まった日に発行されるのは雑誌くらいだろう、と思っています。いえ、雑誌でも、何が何日に出るという情報を知っているのは、その雑誌のコアなファンであって、雑誌を購入する人の大半は、「そろそろ新しい号が出ていないかな」と棚を見るだけです。

僕がそういうタイプでした。出版物の発行予定を知っている人がいるなんて知りませんでした。そんな情報をどこで入手しているのかも知りませんでした。インターネットがない頃は、おそらく書店の新刊予定表か、新聞などの広告で知ったのだろうな、と今になって想像するだけです。新刊予定が張り出されていることを知ったのは、作家になってからのことですし、新聞にこまめに新刊の発表があるのも、新聞を取っていないの

で知りませんでした。

　日本人の99%は、そういう人たちなのです。残りの1%の人のうち、小説を毎日のように読んでいる人は、さらに1割程度の人に限られます。出版社、書店、作家など、この業界の人たちは、まずはその数の少なさを知った方が仕事で有利でしょう。小説ファンの人たちも、たまにその自覚を持ちましょう。自分が好きな本を読んでいる人が周囲にいない、と嘆く方がたまにいらっしゃいますが、新刊の小説なんて1万部も売れれば、その週のベストセラです。日本人の1万人に1人より少ないのですから、出会う確率の低さから考えて当然なのです。「みんなが知っているはず」「有名だよ」と思っているのが、ほんの一部の人たちだけ、という例は意外に多いのです。

 日本人の多くは、自分が「普通」だと思いたがる傾向にあります。

---

2018年6月2日土曜日

## 本当に問題なのか？

　『MORI Magazine』文庫版の「あとがき」を推敲して発送。編集者から「再校ゲラで入れます」との返事。今日の仕事はこれだけ。10分くらいですね。

　書籍などに挟まれている宣伝ビラのことを、業界用語で「投込みチラシ」と呼ぶみたいですが、僕はこれを読んだことが一度もありません。本を買って、これから読もうかなというときに、まず挟まっている余分な紙を、全部ゴミ箱に捨てるからです。読むのに邪魔になるし、ゴミも増えるから、できればこういうのはやめてほしいな、と思いながら捨てます。でも、読みたい人もきっといるのでしょう。ですから、ゴミを捨てるくらいは我慢をしようかな、とも思います。

　同様に、（今は来ませんが）家に届くダイレクトメールなども、封を開けず、そのままゴミ箱に捨てていました。こちらは、量がけっこう多く、かなり迷惑です。「いりません」と断れるシステムが欲しいところです。10年く

らいまえですが、電話帳並みに分厚いカタログを何度も送ってくる通販専門店があって、送らないように連絡しましたが、きいてもらえず、「捨てるだけでも大変だ」と苦情を言って、ようやく止めてもらったことがありました。むこうにしてみたら、無料なんだから迷惑にはならないはずだ、という気持ちがあるのでしょう。

　新聞にも、スーパなどのチラシが挟まっているそうですが、ああいうものが好きな人、必要だと思っている人がいることは知っています。家の郵便受けにも、チラシが挟まっているのを見たことがあります。インターネットの普及で、そういう無駄な行動がなくなったら良いな、と20年まえに思いました。そのとおりになりましたか？（なっても、その分インターネット上がゴミで溢れてしまいますが）

　本の投込みチラシに話を戻しますが、ページの終わりに広告を入れるのは問題ないと思います。別刷で足すのが鬱陶しいのです。出版物では、一度すべてをやめてみたらどうでしょうか。

　僕としては、オビもやめてほしい、と願っています。時代錯誤ですし、資源や経費の無駄です。しかも、肝心の宣伝効果があまり期待できません。それを見るような人は、それがなくてもその情報を知ることができます。それくらい本が大好きな（ごく少数の）人だからです。宣伝しなくても良いような上客に向けて、綺麗な印刷で宣伝をしているわけです。

　今日は、数時間かけてジャンク品で入手した模型の修理をしました。もともと壊れた状態だったので、安価に購入できたものです。大きさは2インチゲージで、半インチスケール（24分の1）です。木製ですが、窓枠などが折れているので、考古学者が土器をつなぎ合わせるように、残骸から合致する破片を選んで接着し、あとでパテで綺麗に復元します。力がかかるような箇所は補強材を入れて手当をしますが、本来の強度には戻りません。あくまでも応急措置です。短い時間でも楽しめれば良いだろう、という方針で修理をします。後世に残そうなんて思いませんから。

　先日、探偵の正体は誰なのか、という文章を書きましたが、多くの方の反応がまた面白いので、再度、抽象的に書きます。

たとえば、「Aはどうしてなのか？」という問題に取り憑かれている人がいたとします。そういうときに、「どうして、Aだけが問題だと思うの？」「たとえばBだって、どうしてなのかわからないのでは？」「何故ほかのものは問題にしないの？」というように話すわけですが、これを聞いた人が、「そうだ、Bはどうしてなのか」と、たちまち新たな問題に取り憑かれる結果となってしまうのです。

　そうではなくて、取り憑かれる理由を吟味する必要性があるのでは、という指摘をしているのです。それだけが問題ではない、そのくらいの問題ならいくらでもほかにある、といった論法です。別の方向へ目を向けさせるため、囮として指差したものが、たまたまBなのです。「Bを見ろ」と言っているのではありません。

　でも、人間はつい目の前の具体的な問題にだけ目を向けてしまう傾向にあります。「これが問題だ」と決められると、もうそれしか考えなくなるのです。「これが問題かも」と言っただけで、そうなります。

　何故、自分の前に今その問題があるのか、誰が出した問題なのか、はたして本当にそれが問題なのか、と考えることは、誰にとっても、またいつであっても、かなり有意義です。そう考えることで、取り憑かれたため目隠しとなっている障害が取り除かれ、本当の問題が見えてくるのです。

　これはたとえば、靴の開発をする職場において、「何故靴が必要なのか？」と考えることに似ています。このような思考は、一般に「広い視野」とか「高い視点」と形容されますが、ときには仕事の障害になる（靴の開発が進まなくなる）ので、できれば管理者は、そういう問題提起をやめてもらいたいのです。しかし、そんな根本的な疑問からイノベーションが生まれます。

　よく観察されるのは、まず第1問を出して、ちょっとしたトリックが仕掛けてあると、それに引っかかった人は、第2問では、まず同じトリックがあるだろう、という頭で臨むことになります。これが、「Aはどうしてなのか？」という思い込みに取り憑かれる原因です。以前そこに思い至らなかったため、同じ轍を踏まないように気をつけている結果ですが、普通

の問題提出者は、それくらい考えて、第2問では、同じようなトリックがありそうなダミィを仕掛けてくるでしょう。こういった例はとても沢山あって、ここでは述べませんが、たとえばマジックなどでもミスリードの常道です。

　ここで言いたいことは（べつに強く言いたくはありませんけれど）、「拘るな」とアドバイスするために「Bだって」と例を挙げたのに、たちまち「問題はAじゃなくてBなんだ」と勘違いする人たちがいることです。「Aが問題になるなら、Bだって」という表現は、一種の反語的なものです。「それが問題になるなら、なんだって問題になりますよ」→「本当に問題なのですか?」と受け取ってほしいわけですね。近頃、反語が通用しない、という話をちらほらと耳にしますが……。

「どこにもない」と言ったとき、「いや、どこかにはある」が正解。

---

２０１８年６月３日日曜日
## 自分に合う環境を求めること

『人間のように泣いたのか?』の再校ゲラが、こちらに向かっているという連絡がありました。確認の期限は8月半ばだそうです。余裕がありますね。

　幻冬舎の編集者から『ジャイロモノレール』の写真が3枚足りないとの連絡があり、確認をしたところ、僕のミスでした。さっそく不足分の写真を送りました。現在、図面が入ったゲラを作成中とのこと。

　それ以外では、作家の仕事はゼロ。8月くらいまでの本は、ほとんど作業が終わっていて、これから9月以降のものになります。

　昨夜雨がなかったようなので、朝はまず水やり。この「水やり」というのは、花壇などに水を撒くのではなく、主に芝生に散水する作業のことです。花は、僕の担当ではないからです。枯枝がだいぶ減ってきたし、樹の花（花粉?）も一段落した感じ。木工を始める準備をしています。工作室では、ジャンクの車両の修復作業。

今日も草刈りをしました。普通の草刈り機は、円盤状のノコギリとか、鉈がプロペラ状になったブレードを回転させるのですが、いずれにしても刃が金属製のものが多いと思います。石が多いところでは、跳ね飛ばして危険です。ほかには、ナイロンのワイヤで草を切るタイプもあります。ワイヤはすぐに切れて短くなりますが、リールに巻かれていて、どんどん出てくるような仕組みになっています。僕は後者のタイプを1機使っています。

　それ以外では、刃がプラスティック製のものが少数あり、僕はこのタイプを2機愛用しています。こちらは、小さなチョップの刃を1つだけ付けて、これを回して切ります。刃が石などに当たると、簡単に折れてしまい、消耗が激しいのですが、安全だし、切れ味はワイヤよりは上です。芝刈りにも使えます。

　いずれもエンジンではなく、バッテリィ駆動の電動タイプですが、バッテリィが30分程度しかもたないのが、かえって良くて、長時間作業を続けると疲れるし、手が痛くなるので、自分には合っています。草刈りは、今頃が一番忙しくて、夏になってしまえば、それほど頻繁に行う必要がありません。

　だいぶ気温が上がってきたから、そろそろ芝の種を蒔きます。こちらは、種や土は既に買ってあるので、いつでもスタートできます。

　吉本ばななさんが、乳製品のアレルギィだと書きましたが、スバル氏がちょっと誤解をしたみたいで、それほど重度のものではなかったらしく（僕の理解が正しかった）、「ピザが食べたかった」というメールをいただきました。吉本さんの周囲にいる方（秘書氏とかご主人とか）が乳製品のアレルギィだった、という話でした。

　僕自身は幸いにも、そういったアレルギィがありません。あるのかもしれないけれど、気づいていません（もしかして、餡子アレルギィかも!）。花粉も一時期（目が痒かったので）少し気になってマスクをしていたこともありましたけれど、2年くらいでなんともなくなりました（引っ越したからでしょうね）。若いときに煙草を吸っていたから、たいがいの環境はOKなのかもしれません。でも、たまに東京などの都会へ行くと、地下街を歩いているだけ

で、空気の悪さに息苦しくなりますね（煙草をやめたから?）。人が多いところはやはり駄目です。湿度とか臭いなどが異様に感じられます。長くいると、喉が痛くなってきます。

　たとえば室温なども、快適に感じられる温度は人それぞれだし、体調によって日々違うし、着ているものとか、それまでしていた作業とかで、体感は異なるから、寒かったら手許のヒータをつける、暑かったら窓を開けるなど、個人が自分に合った調整をこまめにすることが一番良いと思います。ところが、大勢が一緒にいる空間では、大勢の平均的な適温にするしかないわけで、人によっては汗が出るほど暑く、また凍えるほど寒いという結果になりがちです。こういうことが不自由だし、不健康なのはまちがいありません。早めにそういった環境から離れた方が良いのですが、集団生活では簡単にはいきませんね。そのうち、「環境ハラスメント（エンハラ?）」みたいな言葉が登場するのではないでしょうか。

　もう10年くらい、クルマのクーラをつけていません。装備としてはあるのですが、使っていないという意味です。暑かったら、窓を開けて走れば良い。停まっているときでも、もちろん同じです。うちの犬たちは毛が長く、人間よりも暑がりですが、それでもクーラの必要はありません。結局、適した場所にいれば良いだけのことです。犬のために、そういう場所を選びました。

　今日は、6時間くらい工作室にいました。古い模型の修復をしています。非常に面白い作業で、手間がかかるほど、それに対処する自分が面白い。生真面目に反応しているのを面白く感じます。こんなに気長に我慢をして作業を進めることができるようになったのだな、という感慨があります。人間誰だって成長するのだな、とも思う次第。

僕が工作を長く楽しめる一番の理由は、不器用で工作が下手だから。

2018年6月4日月曜日
## 「わからない」は非難ではない

　今日も作家の仕事はゼロ。もう本も売れなくなるし、このさき、いずれはこんなふうになるのだと想像します、と書くと嘆いているみたいに聞こえるかもしれませんが、その逆で、暇な時間を大いに期待しています。

　今日は、ワンちゃん病院へ行きました。予防接種のためです。空いていたので、10分くらいであっさり終わりました。ほかには、ブルドッグとダックスフントとポメラニアンがいました。ポメラニアンは真っ黒で、足だけ白いカラーリングでした。ほとんどタヌキですが、タヌキというものはこの地方にはいませんので、話はまったく通じません。

　そのあとスーパへ行き、スバル氏が買いものをしている間、クルマで犬たちと待っていました。帰宅して、庭仕事を軽く一巡してから工作。今日は塗装をしました。気温が上がってくると、これが屋外でできます。スプレィもそうですが、普通の塗料はだいたい15℃以上が適します。そういうデザインになっているようです。

　玄関脇のリースに作られた鳥の巣では、親鳥が昨日から卵を温めています。写真を撮ろうとすると赤外線を発するので、脅かしてしまうといけませんから撮影していません。こういうときは、遠くから望遠で狙うのがよろしいかと。鳥は灰色か黒かよくわかりません。スバル氏が野鳥図鑑を持っているので、家族みんなで探しているところです。べつに種類がわかったからといって、なんだというわけではありませんし、なにか行動を起こすつもりもありません。

　毎日書いているこのブログですが、何を書くのかを毎回その場で考えます。事前に考えておくこともないし、ストックするネタもありません。また、面白い話題を思いついた場合、ブログではなくエッセィ集に書いた方が良いため、温存することにします（かといって、メモをしないので大半は忘れてしまいますが）。そうかといって、あまり毎日なんの変哲もないことをだらだらと書いていたら、読む人が厭きてしまうでしょうし、難しいところです。

それから、新しい読み手が多いことが、反応などから明らかなので、古い話でももう一度書かないといけない場合が多々あります。みんな知っていることだろう、と思って書いても、「初めて知りました」「びっくりしました」という反応が沢山来ます。もう『MORI LOG ACADEMY』を読んでいた人は、ほとんど残っていない感じがします（本もほぼ絶版ですしね）。もちろん、デビュー以来全部読んでいる、という方もいらっしゃるわけですが、そういう方は数パーセントです。

　小説の場合は、古いものを読む人が比較的多いようですけれど、それでも最初から順番に読んでいる方は1割程度。小説は、今も古い文庫が売れています。つまり、小説は古くなっても読むことができる。既に亡くなった文豪の作品が今も読まれていることでも、それがわかります。一方、エッセィには、ある程度は時代性があるのか、存命作家のものが読まれる傾向にあるみたい。ようするに「書き手」を意識させるものだからです。賞味期限があるともいえるでしょう。既に死んでいる人のエッセィを読んでもな、と思う人の方が多いわけですが、僕はそうでもありません。時代には、あまり関係なくなんでも楽しめます。

「反語が通じない」と先日書いたばかりです。それどころか「反語って何？」という人も一定数いらっしゃるようです。もしかして、今は国語で習わない？（そんなことはないと思いますが）

　それに近い話題です。僕はときどき「どうして、みんなこれをしないの？」とか、「何のためにこんなことをしているのでしょうか？」と書いたりします。この文章は、通常は「しない」ことを責めている、「無駄な行為」を非難している、と受け取られるわけですが、僕の場合は8割方、その意味ではありません。責めていないし、非難もしていません。僕は、「どうしてしないのか」を知りたい、「何のためなのか」を知りたいから書くのです。動機は、理由を知りたいことなのです。

　この話は、もう何度めかですね。象徴的なのは、「わからない」という言葉です。「何のつもりなのか、わからない」と言いますね。この言葉も、僕は「何のつもりか」、納得のいく理由を考えることができない、だから教えてほしい、という意味で言います。非難する場合は、「その行

為は下品だ」「やらない方が良いと思う」と言います。「わからない」という言葉で非難をしません。

　ところが、僕が世間の不思議な現象、不可解な社会の動向、一般の方の傾向などに対する疑問を書くと、多くの方が「自分が非難されている」と感じて腹を立てるみたいなのです。僕は、それは誤解だと思いますが、わざわざ「違いますよ」と言うほどのことだとも思いません。僕は「わからない」と書いたから、皆さんが「常識がわからない奴だ」と腹を立てているのですから、どこにも行き違いはないし、齟齬があるともいえないからです。そう受け取られてもかまわない、と思っています。

　先日のニュースで、一方は「上からの指示を、相手を怪我させろという意味に認識した」と言い、他方は「その意味で言ったのではない」と弁解していました。これに対して、マスコミは、「両者の発言が食い違っている」と報じましたが、いったい何がどう食い違っているのか、僕にはわかりませんでした。証言として完全に一致しているのではないでしょうか。違っているのは、お互いの気持ちというか解釈であって、言動はほぼ証言によって再現されているように思われました。

　さて、この文章でも、僕は「何をもって食い違っていると言えるのか?」を尋ねているのです。「解釈に食い違いがあった」ではなく、「発言に食い違いがあった」と報じているのですからね。

期待どおりでないと、「説明になっていない」と言ったりしますね。

---

2018年6月5日火曜日

## 日常生活のラジコン

　作家の仕事はゼロ。しかし、明日くらいにゲラが届く見込みですし、そろそろエッセィでも書こうかな、という気持ちはあります（気持ちというものが存在したと仮定しての発言）。

　朝まで雨が降っていたので、水やりは免除。霧が出て、気温が上がりそうな気配ですが、日が射さないので寒いままかもしれません。庭仕事

はやめて、工作室で塗装や電気配線などの作業をしました。

リースの巣で、今日も親鳥が卵を温めていました。犬たちが、来訪者に吠えるので、玄関先で煩くしないように教えました。

隣の家（といっても200m離れていますが）の人が突然訪ねてきました。これから旅行に出るけれど、ミルクが飲み切れなかったので、よろしかったら飲んで下さい、と持ってこられました。そこの老夫婦は、遠くに本宅があるようで、ときどきこの地へいらっしゃいます。でも、この夏に床暖房の工事をして、今後はこちらへ移住する決心をした、と話していました。そこで近所づき合いをきちんとしておこう、と考えたのか、最近になってよく話をするようになりました。

そのミルクを賞味期限内に全部飲むことは、森家では不可能だと思われましたが、ファンの方がいらっしゃったときに日本のお土産でフルーチェをいただき、幾つかストックしていることを思い出しました。棚から出して全部調べてみたら、8箱が既に賞味期限切れで、2箱がOKでした（もらっておいて、すぐに食べなくて申し訳ありません）。そこで、その場で2つ作りました。ミルクは400cc消費しましたが、フルーチェをすぐに食べたわけではなく、3分の1くらいを食べて、あとは冷蔵庫に保存。ミルクは大半を捨てることになりそうです（ミルクティーくらいしか使いませんし、そもそも既にミルクは買ってあるのです）。もったいないけれど、しかたがありません。

その老夫婦は、犬を4匹飼っていて、犬たちは旅行まえにどこかへ預けられたみたいです。ミルクのほとんどは犬が飲んでいたのではないかと思われます。うちの犬たちはミルクは飲ませていないのですが、たぶん、犬が飲むだろうと思って、賞味期限の迫ったミルクを持ってこられたのでしょう。サザエさんでもちびまる子ちゃんでも視聴率が取れないくらい、ほのぼのとしすぎたお話でした（個人の想像です）。

古い模型のジャンク品を買って、考古学的な修復をしているところですが、ほぼ形になってきたので、モータを駆動する配線を行いました。普通は、電池をつなぎ、スイッチを取り付けます。走らせてみないと適度な速度はわかりませんが、だいたい電池の個数で電圧を調整し、スイッチで車両が前後に走るようにします。電圧を調整するコントローラも

最近は2000円くらいに値段が下がったので、それを使うこともあります。そうすると、スピードは自在に設定できるわけです。

さらに最近は、ラジコンの装置がもの凄く安くなりました。送受信機のセットが2000円もしないし、アンプ（モーターコントローラ）も数百円です。かなり広範囲の電圧に対応し、自己調整します。ですから、電源はなんでも良いことになり、スイッチもツマミも不要。送信機で、すべてをコントロールできます。

電子部品は、とにかく安くなりました。そのなかで、比較的安くならないのは、スイッチとかボリュームとかジャックなどの機械的なパーツです。電池ボックスも割高です。また、以前は使用するものによって電池の数を変えなければなりませんでしたが、今は数十円の基板をつなげば、電圧を自動調節します。ラジコンにすれば、全部電子的に行うから、スイッチもボリュームも不要なのです。

ラジコンにした方が安い、というところまではまだいきませんが、それでも、5割高くらいで収まります。配線も簡単だし、模型にスイッチを取り付ける穴を開ける必要もありません。バッテリィはどれでも良いから、ほかの車両と共有できます。もちろん、ラジコンの受信機とも電源は共有されます。

何が高いかというと、もちろん一番はバッテリィです。たとえば、ラジコン飛行機を考えても、バッテリィの値段が全体に占める割合は、30％くらい、あるときは半分以上になるのです（飛行機用のバッテリィは高い）。

各種の電化製品も、それぞれの機器側で電圧自動調整回路を持っていて、共通のバッテリィをつなぐというのが、これからの主流になるわけですね。コンセントから電気を取る形式のものも、国によって電圧が違いますが、最近は広い範囲の電圧に対応した製品がほとんどです。

20年まえだったら、ラジコンにするだけで何万円もかかりました。飛行機だったら、無線のセットで10万円もしたのです。それが100分の1になりました。技術の進歩というのは本当に凄いですね。ここ20年くらい、新しい技術というのはほとんど生まれていませんけれど、多くの機器が安くなって広く普及したのは確かです。

ところで、ラジコン（無線操作）というのは、送信機と受信機があるから動作をするわけで、電波（光の場合も含む）を出す装置と受ける装置がそれぞれに存在します。そのどちらもが電気を消費します。日常生活に、今ではラジコンが浸透し、ほとんどの電化製品がリモコンで稼働します。このとき、リモコン側で電気が使われるのは、電波を出す瞬間だけなのですが、受信側では、常時電波を受けていなければなりません。電波が来たから電気を使って受信するわけにはいかない。電波が来たかどうかを常に観察することに電気を使うからです。受信側はたいていコンセントにつながれた状態であるため、電気が使われているという感覚が、多くの人にはないことと思います。自動車のドアロックでも同じで、リモコンはボタンを押したときだけ電池が減りますが、クルマ側では、受信のために四六時中バッテリィが減っているのです。

以前は送信機が電力を多く消費しました。これが逆転したわけです。

---

2018年6月6日水曜日

## 雑誌の休刊相次ぐ

　その後、賞味期限内のフルーチェがもう1箱見つかり、現在冷蔵庫に3種のフルーチェが冷えていて、常時食べ放題の状態ですが、なかなかそうも食べられません。まだ半分ほど残っています。

　リースの巣から親鳥が飛び去ったチャンスに、スバル氏が覗いたところ、卵が4つになっていたそうです。これは、親鳥がマジシャンだというオチではありません。卵というのは、卵のうちは大きくならないはずです。あの小さな鳥がそんなに沢山の卵を産めるのか、と体積や重量などを考えてしまいました。

　白鳥のような大型の鳥は、地面や水面を走って滑走したのちに離陸しますが、小さい鳥のほとんどは垂直離陸が可能ですから、羽ばたきによる推力が体重を上回っていることは確かです。鷲などは山羊を掴ん

で飛び立つことがありますが、あの場合は、いきなり上昇ではなく、ジャンプして崖から飛び出し、まずは下降して速度を得るはずです。

　今日は、ついにホームセンタへ行くことができました。また6フィートの材木をクルマに積めるだけ買ってきました。ほかには、肥料とか杭とかを買いました。

　暖かくなってきたためか、屋外活動用グッズが店に沢山並んでいました。キャンプ用品とか、バーベキュー用品などです。機関車を走らせるために、キャンプで使うガスボンベをよく買います。また、着火剤などは、蒸気機関車に使います。シーズンになると安く出回るので、1年分をまとめて買ったりします。

　帰ってきてから、芝刈りをしました。数日間ずっと修復していたレトロなレールカーを走らせました。最初、どうも動きがぎくしゃくして、中国製の数百円のコントローラの不良か、と疑われましたが、調べてみたら、コネクタが奥まで差し込まれていませんでした。この安価な製品は、説明書も保証書もパッケージもなく、なにかあると疑われがちですが、今回は使用者の不信感が原因。その後、ちゃんと動作して、楽しく遊ぶことができました。

　漫画雑誌「バーズ」が休刊になるそうです。「別冊 花とゆめ」も休刊だと聞いたばかりです。立て続けに漫画雑誌が休刊となっています。この原因はどこにあるのか。けっしてこれらの漫画雑誌の売行きが落ち込んだからではありません。なにしろ、だいぶまえから落ち込んでいるし、落ち続けているのです。しかし、出版社は、ほかに儲かる商品で稼げたので、いつか当たりが出るかもしれない、こうした雑誌を続ける「投資」ができていたのです。

　女性漫画雑誌の統計がネットのニュースに出ていたのですが、売れているものでも数万部、売れないものは1万部を割り込む数字になっていました。これらは発表された部数であって、実売はさらに低いということです。

　たとえば、森博嗣が新書を1週間で書いて、編集をして、本になったとします。初版は、そうですね今どきだったら2万部くらいでしょうか。値

段は800円程度。最新号の「バーズ」の値段は680円でした。「バーズ」がどれくらい売れていたか知りませんが、数万部のオーダだと思われます。

　僕1人が1週間（しかも毎日1時間程度）の仕事をして、編集者や校閲が確認し、商品として売り出すわけですが、1カ月もしないうちに重版になります。初版の部数が売れた（売れそうだった）からです。一方、漫画雑誌は、大勢の漫画家がアシスタントを雇い、作品を仕上げます。編集者も大勢がそれらにかかりきりになります。編集作業は、新書1冊の何十倍何百倍も労力や経費がかかるはずです。デザイナも沢山関わることでしょう。漫画家には、原稿料が支払われますし、編集部のスタッフはその雑誌だけのために働いている人が大部分です。それなのに、売上げはほとんど同じだということ。新書はずっと書店にありますが、月刊誌だったら1カ月経ったら書店から撤収です。

　もちろん、個々の漫画作品は単行本になってから売れるものがあります。これは、売れる「ものがある」という程度で、大部分は売れないものです。客観的に見れば、出版社として、切った方が得な部署になっている（いた）のは確実です。

　それでも、たまに大当たりが出るかもしれません。10年に1度あるかないか、というくらいの確率ですが、当たると、雑誌は何十倍も売れます。アニメになったときなども、雑誌や単行本の売上げが跳ね上がります。でも、それらはすぐに元に戻ります。本当に「たちまち」落ち込みます。半年とか1年で、再び下降コースに戻って推移するのです。

　大当たりしているものが、これまで出版社の「投資」を支えていましたが、その当たり具合が小さくなってきているわけです。近頃では、アニメになろうがTVドラマになろうが、大した効果が得られなくなっています。そういった虎の子の「儲け口」が細くなっていることが、無駄を切らざるをえないリストラをもたらしているのです。

　出版社には、このようにリストラするべき部分が沢山あって、逆に言えば、それらが広く深い文化を支えていたと思います。「切れる贅肉があるから、しばらくは大丈夫だろう」と先日書きましたが、切ってリストラさ

れるほど、もう切る箇所がない体質になるわけですから、本当に危ないのはこれからだということです。

いつもこうして出版社の暗い未来について書いているから、森博嗣は出版社をディスっていると思われる方が稀にいらっしゃるのですが、褒めて応援してもなんの影響もありません。なにしろ、ここ20年くらい安心しすぎていたことが主原因なのですから、もっと早く悲観的になるべきでした。願望を書いてもしかたがありませんが、個人的にはマイナな本を出し続けてほしいし、休刊は寂しく思います。でも、七夕の短冊じゃあるまいし、「願い」や「神頼み」を綴ってもね……。

明るい話題で元気を出しても、
元気だけでは状況は改善されません。

---

2018年6月7日木曜日

## ワンちゃんのハーネス

7月刊予定の『森籠もりの日々』(本ブログの書籍化)のカバーデザイン案が6つ届き、それぞれに意見を出しました。いずれもシックな雰囲気のものです。なんか、森ガールを狙ったナチュラル指向の本みたいです。たしかに、ナチュラル指向といえば、そのとおりかもしれませんけれど、「指向」しているわけではなくて、今がナチュラルなだけです。少なくともスーパ・ナチュラルではありません。目眩に襲われたことはありますが、睡眠中の夢を除けば、幻視や幻聴の体験はなく、実にリアル一本槍な人生の途中です。要約すると、遊びたいから働き、疲れるから休み、だいたいはやりたいことをやっているだけです。うちの犬たちが、ほぼこれに沿って生きているように見受けられます。

12月刊のエッセィ集のタイトルを決めました。最初が「つ」で最後から2番めが「ー」ですが、今回はわりと真面目で、綺麗な響きにしたので、翻筋斗打ったつもりでロマンチック路線に突入かもしれませんから、鷹派の森ファンからは反発がありそうです。鷹派用に考えていたタイ

トルは『厨房焼きの組紐』ですが、ぎりぎりアンフェアだし、あまりにもシュールなのではないかとのことで（100人中65人の森博嗣に）否決されました。

　まだ執筆はしていません。明日くらいから粛々と始めたい所存ですが、たぶん、3日はしないような気がします。どこかの指導者とか大統領のように、意気込みを表す場合に、「吝かではない」と言うのですが、いい間違えて「やぶ蛇ではない」と言ってしまうと、謝罪会見をしなければならなくなることでしょう。

　朝は、犬の散歩に出かけて、近所のダックス姉妹と会いました。こちらは男の子2匹で、むこうは女の子2匹です。ダックスというのは、顔だけだとシェルティに似ています。毛が長いと特にそう感じます。お互いに大喜びでした。

　リースの巣では、今日も親鳥が卵を温めていました。ドアからの距離は1mほどなので、玄関を出入りするときに目が合いますが、できるだけ近づかないようにしています。雛というのは、どれくらいで孵るものでしょうか。

　ホームセンタへ何度か通ったおかげで、木材もだいぶ蓄積されてきたので、今日から木工を始めることにしました。既に6フィート（1.8m）の板が200本くらい備蓄されていますが、この夏でほとんど消費する予定ですし、まだ100本ほど足りないとは思います。今日は、まず15本くらいを使いました。スライド丸ノコで切って、コースレッドで取り付ける作業をしました。ノコギリで切るのは2秒くらいだし、インパクトドライバでねじ込むのも3秒くらいしかかかりません。昔はこれを手動でやっていたし、しかも精度が全然出なくて、素人では仕上がりが期待できませんでしたが、今では板にはカンナがかかっているし、誰がやっても直角に切れるし、切る位置はレーザが照射されて示されているので、まったく簡単な作業となりました。もちろん、匠の技までは至りませんけれど、素人が最初から90点を取れるほど、機械がサポートしてくれる時代なのです。

　編集者がゲラを送ってくるときに、封筒に入った手紙が同封されていて、この封筒が、僕のメモ用紙となります。今日は、木工のための計

算と簡易な作図をしました。寸法の計算、必要な材料の量の計算などです。使うのは、Macのデスクトップにある電卓。数字を精確に求めておいて、実際の作業では目分量です。それでも理想値がわかっていることはとても大事で、形になっていない未知のものを頭に正しく描いているかどうかの差となるわけです。

　犬をリードにつなぐために、かつては首輪をした犬がほとんどでしたが、最近では、首を絞めるのは可哀想だという判断から、ハーネス（胴輪）が普及しました。うちの犬たちは、散歩に出かけるときだけこれをします。庭園内では外していますから、どこへ行くのも自由です。スバル氏は庭で花壇などをいじっていますが、その間、近くに犬がずっといます。僕は庭仕事をするときは、犬を出しません。草刈などをするからです。もっとも、草刈をしているときは、近づいてきたりはしません。

　ハーネスは、首と胴（胸の辺り）で輪になっています。前脚（腕）2本を通すようになっていて、人間でいうと、着物の袖を括（くく）るための襷（たすき）みたいな感じです。ただ、実際に襷掛け（クロス）するわけではなく、首と胴の輪を上下でつなぐか、あるいは両腕に入る輪を上下でつなぐか、いずれかのタイプとなりますが、トポロジィ的には同じものです。

　翻って考えると、犬はトポロジィ的には、首から頭への部分と、胸から下半身への部分が2つの突起、両腕も2つの突起であり、両腕に頭と下半身で、4つの突起を持つ（テトラポッドのような）形状と認識できます。これらの4つの突起をハーネスが括っているわけです（注：わざとわかりにくい説明をしているだろう、と理系の方は思われることでしょう）。

　さらに書くと、このハーネスの構造は、1つの輪の途中に2つの輪がくっついているものであり、その輪の周囲、つまりリングの部分の幅などを考慮すると、結局、3つの穴が開いた布と同じものといえるのです。たとえば、Tシャツなどがこれに当たります。Tシャツには、頭と両腕の3つの穴が開いています。

　「待てよ。胴体が通る下の穴があるから4つではないの？」と思われた方もいらっしゃることと思いますが、その4つめの穴は、ただ「布の端」でしかありません。その穴がない場合は、端のない3つ穴の布になります

し、2つ穴の端のある布ともいえます（もう読むのをやめようかと思っている人、そんなに頭が重いですか?）。

ということは、穴の開いていない、ハンカチのような普通の布は、端がぐるりと周囲を巡っているわけですから、それを縮めることで、穴が1つだけ開いた袋になります。だから、「私のハンカチには穴は開いていない」という発言は数学的に間違いになります。穴が1つも開いていない布とは、口を閉じた袋のことで、中のものを取り出すことができません。ハンカチとは明らかに異なる形態の布です。

首輪というのは、リング状ですが、幅があるので、実は穴が2つ開いた形といえ、パイプと同じものです（これはわかりやすいでしょう）。パイプの片方の穴を広げていき、ぺしゃんこにすれば、穴が1つ開いた布になります。

犬のハーネスから、こういったことまで連想することが、「考える」という行為です。

 ものを考えながら文章を書けることがエッセイストの能力でしょう。

---

2018年6月8日金曜日

## 風車は働いているのか

どうも、ブログが長くなりすぎる嫌いがあり、引き締めて書きたいと思います。文章を書いているエディタのウィンドウが、いつの間にか幅が広くなっていました。全体の長さで、だいたいの量を認識していたのですが、なにかの拍子に1行の文字数が多くなり、同じ行数でも長くなってしまったのです。文字数を表示しないエディタで書いているから、こういう失敗があります。

朝から気持ちの良い晴天で、早朝の散歩も暖かく、見晴らしも良いし、空気は澄んでいるし、もうこれだけで今日は元が取れたと思えるほどでした。しかし、犬たちはそういう気持ちの浮き沈みがないらしく、毎日同じようにひたひたと地面に鼻を近づけて歩きます。寒かろうが暑かろう

が彼らの姿勢は変わりません。

　まずは、燃やしものをして、それから芝に水やりをして、雑草抜きをして、そのあと草刈りをしたところで、近所のワンちゃんが遊びにきたので、うちの子も加わって、一緒にまた近くまで出かけていき、帰ってからデッキでブラッシング。

　庭園鉄道は、今日は小さい機関車の試運転をするため、大きい機関車は1周だけ。オークションで落札したモデルで、どこかのマニアが作った電気機関車ですが、大変素晴らしい出来映えです。これをラジコンに改造したので、テスト走行させました。ライトも点灯し、音も良い。モータは4つも搭載されています。力が強そうなので、次回は沢山客車を引かせてみましょう。

　そのあとは、木工作です。これに3時間ほど没頭。主に、古くなった構造を解体する方に時間がかかっています。ベニヤ板で作って、防水、防虫塗料を塗ってありましたが、5年もしないのに朽ち果てて、コースレッドも錆びていました。安いコースレッドを使ったのがいけませんでした。解体することを考えて、防錆タイプのものを使っておけば、今日の作業は5分の1の時間になったことでしょう。このような未来への投資が大事だということ。

　一流の職人は、道具も材料も高価なものを使います。その差が出てくるのは、作ったものが何年も経ってからなのです。作った人が亡くなって、その跡を継いだ人が、投資の恩恵に与ることになり、故人を偲ぶのです。

　今日は、日曜日なので、出版社からのメールもなく、エッセィも明日から書こうかな、と思っただけで終わりましたから、作家の仕事は3秒くらいしかしていません。

　庭園内にある風車は、オランダにあるものを真似て適当に作ったものです。主にベニヤ板でできていますが、風を切るプロペラはアルミとプラスティック板で作りました。風がある限り、昼も夜も回っています。風速10m以上になると、壊れる可能性があるので、嵐が来そうなときは、プロペラを外しています（滅多にありません）。また、建物の上部は回転するよ

うにできていて、プロペラの向きを変えることができますが、1年に1回くらいしか向きを変えることはありません。風向きが逆だと、反対方向に回るだけです。

　自転車のライトを点けるための発電機（ダイナモ）は、自転車の車輪の中心にあります。このパーツは1000円くらいで買うことができます。これを風車のプロペラの付け根に取り付けて、発電ができるようにしてあります。発電した電気は交流なので、これをダイオードで整流し、小さなLEDを点灯させています。プロペラが回れば、オレンジ色のLEDが光ります。書斎から見える位置に風車が建っているので、夜でも風があればオレンジの小さな光で、風の強さがだいたいわかります。

　効率の良い発電をするためには、風の方向に敏感に対応し、向きを変える必要がありますし、また風の強さに応じて、プロペラのピッチを変更することも重要なポイントです。最も効率の良いピッチがあり、発電をしながら、自動的にピッチを微調整する機構が不可欠です。

　当然ながら、LEDが電力を消費するので、LEDの個数を増やせば、風車は回りにくくなります（発電機を回すのに抵抗が生じます）。ですから、風が強いときには、電気負荷を多くして、抵抗を増やせば、プロペラが壊れるほど速くは回らなくなり、強風にも堪えることができます。プログラミングが実行できる小さなマイコンを仕込めば可能ですが、そこまでやるほどのものではないかな、と……。

　ちなみに、この風車は、まったく音がしません。静かに回ります。実機の風力発電では、低周波の騒音が問題になっていますが、あれは何の音なのでしょう。僕は、聞いたことがありません。発電機（つまりモータ）なのか、プロペラの風切り音なのか、機械的な振動音なのか。たとえば、子供のおもちゃのかざぐるまは、回ると音がします。これは、回転の支持部におけるガタが原因です。高精度のベアリングを用いれば、ほとんど音はしないはずです。僕の風車は、自転車の車輪のベアリングをそのまま使っています（自転車の場合、後輪はワンウェイベアリングなので、軽やかな独特の音がしますが、発電機は前輪に用いられていて、ほとんど音が出ません）。

　風車は、英語でwindmillですが、millというのは製粉機のことで、

風車の中で粉を挽くことが多かったのでしょう。オランダでは、水を汲み上げるための風車もあるようです（海抜が低いことが関係あるのかも）。この場合、風車が働いているのではなく、働いているのは風です。

えっと、短くなっていない？

日本には、古来水車がありました。同様に、粉を挽いたりしました。

---

２０１８年６月９日土曜日

## 懐かしい価格破壊

　12月刊予定のエッセィ集の「まえがき」だけ書きました。100のエッセィを収録する予定なので、毎日5つ書けば、20日間で終わります。明日から始めたら、今月の24日に脱稿となるはず。はたして、そんなに上手くいきますか（わりと簡単に上手くいきます）。

　講談社の漫画雑誌「ARIA」も休刊なのですね。漫画「すべてがFになる」でお世話になりました。漫画「赤目姫の潮解」は「バーズ」でしたし、こうしてみると、最近森博嗣原作で連載した漫画の掲載2誌が休刊になったことになります。連載中でなくて良かったですけれど。

　今日も早朝の散歩がとても清々しく、気持ちの良い時間でした。歩くコースはだいたい4コースくらいあって、15分ほどかかりますから約1kmの道のり。決まったコースの方が犬が喜ぶのです。犬は人間ほど冒険が好きではありません。

　庭仕事は、水やり、芝刈り、草刈りなど。午前中に、犬とスバル氏を乗せてパン屋まで行きました。5kmくらいのところですが、途中に信号が1箇所しかありませんので、5分で到着します。フランスパンが美味しいお店です。スバル氏がパンを買ってくる間、駐車場で犬たちを遊ばせていました。

　昨日から本格的に木工作が始まり、今日も数時間没頭しました。ほかのことができません。古い構造の解体は今日の午前中で終了し、こ

れからは新築です。板を切って、運んで、コースレッドをねじ込む作業の繰返しです。全部完成してから、防食塗装をするつもりです。塗装は天気との兼ね合いになります。でも、今週中にそこまで進みそう。

　作業をしている現場は、完全な木蔭(こかげ)なのですが、今日は最高気温が20℃でしたので、寒いということはありません。もの凄く汚いウィンドブレーカを着ているので、スバル氏が昨日、新しいのを買ってくれました。でも、それは散歩のときに着ることにして、庭仕事や工事のときには汚れるから着られません。

　黙々と単純作業を繰り返すことが、自分としては珍しいことなので、楽しく感じます。一人でやっているから、とにかくマイペース。グループでやったら疲れるだけでしょう。つまり、みんなで協力してやるから仕事になり、一人だけでやればレクリエーションになる、という道理なのですね。

　みんなと歩調を合わせるために絆(きずな)という拘束があって、一人だけで好きなことができる人は、自然に自由になります。

　ネットで買える中国製の電子基板は、非常に安価であることが第一の特徴で、その安さは破格です。どんな欠点も帳消しにするだけの魅力があります。今日も、5つほど基板を買ってしまいました。すぐ届くときもあるし、遅いときは半月以上待たないといけません。封筒に入って届きますが、その封筒に何の基板かが書いてあるので、封筒から出したら最後、中身が何かはわからなくなります。パッケージがないし、基板上の細かいプリントを見ても、何のためのものかわかりません。使い方もわからず、どこに何をつなぐのか、一切説明がありません。それでも、ネット上で探すと情報が得られるわけで、今まで困ったことはありません。

　ついこのまえまで1万円以上していた各種機器が、100円とか200円で買えるのです。ただ、基板ですから、ケースには入っていないし、スイッチもツマミも電池ボックスもありません。そういうものを自分でつなげられる人だけが使える代物です。というか、日本製で売っている機器は、この基板をケースに入れて、スイッチやツマミや電池ボックスを付け、名前を付け、取説を付属し、箱に入れただけのものだったのでは。ちゃん

とした機器を買うと、今でも1万円近くすると思います。あと、万が一不具合があったときのための保証もついています。

いろいろなメーカへ基板を卸していた中国の工場が、直販で売り出している、ということかな、と想像しています。このような状況で思い出されるのは、僕が30歳くらいのときでしょうか、名古屋にウォッチマンという量販店が登場したときのことです。当時僕は三重県に住んでいましたが、噂を聞きつけ、名古屋へ出張した機会に寄ってみました。すると、時計は300円、カメラは500円と馬鹿安でした。みんな競って買っていました。

ただ、もの凄くちゃちなおもちゃのような品々でした。時計はもちろんデジタルですし、カメラはのちに登場するフィルム付きの使い捨てカメラの走りのようなものでした。でも、そのときには誰もが驚いたと思います。それまでなかったからです。当時「価格破壊」という言葉が流行しました。

すぐに壊れてしまう機器だ、という印象でしたが、しかし、頑丈なケースに入って、分厚いマニュアルが付属し、綺麗な箱に入った商品が、良い値段で売られていたのが、当時の日本でした。大勢の人が、それが普通だと思っていました。でも、その機器の機能部、つまり本質的な部分（心臓部）は、いつの間にか大量生産され価格が下がっていたのです。でも、時計もカメラも高級品だという常識を社会が持っている間は、その安い本質に高い装飾を施して商売ができたのです。

喫茶店で300円で飲めるコーヒーは、原価が10円くらいだったと思います（僕が調べたのは30年くらいまえですが）。今では、コーヒーはコンビニで100円になり、僕のコーヒーメーカは1杯50円で淹れてくれます。その値段でも、経費や人件費を差し引いて利潤が得られるわけですから、昔とあまり変わっていないということでしょう。

 材料費がちょっと値上がりすると、「赤字です」と嘘をつきますね。

2018年6月10日日曜日
## 後日談みたいなもの

　今日は、時の記念日ですね。たぶん、何億年かまえの6月10日に時間がスタートしたのでしょう。どうして、その日が1月1日にならなかったのかは、諸説あるかと思います。

　『森籠もりの日々』のカバーデザインの修正案が届き、OKを出しました。この本は、まもなく再校ゲラが届く予定です。また、iPadが送られてきて、『天空の矢はどこへ?』電子版の見本を確認しました。問題ないと、編集者へ返答。

　大和書房からは、『MORI Magazine 2』のカバーイラストの仮彩色版が届き、OKを出しました。もう来月なのですね。

　ある雑誌から原稿依頼がありました。〆切も3ヵ月以上さきですし、ご丁寧なメールで恐縮しましたが、現在一般の雑誌への寄稿はお引き受けしていません。とにかく、仕事を減らそうというキャンペーンに邁進しているのです。申し訳ありません。

　清涼院氏と、今月末に出る英語版『Down to Heaven』の打合わせメールをやり取り。予定どおりの進捗です。

　そろそろエッセィを書くシーズンとなりました。試しに2つ書いてみました(2000文字くらいかな)。さくさくと書けたので、「これならいつでも書けるな」と安心して、そこまでとなりました。あと98編書かないといけませんが。けっこう今は、あれやこれやで忙しく、作家なんかしている暇はないのです。

　朝の散歩はもの凄く気持ちが良く、今が一番良いシーズンなのかな、と毎日思います。毎日思うということは、一番ではないということかもしれません。こういう気持ちの良い日に飛行機を飛ばしたいものですが、近所の草原は、この季節は羊がいたり、人がいたりして、万が一のことがあるといけないので、飛ばしていません。遠くの模型専用飛行場へ行けば飛ばせますが、庭園内の仕事や遊びに忙しくて、とても出かける暇はありません。

まず、芝刈りをしました。それから水やりをしましたが、犬たちは走り回り、大喜びでした。濡れ鼠になったかというと、明らかに濡れ犬のままです。デッキでタオルで拭いてやりました。

　そのあとは、ここ数日続けている木工。木材を運び、切って、また運んで、コースレッドで固定します。今日の夜に雨が降る予報だったので、お昼頃に片づけて、濡れてはいけないものを仕舞いました。作業は一段落したので、次は塗装です。このあと、また別のものを木工で作ります。こちらは来週くらいになりそうです。

　後日談を少し。

　フルーチェは無事に完食しました。スバル氏も食べてくれたので助かりました。ただ、お隣からいただいたミルクは全部飲むまえに廃棄することになりました。リースの鳥の巣では、今日も親鳥が卵を温めています。近所の人が、蛇に食べられないように気をつけた方が良い、と言っていましたが、それは鳥に言ってくれないと駄目です。樹の上だったら、蛇が上れないような防御策が取れますが、石積みの壁なので、どこからでも上れます。下はデッキで、その下は無法地帯ですから、ネズミも蛇もいると思います。しかし、人間が頻繁に通る場所だから、逆に安全かもしれません。今のところは大丈夫のようです。

　アーロンチェアは、バナナクッションだけ取り付けて、座り心地が改善されたので、そのまま使っています。座面のネットがほつれていますが、気にならなくなりました。ゲストハウスの渡り廊下の雨漏りも、そのままです。頻繁に通っているスバル氏によると、カップに溜まる雨の量が最近少なくなっている気がする、とのこと。雨漏りって、たしかに自然に止まることはあります。なにかゴミが詰まったりするからです。

　このように、後日談というのは、普通の話であれば書けます。というのは、すべての話は未完だからです。きちんと完結して、なにも続かないようなストーリィというのはありえません。小説だったら、太陽が爆発するとか、人類が滅亡した、といった話だったら、その後の展開はありませんが（否、それでもあるかな……）、通常なら、登場人物たちは、その後も生きていくと想像されます。というか、小説というのは、むしろ「きりが

悪い」終わり方をしているものです。会話の途中だったりする場合も多く、勢いをつけて終わるという一つの手法でもあります。あとのことを想像させる終わり方の方が、むしろ読者は安心できることでしょう。

後日談以外にも、サブストーリィがあります。これは、そのストーリィのあとではなく、ほぼ同じ頃や、あるいは過去に、小説では描かれなかったシーンがあるぞ、という感じで成り立つものです。これも、当然そういうものがある、と考えるのが普通で、二次創作もほぼこれです。一方で、実はそんなものはない、小説は文字で描かれた世界だけが存在し、それ以外の一切は無である、という考え方もあるかと思います。

たとえば、舞台で演じられる劇であれば、舞台以外のところでは、役者はその役柄を演じることがありません。舞台のストーリィの前後もありません。そういうものは存在しない、というのが正解で、おそらく劇を観ていた人たちも、それを感じているはずです。劇場から出たら、もうその仮想の世界は消えてしまうのです。むしろ、その演じた役者たちに興味が向かい、その役者はその後どうしているだろう、という想像をするのではないでしょうか。

音楽なども、これと同じで、歌の世界の続きとか、過去とか、サブストーリィの二次創作をする人は、あまり聞きません。ファンの多くは、歌の続きではなく、歌手のその後を知りたいだけです。

この歳になると、「あの人はもう亡くなっているよね」と思うことが多く、疎遠となったら、もう生きているか死んでいるかもわからず、結局はどちらでも同じだ、と理解できます。ただ、記憶の中にあるキャラクタだけが、しばらく残像となるだけです。

 フィクションであれば、時間や空間が別のサブストーリィもあり？

---

2018年6月11日月曜日

## ルールを決めるだけでは不充分

朝は濃霧でしたが、8時頃には綺麗に晴れ上がりました。夜に雨が

降ったので、水やりをしなくても良く、これだけで30分の時間を無料でもらえたのと同じ。雑草抜きをしてから、草刈りを1バッテリィだけしました。

　9時過ぎからスバル氏と犬たちでドライブに出かけて、片道1時間ほどのところまで到達。特に、どこかを目的としたわけではありません。クルマが駐められる場所で、少し高原を散歩して回り、そのあと帰ってきました。途中でパンを買っただけ。

　木工作業に少し厭きたので、今日は鉄道で何周か巡り、線路の状態を確かめました。今月からゲストが何人かいらっしゃるので、整備をしておかなければなりません。線路はただ地面に置いてあるだけですから、雨が降ったりして地面が沈むと、線路が傾くことがあります。そういう場合は、土を運び入れて足すことになります。

　昨日までの3日間で、コースレッドは400本くらい消費しましたし、6フィートの板は約80枚使いました。厭きたから休日としましたが、躰の節々が痛いので、その休養という意味もあります。一番痛いのは指とか手の平ですね。怪我ではなく、筋肉痛です（キーボードを打つのに支障はありません）。

　家を建てるときなど、昔は大工さんが一人でこつこつと作業をする風景が見られたものです。その頃は重機もないし、電動工具も鉋くらいしかなかったし、足場も丸太でした（今は、アルミパイプを組んだもので、階段もあります）。仕事というのは、本当に「よく厭きもせず」と感心するほど単純作業の繰返しといえます。もちろん、ほかの業種でもそうだし、今でもそういった仕事に従事している方が沢山いらっしゃることでしょう。

　肉体労働に限りませんね。頭脳労働であっても、結局は同じようなことの繰返しです。会議なども、ほぼ同じ議題が同じように決議されて、そのとおりに事業が進みます。変則的なこと、突発的なことは、ほんのときどきあるだけです。

　詳しくは書けませんが、Amazonのキャンペーンに僕の本が候補になり、承諾を求める問合わせが編集者経由で来ました。こういったものは、すべて「問題ありません」とお答えしています。

　クリームシリーズ7のエッセィは、3つ書きました。これで5つになり、完

成度は5%となりました。

　アメリカのミスコンテストが、「容姿では選ばない」と言いだしたそうで、詳細は知りませんが、そのうちこうなるだろうと、以前に書いたことがあったかと思います。場違いなシーンに水着姿で立つ女性が、これまでは普通だったみたいですが、僕は異様な光景だと感じていました。ようやくそう感じる人が増えてきたのかな、というのが現在。

　社会の風習の変化は、少しずつじわじわと連続して起こるのではなく、段階的であり、短期に大きくシフトします。つまり、スロープではなく階段状に変化するというわけです。このようになる理由というのは、不満を抱えた人がある程度の数に達し、なんらかの主張をし始めるまで、エネルギィ的な蓄積が必要だからでしょう。その変化がある以前に、細かい問題が指摘され、意見が方々で続出します。それでも、大勢は「でも、今までずっとそれでやってきたのだから」と苦笑するだけなのです。

　現在では、贈収賄などは歴（れっき）とした犯罪で、誰もが眉を顰（ひそ）める悪となったわけですが、僕が子供の頃には、「じゃあ、お願いしたり、お礼をしたいときには、どうすれば良いの？」「少しくらいは大目に見ないと、関係がぎくしゃくするだけだ」と首を傾げる大人がまだ沢山いました。幾らか包んで現金を渡すのは、社会のマナーだったし、大人の嗜（たしな）みだったのです。そういうことが、大きな事件の発生で排除され、クリーンになってきました。

　ルールを決めれば簡単なのですが、そのルールの決め方がまた悩ましい。問題も各所でいろいろ、ことあるごとに取り沙汰されています。また、ルールを決めて、それに従わなければ罰すると定めても、どのように監視するのか、という問題も同時に解決する必要があります。そうしないと、故意に悪用されたり、無実の罪に問われるような不幸も発生することでしょう。

　町内で出すゴミに名前を書くように推奨されている地域がありますが、そうしないとルールを守らない人がいると一方は言い、個人情報の漏洩（ろうえい）につながり行き過ぎだ、という主張もあります。かつて一度だけ経験がありますが、うちが出したゴミが戻ってきたことがあります。名前は

書いていませんが、ゴミの中にあった封筒の宛名を見て調べたらしいのです。それをしたのは町内の老人会の人でしたが、ゴミが戻ってきた理由は、弁当の残りが捨てられていたからでした。しかも煙草の吸い殻と一緒でした。その弁当も煙草の吸い殻も、うちが出したゴミではなく、誰かがゴミ収集所で勝手に人のゴミ袋に押し込んだものでした。こういったときに、悪いのはそのゴミを入れた人間ですが、そのために、係の老人はゴミを調べ、正義感に燃えて、僕の家までゴミを運んできたのです。うちでは煙草は吸わない、と電話で説明をしましたが、彼らは謝る理由もなく、ただボランティアとして作業をしているだけなので、間違ったことをしたとも認識できないようでした。

　もし不審なものを発見した場合には、ゴミの中身を調べ、出所を突き止めるというルールを決めたのなら、ゴミ収集所を常に見張っている必要があることを事前に予測するべきでした。また、ボランティアでこういった作業を賄(まかな)うことも問題なのかな、と感じました。責任の所在が不鮮明だからです。もちろん、今はこんな心配のいらない生活をしていて、「あの頃は、生きにくい場所にいたな」と思うだけですが……。

 みんなの善意に頼ったルールほど、不安定なものはありません。

---

２０１８年６月１２日火曜日

## 明るい老後

『森籠もりの日々』の再校ゲラが届き、初校ゲラの修正箇所の確認をしました。45分くらいで60％ほど見ることができました。今回のゲラは通しては読みません。校閲の指摘に答えるだけです。明日にも終えることができると思います。

　クリームシリーズ7のエッセィを、3つ書きました。完成度は8％になりました。ぼちぼちですね。まだエンジンはかかっていません。いえ、かかっていますが、アイドリング。

　某出版社からエッセィのご依頼がありましたが、お断りしました。仕事

を減らしたいと考えているためです。引退しているのに、1年に10冊以上本が出ていますが、これでも沢山のご依頼に対し、ご辞退させていただいているのです。もっともっと断らないと減らせないみたいです。難しいなあ。

この時期、出版社では部署の異動があるようで、担当者3人から異動のお知らせをいただきました。編集担当が替わるところもあります。最近では、一度もお目にかからないうちに交替になることが多く、名前を覚えられない僕としては、なにも記憶が残りません。一度でも会えば、顔を覚えるのですが（もちろん、名前は忘れます）。

連日の天気で、屋外で木工に励んでいましたが、躰の節々が痛くなってきました。もっとも、こういった肉体疲労には慣れっこなので、「おお、来たか」と思うだけです。朝、起きたときに痛いのですが、ぐっすり眠っているから躰が固まった感じで、痛いながらも作業をしているうちにほぐれてきます。

今日は、作った木構造に防腐塗料を塗る作業をしました。8時頃から始めて、気がついたら12時になっていました。あっという間のことです。4リットルくらいある塗料を全部使いきりました。たしか、4000円くらいした塗料です。塗料というのは、高いものなのです。

お昼は、スバル氏が作った冷やし中華をデッキで食べました。犬の1匹がシャンプーしてもらい、横でブラッシングされていました。ランチのあとは、芝生で雑草抜きをして、水やりをしました。芝生の状態は、まだ60点くらい。これからもっと茂るとは思います。芝生は、肥料を食います。とにかく水が必要。それから、密度を上げるためには、芝刈りを頻繁にすること。肥料、水、芝刈りの3つで綺麗なグリーンになります。イギリスでは、芝生というのは1つのステータスなのですが、つまり管理をする庭師が絶対に必要で、そういう人が雇えるだけの財力があることを示しているからです。うちは、財力ではなく、僕が庭師です（午前中はペンキ屋でしたが）。

今年の秋には、来年発行になる新シリーズの執筆をする予定です。どんなシリーズなのか、はっきりとは決めていません。Xシリーズの続きか

もしれないし、Wシリーズの続きかもしれません（いずれの場合も名称は変わります）。「続き」にもいろいろあるでしょう。同じ主人公なのか、主人公は替えるのか、時代も違うのか、などなどバリエーションがあります。今は、まったく白紙の状態。

　ここ数年は、Wシリーズが年に3冊で、それ以外にGかXを1冊加えていましたから、1年に4冊だったわけですが、とりあえず、来年は2冊だけ。その後も多くても3冊に留める方針です。ということは、年に3冊出るようなシリーズものはもうやらない、ということになります（それをやると、ほかになにもできなくなる）。

　エッセィも少し絞った方が良いでしょう。とりあえず新書をもうやめようかな、とぼんやりと考えています。新書はけっこう売れるから、商売としては好条件なのですが、いつまでも続くとは思えません。来年は既に2冊が予定されていますが（3冊だと思っていたら、1冊は単行本でした）、それで打切りにしようかな、できたらそうしたいな、と思います。そうすれば、講談社文庫のシリーズと、大和書房のシリーズの年に2冊に絞られます。

　ということで、1年に4冊か5冊の書下ろしが当面の目標。3年後くらいには、これを1年に3冊くらいにしたいと考えています。5年後には、もっと減らします。

　ブログについても、いつまでもやるつもりはなくて、数年のうち（いつと決めているわけではありませんが）に沈黙することになるでしょう。そうすれば、仕事も一気に減って、ようやく安穏とした余生が送れるのではないか、と期待しています。

　いつ死ぬかわかりませんが、死ぬよりも3年くらいまえには、仕事を終了しておきたいですね。そうすると、印税が減って、死後の遺産相続で課税が減るそうです。ぼんやりと、そんな明るい未来を想像しています。

　一方で、趣味（研究も含まれます）の方面では、まだまだやりたいことが数多く、しばらくは縮小するわけにはいきません。現在もいろいろ暗躍しています。面白いことがいっぱい。若いときから取り組んできて良かったな、と思うことしきりです。皆さんも、老後を楽しみたかったら、若いうちから楽しみを見つけておきましょうね、なんてありきたりのことは言いませ

ん。なにもしないことが楽しみだ、という方だっていらっしゃいますからね。ご自由にどうぞ……。

 とはいえ、歳を取ってから新しく始めるのは難しいと思いますよ。

---

２０１８年６月１３日水曜日

# のんた君の地味な活躍

朝はまず草刈り。そのあと水やり。スバル氏が出かけていったので、犬たちと留守番。芝生で放水し、犬たちは大喜びで走り回り、びたびたになりました。ただ、宅配便が来ることになっているので、庭園内でも比較的母屋に近い場所にいなければならず、しかも音を立てる作業ではトラックが来た音を聞き逃すため、思い切った作業ができません。

というわけで、小さい機関車を走らせたりして遊んでいました。タオルで拭いてもらった犬たちは、デッキでお昼寝です。最高気温は21℃にもなり、とても快適。

スバル氏が使っている洗濯機が置いてある部屋で、僅かですが水が床に流れたらしく、洗濯機が置いてあるパン（水の受け皿）の排水口が詰まっているのではないか、という疑いが持たれました。水がずっと溜まっているわけではなく、いちおう流れてはいるのですが、洗濯機から大量に排水されたときに、流れるのが遅くて溢れてしまうのではないか、ということ。そこで、（重いから大変でしたが）洗濯機を横にずらして、スバル氏が排水口の掃除をしました。僕は見ていなかったのですが、彼女が綺麗になったと言うので、元の位置に洗濯機を戻し、試しに運転してみました。

パンから水は溢れませんでした。ただ、すっきりとは流れなかったそうです。洗濯機を戻すまえに、排水状況を確かめたのか、と尋ねたら、そんなことはしていない、とスバル氏は言います。つまり、見た目が綺麗になった、というだけのことらしく、完全に詰まりが取れたのかどうかはわかりません。もう一回、洗濯機をずらして、配水管の掃除をしなければ

ならないかも。

こういった家庭内のちょっとしたトラブルがあると、スバル氏は僕を呼ぶのですが、かなり状況が悪化してから知らせるので、そこに至る経緯がわからないし、また、兆候が見られたとき、もっと早く手を打っておけば、少ない労力で復旧したのに、と思うことが多いのです。

彼女は僕のことを「住宅の専門家」だと認識している節があります。まず「住宅＝建築」ではなく、大学の建築学科では、住宅のことなどほとんど習いません。住宅の間取りとかの講義もありませんでした。もっと大規模な公共施設などの設計について講義を受けただけです。さらに、僕の専門分野は、住宅からかけ離れていて、水道とか電気とか、設備関係のことなどまったくの素人です。彼女にしてみると、「洗濯機も住宅に含まれる」という感覚なのです。おそらく、ホームセンタの「ホーム」が建築学科の専門だと考えているのでしょう。ホームもハウスも、僕には建築のイメージはありません。建築はアーキテクチャ。これについては、特に面と向かってスバル氏に意見を述べたことはありませんが。

『森籠もりの日々』の再校ゲラを最後まで確認しました。とにかくページ数も文字数も多く大変でしたが、これで僕の仕事はほぼ終わりです。クリームシリーズ7のエッセィは、4つ書きました。完成度は12%になりました。

欠伸軽便鉄道の33号機の運転士の交替がありました。以前ののんた君から新しいのんた君になりました。本物ののんた君ではなく、（講談社に作ってもらった）のんた君ぬいぐるみです（本物ののんた君もぬいぐるみだから、ややこしいのですが）。古い方は、ホームズのコスプレをしていてパイプを持っています。新しい方は、カジュアルなファッションで、赤い帽子を被っています。それから、やや俯き加減ですし、口や目の表情がだいぶ違います。後ろには尻尾がありますが、これはほぼ同じ。

のんた君の履歴については、昨年発行の『つぶさにミルフィーユ』に書きました。スバル氏のお姉さんが子供のときに中古品で買ってもらったぬいぐるみですから、作られたのは50年以上まえのことです。ぬいぐ

るみのタグがあったので、最近になってメーカ名で検索したところ、アメリカ製だとわかりました。

しかも、そのメーカで年代や画像で検索したところ、似た熊を発見しました。アメリカのオークションに出品されていたのを見つけて、これまでに4匹購入しましたが、いずれものんた君とは違います。大きさが一回り小さく、色は茶色です。ただ、両手を前で合わせて花束を持っていること（のんた君は最初そうなっていた）や、尻尾に鈴がある点、目の形なども同じです。もしかしたら、アメリカの製品を真似て、日本で作られた偽物だったのかもしれません（当時の日本にはよくあった）。

30歳くらいのときに、岐阜市の商店街の古びたおもちゃ屋さんで、のんた君の白いバージョン（つまり白熊）を発見して即購入しました。5000円でした。この白熊は、中に綿を詰めすぎたのか、限界近く膨らんでいて、のんた君よりも肥満体です。そのためか、微妙に形が違うので、さほど可愛くなく、さほど可愛がられていません（現在は、引越のときの箱に詰められたまま）。しかし、同一の製品であることは確かです。名前は、うーた君です。

機関車に乗り込んだため、新品箱入りの仲間は、1匹減りました。

 本物ののんた君は、とても大事なので機関車には乗せられません。

---

２０１８年６月１４日木曜日

## たまには計算しましょう

朝から草刈りを1バッテリィ。最近購入した新型バッテリィは、ほぼ倍は長持ちするので、かつての2バッテリィと同じです（ややこしい）。今日は、ゲストハウス周辺を刈りました。綺麗な緑です。風向きが良かったので、先日の木工作で出た廃材をドラム缶で燃やす作業もできました。

洗濯機をまた横に移動させ、排水口を確かめたところ、スバル氏が掃除をしたのは、フィルタの手前のプラスティックの受けの部分で、まったく意味がなく、それを外したところに、もう1段フィルタがあって、ヘドロが

溜まっていました。これでは改善されなかったのも頷けます。「あとはやる」とスバル氏が言ったので、僕は書斎で読書。

ところが、掃除のあとでプラスティックの容器が上手く嵌らない、とスバル氏が言いにきました。見にいくと、嵌める順番が逆で、しかも無理に押し込んだせいで固く嵌り込んでしまい、抜けなくなっていました。そこで工具を3つくらい持ってきて10分ほど格闘した末、壊さずに外すことができ、一件落着。これでまた何年かは大丈夫でしょう。

手許にあるゲラは、10月刊の『人間のように泣いたのか?』の再校だけでしたが、講談社文庫になる『そして二人だけになった』の初校ゲラが届きました。新潮社からの移籍の再発行で、9月刊の予定です。この作品は、1999年に最初の単行本が発行されたもの（講談社ノベルス以外で初めて書いた作品）で、実に19年まえ（書いたのは20年まえ）の旧作です。これほど古い作品が新しい文庫で再発行されるのは、ちょっと感慨深いものがあります（ちょっとですが）。550頁もあって、今だったら2巻分の長編です。ゲラを読むのに時間がかかりそう。今月末くらいの〆切なので余裕はありますけれど。さっそく、明日から読み進めましょう。

クリームシリーズのエッセィは、5つ書くことができ、完成度は17%になりました。ちまちまと書いています。昨年と同じく、事前にテーマもストックせず、考えながら執筆する方式です。

子供の頃からなんでも計算する癖がありました。普通の人はしないのでしょうか。たとえば、人生が70年だとしたら、だいたい2万5000日だな、とか。海の水の量はだいたい何リットルくらいだろうか、地球の表面積の70%くらいが海だから、平均の深さが3000mだったら、と計算したりしていました。

中学になると「無限大」という数を習うのですが、それ以前にも「無限」あるいは「無数」という言葉を知っていて、めちゃくちゃ沢山、いくらでもある、みたいな感じに想像していました。でも、沢山あれば無数だとはいえませんから、両者は別の概念です。

皆さんがどうなのかわかりませんが、たとえば、地球上に存在する砂の粒は無数にありそうに思われるのではないでしょうか。でも、無限では

ありません。有限です。少なくともその合計体積は地球よりは小さくなければなりませんからね。宇宙の星の数も有限です。宇宙に存在する原子の数だって、無数ではなくて、数字でだいたいこれくらい、と表すことができます。ですから、この世に無限というものはありません。

たとえば、日本中の人が一箇所に集まるとしたら、どれくらいの広さが必要でしょうか。ぎゅうぎゅう詰めでは大変なので、1人が1平方メートル（1m×1m）を占有するとして、1億人が並ぶと、1万m×1万mで収まるので、10km四方の広さに収まります。けっこう広い場所がいりますね。手をつないで並んだら、どれくらいの長さになるでしょうか。

秋になると、僕は庭園内の落葉を集めて燃やしますが、庭園内に葉が何枚くらいあるかを計算して作業をします。数というのは、沢山のものを簡単に表すことができるし、それに関する作業の見込みをつけることができます。精確な数字である必要はなく、だいたいどれくらいかを把握することが大事なのです。

コンピュータのメモリィスティックなどの規格に、何万回のアクセスまで保証されている、という数字が書かれています。これに似たものに、金属の「疲労破壊」という現象があります。その金属を壊すような大きな力ではなく、ずっと小さい安全な力であっても、繰り返し作用すると、金属が破断するのです。これは、鉄道が普及した頃に車軸が破断する事故が相次いだため、研究されるようになり、その性状が明らかになりました。走行中の振動によって、繰返しの力が作用し、これが何十万回か積み重なって壊れることがわかったのです。そこで、使用条件から、累積時間でどれくらいまでOKか、という耐久性が計算でき、その手前で車軸を交換するようになりました。

単純作業を繰り返すときには、目標の数を母数にして、現在が何分の1か、と常に計算をしています。先日は、木工作でコースレッドを500本ほど打ちましたが、このときも「今は4分の3だ」などと意識して作業をしました。そういった日常があるから、このブログで執筆量のパーセンテージを書くのも、僕にとっては日常的な行為なのです。

待ち時間があったら、人生の何分の1消費した、と考えましょう。

2018年6月15日金曜日
## 日本刀を持っている話

　日曜日ですが、いつもどおり。早朝、犬と一緒に起きて、ご飯をやって、自分はコーヒーを飲みます。1時間ほどしてから、スバル氏と犬たちと散歩に出かけます。朝霧もなく、今日はクリアに遠くまで見渡せました。

　芝に水やりをして、草刈りを1バッテリィ。この仕事をしているときは、犬は家のどこかで寝ています。お昼頃にも芝に水やりをしますが、このときは犬の水遊びも兼ねます。

　玄関のリースの巣から親鳥が飛び立ったので、中をそっと覗いてみたら、卵が見えません。巣の中でさらに苔か草が一杯になっていて、それらに埋もれているようです。すると、小さい嘴が出てきて大きく開きました。それが2つ。親鳥が帰ってきたと思ったのか雛が嘴だけ出したのです。しばらく眺めていましたが、2羽だけなので、まだ孵っていない卵があるのでしょう。親鳥は、卵を温めないといけないし、雛には餌を運ばないといけないし、忙しいことでしょう。もともと、卵は2つでしたが、のちに4つになりました。ですから、最初の2つの卵が孵ったということかと。お昼近くに近所の人が2人見にきました。

　その人とはまた別の近所の人が、自分の庭で育てた薔薇を切って持ってきてくれました。スバル氏が花瓶に入れて、サンルームに飾りました。真っ赤な薔薇です。森家の庭園にも薔薇は幾つかありますが、まだ咲いていません。日当りが悪いからでしょう。

　お昼頃には、犬も一緒にクルマで出かけて、スバル氏がスーパで買いものをしている間、クルマで犬と遊んでいました。窓を開けて、外へ顔を出しているので、近くを通った人が犬に声をかけていきます。久し振りに行ったスーパでしたが、前回シュークリームが美味しかった、と僕が言ったらしく（すっかり忘れていました）、スバル氏がまた買ってくれまし

た。これが今日のランチとなりました。

　講談社文庫になる『そして二人だけになった』の初校ゲラを50ページまで読みました。このペースだと、通して読むのに10日かかりますね。20年まえの自分の文章ですが、読んで特に違和感はありません（成長していないからか）。この作品の英題は『Until Death Do Us Part』なのですが、結婚式で宣誓する「死が二人を分かつまで」に当たる言葉です。やや古い言い回しなので、現代の英文法に則していません。この英題を決める際に、ネイティヴ数人に尋ねたところ、意見が3つくらいに分かれ、彼らも、どれが正しい言い方かわからない、という反応でした。そういった調査の上で決めたタイトルです。

　クリームシリーズ7のエッセィは、今日は4つでした。完成度は21％です。

　突然ですが、日本刀の話を書きましょう。実は1本だけ日本刀を持っています。父から譲り受けたものです。父は、それを今から50年ほどまえにデパートで買いました。当時100万円くらいだったかと思います。僕も一緒についていったから覚えているのです。室町時代に作られた刀ですが、鞘はたぶん江戸時代だろう、とのことでした。この鞘は綺麗な朱色をしています。

　父が死んで、実家を取り壊すときに、もう1本日本刀が押入れから出てきました。こちらは、登録証が見つからなかったので、警察に電話をかけ、持っていって見てもらったら、鑑定してもらうようにと指示されました。美術品としての価値が認められれば、個人が所有することができますが、そうでない場合は、銃刀法違反になります。県庁で鑑定会が3カ月おきに行われているとのことで、予約をして県庁へ刀2本を持っていきました。このときには、自分のクルマで刀2本を運びましたが、途中で警官に職務質問された場合は、鑑定会に予約していることで釈明ができる、とあらかじめ警察に相談して聞いておきました。

　専門家に鑑定してもらったところ、前者の刀はたしかに室町時代のもので、非常に価値がある、と言われました。一方後者は、江戸時代に作られたもので、軍刀として再利用されたのだろう、とのこと。父もそ

れらしいことを言っていました。父の父は軍人（徴集された兵隊ではなく職業軍人）だったのです。つまり、父にしてみれば、父親の形見だったのですね。しかし、美術品としての価値はないと判断され、その場で没収されました（形見であってもそうなると、あらかじめ警察で聞いていたとおりです）。

　というわけで、今は1本だけになりました。ときどき人に見せたり、鞘から抜いて掃除をしたりします。まったく綺麗なままで、錆一つありません。

　父は、このほかに絵画や壺や古時計などを蒐集していて、今思うと、けっこうな道楽者だったのです。それらをすべて僕が一人で相続しましたが、価値がわからないし、興味もないので、ずっと箱に入ったまま倉庫で眠っています。このままだと、僕の子供たちが相続することになりそうです。そのまえに、オークションに出した方が良いでしょうか。絵画では、数百万円という絵が2点あって、大きい方は妹に譲り、僕は小さい方を持っています。その絵よりは、刀の方がたぶん高いのではないか、と思います。

　僕自身の持ち物では、機関車の模型くらいしか価値のあるものはありません（例外として、萩尾望都先生の原画を何枚か持っていますが）。

 萩尾望都先生のカラーの原画を、100万円で買ったこともあります。

---

2018年6月16日土曜日

## 庭仕事の道具など

『そして二人だけになった』の初校ゲラを150ページまで読みました。ずいぶんピッチが上がったようです。昔の作品ですが、忘れているような部分はまったくありません。だから、未知の小説として面白く読めるというわけにはいきません。ほとんど修正をしていません。今と表記が違う部分も多々あるのですが、できるだけ当時のままとします。

　昨日は、この作品の英題について書きました。発表した当時に、森博嗣が書いた初めてのシリーズ外長編として、ほんの少し話題になったかもしれません。1999年の6月に単行本が発行されました。たしか、初

版は2万部だったかと思います。ところが、発行日には、もう重版が決定して、さらに1万部増えました。その後1カ月もしないうちに、第6刷まで重版されました。この本は2000円くらいの定価だったし、印税も初めて12%でしたから、発行してたちまち1000万円の印税をいただくことになりました。

ただ、読まれた方の評判は今一つだったようで、主として最後のオチに対して賛否がありました。普通のオチではないからです。本格ミステリィに親しんでいる方は、がっかりされたことでしょう。作者は、本格ミステリィにありがちな形式を破壊することを意図していたので、予想どおりの反響といえました。編集者には、「アンチロックブレーキのようなオチなので、ドライバは変な心地になるでしょう。でも、事実上停止位置は手前になっていて、大きな加速度がかかっているのです」と説明しました。

そういえば、最近のことですが、この本のカバーの絵を描かれた画家の方が個展を開く、という案内をいただきましたが、遠方なので伺うことができませんでした。その方の絵を選んだのは担当編集者でした。今回の講談社文庫では、カバーは一新されると思います。

クリームシリーズ7のエッセィは、今日も4つ書いて、完成度は25%になりました。もう少しピッチを上げたいところですが、分厚いゲラがあるため停滞しています。

中央公論新社の担当編集者が交替して、次の文庫『イデアの影』について打合わせをしました。主に解説者に関してです。この本は、11月刊の予定。この新しい担当は、僕に『スカイ・クロラ』を書かせた人です。懐かしい。

庭園内は緑が生い茂り、地面に落ちる木漏れ日が綺麗です。風は高いところで吹いて、樹の枝を揺らします。そういったさわさわという音と、鳥の鳴き声だけ。まだ、半袖では肌寒い気候です。ウィンドブレーカを羽織って外に出て、何をしようか考えますが、いくらでもやることは見つかります。

樹から落下した枯枝を、ドラム缶で燃やしています。このとき、長い枝は折って投げ入れますが、折れないような太い枝もありますから、とき

とき電動ノコギリを使います。今日は、このついでに、先日の木工作の廃材（解体して出た木材）を短く切る作業をしました。再利用ができないほど朽ち果てているのに、折れないものがあったためです。

　スイーパ（あるいはブルーマ）という道具があって、タイヤが2つ付いていて、後ろから押していくと、タイヤと連動して回転する箒で地面に落ちているゴミを掃き集めることができます。動力はなく、人力です。非常にアバウトな仕事しかせず、落ちているものの3分の1くらいしか回収できません。綺麗にしたかったら、同じ場所を何度も通る必要があります。平らなところに適するので、主に芝生の掃除などに使っています。

　芝刈り機は、今は3台持っていますが、使っているのは2台。いずれもバッテリィで刃が回転します。それを人間が押していくのです。幅30〜40センチくらいを刈るので、行ったり来たりして全域を刈ると、サッカーコートのように、縞模様ができます。切ったあと、芝が刃の回転方向に倒れて、それで光の反射具合が変わるためです。

　芝生では、このほかスパイクを刺して、芝の根を切ったり、地面に空気を入れたりします。芝生が生えている状態のまま、地面を耕すような効果があります。それから、サッチといって、枯れた芝を取り除く作業もあります。蛾の幼虫が地中で根を食べるので、遺伝子系の農薬も1年に1度だけ散布します。いろいろ勉強をして、こういった仕事ができるようになりました。庭師さんに芝生を作ってもらっても、ずぶの素人が管理していると数年でほぼ駄目になります。

　庭園内には何百本もの大木がありますが、ときどき見回って、巻き付いている蔦を切ったり、根元に蟻の巣がないかチェックをしてます。蔦は、放っておくと樹を締め上げ、葉に日が当たらなくなります。太い蔦は、ノコギリがないと切れないくらいのものがありますから、電動ノコギリを使います。これまで切った蔦で最も太いものは直径が20cmありました。蟻の巣は、見つけたら薬を散布します。効いているのかどうかよくわかりませんが、その場にはいなくなります。

　こういった管理を日々しているから、普段散歩ができる庭になっているわけで、放っておけば数年で、人は歩けないし、野生動物は出没す

る、という場所になってしまうのです（それが本当の自然ですけれど）。

 人が入る山を里山といいますから。森の場合は里森でしょうか。

---

2018年6月17日日曜日
### 空間把握力

『そして二人だけになった』のゲラは250ページまで読みました。まだ半分以下です。でも、あと数日で終わる見込み。急いで読んでいるのは、同じく9月刊予定の幻冬舎新書『ジャイロモノレール』の初校ゲラが届いたからです。図面も写真も入ったゲラで、校閲を通ったあとのもの。200ページでした。今年3冊めの新書になります。気合いが入りますね、小説やエッセィのときよりも格段に。

ゲラ読みは、これら2つを同時進行で進めることになるかもしれません。ただ、スケジュール的には余裕があります。

クリームシリーズ7のエッセィは、5つ書けたので、完成度は30％になりました。当然ですが、小説のような盛り上がりはありませんから、淡々と進みます。エンジンがかかってきたので、今月中の脱稿は楽勝でしょう。

朝方、霧が出て雨が降りました。水やりは免除。庭園内を散策し、草や枝が伸びているのを見て回りました。珍しく湿度が高かったので、いろいろな匂いがしました。森の匂いです。

お昼近くには気温がぐんと上がり（でも18℃くらい）、湿度が下がり、森全体がすっかり乾燥していました。草刈りをして、雑草抜きを少ししました。木工作は、次の準備にかかっています（材料を測ったり、計算をしたり）。基礎を作らないといけないので、コンクリートなどの資材を近々買いにいくつもりです。今日は、昨年行った土手の工事箇所で、杭を10本ほど増し打ちしておきました。この作業は30分もかかりませんでした。

リースの鳥の巣は、卵が全部孵って、雛が4羽いることが確認できました。親鳥がいないときに覗いても、よく見えないのですが、ちょっとした

音に反応して、4つの小さな口が出てきます。真上に向けて大きく開いている口です。親鳥は今は餌を見つけにいくのに忙しいらしく、巣が留守のことが多くなりました。以前は、巣の上に蹲ってじっとしていましたが、今は顔だけ中に入れて、お尻を突き出した格好でいるところをよく目撃します。虫とかを運んできているのでしょう。

　うちの犬たちは、この鳥の巣にはまったく気づいていません。その高さのものは、彼らの世界には存在しないも同然なのです。猫だったら、そうはいかなかったでしょう。犬は、上下方向の移動にとても弱く、また立体の空間把握もできていないように思えます。たとえば、テーブルの上に美味しそうなものがのっているとわかれば、そのテーブルの真下にいます。そこが距離が最も近いからです。でも、見えないし、手が出せない位置になります。

　空間把握というのは、人間でもずいぶん個人差があります。自分がよく歩く場所であっても、東西南北がどちらなのか知らない人が多いようです。スバル氏がこのタイプで、近所を散歩しているときでも、よく方角を僕に尋ねます。僕は、方角は常に意識している人間で、たとえば地下街やデパートの中を歩いていても、どちらが北なのかはすぐに指差すことができます。

　スバル氏は、いつも行くスーパがどちらにあるのか、リビングのソファに座っているときにはわからないみたいで、玄関の方を指差します。たしかに、その玄関から出てから、クルマに乗ってスーパに行くわけですから、道順としては間違っていません。

　鉄道の駅には、次の駅名と前の駅名が矢印とともに記されていますが、単に電車がそちらへ発車するだけのことで、その方向にあるかどうかは定かではありません。山手線などはぐるりと巡っているわけなので、「新宿はどちら?」ときかれたら、どちらを示しても正解です。

　地球は球なので、近いところなら、「韓国はあちら」とだいたい指差せますが、ヨーロッパになると難しいでしょう。南米だったら、指を真下に向けなければいけません。つまり、遠いところほど、水平よりも低い方角を指差すのが正解です。

人間が生活する場所は、たいてい平たいので、2次元の地図として描くことができます。建物内でも、部屋の床は水平ですから、さほど難しくありません。1階と2階は別の世界として認識されます。自宅であれば、1階にいて、2階の向きが想像でき、どの辺りに何があるのかが把握されているはずです。でも、たとえば家を建てるまえに、設計図を見ただけでそれが想像できる人は少ないことでしょう。

　吹抜けがあったり、中2階があるようなステップ構造だったりすると、もう想像困難という人が多く、階段を上る途中で、どんな光景が見えるのかを、設計図から思い描ける人は、非常に少数だと思います（建築家はこれができるはずです）。

　ミステリィ小説には、ときどき家の間取り図が示されています。あの図がなくても、僕は頭の中に図面を常に描きますし、どちらかというと、その図面は平面ではなく立体図です。いろいろな角度から眺めることができます。背の高さが違う人が見る光景は当然違っているし、家具などがあれば、どの辺りが見にくくなるかも想像します。

　ものを作る場合、つまり設計をするとき、狭いところへボルトなどが入れられるのか、そこでスパナが使えるか、という空間把握をしなければなりません。加工のときにも、金ノコが往復できる余裕があるだろうか、と想像しないと、いつその作業をしなければならないか決断できません。もしできないのなら、分解して、余計な作業をしなければならなくなるので、切実な問題なのです。ものを作ることで、こういった思考力が養われることは確かだし、できれば子供のときに経験しておくと、その能力が育ちます。

地図を見るのが好きな子供は、
空間の全体を把握しているはずです。

2018年6月18日月曜日

## 少し昔の住宅

『そして二人だけになった』のゲラは400ページまで読みました。あと150ページ。だいぶ時間がかかりましたが、次の『ジャイロモノレール』のゲラが早く見たいから、急いで片づけてしまおう、という邪な魂胆です。

クリームシリーズ7のエッセィは、ノルマの5つを書いて、完成度は35%に。3分の1を超えました。順調なペースです。

『森籠もりの日々』の装丁とオビの文言が届き、確認をしてOKを出しました。また、扉や章扉、目次などのデザインも届き、意見を出しました。この本を担当しているのは編集者K城氏ですが、11月刊予定の『森には森の風が吹く』(『100人の森博嗣』の続巻)の編集も彼女がしてくれていて、トータルで240ページくらいになりそうだ、との連絡がありました。

今日も朝は雨でしたが、8時頃には晴れ上がり、どんどん気温も上昇、湿度が低下しました。でも、Tシャツだけではまだ寒い。草刈りを1バッテリィしたあと、芝刈りもしました。燃やしものはしていません。庭園鉄道も平常運行。

久し振りにゲストハウスへ行ってきました。オーディオルームの掃除でもしようかな、と思ったのですが、見た感じ必要がありませんでした(見た目で決めて良いものか、とのご意見は真摯に受け止めたいと思います)。ここ数日、何度か雨が降っています。けっこうな雨量だったはずですが、渡り廊下の雨漏りはまったくありません。床に置いたカップに水が溜まっていませんでした。水が流れる筋が変わったのです。ほかの場所で雨漏りはしていないので、室内には漏れていないと思います。これで収束したらラッキィですね。もしかして、アルミの脚立に乗って、屋根の上を掃除した、あれが効いたのでしょうか。効果が現れるまで時間がかかるから、その可能性もあります。とりあえず、ぬか喜びしておきましょう。

鉄筋コンクリートのマンションでも、雨漏りはあります。しかも最上階で

はない階で漏れることも多いのです。コンクリートに微細なひびが入ったり、防水シールが剥離したりして水が入ります。それが、方々を流れて、どこかから居住スペースに入ってしまうわけです。建物の雨漏り調査をしたことがあるのですが、ちょっと調べたくらいでは原因はわかりません。水がどこを通るのかなんて、特定はほとんど困難です。ただ、入る場所は屋上や軒などが多く、疑われる箇所のシールをやり直すしか手はありません。

また、コンクリート中の石灰分が水に解けて、ひびを塞ぐこともあります。ちょうど、鍾乳洞の鍾乳石のように、解けた石灰が溜まって固化するのです。自然に治癒するわけです。どんな建築物でも、10年も経つと、雨漏りの可能性はあります。何十年も完全にシールする技術というのはありません。常にメンテナンスをする以外にないというわけです。

日本の建築物の起源というのは、火の確保にありました。人間ではなく、火を雨風から守るためのものでした。森林にある樹の枝や枯れた草などを重ね合わせて、火を守ったのです。湿気の多い島国なので、火は簡単に熾せないものであり、また、その尊さから信仰の対象でもありました。

というわけで、日本の場合、建物はそもそも「住宅」ではなかったのです。どちらかというと「神棚」に近い存在でした。世界でも珍しく、建物に入って靴を脱ぐ習慣は、神様の場所に入るから、という理由からだろうと言われています。

今では当たり前のように、戸や扉がありますが、住宅にはそういったものはありませんでした。というよりも、江戸時代くらいまで、日本人のほとんど（つまり大衆、あるいは庶民）は、竪穴式住居に近いものに住んでいて、良くても掘建て小屋だったのです。掘建て小屋というのは、地面に穴を掘り、そこに柱となる木を刺して立てて造った小屋です。柱を2本立て、そこに枝などを渡します。蔦や縄で縛って固定しました。この枝の両側に、細い枝や枯草を立て掛ける。これが屋根になります。つまり壁というものはありません。窓ももちろんありません。こういった構造が、住宅だったのです。

身分の高い人は、屋敷に住んでいましたが、こちらは、古くからあった神殿や仏閣から派生した建築物です。これらは、今の木造住宅に近いもの、つまり製材した木材を使った構造になりますが、それでも屋根に瓦がのっているような建物は、相当位の高い人（貴族か武士、商人の一部）の住まいです。時代劇などに登場する、木造の街並というのは、むしろ特殊な風景で、今でいうと、新宿の高層ビル群とか、ウォータフロントのマンション群のような存在といっても良いでしょう。田舎にも豪商がいて、立派な建物が残っていますが、よほどの財力がないと、そういった立派な建物には住めませんでした。普通の建物は、嵐や洪水ですぐに壊れてしまうし、そうでなくても長持ちしませんから、今に残っている古建築は、超高級なものばかりなのです。

　ところで、人が住む場所というのは、1つは水の近くであること、次に、燃やすもの（燃料）が得やすい場所です。大勢が集まるような集落になると、大きな川が必要だし、近くに森林が必要です。建物を造るための木材よりも、暖を取り、料理に使う火を熾すための薪が必要でした。江戸時代には、植樹などをしていませんから、人が住む近辺の森林はほとんど禿げ山になっていて、今よりも緑がずっと少なくなっていたのです。

 近くの森が禿げ山になると、都市は移動します。これが、遷都です。

---

2018年6月19日火曜日

### ストック癖

　講談社文庫『そして二人だけになった』のゲラは550ページ、最後まで読み終わりました。非常に大変な作業でした。明日から幻冬舎新書『ジャイロモノレール』のゲラに取りかかろうと思ったのですが、大和書房『MORI Magazine 2』の3校が届きました。文章はもう通して読まないつもりですが、修正箇所の確認をします。イラストや写真がようやく入った

ので、これらのレイアウトのチェックもします。こちらが優先で、『ジャイロモノレール』は数日あとになります。

クリームシリーズ7のエッセィは、5つを書いて、完成度は40％になりました。ゲラの作業とは別の頭で進めています。

朝から輝かしい晴天で、気温も上昇し、20℃近くになりました。気持ち良く、犬たちと散歩に出かけると、近所の犬も何匹か出てきていて、匂いを嗅ぎ合っていました。

庭仕事は、まず草刈りを1バッテリィ。それから、ついに芝の種蒔きをしました。昨年から残っていた種をまずすべて蒔きました。まだ未開封の1袋があるので、これも近日中に蒔くつもりです。種蒔きをしたあとは、1日に3回は水やりが必要で、これが1週間くらい続きます。その間に大雨が降ると、流されてしまってご破算となりますが、そんな雨は、たぶん降らないと思います。

あと、庭園内で薔薇の蕾（つぼみ）がちらほらと出ていました。これから咲くようです。こちらも天気によります。日が当たっている方が良いのですが、ほとんどが木蔭なので、ハンディがあります。

庭園鉄道は、大きなレールカー（26号機）を出動させました。車両の内部に乗り込むタイプです。乗り降りがわりと面倒で、特に降りるのが一苦労です。サイドブレーキがなく、車両が動いてしまい、不安定だからです。これで、全線を1周して、写真を7〜8枚撮影してくると、30分くらいかかってしまいます。写真さえ撮らなければ、15分くらいだし、一人で楽しめます。だいたい、楽しいことをするときはカメラを持っていません。

芝生で犬たちに水遊びをさせ、ボールを投げて遊びました。ウッドデッキには、犬のベッドとか、おもちゃなどが干してありました（犬が干したのではなく、干したのはスバル氏です）。デッキは、家の側で近くに大木がないため、日が当たるのです。サンルームも30℃くらいまで暖かくなって、湿度が異様に下がるので、洗濯物を干したりしています。つまり、爽やかさというのは、朝の低温が必要なのですね（除湿器の原理）。

荷物を発送するために、スバル氏と犬たちと一緒にドライブ。スバル

氏がオフィスに入っている間、外で犬たちを散歩させました。クルマの中では大人しくしていますが、年長の1匹は、ウィンドウを開けることができるので、スイッチを切っておかないといけません。ウィンドウが開いていると、外へ身を乗り出して、箱乗りに近い状態になりますから、リードを付けて外に飛び出さないようにします（これはクルマが停まっているときの話）。

　帰ってきてから、庭の掃除や燃やしものをしました。この間も、犬たちはノーリードで勝手に遊び回っています。人から離れるようなことはありません。

　スバル氏は、ハンモックが好きらしく、2本の樹の間に布をぶら下げて、ときどきそこに入っているようですが、中で何をしているのかは知りません（見えないから）。やることは、寝るか、本を読むか、音楽を聴くか、くらいだと思います。その樹の間のハンモックは、当然日陰なので、あまり暖かくないわけです。そこで、日当りが良いウッドデッキにハンモックが欲しい、と言いだしました。デッキの近くには、大きな樹は1本しかなく、ロープを渡す適当な場所がありません。さて、どうなることでしょうか。

　数日まえに木工が一段落し、廃材などの処分もおおかた終わったので、次のプロジェクトに進む準備をしています。まだ木材が足りないため、ホームセンタへあと2回は行かないといけません。木材のほかに塗料も足りません。コースレッドも足りないな、と思っていたら、今日ガレージで使っていない新品の箱を2つ発見。この頃このようなことが多く、情けないことですが、考えてみたら、30代くらいの頃からこんな感じ（うっかり者）だったようにも思います。

　予備で買っておいて、買ったことを忘れてしまうわけですが、言い訳すると、これは危険側ではなく、安全側のミスなので、簡単に自分を許してしまうのです。この反対に、必要なものを買ってあると思い込み、使おうと思ったらなかった、というミスは危険側ですから、あってはならない事態です。そうならないために、ストック癖がついてしまったわけです。もしかしたら、母親からの遺伝かもしれません。

　自分が使う日用品は、自分で補充するルールになっている森家なので、たとえば、自分が使うシャンプーとか手洗い石鹸とかトイレットペーパ

とかティッシュとかは、沢山ストックしています。それらを眺めると、まだ当分生きられそうな気分になります。

 接着剤を大量にストックしていましたが、この頃だいぶ減りました。

2018年6月20日水曜日
## ストレスが生まれる環境

　午前中は、犬たちとスバル氏と一緒にホームセンタへ行きました。店内では、犬たちはカートに大人しく乗っています。日用品を購入しただけ。材木を購入したいのですが、クルマに大勢が乗っているときは運べません。見るだけにして、後日一人で買いにいくことにしました。
　『MORI Magazine 2』の3校（念校）で、再校で修正した箇所が直っているか、確認をしました。今回、コジマケン氏の素晴らしいイラストが入り、それだけでも嬉しくなりました。写真も入りましたが、残念ながら、写真のキャプションはなくなっています。「2017年の仕事」と内容的に関係がある写真だったのですが、方々の空いたスペースに分散して入りました。わかる人にはわかるし、わからない人は知りたくもない情報なので、このままで良いかな、と思います。
　この本のカバーが7案、カラー違いで届いたので、選びました。どれも目移りするほど素晴らしい、つまりイラストが良いのです。このカバーだけで単行本を購入する価値があるのではないか、と思いました。創刊号よりも良いと思います。
　いよいよ、幻冬舎新書『ジャイロモノレール』の初校ゲラを読み始めました。まだ「まえがき」までで、進捗は10%ほどです。校閲が、算用数字を漢数字に直す指摘をしてきましたが、これは「ママ」にします。本文は縦書きなので、やや読みにくいかもしれませんけれど、数式などは一切なく、誰にでも読める内容になっています。一番力を注いだのは図面で、3月頃でしたか、ここでも報告したとおりです。森博嗣が今までに出した本の中で、最も本人に近い（正直で素直な）内容の本だとい

えます。

　この本にも登場しますが、模型界のカリスマと呼ばれた井上昭雄氏が亡くなられた、との連絡がありました。また、この4月には、同じく天才モデラの佐藤隆一氏が亡くなられました（先日、奥様から直接ご連絡をいただきました）。お二方とも、ジャイロモノレールの模型を作られました。特に佐藤氏の模型は、ドイツの博覧会でも展示され、話題になったものです。僕も、佐藤氏にいろいろな工作をお願いし、現在欠伸軽便鉄道で走っている機関車の1台は彼が作られたものです。

　さらに、遡ること2月には、ライブスチーム界で世界的に有名な和田耕作氏が亡くなられています。お三方は、欠伸軽便のオープンディに何度も参加いただきました。ほぼ同時に3人の巨匠を失ったことになり、一時代が終わったのかな、と感じます。僕の動画サイトに、佐藤氏と一緒にシェイを運転しているものがあります。

　模型界の悲報は、僕よりも上の方ですが、出版界の悲報は、僕よりも若い方の方が多数です（そもそも、つき合いがある方が、僕よりも若いからですけれど）。また、大学関係の悲報になると、ぐんと若い人の場合が多く、たとえば、僕の教え子とか、そういった方がもう亡くなられていたりします。このあたり、やはりストレスのある環境が関係しているのだろうか、と考えてしまいます。そう考えても、なにか手が打てるわけではありませんけれど。

　ストレスというのは、「いやでいやでしかたがない」という場所で起こるのではなく、「少しいやなことがあるけれど、自分はこの仕事が大好きで、これに懸けている」という意気込みがある方が、むしろ危険な状態といえます。つまり、ブレーキがかからないから、自分がしっかりと意識できないうちに暴走してしまうのではないか、と考えています。もちろん、人によるので一概には言えませんが。

　自覚がしっかりとある場合でも、自分の理想とのギャップが、ストレスの大きさになりますから、嫌なことと対比する理想の高さも、実はもう一つの要因といえます。だから、「やりがい」があるほどストレスが生じます。というか、「やりがい」と「ストレス」は、同一の概念だともいえま

す。もともと、「やりがい」という日本語はその意味です。

　また、躰を壊して入院したり、病気で急逝したりする場合も、それに気づかせない気負いがあって、処置が遅れる可能性があるかと。具合が悪くなっても、すぐに病院へ行くようなタイプではない、という人がストレスを抱え込むのかな、と想像できます。

　また、駄目だと落ち込んだり、具合が悪くなる、というのは、既にストレスを発散している状態だ、ということです。溜め込んでいるのは、症状が出ない期間なのです。

　我が身を振り返ってみると、30代半ばで、趣味に打ち込むためにバイトをしよう、小説でも書いてみようか、と気まぐれで考えたことが、ストレスの発散だったようです。そのときは、ストレスを抱えているとは思っていませんでした。良い環境の職場でしたし、仕事も面白かったし、不満はほとんどなかったのです。でも、もっとやれるのに、少しずれたノルマが多いことで、「しかたがないな、仕事だから」と感じるようになった、これが（無意識でも）ストレスだったのでしょう。今考えると、あのまま続けていたら、病気になっていただろうな、と確信しています。

　仕事からも、実家からも、周囲の人間関係からも、遠く離れることができたのは、本当に良かったと思っていて、だからこそ、引退後にもこんなにあれこれ続けることができる、というわけでしょう。

　少し早いかな、という決断をしたとき、たいていは少し遅いのです。

---

2018年6月21日木曜日

## 修羅場のない人生？

『MORI Magazine 2』の3校ゲラを確認し、メールで修正箇所を編集者へ連絡。5箇所だけでした。『ジャイロモノレール』のゲラは、30%まで読みました。クリームシリーズ7の執筆は、進捗度50%です。すべてが順調。講談社タイガ『天空の矢はどこへ?』の見本が10冊届きました。封は開けていません。

昨夜はかなり雨が降ったようです。朝、すべてのものが濡れていました。散歩のあとに、犬たちの足を拭いてやりますが、お腹の毛も濡れるので、Tシャツを着せて出かけています。そのTシャツは、1回で洗濯機行きとなりました。

　10時頃には、晴れ上がって、すっかり乾燥していました。犬たちは芝生で走り回って遊びますが、呼べばすぐに家の中へ飛び込んできます。このときも、足を拭いてやりましたが、ほとんど汚れていませんでした。

　庭園鉄道では、新しく34号機の製作を開始すべく、材料を用意したり、設計を始めたりしています。今回は、HONDAの発電機を搭載するハイブリッド機関車。庭園内の端まで自力で走っていくことができ、また、その場でコンセントの電源が必要な機器を利用することもできます（それほど需要はありませんが）。あまり凝らずに、あっさりと仕上げる予定なので、来月くらいには完成するかもしれません。なにもトラブルがなければ、ですが。

　一方、木工の方は、資材調達が間に合っていません。ホームセンタへ行く暇がないためです。線路工事は、今は補修を少しずつ進めているだけです。ターンテーブル周辺では、その後進捗はありません。

　小さい機関車が、書斎に沢山溜まっています。まだ走らせていないものだからです。走らせるときは、工作室へ持っていき、そこで最終的な整備をしてから、屋外で走らせます。その後は、ガレージの床や棚に並ぶことになります。もちろん、新しい機関車ではなく、古い機関車も随時、走らせたいものを選んで遊びますから、なかなか新しいものに出番が回ってきません。毎日1台走らせても、1年以上かかるほど沢山あるのです。

　そのガレージの床も、足の踏み場が少なくなってきたので、第2ガレージに棚を新設しようかな、と考えていますが、自作するとなると、また材木を買ってこないといけません。悩み多き毎日です。

　吉本ばななさんに、書いたばかりの（12月刊クリームシリーズ7に収録予定の）エッセィを1つメールで送ったら、彼女もまもなくネット（の有料サイト）でアップされるエッセィを送ってこられて、それを読みました。僕が送った

のは、メールで話題になったことに関連があったからです。吉本さんの方は、「修羅場」に近い感じの体験を綴ったものでした。そういう修羅場って、誰の人生にも1度か2度はあるものです。

　べつに、血みどろの争いが繰り広げられるシーンだけが修羅場ではありません。でも、人間の死が絡んでいたり、あるいは、そういったものを連想させるような感情の高揚や衝突があったり、日常にはない大きな振れみたいなものに遭遇することがあります。なければないで、それは幸せかもしれませんし、また、あっても、良い思い出となることも多いはずです。

　極限状態とまではいかなくても、非日常の場になれば、何をどうすれば良いのか、と必死で考えるしかありません。いかに日頃、決まった対処をし、予定どおりに行動しているのか、ということがわかり、そういった「考えないでも良い時間」の貴重さを再認識することになります。

　僕はよく、「もっと考えなさい」と書くのですが、考えないでも良い状況は、(それが継続できるならば)たしかに幸せなのです。まるで、良い飼い主に巡り会ったペットみたいなものです。これは皮肉でもなく、非難でもありません。むしろ、幸せというのは、本来そういうもの、誰かに支配され、誰かに頼り切った状態なのかも、と思います。不自由だとも感じないことでしょう。たとえば、眠っている状態がそれに近く、多くの人が、その気持ち良さを知っているはずです。朝、起きたくない人、多いのでは?

　ただ、それが不利に働くことがある、というだけです。寝てばかりいたら、沢山のものを失ってしまう。動物だったら、食べられてしまうし、人間でも、言葉どおり誰かの「餌食になる」わけです。本当に、ただそれだけの心配があるのです。

　現代は、昔に比べれば、安全安心な社会になりましたから、そうそう「食い物になる」なんて起こらないとは思いますが、もう少し緩い意味での「食い物」の危険性は多く残っています。

　人間を食い物にするのは、もちろん人間です。たとえば、まっとうな仕事、商売も、ある意味では、他者を食い物にした行為だといえま

す。基本的には、競争社会であり、食うか食われるか、という野性は引き継がれています。みんなで一緒に幸せになろう、というような方向性は、ほとんど立ち消えて、人間の欲望は、やはり「自分は勝ちたい」だということでしょうか。

そういった競争を一切諦め、自分はひっそりと暮らす、あくせく立ち回らず、自然に任せて生きていく。病気になったら死ぬだけだ、というシンプルな人生もあることでしょう。考えた末に、そこへ行き着く人も少なくないのでは、と思っています。僕自身、基本はそれに近いからです。でも、楽しいことはやりたいし、それにはお金がかかる場合もあるし、という煩悩を抱えています。いつか、吹っ切れるときが来るでしょうか。

 結局は、やり尽してみないことには、煩悩は吹っ切れないのでは？

---

２０１８年６月２２日金曜日

## 越冬の庭園

早朝の散歩は、黄色いスニーカ（2つ買ってしまったうちの新しい方）を履いて出かけます。これが、非常に歩きやすく、良い買いものだったな、と満足しています。たしか、8000円くらい。僕としては、高級品を選んだものです。足が贅沢になったのでしょうか。

犬たちを芝生で遊ばせたあと、古い発電機の整備をしました。何年か振りで始動したのです。紐を引いてエンジンをかけます。なかなかかかりませんでしたが、5分ほどトライしていたら、ドドドと動き始めました。この発電機の電気を利用して、機関車を走らせる計画なのです。発電機が思いのほか好調なので、配線をしてから、機関車を動かしてみました。これも異状ありませんでした。それで、今度は自分が乗る車両を連結して、牽引させてみました。

すると、10mほど走ったところで急停止。調べてみたら、コントローラのヒューズが切れていました。新しいヒューズを入れて再度試しても同じです。3度めのときは、コントローラから煙が上がったので、中を開けて

確かめてみたら、セラミックコンデンサがパンクして、黒こげになっていました。

　コントローラの異状か、あるいは発電機との相性だと思います。状況を説明するメールを、コントローラのメーカに送りました。ひとまずウェイティング。

『ジャイロモノレール』の初校ゲラを50%まで読みました。それから、クリームシリーズ7のエッセィを8つ書いたので、完成度は58%になりました。いずれも順調です。今日は日曜日なので、編集者からのメールもなく、ゲラと執筆に集中できました。集中力なんかいらないって、誰か言っていましたね。

　昨夜も雨が降りましたが、朝にはやんでいました。ゲストハウスを見にいったら、雨漏りはほとんどしていませんが、まったくゼロというわけではなかったようです。まだ少し漏っています。次は、屋根の上にシートを敷いてみようかな、と考えています。たぶん、風呂敷くらいの大きさがカバーできれば止まるし、表からは見えにくい場所なので、気にならないと思います。

　庭園内で、薔薇が咲き始めました。まずは白い薔薇が5輪くらい。スバル氏がガーデニングにやる気を出し始めています。5月に比べると、日陰になった分、とても寒く感じられます。気温は上がっても、18℃ほどがせいぜい。7月になったら、20℃を超えるかもしれません。

　線路の補修工事を少しずつ進めているのですが、いつもだいたい同じところが、土が沈んで線路が傾きます。ということは、地面の内部に空洞でもあるのかな、と想像してしまいます。たぶん、水が流れる道があるのでしょう。この地は、水捌けがとても良く、水溜りを見たことがありません。スコールのような雨が（1年に1度か2度）あっても、雨が上がったら、もう水溜りは消えています。でも、どこかに水を通しにくい粘土質の層があって、その上を水が流れているはずです。水が流れれば土を運ぶから、空洞ができるわけです。

　鉄道の工事で、今まで一番深く穴を掘ったのは、20cmくらいで、樹を植えるときに50cmくらいでしょうか、それくらいしか地下のことは知らな

いのです。建築工事をしてもらったとき、重機で穴を掘るのを見ていましたが、水道管は60cmくらいの深いところを通っていました。これは、凍結を防ぐためです。冬は、20cmくらいまではかちかちに凍っていて、スコップは1cmも入りません。

そんなに凍結するのに、植物が冬を越せるのが不思議です。眠っているのですね。12月頃にプロが工事をしたとき、樹を5本ほど、違う場所へ移植してもらったのですが、穴を掘って、そこに樹を立て、埋め戻しただけで、水をやりませんでした。「水をやった方が良いですか？」と職人さんに尋ねたら、「この時季の樹は水を吸いません」とのことでした。へえ、そうなのか、と思った次第。

スバル氏が、チューリップの球根を何百個も埋めていますが、半分も咲きません。でも、2年めになって出てくるものもあります。球根が冷凍されているのでしょうか。

僕が担当している芝生は、冬を越えます。冬の間は凍っていても大丈夫みたいです。今は、緑が綺麗で、冬の様子は信じられないくらい別世界です。うちではできませんが、すぐ近所で霜柱が立つところがあって、地面が20cmも持ち上がるという話を聞きました。そういえば、去年だったか、芝生のコーナが春に5cmくらい盛り上がっていました。数日で元に戻りましたけれど。数々の未体験が身近にあって、興味が尽きません。

 モグラは土の中で生きています。冬は深いところに潜るはずです。

---

2018年6月23日土曜日

## モータとトランジスタ

『MORI Magazine 2』のカバーや装丁の最終案にOKを出しました。『ジャイロモノレール』の初校ゲラを70%まで読みました。クリームシリーズ7のエッセィを7つ書いたので、完成度は65%になりました。

いつもどおりに、朝の散歩をしてから、芝生で犬と遊び、そのあと庭

仕事。スバル氏が、アナベルを植えたいというので、お昼頃に農場へ買いにいきました。土も3袋ほど買ってきました。午後には、この穴を掘ることになり、久し振りにスコップを手にしました。また、刺のある雑草を排除するため、ハサミを持って藪へ分け入り、奮闘しました。切ったままですが、乾燥したら集めて燃やしましょう。

昨日のコントローラですが、メーカからすぐに返事があって、パーツの不良かもしれないから、製品を送り返してほしい、とのこと。これも荷造りをして、発送しました。どれくらいで返ってくるでしょうか。しばらくペンディングです。

電気で回るモータは、子供の頃から慣れ親しんでいますが、僕が知っているのは、DCモータ、つまり直流で回転するものです。たとえば、日本のマブチモーター（固有名詞なので長音をつけました）が世界で一番有名なメーカです。DCモータは、モータから2本のコードが出ていて、そこに直流を流せば回りますが、プラスとマイナスを逆につなぐと、反対方向へ回転します。これにより、機関車は前進したりバックしたりできるわけです。

これに対して、コンセントを使う電化製品に使われているモータは、ACモータが多く、交流で回ります。この場合、コードを逆につないでも、モータが回転する方向は同じ。逆回転させるためには、モータ内の電磁石とコア部の位相を変える必要があって、機器内に切換えスイッチが必要になります。

昔は、交流モータしかなかったため、たとえば鉄道模型も交流で走らせていました。機関車は、どうつないでも同じ方向に走ります。バックをさせるためには、機関車のスイッチを切り換えるしかありません。今では、鉄道模型の多くは直流を使い、手許のコントローラで極性を切り換えるだけで、機関車をバックさせられるようになったのです。

マブチモーターは、永久磁石を使ったDCモータを開発しました。これが、僕が生まれる10年くらいまえのことです。当時は、永久磁石の性能が今ひとつで、大したパワーはなかったのですが、だんだん強力な磁石が作れるようになり、最近では、モータでヘリコプタや飛行機が

飛ぶようになりました。

　小学生の頃には、モータが宝物でした。オレンジ色の箱に入って売られていました。お小遣いで買ったモータを、数種持っていて、新しい模型を作るときは、古いものからモータを取り外して利用しました。学校でも、理科の授業でモータを作って実験をした覚えがあります。小型のDCモータは、最初はおもちゃや模型に使われ、しだいに家電に浸透していきます。

　電気を使う器具は、かつてはすべてコンセントをつなぐものでした。自転車のライトが最初の例外かもしれません。電池も単一がほとんどで、重いし、容量も少なく、長持ちしませんでした。

　おもちゃは、当時は日本を代表する産業だったので、ゼンマイ動力に代わって、モータで動くものが沢山世界に輸出されたようです。

　僕が大学生になった頃に、タミヤのラジコンカーが大流行したり、ソニーがウォークマンを発売したりしました。いずれも、小型で高性能なモータやバッテリィがあったからこそ生まれた製品です。

　ウォークマンの少しまえには、ラジカセの流行があって、好きな音楽を屋外で聴ける、という新鮮さにびっくりしたものです（さらにまえに、ラジオが電池で聴ける、という革新があったはず）。

　小学生のときには、子供向けの電子パーツ屋さんがあって、そこでトランジスタを1個ずつ買っていました。1つが100円〜200円くらいですから、モータと同じくらいの値段でした。トランジスタというものを見たことがある人は、もう年寄りだと思います。

　それがあっという間にICになりました。トランジスタはICの中に組み込まれてしまって、見えなくなったのです。それでも、僕が子供の頃と、電子回路はそれほど変わっていません。昔はなかったパーツが今はある、ということはなく、ただ小さくて、省エネで、安くなった、というだけです。トランジスタの作動を理解している人は、電子機器を今も理解できるはずです（トランジスタは、ダイオードの応用ですが）。

　モータも、機構は変わっていません。昔のままだから、今でも分解して直せますし、道理がわかっているから、あれこれ応用もできます。で

も、この頃は、ブラシレスモータが主流になって、ただ電気を流せば回る、というものではなくなりつつあります。ブラシによる極性のコントロールを電子的に行っているわけで、いわば、エンジンが電子キャブレタになったようなものです。

それでも、モータはだんだん減ってきました。つまり、回る必要がなくなりつつあります。リニアモータになると、回転部が不要です。掃除機や扇風機も、先日少し書いたイオンクラフトみたいな仕組みで、そのうちにモータレスになるかもしれません。台所のコンロだって、もう火を燃やしたり、電熱線を使ったりしないIHに変わりつつあります。

 モータもエンジンも100年以上まえから機械を動かしてきました。

---

2018年6月24日日曜日

## 我が家のガーデニング

『ジャイロモノレール』の初校ゲラを90％まで読みました。明日終わります。クリームシリーズ7のエッセィは、7つ書いたので、完成度72％になりました。こちらも予定どおりの進捗です。『森籠もりの日々』の3校（念校）が早くも届きました。今日か明日中（つまり一両日中というのかな）に確認します。前回の修正箇所を見るだけです。

今朝は、日差しが照りつけ、早くから暖かく、犬の散歩のあと、すぐに芝刈りをして、そのあと燃やしものをしました。昨日、アナベルを植えるための穴を掘りましたが、そこへは水やりをしました。この近くで、刺のある雑草が茂っている藪があったので、ハサミを持って中に入り伐採。軍手では痛くて掴めないので、火箸を使って袋に入れ、一輪車で運んで、これも燃やしました。

薔薇は、現在は10輪くらい咲いています。白が多いですね。今日も、午後は芝生の種を蒔きました。毎晩雨が降っているので、好条件です。芝生も80％くらい繁ってきて、犬たちの運動場になっています。

ゲストハウスへ行って、オーディオルームでモノレールを走らせて、20

分ほど遊んできました。今は、寒くもなく暑くもなく、冷暖房がいらない、ちょうど良い季節です。スバル氏も、アトリエで過ごすことが増えているようです。渡り廊下の雨漏りですが、今日はカップに1cmほど水が溜まっていました。もしかしたら、風の向きが関係するのかもしれません。冬は雨漏りしていたので、冬に吹く風の方向がいけないのかも。まだ対処はしていません。

　お昼頃には、犬と一緒に庭園内を散策。犬は普段は母屋から離れることはありませんが、飼い主が歩くと、すぐ近くをついてきます。普段は行けないエリアなので、緊張しているようで、匂いを一所懸命嗅いでいます。怪しいものが侵入した痕跡を探しているようでもあります。

　犬は、自分の散歩のコースで、見慣れないクルマが駐車していたり、昨日までなかった立て看板などを見つけたりすると、唸ったり吠えたりします。「怪しいやつだ」というわけです。つまり、映像を記憶しているのです。嗅覚でないことは確かで、たとえば、飼い主が変装したり、なにか大きなものを持っていると、勘違いして唸ることがあります。声や匂いで、間違いだと気づき、途端に大喜びします。

　森の中で細々とガーデニングを楽しんでいるわけですが、野菜や果物など、食べられるものは作っていません。例外的に、料理で使えるハーブ類があるだけです。ジャムにできる実をつけるものもありますが、大して穫れません。スバル氏が、胡瓜だったかを植木鉢で育てたことがあったようですが、素晴らしい美味しさを味わったことはありません。

　まず、畑をするには、日射が足りません。農家が作物を作る場所は、周りに樹が一本もない場所です。うちの庭園は森なので、そういった条件とはほど遠いのです。それから、土も全然違います。しかしこれは、そういった土を入れれば良いだけなので、大きな問題ではありません。

　また、食べられるものを作ると、野生動物が来る危険があります。うちの庭園は周囲に柵がありません。柵なんか作ったら、大変な費用がかかりますし、景観的にもよろしくないでしょう。動物は入り放題ですし、近所の犬とか猫も遊びにきます。近所の人も、玄関からではなく、

庭の方から入ってきます。

　こんなに広い庭を管理しているのは、鉄道で遊ぶためと、犬を遊ばせるためです。家を建てるときに、何十本か樹を伐採しましたが、その後は一本も切っていません（自然に倒れたものが3本）。ほとんどの樹は、30mくらいの高さです。

　日が当たらないので、おおかたの植物が育ちません。薔薇も大きくならないし、花も少ないのが現状。スバル氏がいろいろ植えていますが、どんどん増えたり、大きく生長する植物は皆無といって良いかと。

　例外的に、一日のうち数時間日が当たる場所が一部にあって、そこだけはなんでも育ちます。やはり、日射が大事なんだな、ということはわかりました。

　ここは、夜は雨が多いのですが、昼間は晴れている日がとても多くて、太陽光発電にも適していると思います。ただ、まずは樹を切らないとできません。そもそも樹は、太陽光からエネルギィをもらうために葉を広げているのですから、太陽光発電と自然の緑は、明らかにライバル関係にあり、両立しません。新緑や紅葉が美しいと思うか、きっちりと並んだ発電パネルが美しいと思うか、という選択になるわけです。

　芝生が1アールくらいあります。先日も書きましたが、芝生は管理が大変。ほとんど畑と同じです。というか、芝はイネ科ですから、水田みたいなものです。とにかく水や肥料が大量に必要だし、芝刈りもしないといけません。僕は、雑草は手で抜いていますが、ゴルフ場などでは除草剤を使っているはずです。でなければ、綺麗なグリーンは維持できません。非常に人工的な風景なのです。うちの芝生は、建物に隣接した位置なので、比較的日が当たります（建物を建てるエリアの樹を切ったから）。薔薇も多くの花壇も、例外的な食用植物も、すべてこのエリアに植えられています。森の中では、なにも育ちません。地面を緑にしてくれるのは、苔だけです。でも、苔は種を蒔いて意図的に増やせるものではありませんから、地道に秋の落葉を掃除して、冬季に日が地面に当たるようにするしかないようです。

菜園、田畑というものは、自然からはほど遠い人工環境なのです。

2018年6月25日月曜日

## 実験室の作業の思い出

『森籠もりの日々』の3校（念校）を確認しました。問題ありませんでした。ほぼ校了です。ところで、この本が来月発行になるため、本ブログの昨年分（つまり書籍に掲載される分）は、今月末にも削除されます。ご了承下さい。有料で販売する書籍の内容と同じものだからです。とはいえ、書籍の方には、毎日一言の（僕の）コメントが加わっています。ブログに掲載した写真は、書籍には含まれません（もちろん動画も）。動画は、YouTubeで見られますが、写真は永遠に削除されます（僕も既に大半をメモリィから消しています）。

講談社文庫の『すべてがFになる』と『つぶさにミルフィーユ』が重版になると連絡があり、それぞれ、第70刷、第3刷になります。前者は、今年3度めの重版、後者は、2度め。

新潮社の編集者から連絡があり、『人間はいろいろな問題についてどう考えていけば良いのか』の韓国版の契約を進めることになりました。僕が想像していた以上に、小説外のものが海を渡っていくようです。

NHK新書『読書の価値』が重版になり、第3刷が発行されることになった、と連絡を受けました。Amazonで売り切れているそうですが、じきに解消されます。

幻冬舎新書『ジャイロモノレール』の初校ゲラは、最後まで読み終わりました。図面や写真なども的確に配置されていました。この本は9月に出ますが、その4カ月後の1月にも、幻冬舎新書が予定されています。こちらは、まだゲラは来ていません。

今日は、ゲラ関係で忙しく、クリームシリーズ7は5つだけしか書けず、完成度は77%となりました。でも、あと3日もあれば書き上がることでしょう（6/23に終わるので、予定よりも少し早め）。今月中に手直しをして、脱稿できる

と思います。次の執筆は、来年3月刊予定のエッセィになります。7月〜8月で、ゆっくりと進めたいと思っていますが、たぶん書き始めたらすぐでしょう。クリームシリーズのように、テーマが100個別々だと大変ですけれど、1つのテーマで語る場合は、だいぶ楽です。もっと楽なのは、ストーリィが流れている小説。

スバル氏が、デッキで使うハンモックを購入したので、その組立てを手伝いました。まだリビングにあって、外には出していません（夜に雨が降る季節なので）。

1人でホームセンタへ出かけていき、木材を買ってきました。防腐塗料もまた1缶購入。明日は、木工が始められることでしょう。

大学にいた頃、実験室で活動する時間が多く、特に助手（今の助教）の頃は、学生たちと一緒に遊んでいるような楽しい時間でした。コンクリートの実験をするわけですが、まずは型枠を作らないといけません。ベニヤや角材を買って、金槌（かなづち）と釘で組み立てました。まだインパクトドライバとかコースレッドはなく、ノコギリも手で引いていました。

僕は、工務店の息子だった関係で、子供の頃から木工に慣れ親しんできましたが、学生たちは、ほとんど道具が使えません。ノコギリなどの使い方は、知識はあっても、力の入れどころがわからないから、ちっとも切れないのです。

型枠ができたら、次はコンクリート打設となりますが、そのまえに準備があります。コンクリートの材料は、セメント、砂利、砂、水です。このうち、砂利と砂は含水率が問題になります。サイズは篩（ふるい）にかけて調整し、そのあと天日干しをして、適当に乾燥させるのですが、日が当たる時間に、屋外に広げて、夕方に回収します。これはかなりの重労働でした。

材料の準備が整ったら、あとは混練（こんれん）（ミキシング）。調合計算し、材料を計量し、ミキサに投入します。練られたコンクリートを作った型枠に入れて（打設）、バイブレータで締め固めます（空気を出すことが主目的）。

通常は、翌日か翌々日に型枠を外し、できたコンクリート試験体を水に入れたり、恒温養生室に入れておきます。ここまでは「実験」ではな

く、試験体を作っただけですから、まだ準備です。打設から4週後に試験をします。

書きませんでしたが、鉄筋コンクリートの試験体なら、鉄筋の準備をして、打設のまえに型枠にセットしておかなければなりません。

破壊試験では、試験体を試験装置にセットし、力を加えていって、変形を測りながら壊します。これは、早いものだと、1分もあれば終わります。何週間も準備をしてきて、本番は一瞬なのです。

でも、まだこの段階では、「実験をした」とはいえません。単に「測定をした」だけです。実験とは、測定されたデータを分析し、結果について考察するところまでをいいます。そこまで至って、不備や不足があれば、再実験や追加実験となります。このようにして、順調に最後まで進めば、実験的研究として論文が書けるはずです。何カ月もかけて、1編の論文（だいたい2～4ページ程度）が出来上がります。また、このような論文は、たいていは口頭発表用で、レフリー付きの学術論文ではありません（いわば、「報告」にすぎません）。学術論文（文章量は口頭発表論文の倍程度）に至るには、実験的研究を何度も繰り返し、なんらかの理論を打ち立てる必要があります。たとえば、4年生から始めて、大学院2年を修士として、3年間真面目に活動しても、なかなか1編の学術論文にはなりません。このあたりは、運不運もありますし、それほど甘くないのです。

木工をしていると、型枠をまず作るんだったな、と自分が学生だったときのことを、よく思い出します。名古屋の夏はとても暑く、汗を流して作業をしました。コンクリートを入れる恒温養生室が、常時20℃でしたので、休憩のときはそこへ退避するのですが、大勢が入ると養生室の温度が上がってしまい、計器の記録に残ったりするのでした。

実験室にはエアコンがありませんでした。広すぎるからでしょう。

2018年6月26日火曜日

# 犬の散歩をして考えた

朝は濃霧。外は肌寒いので、ゲストハウスへ行き、掃除をしてから、オーディオルームに常設されている鉄道模型（スタンダードゲージとOゲージのモノレール）でしばらく遊びました。そろそろまた、ゲストがいらっしゃる頃ですから、綺麗にしておきましょう、というわけです。

霧が晴れてきたので、庭園鉄道を普段どおり運行。線路に異状はありません。このところ、毎晩雨が降っていて、雑草も伸びてきました。芝生は、3日刈らないとふわふわ（伸びすぎ）になります。先日蒔いた種はまだ芽を出しません。日が当たらない場所だから、低温のせいでしょうか。

玄関の横の壁にあるリースに作られた鳥の巣では、このところ4羽の雛がいつも蹲っていましたが、もうだいぶ大きくなっていました。巣にぎっしりと詰まっている感じ。嘴を上に向ければわかりますが、下を向くと、どこにいるのかわかりません。色も黒いし、写真が上手く撮れないのです。

2枚ほど写真を撮ったあと、少し離れたところにいたら、突然鳴き声がしたので巣を見ると、4羽の雛が一斉に巣から飛び立ち、庭園内の樹の中へ消えました。しばらく鳴き声だけが聞こえていました。親鳥がそちらにいたのかもしれません。そのあと、玄関近くを通るたびに巣を覗きますが、空っぽのままです。もう帰ってくることは、ないのかも。

クリームシリーズ7のエッセィを8つ書いて、完成度は85％になりました。明後日終わりそうです。今日の仕事は、これだけ（例外は、このブログを書くこと）。

大和書房『MORI Magazine 2』の微調整したカバーが届き、OKを出しました。これも、ほとんど校了です。

午後は、庭園鉄道の線路の工事。といっても、既にある線路の路盤を補強するためのもので、杭を打ち、土を運んで締め固める作業です。30分くらいしかしていません。それ以上やると疲れます。疲れるまえ

にやめて、別の作業に切り換えるのが、自分なりのやり方。

ガレージでは、小さい機関車の整理をしました。整理をしているうちに、直したいところが幾つも見つかって、どうしてもすぐにやりたくなります。直すためには、工作台を片づけないといけないので、まずそちらを簡単に処理してから、何台か細かい修理をしました。

午後は、犬たちをクルマに乗せて、近くの公園まで行き、散歩をさせました。犬は、いつも同じコースが良いみたいで、厭きることがありません。同じ場所へ行くと、途中で出会う犬たちもお馴染みさんばかりです。連れているのは、たいてい老人ですね。若い人は、この時間には働いているはずです。

日本も最近、爆発的にペットが増えているようですが、ペットというのは、やはり高齢化社会にマッチしているのでしょう。若い世代は、小動物でないと世話ができませんから。猫は長時間家の中で大丈夫みたいですが、犬はやはりちょっと難しいかな、と思います。

連れ出すとしたら、毎日連れていく必要があります。賑やかな場所でも落ちついていられるように、クルマが近くを通っても驚かないように、と小さいうちから慣れさせないといけません。そう考えると、やはり休日だけ散歩させるというわけにもいかず、飼い主が日中に不在で留守番ができる犬は、限られた犬種になることでしょう。

森家では、犬がいることが生活の前提になっているため、新しいお店や公園などを見つけたら、犬が同伴できるかどうかをまず調べます。ホテルもそうだし、乗り物もそうです。この点で、日本（特に都心）は遅れているように見受けられます。以前は、乳幼児のための施設や設備を充実させる必要性を指摘する論調が目立ちましたが、これからはペットなのでしょう。また、高齢になったペットに対するビジネスも、盛んになってくるはずです。

 獣医さんも必要になるし、ペットと入れる店が増えることでしょう。

2018年6月27日水曜日
## 楽しいハイブリッド機関車

　クリームシリーズ7のエッセィを8つ書いて、完成度は93%になりました。あと1日です。昨年の『つぶさにミルフィーユ』と同じく、今回もあらかじめテーマをストックせず、1つずつ、その場で思いつきながら書いていますし、その順番のとおり本にしようと思います。自分の印象としては、ひねくれ度やや控えめです。本のタイトルは、明日発表しましょう（忘れなければ）。

　SB新書の『集中力はいらない』に韓国版のオファが（韓国の出版社から）あったと連絡があり、問題ないと返事をしました。海外版で僕が出す条件は、カバーデザインを確認できること、タイトルを大きく変えないこと、著者名は「MORI Hiroshi」と表記すること、の3点だけで、金銭的な条件などは、出版社にお任せしています。

　講談社から支払い明細の束が届き、今年上期（「上期」がいつのことかはわかりません。今はまだ6月ですから、1月〜6月ではないようです。と書いたら、「11月〜4月のことです」と連絡がありました）の電子出版に関する売上げ報告でした。電子出版は、数字が出るごとに、増加していて、伸び盛りだな、と感じます。たった今作家をやめても、電子書籍の売上げだけで、今の生活が維持できるくらい充分な額です。特に新しい本ほど額が多くなっています。

　たしかに、印刷書籍はこの頃伸び悩んでいて、「出版不況なんだから、しかたがないな」と思います。でも、その分は電子書籍が伸びているわけで、印刷書籍が低調なのは、明らかにこのためとも分析できます。

　今回の明細は、講談社から出ている電子書籍すべての作品別に金額が記されていますが、一番多いのは、『ペガサスの解は虚栄か?』でした。その次は『Vシリーズ全10冊合本版』、『S&Mシリーズ全10冊合本版』、『サイタ×サイタ』、『青白く輝く月を見たか?』の順です。基本的に新しいものほど多いのですが、最新より半年ほどまえのものが一番

多いようです。どうしてでしょうか？　ある程度経ってから売れるということは、発行されていることに皆さんが気づくのに時間がかかるわけですね。発行を待ちわびて、すぐに購入する人たちは、まだ印刷書籍を求めることが多い、といえるかもしれません。

このほか、映像化関係のことで、編集者とメールのやり取りをしました。

毎日庭仕事をしていますが、今日は7時半から草刈りをしました。昨日が夏至でしたから朝が早い、というわけではなく、朝から日差しが暖かかったからです。そのあと、樹の枝を掃（はら）いました。建物に当たっているものや、通行の邪魔になるものを20本くらい。高いところは届きません。次は、蟻の巣に殺虫剤を撒きました。蟻の巣ができると、苔の上に土が出てくるので、遠くから見てもすぐにわかります。蟻もいろいろいるようで、大きさもさまざまです。完全に退治できるものではありません。

庭園鉄道も普通に運行。爽やかで良い季節です。走っていて、本当に気持ちが良い。こんな良い思いを自分一人だけがして良いものか、と思うほどです。

薔薇が沢山（20輪くらい）咲いています。クレマチスも咲きました。

先日、ヒューズが飛んで、コンデンサがパンクしてしまったモータコントローラですが、症状を説明し、メーカに相談したところ、「素子の不良が原因だと思われる」とのことで、交換パーツをすぐ送ってくれました。それを、今日取り替えて、再度試してみたところ、期待どおりに機能しました。

「素子」というのは、電子回路でよく使うタームですが、だいたいはICのことを示します。ICとは「集積回路」のことで、トランジスタなどが沢山入っている、いわゆる「チップ」です。ICのうち、「大規模集積回路」のことをLSIと呼びます。「IC」は、あまりにも当たり前になり、最近はあまり聞かなくなって、「LSI」と書く場合が多いようです。

発電機が出力する電気でモータを回して走る機関車ですが、今日は上手く走りました。面白いので、庭園内を2周（1km以上）走ってしまいました。自分は機関車に引かれる車両に乗って、スピードやブレーキを操

作します。エンジン音が喧しく、またときどきですが、微かに排気の臭い
もします。そこがまた、工事現場とか炭坑で働いている機関車のよう
で、臨場感抜群、楽しさ倍増でした。

　これを34号機にするつもりです。工業用機関車っぽく、簡単なボディ
を被せようと思います。重い発電機を庭のどこへでも移動できるわけです
から、庭中にコンセントができたようなものです。また、停電したときに
も、活用することができます。燃料はガソリンで、数時間稼働させること
ができます。エンジンの排気量は200cc。

　ガソリンエンジンで走る機関車は、既に2両在籍していて、2サイクル
のものと、4サイクルのものがあります。どちらも、遠心クラッチで伝導して
車輪を駆動する形式です。今回のもののように、発電してモータを回す
形式は、欠伸軽便では初めてです（バッテリィを載せれば、ハイブリッド機関車
と呼べるかな）。モータは低速トルクに優れているので、機関車としては、
この方が有利だと思います。

 エンジンは、最も効率の良い回転数があるので、発電機向きです。

---

２０１８年６月２８日木曜日

## 煙たがられていた頃

　講談社経由で、集英社の『暗闇・キッス・それだけで』の見本が2
冊届き、封を開けたら、第2刷でした。重版するというメールをいただ
いていないので、変だなと思いましたが、発行案内を書面でいただい
ていたようです。と思って検索したら、5/2にここで書いていますね。重
複失礼。出版社も不況ですから、だんだん合理化されてくるのでしょ
う。けっこうなことだと思います。

　その集英社、それから光文社からも、電子書籍の売上げ報告が届き
ました。いずれも増加していて、ありがたいことだと感じます。やはり、
新しい本ほど電子書籍が売れているようです。ですから、重版しないか
らといって心配は無用かもしれません（心配くらいは、した方が良い？）。

クリームシリーズ7のエッセィを7つ書き、これで100個になりました。12月発行のこのエッセィ集は、『月夜のサラサーテ』というタイトルです。恥ずかしいくらい直球でしたね（直球が何故恥ずかしいのか不明）。これで、今年出る本は、執筆をすべて終えました。来年1月発行の新書も既に原稿を送ってあります。2日ほど休んだあと、手直しを5日間くらいで行いたいと思います。これで6月が終わります。

　来月は、まずWシリーズ最終作『人間のように泣いたのか？』の再校ゲラを読みたいと考えています。まだ発行はずいぶんさきのことですが、皆さんももう第9作を手にされていることでしょう。その次は、来年3月刊予定のエッセィの執筆に取りかかる予定です。

　今日も朝から良い天気で、まずは草刈りをしました。でも、風が強いので、燃やしものはできません。昨日切った枝を集めただけ。薔薇が綺麗です。庭園鉄道は、今日も発電機の機関車を運転しました。コントローラは大丈夫のようです。機関車をどんなデザインにしようか、と考えながら運転しました。マイルドなブレーキが欲しいとか、電圧や電流のメータがあったら楽しいとか、そうそう、ライトも付けたいなとか、いろいろ考えました。こういう時間が一番楽しい。

　鳥の巣は空っぽのままで、鳥たちは帰ってこないみたいです。無事に巣立ってくれて良かったと思います。鳥の巣というのは、これまでにも、幾つか見つけました。雛が巣立ったあと、空家になって風に吹かれて落ちてくることが多いのです。今回の巣のように、覗けるほど低い場所にあったのは初めてのこと。

　煙草の話を少し書きましょう。僕は20歳から39歳くらいまで、煙草を吸っていたと思います。といっても、もちろん吸い続けていたわけではなく（そんなことをしたら死んでしまいます）、ときどき吸うわけですから、1時間に1本とか、せいぜい2本でしょう。僕が吸っていた頃は、煙草が吸えないという場所は、むしろ少なかったと思います。どんな会議でも灰皿が用意されていました。それ以前、僕が子供の頃には、デパートの売り場でも煙草を吸っていた人がいました（ただ、灰皿は壁際にしかないので、灰が落ちると、少し嫌がられたかもしれません）。お店の主人とかカウンタのマスタが吸っ

ているのも普通でした。

　教室会議は、僕が煙草をやめてから、数年後に「禁煙にしましょうか」と、先生方が自発的に決めたように覚えています。喫煙家の偉い先生が何人か退官になったのを機に、だったかと。その後、あらゆるところで禁煙になって、一部では、煙草を吸う人の人格まで非難するような極端な風潮にもなりました。これは行き過ぎだ、と僕は思います。それを言うなら、酒を飲む人に対して、もう少しルールを厳しくした方がよろしいのではないか、と何度も書きましたが、実際その後、厳しくなってきているようです。

　禁煙したときは、特になにかのきっかけがあったわけでもなく、誰かに言われたのでもなく、また、誰にも「禁煙します」と宣言もせず、自然にやめました。煙草を吸わないと、その分時間が有効に使えるかな、というくらいの動機です。家族でさえ、2週間くらい気づきませんでした（それくらい、家族と離れていたからかも）。職場では、1カ月ほど、誰も気づきませんでしたが、実験室でコンパをしたとき、学生が、「あれ、森先生、煙草切れているんですか？」と自分の煙草をすすめてきたので、「いや、やめたから」と答えたことで知れ渡りました。教授は、「森君に裏切られた」みたいなことをおっしゃいました。この先生は、その後もずっと吸い続けていらっしゃいました。

　他人に迷惑がかかるとか、他人の健康を害するなどの理由が取り沙汰されます。それはそのとおりでしょう。でも、他人に迷惑をかけず、他人の健康を害さない生き方（「純人生」とでも呼びましょうか）というのも、かなりシビアで難しい。僕には、とうていできません。

　建築学科の中では、構造系の先生ではやめた方が大半だったのですが、計画系の先生方は吸い続けていました。つまり、デザイン系の方たちです。また、環境学部の中でも、理系の先生は吸わない人が多く、文系の先生方は吸われるのをよく見かけました。芸術系の方も、吸われる方が多いようです。こんなことから、煙草というのは、文化的なものなのだな、という印象を持っています。

　思考の助けとなる場合がありますが、少なくとも計算的な思考ではな

く、発想的な仕事でしょう。ということは、集中力を増すためではなく、集中を緩和する作用があったのかもしれません。なにかに没頭して、煙草を数時間吸い忘れる、ということはよくあることでした。

　もう20年近く煙草を吸っていません（ちなみに、酒も飲んでいません）。今吸ったら美味いだろうな、とは想像できますが、吸いたいとは思いません。Vシリーズを書く頃には、もう吸っていなかったはずです。

作家は1人で仕事をするので、喫煙者が比較的多いと想像します。

2018年6月29日金曜日

## 発信と受信の間の領域

　今日は、仕事はしていません。書斎の窓の外で、白い薔薇が20輪くらい咲いています。

　朝から散歩に出かけ、ぐるりと近所を回ってきました。夕方にも、近くの公園へ犬と一緒に行きました。夏になると、みんなが外に出てきます。人の姿を見かけることが多くなります。犬も何匹か会いました。家の近くでは、小鳥の鳴き声が賑やかで、もしかしたら巣立った鳥たちが混じっているかもしれません。しばらくは近くにいるはずですから。

　僕が担当しているワンちゃんをシャンプーしました。スバル氏が手伝ってくれました。シャワーを使うので、あっという間です。シャンプーには慣れていて、じっと大人しくしています。人間の子供よりも簡単です。そのあとデッキへ連れていき、タオルで拭きつつ、ドライヤで乾かし、ブラッシングしました。日が当たる時間でしたから、ぽかぽかと気持ちが良く、昼寝をしたいくらいです（したことはありませんけれど）。

　スバル氏のハンモックは、まだリビングにあって、デッキには出していません。夜に雨が降るからです。家の中では、犬たちがハンモックに乗ろうとチャレンジしています。その様子が面白い。

　庭園鉄道は、今日もエンジン発電機式機関車（34号機）とピンクの電気機関車（33号機）を走らせました。34号機は、ターンテーブルで向き

を変えて、昨日とは反対方向へ回りました（昨日が通常と反対だったので、今日は平常）。いろいろ細かい改造もして、だんだん良くなってきました。ボディのデザインを、幾つかスケッチして思案中。

線路上には、枯枝が落ちていて、最初の1周はごつごつしますが、2周めから滑らかになります。車輪が通ると、レールの上の異物が自然に落ちるようになっています。このあたりが、引戸の戸車のように、レールを溝にしなかった賢さといえます。

芝の種をまた蒔きました。草刈りも1バッテリィできました。でも、木工はまだ始められません。やりたいことが多すぎます。といいながら、午後はデッキで1時間ほど、届いたばかりの雑誌を読んでいました。

ネットで注文した防水シートが届いたので、ゲストハウスの渡り廊下の屋根のカバーをしようかな、と考え中。同じくネットで注文した整流器が届いたから、34号機に電圧計を付けよう、とも考え中。準備ばかりして、なかなか腰が上がりません。そういえば、20年くらいまえに、大学の廃品としてもらったジャンクの測定器が、工作室の外に半分捨てられていたのですが、今日そのメータをじっくり見たら、150Vの交流用でした。昔のメータって、丸くて可愛いから、「やった！」と思いました（34号機に使える条件だから）。これでジャンクが日の目を見ることになりそうです。捨てなくて良かった。

『天空の矢はどこへ？』の感想メールありがとうございます。ツイッタで呟いている人の声もだいたい聞こえてきます。なにしろマイナな世界ですから、電子的な距離が近いわけです。

たびたび、小説はマイナだ、と書いているところですが、ではメジャなのは何か、というと、正真正銘のメジャはこれだ、というものが見当たりません。NHKの紅白歌合戦くらいでしょうか。映画もTVも、音楽もアイドルもスポーツも、あらゆるジャンルがマイナになりました。ときどき数字が出るから比べてみると、かつての2桁低いのです。それくらい、以前は大勢が集中していたのです。

今は発信側が爆発的に増えたから、相対的に受け手が少数となり、ことごとくマイナになってしまったのです。例外といったら、「コミケ」くらい

では?

　コミケがメジャになったのは、マイナを集めたからです。なんでもOKにして集めれば、数は増えます。そして、そのマイナというのは、発信側ではなく、受信側だった人たちの発信であり、つまりは、受信→発信という流れの一部が顕在化している。この流れだけが、メジャだといえるのかもしれません。

　結局は、すべての人が送受信を切り換えることになり、発信側と受信側には既に分かれていないということです。まだ、一部の発信者は、「受信専門」という「消費者」がいると無意識に思っているようですし、受信者の一部も、自分は「受信専門」と自覚していて、発信していることに気づいていないかもしれません。その証拠に、自分の声が不特定な誰かに届いたことでびっくりしている、といったシーンが観察されます。

　逆に、発信している自覚が強すぎて、自分が既に発信者に属している、と認識している人も多数存在していますが、残念ながら、それを受信している人は非常に少なく、かつての「発信すれば受信される」とはいかなくなっていることに無自覚です。自分の声が届く範囲を把握していない。さらに、その範囲が広がらないことで欲求不満になります。そんな様相が、大部分の人たちが現在含まれている領域、すなわちメジャとマイナの狭間(はざま)で繰り返されるようです。

　ほぼ全員が、話を聞いてほしい、自分を無視しないでほしい、かまってほしい、できれば好かれたい、という動機で発信を続けざるをえない、受信だけをしている人は、そろそろ絶滅しそうです。

 いうまでもなく、発信者に幻想を抱かせているのがネット社会です。

2018年6月30日土曜日

## ナビエ・ストークス?

『月夜のサラサーテ』の手直しが25%まで進みました。2時間くらいか

かったでしょうか。超過勤務です。気をつけましょう。エッセィというのは、小説と違って論述なので、直すときに明確な判断がある程度可能です。小説は、「どちらでも良いな」と迷うことがあって、感性で決めることになるから、時間が少し余分にかかるかもしれません。小説は、最初はぶっ飛ばして書けますが、手直しはやや遅い。エッセィは発想を待つだけゆっくり書くことになりますが、一度書いてしまったものの手直しはわりと楽。そんなところでしょうか。こういう傾向がわかっても、なんの得もありませんが。

　昨日の夜に雨が降らなかったので、朝から芝に水やりをしました。犬たちは、芝生でくるくると走り回ります。そのあと、芝の種を蒔きました。芝の種蒔きは、とても簡単で、地面に種をぱらぱらと（だいたい10cm四方に100粒くらい）蒔き、その上に土を薄く（5mm程度）載せるだけです。この土は、保水性の良いもので、ようは種が乾燥しないようにするだけ。現在持っている土を全部使ってしまったので、今年の種蒔きはこれで終了。まだ種が半袋ほど残っていますが、これはまた来年に。土は開封したらその年に使い、種は3年くらいはもちます。

　草刈りもしました。1バッテリィですが、2つの草刈り機を途中で切り換え、適材適所で用いました。蟻の巣も1箇所だけ見つけたので退治しました。今日は、気温が22℃もあって、暖かくて気持ちの良い、夏らしい気候。あちらこちらから、微かにエンジン音が聞こえます。農家が草刈りをしているのでしょうか。

　このところ、朝一番（6時頃）、起きたらまず犬たちを庭に出すのですが、たいてい玄関側から出します。すると、目の前の大木で、鳥が鳴き、小さな鳥が飛び出してきます。リースに巣を作った鳥と同じ種類です。もしかしたら、リースから巣立った鳥かも知れません。お世話になったから、朝の挨拶をしてくれるのか、と思いたいところですが、お世話はしていません。目が何度か合っただけです。

　薔薇が咲き誇っていて、花の数は白が一番多いのですが、赤とピンクは大きく、重たそうです。大きいといっても、直径は5cm程度。白い薔薇は、3cmくらい。一般の薔薇よりは小さいから、小薔薇です。クレ

マチスも花が増えてきました。あとは、野いちごみたいな小さい実が、地面のところどころに。

9月刊の『そして二人だけになった』と『ジャイロモノレール』の発行日をそれぞれの編集者に尋ねました。7/1に、予定表を秘書氏が更新するためです。（書店に並ぶ日という意味での）発行日というのは、編集者でも、ずばりとはわからないもののようです。取次の都合によって前後するみたいですね。

ファンの方からいただいたメールで、「モータ」が何をするものかわからない、と言われました。はあ、そうですか、と溜息をつくしかありません。モータがわからないと、エンジンもわからないかもしれません。

このブログを読んでいる方は、8割くらいは小説やエッセィのファンで、そのほかに庭園鉄道のファンの方、模型のファンの方、ガーデニングのファンの方、がいらっしゃいます。話題としては、小説やエッセィの話題は、半分もありません。だいたい、庭仕事、模型、工作、あるいは電子回路とか、昔話ですからね。自分が読みたいもの、興味があるもの、わかるものが読める日と、そうでない日で、落差があって、そのつど損得を感じられることでしょう。かといって、とことん詳述し、結論を出したりもしませんから、中途半端です。そのあたりが、いかにも「雑駁」かも。

でも、僕としては、一番の専門については書いたことがありません。たとえば、ナビエ・ストークスの方程式とかについて書いたら、何日か楽ができるのですが、大勢がここを離れていかれることでしょう。ナビエ・ストークスなんて、基本中の基本であって、難しいとかではなく、ここからスタートするのです。

電気の話をよくしますが、「電気」というのは何なのか、知らない人が多いのではないでしょうか。まして、「電波」になるともっとわからないことでしょう。どちらも見ることができません。

たとえば、「波」ならば、見たことがあると思います。でも、どういう現象なのか、多くの人が知りません。波は「流れ」ではありません。打ち寄せますが、ものを運ぶことはなく、水の位置もほとんど変わらないの

です。ただ、海面に浮いているものは、波で高くなった場所から、重力によって低い所へ下がるので、少し移動します。これが、「波乗り」です。波の力で移動しているのではなく、単に坂を下っているだけです。

　電波というのは、電気の波ではありません（電気の波は、交流といいます）。電波は電磁場の波です。ですから、電磁波といった方が正しい。また、重力場の波が、重力波です。大気中の波のうち、振動数がある範囲内のものを、音波といいます。音波と風は違いますね。海の波と海流が違うのと同じことです。

　さて、力でものを移動させたり、熱を発するにはエネルギィが必要です。電気の場合は、電圧が力で、電流が移動に相当するので、電圧と電流をかける（乗じる）と電力、すなわちエネルギィになります。これをワットという単位で表します。

　力を電力に変換する装置が、発電機であり、電力を力に変換する装置が、モータです。また、各種燃料を燃やして、そのエネルギィを力に変換する装置がエンジンと呼ばれます。モータとエンジンの違いは、電力か燃料か、という違い。その電力も、燃料を燃やしたエンジンで発電機を回して作られるので、燃料→力→電力→力という変換を行って、モータは回ります。燃料→力というエンジンのシンプルさに比べると、電気自動車などは、少し回り道をしているわけですから、無駄が多い。ただ、適材適所で用いると、効率アップにもなります。

 人間の躰ていうと、モータは筋肉に当たります。では、発電機は？

＊森博嗣ブログ「店主の雑駁」2018年1月1日〜6月30日を収録

森博嗣著作リスト

（2019年2月現在、講談社刊）

◎Ｓ＆Ｍシリーズ
　すべてがＦになる／冷たい密室と博士たち／笑わない数学者／詩的私的ジャック／封印再度／幻惑の死と使途／夏のレプリカ／今はもうない／数奇にして模型／有限と微小のパン

◎Ｖシリーズ
　黒猫の三角／人形式モナリザ／月は幽咽のデバイス／夢・出逢い・魔性／魔剣天翔／恋恋蓮歩の演習／六人の超音波科学者／捩れ屋敷の利鈍／朽ちる散る落ちる／赤緑黒白

◎四季シリーズ
　四季　春／四季　夏／四季　秋／四季　冬

◎Ｇシリーズ
　$\phi$は壊れたね／$\theta$は遊んでくれたよ／$\tau$になるまで待って／$\varepsilon$に誓って／$\lambda$に歯がない／$\eta$なのに夢のよう／目薬$\alpha$で殺菌します／ジグ$\beta$は神ですか／キウイ$\gamma$は時計仕掛け／$\chi$の悲劇／$\psi$の悲劇

◎Ｘシリーズ
　イナイ×イナイ／キラレ×キラレ／タカイ×タカイ／ムカシ×ムカシ／サイタ×サイタ／ダマシ×ダマシ

◎百年シリーズ
　女王の百年密室／迷宮百年の睡魔／赤目姫の潮解

◎Ｗシリーズ
　彼女は一人で歩くのか？／魔法の色を知っているか？／風は青海を渡るのか？／デボラ、眠っているのか？／私たちは生きているの

か?/青白く輝く月を見たか?/ペガサスの解は虚栄か?/血か、死か、無か?/天空の矢はどこへ?/人間のように泣いたのか?

## ◎短編集

まどろみ消去/地球儀のスライス/今夜はパラシュート博物館へ/虚空の逆マトリクス/レタス・フライ/僕は秋子に借りがある　森博嗣自選短編集/どちらかが魔女　森博嗣シリーズ短編集

## ◎シリーズ外の小説

そして二人だけになった/探偵伯爵と僕/奥様はネットワーカ/カクレカラクリ/ゾラ・一撃・さようなら/銀河不動産の超越/喜嶋先生の静かな世界/トーマの心臓/実験的経験

## ◎クリームシリーズ（エッセィ）

つぶやきのクリーム/つぼやきのテリーヌ/つぼねのカトリーヌ/ツンドラモンスーン/つぼみ茸ムース/つぶさにミルフィーユ/月夜のサラサーテ

## ◎その他

森博嗣のミステリィ工作室/100人の森博嗣/アイソパラメトリック/悪戯王子と猫の物語（ささきすばる氏との共著）/悠悠おもちゃライフ/人間は考えるFになる（土屋賢二氏との共著）/君の夢　僕の思考/議論の余地しかない/的を射る言葉/森博嗣の半熟セミナ　博士、質問があります!/庭園鉄道趣味　鉄道に乗れる庭/庭煙鉄道趣味　庭蒸気が走る毎日/DOG & DOLL/TRUCK & TROLL/森籠もりの日々/森には森の風が吹く/森遊びの日々（本書）

☆詳しくは、ホームページ「森博嗣の浮遊工作室」
(http://www001.upp.so-net.ne.jp/mori/) を参照

## 森 博嗣
（もり・ひろし）

1957年愛知県生まれ。工学博士。
1996年、『すべてがFになる』（講談社文庫）で
第1回メフィスト賞を受賞しデビュー。怜悧で知的な作風で人気を博する。
「S&Mシリーズ」「Vシリーズ」（主に講談社文庫）などのミステリィのほか、
『スカイ・クロラ』（中公文庫）ほかのSF作品、
エッセィ、新書も多数刊行。

森遊びの日々（もりあそびのひび）

2019年2月19日　第1刷発行

[著者]　森 博嗣（もり ひろし）
[発行者]　渡瀬昌彦
[発行所]　株式会社 講談社
〒112-8001
東京都文京区音羽2-12-21
電話
[出版] 03-5395-3506
[販売] 03-5395-5817
[業務] 03-5395-3615

[本文データ制作]　講談社デジタル製作
[印刷所]　共同印刷株式会社
[製本所]　大口製本印刷株式会社

定価はカバーに表示してあります。
落丁本・乱丁本は購入書店名を明記のうえ、小社業務宛にお送りください。
送料小社負担にてお取り替えいたします。
なお、この本についてのお問い合わせは、文芸第三出版部あてにお願いいたします。
本書のコピー、スキャン、デジタル化等の無断複製は著作権法上での例外を除き禁じられています。
本書を代行業者等の第三者に依頼してスキャンやデジタル化することは、
たとえ個人や家庭内の利用でも著作権法違反です。

©MORI Hiroshi 2019, Printed in Japan
N.D.C.914　463p 20cm
ISBN978-4-06-514438-1